KB016323

독도의 영유권과 국제해양법

독도의 영유권과 국제해양법

초판 1쇄 발행 2014년 12월 30일

지은이 | 김명기
엮은이 | 영남대학교 독도연구소
발행인 | 윤관백
발행처 | 도서출판 선인

등록 | 제5-77호(1998.11.4)
주소 | 서울시 마포구 마포대로 4다길 4(마포동 324-1) 곶마루 B/D 1층
전화 | 02)718-6252 / 6257 팩스 | 02)718-6253
E-mail | sunin72@chol.com
Homepage | www.suninpub.co.kr

정가 52,000원
ISBN 978-89-5933-760-6 94360
978-89-5933-602-9 (세트)

영남대학교 독도연구소
독도연구총서 10

독도의 영유권과 국제해양법

김 명 기

책머리에

제2차 대전 이후 연합군최고사령부가 1945년 9월 22일 일본정부에 대한 지령으로 설치한 "맥아더 라인"은 일본 측에서 보아 그의 외부에 독도를 위치시키고 설정되었다. 이는 연합국에 의한 한국의 독도영유권의 승인을 의미한다. 그 후 1952년 1월 18일에 대한민국이 "국무원고시 제14호"로 "인접해양 주권선언"으로 한국 측에서 보아 독도를 내포한 "평화선"을 설정하였는바, 이는 대한민국에 의한 독도 영토주권의 현시(display)를 의미한다.

대한민국의 영도인 독도는 분명 육지영토이나 이는 한반도의 일부인 육지영토가 아니라 그의 부속도서의 일부인 육지영토이다. 동해에 위치한 부속도서의 하나인 독도는 국제해양법에 의해 규율된다. 특히 "유엔해양법협약"과 일본과의 관계에서는 "한일어업협정"에 의해 규율된다. 1998년의 "한일어업협정"은 독도의 영유권을 훼손하는 많은 규정을 두고 있음은 유감이다. 그러므로 동 협정은 폐기되어야 한다고 본다. 총 면적 불과 5만여 평에 불과한 독도는 "유엔해양법"상 200해리 배타적 경제수역을 창출한다. 이는 일본의 200해리 배타적 경제수역과 중첩되어 한일 간에 이의 경계획정을 위한 회담이 진행 중에 있다. 우리의 영토 독도가 한일 산의 배타적 경제수역의 경계획정에 있어서 이른바 전부효과(full effect)를 창출할 수 있는 근거를 국제판례로부터 도출을 시도해 보려한다.

졸서가 독도를 연구하는 학자와 전문가에게 참고가 되어 독도의 영유권 분쟁의 해결에 미호의 도움이 되었으면 하는 과욕을 가져본다.

저자의 독도연구에 뜨거운 격려와 성의 있는 도움을 준 영남대학교 독도연구소, 대한국제법학회, 세계국제법협회 한국본부, 독도조사연구학회, 독도 보전협회의 선후배, 동료 그리고 국립중앙도서관의 여러 선생님에게 감사드리며, 시장성이 없는 졸서의 출판을 오직 애국적 정렬로 맡아준 도서출판 선인 윤관백 사장님께 사의를 표하는 바이다.

2014년 5월 10일

저자

목 차

서 론

한국의 영토인 독도는 한반도의 육지영토의 일부분이 아니라 동해라는 해양 중에 위치한 도이다. 그러므로 독도는 육지 영토와는 달리 해양국제법(international law of the Sea)에 의해 규율되는 특성을 갖고 있다. 이 저서는 독도의 해양국제법상 지위를 고찰해보려 시도된 것이다.

이하 제1장 "맥아더 라인과 평화선" 중 제1절 "맥아더 라인"에서 1945년 9월 27일 연합군최고사령부는 일본 어선의 어로활동을 허가하는 수역을 설정했다. 이 허가 수역의 경계선인 "맥아더 라인"은 한국 측에서 보아 독도의 외측에 설정되었으며, 특히 1946년 6월 22일의 연합국최고사령부의 "훈령 제1033호"에 의해 수정된 "맥아더 라인"은 "일본의 선박과 승무원을 독도의 12해리 이내에 접근하지 못하며 또한 독도에 어떠한 접근도 하지 못한다"라고 규정하고 있는 바 이는 연합국이 독도의 영유권이 한국에 귀속된다는 영토의 승인을 한 것이라는 국제법상 효과가 있다. 제2절 "평화선"에서 1952년 1월 18일 대한민국 정부가 "국무원 고시 제41호"로 선언한 "인접해양에 대한 주권선언"은 인접해양의 경계선 내에 독도를 포함하고 있다. 이는 광복 이후 최초로 대한민국 정부가 독도의 영유권이 대한민국에 귀속됨을 선언한 것이며, 이는 대한민국에 의한 독도의 영토주권의 현시이다. 동 선언은 1965년의 "한일내업협정"에 의해 대제된 것이 아니라 국제법상 규범의 저촉에 의해 그의 적용이 배재된 것에 불과하다는 법리를 정립하기로 한다.

"제2장" "독도의 영해와 배타적 경제수역" 중 제1절 "독도의 영해"에서 1977년 12월 31일의 대한민국의 "영해 및 접속수역법"(법률 제3037호)의 제정공포에 의해 독도의 영해 12해리가 설정되어 있음을 확인하기로 한다. 제2절 "독도의 배타적 경제수역"에서 독도는 "유엔해양법협약" 제121조 제3항에 규정된 암석(rocks)이 아니므로 1996년 8월 8일에 선포된 "배타적 경제수역법"(법률 제5151호)에 의해 독도에도 200해리의 배타적 경제수역이 설정되어 있음을 확인하기로 한다. 제3절 "독도의 대륙붕"에서 독도는 "해양법" 제121조 제3항의 암석이 아니므로 당연히 대륙붕을 갖는다.

제3장 1998년의 "한일어업협정과 독도" 중 제1절 "독도의 영유권훼손"에서 1998년의 "한일어업협정"에 의해 독도의 영토, 영해 그리고 배타적 경제수역이 훼손되어 있음을 지적하고, 제2절 "추적권의 배제"에서 중간 수역에서 기국주의를 채택함에 따라 중간수역에서 추적권이 배제되어 이는 결과적으로 독도의 영해와 영토를 훼손하는 효과를 가져 온 것임을 확인하기로 한다. 제3절에서 "한일어업협정"에 의해 한국에 부과된 의무는 금반언의 효과가 발생함을 논급하고, 제4절에서 "한일어업협정"은 어업에 관한 협정만이 아님을 지적하기로 한다. 제5절에서 국제법학자 41인의 "한일어업협정"에 대한 견해를 비판하고 제6절에서 "한일어업협정"이 합헌이라는 헌재의 결정을 비판하기로 한다. 제7절 "한일어업협정 폐기 후 대처방안"에서 "한일어업협정" 폐기 후 고려되는 가용방안과 가용방안 중 최적방안을 선정하여 그의 기본방향을 제시하기로 한다. 제8절에서 독도를 기점으로 하지 아니한 "한일어업협정"을 비판하고, 제9절에서 "대일평화조약"과 "한일어업협정"의 저촉문제를 논급하기로 한다.

제4장 "울릉도의 속도인 독도의 법적 지위와 한일 해양경계획정에 있어서 독도의 존재가치" 중 제1절 "울릉도의 속도인 독도의 법적 지위"에서 주도에 대한 법적 효과가 속도에 미친다는 학설과 판례를 개관하고, 울릉도에 대한 법적 효과가 독도에 미침을 우산국의 정복, 대한제국 칙령 제41호, 대일평화조약 제2조(a)항으로 구분하여 논하기로 한다.

끝으로 "결론 1 요약"에서 상술한 바를 요약정리하고 "2 정책대안"에서 몇 가지 대정부 정책대안을 제의하기로 한다.

제1장

맥아더 라인과 평화선

제1절

맥아더 라인

-맥아더 라인의 독도영토주권에 미치는 법적 효과-

목 차

Ⅰ. 서론

일본이 연합국에 항복한 이후 1945년 9월 27일 연합군최고사령관은 일본어선에 대해 어로작업을 금지하고, 인가하는 어로수역(authorized fishery boundaries)을 설정했다. 이 인가 수역의 경계선을 동 수역을 설정한 연합군최고사령관의 이름에 따라 맥아더 라인(Macarthur Line)이라 명명한다. 동 맥아더 라인은 동해에 있어서 한국 측에서 보아 독도의 외측에 설정되었다. 맥아더 라인은 일본정부의 확장요청에 따라 수차례 걸쳐 SCAPIN에 의해 수정되었으나 수정된 맥아더 라인 어느 것도 독도의 외측에 설정되었으며, 특히 1946년 6월 22일의 "SCAPIN 제1033호"는 일본어선의 독도에의 접근을 금지한다는 명문 규정을 두고 있다.

이 연구는 맥아더 라인이 독도의 외측에 설정되었다는 것은 연합군최고사령관이, 즉 연합국이 독도를 한국의 영역으로 묵시적으로 승인한 것이라는 법적 효과와 "대일평화조약" 제2조 (a)항의 해석에 미치는 법적 효력을 규명해보려 시도된 것이다.

이하 (ⅰ) "맥아더 라인의 설정과 수정", (ⅱ) "맥아더 라인의 확장 반대 국회의 결의", (ⅲ) "맥아더 라인의 독도영토주권에 대한 법적 효과" 순으로 논급하고, (ⅳ) "결론"에서 정부관계당국에 대해 몇 가지 정책대안을 제의하기로 한다.

이 연구는 자연법론을 극복한 "법실증주의"에 입각한 것이며, 입법론적 접근이 아니라 "법해석론"의 접근으로 *lex lata*를 대상으로 한 것임을 여기 밝혀두기로 한다.

Ⅱ. 맥아더 라인의 설정과 수정

1. 맥아더 라인의 설정

가. 설정의 근거

맥아더 라인 설정의 법적 근거는 "항복문서"와 "미국의 항복 후 초기 대일 정책"이라 할 수 있다.

(1) 항복문서

1945년 8월 6일 히로시마에 역사적인 원자폭탄이 투하되었고 8월 8일 소련은 대일선전포고를 하였으며, 8월 9일 나가사키에 또 다시 원자폭탄이 투하되었다. 8월 15일 일본천황은 라디오 방송을 통해 "무조건 항복선언"(the Declaration of Unconditional Surrender)을 했다.[1] 동 항복 선언을 문

1) F.C. Jones, H. Barton and P.R. Bedm, *Survey of Interantional Affairs, The Far East, 1924-1946* (London: Oxford University Press, 1955), pp.497-98.

서화하기 위한 "항복문서"(the Instrument of Surrender)의 서명이 연합국의 대표와 일본의 대표 간 동년 9월 2일 동경만에 정박 중인 미조리함상에서 있었다. 동 문서는 다음과 같이 규정하고 있다.[2)]

포츠담 선언의 조항을 성실히 이행할 것과 아울러 동 선언을 실시하기 위하여 연합군최고사령관 또는 기타 지정된 연합국대표가 요구할 수 있는 일체의 명령을 발하고 또한 이와 같은 일체의 조치를 취할 것을 천황, 일본국정부 및 그 후계자를 위하여 약속한다(undertake for the Empire, the Japanese Government and their successor, to carry out the provisions of the Potsdam Declaration in good faith, and to issue whatever orders and take whatever action may be required by the Supreme Commander for the Allied Powers or by any other designated representation of the purpose of giving effect to that Declaration).[3)]

이와 같이 일본은 연합군최고사령관의 일체의 명령과 조치를 따를 것을 확약했다. 이 "항복문서"의 규정에 근거하여 맥아더 사령관에 의한 맥아더 라인이 설정되게 된 것이다.

(2) 미국의 항복 후 초기대일정책

일본이 "항복문서"에 서명한 후 미국은 "항복문서"의 시행을 위해 1945년 9월 6일 연합군최고사령관에게 "미국의 항복 후 초기대일정책"(the United States Initial Post-Surrender Policy for Japan)이라는 훈령을 하달했다. 동 "미국의 항복 후 초기대일정책" (a)항은 다음과 같이 규정하고 있다.[4)]

일본의 주권은 본주, 북해도, 구주, 사국과 카이로 선언 및 미국이 이미 당사자이거나 또는 장래에 당사자가 되는 기타 협정에 의하여 결정되게 되는 주변의 제 소도에 한정된다(Japan's sovereignty will be limited to the islands of

---

2) *Ibid* ; p.499.

3) *Ibid* ; US, Senate Commmittee of Foreign Reldtions, *A Decade of American Policy : Basic Documents 1941-1949* (Washington, D.C.: USGPO, 1950), p.625.

4) Jones, Baorton and Beam, *supra* n.1, p.500.

> Honshu, Hokkaido, Kyushu, Shikoku and such minor outlying islands as may be determined in accordance with the Ciro Declaration and other agreements to which the United States is or may be a party).[5)]

이와 같이 미국은 연합국최고사령관에게 "일본의 주권은 본주, 북해도, 구주, 사국과 미국이 협정으로 결정하는 주변의 제 소도에 한정한다"는 훈령을 하달했으며, 연합군최고사령관은 동 훈령에 근거하여 맥아더 라인을 이들 영토 주변에 설정한 것이다.

나. 설정과정과 설정내용

(1) 설정과정

(i) 1945년 8월 15일 일본 천황의 "무조건항복선언" 5일 후인 8월 20일 연합군최고사령관은 점령국의 통치상 전 일본어선의 전면적인 행동금지를 명하였다.[6)]

(ii) 1945년 9월 2일 일본이 "항복문서"에 서명한 이후 9월 14일 목조선에 한해 일본 연안으로부터 12해리 이내에서만 어로활동을 허가한다고 발표했다.[7)]

(iii) 1945년 9월 14일 제한조치에 대해 일본정부는 연합군최고사령관에게 이의 완화조치를 요청하게 되어 9월 22일 연합군최고사령관은 상기 수역에서 일반어선, 포경어선, 트롤어선 및 활선어 운반선의 조업과 항해를 허용했다.[8)]

어로 제한에 대한 일본정부의 완화 요청에 따라 1945년 9월 27일 연합군최고사령관은 일본정부에 대해 "각서 제80호"(ELTLOSCAP Serial No. 80)로

---

5) *Ibid.*, pp.500-501.

6) 지철근, 『평화선』(서울: 범우사, 1979), p.89.

7) 상게서, p.89.

8) M. M. Whiteman, *Digest of International Law*, Vol.4 (Washington, D.C.: USGPO, 1965), p.1185; 지철근, 전주 6, p.90.

최초로 인가된 어로구역(boundaries for authorized fishing)을 설정하는 지령을 하달했다.[9] 동 각서는 인가된 어로구역을 다음의 설정내용에서 보는 바와 같이 규정하고 있다.

(2) 설정 내용

"각서 제8호"에 의해 인가된 어로 구역의 경계선을 동 각서에 다음과 같이 규정하고 있다.

> 납사포압(Noshappu Zaki 納紗布押)에서 북위 41도 30분 동경 150도에 이르고, 그 점에서 남으로 향하여 북위 29도에 이르며, 그 지점에서 서쪽으로 동경 126도에 이르고 그 지점에서 남쪽으로 북위 26도에 이르며, 그 점에서 서쪽으로 동경 123도에 이르고, 그 점에서 대마도의 남단에 이른다. 대마도의 북단에서 북위 40도 동경 135도에 이르고, 그 점에서 북위45도 30분 동경 140도에 이르며 그 점에서 동경 145도에 이르고, 그 점에서 남쪽으로 북해도에 이른다(from Noshappu Zaki to 41-30 N 150E, South to 30 North 150E, 30N West 130E, South to 29N, West to 125E, South to 26N, West to 123E to Southern tip Tsushima. From northern tip of Tsushima to 40N 135E to 45-30N 140E, East to 145E, south to Hokkaido).[10]

"각서 제80호"에 의해 인가된 어로구역의 구획선을 연합군최고사령관의 이름을 따라 "맥아더 라인"(MacArthur Line)이라 부른다. 독도는 이 인가된 어로 구역의 구획선 밖에, 즉 독도는 한국 측에서 보아 이 인가된 어로구역의 구획선 밖에 있다. 이는 연합군최고사령관이, 즉 연합국이 독도를 일본의 영토가 아니라 한국의 영토임을 묵시적으로 승인한 것이다.

---

9) Whiteman, *supra* n.8, pp.1185, 1186.

10) *Ibid.*, p.1185.

2. 맥아더 라인의 수정

가. SCAPIN 제1033호

연합군최고사령관은 일본정부의 인가된 어로구역의 확장요청에 따라 1945년 9월 27일에 설정한 "맥아더 라인"을 계속 확장 수정했다. 그중 독도에 관해 가장 명확한 규정을 둔 것은 "SCAPIN 제1033호"이다.

1946년 6월 22일의 "SCAPIN 제1033호" 제3항은 독도를 명시하며 독도의 12해리 이내 일본어선은 접근하지 못한다고 다음과 같이 규정하고 있다.

> (b) 일본의 선박이나 인원은 금후 북위 37도 15분 동경 131도 53분에 있는 리앙끄르암의 12해리 이내에 접근하지 못하며 또한 동 도에 어떠한 접근도 하지 못한다(b. Japanese vesssels or personnel thereof will not approach closer then 12mils to Takeshima(37° 15' North Latitude, 131° 53' East Latitude) nor have any contact with said island).[11]

이와 같이 연합군최고사령관은 독도에 일본어선의 접근을 명시적으로 금지하는 규정을 "SCAPIN 제1033호"로 일본정부에 하달했다. 이는 연합군최고사령관이, 즉 연합국이 독도는 일본의 영토가 아니라 한국의 영토인 것을 묵시적으로 승인한 것이다.

나. 계속적 수정

맥아더 라인은 1946년 6월 22일의 "SCAPIN 제1033호"에 의한 수정 이후에도 수차에 걸쳐 계속 수정되었다. 이들 수정 맥아더 라인은 다음과 같은 SCAPIN으로 시행되었다.

(i) 1947년 12월 23일의 "SCAPIN 제1033/1호"

(ii) 1949년 6월 30일의 "SCAPIN 제1033/2호"

(iii) 1949년 9월 19일의 "SCAPIN 제2046호"

---

11) USNARA / DC / S SCAPIN File Room 600-1.

(iv) 1949년 10월 10일의 "SCAPIN 제2050호"

(v) 1951년 1월 31일의 "SCAPIN 제2050/1호"

(vi) 1950년 5월 11일의 "SCAPIN 제2097호"[12]

맥아더 라인은 1952년 4월 25일 SCAP에 의해 폐지되었다.[13] 이상의 어떠한 "SCAPIN"도 독도를 인가된 어로구역 내에 위치시킨 것이었다. 이는 독도는 일본의 영토가 아니라 한국의 영토임을 연합군최고사령관이, 즉 연합국이 계속적으로 반복하여 묵시적으로 승인한 것이다.

Ⅲ. 맥아더 라인의 확장 반대 국회의 결의

1. 국회의 대정부 결의

1949년 6월 13일 국회는 연합군최고사령부가 점차적으로 맥아더 라인을 확장해 나아가는데 반대하여 한병규 외 8 의원이 발의한 "맥아더선 확장 반대 결의"를 만장일치로 채택했다. 동 결의안의 내용은 다음과 같다.

> 주문
> 1. 맥아더선 확장 반대를 결의함.
> 1. 위 결의를 정부로부터 맥아더 사령부에 강력히 항의할 것.
>
> 이유
> …맥아더 장군이 전후 그들의 해양침략을 봉쇄하기 위하여 일본국민의 해양활동권으로 맥아더선을 확정한 것은 실로 인류평화의 수호를 위하여 일본의 침략적 준동을 제압하는 현명한 시책으로 우리는 심심한 경의를 표하는 것이다.
> …만약 이 맥아더선이 확장 내지 철폐를 용허할 진대 정치적으로는 과거 일제 침략의 재판이 될 것이며 경제적으로는 밀수출입을 조장하여 국내식량

---

12) Whiteman, *supra* n.8, p.1185.

13) *Ibid.*, p.1186.

의 수출과 일본상품의 유입으로 자급자족을 도모하는 한국경제의 파탄을 이루게 될 것이다.[14]

2. 미 국무성과 상원외교위원회에 대한 요청 결의

국회는 1949년 6월 13일 "맥아더 라인 확장 반대 결의"를 채택함과 동시에 "미 국무성과 상원외교위원회에 대한 요청 결의"를 채택했다. 동 결의는 8개항으로 구성되어 있으며 제8항은 다음과 같이 기술되어 있다.

> …맥아더선 조치 주장은 절실히 통감하며 이상의 사실을 귀하에게 제시하여 대일평화조약안 작성에 크게 참고가 될 것을 기망하는 바입니다.[15]

Ⅳ. 맥아더 라인의 독도영토주권에 대한 법적 효과

1. 맥아더 라인에 의한 한국의 독도 영토주권의 승인효과

가. 영토주권의 승인의 개념

국제법상 승인(recognition)의 형태에는 "국가의 승인"(recognition of state), "정부의 승인"(recognition of government), "교전단체의 승인"(recognition of belligerency), "외국법의 승인"(recognition of foreign law), "외국판결의 승인"(recognition of foreign judgement) 이외에 "영토주권의 승인"(recognition of territorial sovereignty) 등이 있다.

그중 "영토주권의 승인"이란 국제법의 주체가 특정 국가의 영토에 대한 영토주권을 인정하는 행위로[16] 국제법상 일반적인 "승인"과 같이 타 국가

---

14) 국회, 『국회회의록』 제3회, 제16호, p.349.

15) 지철근, 전주6, pp.100-104.

16) Ian Brownile, *Principals of Public International Law*, 5th ed.(Oxford: Oxford University Press, 1998), pp.156-57.

와의 관계에서 제기되는 어떠한 사실이나 사태의 수락(acceptance of any fact or situation)이다.[17] 영토주권의 승인은 영토주권의 권원의 승인이다.[18]

영토주권의 승인은 영토주권의 묵인(acquiescence)과 구별된다. 묵인은 어떤 행위도 하지 아니하는 수동적 관용(passive toleration)이지만 승인은 묵시적 승인의 경우도 승인으로 인정되기 위한 적극적인 행위(positive action)를 수반한다는 점에서 양자는 구별된다.[19] 그리고 묵인의 주체는 묵인으로 영토를 상실하게 되는 국가이지만, 승인의 주체는 승인으로 영토를 상실하게 되는 국가와 제3자이다.[20]

나. 맥아더 라인에 의한 연합국과 일본의 한국의 독도 영토주권 승인

(1) 연합국에 의한 승인

맥아더 라인은 한국 측에서 보아 독도의 외측에 설정되었으며, 특히 1946년 6월 22일의 "SCAPIN 제1033호" 제3항은 "일본어선과 인원은 독도의 12해리 이내에 접근하지 못하며, 또한 동 도에 어떠한 접근도 하지 못한다."라고 규정하고 있다. 동 훈령은 연합군최고사령관의 명의로 일본정부에 하달된 것이므로 이는 연합국에 의해 일본에 하달된 것이다.

따라서 연합국이 독도의 영유권이 한국에 귀속된다는 것을 승인한 것, 즉 연합국에 의해 한국의 독도 영토주권의 묵시적 승인인 것이다.

(2) 일본에 의한 승인

1951년의 "대일평화조약"(the Peace Treaty with Japan)은 48개 연합국과 일본 간에 서명되었다. 동 조약 제19조 (d)항은 "일본은 점령기간 중에 점

---

17) Robert Jennings and Arthur Wattts(eds.), *Oppenheim's International Law*, 9th ed., Vol.1(London: Longman, 1992), p.127.

18) Brownile, *supra* n.16, pp.131-32.

19) G.Schwarzenberger, "The Fundamental Priciple of International Law", Rdc, Vol.87, 1955- *II*, p.257.

20) Brownile, *supra*, n.16, p.158.

령당국의 지령에 의하거나 또는 그 결과로서 행하여진 모든 작위 또는 부작위의 효력을 승인하며…"라고 규정하고 있다. 동 조항의 규정에 의해 일본은 맥아더 라인, 특히 1946년 6월 22일의 "SCAPIN 제1033호"의 효력을 동 조약 제19조 (d)에 의해 승인한 것이며 이는 일본에 의한 한국의 독도 영토주권의 승인인 것이다.

2. 맥아더 라인에 의한 대일평화조약 제2조 (a)항의 통합의 원칙에 의한 해석효과

가. 통합의 원칙에 의한 일반적 고찰

(1) 통합의 원칙의 의의

조약해석의 원칙 중 "통합의 원칙"(principle of integration)은 "조약은 전체로서(treaty as a whole), 그리고 특정의 부, 장, 절 역시 전체로서(particular parts, chapter, sections also as a whole) 해석해야 하는 원칙"을 말한다.[21) 즉, "통합의 원칙"이란 "조약의 해석은 조약의 한 단어, 항, 조, 절, 장, 부별로 격리해서가 아니라 전체의 문맥으로 해석해야 하는 원칙"을 말한다.[22) 이 "통합의 원칙"을 더러는 "완전의 원칙"(principle of integrality)이라고도 한다.[23) 그리고 이 원칙에 의한 해석을 "체계해석" (systematic interpretation) 이라 한다.[24) 따라서 "체계해석"은 "격리된 단어의 의미(the meaning of words in isolation)보다 항, 조, 그리고 전체로서의 조약의 넓은 문맥 속에서의 의미(the meaning in the wider context of the paragraphs, articles, and the treaty

---

21) Gerald Fitzmuarice, "The Law and Procedure of the International Court of Justice, 1951-4 Treaty Interpretation and Other Treaty Points", *BYIL*, Vol.33, 1957, p.211.

22) Rudolf Berhardt, "Interpretation in International Law" *EPIL*, Vol. 7, 1984, p.322.

23) Hugh Thirlway, "The Law and Procedure of the International Court of Justice, 1960-1989" *BYIL*, Vol.62, 1997, p.37.

24) Bernahardt. *supra* n.22. p.322.; Georg Schwarzenberger and E. D. Browm. *A Manual of International Law* ; 6th ed. (Milton: Professonal Bouks, 1976), p.134.

as a whole)에 우선권을 주는 해석"을 뜻한다.[25] "통합의 원칙"에 의한 해석인 "체계해석"은 하나의 동일 조약 내의 문맥에서의 체계해석과 관련된 다른 조약의 문맥, 즉 그 조약의 틀 외의 조약문(text outside the framework of the treaty)의 문맥까지[26] 확장된 체계해석으로 구분된다. 전자를 좁은 의미의 체계해석(narrow sense systematic interpretation)이라 하고 후자를 넓은 의미의 체계해석(broader sense of systematic interpretation)이라 한다.[27] 이 "체계해석"에 의해 "문리해석"(literal interpretation)은 대체된다.[28]

(2) 통합의 원칙을 승인한 학설과 판례

(가) 학설

"통합의 원칙"은 조약의 해석원칙의 하나로 많은 학자에 의해 승인되어 왔다. Clive Parry는 "통합의 원칙"을 다음과 같이 인정하고 있다.

> 조약의 해석에 있어서 어떤 조약문도 공정하게 그리고 전체로서 읽어야 하고(any text must be read fairy and as a whole), 조약문의 조항도 전체의 문맥으로 읽어야 한다(clause in it must be read entire context).[29]

Ian Sinclair는 "통합의 원칙"을 다음과 같이 강조하고 있다.

> 조약의 문언은 물론 전체로서 읽어야 한다(the text of the treaty must of course be read as a whole). 누구도 단순히 하나의 항, 하나의 조, 하나의 절, 하나의 장, 또는 하나의 부에만 집중할 수는 없다(one can not simply concentrate on a paragraph, a article, a section, a chapter, or a part).[30]

---

25) *Ibid.*
26) Berhardt, *supra* n.22, p.322.
27) *Ibid.*
28) Schwarzenberger and Brown, *supra* n.24, p.134.
29) Clire Party, "The Law of Treaty". in Max Sorensen(ed). *A Manual of International Law,* New York: Maemillan, 1968), p.211.
30) Ian Sinclair, *The Vienna Convention on the Law of Treaties*, 2nd ed. (Manchester: Manchester University Press, 1984), p.127.

Hugh Thirlway는 조약은 그의 대상, 목적, 원칙과 함께 전체로 해석되어야 한다고 하여 다음과 같이 "통합의 원칙"을 인정하고 있다.

조약은 전체로서 해석되어야 한다(treaties are to be interpreted as a whole). 그리고 그들의 선언되거나 명백한 대상, 목적, 그리고 원칙도 참고하여 해석되어야 한다(and with reference to their declared or apparent objects, purposes and principles).[31)]

Gerald Fitzmaurice는 다음과 같이 "통합의 원칙"을 인정하고 있다.

조약은 전체로서 해석되어야 한다(treaties are to be interpreted as a whole). 그리고 특정의 부, 장, 절 역시 전체로 해석되어야 한다(particular parts, chapters, or sections also as a whole).[32)]

Lord McNair는 "통합의 원칙"을 다음과 같이 표시했다.

조약은 전체로 읽지 않으면 안 되고 조약의 의미는 단순히 특정의 구에 따라 결정되어지지 않는다는 것은 자명한 일이다(it is obvious that the treaty must be read as a whole, and that its meaning is not to be determined merely upon particular phrase).[33)]

Rudolf Beruhardt는 다음과 같이 "통합의 원칙"을 주장하고 있다.

단어는 격리되어 정확히 이해하기 어려운 것이며, 오히려 관련된 조약의 문맥 속에서(in the context of the relevant text) 보지 않으면 안된다. …이러한 체계해석은 보편적으로 승인되어 있다(words can hardly be correctly understood in isolation instead they have to seen in the context of the relevant text. … Systematic interpretation seems to be universally recognized).[34)]

---

31) Thirlway, *supra*, n.23, p.37.
32) Fitzmaurice, *supra*, n.21, p.211.
33) Lord McNair, *The Law of Treaties* (Oxford: Clarendon, 1961), pp. 381-82.

Jennings와 Watts는 "통합의 원칙"을 넓게 인정하여 선행조약도 참조될 수 있다고 다음과 같이 주장한다.

당사자 간의 그리고 한 당사자와 제3자간의 선행조약이 조약문의 의미를 명백히 할 목적을 위해 때에 따라 참고될 수 있다(previous treaties between the parties, and treaties between one of the parties and a third state, may sometimes be referred to for purpose of clarifying the meaning If the text).[35]

(나) 판례

"통합의 원칙"은 조약의 해석원칙의 하나로 국제·국내 재판소의 판결에 의해 승인되어 왔다.

South-West Africa Case (1950)에서 de Visscher 국제사법재판소 판사는 다음과 같이 "통합의 원칙을 인정하는 판결을 했다."

조약의 조항은 전체로서 고려되지 않으면 안 된다는 것은 승인된 해석의 규칙이다. … 이 규칙은 국제연합헌장과 같은 헌법적 성격의 조약의 조약문의 해석에 특별히 적용될 수 있다 … (it is an acknowledge rule of interpretation that treaty clauses must not only be considered as a whole. … this rule is particulary applicable to the interpretation of a text of a constitutional character like the United Nations Charter.[36]

Peace Treaties Case (1950)에서 국제사법재판소의 Read 판사는 다음과 같이 "통합의 원칙"을 인정했다.

조약은 전체로서 읽혀지지 않으면 안 된다. 조약의 의미는 단순히 특정의 구절로만 결정되어서는 아니 된다 … (treaty must be read as a whole. … its meaning is not to be determined merely particular phrases …).[37]

34) Bernhardt, *supra* n.24, p.322.
35) Jennings and Watts, *supra* n.17, p.1274, n.18.
36) ICJ, *Reports,* 1950, p.187.
37) ICJ, *Reports,* 1950, p.235.

Morocco Case (1952)에서 국제사법재판소는 다음과 같이 "통합의 원칙"을 인정하는 판결을 한 바 있다.

> 전체로서 고려된 Algeciras Act의 제5장의 알제리아 법령은 결정적인 증거의 제시가 없는 한 전체로서 고려되어야 한다. … Chapter 5 of the Act of Algeciras cosidered as a whole, do not afford decisive evidence … etc).[38]

Ambatielos Case (2nd Phrase, 1953)에서 국제사법재판소는 다음과 같이 "통합의 원칙"을 승인하는 판결을 하였다.

> 그 선언은 전체로서 읽는 것은 그 견해 … 등을 확인한다(a reading of the Declaration as a whole confirms the view … etc).[39]

Eck v. Unite Arab Airlines Case (1964)에서 미국 제2지방법원(뉴욕) (U. S. Second District Court (New York)은 다음과 같이 "통합의 원칙"을 선언한 바 있다.

> 법원은 조약을 전체로서, 그의 역사에 따라 검토하는 것, 그리고 특별히 조약이 해결하기를 의도했던 문제들을 고찰하는 것은 정상적인 절차라고 결정한다(decided that the proper procedure to examine the treaty as a whole, along with its history and in particular, to look into the problems which it was intended to solve).[40]

이상의 판결 이외에 특히 *South-West Africa* Case (1962)[41]와 *Western Sahara* Case (1975)[42]에서 넓은 의미의 체계해석을 위한 "통합의 원칙"을 승인하는 판결이 있었다.[43]

---

38) ICJ, *Reports*, 1952, p.208.
39) ICJ, *Reports*, 1953, p.30.
40) ICJ, *Reports*, 1964, p.227.
41) ICJ, *Reports*, 1962, p.336.
42) ICJ, *Reports*, 1975, p.55.
43) Thirlway, *supra* n.23, pp.31-32.

요컨대, "통합의 원칙"은 판례에 의해 일반적으로 인정되어 왔다.

(다) 조약법 협약

1) 제31조 제1항

"조약법에 관한 비엔나 협약"(Vienna Convention on the Law of Treaties, 이하 "조약법 협약"이라 한다) 제31조는 "해석의 일반 규칙"(general rule of interpretation)이라는 표제 아래 제1항에 다음과 같이 규정하고 있다.

> 조약은 조약문언의 문맥과 조약의 대상 및 목적에 비추어 조약의 문언에 부여된 통상적 의미에 의거하여 성실하게 해석되어야 한다(a treaty shall be interpreted in good faith in accordance with the ordinary meaning to be given to the terms of the treaty in their context and in light of its object and purpose).

상기 규정 중 "조약은 조약문언의 문맥에 … 의거하여 해석되어야 한다" (a treaty shall be interpreted … in their context)는 "통합의 원칙"을 규정한 것이다.[44)]

2) 제31조 제2항

"조약법 협약" 제31조 제2항은 문맥의 범위에 관해 다음과 같이 규정하고 있다.

> 조약의 해석상 문맥은 조약문에 추가하여 조약의 전문 및 부속서와 함께 다음의 것을 포함한다(the contest for the purpose of the interpretation of a treaty shall comprise in addition to the text …). 이는 넓은 의미의 "통합의 원칙"을 규정한 것이다.

---

44) T.V.Elias, *The Modern Law of Treaties* (Leiden: Sijthoff, 1974), p.74; J.G.Starke, *Introduction to International Law*, 9th ed.(London: Butterworth, 1984), p.157; David H. Ott, *Public International Law in the Modern World* (London: Pitman, 1987), p.195; Brownile, *supra* n.16, p.634, n.137.

요컨대, "통합의 원칙"은 조약의 해석원칙의 하나로 학설 · 판례 · 국제협약에 의해 일반적으로 승인되어 있다.

나. 대일평화조약 제2조 (a)항의 통합의 원칙에 의한 해석

(1) 제2조 (a)항의 규정

1951년 9월 8일 샌프란시스코에서 서명되고 1952년 4월 28일 효력을 발생한 "대일평화조약"(the Peace Treaty with Japan) 제2조 (a)항은 다음과 같이 규정하고 있다.

> (a) 일본은 한국의 독립을 승인하고 제주도, 거문도 및 울릉도를 포함하는 한국에 대한 모든 권리, 권원 및 청구권을 포기한다((a) Japan recognizing the independence of Korea, renounces all right, title and claim to Korea, including the Islands of Quelpart, Port Hamilton and Dagelet).

위의 규정에 의하면 한국에 포함되는 도서로 제주도, 거문도와 울릉도가 열거되어 있으나 독도는 열거되어 있지 않다.

(2) 제2조 (a)항에 대한 일본 정부의 해석

상술한 바와 같이 "대일평화조약" 제2조 (a)항에 한국에 포함되는 도서로 독도가 규정되어 있지 않으므로 일본 정부는 독도는 일본의 영토라고 해석한다.

1962년 7월 13일자 일본 정부의 구술서에 첨부된 "일본 정부견해(4)"를 통해 일본 정부는 다음과 같이 주장해 왔다.

> 평화조약은 일본에 의한 포기에 관해 울릉도와 제주도 2개의 도만을 규정하고 다께시마에 관해서는 규정이 없다. 이 사실은 다께시마는 일본이 승인한 독립 "한국"에 포함되지 않을 뿐만 아니라 일본이 모든 권리, 권원 및 청구권을 포기한 "한국"에도 포함되지 않는다는 것을 의미하지 않을 수 없다(the Peace Treaty provides for the renuciation by Japan of only two no provision on

Takeshima. This fact cannot but mean that Takeshima is not included in the "Korea" the independence of which Japan recognized, nor is it included in the "Korea" to which Japan renounced all right, title, and claim).[45]

(3) 제2조 (a)항에 대한 통합의 원칙에 의한 해석

상기 일본 정부의 "대일평화조약" 제2조 (a)항의 해석은 동 조항만을 본 해석이므로 이는 조약의 해석규칙인 "통합의 원칙"에 반한 해석이다. "통합의 원칙"에 의한 해석을 위해 최소한 다음 2개의 문맥을 보아야 한다.

(가) 대일평화조약 제19조 (d)항

"대일평화조약" 제19조 (d)항은 다음과 같이 규정하고 있다.

일본은 점령기간 중에 점령당국의 지령에 의하거나 또는 그 결과로서 행하여진 … 모든 작위 또는 부작위의 효력을 승인하며 … (Japan recognizes the validity of all acts and omission done during the period of occupation under or consequence of directives of the occupation authorities …)

(나) SCAPIN 제1033호 등

위의 제15조 (d)항의 규정에 의거 일본은 점령당국인 연합군최고사령부가 행한 지령의 효력을 승인한 것이므로 훈령(instruction)의 이름을 가진 지령(directive)인 "연합군최고사령부 훈령"인 한국의 독도영역권을 승인한 맥아더 라인을 설정한 "각서 제80호"(FLTEOSCAP Sorial No.80(1945.9.27.), "SCAPIN 제677호"(1946.1.29.), SCAPIN 제1033호"(1946.6.22), "SCAPIN 제1033/1호"(1948.12.23), "SCAPIN 제1033/2호"(1948.6.30), "SCAPIN 제2046호"(1949.9.19), "SCAPIN 제2050호"(1949.10.10), "SCAPIN 제2050/1호"(1951.1.31), 그리고 "SCAPIN 제2097호"(1950.5.11) 등의 효력을 승인한 것이다.

그러므로 "대일평화조약" 제2조 (a)항의 "일본은 한국의 독립을 승인하고, 제주도, 거문도 및 울릉도를 포함한 …"이라는 규정은 "통합의 원칙"

45) Japanese Ministry of Foreign Affairs. Note Verbale dated July 13, 1963, para.7.

에 따라 동 조약 제19조 (d)항의 규정에 따라 한국의 독도 영토주권을 승인한 제 SCAPIN의 규정에 의거, 독도는 한국의 영토로 규정하는 것으로 해석된다.

V. 결론

1. 요약정리

상술한 바를 다음과 같이 요약·정리하기로 한다.

(i) 맥아더 라인은 일본이 항복한 이후 1945년 9월 27일 연합군최고사령관이 일본어선이 어로활동을 할 수 있도록 인가한 어로구역(authorized fishing boundary)의 한계선으로 이는 수차에 걸쳐 수정되었다.

(ii) 맥아더 라인은 독도의 외측에 설정되었으며, 수차에 걸쳐 수정된 맥아더 라인도 독도의 외측에 설정되었으며, 특히 1946년 6월 22일의 "SCAPIN 제1033호"는 일본어선의 독도접근을 금지했다.

(iii) 맥아더 라인이 독도 외측에 설정된 것은 연합군최고사령관이, 즉 연합국이 한국의 독도영유권이 한국에 귀속됨을 승인한 것이다.

(iv) "대일평화조약" 제2조 (a)항을 통합의 원칙에 따라 동 조약 제19조 (d)항의 규정에 의거 맥아더라인을 설정한 제 SCAPIN을 원용하면 독도의 영유권은 한국에 귀속된다는 결론에 이른다.

2. 정책대안의 제의

정부관계 당국에 대해 다음과 같은 정책대안을 제의하기로 한다.

(i) 학자와 전문가의 맥아더 라인의 연구를 주도하고, 연구를 적극 지원한다.

(ii) 독도영유권의 권원을 역사적 권원에서 현대 국제법상 권원으로 전환하여 주장할 것을 검토하여, 정책에 반영한다.

(iii) 독도영유권의 권원을 SCAPIN에서 "대일평화조약"으로 전환하여 주장할 것을 검토하여 정책에 수용한다.

(iv) 독도영유권의 권원을 "대일평화조약" 제2조 (a)항에서 제2조(a)항 및 "SCAPIN 제1033호"의 효력을 일본이 승인한 제19조 (d)항으로 전환하여 주장할 것을 검토하여 종래의 정책을 전환한다.

제2절

평화선

–평화선과 독도의 영토주권–

목 차

Ⅰ. 서론

1952년 1월 18일에 "국무원고시 제14호"로 선언한 "인접해양에 대한 대통령 주권선언"(이하 "인접해양주권선언"이라 한다)으로 선포된 인접해양의 경계선 즉 "평화선"은 그 내에 독도를 포함하고 있다. 이는 광복이후 대한민국 정부가 최초로 독도가 대한민국의 영토임을 대외적으로 선언한 것으로 독도영유권의 보전을 위해 중대한 의의를 갖는다. 이에 대해 일본정부가 한국 정부에 대해 외교문서를 통해 항의해옴으로서 한일 간에 독도 영유권에 관한 외교논쟁이 시작되었다.

최근 일본 정부는 소위 "다케시마 10 포인트"의 제8 포인트에서 "… 국제법에 반하는 소위 이승만 라인을 일방적으로 설정하고… 그 라인 내에 다케시마를 포함시켰습니다"라고 항의하고 있다.

"다케시마 10 포인트"에 대한 한국 정부의 반박 중 제8 포인트에 대한 반박은 없다. 이는 (i) 일본 정부의 주장이 옳다는 뜻이기 때문에 아니면, (ii) "평화선"은 이미 실효되었으므로 이에 대한 항의가 불필요 · 무의미하다는 뜻으로 해석될 수 있다. 일본 정부의 주장이 옳다는 뜻은 아닐 것이므로 결국 한국 정부가 아무런 반박을 하지 아니하는 것은 "평화선"은 이미 실효된 것으로 보기 때문인 것으로 보여진다.

1965년의 "한일어업협정"에 의해 "인접해양주권선언"은 폐기되고 "평화선"도 폐기되고만 것인가? 또는 1996년의 "배타적 경제수역법"에 의해 "인접해양주권선언"은 폐기되고 따라서 "평화선"은 소멸되고만 것인가?

이 연구는 이에 대한 답을 도출하기 위해 시도된 것이다. 이하 (i) 인접해양주권선언의 선언배경과 선언경위, (ii) 인접해양주권선언의 명칭과 내용, (iii) 인접해양주권선언에 대한 일본 정부의 항의와 한국 정부의 반박 항의, (iv) 인접해양주권선언과 독도의 영토주권, (v) 인접해양주권선언과 한일어업협정 · 배타적 경제수역법 순으로 기술하고, (vi) 결론에서 정부당국에 대해 정책대안을 제의하기로 한다.

II. 인접해양주권선언의 선언배경과 선언 경위

1. 인접해양주권선언의 선언배경

가. 맥아더 라인의 철폐

전후 일본은 "맥아더 라인"에 의해 일본 어선의 "맥아더 라인" 외에서의 남획이 금지되고 따라서 일본 어선은 한국의 어장에서의 어획이 금지되어 그 직접적인 효과로 한국의 어장은 보호를 받을 수 있었다. 그러나 "대일 평화조약"이 1951년 9월 8일에 서명되어 발효될 것이 예정되고 따라서 SCAP이 해체되고 "맥아더 라인"이 자동적으로 철폐될 것으로 예정되어 있어서 이에 대처하여 한국의 어장을 보호하는 조치가 요구되고 있었다.

특히 1946년 6월 22일의 "SCAPIN 제1033호"는 일본 어선의 독도의 12해리 이내에 접근을 금지하고 있는 것이어서[1] "맥아더 라인"의 폐지는[2] 독도의 영유권에도 지대한 영향이 미치도록 되어 있었으므로 "맥아더 라인"을 대체할 조치가 절실히 요구되는 상황이었다.[3]

나. 정전 회담의 진행

1950년에 발발한 한국전쟁은 중국의 참전으로 점차 확대 · 치열화되고 정전회담의 진행은 전투를 더욱 극열화하게 하고 있는 상황에서 그때까지 육전에만 참전해왔던 중공군이 언제 해상에서 침투할 것인지 예측하기 어려운 사정하에 항도 부산에 위치한 정부는 더더욱 해상방위를 하여야 할

---

1) M. M. Whiteman, *Digest of International Law,* Vol. 4 (Washington, D. C.: USGPO, 1965), p. 1185.

2) 맥아더 라인은 1952년 4월 25일 SCAP에 의해 폐지되었다(*ibid.*, p.1186).

3) 지철근, 『평화선』(서울: 범우사, 1979), p.124; 백봉흠, "현대 해양법의 방향에서 본 평화선의 법적 성격에 관한 고찰", 동국대학교 석사학위논문, 1965, p.111; Stuart Kaye, "The Relevance of the Syngman Rhee Line in the Development of the Law of Sea", 동북아역사재단, 『평화선과 오늘의 함의』 2012. 1. 18, 평화선 60주년 세미나, p.4; 김영구, 『한국과 바다의 국제법』(서울: 21세기북스, 2004), p.418.

당면 과제를 안고 있었다. 그러므로 어족자원의 보호보다 국토방위에 더 높은 국익의 비중을 두어야 했었다. 공산세력의 연안침투방지가 일본어선의 연안침투보다 더 시급히 요청되는 상황이었다.[4)]

2. 인접해양주권선언의 선언경위

가. 상공부 수산국의 어업관할구역안

최초로 해양주권선언의 초안은 상공부 수산국에서 기초한 것이었으며 당시 초안의 명칭은 "어업관할구역안"이었다. 이 초안은 순수하게 자원보호를 통한 항구적인 생산성을 유지하면서 일본 어선에 대해 우리나라 해안에서 어업을 제한하는 안이었다. 동 초안은 완성된 후 외무부로 이송되었다.[5)]

나. 외무부의 독도 포함수정안

상공부에서 외무부로 이송된 "어업관할수역안"은 관할구역 내에 독도를 포함하여야 한다는 주장이 제기되어 "어업관할수역안"은 독도를 포함하는 것으로 수정되게 되었다. 상공부의 초안은 독도를 "평화선" 내에 포함시켜야 한다는 것을 의식하면서도 일본을 자극하지 아니하고 자원확보의 실리만을 목적으로 독도를 "평화선"에서 제외한 것이었다.[6)]

독도를 포함한 수정안은 "변영태 추가안"(卞榮泰追加案)이라 한다.[7)]

다. 국무회의의 결의

1951년 9월 7일에 개최된 임시국무회의에서 "어업관할수역안"은 외결되

4) 조윤수, "평화선은 어떻게 선포되었는가?" 동북아 역사재단, 전주3, p.55; 지철근, 전주3, p.128; 윤세원, "평화선", 한국정신문화연구원, 『한국민족문화대백과사전』(성남: 한국정신문화연구원, 1995), p.532.

5) 지철근, 전주3, p.119.

6) 상게서, p.121.

7) 상게서, p.121.

어 그 후 경무대에서 수정을 거쳐 1952년 1월 15일 국무회의에서 "대한민국 인접해양의 주권에 대한 대통령 선언"이 의결되어 1952년 1월 18일에 "국무원고시 제14호"로 선포되었다.[8)]

라. 관보에 등재

국무회의의 의결을 거친 동 대통령 선언은 같은 날짜인 1952년 1월 18일에 관보에 "호외"로 등재되어 내외에 공포되었다.[9)]

Ⅲ. 인접해양주권선언의 명칭과 내용

1. 인접해양주권선언의 명칭

인접해양주권선언의 정식 명칭은 "대한민국 인접해양의 주권에 대한 대통령 선언"이다. 양칙으로 "평화선 선언", "인접해양주권선언" 또는 "대한민국 인접해양주권선언"이라 한다.[10)]

---

8) 상게서, p.169.

9) 1952년 1월 18일 『관보』, 호외.

10) 동 선언은 대통령 이승만이 서명하고, 국무총리 허 정, 외무부장관 변영태, 국방부장관 이기붕, 상공부장관 김훈이 부서했다. "평화선"이란 용어는 "인접해양 주권선언" 문상에 있는 용어가 아니다. "인접해양 주권선언"이 선포된 후 일본, 영국, 미국, 자유중국 등이 동 선언이 부당한 것이라는 비판적 태도를 표시해옴에 따라 우리 정부는 1953년 2월 8일 성명을 발표하고 "한국이 인접해양에 관한 주권선언을 한 주 목적은 한일 양국의 평화 유지에 있다."라고 해명하며 이때부터 "평화선"이란 용어가 사용되게 되었다(지철근, 전주3, p.172). 위의 성명 이후 이승만 대통령의 지시에 따라 "평화선"이란 용어가 사용되기 시작했으며(원용석, 『한일회담 14년』(서울: 삼화출판사, 1965), p.86) 일본과 미국에서는 이대통령이 일방적으로 선언했다는 의미에서 "이승만라인"(Syman Rhee Line) 또는 "이라인"(Rhee Line)이라는 이름이 사용되었다(오재연, 후주3, p.19). "평화선"이라는 용어가 최초로 지상에 사용된 것은 조선일보 1953년 9월 14일자 1면이었다(정인섭, 후주32, p.6). 이 대통령은 "평화선"은 한일 간에 평화를 가져오는 선이라 했

영문명칭은 "Republic of Korea Presidental Proclamation of Sovereignty over Adjacent Seas"이다.

2. 인접해양주권선언의 내용

동 선언은 전문과 4개 항으로 구성되어 있으며, 그 내용은 다음과 같다.

가. 전문 : 근거와 목적

전문은 동 선언의 근거와 목적을 다음과 같이 선언하고 있다.

> 확정된 국제 선례에 의거하고 국가의 복지(福祉)와 방어를 영원히 보장하지 않으면 안될 요구에 의하여 대한민국 대통령은 다음과 같이 선언한다(supported by well-established international precedents and urged by the impelling need of safe guarding, once and for all, the interests of national welfare and defense, the President of the Republic of Korea hereby proclaims).[11]

이와 같이 동 선언의 근거는 "확정된 국제선례"에[12] 두고, 동 선언의 목

다(Kaye, *supra* n.3, p.4). 이 대통령의 갈홍기 외부차관에 대한 평화선의 의미설명한 바 있다(박실, 후주36, p.281).

11) Marjorie M. Whiteman, *Digest of International Law* Vol.4(Washington, D.C.: USGPO, 1965), p.531.

12) · 1945. 9. 28 : 미국의 공해의 특정수역에 대한 정책선언
· 1947. 6. 23 : 칠레의 200해리 해양주권선언
· 1947. 8. : 페루의 200해리 해양주권선언
· 1949. : 코스타리카의 200해리 해양주권선언(Carl August Fleischer, "Fisheries and Biological Resources", in Rene-Tean Dupuy and Daniel Vrgnes (eds.), *A Handbook on the new law of the Sea*, Vol. 1(Dordrecht: Martinus, 1991), pp.1050-51: Ann L. Hollick, "The Origins of 200-Mile Offshore Zones", *AJIL*, Vol.71, 1977, pp. 449-50; D.P.O'Conell, *The International Law of the Sea*, Vol. 1 Oxford: Clarender: 1982), p.31).
〈평화선 선포 이후 한국정부의 조치 (1952-1955)〉
· 1952. 1. 18. : 한국 정부 "대한민국 인접 해양의 주권에 대한 대통령의 선언"을 선언

적은 "복지"와 "방어"에 두고 있다. 방어는 전술(Ⅱ.1.나)한 바와 같이 공산세력으로부터의 방어와 일본으로부터의 방어를 포함한 것이었다.

나. 제1항 : 대륙붕

제1항은 대륙붕을 다음과 같이 선언하고 있다.

> 대한민국정부는 국가의 영토인 한반도 및 도서의 해안에 인접한 해붕의 상하게 가지게 되고 또는 장래에 발견될 모든 자연자원 광물 및 수산물을 국가에 가장 이롭게 보호 보존 및 이용하기 위하여 그 심도 여하를 불문하고 인접해붕에 대한 국가주권을 보존하여 또 행사한다(The government of the Republic

---

· 1952. 1. 19. : 한국 정부는 SCAP를 통하여 일본에 통고
· 1952. 1. 28. : 일본 외무성은 이것을 불인하는 구상서를 한국정부에 송부
· 1952. 2. 4. : 일본의 기선저인망 어선 大邦丸이 평화선을 침범하여 조업하다가 한국 경비정에 발포된 총에 의해 선원 1인이 사망
· 1952. 2. 11. : 주한 미 대사가 한국이 선언한 것에 대한 불법성에 대하여 서간과 메모랜덤을 한국 외무장관에 전달
· 1952. 2. 13. : 한국 외무부가 주한 미 대사에 답변을 송부
· 1952. 4. 18. : 한국 정부는 일본 외무성이 보낸 1월 28일의 구상서에 대한 견해를 전달
· 1952. 6. 11. : 주한 중화민국대사(대만)는 한국의 선언이 중화민국의 권리와 이해를 침해하고 있다고 한국 정부에 전달
· 1952. 6. 26. : 한국의 외무부 차관은 중화민국정부에 한국이 선포한 것은 중화민국의 권리와 이해를 침해하지 않을 것이라는 의견을 전달
· 1952. 10. 4. : 대통령 긴급명령 제12호로 '포획심판령'을 제정 공포하고 포획심판소 및 포획고등 심판소를 개설함
· 1953. 1. 12. : 주한 영국공사는 한국의 선언을 인정할 수 없다는 서간을 보냄
· 1953. 1. 28. : 한국 정부는 영국 정부에게 "해양주권선언"의 필요성인 어업 보호, 한일 간의 분쟁 방지라는 평화적인 목적 등으로 설득하는 내용의 서간을 보냄
· 1953. 9. 11. : 한국 정부관계자는 공식적으로 "해양주권선언"을 "평화선"으로서 공식적으로 부르기 시작함
· 1953. 12. 12. : 한국 정부는 "어업자원보호법(법령 298)"을 공포
· 1954. 5. 6. : 한국 정부는 일본 정부에 "어업보호법"을 통보
(출처: 외교안보연구원, 『한국의 어업자원보호법 공포에 관한 한 · 일 간의 분쟁』 743, 41, 1953-1955, 460; 조윤수, 전주4, p.43.)

of Korea holds and exercises the national sovereignty over the shelf adjacent to the peninsular and insular coasts of the national territory, no matter how deep it may be, protecting, preserving and utilizing, therefore, to the best advantage of national interests, all the natural resources, mineral and marine, that exist over the said shelf, on it and beneath it, known, or which may be discovered in the future).[13]

위의 규정은 오늘의 "유엔해양법협약"상 대륙붕의 개념과는 정확하게 일치되는 개념은 아니나, "인접해붕"이라는 표현으로 보아 대륙붕을 선언한 것이 명백하다.

다. 제2항 : 어업보전수역

제2항은 어업보전수역을 다음과 같이 선언하고 있다. 이 어업보전수역을 "어업수역" 또는 "보전수역"이라 할 수도 있다.

대한민국정부는 국가의 영토인 한반도 및 도서의 해안에 인접한 해양의 상하 및 내에 존재하는 모든 자연자원 및 재부를 보유, 보호, 보존, 및 이용하는데 필요한 좌와 같이 한정된 연장해양에 관하여 기심도 여하를 불구하고 인접해양에 대한 국가의 주권을 보지하며 또 행사한다. 특히 어족 같은 감소될 우려가 있는 자원 및 재부가 한국주민에게 손해되도록 개발되거나 또는 국가의 손상이 되도록 감소 혹은 고갈되지 않게 하기 위하여 수산업과 어획업을 정부의 감독 하에 둔다(The Government of the Republic of Korea holds and exercises the national sovereignty over seas adjacent to the coasts of the peninsular throughout and islands of the national territory, no matter what their depths may be throughout the extension, as here below delineated, deemed necessary to reserve, protect, conserve and utilize the resources and natural wealth of the Government supervision particularly the fishing marine hunting industries in order to prevent this exhaustible type of resources and natural wealth from being exploited to the disadvantage of the inhabitants of Korea, or decreased or destroyed to the detriment of the country).[14]

---

13) Whiteman, *supra* n.11, p.531.

14) *Ibid*, pp. 531-32.

위의 규정은 대륙붕의 내용이라고 할 수도 있고 어업수역 또는 어업보존수역의 내용이라고 할 수도 있으나, "특히 어족 같은 감소될 우려가 있는…수산업과 어획법을"이라는 규정으로 보아 어업수역을 선언한 것으로 본다. 이는 오늘의 "유엔해양법협약"상 배타적 경제수역이라 할 수도 있다.

라. 제3항 : 인접해양주권의 경계선

제3항은 인접해양주권의 경계선을 다음과 같이 규정하고 있다.

> 대한민국정부는 이로써 대한민국정부의 관할권과 지배권이 있는 상술한 해양의 상하 및 내에 존재하는 자연자원 및 재부를 감독하며 또 보호할 수역을 한정할 좌에 명시된 경계선을 선언하며 또 유지한다.
>
> 이 경계선은 장래에 구명될 새로운 발견, 연구 또는 권익의 출현에 인하여 발생하는 신 정세에 맞추어 수정할 수 있음을 겸하여 선언한다.
>
> 대한민국의 주권과 보호하에 있는 수역은 한반도 및 그 부속도서의 해양과 좌의 제선을 연결함으로써 경계선간의 해양이다.
>
> ㄱ. 함경북도 경흥군 우암령 고정으로부터 북위 42도 15분, 동경 130도 45분의 점에 이르는 선
> ㄴ. 북위 42도 15분, 동경 130도 45분의 점으로부터 북위 38도 동경 132도 50분의 점에 이르는 선
> ㄷ. 북위 38도 동경 132도 50분의 점으로부터 북위 35도 동경 130도의 점에 이르는 선
> ㄹ. 북위 35도 동경 130도의 점으로부터 북위 34도 40분 동경 129도 10분의 점에 이르는 선
> ㅁ. 북위 34도 40분 동경 129도 10분의 점으로부터 북위 32도 동경 127도의 점에 이르는 선
> ㅂ. 북위 32도 동경 127도의 점으로부터 북위 32도 동경 124도의 점에 이르는 선
> ㅅ. 북위 32도 동경 12도의 점으로부터 북위 39도 45분 동경 124도의 점에 이르는 선

ㅇ. 북위 39도 45분 동경 124도의 점으로부터 평안북도 용천군 신도열도 마안도 서단에 이르는 선
ㅈ. 마안도 서안으로부터 북으로 한·만 국경의 서단과 교차되는 직선

(The Government of the Republic of Korea hereby declares and maintain the limes of demarcation, as given below, which shall define and delineate the zone of control and protection of the national resources and control of the Republic of Korea and which shall be liable to modification, in accodance with the circumstance arising from new discoveries, studies or interests that may come to light in future. The zone to be placed under the sovereignty and protection of the Republic of Korea shall consist of seas lying between the coasts of the peninsular and insular territories of Korea and the line of demarcation made from the continuity of the following lines:

a. from the highest peak of U-Am-Ryung, Kyung-Hung-Kun, Ham-Kyong Pukdo to the point(42°15'N-130°45'E)
b. from the point (42°15'N-130°45E) to the point (38°00'N-132°50'E)
c. from the point (38°00'N-132°50'E) to the point (38°00'N-130°00'E)
d. from the point (35°00'N-130°00'E) to the point (34°40'N-129°10'E)
e. from the point (34°40'N-129°10'E) to the point (32°00'N-127°00'E)
f. from the point (32°00'N-127°00'E) to the point (34°00'N-124°00'E)
g. from the point (32°00'N-124°00'E) to the point (39°45'N-124°00'E)
h. from the point (39°45'N-124°00'E) to the western point of Ma-An-Do, Son-Do-Yuldo, Yong-Chun-Kun, Pyungan Pukdo.
i. from the western point of Ma-An-Do to the point where a straight line drawn north meets with the western and of the Korean-Manchurian borderline).[15]

위의 경계선이 "평화선"인 것이다.

특히 위의 경계선 내에는 독도가 포함되어 있음에 유의하여야 한다. 경계선의 동측 끝을 북위 38° 동경 132°50'으로 함으로써 북위 33°1'18" 동경 131°52'22"에 위치하는 독도를 인접해양 내에 포함시키고 있다. 즉 "평화

15) *Ibid*, p. 532.

선” 내에 독도가 포함되어 있다. 이는 대한민국 정부가 광복 이후 최초로 독도가 한국의 영토임을 공식적으로 표시한 것이다. “평화선”의 설정은 영토주권의 현시인 것이다. 특히 이 경계선은 신정세에 따라 수정·변경할 수 있음을 명시하고 있다.

마. 제4항 : 공해상의 자유항행 인정

제4항은 다음과 같이 공해상의 자유항행권을 인정하고 있다.

> 인접해양에 대한 본 주권의 선언은 공해상의 자유항행권을 방해하지 않는다(this declaration of sovereignty over the adjacent seas does not interfere with the right of free navigation on the high seas).[16]

이상의 규정은 대한민국이 인접해양과 공해상에 대륙붕과 어업보존수역을 설치했지만 이는 인접해양의 상부에 있어서 선박의 항행의 자유가 보장됨을 명시적으로 규정하고 있다.

Ⅳ. 인접해양주권선언에 대한 일본정부의 항의와 한국정부의 반박항의

1. 일본정부의 항의

가. 항의의 형식

한국 정부의 “인접해양주권선언”의 발표에 관해 1952년 1월 28일 일본 정부는 한국 정부에 대해 공식적인 항의를 해왔다. 이 일본 정부의 항의는 구술서(note verbale)의 형식으로 주일한국대표부에 전해왔다.[17]

---

16) *Ibid.*

17) The Japanese Ministry of Foreign Affairs, Note Verbale of January 28, 1952.

나. 항의의 내용

일본 정부의 항의의 내용은 다음과 같은 두 가지로 요약된다.

(1) 공해자유의 원칙에 저촉

대한민국의 "인접해양주권선언"은 공해의 자유의 원칙에 저촉된다고 다음과 같이 항의해 왔다.

> 일본 정부는 1952년 1월 18일 대한민국 대통령의 선언의 내용은 국제적으로 오랫동안 확립되어 온 공해자유의 원칙에 전적으로 저촉되는 것으로 생각할 뿐만 아니라…
>
> (the Japanese Government considers that the contents of the proclamation of the Present of the Republic of Korea of January 18, 1952 not only entirely incompatible with the long established principle of the freedom of the high seas…)[18)]

(2) 독도에 대한 한국의 영역권 주장 부인

일본 정부는 대한민국의 "인접해양주권선언"에 의한 대한민국의 독도에 대한 영유권의 주장을 인정할 수 없다고 다음과 같이 항의해 왔다.

> 이 선언에서 대한민국은 죽도 또는 리앙끄르암으로 알려진 일본해에 있는 도서에 대한 영유권을 갖는 것처럼 보이나 일본 정부는 의문의 여지없이 일본의 영토에 대한 한국에 의한 그러한 가정 또는 주장을 인정하지 아니한다(in the proclamation the Republic of Korea appears to assume territorial rights over the islets in the Japan Sea known as Takeshima(otherwise known Liancourt Rocks), The Japanese Government does not recognize any such assumption or claim by the Republic of Korea concerning these islets, which are without question Japanese territory).[19)]

첫째로, "공해자유의 원칙에 위배"된다는 위의 주장은 동 선언 제4항의 "인접해양에 대한 본 주권의 선언은 공해상의 자유항행권을 방해하지 아

---

18) *Ibid*, para. 2.

19) *Ibid*, para. 5.

니한다"는 규정을 일부 간과한 것이고 상술한 (전주II) 국제관행에 반하는 것이다.

둘째로, "독도에 대한 한국의 영유권 주장 부인" 주장은 독도가 명백한 한국의 영토이므로 이는 성립의 여지가 없다.

2. 한국정부의 반박항의

가. 반박항의의 형식

"인접해양주권선언"에 대해 1952년 1월 28일 일본 정부의 항의에 대하여 한국 정부는 일본 정부에게 1952년 2월 12일 이를 반박하는 항의를 공식적으로 제기했다.[20]

상기 한국 정부의 반박항의도 구술서의 형식으로 일본 정부에 전달했다.

나. 반박항의의 내용

(1) 확립된 국제선례에 따른 선언

한국 정부의 반박항의는 한국정부의 선언이 확립된 국제선례에 따른 선언이라고 다음과 같이 반박항의했다.

> 1952년 1월 18일 대한민국 대통령 선언은 확립된 주권국가의 특권에 따라 행한 것이며… 미국, 멕시코, 아르헨티나, 칠레, 페루, 코스타리카, 사우디아라비아 등이 일방적 선언 또는 다른 성격의 방법으로 이미 행하여져 왔다(the Proclamation of the President of the Republic of Korea of January 18, 1952, done in accordance with a fully established privilege of a sovereign nation… the United States of America, Mexico, Argentina, Chile, Peru, Costa Rica, Saudi Arabia, etc, having already made, one after another, unilateral proclamations of more of less the same character).[21]

20) The Korean Government, Note Verbale to the Japanese Government of February 12, 1952.

(2) 독도에 대한 한국의 영유권 주장

한국 정부의 반박항의는 독도에 대한 영유권이 한국에 귀속된다고 다음과 같이 반박했다.

> 1949년 1월 29일의 SCAPIN 제677호에 의해 연합군최고사령부가 이 섬을 일본으로부터 명백히 제외했고 또한 동일한 섬을 "맥아더 라인" 밖에 두었으며, 이 사실들이 논쟁의 여지없이 이 섬에 대한 한국 측 주장을 인정하고 확인해준다는 사실을 일본 정부가 상기할 것을 희망할 뿐이다(merely wishes to remid the Japanese that scap, by SCAPIN No.677 dated January 29, 1946, explicitly excluded the islets from the territorial possessions of Japan and that again the same islets have been left outside of the MacArthur Line, facts that endorse and confirm the Korean claim, which is beyond any dispute).[22]

3. 독도영유권 논쟁의 계속

상기 1952년 1월 28일의 일본 정부의 "인접해양주권선언"에 대한 항의와 1952년 2월 12일의 한국 정부의 반박항의에 의해 발단된 한일 간의 독도영유권문제에 대한 외교 논쟁은 그 후에도 계속되었다.

특히 일본 정부는 1954년 9월 25일 독도영유권문제를 국제분쟁으로 보아 이를 국제사법재판소에 제소하여 해결하자 제의해왔고[23], 이에 대해 한국 정부는 동년 10월 28일 이를 일축하는 항의를 일본 정부에 전했다.[24]

이 이후에 수차례 걸친 항의 구술서가 양국 정부 간에 교환되어 독도영유권에 관한 한일 간의 외교분쟁이 계속되었다.[25]

---

21) *Ibid*, para. 1.

22) *Ibid*, para. 4.

23) The Japanese Ministry of Foreign Affairs, Note Verbale (No 158/A5) of September 25, 1954. para. 2.

24) The Korean Mission in Japan, Note Verbale of October 29, 1954, para. 2.

25) Myung-Ki Kim, *The Territorial Sovereignty over Dokdo in International Law* (Claremont, CA: Paige Press, 2000), pp.32-36.

V. 인접해양주권선언과 독도의 영토주권

전술한 바와 같이 상공부수산국의 "어업관할구역안"은 동 구역 내에 독도를 포함하지 아니한 것이었다. 동 초안이 외무부에 이송되어 독도를 포함한다는 것으로 수정되어 이른바 "변영태 추가안"을 형성하게 되었다.[26) 그러나 동 추가안에도 독도를 명시하여 독도는 한국의 영토로 표기한 것이 없다. "인접해양주권선언" 내에도 독도를 한국의 영토로 명시한 것은 없고 오직 제3항에서 독도를 "평화선" 내에 포함시키고 있을 뿐이다.[27) 그러나 다음과 같은 이유에서 동 선언은 대한민국이 독도의 영유권을 주장하고 있는 것으로 해석된다.

첫째로, 동선언 제1항과 제2항에 "국가의 영토인 한반도와 도서의 해안"이라고 규정하여 동 선언이 대한민국의 영토인 해안에 효력이 미침을 명시하고 있다. 따라서 동 선언은 대한민국의 영토인 한반도와 대한민국의 영토인 도서를 선언하는 것으로 볼 수 있으므로 이 규정 중 "도서"에 독도가 포함되는 것이므로 동 선언은 독도가 대한민국의 영토임을 선언한 것으로 볼 수 있다. 동 선언은 대한민국의 영토인 한반도와 도서의 인접해안의 주권을 선언한 것이므로 동 선언은 대한민국의 도서에 포함되는 독도가 대한민국의 영토임을 선언한 것으로 볼 수 있다.[28)

둘째로, 한편 동 선언에 대한 일본 정부의 1952년 1월 28일자 일본 정부의 항의에는 "죽도로 알려진 일본해에 있는 도서에 대한 영유권을 갖는 것처럼 보이나"라고[29) 하여 일본정부 스스로가 대한민국이 동 선언에 의해 독도의 영유권을 갖는 것처럼 주장한다고 인정하고 있으며 또한 이 일본의 항의에 대한 대한민국의 1952년 2월 12일자 반박항의도 일본의 그와 같

26) 지철근, 전주3, p.119
27) "인접해양주권선언", 제3항 ㄷ목
28) "대한민국의 영토인 한반도와 도서"는 대한민국의 영토인 한반도와 대한민국의 영토인 도서를 뜻하므로 도서인 독도가 대한민국의 영토임을 선언한 것이다.
29) The Japanese Ministry of Foreign Affairs, *supra* n.23, para. 5.

은 주장을 부인하지 아니하고 이를 반박한 것은 일본 정부와 한국 정부가 동 선언에 의해 대한민국이 독도의 영유권을 주장함을 합의한 것이라고 보아도 무리가 없다고 본다.

한국 정부의 반박항의에서 한국 정부는 "인접해양주권선언"을 통하여 독도가 한국의 영토라는 주장을 한 바 없다고 반박한 바 없다.

Ⅵ. 인접해양주권선언과 한일어업협정 · 배타적 경제수역법

1. 인접해양주권선언과 한일어업협정

"인접해양주권선언"은 "한일어업협정"에 의해 실효되었는가? 따라서 평화선은 실효되었는가?

일본 외무성의 『다께시마 10포인트』의 제8포인트 제1항은 다음과 같이 기술하고 있다.

> 1952(쇼와27)년 1월 이승만대통령은 "해양주권선언"을 발표하였는데, 이는 국제법에 반하는 소위 '이승만 라인'을 일방적으로 설정하고 이 라인 안쪽에 있는 광대한 구역에 대한 어업관할권을 일방적으로 주장함과 동시에 그 라인 내에 다케시마를 포함시키고 있습니다.

위의 일본 외무성의 주장에 대해 동북아역사재단 독도연구소의 『일본 외무성의 독도 홍보팜플렛 반박문』(2008), 외교통상부의 『독도홍보참고자료』(2012), 외교통상부의 『한국의 아름다운 섬, 독도』(발행년도 미상), 그리고 외교통상부의 Dokdo : Korean Territory "Basic Position of the Government of the Republic of Korea on Dokdo"에는 "이승만 라인"에 관한 언급이 없다.[30]

---

30) 그러나 김명기 · 이동원의 『일본외무성 다케시마 문제의 개요 비판』(서울: 독도

이는 오늘 한국정부가 "평화선"이 폐지된 것으로 보는 것이 아닌가? "평화선"은 실효되었는가에 관한 견해를 보면 다음과 같다.

가. 한국 정부의 견해(한일어업협정 체결당시)

한국 정부는 "인접해양주권선언"은 "한일어업협정"에 의해 대체되었다고, 즉 "인접해양주권선언"은 "한일어업협정"의 체결에 의해 실효되었다고 다음과 같이 해석하고 있다.

> 1952년 1월 18일 평화선을 설정하고 일방적으로 취하여 오던 규제방식을 한일양국간의 합의에 의한 협정상의 규제방식으로 대체하여 이를 더욱 실효적으로 시행하기 위한 것이다. 이와 같은 견지에서 볼 때 이번 어업협정은 평화선 설정의 취지와 목적이 유지되고 있으며……. [31]

나. 학설

학설도 모두 "한일어업협정"의 체결에 의해 "평화선"은 실효되었다고 다음과 같이 기술하고 있다.

> 12해리 어업전관수역을 설정하고 그 외곽의 공동규제수역에서는 기국주의에 입각한 단속에 합의함으로써 평화선을 사실상 종언을 고하게 되었다.[32]

> 평화선은 그 후 1965년 한일어업협정의 체결을 통해 실질적으로 역할을 종료하였다.[33]

> 한일어업협정이 체결된 이후 평화선은 실질적으로 그 효력을 잃게 되었으

군사연구학회/책과 사람들, 2010)에는 제8항에 관한 비판이 있다(pp.222-25). 이는 "평화선"이 유효한 것을 전제로 한 비판이다.

31) 대한민국정부, 『대한민국과 일본국 간의 조약 및 협정 해설』(서울: 대한민국정부, 1965), p.34.

32) 정인섭, "1952년 평화선 선언과 해양법의 발전", 『서울국제법연구』 제13권 제2호, 2006, p.22.

33) 이석우, "평화선", 한국해양수산개발원, 『독도사전』(서울: 한국해양수산개발원, 2011), p.339.

며 우리의 뇌리에서도 점차 사라지게 되었다.[34)]

평화선은 1965년 6월에 어업협정이 체결됨으로써 사실상 철폐되었다.[35)]

실질적으로 존재하는 것도 아니고 법적으로 소멸된 것도 아닌 그런 상태에 있다.[36)]

평화선은 65년 6월 한일조약의 체결로 사실상 해체되었다.[37)]

현재평화선을 대체하고 있는 신한일어업협정에는 배타적 경제수역을 설정하고 동해와 남해에 한일공동관리수역을 두고 관리하도록 하였다.[38)]

결국 평화선은 실질적으로 무력화되었고 한일협정의 체결과 함께 사망선고도 받지 못한 채 역사의 뒤안길로 허무하게 사라졌다.[39)]

"평화선 선언"의 적용은 실질적으로 배제할 수 있게 되었다.[40)]

상술한 바와 같이 "박진선생"의 견해를 제외하고는 모두 한국정부의 견해와 같이 "평화선"을 소멸된 것으로 보고 있다.

다. 국제법상 규범의 저촉

"인접해양주권선언"과 "한일어업협정"의 법적 관계와 인접해양주권과 "배타적 경제수역법"의 관계는 국제법상 규범의 저촉관계(conflict of norms

34) 지철근, 전주3, p.7.
35) 윤세원, 전주4, p.532.
36) 박실, 『한국외교비사』(서울:기린사, 1979), p.288.
37) 박형규, "평화선", 『두산세계대백과사전』(서울: 두산동아, 1997), p.577.
38) 위키백과.
39) 오세연, "평화선과 한일협정", 『역사문제연구』 제14권, 2005, p.42.
40) 김영구, 전주3, p.418. 김교수는 "평화선 선언"이 무효 또는 실효로 되었다고 하지 아니하고 적용이 배제되었다고 한다. 이는 "평화선 선언"은 유효하고 적용이 배제되었다는 뜻으로 보여진다. 이는 국제법상 규범의 저촉의 효과로 우선 규범에 의해 우선당하는 규범은 무효로 되는 것이 아니고, 유효하고 적용만이 배제된다는 의미인 것으로 보여진다.

in international law)이므로 국제법상 규범의 저촉에 관해 개관하기로 한다.

(1) 국제법상규범의 저촉의 의의

"인접해양주권선언"과 "한일어업협정"의 관계는 국제법상 규범의 저촉(conflict of norm) 관계이다. 국제법상 규범의 저촉은 국제법상 한 규범이 다른 규범과의 관계에서 내용상의 상호저촉, 즉, 내용상 불가양립성(incompatibility)을 말한다.[41] 환언하면, 한 규범의 내용과 다른 규범의 내용이 상호저촉되는 것을 뜻한다.

(2) 국제법상 규범의 저촉을 해결하는 원칙

국제법상 규범의 저촉을 해결하는 원칙으로 후법우선의 원칙(lex posterior principle), 특별법우선의 원칙(lex specialic principle), 상위법우선의 원칙(lex hierachic principle) 등이 있다.[42] "후법우선의 원칙"은 선법에 저촉되는 후법이 우선하는 원칙이고, "특별법우선의 원칙"은 일반법에 저촉되는 특별법이 우선되는 원칙이며, "상위법우선의 원칙"은 하위법에 저촉되는 상위법이 우선하는 원칙이다. 이들 원칙은 상호불가분의 연관(inseparable link)을 갖고 있다.[43]

(3) 국제법상 규범의 저촉의 국제법상 체계

국제법상 규범의 저촉의 체계의 법적 관계, 즉 저촉의 효과에 관해 다음

---

41) Hans Kelsen, *Principles of International Law*, 2nd ed. (New York: Holt, 1967), p.502; G. Schwarzenbergen and E. D. Brown, *A Manual of International Law*, 6th ed. (Milton: Professional Books, 1976), p.131; W. Karl, "Conflict between Treaties", *EPIL*, Vol.7, 1984, pp.467-68; J. Kammerhofer, *Uncertainty in International Law* (London: Routledge, 2011), p.141; M. Balkin, "Deconstructive Practice and Legal Treaty", *Yale Law Journal*, Vol.96, 1987, pp.743-86; 김명기, 『국제법원론』 상(서울: 박영사, 1996), p.77.

42) I. Sinclair, *The Vienna Convention on the Law of Treaties*, 2nd ed.(Manchester: Manchester University Press, 1984), pp.436-53.

43) Karl, *supra* n.41, p.469.

과 같이 견해가 나누어져 있다.

그 하나는 규범의 적용(application of norm) 문제로 보는 견해이고,[44] 다른 하나는 규범의 효력(validity of norm) 문제로 보는 견해이다.[45]

"규범의 적용문제"로 보는 견해에 의하면 저촉을 해결하는 원칙에 따라 우선되는 규범이 적용되고 우선 당하는 규범은 적용이 배제되게 될 뿐이고 무효로 되는 것은 아니다.[46] 이에 반해 "규범의 효력문제"로 보는 견해에 의하면 규범을 저촉을 해결하는 원칙에 따라 우선되는 규범은 유효하고 우선당하는 규범은 무효로 되게 한다.

(4) 인접해양주권선언과 한일어업협정의 저촉

"인접해양주권선언"은 "한일어업협정"의 체결로 실효되었는가? 즉, "평화선"은 "한일어업협정"의 체결로 소멸되고 말았는가? "한일어업협정"은 "인접해양주권선언"에 저촉된다. "한일어업협정"에는 "인접해양주권선언"을 무효로 한다는 명문규정이 없다. 그러면 "한일어업협정"과 "인접해양주권선언"의 저촉은 어떤 저촉유형에 해당하는가? "인접해양주권선언"은 세계 모든 국가에 대해 선언된 것이므로 이는 일반법이고 이에 대해 "한일어업협정"은 한국과 일본과의 관계에만 적용되므로 특별법이라고 할 수 있다. 그러므로 양자의 저촉을 해결하는 원칙은 "특별법우선의 원칙"이다. 즉 한국과 일본과의 관계에서만 "한일어업협정"이 "인접해양주권선언"에 우

---

44) T.D.Elias, *The Modern Law of Treaties* (Leiden: Sigthoff, 1974), p.54; Sinclair, *supra* n.42 p.184; Alina Kaczorowiska, *Public International Law*, 4th ed. (London: Routledge, 2010), p.116; Kammerhofer, *supra* n.34, pp.139, 141, 144; I.A.Shearer, *Starke's International Law*, 11th ed. (London: Butlerworths, 1994), p.427; Martin Dixon, *Textbook on International Law*, 6th ed. (Oxford: Oxford University Press, 2007), p.76; G.D.Triggs, *International Law* (New York: Butlerworths, 2006), p.77; H. Lauterpacht(ed.), *Oppenheims' International Law*, Vol. 1, 8th ed. (London: Longmans, 1955), pp.894-95.

45) I. Brownlie, *Principle of Public International Law*, 5th ed. (Oxford: Oxford University Press, 1998), pp.627, 630.

46) Kammerhofer, *supra* n.41, p.139.

선하게 된다. 따라서 일본 이외의 국가와의 관계에서 "한일어업협정"이 우선하는 것이 아니므로 한국과 일본 이외의 국가와의 관계에서 "인접해양주권선언"은 그대로 적용하게 되고 일본과의 관계에서만 "한일어업협정"이 우선할 뿐이다. 즉, "평화선"은 일본과의 관계에서만 적용이 배제되는 것이며 일본 이외의 국가와의 관계에서는 "평화선"은 적용이 배제되는 것도 무효로 되는 것도 아니다.

국제법상 규범의 저촉은 규범의 적용문제로 보는 것이 통설이므로 이 통설에 의할 때 일본과의 관계에서도 "평화선"은 실효된 것이 아니라 그래도 존속하며 오직 적용이 배제될 뿐인 것이다.[47] 이는 1965년의 "한일어업협정"과의 저촉이나 1998년의 "한일어업협정"과의 저촉의 경우도 그 효과는 동일하다.

2. 인접해양주권선언과 배타적 경제수역법

"인접해양주권선언"은 1998년 8월 8일의 "배타적 경제수역법"에 의해 실효되었는가?

"평화선"은 "배타적 경제수역법"의 시행으로 소멸되고 말았는가? "배타적 경제수역법"은 "인접해양주권선언"과 저촉된다. "배타적 경제수역법"에 "인접해양주권선언"은 무효화로 한다는 명문규정이 없다. 그러면 "배타적 경제수역법"과 "인접해양주권선언"의 저촉은 어떠한 저촉유형에 해당하는가? "배타적 경제수역선언(평화선 선언)"은 구법이고 "배타적 경제수역법"은 신법이라고 할 수 있다. 그러므로 양자의 저촉을 해결하는 원칙은 "신법우선의 원칙"이다. 따라서 "배타적 경제수역법"이 "인접해양주권선언"에 우선하게 된다. 그 결과 "인접해양주권선언"은 적용이 배제되거나 실효되게 된다. 국제법상 규범의 저촉은 규범의 적용문제로 보는 것이 통설이므

47) 그러므로 평화선 내에 위치한 독도는 1952년 이래 지금까지 한국의 국가주권의 현시 하에 있는 것이다.

로 이 통설에 의한다는 "배타적 경제수역법"이 적용되고 "인접해양주권선언"은 적용이 배제될 뿐이므로 동 선언은 무효로 되는 것이 아니다. 따라서 "배타적 경제수역법"에 불구하고 "평화선"은 그대로 존속하는 것이다.48)

Ⅶ. 결론

1. 요약

전술한 바와 같이 독도를 내포하는 "평화선"을 설정한 "인접해양주권선언"은 "한일어업협정"에 의해 대체되어 소멸한 것으로 보는 것이 한국 정부의 입장이고 한국의 다수 학자도 "평화선"은 소멸한 것으로 보는 것이 일반적이다. 그러나 국제법상 규범의 저촉이론에 의하면 "인접해양주권선언"은 "한일어업협정"에 의해 그의 적용이 배제되었을 뿐 그 자체 실효된 것이 아니다. 일본 정부는 최근에(2008년) "평화선"이 존치되어 있는 것을 전제로 한 항의를 해 오고 있다.

2. 정책대안의 제의

"한일어업협정"에 저촉되는 "인접해양주권선언"은 실효된 것이 아니라 적용이 배제되었을 뿐이므로 다음과 같은 제의를 하기로 한다.

첫째로, "평화선" 내에 독도가 위치해 있다는 것은 "인접해양주권선언"에 의한 독도 영토 주권의 행사, 즉 1952년 이래 지금까지 한국의 독도에 대한 주권의 현시라고 일본 정부에 대해 주장하는 방향으로, "평화선"이 소멸된 것을 전제로 하는 종래의 정책을 전환할 것이 요구된다.

48) 그러므로 독도는 "배타적 경제수역법"에 불구하고 1952년 이래 지금까지 "인접해양주권선언"에 의한 "평화선" 내에 내재하고 있는 것이다.

둘째로, "다께시마 10포인트" 제8항에 대해 1952년 이래 지금까지 "평화선"이 실효된 것이 아니라는 것을 전제로 "평화선"의 국제법상 합법성 따라서 독도영토주권의 현시의 합법성을 강력히 주장할 것이 요구된다.

제2장

독도의 영해와 배타적 경제수역

제1절

독도의 영해

목 차

Ⅰ. 해양법협약상 및 영해 및 접속수역법상 독도의 영해

1. 해양법협약상 독도의 영해

"유엔해양법협약"상 도는 자연적으로 형성된 육지의 일부라고 다음과 같이 규정하고 있다.

> 도는 바닷물로 둘러 싸여있으며 밀물일 때에도 수면 위에 있는 자연적으로 형성된 육지 지역을 말한다(제121조 제1항).

그리고 동 협약은 도는 영해 · 접속수역 · 배타적 경제수역 · 대륙붕을 가진다고 다음과 같이 규정하고 있다.

> 제3항에 규정된 경우를 제외하고는 섬의 영해, 접속수역, 배타적 경제수역 및 대륙붕은 다른 영토에 적용 가능한 이 협약의 규정에 따라 결정한다(제21조 제2항).

그리고 동 협약은 인간이 거주할 수 없거나 독자적인 경제활동을 할 수 없는 암석은 배타적 경제수역과 대륙붕을 가지지 아니한다고 다음과 같이 규정하고 있다.

> 인간이 거주할 수 없거나 독자적인 경제활동을 유지할 수 없는 암석은 배타적 경제수역이나 대륙붕을 가지지 아니한다(제121조 제3항).
> 영해의 폭은 12해리 범위 내에서 연안국이 정한다(제3조).

> 독도는 밀물 때에도 수면 위에 있는 자연적으로 형성된 육지지역이므로 도임에 명백하다. 따라서 독도는 영해를 가짐은 논의의 여지가 없다(제121조 제2항). 독도는 인간이 거주할 수 없거나 독자적 경제활동을 할 수 없는 암석이라 할지라도 독도는 도로서 "영해"를 가진다.
> 영해의 폭은 기선으로부터 12해리 범위 내에서 연안국이 정한다(제3조).

2. 영해 및 접속수역법상 독도의 영해

1977년 12월 3일에 제정 공포된 "영해 및 접속수역법"(법률 제3037호)은 영해의 범위를 12해리로 규정하고 있으며(제1조) 다만 대통령령으로 12해리 이내의 영해의 범위를 정할 수 있다(제2조). 두 항에 독도의 영해범위를 12해리 이내로 한다고 규정이 없으므로 독도의 영해는 12해리이다.

II. 한일어업협정에 의한 독도의 영해 훼손

1. 영해의 부인 문제

가. 문제의 제기

국제법상 도는 영해를 가지며(유엔해양법협약 제121조 제2항), 독도는 도이므로 당연히 영해를 갖는다.[1)]

그러나 "신 한일어업협정"에 의하면 독도는 이른 바 동해의 "중간수역" 내에 위치하고 있다(제9조 제1항). 이 중간수역 내에서 이른 바 "기국주의"에 따라 각 체약국은 타방 체약국의 어선에 대하여 어업에 관한 자국의 법령을 적용하지 아니한다. 즉 "각 체약국은 이 수역에서 타방 체약국 국민 및 어선에 대하여 어업에 관한 자국의 관계법령을 적용하지 아니한다"(부속서Ⅰ, 제2항 가호).

문제로 제기되는 것은 이 중간수역이 독도의 영해에 어떠한 영향을 주는 것인지 명백하지 않다는 점이다. 즉 중간수역 내에 위치한 독도의 영해도 중간수역으로 되어 독도가 영해를 갖지 못하는 것으로 되는 것인지, 아니면 독도의 영해는 그대로 존속하는 것인지가 명백하지 않다는 점이다. 따라서 독도는 영해를 갖지 못하고 중간수역만을 갖는 것이 아니냐는 문제가 제기된다.

나. 문제에 대한 논의

(1) 정부의 견해

이 문제에 관해 우리 정부는 "이 협정은 대한민국의 배타적 경제수역과 일본국의 배타적 경제수역(이하 "협정수역"이라 한다)에 적용된다"라고 "신 한일어업협정"에 명시되어 있고(제1조) "영해는 배타적 경제수역이 아니므로 협정수역에서 제외되어 있다. 따라서 독도의 영해는 중간수역에서 제외되어 있다"[2]고 해설하고 있다.

---

1) D.P.O'Connell, *The International Law of the Sea*, Vol.2 (Oxford: Clarendon, 1984), p.731; Malcolm N. Shaw, *International Law*, 4th ed.(Cambridge: Cambridge Univ. Press, 1997), p.398.

2) 외교통상부, 『신 한일어업협정과 독도』 1998.11, pp.4-5; 신각수, "한일어업협정의 종합평가와 독도영유권", 2002.1.28, 한국해양수산 개발원 발표논문 『한일어업협정과 독도에 관한 세미나』, p.5.

(2) 정부의 해설에 대한 이견

이상과 같은 정부의 해설에 대해 다음과 같은 비판을 해 볼 수 있다.

첫째로, "신 한일어업협정"은 "다음 각 목의 점을 순차적으로 직선으로 연결하는 선에 의하여 둘러싸이는 수역에 있어서는 부속서 I 의 제2항의 규정을 적용한다"라고 규정하고 있다(제9조 제1항). 동 조항에는 이 수역을 부속서 I 의 제2항의 규정이 적용되는 수역과 동 규정이 적용되지 않는 수역을 구분하는 어떤 다른 규정이 없으므로 이 수역에 부속서 I 의 제2항의 규정이 배제되는 수역, 즉 영해가 있다고 볼 수 없다. 만일 이 수역 내 영해에서 부속서 I 의 제2항의 적용을 배제하기 위해서는 그런 내용의 특별 규정이 있어야 하나 그러한 특별 규정이 없으므로 중간수역 내에는 영해가 존재하지 않는다.

둘째로, 도서가 영해를 갖는다는 것은 일반국제법인 1958년의 "영해접속수역협약"(제10조 제2항)과 1982년의 "유엔해양법협약"(제121조 제2항)에 의해 인정되는 것이며, 독도의 주변수역이 중간수역으로 된다는 것은 특수국제법인 "신 한일어업협정"에 의하는 것이다. 전자는 일반법이고 후자는 특별법이며, 일반법과 특별법이 저촉될 경우 "특별법우선의 원칙"(rule lex specialis derogant lege generali)에 따라 후자가 우선적으로 적용되게 되므로[3] 독도는 중간수역만을 갖고 독도의 영해는 배제된다고 볼 수 있다.

셋째로, 우리 정부는 "신 한일어업협정"은 "이 협정은 대한민국의 배타적 경제수역과 일본국의 배타적 경제수역(이하 "협정수역"이라 한다)에 적용한다"라는 규정이 있으므로(제1조), 독도 영해에 이 협정이 적용되지 않고 따라서 독도 영해에 어떠한 영향을 주지 않는다고 주장하고 있으나, "신 한일어업협정"이 한국과 일본의 배타적 경제수역에서 중간수역을 배제하고 배타적 경제수역이 아닌 이 중간수역에 동 협정을 적용하는 것과

---

3) G. G. Fitzmaure, "The Law and Procedure of International Court of Justice", *BYIL*, Vol.33, 1957, pp.236-38; Lord Mcnair, *Law of Treaties* (Oxford: Clarendon, 1961), p.219; Georg Schwarzenberger and E. D. Brown, *A Manual of International Law*, 6th ed.(Milton: Professional Book, 1976), p.131.

같이, 배타적 경제수역이 아닌 독도의 영해에 대해 동 협정을 적용하는 것이 가능하다.[4)]

2. 추적권의 부인 문제

가. 문제의 제기

추적권(right of hot pursuit)이란 연안국의 권한 있는 당국이 연안국의 내수 · 영해 · 배타적 경제수역 또는 대륙붕에서 연안국의 법령을 위반하였다고 믿을만한 외국선박을 관할수역으로부터 공해까지 추적하여 나포하거나 나포 후에 재판을 위해 연안국에 인치할 수 있는 연안국의 권리를 말한다.[5)] 여기서는 독도의 영해 내에서 연안국인 한국의 법령을 위반한 일본 선박에 대한 추적권에 관해서만 보기로 한다.

상술한 바와 같이 "신 한일어업협정"상 독도의 영해는 존재하지 않는다고 해석하면 독도의 영해 내에서 한국의 법령을 위반하는 일본 선박은 존재할 수 없으므로 이에 대한 추적권도 존재할 수 없음이 명백하다. 그러나 "신 한일어업협정"상 독도의 영해는 존재한다고 해석해도 중간수역 내에서는 기국주의에 따라 각 체약국은 타방체약국의 어선에 대하여 어업에 관한 자국의 법령을 적용하지 아니하므로(부속서 Ⅰ, 제2항 가호) 결국 독도의 영해 내에서 한국의 법령을 위반한 일본 선박에 대해 중간수역에서의 한국의 추적권은 인정되지 않는 것인가의 의문에 제기된다.

---

4) 환언하면 동 협정이 배타적 경제수역에만 적용되는 것이 아니라 "중간수역"에도 적용되므로 영해에도 적용된다는 해석이 가능한 것이다. 1839년 "영불어업협정"상 영해를 선으로 표시한 수역의 대안은 영유권이 인정되었고 영해를 선으로 표시하지 않은 수역의 대안은 무주지로 인정되었다는 점(I.C.J., *Reports*, 1953, pp.66-77)을 유의해야 할 것이다.

5) D, P. O'Connell, *The International Law of the Sea,* Vol.2 (Oxford: Clarendon, 1984), p.1075; Djamchid Montaz, "The High Seas", in Rene-Jean Dupuy and Daniel Vignes(eds.), *A Handbook of the New Law of the Sea*, Vol.1 (Dordrecht: Martinus Nijhoff, 1991), p.410; G. William, "The Judical Basis of Hot Pursuit", *BYIL*, Vol.20, 1939, pp.83-84.

나. 문제에 대한 논의

(1) 정부의 견해

전술한 바와 같이 독도 영해에서 한국의 법령을 위반한 일본 어선에 대한 중간수역 내에 있어서 한국의 추적권이 존재하느냐에 관한 우리 정부의 견해는 아직 표시된 바 없는 줄 안다.

(2) 정부의 견해에 대한 이견

문제에 관한 우리 정부의 견해가 표시된 바 없으므로 이에 대한 이견도 제시될 수 없다. 그러나 독도의 영해는 존재하지 않으며, 따라서 독도의 영해 내에서 한국의 법령을 위반한 일본 어선에 대한 중간수역 내에서의 한국의 추적권 문제는 그 자체가 성립되지 않는다. 그리고 만일 독도 영해가 존재한다는 해석을 한다 할지라도 중간수역에 있어서는 기국주의에 의한 법령의 적용만이 가능하므로 결국 독도 영해 내에서 한국의 법령을 위반한 일본 어선에 대한, 중간수역에 있어서의 한국의 추적권은 존재하지 않는다.

요컨대, 독도의 영해는 추적권에 의해 보호되지 못하게 되었으므로 한국의 영토인 독도의 영해는 그만큼 훼손된 것이다. 그러므로 이 훼손을 치유하기 위해 "신 한일어업협정"의 개정이 요구된다.

제2절
독도의 배타적 경제수역

목 차

I. 서론

독도는 그 자체의 존재의의보다 그로부터 유출되는 200해리의 배타적 경제수역에 더 큰 존재의의를 갖는다. 대한민국은 1996년 8월 8일에 법률 제5151호로 "배타적 경제수역법"을 제정 · 공포하여 대한민국의 배타적 경제수역을 설정했다. 동 법은 독도에 배타적 경제수역을 설정하지 아니한다는 특별규정을 두고 있지 아니하므로 동법에 의거 독도에도 200해리 배타적 경제수역이 설정된 것이다.

다만, 독도가 "유엔해양법협약"(the United Nations Convention on the law of the sea, 이하 "해양법협약"이라 한다) 제121조 제3항에 규정된 "인간이

거주할 수 없거나 독단적인 경제활동을 지속할 수 없는 암석"이라면 독도는 배타적 경제수역을 가지지 아니하는 것으로 된다. 독도는 "해양법협약" 제121조 제3항에 규정된 암석이 아니므로 배타적 경제수역을 갖는다. 독도는 "한일어업협정"상 이른바 중간수역 내에 위치하게 되어 그의 배타적 경제수역은 훼손되어 있다.

이 연구는 독도는 200해리 배타적 경제수역을 가지나 "한일어업협정"에 의해 이른바 중간수역 내에 위치하여 훼손되어 있음을 지적하여 "한일어업협정"의 폐기를 주장하려 시도된 것이다.

이하 "독도의 배타적 경제수역의 설정", "독도의 배타적 경제수역을 가지는 비암석성", "독도의 배타적 경제수역의 한일어업협정에 의한 훼손", "독도의 배타적 경제수역의 경계" 순으로 기술하고 "결론"에서 "대정부 정책건의"를 하기로 한다.

이 연구는 법실증주의에 입각한 *lex lata*의 접근임을 여기 밝히어 두가로 한다.

Ⅱ. 독도의 배타적 경제수역의 설정

1. 배타적 경제수역 설정의 입법주의

가. 포괄적 규정주의와 개별적 규정주의

배타적 경제수역을 설정함에 있어서 육지 영토와 도의 배타적 경제수역을 어떻게 설정하느냐에 관해 두 개의 입법주의가 있다. 하나는 "포괄적 규정(comprehensive stipulation)주의"이고, 다른 하나는 "개별적 규정(individual stipulation)주의"이다. 전자는 육지 영토와 도를 포괄해서 배타적 경제수역을 설정하는 입법주의이고, 후자는 육지 영토의 배타적 경제수역과 특정 도를 지정하여 그 도의 배타적 경제수역을 설정하는 입법주의이다.

일반적으로 "포괄적 규정주의"에 의해 배타적 경제수역을 설정한다. 그러나 "해양법협약" 제121조 제1항의 규정을 고려하여 "개별적 규정주의"에 따라 배타적 경제수역을 설정하는 예도 있다. 이 "개별적 규정주의"도 여러 가지 방식이 있다.

나. 개별적 규정주의

개별적 규정 주의에 따라 배타적 경제수역을 설정한 입법 예를 보면 다음과 같다.

(1) 예맨

예맨의 "해양수역법"(Marine Areas Act. 1977)은 "모든 도(each of the islans)는 배타적 경제수역을 가진다"라고 다음과 같이 규정하고 있다.

> 공화국의 모든 도는 그 자체의 영해 및 배타적 경제수역 및 대륙붕을 갖는다. 이 법의 모든 규정은 이에 적용된다(Each of the islands of the Republic shall have a territorial zone, exclusive economic zone and continental shelf of its own and all provision of this act shell be applicable to it.)[1]

(2) 스리랑카

스리랑카의 "해양수역법"(Maritime Zones Act, 1976)은 도와 암석이 스리랑카 영토의 일부라고 다음과 같이 규정하고 있다.

> 어떤 도와 암석, 또는 도와 암석의 집단, 또는 도와 암석의 집단의 집단은 스리랑카의 영토의 부분을 형성한다(Any islands and rock, or group of islands and rocks, or islands of group of rocks, constituting part of the territory of SriLanka.)[2]

1) Act No.45, 1977, Art.2
2) Law No.22, 1976, Art.2.

(3) 베네주엘라, 러시아

베네주엘라의 "경제수역설정법"(Act establinshing an Exclusive Econimic Zone, 1978)[3], 러시아의 "대륙붕연방법"(Federal Law on the Continental Shelf, 1995)[4]도 이와 유사한 규정을 각각 두고 있다.

(4) 바누아루

바누아루의 "해양수역법"(Maritime Zone Act, 1981)은 무인도인 Mattew도와 Hunter도에 대해 배타적 경제수역을 선포하는 규정을 두고 있다.[5]

2. 대한민국의 배타적 경제수역의 설정

위의 배타적 경제수역의 범위를 선언한 "배타적 경제수역법"과 배타적 경제수역의 기선을 규정한 "영해 및 접속수역법"에 독도에 관해 어떤 특별규정도 두고 있지 않다. 즉, 대한민국은 "배타적 경제수역법"에 독도가 배타적 경제수역을 갖지 않는다는 내용의 특별규정을 두지 않는 방법에 의해 독도의 배타적 경제수역을 설정한 것이다.

요컨대, 독도의 배타적 경제수역의 설정은 "독도의 배타적 경제수역법" 등과 같은 개별적 법률에 의한 것이 아니라 1996년 8월 8일의 "배타적 경제수역법"(법률 제5151호)과 1977년 12월 31일에 제정되고(법률 제3037호), 1995년 12월 6일에 개정된(법률 제4986호) "영해 및 접속수역법"에 의거 설정된 것이다.

---

3) Act of 26 July 1978, Art.1.

4) Federal Law of 25 October 1995, Art.1.

5) Act No.23, 1981, Art.5(2).

Ⅲ. 독도의 배타적 경제수역을 가지는 비암석성

"해양법협약"상 모든 섬이 다 배타적 경제수역을 갖는 것이 아니다. 사람이 거주할 수 없거나 독자적인 경제활동을 지속할 수 없는 암석은 영해와 접속수역을 가지나, 배타적 경제수역과 대륙붕은 가지지 아니한다. 그러면 독도는 배타적 경제수역을 갖는 섬인가의 검토가 요구된다. 만일 독도가 사람이 거주할 수 없거나 독자적인 경제활동을 지속할 수 없는 암석이라면 독도는 배타적 경제수역을 가지지 아니하는 것이므로 독도는 사람이 거주할 수 없거나 독자적인 경제 활동을 지속할 수 없는 암인가의 여부는 검토가 요구된다. 이는 독도의 배타적 경제수역에 관해 필히 논증해야할 과제이다.

이하 이에 관한 "해양법협약" 규정과 해석에 관해 논급하기로 한다.

1. 해양법협약의 섬과 암석에 관한 규정과 해석

가. 규정

"해양법협약" 제121조는 "섬제도"(Regime of Islands)라는 표제로 섬(islands)과 암석(rocks)에 관해 다음과 같이 규정하고 있다.

> 1. 섬은 만조 시에 수면 위에 있고, 바다로 둘러싸인 자연석으로 형성된 육지 지역이다.
> 2. 제3항에 규정된 경우를 제외하고, 섬의 영해, 접속수역, 배타적 경제수역 및 대륙붕은 기타 육지영토에 적용 가능한 본 협약의 규정에 따라 결정된다.
> 3. 사람이 거주할 수 없거나 독자적인 경제활동을 지속할 수 없는 암석은 배타적 경제수역이나 대륙붕을 가지지 아니한다.

위와 같이 "해양법협약"은 사람이 거주할 수 없거나 독자적인 경제활동을 지속할 수 없는(cannot sustain Human habitation or economic life of their own)섬을 "암석"으로 규정하고 암석은 배타적 경제수역이나 대륙붕을 가지지 않는다고 규정하고 있다. 동 제121조 제3항의 규정은 배타적 경제수역과 대륙붕의 예외 규정이다.[6)]

나. 해석

"해양법협약"상 암석의 정의 및 암석의 요건은 다음과 같이 해석된다. 그러나 암석의 정의 요건의 해석은 난제에 속한다.[7)] 동 조 제3항의 암석의 정의 요건은 일반국제관습법이라고 볼 수 없다.[8)]

암석은 다음과 같은 2개의 요건을 구비해야 한다.

(1) 제1요건

동 협약 제121조 제3항의 암석은 제121조의 표제가 섬제도(Regime of Islands)로 표시된 바와 같이 동 조 제3항의 암석은 제1항에 규정된 섬의 특수 형태의 하나이므로 섬으로서의 요건을 구비해야 한다.[9)]

전술한 바와 같이 동 조 제1항은 "섬은 만조 시에 수면위에 있고, 바다로 둘러싸인 자연적으로 형성된 육지지역이다"라고 규정하고 있다.

따라서 동 조 제3항의 암석은 다음과 같은 섬의 일반적 요건을 구비해야 한다.

첫째로, 암석은 만조 시에 수면 위에 있어야 한다.

따라서 간조 시에만 수면 위에 있고 만조 시에는 수면 밑에 있는 지형물인 간출지(low tide elevations)는 암석이 아니다.[10)] 그리고 간조 시에는

---

6) R.J. Dupuy and Daniel Vignes(eds.), *A Handbook of the New Law of the Sea*, Vol.2 (Dordrecht: Martinus, 1991), p.1053.

7) D.P. O'Connell, *The International Law of the Sea*, Vol.2 (Oxford: Clarendon, 1984), p.732.

8) Dupuy and Vignes, *supra* n.1, p.1061.

9) B. KwiatKowska and A. H. Soons, "Entitlement to Maritime Area of Rocks which cannot Sustain Human Habitation Economic Life of Their Own", *Netherlands Yearbook of International Law*, 1990, p.150.

10) Clive Ralph Symmons, *The Maritime Zones of Islands in International Law* (Dordrecht: Martinus, 1979), pp.42-43; D. W. Bowett, "Islands", Rudolf Bernhardt(ed.)

수면 밑에 있는 암초(reefs)도 암석이 아니다. 여기서 만조는 평균 만조, 즉 평균 고조를 뜻한다.[11)]

둘째로, 암석은 바다로 둘러 싸여 있어야 한다.

따라서 일면이 육지에 붙어 있는 반도는 암석이 아니다.[12)]

셋째로, 암석은 자연적으로 형성되어야 한다.

따라서 등대와 같은 인공 시설물이나 인공섬은 암석이 아니다.[13)] "해양법협약" 제60조 제8항은 "시설물이나 인공섬 및 구조물은 섬의 지위를 가지지 아니 한다"라고 명문 규정을 두고 있다. 화산 폭발로 형성된 것은 자연적으로 형성된 것이다. 형성은 영구적인 것이어야 한다. 따라서 일시적으로 형성된 것은 암석이 아니다.[14)]

넷째로, 암석은 육지 지역이어야 한다.

따라서 암석은 해안에 고착되어 있고 육지와 같은 성격을 가져야 하며 또한 영구성을 가져야 한다.[15)] 여기서 영구성은 수평적 영구성과 수직적 영구성을 모두 포함하는 것이다. 전자는 수평적 위치의 영구성을 뜻하며 후자는 수직적 노출의 영구성을 뜻한다. 그러므로 육지지역으로 볼 수 없는 빙산, 등대선, 그리고 죽마촌(stilt village)도 섬, 즉 암석이 아니다.[16)]

(2) 제2요건

제2요건은 일반적인 섬과 구별되는 암석 특유의 요건을 말한다. 제121조

Encyclopedia of Public International Law, Vol.11 (Amsterdam: North-Holland, 1989), p.165.

11) R. D. Hodgson and R. Smith, "The Informal Single Negotiating Text : A Geographical Perspectives", *ODIL,* Vol. 3, No. 3, 1976, p. 150.

12) Gerald Fitzmaurice, "Some Results of the General Conference in the Law of the Sea", *ICLQ,* Vol. 8, 1959, p. 85.

13) Symmons, *supra* n. 10, pp. 37-41; Bowett, *supra* n. 10, p. 165.

14) Papadkis, *The International Legal Regime of Artificial Islands* (Leiden: Sijithoff, 1977), p.91.

15) *Ibid.*,

16) Symmons, *supra* n. 10, pp.21-29.

제3항의 “암석”은 동 조 제1항의 요건 이외에 다음과 같은 특수 요건을 구비해야 한다.

이 특수 요건을 명확히 하는 것은

첫째로, 암석은 “사람이 거주할 수 없거나 독자적인 경제활동을 지속할 수 없어야 한다.”

(ⅰ) “사람이 거주할 수 없는”이란 사람이 거주하지 아니한(uninhabited)이 아니라 사람이 거주할 수 없는(uninhabitable)을 의미한다.[17] 이는 현재 사람이 거주하지 않지만 한 때 사람이 거주했었고 앞으로 사람이 거주할 가능성이 있으면 지금 거주 가능한 것으로 인정된다. 즉, 과거에 거주 가능했으며 미래에 거주 가능한 것으로 인정된다.[18] 따라서 구아노(조분) 채취차 과거에 사람이 거주하였다면 현지 거주 가능한 것으로 된다.[19]

기술의 발달에 따라 어떤 섬도 거주 가능한 것으로 된다.[20] 조직적이고 안정적인 거주임을 요한다는 주장이 있으나 이는 일반적으로 수락되어 있지 않다. 사람의 거주는 항상 거주하는 것을 의미하는 것이 아니다. 따라서 사람의 거주는 어업을 위하여 정기적으로 이용하거나 피난처로 이용하거나 또는 계절적으로 이용하는 것을 포함한다.[21]

(ⅱ) “독자적인 경제활동”은 과거에는 그리하지 않았으나 현재와 미래의 경제 수요의 변동, 기술적 혁신 또는 새로운[22] 인간 활동의 변화를 그리고 능력이 개발되는 것을 의미한다. 독자적 경제활동은 자급자족을 의미하는 것이 아니나 계절적으로[23] 개발되거나 사용가능성이 있는 천연자원의 존

---

17) Kwiatkowska and Soons, *supra* n. 9, p.162.

18) *Ibid.*, pp.160-64.

19) I. M. Van Dyke, J. R. Morgan and J. Gurish, “The Exclusive Economic Zone of the Northwestern Hawaiian Islands”, *San Diego Law Review*, 1988, p.439.

20) Jodgson and Smith, *supra* n. 11, p.231.

21) Jonathan I. Charney, “Rooks That Cannot Sustain Human Habitaiton”, *AJIL*, Vol. 93, 1999, pp.863.

22) *Ibid.*

23) UN Office for Ocean Affairs and Law of the Sea, *The Law of the Sea : Regime of Islands* (New York: NO for OA, 1988), p.97.

재 필요성은 있어야 한다. 암석 위에 설치된 등대 또는 항해구조시설물은 해상운송의 가치 그 자체로 경제생활을 할 수 있는 것으로 된다.[24)]

(iii) "사람이 거주 가능한 또는(or) 독자적 경제활동"은 '또'(and)가 아니라 '또는'(or)으로 해석된다.[25)] 즉, 둘 중 하나를 충족하면 배타적 경제수역과 대륙붕을 가질 수 있다.[26)]

둘째로, 암석은 그의 지질이 "암석"이어야 한다.

암석은 지질학적 개념이 아니다.[27)] 그리고 암석은 그의 구조적 성분에 관계없이 모든 물리적 형상을 말한다.[28)] 섬과 암석의 지질학적 차이는 없다.[29)] 그러나 프랑스는 암석은 지질학적 개념이라고 주장하며 사호와 화산재로 구성된 Clipperton에 대해, 동 협약 제121 제3항의 암석이 아니라고 하면서 동 섬의 주위에 배타적 경제수역을 선포한 바 있다.[30)]

암석의 크기는 0.001 마일평방 이상이어야 한다는 주장[31)] 내지 10평방킬로미터라는 주장[32)]이 있으나 암석의 크기에는 제한이 없다.

위와 같이 제121 제3항의 규정은 해석된다.

제121조 제3항의 규정은 국제사회에서 일반적으로 수락되어 있지 않으나 위와 같이 해석될 수 있다.[33)] 그러나 동 제3항의 규정은 실제 적용에

---

24) E. D. Brown, *The International Law of the Sea,* Vol. 1, Brookfield: Dartmouth, 1994), pp. 181-207.

25) Victor Prescott, "The Uncertainties of Middleton and Elizabeth Reefs", *Boundary and Security Bulletin,* Vol. 6, No. 3, 1998, p.74.

26) Charney, *supra* n. 21, p.863.

27) Kwiatkowska and Soons, *supra* n. 9, p.153.

28) Haller Trost, *The Contested Maritime and Territorial Boundaries of Malaysia - an International Law Perspective,* 1998, p.62.

29) Kwiatkowska and Soons, *supra* n. 9, pp.151-52.

30) 한국해양연구소, 『독도 생태계 등 기초 조사 연구』(서울: 해양수산부, 2000), p.899.

31) A. D. Judgson, "Islands : Special and Normal Circumstances", in Gamble and Pontecorvo(ed.), *Law of the Sea in the Emerging Regime Oceans,* 1974, pp.150-51.

32) O'Connell, *supra* n. 7, p. 732, n. 213.

33) Dupuy and Vignes, *supra* n. 1, p.1062.

있어서 많은 어려움이 있다.[34)]

대부분의 암석 영유국은 그의 배타적 경제수역과 대륙붕을 넓게 확보하기 위해 암석을 암석이 아니라 섬이라고 주장하는 경향이 있으며 그로 인해 많은 국제 분쟁이 야기되고 있다.[35)] 암석은 배타적 경제수역과 대륙붕의 경계획정에 고려되어 있기 때문에 영국은 북대서양에 위치한 고도인 Rockall도에 대해 200해리 어업보존수역을 선포한 바 있다. 이에 대해 덴마크와 아일랜드는 영국에 대해 동 보존수역의 선포는 제121조 제3항의 규정을 위반한 것이라고 각기 항의한 바 있으며,[36)] 멕시코는 태평양에 위치한 소도인 Clarion도와 Guadalupeh에 대해 배타적 경제수역을 주장하여 이는 제121조 제3항의 위반이라는 문제를 제기하고 있고[37)] 브라질의 St. Peter 및 St. Poul섬,[38)] 뉴질랜드의 L'Esperance와 노르웨이의 Jan Mayen도[39)] 위반이라는 분쟁의 대상이 되고 있다.

2. 우리 정부의 주장과 그에 대한 비판

가. 우리 정부의 주장

"한일어업협정"이 독도를 기점으로 하지 않고 울릉도를 기점으로 한 것에 대해 우리 정부는 다음과 같이 해설하고 있다.

---

34) R. J. Dupuy and Daniel Vignes(eds.), *A Handbook of the New Law of the Sea*, Vol. 1 (Dordrecht: Martinus, 1991), p. 497.

35) *Ibid.*, p. 471.

36) Geoffrey Marston,"United Kingdom Materials on International Law", *BYIL*, Vol. 68, 1997, pp. 599-600; C. R. Simmons, "The Maritime Zone of Islands in International Law" (Dordrecht: Martinus, 1979), pp. 117-18, 125-26: O'Connell, *supra* n. 7.

37) Symmons, *supra* n. 10, pp. 125-26.

38) R. R. Churehill and A. V. Lowe, *The Law of the Sea* (Manchester: Manchester University Press, 1983), p. 36.

39) Dupuy and Vignes, *supra* n. 1, Vol. 1, pp. 335, 541-42.

첫째로, 울릉도를 기점으로 한 것은 독도의 영유권을 포기한 것이 아니라, "유엔해양법협약"에서 섬은 배타적 경제수역을 가지나(제121조 제2항), 인간이 거주할 수 없거나 그 자신 경제활동을 할 수 없는(cannot sustain human habitation or economic life of their own) 암석(rocks)은 배타적 경제수역을 갖지 아니한다고 규정하고 있는 바(제121조 제3항) 독도는 배타적 경제수역을 갖지 않는 암석인 것이다.[40)]

나. 우리 정부의 주장 비판

상기 정부의 주장에 대해서는 다음과 같은 반론을 제기해 볼 수 있다.

첫째로, 독도는 인간이 거주하고 그 자신 경제활동이 가능한 섬임에도 불구하고 이를 그렇지 않은 암석으로 본 것은 사실에 반한다.[41)]

---

40) 인간이 거주할 수 있는 가장 중요한 여건은 식수이다. 독도에는 1일 10드럼 정도의 담수가 나오며(정호기, "독도의 지리": 김명기 편, 『독도연구』(서울: 법률출판사, 1997, p.50), 1953년 4월 21일 독도의용수비대원 34명이 거주한 이래(김명기, 『독도의용수비대와 국제법』(서울: 다물, 1998), pp.42-43), 현재 수십명의 인원이 거주하고 있다(정선아, "독도의 호적 · 주민등록 현황", 김명기 편, 『독도특수연구』(서울: 법서출판사, 2001), p.35; 나홍주, "한일어업협정의 문제점에 관한 고찰", 『한국해양법학회지』 제22권 제2호, 2000, pp.188-91). "유엔해양법협약" 제121조 제3항의 "인간의 거주"란 인간이 항상 거주하지 않아도 그 암석의 지형을 어업을 위하여 정기적으로 이용하거나, 피난처로 이용하거나, 또는 계절적으로 이용하는 것을 의미하며, "경제적 생활"이란 과거에는 그렇지 않았으나 현재와 미래에 경제적 수용의 변동, 기술적 혁신 또는 새로운 인간활동의 변화로 그러한 능력이 개발되는 것을 의미한다. 그리고 "인간의 거주"와 "경제적 생활"이라는 요건은 둘 중 하나만 충족하면 되는, 택일적인 사항이다(Jonathan I. Charney, "Rocks That Cannot Sustain Human Habitation", *AJIL*, Vol.93, 1999, pp.863ff; 나홍주, "인간의 거주를 지탱할 수 없는 암석에 관한 주해와 논평", 독도연구보전협회, 독도영유권대토론회, 『한일어업협정의 재개정 준비와 독도 EEZ 기선문제』, 2000.9.8, 프레스센터, pp.1-23).)

41) 독도는 "유엔해양법" 제121조 제3항의 "암석"의 (i) 제1요건인 다음의 요건을 구비했으나
   ① 만조 시 수면 위에 있어야 한다.
   ② 바다로 둘러싸여 있어야 한다.
   ③ 자연적으로 형성되어야 한다.

Ⅳ. 독도의 배타적 경제수역의 한일어업협정에 의한 훼손

1. 중간구역에 편입된 독도의 배타적 경제수역의 훼손

국제법상 독도는 도로서 배타적 경제수역을 갖는다. "한일어업협정"은 동 협정이 체결되기 이전에 인정되었던 독도의 배타적인, 즉 전속적인 배타적 경제수역을 배제하고 있다. 이는 다음과 같은 제 규정에서 찾아볼 수 있다.

가. 어업권의 배제

"한일어업협정"은 중간수역 내에 편입된 독도의 배타적 경제수역 내에서 일본의 "어업권"을 인정하여, 결과적으로 한국의 배타적인 어업권이 부정되고 일본의 어업권이 인정되게 되었다. 동 협정은 다음과 같이 규정하고 있다.

> 각체약국은 이 수역에서 타방 체약국 국민 및 어선에 대하여 어업에 관한 자국의 관계 법령을 적용하지 아니한다(부속서 Ⅰ, 제2항 가호).

상기 규정 중 "이 수역에서"란 동 협정 제9조 제1항에서 정하는 수역에서, 즉 '중간수역에서'를 의미하며(부속서Ⅰ, 제2항 본문), "타방 체약국 국민 및 어선에 대하여"란 한국의 입장에서 보면 '일본 국민 및 어선에 대하여'를 뜻하며, "어업에 관한 자국의 관계 법령을 적용하지 아니한다"란 한국의 입장에서 보면 '어업에 관한 한국의 관계 법령을 일본 국민과 어선에 대해 적용하지 아니한다'는 의미이다. 따라서 중간 수역 내에 편입된 독도의 배타적 경제수역 내에서 한국의 배타적 어업권이 배제되고 일본의 어업권에 인정되게 되었다.[42]

---

42) 즉 협정 전에는 한국만이 어업권이 인정되었으나, 협정 후에는 한국의 어업권과 일본의 어업권이 모두 인정되게 되었다.

나. 해양생산물 자원 보존 및 관리권의 배제

"한일어업협정"은 중간수역 내에 편입된 독도의 배타적 경제수역 내에서 일본의 "해양생산물자원보존 및 관리권고권"이 인정되게 되었다.

동 협정은 다음과 같이 규정하고 있다.

> 양 체약국은 이 협정의 목적을 효율적으로 달성하기 위하여 한일어업공동위원회(이하 "위원회"라 한다)를 설치한다(제12조 제1항).
>
> 위원회는 다음의 사항에 관하여 협의하고 협의 결과를 양 체약국에 권고한다. 양 체약국은 위원회의 권고를 존중한다.
>
> 마. 제9조 1항에서 정하는 수역에서의 해양생산물자원 보존 및 관리에 관한 사항(제12조 제4항 마호).

상기 규정 중 "한일어업공동위원회"는 양 체약국 정부가 각각 임명하는 1인의 대표 및 1인의 위원으로 구성되며(제12조 제2항), 상기 규정 중 "제9조 제1항에서 정하는 수역에서"란 '중간수역에서'를 의미한다. 따라서 중간수역에 편입된 독도의 배타적 경제수역 내에서 일본의 해양생산물자원 보존 및 관리에 관한 권고권이[43] 인정되어 결국 한국의 배타적인 해양생산물자원 보존 및 관리권이 부정되게 되었다.[44]

다. 해양생산물자원 보존 및 관리조치권의 배제

"한일어업협정"은 중간수역 내에 편입된 독도의 배타적 경제수역 내에서 일본의 "해양생산물자원보존 및 관리조치권"이 인정되게 되었다. 동 협

"신 한일어업협정"이 수산업에 미치는 영향에 관하여는 최종화, "한일어업협정이 수산업에 미치는 영향", (2002년 1월 28일, 한국해양수산개발원 주최『한일어업협정과 독도에 관한 세미나』발표논문, pp.17-30) 참조.

43) "권고"는 법적 구속력이 없는 것이고 "결정"은 법적 구속력이 있는 것이지만, "권고와 결정이 본질적으로 다르다"는 주장(외교통상부, 전게자료, 전주 13, p.11)은 중간수역 내에서 일본이 공동위원회를 통해 권고권을 행사하게 된 것을 부정하는 이유로는 될 수 없다.

44) 즉 협정 전에는 한국만이 보존 및 관리권이 인정되었으나, 협정 후에는 한국의 보존 및 관리권과 일본의 보존 및 관리권이 모두 인정되게 되었다.

정은 다음과 같이 규정하고 있다.

> 각 체약국은 이 협정 제12조의 규정에 의거하여 설치되는 한일어업공동위원회(이하 "위원회"라 한다)에서의 협의 결과에 따른 권고를 존중하여, 이 수역에서의 해양생산물자원의 보존 및 어업종류별 어선의 최고 조업척수를 포함하는 적절한 관리에 필요한 조치를 자국 국민 및 어선에 대하여 취한다(부속서Ⅰ, 제2항 나호).

상기 규정 중 "이 수역에서의"는 제9조 제2항에 규정된 수역에서, 즉 "중간수역에서'를 뜻하며, 이 수역에 편입된 독도의 배타적 경제수역이 포함됨은 물론이다. 따라서 일본은 동 조의 규정에 따라 중간수역에 포함된 독도의 배타적 경제수역 내에서 해양생산물자원의 보존 및 관리에 필요한 조치를 일본 국민 및 어선에 대해 취할 수 있으므로 결국 한국은 중간수역에 포함된 독도의 배타적 수역 내에서 한국의 배타적인 해양생산물자원 및 관리에 필요한 조치권을 행사할 수 없게 된다.[45]

요컨대, 중간수역에 편입된 독도의 배타적 경제수역 내에서 일본의 "어업권", "해양생산물자원 보존 및 관리권고권", "해양생산물자원 보존 및 관리 조치권"이 인정되어 한국의 "배타적"인 관할권이 부정되게 된다. 따라서 이는 한국의 독도에 대한 배타적 영유권에 대해 일본과의 공유적 영유권을 인정하는 결과가 되지 않는가 하는 문제가 제기되게 된다.

2. 정부의 견해와 그에 대한 비판

가. 정부의 견해

이상 제기되는 문제에 관해 우리 정부는 다음과 같이 해설하고 있다.

---

45) 즉 협정 전에는 한국만이 조치권이 인정되었으나, 협정 후에는 한국의 조치권과 일본의 조치권이 모두 인정되게 되었다.

(1) 비공동관리 수역

동해 중간수역에 있어서 한국과 일본의 관할권은 각기 자국의 국민과 어선에 대해서만 행사하는 것이므로 이는 공동관리가 아니고, 따라서 중간수역은 공동관리수역이 아니다.[46)]

(2) 어업에 관한 협정

"한일어업협정"은 "어업에 관한 협정"으로서 어업 이외의 다른 문제에 관해서는 영향이 없도록 하기 위하여 "이 협정의 어떠한 조항도 어업문제 이외의 국제법상 문제에 관한 각 체약국의 입장을 해하는 것으로 간주되지 아니한다"는 조항(제15조)을 두고 있다.[47)]

(3) 망끼에 에끄레오 사건

1953년 국제사법재판소는 망끼에 에끄레오(Minquiers and Ecrehos)도에 대한 영국과 프랑스 간의 영유권 분쟁사건에서 어업협정상 섬의 위치가 공동어로구역 내에 있는 그 밖에 있든 영유권과는 무관하다는 원칙을 명시한 바 있다.[48)]

나. 정부의 견해에 대한 비판

상기의 정부 견해에 대해 다음과 같은 이견이 제기될 수 있다.

(1) 비공동관리수역이라는 이유에 대해

상기 첫째의 이유에 대해서 중간수역에 있어서 한국과 일본에 대해 인정된 관할권이 공동관할권이든 아니든 불문하고,[49)] (ⅰ) "신 한일어업협정"

---

46) 외교통상부, 『신 한일어업협정』, 1998. 11. 25.; 외교통상부, 『신 한일어업협정과 독도』, 1998.11.

47) 상게자료, p.2, 4.

48) 상게자료, p.2.

49) 중간수역의 법적 성격에 관하여는 김선표, "한일어업협정상 동해 중간수역의 법적 성격과 운용방안", 2002년 1월 18일, 한국해양수산개발원주최 『한일어업협정

체결 전에 한국만 "배타적"으로 관할권을 행사하던 것이 협정에 의해 일본의 관할권이 인정되었다는 점을 부인할 수 없다. 그리고 (ii) 결과적으로 장차 한국이 이를 부정하는 주장을 할 때 일본은 "금반언의 원칙"(principle of estoppel)으로[50] 이 주장을 배척할 것이다.

(2) 어업에 관한 협정이라는 이유에 대해

상기 둘째의 이유에 대해서 협정 제15조는 한국의 입장에서 보면 동 협정이 한국의 독도에 대한 영유권에 어떠한 영향을 주는 것이 아니라는 의미가 되고, 일본의 입장에서 보면 동 협정이 일본의 독도에 대한 영유권에 어떠한 영향을 주지 않는다는 의미가 됨으로 동 제15조를 원용하는 것은 오히려 한국 측에 더 불리할 수 있다.

(3) 망끼에 에끄레오 사건에 대해

상기 셋째의 이유에 대해서는 국제사법재판소의 망끼에 에끄레오 사건에 대한 판결은

(i) 영국과 프랑스의 "공동어로구역"(common fishery zone) 내에서 공동관할권에 관한 것이며 (1839년의 "영불어업협정" 제3조),[51] "신 한일어업협정"의 중간수역 내에서 각각의 관할권에 관한 것이 아니다. 따라서 "한일어업협정" 상 중간수역에 공동어로구역에 관한 망끼에 에끄레오 사건에 관한 판결을 원용할 수 없다.

과 독도에 관한 세미나』 발표논문, pp.31-48.

50) "금반언의 원칙"이란 일방 당사자의 표시를 믿고 타방 당사자가 이에 기하여 타방 당사자의 지위를 변경한 때에 일방 당사자는 그 후에 자기의 표시와 반대되는 주장을 할 수 없는 원식을 말한다.(Herr C. Black, *Black's Law Dictionary*, 5th ed. (St. Paul Minn: West Publishing, 1979), p.494; D. W. Bowett, "Estoppel before International Tribunals and It's Relations to Acquiescence", *BYIL*, Vol.33, 1957, p.180). 이는 "법의 일반원칙"(general principles of law)으로 인정되어 있다. D. P. O'Connell, *International Law*, 2nd ed. (Oxford: Clarendon, 1970), p.13; PCIJ, *Series A/B* No.53, 1933, p.37; ICJ, *Reports,* 1962, p.40; ICJ, *Reports,* 1964, p.135).

51) ICJ, *Reports,* 1953, p.58.

(ii) 우리 정부가 중간수역을 공동어로수역이 아니라고 하면서 공동어로수역에 관한 망끼에 에끄레오 사건의 판결을 원용하는 것은 자가당착이라 아니할 수 없다.

(iii) 망끼에 에끄레오 사건에서 1839년의 공동어로구역을 설정한 어업협정을 체결할 당시에는 영국과 프랑스 간에 동 도서에 대한 영유권문제가 없었던 상황이었으나,[52] "한일어업협정"은 체결당시에 한일 간에 독도의 영유권문제가 이미 존재했으므로 동 사건의 판결을 독도영유권문제에 그대로 원용할 수 없다.

(iv) 동 판결은 판결이고 판례가 아니며,[53] 판결은 모든 사건의 법원이 되는 것은 아니다. "국제사법재판소 규정"은 "재판소의 결정은 당사국간 및 그 특정 사건에 관해서만 구속력이 있다"(The decision of the Courts has no binding force except between the parties and in respect of that case)고 규정하고 있다. 그러므로 망끼에 에끄레오 사건에서의 상기 판결의 내용을 "한일어업협정"에 원용하기 위해서는 그와 같은 취지의 판결을 한 여러 판결을 열거하여야 한다.

(v) 설혹 그것이 판례라 할지라도 일반국제법상 이는 국제법의 법원이 되지 못하며, "국제사법재판소 규정"상으로도 법원의 보조적 수단(subsidiary means)으로 인정될 뿐이다.[54]

(vi) 동 판결에는 ① 섬의 위치가 공동어로구역 내에 있다 할지라도 그 섬의 영유권에는 무관한 것이라는 내용과 ② 외교 교섭과정에서 특별한 유보 없이 제시된 내용은 그것이 최종적인 합의에 포함되지 않았다 할지라도 이에 반하는 내용의 주장을 할 수 없다는 내용(금반언의 원칙)이 포함되어 있다.[55]

---

52) ICJ, *Reports*, 1963, p.59.

53) 동일한 내용의 "판결"(judgement)이 선례사건에서 반복 · 누적되어 "판례"(precedent)를 형성하게 된다(Black, *supra* n. 50, p.1059).

54) Robert Jennings and Arthur Watts (ed.), *Oppenheim's International Law,* Vol.1, 9th ed. (London: Longmans, 1992), p.41.

55) ICJ, *Reports,* 1953, p.71; M. Akehurst, *Modern Introduction to International Law,* 7th re. ed. by Peter Malanczuk (London: Routledg, 1997), p.155.

"한일어업협정"에서 한국의 독도영유권 주장에 대해 ①을 원용하면 일본은 한국의 독도영유권주장에 대해 ②를 원용할 것이므로, 즉 중간수역을 설정한 것에 반하는 주장을 한국이 할 수 없다는 주장을 할 것이므로 "신한일어업협정"의 해석에 망끼에 에끄레오 사건의 판결을 원용하는 것은 반드시 한국에 대해 유리한 것은 아니다.

V. 독도의 배타적 경제수역의 경계

1. 독도의 배타적 경제수역의 중첩

한국의 배타적 경제수역과 일본의 배타적 경제수역은 중첩되어 있고, 한국의 육지영토의 배타적 경제수역과 독도의 배타적 경제수역도 중첩되어 있다.

2. 중첩된 국가 간의 대륙붕의 경계확정과 배타적 경제수역의 경계확정의 원칙

중첩된 대륙붕의 경계에 관해 1958년의 "대륙붕협약" 제6조는 "등거리-특별사정의 원칙"(rule of equidistance-special circumstance)을, 1982년 "해양법협약" 제74조와 제83조는 "균형의 원칙"(principle of equality)을 각각 규정하고 있다. 양자는 실질적으로 동일한 것으로 본다.[56] 그리고 도의 존재는 특별한 사정으로 인정되어 있다.[57] 특별한 사정으로서 도의 존재가 경

56) L. Caflish, "The Delimitation of Marine Spaces between States with Opposite or Adjacent Coast";n R. Dupuy and Daniel Vines(eds.), *A Handbook of the New Law of the Sea*, Vol.1 (Dordrecht;Morinus, 1991), p.484.

57) D.P.O'Connell; *The International Law of the Sea* (Oxford; Clarendon, 1984), pp.713, 731; D.W.Bowett, "Island", *EPIL*, Vol.11, 1986, p.166.

계확정에 미치는 효과는 사정에 따라 전부효과(full effect), 반분효과(half effect), 영분효과(zero effect)가 인정되게 된다.58)

3. 한국과 일본 간의 중첩된 배타적 경제수역의 경계확정

한국과 일본 간의 중첩된 배타적 경제수역의 경계확정에 있어서 독도의 존재는 특별한 사정으로 고려되어 경계확정에 영향을 미치게 된다. 어떠한 효과를 미치게 될지는 한일 간의 합의로 정해지게 된다.

Ⅵ. 결론

첫째로, 상술한 바를 다음과 같이 요약 · 정리하기로 한다.

(ⅰ) 1996년 8월 8일의 "배타적 경제수역법"의 제정 · 공포로 독도에도 "200해리 배타적 경제수역"이 설정되었다. 동 법은 "포괄적 규정주의"에 의해 대한민국의 모든 영토의 해안에 200해리 배타적 경제 수역을 설정한 것이고 동 법에 독도에는 동 법이 적용되지 아니한다는 특별규정이 없기 때문이다.

(ⅱ) 독도는 사람이 거주할 수 없거나 독자적인 경제활동을 지속할 수 없는 암석이 아니므로 독도는 자체의 배타적 경제수역을 갖는 섬이다. "한일어업협정"상 독도는 사람이 거주할 수 없거나 독자적인 경제활동을 할 수 없는 암석으로 보아 독도에서 35해리 이원에 이른바 중간수역을 설정한 것은 실책이다.

(ⅲ) 독도의 배타적 경제수역은 "한일어업협정"의 규정에 대한 중간수역에 의해 훼손되어 있다.

---

58) Yoshifumi Tanaka, *The International Law of the Sea*(Cambridge; Cambridge University Press, 2012), pp.204-206.

(iv) 독도는 한일 간에 중첩된 배타적 경제수역의 경계 확정에 있어서 특별한 사정으로 고려된다.

둘째로, 정부의 독도관계 당국에 대해 다음과 같은 정책대안을 제의하기로 한다.

(i) "한일어업협정" 제16조 제3항의 규정에 따라 동 협정을 폐기하며 훼손된 독도의 배타적 경제수역을 회복하고 독도를 사람이 거주할 수 없거나 독자적인 경제활동을 지속할 수 없는 암석으로 본 정책을 시정한다.

(ii) "한일어업협정"의 폐기에 앞서 폐기 후의 대책에 관해 심도 있는 연구로 대안을 준비한다.

제3절
독도의 대륙붕

Ⅰ. 한국의 대륙붕 설정과 독도의 대륙붕 설정

1. 한국의 대륙붕 설정

대륙붕은 배타적 경제수역과 같이 연안국에 의한 설정을 요하는 것("해양법 협약" 제75조)이 아니라, 처음서부터 당연히 존재하는(exist ipso facto and ab inito) 것이므로 (ⅰ) 연안국의 대륙붕의 설정을 표시함을 요하지 않는다. (ⅱ) 1982년의 "해양법협약"은 "대륙붕에 대한 연안국의 권리는 … 명시적 선언에 의존하지 아니한다"라고 규정하고 있다(제77조 제3항). 그러므로 연안국에 의한 대륙붕설치에 관한 선언은 동 협약상 의미가 없는 것으로 국내법상 "선언적 효과"만 있을 뿐 "창설적 효과"는 없는 것이다.

한국은 1970년 1월 1일 "해저광물자원개발법"(법률 제2184호)을 제정·공포하고 동 년 5월 30일 "해저광물자원개발법 시행령"(대통령령 제5020호)를 제정·공포하여 대륙붕을 선언했다(제3조, 별표 1). 동 법은 대륙붕의 범위를 "… 대한민국이 행사할 수 있는 모든 권리가 미치는 대륙붕"으로 규정하고 있다(제1조).

2. 독도의 대륙붕 설정

따라서 동령에 의해 표시된 광구이외에 해역에도 대륙붕은 설정한 것이다. 그리고 동법은 "… 대한민국의 영토인 한반도와 그 부속도서의 해안 …"으로 규정하여(제1조), 동 조의 "부속도서"에 독도가 포함되므로 당연히 독도에도 대륙붕은 설정한 것이다. 전술(제2절)한 바와 같이 독도는 "해양법협약" 제121조 제3항의 규정에 해당하는 암석(rocks)이 아니므로 독도는 당연히 대륙붕을 갖는다.

제3장

1998년의 한일어업협정과 독도

제1절
독도의 영유권 훼손

-신 한일어업협정과 독도영유권의 훼손 여부-

목 차

Ⅰ. 서론

우리나라의 고유 영토인 독도는 신라 지증왕 13년(512년) 이래 우리나라의 실효적 지배하에 있었다. 조선시대에 이르러 태종은 1416년에 독도에 대해 일시 공도정책(空島政策)을 시행한 바 있으나 이는 실효적 지배를 포기한 것이 아니라 실효적 지배의 내용이 "공도의 보존"이었다. 더욱이

1900년 고종은 "칙령 제41호"를 공포하여 독도에 대한 우리나라의 실효적 지배를 현대 국제법이 요구하는 요건을 충족하도록 하는 법적 조치를 완비했다.

그러나 러일전쟁에서 득세한 일본은 독도를 우리나라에 대한 침략의 거점으로 잡아 1905년 2월 22일에 "도근현고시 제40호"(島根縣告示 第40號)로 독도를 일본의 영토로 편입시키는 불법적인 조치를 자행했다. 그리고 일본은 1910년 8월 22일 강박에 의해 "한일합방조약"을 체결하여 한반도와 같이 독도를 일본의 영토로 불법적으로 병합시켰다. 그 결과 한국의 독도에 대한 영유권과 실효적 지배는 일시 중단되고 말았다.

그러나 1943년 11월 27일의 "카이로선언"에 의해 일본으로부터 한국의 분리·독립이 공약되었고, 이는 1945년 7월 26일의 "포츠담선언"에 의해 재확인되었다. "포츠담선언"을 무조건 수락한 1945년 8월 15일의 일본의 "무조건항복선언"을 문서화한 동년 9월 2일의 "무조건항복문서"에 의해 독도는 한반도와 같이 일본으로부터 분리되게 되었다. 이는 동 항복문서의 시행조치인 1946년 1월 29일의 "연합군최고사령부 훈령 제677호"에 의해 명시되었다.

1951년 1월 18일에 대한민국이 "인접해양주권에 관한 대통령선언"으로 평화선을 독도의 외측에 선정하자, 동 월 28일에 일본은 독도의 영유권이 일본에 귀속되어 있다는 내용의 항의를 해 옴으로써 독도의 영유권 문제가 한일 간의 문제로 제기되게 되었고, 1954년 9월 25일에 일본은 이 문제를 국제분쟁으로 보고 이를 국제사법재판소에서 해결하자는 제의를 해 왔으나 우리 정부는 이 문제를 국제분쟁이 아니라는 이유로 일축했다.

1965년 6월 22일 한일 양국은 어두운 과거를 청산하고 한일국교정상화를 위한 "한일기본관계에 관한 조약"을 체결했다. 그리고 동 일자에 양국은 "한일어업협정"을 체결하여 양국 간의 어업발전과 선린관계의 유지를 위해 상호 협력해 왔다. 그 후 1982년 12월 10일 "해양법에 관한 국제연합협약"(이하 "유엔해양법협약"이라 한다)이 채택되고, 한국은 1996년 1월 29일에, 일본은 1996년 6월 20일에 각각 동 협약의 당사자로 가입하게 된다. 이에 따라 한국은 1996년 8월 8일에, 일본은 1996년 6월 14일에 동 협약에 근거한 배타적 경제수역을 각각 선포하게 되었다.

이후 양국은 상호 중첩된 배타적 경제수역에 있어서 해양생산물자원의 합리적인 보존·관리 및 최적 이용의 중요성을 인식하고 1965년의 "한일어업협정"을 기초로 하여 유지되어 왔던 양국 간 어업분야에 있어서의 협력관계를 더욱 발전시키기 위해, 중첩된 배타적 경제수역의 경계획정에 앞서 새로이 "대한민국과 일본국 간의 어업에 관한 협정"(이하 "신 한일어업협정"이라 한다)을 체결했으며 동 협정은 1999년 1월 22일에 양국 간의 비준서 교환에 의해 효력이 발생하게 되었다(제16조 제1항).

이 "신 한일어업협정"은 한일 양국 간 어업분야에 있어서의 협력관계를 더욱 발전시키고 한국의 수산업 진흥과 국민경제의 발전에 크게 기여할 것으로 기대된다. 그러나 동 협정에는 한국의 독도에 대한 영유권 귀속에 의문을 갖게 하여 한국의 독도에 대한 영유권을 훼손하거나 또는 훼손할 위험성이 있는 몇몇 규정이 포함되어 있다.

"신 한일어업협정"이 교섭 단계에 있는 기간에 이러한 문제점에 대한 지적과 비판은 한국의 국가이익을 위해 바람직한 것이지만, 동 협정이 이미 효력을 발생한 오늘의 시점에서 이들 문제점에 대한 지적과 비판을 근거로 한 동 협정의 개정 제의는 오히려 일본의 국가 이익에 합치되고 한국의 국가 이익에 배치될 수도 있다. 그러므로 이 글은 한국에게 불리하게 해석될 수 있는 문제점에 대한 해결 보완책의 강구를 촉구하는데 그 의의를 두어 민족의 자존심의 표상인 독도를 지키려는 것이다.

이하 "신 한일어업협정"상 독도의 영유권 훼손 여부를 (ⅰ) 독도의 영토 훼손 여부, (ⅱ) 독도의 영해 훼손 여부, 그리고 (ⅲ) 독도의 경제수역 훼손 여부로 구분하여 보기로 한다.

이 글을 법실증주의에 입각한 것이고, 법 해석론을 기초로 한 입법론에 접근하려는 것이며, 독도의 영유권 보존을 제1차적 가치로 설정하고 기타의 정치적·경제적·외교적 국가이익의 추구는 제2차적인 것으로 본 것이다.

II. 독도영유권 훼손 여부의 검토

1. 독도의 영토 훼손 여부

가. 분쟁의 존부 문제

(1) 문제의 제기

우리 정부는 의연히 독도의 영유권[1]에 관한 한일 간의 문제를 분쟁(dispute)으로 보지 않는 입장을 견지해 왔다. 그러나 "신 한일어업협정"에 의하면 독도를 소위 중간수역 내에 위치하게 함으로써(제9조 제1항) 한국 정부가 한일 간의 독도의 영유권 문제(problem, issue)를 독도의 영유권 분쟁(dispute)으로[2] 스스로 공식적인 묵인(acquiescence)을 한 것이 되어 한국의 독도영유권이 훼손되지 않았나 하는 의문을 갖게 한다. 왜냐하면 독도의 영유권 문제로 인해 한일 간의 배타적 경제수역의 경계를 획정할 수 없으므로 중간수역을 설정하게 되었다는 것을 부인할 수 없기 때문이다. 독도의 영유권 문제가 영유권 분쟁으로 발전되게 되면 독도의 영유권에 관한 한국과 일본의 독도에 대한 지위가 1대 1의 대등한 것이 되어 그만큼 한국의 독도에 대한 영유권이 훼손되는 결과를 가져오기 때문이다.[3]

독도의 영유권이 한국에 귀속되어 있음은 엄연한 사실이므로 한일 간의 독도영유권 문제는 국제법상 "분쟁"으로 될 수 없는 것이다. 우리 정부는

---

1) 여기서 "영유권"은 영유권(*dominium*)과 영역권(*imperium*)을 모두 지칭하는 의미로 사용하기로 한다.

2) 국제법상 "사태"(situation)가 발전하여 "분쟁"(dispute)으로 되며, 분쟁은 일방 당사자가 타방 당사자에게 특정의 요구를 하고, 타방 당사자가 그 요구를 거절할 때 존재하게 된다(Hans Kelsen, *The Law of the United Nations* (New York: Praeger, 1950), p.360). 상설국제사법재판소는 분쟁을 "법적 문제점 또는 사실에 관한 문제점에 대한 의견의 불일치"라 정의했다(PCIJ, *Series A*, No.21, 1924, p.11).

3) 이상면, "중간수역에 들어간 독도의 운명과 그 대책", 독도찾기운동본부, 『독도현장보고』(서울: 독도찾기운동본부, 2001), p.17.

일관된 입장도 독도의 영유권 문제가 일본과의 분쟁 대상이 될 수 없다는 것이었다.

만일 이를 국제법상 분쟁으로 보게 되면 (i) 당연히 한국의 영토인 독도에서 일본과 대등한 입장에서 맞서는 것이 되고, (ii) 뿐만 아니라 국제연합의 회원국인 한일 양국은 이를 평화적으로 해결해야 할 "국제연합헌장"상의 의무를 지며(제2조 제3항, 제33조 제1항), (iii) 경우에 따라 국제연합총회 또는 안전보장이사회로부터 분쟁해결에 관한 권고를 받을 수 있게 된다(제11조 제2항, 제36조 제1항). 그리고 (iv) 한걸음 더 나아가 "국제연합헌장"상 안전보장이사회가 그 분쟁을 평화에 대한 의협(the threat to the peace)으로 결정할 경우 국제연합으로부터 제재조치를 받을 수도 있게 된다(제40조 이하).

때문에 우리 정부는 독도가 일본과의 관계에서 분쟁의 대상이 될 수 없다는 입장을 견지해 왔던 것이다.

1954년 9월 25일 일본 정부는 독도의 영유권에 관한 한일 간의 문제를 법적 분쟁이라고 보고 이를 국제사법재판소에 제소하자는 제의를 다음과 같이 해왔다.

> 이 문제(issue)는 국제법의 기본원칙의 해석을 포함하는 영유권에 관한 분쟁(a dispute on territorial rights)이니만큼… 일본 정부는 일본 정부와 한국 정부의 상호 합의에 의하여 이 분쟁(the dispute)을 국제사법재판소에 부탁할 것을 제의한다.[4)]

상기 일본 정부의 제의에 대해 우리 정부는 1954년 10월 28일에 다음과 같이 이를 일축하는 내용의 항의를 한 바 있다.

> 독도 문제(the Dokdo problem)를 국제사법재판소에 제소하자는 일본 정부의 제의는 사법 절차를 가장한 또 다른 허위의 시도에 불과하다. 한국은 독도에 대한 영유권을 갖고 있으며, 한국이 또한 국제재판에 의하여 그의 권리를

4) 외무부, 『독도관계자료집(1)』(서울: 외무부, 1977), pp.74-75.

증명하여야 할 이유가 없다.…일본은 소위 독도의 영유권 분쟁에 대해 한국과의 관계에서 일본을 대등한 지위로 놓으려고 시도하는 것이다(is attempting to place herself on the equal footing).[5)]

이상과 같이 우리 정부는 "신 한일어업협정"을 체결하기 이전까지는 독도의 영유권 문제를 일본과의 국제분쟁으로 보지 않는 입장을 취해 왔다.[6)]

1965년의 "한일기본관계에 관한 조약", "한일어업협정" 체결시 한국 정부는 독도영유권 문제에 있어 어떤 형식으로든 규정상으로 일본의 지위를 인정하는 것을 배제하였으며, "분쟁해결에 관한 교환 공문"에 독도 문제에 관한 규정을 두자는 일본의 주장을 배격하였다. 1974년의 "한일대륙붕협정" 체결시에도 한국 정부는 이러한 입장을 견지해 왔다. 그러나 1998년 "신 한일어업협정'의 체결로 우리 정부의 이러한 입장은 깨지고 말았다. 이제 일본이 다께시마를 찾을 법적 발판을 놓으려던 숙원은 꿈이 아니라 현실로 실현된 것이다.

(2) 문제에 대한 논의

(가) 정부의 견해

독도를 중간수역 내에 위치하게 함으로써 독도의 영유권 문제가 한일간의 국제분쟁으로 되는 것을 한국 정부가 묵인하는 것으로 되어 결과적으로 독도영유권에 관한 일본의 지위가 한국과 대등한 것으로 되고, 그만큼 독도에 대한 한국의 영유권이 훼손되는 결과를 가져올 수 있다는 점에 관해 우리 정부는 어떠한 해설도 한 바 없다.

아마도 우리 정부는 이점을 다음과 같이 해설하지 모른다.

첫째로, 국제법상 분쟁의 존재 여부는 문제의 당사자에 의해 주관적으로 정해지는 것이 아니라 제3자에 의해 객관적으로 정해지는 것이며, 제3

5) 상계서, pp.119-20.

6) 김영구, "국제법에서 본 동해 중간수역과 독도", 독도연구보전협회, 독도영유권 대토론회, 1999.10.22, 프레스센터, pp.23-24.

국은 이미 한일 간의 독도영유권 문제를 분쟁으로 보고 있으므로 한국이 이를 분쟁이 아니라고 보는 것은 무의미한 것이다.

둘째로, "신 한일어업협정"에 독도를 중간수역 내에 위치시켰을 뿐, 독도의 영유권 문제를 한일 간의 분쟁으로 인정한다는 명문 규정이 없을 뿐만 아니라 그러한 묵인 효과를 인정하는 해석은 성립의 여지가 없다.

셋째로, "신 한일어업협정" 제15조에서 "이 협정의 어떠한 조항도 어업문제 이외의 국제법상 문제에 관한 각 체약국의 입장을 해하는 것으로 간주되지 아니한다"고 규정하고 있으므로 독도의 영유권 문제가 국제분쟁으로 되어 한국을 해하는 것으로 되지 않는다.

(나) 정부의 견해에 대한 이견

상기 우리 정부의 가설적 견해에 대해 다음과 같은 이견이 제시될 수 있다.

첫째로, 국제법상 분쟁의 존재 여부는 제3자에 의해 정해질 수 있고 당사자에 의해 정해질 수도 있으나, 그 분쟁을 국제재판소에 의해 해결하기 위해서는 당사자에 의해 분쟁으로 인정되어야 한다. 만일 제3자에 의해 분쟁으로 인정되어도 당사자의 어느 일방이 분쟁으로 보지 않으면 이는 제소 합의(compromise)에 이를 수 없으며 따라서 국제재판소는 이에 대한 관할권을 행사할 수 없기 때문이다. 그러므로 한국이 독도 문제를 분쟁으로 보지 않는 것은 중요한 의미를 갖는다.

둘째로, 상기 첫째의 이유에 대한 이견을 제시해 보기로 한다. 독도의 영유권 문제를 분쟁으로 본다는 명문의 규정은 없으나, 묵시적으로 그러한 효과를 인정하는 해석은 성립될 수 있는 것이다.

1969년의 "조약법에 관한 비엔나 협약"(Vienna Convention on the Law of Treatise)은 조약의 해석에 관한 보조적 수단으로(supplementary means of interpretation) 조약의 의미를 확인하기 위해, 또는 의미를 결정하기 위해 조약의 준비작업 및 조약체결시의 사정(preparatory work of the treaty and the circumstance)을 감안할 수 있다고 규정하고 있다(제32조 본문).[7]

"신 한일어업협정"을 체결하기 위한 교섭 기간에 한국은 종래의 "배타적 경제수역 경계가 획정된 이후라야 협정 적용수역을 결정할 수 있는 것이므로 배타적 경제수역 경계획정 문제와 어업협정 개정의 협상은 동시에 연계하여 진행되어야 한다"는 기본입장을 취하고 있었다. 그러나 1997년 3월 6일부터 영유권 문제와 어업 문제를 분리해서 타결하겠다는 입장을 표명했다.[8] 이는 한국이 한일 간에 독도영유권 문제가 분쟁으로 되어 있음을 전제로 한 것이다. 따라서 이러한 "조약체결시의 사정"을 고려할 때 한국은 중간수역 내에 독도를 위치시키는 "신 한일어업협정"의 체결로 독도영유권 문제가 한일 간의 영유권분쟁의 존재를 묵인한 것이라는 해석을 가능하게 하는 것이다.[9]

셋째로, 상기 두 번째의 이유에 대한 이견은 후술(Ⅱ.1.나)하는 "신 한일어업협정" 제15조의 해석에서 논급하기로 한다.

요컨대 상술한 바와 같이 "신 한일어업협정"이 중간수역을 설정하고 동 수역 내에 독도를 위치하게 함으로써 한국 정부는 동 협정을 통해 독도영유권 문제를 영유권 분쟁으로 묵시적으로 인정하는 것이 되며,[10] 그 결과 독도의 영유권에 대한 한국의 지위와 일본의 지위가 대등한 것으로 되

---

7) Shabtai Rossenne, *Development in the Law of Treaties* (Cambridge: Cambridge Univ. Press, 1989), pp 236, 395-96); Ian Sinclair, *The Vienna Convention on the Law of Treaties*, 2nd ed. (Manchester: Manchester Univ. Press, 1984), pp 114-17; T. O. Elias, *The Modern Law of Treaties* (New York: Oceana Publications, 1974), pp 79-84.

8) 외무부, 『보도자료』 제97-83호.

9) 묵인(acquiescence)은 묵시적 동의의 근거(validity of tacit consent)가 되며(I. C. MacGibbin, "The Scope of Acquiescence in International Law", *BYIL*, Vol.31, 1954, p.144), 해석의 요소(an element of interpretation)가 되고 금반언(an estoppel)의 기능을 한다(*ibid.*, pp146-47). 그러므로 중간수역 내에 독도를 위치시키는 "신 한일어업협정"의 체결은 분쟁의 존재에 대한 해석의 요소가 되고, 차후 분쟁의 존재를 부정하는 행위를 할 수 없게 된다.

10) 분쟁이 존재하느냐 하는 것은 객관적으로 정해지는 것이므로(ICJ, *Reports*, 1950, Interpretation of Peace Treaties, Advisory Opinion, p.74), 분쟁의 존재를 한국 정부가 묵시적으로 인정한 것으로 되는 구체적 효과는 한국이 일본의 제소 제의를 거부할 수 있는 근거를 상실하게 되는 것이다.

어[11] 그만큼 한국의 독도영유권이 훼손되는 것으로 되어 있다.

나. 불리(不利)한 배제조항의 문제

(1) 문제의 제기

"신 한일어업협정"은 "이 협정의 어떠한 규정도 어업에 관한 사항 외의 국제법상 문제에 관한 각 체약국의 입장을 해하는 것으로 간주되어서는 아니된다"라고 규정하고 있다(제15조).

이 배제조항(disclaimer)은 한국의 독도영유권을 해하지 않는 조항으로 보이나, 일본 측에서 보면 일본의 다께시마에 대한 영유권을 해하지 않는 조항으로 되어 결국 이 조항은 독도를 실효적으로 지배하고 있는 한국의 독도에 대한 영유권을 훼손하는 결과를 가져오게 한 것으로 볼 수도 있다는 문제를 제기하고 있다.

(2) 문제에 대한 논의

(가) 정부의 견해

상기 문제에 대해 우리 정부는 (ⅰ) 협정의 명문 규정에 의해 "독도의 지위에 대해 영향이 없다"고 하고,[12] (ⅱ) "어업 이외의 다른 문제에 간접적으로 미치는 영향도 없도록 하기 위하여"라고 하고,[13] 또는 (ⅲ) "어업협정상 수역의 분할 등에 있어서 추후 배타적 경제수역 경계획정에 간접적으로 영향을 미칠 가능성도 배제할 수 없으므로 이러한 영향을 사전에 차단하는 조항을 둠"[14]이라고 해설하고 있을 뿐, 동 조가 독도의 영유권에 관해 일본에게 유리한 결과를 준 것이냐의 여부에 관해서는 아무런 언급

---

11) 외무부, 전게서, 전주 4, pp.119-20.

12) 외교통상부, 『신 한일어업협정』, 1998.11.25, p.5; 신각수, "한일어업협정의 종합평가와 독도영유권", 2002년 1월 28일, 한국해양수산개발주체 『한일어업협정과 독도에 관한 세미나』 발표논문, p.15.

13) 외교통상부, 『신 한일어업협정과 독도』, 1998.11, p.2.

14) 외교통상부 조약국, 『한일어업협정 해설자료』, 1998.11, p.11.

이 없다.

(나) 정부의 견해에 대한 이견

제15조에 규정된 "어업에 관한 사항 외의 국제법상 문제"의 의미는 (ⅰ) "유엔해양법협약"상 배타적 경제수역에 대한 연안국의 권리인 어업 이외의 "비생물자원의 탐사 · 개발 · 보존 · 관리를 위한 주관적 권리"(제56조 제1항 a 전단), "수력 · 조력 · 풍력 발전을 포함하는 경제적 탐사 · 개발을 위한 활동에 대한 주관적 권리"(제56조 제1항 b 후단), 그리고 "인공도 · 시설 · 구조물의 설치 · 사용에 대한 배타적 권리" 등의 문제를 뜻하는 것으로 해석될 수 있고, (ⅱ) 배타적 경제수역의 기본인 영토의 영유권, 기선, 배타적 경제수역을 갖는 섬인가의 여부 등의 문제를 뜻하는 것으로 해석될 수 있고, (ⅲ) 배타적 경제수역과는 관계없는 양국 간의 2자 · 다자간 조약상의 권리 등에 관한 문제를 뜻하는 것으로 해석될 수도 있고, (ⅳ) 상기 (ⅰ), (ⅱ)를 뜻하는 것으로 (ⅲ)을 모두 포함하는 것으로 해석될 수도 있다.

상기 (ⅰ)의 해석에 의하면 독도의 영유권 문제는 "어업에 관한 사항 외의 국제법상 무제"에 포함되지 않는 것으로 되며, (ⅱ)의 해석에 의하면 독도의 영유권 문제는 "어업에 관한 사항 외의 국제법상 문제"에 포함되는 것으로 된다. 우리 정부의 해석은 (ⅱ)의 해석에 따라 독도의 영유권 문제는 "어업에 관한 사항 외의 국제법상 문제"에 포함되는 것으로 보고 있다.

우리 정부는 제15조의 규정을 독도에 대한 우리의 입장을 해하지 않는 것으로 우리에게 유리한 조문이라고 한다.[15] 그러나 제15조의 규정을 일본 측에서 보면 독도의 실효적 지배를 하고 있지 못하면서도 독도의 영유권이 일본에게 귀속된다는 일본의 입장을 묵인하는 것으로, 결국 일본에게 보다 유리한 규정인 것이다. 즉, 이 규정은 한국에게는 이(利)도 해(害)도 주지 않는 현상 유지적 의미밖에 갖지 못하지만, 일본에게는 이(利)를

15) 상게자료, p.11.

주는 현상 변경적 의미를 갖는 것이다.[16)]

요컨대, 결국 제15조의 규정은 독도의 영유권에 관해 일본 측에게 비교 이익을 주어 그 결과로 한국의 독도영유권이 그만큼 훼손되는 것으로 되었다는 해석이 가능할 수 있게 되어 있다.

다. 독도의 속도 부인 문제

(1) 문제의 제기

독도는 울릉도의 속도이다. 그러나 "신 한일어업협정"에 의하면 울릉도와 독도 중 독도만이 중간수역 내에 포함되어 있으므로(제9조 제1항) 독도와 울릉도는 국제법상 별개의 도서로 취급되게 되었다.

따라서 울릉도의 영유권이 한국에 귀속되어 있으므로 울릉도의 속도인 독도의 영유권도 한국에 귀속된다는 이른바 "속도 이론"에 의한 독도에 대한 영유권 주장의 근거를[17)] 상실하게 되는 결과를 초래한다는 문제가 제기된다.[18)]

1951년의 "대일강화조약"에 일본으로부터 분리되는 한국의 영토가 명시되어 있는데 이 중에 울릉도는 포함되어 있으나 독도는 포함되어 있지 않다. 동 조약은 일본으로부터 분리되는 한국의 영토를 다음과 같이 규정하고 있다.

---

16) 이상면, 전게논문, 전주 3, p.18. 보다 유의해야 할 점은 한국 정부는 제15조의 규정에 의해 일본 정부의 독도영유권 주장을 묵인하는 것으로 되고, 묵인은 일반 국제법상 영토 취득의 권원이 되므로(Georg Schwarzenberger, "Title to Territory : Response to A Challenge", *AJIL,* Vol.51, 1957, p.318), 결국 일본이 독도의 영유권 취득의 권원이 될 수 있다는 점이다.

17) 김명기, "독도와 대일강화조약 제2조", 김명기 편, 『독도연구』(서울: 법률출판사, 1997), p255.

18) 중간수역 내에 독도는 위치하고 있으며, 울릉도는 중간수역과 구별되는 배타적 경제수역 내에 위치하고 있기 때문이다. 속도가 주도의 부속도라는 문언상 언급이 없는 한, 주도에 대한 주권의 행사가 속도에 대한 주권의 행사로 볼 수 없다는 국제사법재판소의 판결(ICJ, *Reports*, 1953, p.71)에 유의해야 한다.

> 일본은 한국의 독립을 승인하고 제주도·거문도 및 울릉도를 포함하는 (including the Island of Quelpart, Post Hamilton and Degalet) 한국에 대한 모든 권리·권원 및 청구권을 포기한다(제2조 a항).

상기 규정 중에는 울릉도는 포함되어 있으나 독도는 포함되어 있지 않다. 그러나 독도가 울릉도의 속도이므로 독도가 울릉도와 같이 일본으로부터 분리된 한국의 영토라는 우리의 논거는[19] "신 한일어업협정"이 효력을 발생한 이후에는 더 이상 주장하기 어렵게 되었다.

뿐만 아니라, 『삼국사기』(三國史記) 열전(列傳) 이사부조(異斯夫條)에 신라 지증왕 13년(512년)에 이사부가 우산국을 정복하고 우산국이 신라에 귀순하여 왔다고 기록되어 있는 바, 여기 우산국의 영토는 울릉도와 그의 속도인 우산도(독도)가 포함된다는 것을 근거로 독도는 신라 지증왕 13년 이래 우리의 영토라는 주장도[20] 사실상 깨지게 된다.

그리고 조선 중종조(1531년)에 편찬된 『신동국여지승람』(新東國輿地勝覽) 강원도 울진현조(권45)에 "우산과 울릉은 원래 한 섬이라고 한다"는 기록에 의해 인정된 역사적 사실을[21] 부정하는 결과를 가져오게 한다.

---

19) Mying-Ki Kim, *Territorial Sovereignty over Dokdo and International Law* (Claremont, California: Paige Press, 2000), p.128; 신용하, 『독도의 민족영토사 연구』(서울: 지식산업사, 1996), p.321; 이한기, 『한국의 영토』(서울: 서울대학교출판부, 1969), p.269; 김명기, 『독도의 영유권과 국제법』(서울: 투어웨이사, 1999), p.45; 1959년 1월 7일의 한국 측 구술서, 제7항. "대일강화조약"에서 독도가 누락되는 과정에 관해서는 김정호, "독도와 대일강화조약 제2조의 체결 경위", 김명기 편, 『독도특수연구』(서울: 법서출판사, 2001), pp.261-66 참조.

20) 김영개, "독도와 제2차 대전의 종료", 김명기 편, 전게서, 전주 17, p.218; 이훈, "조선 후기의 독도영속시비", 한일관계연구회 편, 『독도와 대마도』(서울: 지성의 샘, 1996), pp.16-17; 김학준, 『독도는 우리 땅』(서울: 한줄기, 1996), p.49; 신용하, 전게서, 전주 19, pp.27-28; 김병렬, 『독도냐 다케시마냐』(서울: 다다미디어, 1996), pp.160-63; 1954년 9월 25일의 한국 측 구술서, 제1항 (1).

21) 이훈, 전게논문, 전주 20, p.20; 신용하, 전게서, 전주 19, pp.16-17; 김영주, "독도의 명칭", 김명기, 전게서, 전주 17, p.12; 1954년 9월 25일의 한국 측 구술서, 제1항 (1).

(2) 문제에 대한 논의

(가) 정부의 견해

이 점에 대한 우리 정부의 해설은 아직 없다. 이는 우리 정부가 이 문제를 문제로 파악하고 있지 못한 데 연유하는 것으로 보인다.

(나) 정부의 해설에 대한 이견

상술한 바와 같이 이 점에 관해 우리 정부는 어떠한 언급도 하지 않고 있으므로, 이에 대한 비판을 할 수 없음은 물론이다.

요컨대, "신 한일어업협정"이 독도를 울릉도와 분리하여 독도만을 중간수역에 위치케 함으로써 독도는 울릉도의 속도라는 주장을 더 이상 할 수 없게 되어, "대일강화조약" 제2조에 열거된 "울릉도"에는 속도인 독도도 포함되어 독도가 동 조항에 의해 일본으로부터 분리된 것이라는 주장을 더 이상 할 수 없게 되어, 독도의 영유권은 그만큼 훼손되게 되었다.

2. 독도의 영해 훼손 여부

가. 영해의 부인 문제

(1) 문제의 제기

국제법상 도는 영해를 가지며(유엔해양법협약 제121조 제2항), 독도는 도이므로 당연히 영해를 갖는다.[22]

그러나 "신 한일어업협정"에 의하면 독도는 이른 바 동해의 "중간수역" 내에 위치하고 있다(제9조 제1항). 이 중간수역 내에서 이른 바 "기국주의"에 따라 각 체약국은 타방 체약국의 어선에 대하여 어업에 관한 자국의 법령을 적용하지 아니한다. 즉 "각 체약국은 이 수역에서 타방 체약국 국

22) D. P. O'Connell, *The International Law of the Sea,* Vol.2 (Oxford: Clarendon, 1984), p.731; Malcolm N. Shaw, *International Law*, 4th ed. (Cambridge: Cambridge Univ. Press, 1997), p.398.

민 및 어선에 대하여 어업에 관한 자국의 관계법령을 적용하지 아니한다” (부속서 I, 제2항 가호).

문제로 제기되는 것은 이 중간수역이 독도의 영해에 어떠한 영향을 주는 것인지 명백하지 않다는 점이다. 즉 중간수역 내에 위치한 독도의 영해도 중간수역으로 되어 독도가 영해를 갖지 못하는 것으로 되는 것인지, 아니면 독도의 영해는 그대로 존속하는 것인지가 명백하지 않다는 점이다. 따라서 독도는 영해를 갖지 못하고 중간수역만을 갖는 것이 아니냐의 문제가 제기된다.

(2) 문제에 대한 논의

(가) 정부의 견해

이 문제에 관해 우리 정부는 “이 협정은 대한민국의 배타적 경제수역과 일본국의 배타적 경제수역(이하 “협정수역”이라 한다)에 적용된다”라고 “신 한일어업협정”에 명시되어 있고(제1조) “영해는 배타적 경제수역이 아니므로 협정수역에서 제외되어 있다. 따라서 독도의 영해는 중간수역에서 제외되어 있다”[23]고 해설하고 있다.

(나) 정부의 해설에 대한 이견

이상과 같은 정부의 해설에 대해 다음과 같은 비판을 해 볼 수 있다.

첫째로, “신 한일어업협정”은 “다음 각 목의 점을 순차적으로 직선으로 연결하는 선에 의하여 둘러싸이는 수역에 있어서는 부속서 I 의 제2항의 규정을 적용한다”라고 규정하고 있다(제9조 제1항). 동 조항에는 이 수역을 부속서 I 의 제2항의 규정이 적용되는 수역과 동 규정이 적용되지 않는

23) 외교통상부, 전게자료, 전주 13, pp.4-5; 신각수, 전게논문, 전주 12, p.5, “신 한일어업협정” 상 독도의 지위에 관해서 국내 학자들의 견해는 격렬히 대립되어 있다. 이하 이들의 대립되는 의견을 일일이 근거를 제시하여 표시하지 않기로 한다. 왜냐하면, 독도의 영유권에 관해 학자들의 견해가 대립되어 있는 것은 법리를 떠난 것이므로 심히 유감이기 때문이다.

수역을 구분하는 어떤 다른 규정이 없으므로 이 수역에 부속서 I 의 제2항의 규정의 적용이 배제되는 수역, 즉 영해가 있다고 볼 수 없다. 만일 이 수역 내 영해에서 부속서 I 의 제2항의 적용을 배제하기 위해서는 그런 내용의 특별 규정이 있어야 하나 그러한 특별 규정이 없으므로 중간수역 내에는 영해가 존재하지 않는다.

둘째로, 도서가 영해를 갖는다는 것은 일반국제법인 1958년의 "영해접속수역협약"(제10조 제2항)과 1982년의 "유엔해양법협약"(제121조 제2항)에 의해 인정되는 것이며, 독도의 주변수역이 중간수역으로 된다는 것은 특수국제법인 "신 한일어업협정"에 의하는 것이다. 전자는 일반법이고 후자는 특별법이며, 일반법과 특별법이 저촉될 경우 "특별법우선의 원칙"(rule lex specialis derogant lege generali)에 따라 후자가 우선적으로 적용되게 되므로[24] 독도는 중간수역만을 갖고 독도의 영해는 배제된다고 볼 수 있다.

셋째로, 우리 정부는 "신 한일어업협정"은 "이 협정은 대한민국의 배타적 경제수역과 일본국의 배타적 경제수역(이하 "협정수역"이라 한다)에 적용하다"라는 규정이 있으므로(제1조), 독도 영해에 이 협정이 적용되지 않고 따라서 독도 영해에 어떠한 영향을 주지 않는다고 주장하고 있으나, "신 한일어업협정"이 한국과 일본의 배타적 경제수역에서 중간수역을 배제하고 배타적 경제수역이 아닌 이 중간수역에 동 협정을 적용하는 것과 같이, 배타적 경제수역이 아닌 독도의 영해에 대해 동 협정을 적용하는 것이 가능하다.[25]

---

24) G. G. Fitzmaure, "*The Law and Procedure of International Court of Justice*", *BYIL*, Vol.33, 1957, pp.236-38; Lord McNair, *Law of Treaties* (Oxford: Clarendon, 1961), p.219; Georg Schwarzenberger and E. D. Brown, *A Manual of International Law*, 6th ed. (Milton: Professional Boo, 1976), p.131.

25) 환언하면 동 협정이 배타적 경제수역에만 적용되는 것이 아니라 "중간수역"에도 적용되므로 영해에도 적용된다는 해석이 가능한 것이다. 1839년 "영불어업협정"상 영해를 선으로 표시한 수역의 대안은 영유권이 인정되었고 영해를 선으로 표시하지 않은 수역의 대안은 무주지로 인정되었다는 점(ICJ, *Reports*, 1953, pp.66-67)을 유의해야 할 것이다.

나. 추적권의 부인 문제

(1) 문제의 제기

추적권(right of hot pursuit)이란 연안국의 권한 있는 당국이 연안국의 내수 · 영해 · 배타적 경제수역 또는 대륙붕에서 연안국의 법령을 추적하여 나포하거나 나포 후에 재판을 위해 연안국에 인치할 수 있는 연안국의 권리를 말한다.[26] 여기서는 독도의 영해 내에서 연안국인 한국의 법령을 위반한 일본 선발에 대한 추적원에 관해서만 보기로 한다.

상술한 바와 같이 "신 한일어업협정"상 독도의 영해는 존재하지 않는다고 해석하면 독도의 영해 내에서 한국의 법령을 위반하는 일본 선박은 존재할 수 없으므로 이에 대한 추적권도 존재할 수 없음이 명백하다. 그러나 "신 한일어업협정"상 독도의 영해는 존재한다고 해석해도 중간수역 내에서는 기국주의에 따라 각 체약국은 타방체약국의 어선에 대하여 어업에 관한 자국의 법령을 적용하지 아니하므로(부속서 I , 제2항 가호) 결국 독도의 영해 내에서 한국의 법령을 위반한 일본 선박에 대해 중간수역에서의 한국의 추적권은 인정되지 않는 것인가의 의문이 제기된다.

(2) 문제에 대한 논의

(가) 정부의 견해

전술한 바와 같이 독도 영해에서 한국의 법령을 위반한 일본 어선에 대한 중간수역 내에 있어서 한국의 추적권이 존재하느냐에 관한 우리 정부의 견해는 아직 표시된 바 없는 줄 안다.

(나) 정부의 견해에 대한 이견

문제에 관한 우리 정부의 견해가 표시된 바 없으므로 이에 대한 이견도

---

26) O'Connell, *supra* n.22, p.1075; Djamchid Montaz, "The High Seas", in Rene-Jean Dupuy and Daniel Vignes (eds.), *A Handbook of the New Law of the Sea*, Vol.1 (Dordrecht: Martinus Nijhoff, 1991), P.410; G. William, "The Judical Basis of Hot Pursuit", *BYIL*, Vol.20, 1939, pp. 83-84.

제시될 수 없다. 그러나 독도의 영해는 존재하지 않으며, 따라서 독도의 영해 내에서 한국의 법령을 위반한 일본 어선에 대한 중간수역 내에서의 한국의 추적권 문제는 그 자체가 성립되지 않는다. 그리고 만일 독도 영해가 존재한다는 해석을 한다 할지라도 중간수역에 있어서는 기국주의에 의한 법령의 적용만이 가능하므로 결국 독도 영해 내에서 한국의 법령을 위반한 일본 어선에 대한, 중간수역에 있어서의 한국의 추적권은 존재하지 않는다.

요컨대, 독도의 영해는 추적권에 의해 보호되지 못하게 되었으므로 한국의 영토인 독도의 영해는 그만큼 훼손된 것이다. 그러므로 이 훼손을 치유하기 위해 "신 한일어업협정"의 개정이 요구된다.

3. 독도의 배타적 경제수역 훼손 여부

가. 배타적인 배타적 경제수역의 부인 문제

(1) 문제의 제기

국제법상 독도는 도서로서 배타적 경제수역을 갖는다. "신 한일어업협정"은 동 협정이 체결되기 이전에 인정되었던 독도의 배타적(전속적)인 배타적 경제수역을 부정하고 있다. 이는 다음과 같은 제 규정에서 찾아볼 수 있다.

첫째로 "신 한일어업협정"은 중간수역 내에 편입된 독도의 배타적 경제수역 내에서 일본의 "어업권"을 인정하여, 결과적으로 한국의 배타적인 어업권이 부정되고 일본의 어업권이 인정되게 되었다.

동 협정은 다음과 같이 규정하고 있다.

> 각 체약국은 이 수역에서 타방 체약국 국민 및 어선에 대하여 어업에 관한 자국의 관계 법령을 적용하지 아니한다(부속서Ⅰ, 제2항 가호).

상기 규정 중 "이 수역에서"란 동 협정 제9조 제1항에서 정하는 수역에서, 즉 '중간수역에서'를 의미하며(부속서 I, 제2항 본문), "타방 체약국 국민 및 어선에 대하여"란 한국의 입장에서 보면 '일본 국민 및 어선에 대하여'를 뜻하며, "어업에 관한 자국의 관계 법령을 적용하지 아니한다"란 한국의 입장에서 보면 '어업에 관한 한국의 관계 법령을 일본 국민과 어선에 대해 적용하지 아니한다'는 의미이다. 따라서 중간수역 내에 편입된 독도의 배타적 경제수역 내에서 한국의 배타적 어업권이 배제되고 일본의 어업권이 인정되게 되었다.[27)]

둘째로, "신 한일어업협정"은 중간수역 내에 편입된 독도의 배타적 경제수역 내에서 일본의 "해양생산물자원보존 및 관리권로권"이 인정되게 되었다.

동 협정은 다음과 같이 규정하고 있다.

> 양 체약국은 이 협정의 목적을 효율적으로 달성하기 위하여 한일어업공동위원회(이하 "위원회"라 한다)를 설치한다(제12조 제1항).
>
> 위원회는 다음의 사항에 관하여 협의하고 협의 결과를 양 체약국에 권고한다. 양 체약국은 위원회의 권고를 존중한다.
>
> 마. 제9조 1항에서 정하는 수역에서의 해양생산물자원 보존 및 관리에 관한 사항(제12조 제4항 마호).

상기 규정 중 "한일어업공동위원회"는 양 체약국 정부가 각각 임명하는 1인의 대표 및 1인의 위원으로 구성되며(제12조 제2항), 상기 규정 중 "제9조 제1항에서 정하는 수역에서"란 '중간수역에서'를 의미한다. 따라서 중간수역에 편입된 독도의 배타적 경제수역 내에서 일본의 해양생산물자원 보존 및 관리에 관한 권고권이[28)] 인정되어 결국 한국의 배타적인 해양생

---

27) 즉 협정 전에는 한국만이 어업권이 인정되었으나, 협정 후에는 한국의 어업권과 일본의 어업권이 모두 인정되게 되었다. "신 한일어업협정" 이 수산업에 미치는 영향에 관하여는 최종화, "한일어업협정이 수산업에 미치는 영향", (2002년 1월 28일, 한국해양수산개발원 주최 『한일어업협정과 독도에 관한 세미나』 발표논문, pp.17-30) 참조.

28) "권고"는 법적 구속력이 없는 것이고 "결정"은 법적 구속력이 있는 것이지만, "권

산물자원 보존 및 관리권이 부정되게 되었다.[29]

셋째로, "신 한일어업협정"은 중간수역 내에 편입된 독도의 배타적 경제수역 내에서 일본의 "해양생산물자원보존 및 관리조치권"이 인정되게 되었다. 동 협정은 다음과 같이 규정하고 있다.

> 각 체약국은 이 협정 제12조의 규정에 의거하여 설치되는 한일어업공동위원회(이하 "위원회"라 한다)에서의 협의결과에 따른 권고를 존중하여, 이 수역에서의 해양생산물자원의 보존 및 어업종류별 어선의 최고 조업척수를 포함하는 적절한 관리에 필요한 조치를 자국 국민 및 어선에 대하여 취한다(부속서 I, 제2항 나호).

상기 규정 중 "이 수역에서의"는 제9조 제1항에 규정된 수역에서, 즉 "중간수역에서의"를 뜻하며, 이 수역에 편입된 독도의 배타적 경제수역이 포함됨은 물론이다. 따라서 일본은 동 조의 규정에 따라 중간수역에 포함된 독도의 배타적 경제수역 내에서 해양생산물자원의 보존 및 관리에 필요한 조치를 일본 국민 및 어선에 대해 취할 수 있으므로 결국 한국은 중간수역에 포함된 독도의 배타적 수역 내에서 한국의 배타적인 해양생산물자원 및 관리에 필요한 조치권을 행사할 수 없게 된다.[30]

요컨대, 중간수역에 편입된 독도의 배타적 경제수역 내에서 일본의 "어업권", "해양생산물자원 보존 및 관리권고권", "해양생산물자원 보존 및 관리 조치권"이 인정되어 한국의 "배타적"인 관할권이 부정되게 된다. 따라서 이는 한국의 독도에 대한 배타적 영유권에 대해 일본과의 공유적 영유권을 인정하는 결과가 되지 않는가 하는 문제가 제기되게 된다.

고와 결정이 본질적으로 다르다"는 주장(외교통상부, 전게자료, 전주 13, p.11)은 중간수역 내에서 일본이 공동위원회를 통해 권고권을 행사하게 된 것을 부정하는 이유로는 될 수 없다.

29) 즉 협정 전에는 한국만이 보존 및 관리권이 인정되었으나, 협정 후에는 한국의 보존 및 관리권과 일본의 보존 및 관리권이 모두 인정되게 되었다.

30) 즉 협정 전에는 한국만이 조치권이 인정되었으나, 협정 후에는 한국의 조치권과 일본의 초치권이 모두 인정되게 되었다.

(2) 문제에 대한 논의

(가) 정부의 견해

이상 제기되는 문제에 관해 우리 정부는 다음과 같이 해설하고 있다.

첫째로, 동해 중간수역에 있어서 한국과 일본의 관할권은 각기 자국의 국민과 어선에 대해서만 행사하는 것이므로 이는 공동관리가 아니고, 따라서 중간수역은 공동관리수역이 아니다.[31)]

둘째로, "신 한일어업협정"은 "어업에 관한 협정"으로서 어업 이외의 다른 문제에 관해서는 영향이 없도록 하기 위하여"이 협정의 어떠한 조항도 어업문제 이외의 국제법상 문제에 관한 각 체약국의 입장을 해하는 것으로 간주되지 아니한다"는 조항(제15조)을 두고 있다.[32)]

셋째로, 1953년 국제사법재판소는 망끼에 에끄레오(Minquiers and Ecrehos)도에 대한 영국과 프랑스 간의 영유권 분쟁사건에서 어업협정 상 섬의 위치가 공동어로구역 내에 있든 그 밖에 있든 영유권과는 무관하다는 원칙을 명시한 바 있다.[33)]

(나) 정부의 견해에 대한 이견

상기의 정부 견해에 대해 다음과 같은 이견이 제기될 수 있다.

첫째로, 상기 첫째의 이유에 대해서 중간수역에 있어서 한국과 일본에 대해 인정된 관할권이 공동관할권이든 아니든 불문하고,[34)] (ⅰ) "신 한일어업협정"체결 전에 한국만 "배타적"으로 관할권을 행사하던 것이 협정에 의해 일본의 관할권이 인정되었다는 점을 부인할 수 없다. 그리고 (ⅱ) 결과적으로 장차 한국이 이를 부정하는 주장을 할 때 일본은 "금반언의 원

---

31) 외교통상부, 전게자료, 전주 12; 외교통상부, 전주 13, pp.8-9; 신각수, 전게논문, 전주 12, p.10.

32) 상게자료, pp.2,4.

33) 상게자료, p.2.

34) 중간수역의 법적 성격에 관하여는 김선표, "한일어업협정상 동해 중간수역의 법적성격과 운용방안", 2002년 1월 19일, 한국해양수산개발원주최 『한일어업협정과 독도에 관한 세미나』 발표논문, pp.31-48.

칙"(principle of estoppel)으로[35] 이 주장을 배척할 것이다.

둘째로, 상기 둘째의 이유에 대해서 협정 제15조는 한국의 입장에서 보면 동 협정이 한국의 독도에 대한 영유권에 어떠한 영향을 주는 것이 아니라는 의미로 되고, 일본의 입장에서 보면 동 협정이 일본의 독도에 대한 영유권에 어떠한 영향을 주지 않는다는 의미가 됨으로 동 제15조를 원용하는 것은 오히려 한국 측에 더 불리할 수도 있다.

셋째로, 상기 셋째의 이유에 대해서는 국제사법재판소의 망끼에 에끄레오 사건에 대한 판결은 (ⅰ) 영국과 프랑스의 "공동어로구역"(common fishery zone) 내에서 공동관할권에 관한 것이며(1839년의 "영불어업협정" 제3조),[36] "신 한일어업협정"의 중간수역 내에서 각각의 관할권에 관한 것이 아니다. 따라서 "신 한일어업협정"상 중간수역에 공동어로구역에 관한 망끼에 에끄레오 사건에 관한 판결을 원용할 수 없다. (ⅱ) 우리 정부가 중간수역을 공동어로구역이 아니라고 하면서 공동어로수역에 관한 망끼에-에끄레오 사건의 판결을 원용하는 것은 자가당착이라 아니할 수 없다. (ⅲ) 망기에 에끄레오 사건에서 1839년의 공동어로구역을 설정한 어업협정을 체결할 당시에는 영국과 프랑스 간에 동 도서에 대한 영유권문제가 없었던 상황이었으나,[37] "신 한일어업협정"은 체결 당시에 한일 간에 독도의 영유권 문제가 이미 존재했으므로 동 사건의 판결을 독도영유권 문제에 그대로 원용할 수 없다. (ⅳ) 동 판결은 판결이고 판례가 아니며,[38] 판결은 모든 사건의

---

35) "금반원언의 원칙"이란 일방 당사자의 표시를 믿고 타방 당사자가 이에 기하여 타방 당사자의 지위를 변경한 때에 일방 당사자는 그 후에 자기의 표시와 반대되는 주장을 할 수 없는 원칙을 말한다.(Herry C. Blaek, *Black's Law Dictionary*, 5th ed. (St. Paul Minn: West Publishing, 1979), p.494; D.W. Bowett, "Estoppel before International Tribbunals and It's Relations to Acquiescence", *BYIL*, Vol.33, 1957, p.180). 이는 "법의 일반원칙"(general principles of law)으로 인정되어 있다.(McNair, *supra* n.24, p.485; MacGibbon, *supra* n.9 p.148; D. P. O'Connell, *International Law*, 2nd ed. (Oxford: Clarendon, 1970), p.13; PCIJ, *Series A/B* No.53, 1933, p.37; ICJ, *Reports*, 1962, p.40; ICJ, *Reports*, 1964, p.135).

36) ICJ, *Reports,* 1953, p.58.

37) ICJ, *Reports,* 1953, p.59.

법원이 되는 것은 아니다. "국제사법재판소 규정"은 "재판소의 결정은 당사국간 및 그 특정 사건에 관해서만 구속력이 있다"(The decision of the courts has no binding force except between the parties and in respect of that case.)라고 규정하고 있다. 그러므로 망끼에 에끄레오 사건에서의 상기 판결의 내용을 "신 한일어업협정"에 원용하기 위해서는 그와 같은 취지의 판결을 한 여러 판결을 열거하여야 한다. (v) 설혹 그것이 판례라 할지라도 일반국제법상 이는 국제법의 법원이 되지 못하며, "국제사법재판소 규정"상으로도 법원의 보조적 수단(subsidiary means)으로 인정될 뿐이다.[39] (vi) 동 판결에는 ① 섬의 위치가 공동어로구역 내에 있다 할지라도 그 섬의 영유권에는 무관한 것이라는 내용과 ② 외교 교섭과정에서 특별한 유보 없이 제시된 내용은 그것이 최종적인 합의에 포함되지 않았다 할지라도 이에 반하는 내용의 주장을 할 수 없다는 내용(금반언의 원칙)이 포함되어 있다.[40] "신 한일어업협정"에서 한국의 독도영유권 주장에 대해 ①을 원용하면 일본은 한국의 독도영유권 주장에 대해 ②를 원용할 것이므로, 즉 중간수역을 설정한 것에 반하는 주장을 한국이 할 수 없다는 주장을 할 것이므로 "신 한일어업협정"의 해석에 망끼에 에끄레오 사건의 판결을 원용하는 것은 반드시 한국에 대해 유리한 것은 아니다.

나. 독도의 배타적 경제수역 부인 문제

(1) 문제의 제기

한국은 1996년 8월 8일에 "배타적 경제수역법"을, 일본은 1996년 6월 14일에 "배타적 경제수역 및 대륙붕에 관한 법률"을 각각 제적 · 공포했다.

---

38) 동일한 내용의 "판결"(judgement)이 선례사건에서 반복 · 누적되어 "판례"(precedent)를 형성하게 된다(Black, supra n.35, p.1059).

39) Robert Jennings and Arthur Watts (ed.), *Oppenheim's International Law*, Vol.1, 9th ed. (London: Longmans, 1992), p.41.

40) ICJ, *Reports,* 1953, p.71; M. Akehrst, *Modern Introduction to International Law*, 7th re. ed. by Peter Malanczuk (London: Routledg, 1997), p.155.

한국과 일본 양국이 각기 기 선포한 200해리의 배타적 경제수역이 동해의 전 수역에서 중첩되므로 양국은 "신 한일어업협정"의 체결 협상과정에서 배타적 경제수역의 범위를 각각 35해리로 할 것과 배타적 경제수역의 기점을 한국은 울릉도로 하고 일본은 오기도로 할 것에 합의를 보았다.[41)]

한국 측의 기점을 독도로 하는 데 일본이 동의하면 중간수역을 설정할 필요도 없었고, 독도의 영유권은 한국에 있는 것으로 확정되는 셈이 된다. 일본 측이 독도를 기점으로 하는 데 동의하지 아니하므로 한국 측은 울릉도를 기점으로 한 것이다.

한국이 배타적 경제수역의 기점을 독도로 하지 않고 울릉도로 한 것은 한국이 독도의 영유권을 포기한 것으로 해석될 가능성이 없지 않다. 장차 한일 배타적 경제수역의 경계획정에 있어서도 일본은 "신 한일어업협정"의 선례를 따르자고 주장할 수 있을 것이며, 또 장차 독도의 영유권 귀속문제가 국제재판소에서 다투어지게 될 경우에도 일본이 이 선례를 근거로 독도의 영유권이 한국에 귀속되지 않는 것이라고 주장할 가능성이 배제되지 않는다.

(2) 문제에 대한 논의

(가) 정부의 견해

상기의 문제에 대해 우리 정부는 다음과 같이 해설하고 있다.

첫째로, 울릉도를 기점으로 한 것은 독도의 영유권을 포기한 것이 아니라, "유엔해양법협약"에 섬은 배타적 경제수역을 가지나(제121조 제2항), 인간이 거주하라 수 없거나 그 자신 경제활동을 할 수 없는(cannot sustain human habitation or economic life of their own) 암석(rocks)은 배타적 경제수역을 갖지 아니한다고 규정하고 있는바(제121조 제3항) 독도는 배타적 경제수역을 갖지 않는 암석인 것이다.[42)]

---

41) 외교통상부, 전게자료, 전주 14, p.15; 외교통상부, 전게자료, 전주12, p.8, 화면; 신각수, 전게논문, 전주 12, p.9.

42) 상게자료, p.6.

둘째로, 독도를 경제수역을 갖지 않는 암석으로 보는 것이 "유엔해양법협약"의 충실한 해석이고 또 그러한 입장이 명분과 실리 면에서도 유리한 것이다.[43)]

(나) 정부의 견해에 대한 이견

이상의 정부 견해에 대해 다음과 같은 비판을 해볼 수 있다.

첫째로, 독도는 인간이 거주하고 그 자신 경제활동이 가능한 섬임에도 불구하고 이를 그렇지 않은 암석으로 보는 것은 사실에 반한다.[44)]

둘째로, (i) 독도를 경제수역을 갖지 않는 암석으로 보는 것은 실리 면에서 유리하지 않다. 독도를 경제수역을 갖지 않는 암석으로 보아야 일본이

---

43) 상게자료, p.6.

44) 1일 10드럼 정도의 담수가 나오며(김병렬, 전게서, 전주 20, p.61; 정호기, "독도의 지리", 김명기 편, 『독도연구』(서울: 법률출판사, 1997, p.50), 1953년 4월 21일 독도의용수비대원 34명이 거주한 이래(김명기, 『독도의용수비대와 국제법』(서울: 다물, 1998), pp.42-43), 현재 수십 명의 인원이 거주하고 있다(정선아, "독도의 호적 · 주민등록현황", 김명기 편, 『독도특수연구』(서울: 법서출판사, 2001), p.35; 나홍주, "한일어업협정의 문제점에 관한 고찰", 『한국해양법학회지』 제22권 제2호, 2000, pp.188-91.

"유엔해양법협약" 제121조 제3항의 "인간의 거주"란 인간이 항상 거주하지 않아도 그 암석의 지형을 어업을 위하여 정기적으로 이용하거나, 피난처로 이용하거나, 또는 계절적으로 이용하는 것을 의미하며, "경제적 생활"이란 과거에는 그러하지 않았으나 현재와 미래에 경제적 수요의 변동, 기술적 혁신 또는 새로운 인간활동의 변화로 그러한 능력이 개발되는 것을 의미한다. 그리고 "인간의 거주"와 "경제적 생활"이라는 요건은 둘 중 하나만 충족되면 되는 택일적인 사항이다(Jonathan I. Charney, "Rocks That Cannot Sustain Human Habitation", *AJIL*, V0l.93, 1999, pp.863ff; 나홍주 "인간의 거주를 지탱할 수 없는 암석에 관한 주해와 논평", 독도연구보전협회, 독도영유권대토론회, 『한일어업협정의 재개정 준비와 독도 EEZ기선문제』, 2000.9.8, 프레스센터, pp.1-23). 그리고 도서에 대한 연안국의 연안 공동체의 존재(existence of a coastal community)가 인정되면 그 도서는 경제수역을 갖는다(Maria Silvana Fusilio, "The Legal Regime of Uninhabited Rocks Lacking An Economic Life of Their Own)", *The Itaian Yearbook of International Law*, Vol,4, 1978-79, 1980, p.54). 독도는 울릉도와 연안 공동체를 이루고 있으므로 독도는 경제수역을 갖는 도서인 것이다.

남해의 배타적 경제수역 내에 위치한 일본 영유의 많은 섬에 대해 일본이 배타적 경제수역을 갖는 섬이라고 주장할 수 없게 할 수 있다는 주장은 타당하지 않다. 남해에 있는 일본 영유의 모든 섬이 독도와 똑같은 형태의 것이 아닐뿐더러 어떤 섬이 암석이냐 아니냐는 개별적으로 정해지는 것이며 일괄적으로 정해지는 것은 아닌 것이다. 또한 (ii) 일본은 다께시마를 배타적 경제수역을 갖는 섬으로 보고 있는 것을 간과한 것으로 실리적 면에서 유리한 것이라 할 수 없다.[45]

Ⅲ. 독도영유권 훼손 치유방안의 모색

1. 가용 치유방안

"신 한일어업협정"에 의해 한국의 독도영유권을 해하거나 해하는 것으로 의문을 제기할 수 있는 제 조항에 대해 다음과 같은 몇 가지 대책을 위한 가용방안을 고려해 볼 수 있다.

가. 협정의 종료 통고

"신 한일어업협정"은 "이 협정은 발효하는 날로부터 3년간 효력을 가지며, 그 이후에는 어느 일방 체약국도 이 협정을 종료시킬 의사를 타방 체약국에 서면으로 통고할 수 있다"고 규정하고 있으며(제16조 제2항 전단). 또한 "이 협정은 그러한 종료 통고가 있는 날로부터 6월 후에 종료하며, 그렇게 종료하지 아니하는 한 계속 효력을 가진다"라고 규정하고 있다. 따라서 동 협정이 발효한 후 3년 후 한국은 동 협정의 종료를 통고할 수 있다.[46] "신 한일어업협정"이 발효된 것은 1999년 1월 22일이므로 2002년 1월

45) 제136회 참의원 해양법조약 등에 관한 특별위원회(1995.6.4.)

46) 나홍주, 전게논문, 전주 44, p.197; 이상면, 전게논문, 전주 3, p.21; 김영구, "한일·한중 어업협정의 비교와 우리의 당면과제", 국회해양포럼, 해양포럼 정책 심

22일 이후 동 협정의 종료를 통고할 수 있다.

나. 법리의 개발 · 정립

정책의 입안 · 결정은 학술적 이론을 기반으로 해야 함은 재언을 요치 않는다. 한국의 독도영유권 귀속에 의문을 갖게 하는 제 조항에 대한 우리 정부의 상술한 견해를 보강할 수 있는 법 이론을 개발 · 정립해야 한다.

예컨대, (i) 도서 주변수역의 관할권의 행사가 도서의 영유권에 영향을 주지 않는다는 망끼에 에끄레오도 사건에 관한 국제사법재판소의 "판결"이 다른 사건에도 반복되어 "판례"로 성립되었다는 실증, 또는 "관습법"으로 형성되었다는 입증, (ii) 국제조약에 규정된 사실에 대해 "금반언의 원칙"이 적용될 수 없다는 법리의 개발, (iii) 중간수역이 공해의 성격을 갖는다는 논리의 정립, (iv) "유엔해양법협약" 제121조 제3항의 재해석과 남해에서의 적용논리의 개발 등이다.

그러기 위해 독도 문제를 전담하는 독자적인 권한을 갖는 기구를 정부조직 내에(예컨대, 국무총리 직속으로) 설치해야 할 것이다.[47]

다. 해석의정서의 체결

조약을 체결한 이후에 그 조약의 규정을 해석함에 있어서 당사자 간의 문제가 제기되게 되면 이를 해결하기 위하여 해석의정서를 체결하는 경우가 있다. "신 한일어업협정"에 의해 한국의 독도영유권을 해하는 것으로 해석될 수 있다는 제 조항의 해석에 대해 이를 명백히 하기 위해 우리 정부 측의 해석을 내용으로 하는 해석의정서를 체결할 수 있다.[48]

이상에서 "신 한일어업협정"상 한국의 독도영유권에 해가 되거나 또는 해가 될 수 있는 것으로 의문을 갖게 하는 제 조항을 제시하고, 이에 대한 정부의 견해와 이 정부의 견해에 대한 이견을 개설하고, 몇 가지 대책방안

포지움, 2001. 6. 20, 국회의원회관 소회의실, p.61.

47) 유사한 견해: 나홍주, 전게논문, 전주 44, p.197.

48) 상게논문, p.196.

을 제시해 보았다.

상기 가용해결방안 중 "법리의 개발 · 정립방안"과 "해석의정서의 체결방안"은 동 협정이 효력을 발생한 후 3년이 경과하기 이전에 선정할 수 있는 방안이며, "협정의 종료 통고방안"은 동 협정이 효력을 발생한 후 3년이 경과한 이후에 선정할 수 있는 방안이다.

오는 이 시점에서의 "법리의 개발 · 정립방안"과 "해석의정서의 체결방안"은 선택적인 것이 아니라 경합적인 것이다.

가용방안 중 최적방안을 선정하는 준비를 위해 정부 당국의 학자와 전문가의 의견을 수렴 · 통합하고 국민의 의견을 계도하는 조치가 요구된다. 독도는 한국 정부의 것이 아니라 국민으로 구성된 대한민국의 것임을 잊는 일이 없어야 할 것이다.

2. 개정 기본방향

만일 우리 정부가 "신 한일어업협정"의 종료를 통지하여 동 협정을 폐지하고 일본 정부와 재협상을 하기로 하는 등 정책 결정을 한다면 그 재협상으로 체결되게 될 어업협정의 기본 방향은 다음과 같은 것이어야 할 것이다.

가. 다자간 어업협정의 체결

한국 · 일본 · 중국 · 러시아 간의 다자간 어업협정을 체결함으로써 한일 간의 독도영유권 귀속 문제를 한국과 일본 간의 분쟁으로 노출하지 않고 다자간에 이해관계의 협력 속으로 희석시킬 수 있다.[49]

나. 잠정적 한계선의 설정

중간수역을 설정하고 그 속에 독도를 위치하여 독도의 영유권 문제를

---

49) 유사한 견해: 김영구, 전계논문, 전주 6, p.30.

우회하려는 방법보다 여러 개의 가상선을 절충 · 종합하여 경계선을 설정하는 방법이 바람직하다고 본다.[50] 동해를 기하학적으로 동서 반분한 중간선, 독도와 오끼섬의 중간선, 울릉도와 오끼섬의 중간선, 또는 이들 중간선을 평균한 선 등으로 고려하여 경계선을 획정할 때 항상 독도는 어느 선에 의해서도 우리 측에 속하게 된다.

다. 독도의 배타적 경계수역 설정

어떤 경우도 독도는 "유엔해양법협약"상 영해와 배타적 경제수역을 가는 섬으로 보아야 한다. 독도가 배타적 경제수역을 갖는 섬으로 보면서 일본 정부와의 배타적 경제수역의 경계획정 교섭과정에서 양보하는 입장을 견지해야 할 것이다.

Ⅳ. 결론

국제사회에는 "실효성의 원칙"이 적용된다. 훼손된 영유권이 장기화되게 되면 그의 치유는 "실효성의 원칙"에 의거, 불가능한 것으로 되고 만다. 따라서 "신 한일어업협정"에 의해 훼손된 독도의 영유권을 치유하기 위한 대책은 시급히 강구되어야 한다.

상술한 바와 같이 "신 한일어업협정"에는 한국의 독도에 대한 영유권을 훼손하거나 또는 훼손할 위험성이 있는 몇몇 조항이 있다. 과거의 국제사회에서 영토취득의 주요 원인은 묵인(acquiescence) · 승인(recognition), 그리고 금반언(estoppel)이다.[51] 묵인 · 승인 · 금반언의 반복으로 영토취득의

---

50) 유사한 견해: 이상면, 전게논문, 전주 3, p.19; 김영구, 전게논문, 전주 6, p.30.

51) Shaw, *supra* n. 22, p.350; David H. Ott, *Public International Law in the Modern World* (London: Pitman, 1987, p.106; Akehurst, *supra* n.40, p.154; Ian Brownlie, *Principles of Public International Law,* 5th ed. (Oxford: Clarendon, 1998), pp.156-59; MacGibborn, *supra* n.9, pp.152-62; Schwazenberger, *supra* n.16, p.318; A. L. W. Munkman, "Adjudication and adjustment", *BYIL,* Vol.47, 1972-1973, pp.45-46; Ian

응고되어지는(consolidated) 것이다.[52)]

우리 정부는 "신 한일어업협정"을 체결함에 있어서 어업과 기타의 경제적·외교적 이익에 제1차적인 가치를 부여하고, 독도의 영유권에 제2차적인 가치를 부여하여 독도의 영유권이 일본에 있다는 일본 정부의 주장을 묵인·승인하거나 또는 이 묵인·승인에 의한 금반언의 효과로 한국의 독도에 대한 영유권이 훼손된다는 점을 간과하는 과오를 범했다. 이 과오를 합리화하려는 정부의 시책은 또다시 새로운 과오를 이중으로 범할 뿐인 것이다.

우리 정부는 하루 속히 훼손되거나 훼손될 위험성이 있는 독도의 영유권을 치유하기 위한 대책을 강구하여 국민의 여망에 따라 민족의 자존심인 독도를 영구히 보전해야 할 민족적 소명을 다 해야 할 것이다.

이미, "신 한일어업협정"의 종료를 통고할 수 있는 시한인 2002년 1월 22일이 도래했다. 하루 속히 동 협정의 종료를 통고하여 훼손된 독도의 영유권을 치유해야 할 것이다.[53)]

(이 글은 2001년 9월 20일),『독도영유권과 한일어업협정 개정방향』이라는 주제로 독도학회가 주최한 학술 심포지움에서 발표한 "독도의 영유권과 신 한일어업협정 개정의 필요성"을 보완한 것이다.)

Brownlie, *The Rules of Law in International Affairs* (Hague: Martinus Nijhoff, 1998), p.155.

52) Santiago Torres Bernardez, "Terriotory, Acqusition", Vol.10 (*EPIL*, 1987), p.499; Jennings and Watts, *supra* n. 39, pp.709-10; Brownlie, *supra* n.51, pp.162-63.

53) 독도의 영유권이 훼손된 상태가 장기화되면 "실효성의 원칙"에 따라 한국은 영영 독도의 영유권을 상실하게 되는 상황에 이를 수도 있게 된다.

제2절

추적권의 배제

-한일 공동관리수역상의 추적권 배제에 의한 독도영유권의 침해-

목 차

Ⅰ. 서론

1998년 11월 28일에 서명되고, 1999년 1월 22일에 효력을 발생한 "대한민국과 일본국 간의 어업에 관한 협정"(대한민국조약 제1477호, 1999년 1월 27일 관보 제14177호로 공포; 이하 "한일어업협정"이라 한다)은 양국의 동 협정상 배타적 경제수역의 범위를 각각 35해리로 하고, 배타적 경제수역의 기점을 한국은 울릉도로 하고 일본은 오끼도로 하고 있으며, 양국의 배타적 경제수역 이원(以遠)에 동해와 남해에 각각 1개의 중간수역(잠정수역)을 설정하고, 그중 동해 중간수역(이하 "동해 공동관리수역"이라 한다)에 독도를 위치시키고 남해 중간수역(이하 "남해 공동관리수역"이라 한다)에 한일 공동개발대륙붕을 위치시키는 기본적 구도로 구성되어 있다.

동 협정은 동해에서 독도를 기점으로 하지 아니하고 울릉도를 기점으로 한국의 배타적 경제수역을 설정한 점, 독도를 동해 공동관리수역에 위치시켜 독도의 영해와 배타적 경제수역을 배제한 점, 독도를 동해 공동관리수역에 위치시켜 한일 간 독도영유권 문제를 영유권 분쟁으로 한국이 승인한 점, 일본의 독도영유권 주장의 입장을 해하지 아니한다는 규정을 둔 점, 동해 공동관리수역에서 기국주의를 적용하여 동 수역에서의 독도의 영해를 침범한 일본 선박에 대한 추적권을 배제한 점 등에 의해 한국의 독도영유권을 침해한 것으로 지적되고 있다.

본 연구는 그중 동해 공동관리수역에서 추적권을 배제한 것이 한국의 독도영유권을 침해한 것이라는 점을 지적하고, 이 지적을 근거로 동 협정의 조속한 폐기를 제의해 보려는 것이다.

본 연구는 "법실증주의"에 입각한 것이며, 동 협정의 "해석론"을 통해 동 협정의 폐기를 제의하는 "입법론"의 접근 방법을 따르기로 한다.

이하 (i) 공동관리수역의 추적권 배제, (ii) 동해 공동관리수역의 추적권 배제와 독도영유권 침해 순으로 논급하기로 한다.

II. 한일 공동관리수역의 추적권 배제

1. 국제법상 추적권에 관한 일반적 고찰

가. 추적권의 개념

(1) 추적권의 의의

추적권(追跡權, right of hot pursuit)이란 연안국의 관할수역인 내수, 군도수역, 영해, 접속수역, 배타적 경제수역 또는 대륙붕에서 연안국의 관계법령을 위반하였다고 믿을 만한 외국선박을 연안국의 권한 있는 당국이 해당관할수역으로부터 공해까지 추적하여 나포, 인치할 수 있는 연안국의

권리를 말한다.[1)]

(2) 추적권의 성격

첫째로, 추적권은 "공해 사용의 자유의 제한"이다. 추적권이 연안국의 관할수역 밖으로 행사되게 될 경우 이는 공해에 대한 관할권의 확장적 행사로 공해사용의 자유(freedom of use of the high seas)의 제한으로 이해되고 있다.[2)]

둘째로, 추적권은 "연안국의 권리"이다. 추적권은 연안국의 권리, 즉 국가의 권리이며, 추적 선박이나 추적 항공기의 권리가 아니다.[3)] 연안국은 추적권을 갖고 추적 선박이나 추적 항공기는 추적 권한을 갖는다.

셋째로, 추적권은 "육지와 공역(air space)에도 준용"될 수 있다. 추적권은 바다 특히 공해에만 적용되는 것이 아니라 육지와 공역에도 준용될 수 있다.[4)]

나. 추적권의 근거

(1) 이론적 근거

첫째로, "연안국의 법질서 유지"이다.[5)] 연안국의 법질서를 유지하기 위해서는 연안국의 관할수역에서 그 법질서를 위반한 외국선박을 그 관할수역 밖에까지 추적하여 연안국이 국권을 행사할 수 있는 권리가 인정되어야 한다.

---

1) F. Wooldridge, "Hot Pursuit", *EPIL*, Vol.11, 1989, p.145; G. L. Williams, "The Judicial Basis of Hot Pursuit", *BYIL*, Vol.20, 1939, p.83; E. S. Sisco, "Hot pursuit from a Contiguous Zone", *San Diego Law Revies,* Vol.14, 1977, p.656.

2) Ian Brownlie, *Principles of Public International Law*, 5th ed.(Oxford: Oxford University Press, 1998), p.242; R. Jennings and A. Watts (eds), *Oppenheim's International Law*, Vol.1, 9th ed.(London: Longman, 1992), p.739; Schwarzenberger and Brown, *infra* n.18., p.110.

3) 1931년 국제법 편찬회의 준비회의 초안 (*AJIL*, Vol.24, 1930, *supra,* p.34.)

4) Wooldridge, *supra* n.1., p.144.

5) D. P. O'Connell, *International Law*, Vol.2 (London: Stevens, 1965). p.721.

둘째로, "공해의 비호 배제"이다.[6] 연안국이 그의 관할수역 내에서만 국권을 행사할 수 있게 되면 공해는 범법 외국선박의 비호처로 되게 된다. 이를 배제하기 위해 추적권이 인정되어야 한다.

(2) 실정법적 근거

첫째로, "공해에 관한 협약" 제23조에 추적권이 명문으로 규정되어 있다.

둘째로, "해양법협약" 제111조는 추적권을 다음과 같이 명문으로 규정하고 있다. 즉, "외국선박에 대한 추적권은 연안국의 권한 있는 당국이 그 선박이 자국의 법령을 위반한 것으로 믿을 만한 충분한 이유가 있을 때 행사할 수 있다. 이러한 추적권은 외국선박이나 그 선박의 보조선이 추적국의 내수, 군도수역, 영해 또는 접속수역에 있을 때 시작되고 또한 추적이 중단되지 아니한 경우에 한하여 영해난 접속수역 밖으로 계속될 수 있다" 라고 규정하고 있다(제111조 제1항 전단).

그리고 동 협약은 배타적 경제수역과 대륙붕에 있어서도 추적권이 인정됨을 규정하고 있다. 즉, "추적권은 배타적 경제수역이나 대륙붕에서 이 협약에 다라 배타적 경제수역이나 대륙붕에 적용될 수 있는 연안국의 법령을 위반한 경우에 준용한다."라고 규정하고 있다(동 제2항). "공해에 관한 협약"은 영해와 접속수역에 있어서만 추적권을 인정했으나(제23조), "해양법협약'은 이를 배타적 경제수역과 대륙붕에까지 확대 인정했다.

다. 추적권의 요건

(1) 추적선 · 항공기에 관한 요건

(가) 추적선 · 항공기 자체의 요건

추적권한이 있는 선박 · 항공기는 연안국의 군함, 군용항공기 또는 추적권이 인정된 공선과 공항공기에 한한다(해양법협약 제111조 제5항).

---

6) *Ibid.*, p.722.

(나) 추적선 · 항공기 위치의 요건

정선명령을 내릴 때 추적선 · 항공기는 반드시 내수, 군도수역, 영해, 접속수역, 배타적 경제수역 또는 대륙붕의 수역에 있음을 요하지 아니한다(동 제1항 중단).

(2) 피 추적선에 관한 요건

(가) 피 추적선 자체의 요건

피 추적선의 종류 · 대소 · 형태 · 경중을 불문하며, 피 추적선은 연안국의 관할수역 내에서의 연안국의 국내법령을 위반한 것으로 믿을만한 충분한 이유가 있음을 요한다(동 제1항 전단, 제2항).

(나) 피 추적선 위치의 요건

피 추적선은 추적을 개시할 당시 내수, 군도수역, 영해, 접속수역, 배타적 경제수역 또는 대륙붕의 상부수역에 있음을 요한다(동 제1항, 제2항).

모선은 공해상에 있으나 자선은 연안국의 관할수역에서 추적의 대상이 된 때 모선도 추적의 대상이 된다(동 제4항).

(3) 추적 사유에 관한 요건

추적 사유는 외국선박이 추적권을 행사하는 국가의 법령을 위반한 것으로 믿을만한 충분한 이유가 있는 경우에 존재한다(동 제1항).

위반은 해당수역에 있어서의 법령위반을 뜻한다. 따라서 영해에 있어서의 추적권은 영해에 관한 관계법령위반을, 접속수역에 있어서의 추적권은 접속수역에 관한 법령위반을, 배타적 경제수역에 있어서의 추적권은 배타적 경제수역에 관한 법령위반을 각각 뜻한다.

(4) 추적 방법에 관한 요건

(가) 정선명령 요건

추적은 정선명령을 내린 후가 아니면 개시될 수 없다(동 제4항 전단).

정선명령은 가시가청 거리에서 시각신호와 청각신호로 하여야 한다(동 제4항 전단). 따라서 무전에 의한 신호만으로는 적법한 정선명령이 되지 못한다.[7)]

(나) 계속 추적 요건

추적은 중단되어서는 아니 되며 계속적인 것임을 요한다(동 제1항 중단). 추적선이 추적하다가 이를 이어 받아 다른 추적선이 추적하는 경우도 계속 추적으로 보며, 군함이 추적하다가 이 추적을 군항공기에 인계하여 추적하는 경우도 계속 추적으로 본다.[8)]

(5) 추적 해역에 관한 요건

(가) 연안국의 관할수역

추적권은 연안국의 관할수역인 내수, 군도수역, 영해, 접속수역, 배타적 경제수역 또는 대륙붕의 상부수역에서 인정된다(동 제1항 중단).

(나) 공해

추적권은 공해에서 행사할 수 있으며 피 추적선이 피 추적국 또는 제3국의 영해 내에 들어가면 행사할 수 없다(동 제3항).

피 추적선이 피 추적국 또는 제3국의 배타적 경제수역 내에 들어가도 계속 추적권을 행사할 수 있느냐에 관해 동 협약에 명문 규정이 없으나 계속 추적권을 행사할 수 있다고 본다.[9)]

---

7) O'Connell, *supra* n.5, p.1091.

8) Jennings and Watts, *supra* n.2., p.741; B. H. Brittin and L. B. Watson, *International Law for Sea-Going Officers*, 3rd ed.(Annapolis: U. S. Naval Institute, 1977), p.102.

9) Jennings and Watts, *supra* n.2, p.740; R. R. Churchill and A. V. Lowe, *The Law of the Sea* (Manchester: Manchester University Press, 1983), p.152.

라. 추적권의 효과

(1) 적법한 추적권 행사의 효과

추적권의 요건을 구비한 적법한 추적권의 행사에 의한 정선명령, 나포, 인치는 적법한 것으로 인정된다.

(2) 위법한 추적권 행사의 효과

추적권의 요건을 구비하지 못한 위법한 추적권의 행사에 의한 정선명령, 나포, 인치는 위법한 것으로 인정된다.

위법한 추적권의 행사로 발생한 손해에 대해 연안국은 피 추적선의 기국에 대해 손해배상의 책임이 있다(동 제8항).

2. 한일 공동관리수역의 추적권

가. 한일 공동관리수역의 기국주의의 규정

"한일어업협정"은 "이 협정의 부속서 I 및 부속서 II는 이 협정의 불가분의 일부를 이룬다"라고 규정하고(제14조),[10] 동해 공동관리수역에 적용되는 규정인 부속서 I 제2항은 "양 체약국은 이 협정 제9조 제1항에서 정하는 수역에서 해양생물자원의 유지가 과도한 개발에 의하여 위협받지 아니하도록 하기 위하여 다음 각 목의 규정에 따라 협력 한다"라고 규정하고, 그중 가목은 "각 체약국은 이 수역에서 타방체약국 국민 및 어선에 대하여 어업에 관한 자국의 법령을 적용하지 아니 한다"라고 규정하여 동해 공동관리수역에서 기국주의(flag state rule)가[11] 적용됨을 규정하고 있다.[12]

---

10) 동 협정 "합의의사록"에 관해서는 이러한 규정이 없다.

11) 기국주의는 선박을 떠 있는 섬(floating island)으로 보는 이론에 기초한 것이다(D. P. O'Connell, *The International Law of the Sea,* Vol.1, Oxford: Clarendon, 1984, p.80).

12) 무기선(ship without flag)에 대해서는 어느 체약국의 법을 적용해야 할 것이냐의 문제가 제기된다. 무기선에 대해서는 공해사용의 자유의 예외로 정선 ·임검할

남해 공동관리수역에 적용되는 규정인 부속서Ⅰ 제3항은 "양국체약국은 이 협정 제9조 제2항에 정하는 수역에서 해양생물자원의 유지가 과도한 개발에 의하여 위협받지 아니하도록 하기 위하여 다음 각목의 규정에 따라 협력한다"라고 규정하고, 그중 가목은 "각 체약국은 이 수역에서 타방체약국 국민 및 어선에 대하여 어업에 관한 자국의 법령을 적용하지 아니 한다"라고 규정하여 남해 공동관리수역에 있어서도 동해 공동관리수역에 있어서와 마찬가지로 기국주의가 적용됨을 규정하고 있다.

나. 한일 공동관리수역의 기국주의의 적용범위

동해 공동관리수역에서든 남해 공동관리수역에서든 불문하고 기국주의의 적영범위, 즉 추적권의 배제범위에 관해 다음 몇 가지 사항의 검토가 요구된다.

첫째로 검토를 요하는 사항은 기국주의가 적용되는 사항은 모든 관계법령에 관한 것이냐의 여부이다. '동 협정은 "어업에 관한 관계법령"에 한정한다'라고 규정하고 있다(부속서Ⅰ 제2항 가목, 동 제3항 가목). 따라서 "어업 이외에 관한 관계법령"에 관해서는 기국주의가 적용되지 아니한다. 예컨대, 관세 · 재정 · 위생 · 출입국관리 · 비생물 자원탐사 등에 관한 관계법령에 관해서는 기국주의가 적용되지 아니한다. 즉, 추적권이 인정되게 된다.

둘째로 검토를 요하는 사항은 기국주의가 적용되는 것은 공동관리수역 내에서의 행위에 한하느냐의 여부이다. 동 협정은 "이 수역 내에서 … 적용하지 아니 한다"라고 규정하고 있다(부속서Ⅰ 제2항 가목, 동 제3항 가목).

"이 수역에서 … 적용하지 아니 한다"는 의미는 동 수역 내에서의 행위뿐만 아니라 동 수역 외에서의 행위도 포함되는 것으로 해석된다. 동 협정이 "이 수역에서의 행위에 적용하지 아니 한다"라고 규정하지 아니하고 단순히 "이 수역에서 … 적용하지 아니 한다"라고 규정하고 있기 때문이

수 있으므로(Brownlie, *supra* n.2., p.245) 동 협정상 상대방 체약국의 선박으로 보지 아니해야 할 것이다.

다. 이렇게 해석하는 것이 "조약법 협약"이 규정한 통상적 의미(ordinary meaning)의 해석원칙에 부합되고 목적론적 해석에도 부합된다고 본다.[13)]

셋째로 검토를 요하는 사항은 공동관리수역에 있어서 기국주의가 적용되는 관계법령은 영해, 접속수역, 배타적 경제수역, 대륙붕 모두에 관한 관계법령을 포함하느냐의 여부이다. 전술한 바와 같이 공동관리수역에서 기국주의가 적용될 수 있는 사항은 "어업에 관한 관계법령"에 한한다. 어업에 관한 관계법령이 적용될 수 있는 수역은 영해와 배타적 경제수역에 한한다. 다라서 접속수역과 대륙붕에 관한 관계법령에는 기국주의가 적용되지 아니하게 된다. 즉, 접속수역과 대륙붕에 관한 관계법령 위반행위에 대해서는 추적권이 인정되게 된다.

다. 동해 공동관리수역의 추적권의 배제

상술한 공동관리수역에서의 기국주의의 적용범위, 즉 추적권의 배제범위에 기초하여 동해 공동관리수역에서의 추적권 배제의 구체적 내용을 보면 다음과 같다.

기국주의에 의거 추적권이 배제되는 사항은 "어업에 관한 관계법령"에 한하므로 "어업에 관한 관계법령"이 적용될 수 있는 관할수역인 "영해"와 "배타적 경제수역"에 관해서만 보기로 한다.

첫째로, 한국의 "영해"에서 어업에 관한 관계법령을 위반한 경우를 보기로 한다.

이 경우도 다음 두 경우로 구분하여 보기로 한다.

---

13) 통상적 의미(ordinary meaning)는 특별한 의미(special meaning)의 대립개념이다(Ian Sinclair, *The Vienna Convent on the Law of Treaties,* 2nd ed. (Manchester: Manchester University Press, 1984), p.126). "이 수역 내에서 적용하지 아니한다"를 "이 수역내에서의 행위에 적용하지 아니한다."로 해석하는 것은 특별한 의미의 해석인 것으로 이는 통상적 의미의 해석원칙에 반한 해석이다. 동 "합의의사록"은 기국주의가 적용되는 실질적 적용범위에 관해 시간적 · 강사적 · 물적 한계에 관해 "어업에 관한 관계법령 위반" 이외에 아무런 제한규정을 두고 있지 아니하기 때문이다.

(ⅰ) "육지영토"의 영해에서 일본선박이 어업에 관한 관계법령을 위반하고 동해 공동관리수역으로 들어갔을 경우이다. 이 경우 한국의 추적권은 배제된다.

(ⅱ) "독도"의 영해에서 일본 선박이 어업에 관한 관계법령을 위반하고 동해 공동관리수역으로 들어갔을 경우이다. 이 경우 ① 동 협정에 의해 독도의 영해가 동해 공동관리수역에 흡수되어 독도의 영해가 존재하지 아니한다는 견해에[14] 의하면 독도의 영해가 없으므로 독도의 영해에서 어업에 관한 관계법령의 위반 자체가 성립될 여지가 없으므로 추적권의 배제여부의 문제 자체가 성립되지 아니하게 된다. ② 동 협정에 의해 독도의 영해가 동해 공동관리수역에 흡수되지 아니하여 독도의 영해가 존재한다는 견해[15]에 의하면 한국의 추적권은 배제된다.

둘째로, 한국의 "배타적 경제수역"에서 어업에 관한 관계법령을 위반한 경우를 보기로 한다. 이 경우도 다음 두 경우로 구분하여 보기로 한다.

(ⅰ) "육지영토"의 배타적 경제수역에서(제7조) 일본 선박이 어업에 관한 관계법령을 위반하고 동해 공동관리수역으로 들어갔을 경우이다. 이 경우 한국의 추적권은 배제된다.

(ⅱ) "독도"의 배타적 경제수역에서 일본 선박이 어업에 관한 관계법령을 위반하고 동해 공동관리수역으로 들어갔을 경우이다. 이 경우 ① 동 협정에 의해 독도의 배타적 경제수역이 동해 공동관리수역에 흡수되어 독도의 배타적 경제수역이 존재하지 아니하는 것으로 볼 경우, 독도의 배타적 경제수역이 없으므로 독도의 배타적 경제수역에서의 어업에 관한 관계법령의 위반 자체가 성립될 여지가 없으므로 추적권의 배제여부의 문제 자체가 성립하지 아니하게 된다. 그러나 ② 동 협정에 의해 설치된 배타적

14) 제성호, "신 한일어업협정은 어떻게 독도를 분쟁지로 만들었나", 독도본부 제7회 학술토론회, 『신 한일어업협정은 왜 폐기되어야 하는가?』(서울: 우리영토, 2006), p.22; 이장희, "신 한일어업협정은 어떻게 대한민국의 독도지배를 훼손했나?", 독도본부, 상게서, pp.55-56.

15) 해양수산부, 『독도와 신 한일어업협정관련 Q & A』 2005.3.28.(홈페이지) 외교통상부, 『독도문제에 관한 정부의 입장』(홈페이지).

경제수역(제7조)의 동해 공동관리수역의 서측 인접 배타적 경제수역을 육지영토의 배타적 경제수역으로 보지 아니하고 독도의 배타적 경제수역으로 볼 수 있으므로 이 경우 한국의 추적권은 배제된다.

Ⅲ. 한일 공동관리수역의 추적권 배제와 독도영유권 침해

상술한 바와 같이 동 협정은 동해 공동관리수역에서 기국주의의 적용(부속서Ⅰ 제2항)의 결과 어업에 관한 한국의 관계법령을 위반한 일본 선박에 대한 한국의 추적권이 동 수역에서 배제되어 있다. 따라서 독도의 영해 또는 배타적 경제수역에 침범하여 어업에 관한 한국의 관계법령을 위반한 일본 선박이 동 수역으로 진입하게 될 대, 한국의 권한 있는 당국이 동 일본 선박을 동 수역까지 추적하여 정선 · 나포 · 인치할 수 없다. 이는 한국의 독도에 대한 실효적 지배를 약화시켜 다음과 같이 독도의 영유권을 침해하는 결과를 가져오게 한다.

1. 일본의 실효적 지배 승인에 의한 독도영유권 침해

독도의 영해 또는 배타적 경제수역에 침범하여 한국의 어업에 관한 관계법령을 위반한 일본 선박에 대해 동해 공동관리수역에서 한국의 추적권을 배제한 동 협정 부속서Ⅰ 제2항의 규정은 한국이 독도의 영해 또는 배타적 경제수역에 대한 일본의 실효적 지배를 동 협정을 통해 일본에게 승인한 것이다.

특히 (ⅰ) "영해"(territorial sea)는 육지영토(land territory)의 부정할 수 없는 한 부분이고,[16] 영토주권(territorial sovereignty)은 영해까지 확장되며,[17]

---

16) M. N. Shaw, *International Law,* 5th ed. (Cambridge: Cambridge University Press, 1977), p.403; Surya P. Sharma, "Territorial Sea", *EPIL*, Vol.1, 1989, p329; Jennings and Watts, *supra* n.2., pp.272-73; P. Malanczuk, *Akehurst's Modern Introduction to*

영해에 대한 연안국의 권리는 주권(sovereignty)이라는[18] 점과 (ii) 배타적 경제수역(exclusive economy zone)은 영토권(territorial right)이 확장된 수역이고,[19] 배타적 경제수역에 대한 연안국의 권리는 주권적 권리(sovereign rights)라는[20] 점을 고려할 때, 독도의 영해 또는 배타적 경제수역을 침범하는 것은 한국의 주권 도는 주권적 권리를 침범하는 것이며 이를 승인한 것은 한국의 독도영유권을 침해하는 것임은 논의의 여지가 없다.

또한 동 협정 부속서 I 제2항의 규정에 의해 일본에게 일본이 독도에 대한 실효적 지배를 승인한 효과를 장차 이를 한국이 일본에 부인할 수

International Law, 7th ed.(London: Routledge, 987), p76. 영해를 국가 영토(national territory)로 규정한 입법례를 보면 다음과 같다.
1917년의 "멕시코 헌법" 제4조
1947년의 "도미니카공화국 헌법" 제5조
1950년의 "니콰라과 헌법" 제1조
1962년의 "엘살바도르 헌법" 제8조
1969년의 "페루 법령" 제17752호 (57,82)

17) Brownlie, *supra* n.2.,p.105; M.W. Janis, *An Introduction to International Law* (Boston: Little Brown, 1988), p.126; Rene -Jean Dupuy and Daniel Vignes (EDS.), *A Handbook of the New Law of the Sea,* Vol.1 (Dordrecht: Martinus, 1991), p.253: Academy of Sciences of the U.S.S.R, Institute of State and Law, *International Law* (Moscow: Foreign Languge Publishing House, 1960), p.212.

18) J. G. Starke, *Introduction to International Law*, 9th ed.(London: Butter worth, 1984), pp.235, 260: G. Schwarzenberger and E. D. Brown, *A Manual of International Law* 6th ed.(Milton: Professional Books, 1976). p.100; 영해 접속수역 협약 제2조 제1항(sovereignty); 해양법협약 제2조 제1항(sovereignty).

19) O'Connell, *supra* n.5., p.579.

20) D. H. Ott, *Public International Law in the Modern World* (London: Pitman, 1987), p.227; Janis, *supra* n.17., p.126; Starke, *supra* n.18., p.260: 해양법 협약 제56조 제1항 (sovereign rights).
유엔해양업 회의에서 배타적 경제수역에 관해 칠레 · 페루 · 에콰도르는 배타적 경제수역을 연안국의 영토로 보는 영토주의(territorialism)를, 케냐는 공해로 보는 탈 영도주의(territorialism)를, 각각 주장했다. 양 주장의 타협으로 배타적 경제수역은 연안국의 영토도 아니고 공해도 아닌 제3의 수역으로 결정되고, 이에 따라 연안국의 권리도 영해에 대한 군리를 주권(sovereignty)으로 경제수역에 대한 권리를 주권적 권리 (sovereign rights)로 각각 규정하게 되었다(Dupuy and Vignes, *supra* n.7., pp.278-92).

없는 금반언의 효과가지 가져오게 한다.

2. 권원의 유지 저해에 의한 독도영유권 침해

영토에 대한 실효적 지배는 "권원의 취득"(acquisition of title)을 위해서만 요구되는 것이 아니라 "권원의 유지"(maintenance of title)를 위해서도 요구된다. 이는 학설[21)]과 판례[22)]에 의해 승인되어 있다.

그러므로 한국의 독도에 대하 실효적 지배는 "권원의 유지"를 위해 요구된다. 따라서 한국의 독도에 대한 실효적 지배의 약화는 한국의 독도영유권의 "권원의 유지"를 저해하여 한국의 독도영유권을 침해하는 결과를 가져오게 한다.

또한 이는 상대적으로 일본의 독도에 대한 실효적 지배를 가능 · 강화하여 일본의 독도영유권에 대한 "권원의 취득" 또는 "권원의 유지"에 도움을 주게 되어 한국의 독도영유권을 침해하는 결과를 가져오게 한다.

3. 상대적 권원의 약화에 의한 독도영유권 침해

독도의 영유권은 한국에 있다. 따라서 독도의 영유권은 일본에 있지 아니하다. 그러나 일본은 독도의 영유권이 일본에 있다고 주장하고 있다. 따라서 일본의 주장에 의하면 독도의 영유권은 한국에 있지 아니하다.

동일한 특정영토에 대해 각기 영유권 주장 국가가 존재할 경우, 즉 동일한 특정영토에 대해 경쟁적 권원주장 국가(competing state for claim title)가

---

21) D. H. N. Johnson, "Consolidation as Root of Tittle in International Law", *Cambridge Law Journal,* 1955, p.223; G. Schwarzenberger, "Title to Territory", *AJIL*, Vol.51, 1957, pp.315-16; Ott, *supra* n.20., p.108; Shaw, *supra* n.16., p.353; G Fitzmaurice, "The Law and Procedure of the International Court of Justice, 1951-4", *BYIL*, Vol.32, 1955-56, p.66; Brownlie, *supra* n.2., p.141.

22) Island of Palmas Case(1928), United Nations, Reports of International Arbitration Awards, Vol.2, p.845.

존재할 경우 각 경쟁적 권원주장 국가의 권원은 상대적 권원(relative title)일 수밖에 없다.[23] 그러므로 일본이 독도영유권 주장을 포기하지 아니하는 한 한국의 독도영유권에 대한 권원을 객관적으로 볼 때 유감스러우나 상대적 권원일 수밖에 없다.

상대적 권원을 비교 우위적 상대적 권원(better relative title)화하기 위해 또는 절대적 권원(absolute title)화하기 위해 실효적 지배가 요구된다.[24] 따라서 한국의 독도영유권에 대한 상대적 권원을 일본의 상대적 권원에 대해 비교 우위적 상대적 권원화 또는 절대적 권원화를 위해 독도에 대한 실효적 지배가 요구된다.

그러나 동해 공동관리수역에서 추적권의 배제에 의한 한국의 독도에 대한 실효적 지배의 약화는 한국의 독도에 대한 상대적 권원을 약화시키고 일본의 상대적 권원을 강화하여 한국의 독도영유권을 침해하는 결과를 가져오게 한다.

4. 자위권의 배제에 의한 독도영유권 침해

연안국이 그의 관할수역에서 관계법 질서를 위반한 외국선박을 그의 관할수역 밖에까지 추적하여 정선 · 나포 · 인치할 수 있는 연안국의 권리인 추적권의 행사는 "주권의 행사"(excercises of sovereignty)이며,[25] 추적권은 "근원적 자위권의 확장"(an expansion of the primordial right of self-defence)의 의미를 갖는다.[26] 그리고 "자위권은 국가의 다른 권리의 기본"(foundation of all of the other rights of state)이 되는 권리이고[27] 또한 국가의 "고유권

---

23) Shaw, *supra* n.16., pp.346-48; A L. W. MunKman, "Adjudication and Adjustment", *BYIL*, Vol.46, 1972-73, pp.103-104.

24) *Ibid*; Brownlie, *supra* n.2., p.137; Ott, *supra* n.20., p.107; Jennings and Watts, *supra* n.2., pp.709-10.

25) Dupuy and Vignes, *supra* n.17., p.856.

26) O' Connell, *supra* n.5., p.721.

27) Janis, *supra* n.17., p124.

리"(inherent right)이다.[28)]

그러므로 독도의 영해 또는 배타적 경제수역을 침범한 일본 선박을 동해 공동관리수역에서 추적할 수 없도록 규정한 동 협정은 일본에 의한 독도침범에 대한 한국의 국제법상 기본적 권리이고 고유한 권리인 자위권을 배제한 것으로 이는 독도의 영유권을 근본적으로 침해한 것이다.

Ⅳ. 결론

이상의 검토에서 명백히 밝혀진 바와 같이 "한일어업협정"은 독도의 영해 또는 배타적 경제수역을 침범한 일본 선박에 대해 동해 공동관리수역에서의 한국의 추적권을 배제하고 있다. 연안국의 영해에 대한 권리는 "주권"이고, 배타적 경제수역에 대한 권리는 "주권적 권리"이므로 일본 선박이 독도의 영해 또는 배타적 경제수역을 침범하는 것은 한국의 주권 또는 주권적 권리를 침해한 것으로 된다. 따라서 동해 공동관리수역에서 독도의 영해 또는 배타적 경제수역을 침범한 일본 선박에 대한 한국의 추적권을 배제한 동 협정은 한국의 독도영유권을 침해한 것이고 한국의 국가주권 자체를 침해한 것이다.

그러므로 침해된 한국의 독도영유권을 회복하기 위해 동 협정 제16조 제2항의 규정에 의한 동 협정의 폐기 통고가 시급히 요청된다. 일본의 교묘한 계략의 함정에 빠진 실책을 책하려 하는 것이 아니다. 과거의 과오를 성찰하고 미래를 볼 줄 아는 오늘의 혜안으로 진취적 내일을 설계하기 위해 동 협정의 폐기를 촉구할 뿐이다. 그것이 민족적 당위이고 역사의 소명인 것이다.

---

28) "유엔현장" 제51조.

제3절

금반언의 효과

-한일 어업협정 폐기해도 금반언 원칙에 의해 일본의 권리는 그대로 남는다-

목 차

Ⅰ. 서론

1998년 11월 28일 체결되고 1999년 1월 22일에 효력을 발생한 "대한민국과 일본국 간의 어업에 관한 협정"(Agreement on fisheries between the Republic Korea and Japan, 이하 "한일어업협정"이라 한다)은 (ⅰ) 양국의 배타적 경제수역의 범위를 각각 35해리로 하고, (ⅱ) 배타적 경제수역의 기점을 한국은 울릉도로 하고, 일본은 오끼도로 하고 있으며, (ⅲ) 양국의 배타적 경제수역 이원(以遠)에 중간수역(공동관리수역)을 설정하고 동해 중간수역 내에 독도를 위치시키는 기본구도로 구성되어 있다.

동 협정은 2중적으로 독도의 영유권을 훼손하고 있다. 그중 (i) 제1차적으로 독도의 영유권을 훼손하는 것은 동 협정의 "직접적 · 명시적 규정"에 의한 것, 예컨대 동해 중간수역 내에 독도를 위치시키고, 독도의 배타적 경제수역을 배제한 규정(제9조 제1항, 부속서 I 제2항) 등에 의한 것이며, (ii) 제2차적으로 독도의 영유권을 훼손하는 것은 동 협정의 직접적 · 명시적 규정에 의해 "직접적 · 묵시적"으로 인정되는 것, 예컨대 독도를 동해 중간수역에 위치시키고, 독도의 배타적 경제수역을 배제한 규정(제9조 제1항, 부속서 I 제2항)에 의해 한일 간 독도영유권 분쟁의 존재를 승인하고 또 독도에 대한 일본의 실효적 지배를 승인한 것 등에 의한 것이다.

그중 제1차적 훼손은 동 협정이 무효, 폐기 등에 의해 효력을 상실하게 되면 그때부터 훼손은 없는 것으로 되나 제2차적 훼손은 동 협정이 효력을 상실하게 되어도 금반언의 원칙(principle of estoppel)에 따라 그 훼손은 그대로 남는다.

이 연구는 제2차적 훼손, 즉 동 협정의 금반언의 효력에 의한 훼손에 관해 고찰하고 이에 대한 대책 강구의 필요성을 제의해 보려는 것이다.

이하 "금반언의원칙에 관한 일반적 고찰", "한일어업협정과 금반언의 원칙", "한일어업협정의 배제조항과 금반언 및 한일어업협정의 효력과 금반언"순으로 기술하기로 한다.

II. 금반언의 원칙에 관한 일반적 고찰

1. 의의와 성질

가. 의의

"금반언(禁反言, estoppel)의 원칙"이란 일방당사자가 그가 행한 선행(previous)의 의사표시 또는 행위(representation of conduct)에 모순되는 후행의(subsequent) 주장으로 타방당사자의 신뢰를 해하는 것이 금지되는 원칙을 말한다.[1] 선행의 "의사표시"는 명시적 또는 묵시적(expressly of impliedly) 일 수 있으며,[2] "행위"는 작위 또는 부작위(act or omission)일 수 있다.[3]

"의사표시"에는 진술(statement) 또는 선언(declaration)이 포함되며,[4] "부작위"에는 묵인(acquiescence)이 포함된다.[5]

"좁은 의미의 금반언"(strict concept of estoppel)은 선행의 의사표시 또는 행위를 신뢰한 타방당사자가 이와 모순되는 주장에 의해 피해를 보는 것을 요하는 금반언을 뜻하며, "넓은 의미의 금반언"(extensive concept of estoppel)은 이를 요하지 아니하는 금반언을 뜻한다. 일반적으로 후자의 의미로 사용된다.[6]

나. 성질

(1) 법의 일반원칙

금반언의 원칙은 국제법상 "법의 일반원칙"(general principle of law)의

---

1) Ian Brownlie, *Principles of Public International Law*, 5th ed.(Oxford: Oxford University Press, 1998), p.645; Peter Malanczuk(ed.), *Akehurst's Modern Introduction to International Law*, 7th ed.(London: Routledge, 1987), p.154; Jorg Paul Muller and Thomas Cotter, "Estoppel", *EPIL*, Vol. 7, 1984, p.78; Henry C. Brack, *Brack's Law Dictionary*, 5th ed.(St. Paul Minn: West, 1979), p.494; Alina Kczorowska, *Public International Law*, 2nd ed.(London: Routledge, 2010), p.274; Anthony Aust, *Handbook of International Law*, 2nd ed.(Cambridge: Cambridge University Press, 2011), p.38.

2) Brownlie, *supra* n.1., p.645; Muller and Cotter, *supra* n.1., p.154; Kaczorowska, *supra* n.1., p.274.

3) David H. Ott, *Public International Law in the Modern World* (London: Pitman, 1987), p.107.

4) Malanczuk, *supra* n.1., p.154; D. W. Bowett, "Estoppel before International Tribunals and It's Relations to Acquiescence", *BYIL*, Vol.33, 1957, p.202.

5) Ott, *supra* n.3., p.107.

6) Muller and Cotter, *supra* n.1., pp.78-79. *Chorzow Factory* Case(1928), *German Interests in Polish Upper Silesia* Case(1926), *Eastern Greenland* Case(1933)에서 "넓은 의미의 금반언"의 개념이 사용되었다(*ibid).*

하나이다.[7] 따라서 동 원칙은 국제사법재판의 준칙의 하나이다. 동 원칙을 국제법상 원칙의 하나로 승인한 국제재판소의 판결이 반복되어 왔으므로 동 원칙은 국제관습법이라고도 볼 수 있다. 국제관습법으로 보아도 국제사법재판의 준칙의 하나로 됨에는 다름이 없다.

(2) 실체법상의 원칙

금반언의 원칙은 절차법상의 원칙인가 아니면 실체법상의 원칙인가에 관해 논의가 있으나, 실체법상의 원칙으로 보는 것이 일반적이다.[8] 절차법상 원칙으로 보면 동 원칙은 증거법상 주장될 수 있는 것에 불과하지만, 실체법상 원칙으로 보면 동 원칙은 본안 판단의 적용법이 되게 된다.

2. 근거와 요건

가. 근거

금반언의 원칙이 국제법상 법의 일반원칙으로 인정되는 이론적 근거는 "신의 성실"(good faith)에 기초한 것이다. 국제법상 일방당사자의 의사표시 도는 행위를 신뢰한 타방당사자를 해할 수 없다는 금반언의 원칙은 "신의 성실"에 근거한 것이다. [9]

"조약법 협약"(Vienna Convention on the Law of Treaties)이 "조약의 발효전에 그 조약의 대상과 목적을 저해하지 아니 할 의무"를 규정하고(제18조), "조약은 신의 성실에 따라 해석하여야 한다"라고 규정하여(제31조 제1항)

---

7) L. McNair, *The Law of Treaties* (Oxford: Clarendon, 1961), p.485; W. Levi, *Contemporary International Law* (Boulder: Westview, 1979), p.42; I. C. MacGibbon, "The Scope of Acquiescence of International Law", *BYIL*, Vol.31, 1954, p.148; Muller and cotter, *supra* n.1., p.180; Brownlie, *supra* n.1., p.646.

8) McGibbon, *supra* n.7., p.148; D. P. O'Connell, *International Law,* Vol.1 (London: Stevens, 1970), p.13; Muller and Cotter, *supra* n.1., p.79; Malcolm N. Shaw, *International Law*, 4th ed.(Cambridge: Cambridge University Press, 1997), p.352.

9) Muller and Cotter, *supra* n.1., p.80; Bowett, *supra* n.4., p.178; Malanczuk, *supra* n.1., p.154.

신의 성실의 원칙을 규정하고 있는 것은 동 협약이 금반언의 원칙을 채택한 실정법적 근거라고 볼 수 있다.[10]

나. 요건

(1) 표현의 명백성

금반언의 원칙의 첫째 요건은 "표현의 명백성"이다. 즉, 진술의 의미가 명백하고 애매하지 아니하여야 한다(The meaning of the statement must be clear and unambiguous).[11] 따라서 의사표시 또는 행위의 의미가 명백하지 아니하면 동 원칙은 적용되지 아니한다.

"표현의 명백성"이 특히 문제로 되는 경우는 부작위의 경우일 것이다. 그 부작위가 행해진 제반사정을 고려하여 "표현의 명백성"여부를 판단하여야 할 것이다.

(2) 표현의 자의성 · 무조건성 · 권한성

금반언의 원칙의 둘째 요건은 표현의 자의성 · 무조건성 · 권한성이다. 즉, "표현이 자의적이고 무조건적이고 또 권한 있는 자에 의해 행해져야 한다(Statement or representation must be voluntary, unconditional, and authorized).[12] 따라서 의사표시 또는 행위가 강박에 의하거나, 조건부이거나, 또는 무권한자에 의한 것인 경우에 동 원칙은 적용되지 아니한다.

(3) 선의의 신뢰성

금반언의 원칙의 셋째 요건은 "선의의 신뢰성"이다. 즉, 일방당사자의 표현에 대해 타방당사자의 선의의 신뢰(reliance in food faith upon the representation of one party by the other party)가 있어야 한다.[13] 따라서 타

10) Muller and Cotter, *supra* n.1., p.109.

11) Bowett, *supra* n.4., pp.188-89.

12) *Ibid.*, p.190.

방당사자의 선의의 신뢰성이 없는 경우 동 원칙은 적용되지 아니한다.

이상의 3개의 요건을 모두 구비했을 경우에 한하여 동 원칙이 적용될 수 있으며, 3개의 요건 중 어느 하나를 구비하지 못했을 경우에는 동 원칙이 적용될 수 없는 것이다. 타방당사자의 피해는 "넓은 의미의 금반언"의 원칙의 적용 요건이 아니다.

3. 승인, 묵인과 금반언의 관계

가. 밀접한 관련성

승인(recognition), 묵인(acquiescence) 그리고 금반언은 3자가 모두 밀접한 관련성(closely related)을 갖고 국제법상 효과를 갖는다.[14] 일면 일방당사자의 선행 의사표시 또는 행동은 승인 또는 묵인으로 표시될 수 있고, 다른 일면 승인은 철회할 수 없고, 묵인도 묵인한 내용에 기속되는 효력을 발생하는 것이므로 승인과 묵인 그리고 금반언은 상호 밀접한 관련성을 갖고 있는 것이다. 승인과 묵인은 "원인"이고 금반언은 그의 "효과"라고 말할 수 있다. 즉, 승인과 묵인은 "법률요건"이고, 금반언은 "법률효과"라고 말할 수 있으므로 이들은 상호 밀접한 관계를 갖고 있다.

나. 공동의 적용성

승인, 묵인 그리고 금반언은 상호 밀접한 관련성을 갖고, 또한 특정 사건에 공동적으로 적용된다(jointly apply in a particular case).[15] 그러므로 승인만, 또는 묵인만 단독으로 적용되는 것이 아니라 승인과 금반언이 공동으로, 또는 묵인과 금반언이 공동으로 적용되게 되는 것이다. 따라서 승인, 묵인 그리고 금반언은 상호 동일한 효과(same effects as one another)를

---

13) *Ibid.*, p.193.

14) Ott, *supra* n.3., p.107; Malanczuk, *supra* n.1., p.154; Brownllie, *supra* n.1., p.646.

15) Ott, *supra* n.3., p.107.

가져온다.[16)]

4. 효과와 판례

가. 효과

(1) 모순 주장의 금지

금반언의 효과는 선행의 의사 표시 또는 행위, 즉 본래의 의사표시(original representation) 또는 행위와 상이한 후속의 진술(different subsequent statement)을 금지하는 것이다.[17)] 즉 선행의 의사표시 또는 행위에 모순·저촉되는 후속의 주장을 할 수 없는 것이다.

(2) 영토의 취득

금반언의 원칙은 그 자체만으로는 영토취득의 한 유형(modes of acquisition)이 아니나 영토취득에 중요한 역할(very important role)을 한다.[18)] 즉, 금반언은 선점, 시효취득, 할양, 정복 등과 같은 영토취득의 한 유형은 아니지만 영토취득에 중요한 역할을 한다.

금반언은 특히 2개 국가 간의 분쟁에 있어서 비교우위적 상대적 권원(for the better relative title)의 획득에 중요한 역할을 한다.[19)]

나. 판례

(1) 주요 국제판례

금반언의 원칙에 관한 주요 국제판결을 열거해 보면 다음과 같다.

The Grisbadarna Case(1902)

---

16) Malanczuk, *supra* n.1., p.154.
17) Muller and Cotter, *supra* n.1., p.78.
18) Malanczuk, *supra* n.1., p.154.
19) Ott, *supra* n.3., p.107.

The Tinoco Concessions Case(1923)
Serbian Bonds Case(1929)
Eastern Greenland Case(1932)
Temple of Preah Vihear Case(1962)
Barcelona Traction Case(1964)
Boundary Arbitration Case(1966)

(2) 선행 의사표시가 조약인 사건

선행의 의사표시가 조약으로 표시된 사건 중 가장 대표적인 것으로는 *Eastern Greenland* Case(1932)를 들 수 있다.

(가) 사건의 개요

Eastern Greenland Case(1932)는 덴마크와 노르웨이 간의 이스턴 그린란드의 영유권 귀속에 관해 상설국제사법재판소에 제소된 사건이다. 동 사건에서 덴마크는 노르웨이에 의한 이스턴 그린란드에 대한 선점 선언은 현존 상태에 대한 위반으로 이 선점 선언은 위법이고 무효라고 주장했다. 그리고 덴마크는 덴마크가 그린란드 전역에 관해 영토주권을 갖고 있다는 사실을 입증하려 했다. 그 증거로 1826년 11월 22일에 체결된 "통상조약"(Treaty of Commerce)의 규정을 제시하여 노르웨이가 동 영토에 대한 스웨덴과 노르웨이를 일방으로 하고 덴마크를 타방으로 하여 체결된 조약이다. 동 조약은 "두 체약당사자의관계식민지(덴마크의 경우 그린란드, 아이슬란드, 파로이스레를 포함한다)는 이하의 4개의 조약으로부터 제외 된다"라고 규정하고 있다(제5조). 그리고 덴마크와 노르웨이가 모두 당사자로 되어있는 1920년, 1924년, 그리고 1929년의 "만국우편협약"(Universal Postal Convention)에도 상기 "통상조약"의 규정과 유사한 규정을 두고 있다.

덴마크는 상기 "통상조약"과 "만국우편협약"의 규정에 의해 노르웨이는 그린란드에 대한 덴마크의 영유권을 승인했다고 주장했다. 상설국제사법재판소는 덴마크의 주장을 인정하여, 노르웨이는 상기 조약과 협약으로 덴마크의 그린란드에 대한 영유권을 승인하여 그린란드에 대한 주권의 주장으로부터 배제된다고 판시하고 그린란드에 대한 영유권은 덴마크에 있다고 판결했다.[20]

(나) 판결의 내용

상설국제사법재판소는 다음과 같이 판결했다.

> "노르웨이는 자신을 구속하는 2변적 · 다변적 조약을 수락함에 있어서 전(全)그린란드가 덴마크의 일부분이라는 것을 승인한(recognized) 것을 재확인했다. 그리고 그 결과로 노르웨이는 그린란드 전체에 대한 덴마크 주권을 주장하는 것으로부터 그 자신을 배제한(debarred) 것이다. 그리고 그 결과로 그린란드를 점령하기 위한 소송으로부터 배제된 것이다."[21]

(3) 선행행위가 묵인인 사건

선행행위가 묵인인 사건 중 가장 대표적인 것으로 *Temple of Preah Vihear* Case(1962)를 들 수 있다.

(가) 사건의 개요

1904년 캄보디아를 식민통치하고 있던 프랑스와 샴(태국) 간에 국경조정조약이 체결되었는데 동 조약은 단그레크 산맥(Dangr와 Range)의 분수령을 따라 경계를 획정한다고 규정하고 있었으며 당시 프레어 비히어 사원은 동 분수령의 태국 국경영역에 속해 있었다. 그러나 동 조약에 첨부된 부속서 I 의 지도에는 동 사원이 캄보디아 영역에 속하는 것으로 작성되어 있다.

1908년 프랑스와 태국 간의 국경조정협상위원회의 기구인 혼합경계획정위원회(Mixed Commission of Delimitation)의 태국 측 위원에게 프랑스 측은 동 지도를 전달했다. 태국 정부당국은 이 지도에 대해 시정을 촉구하

---

20) PCIJ, *Series A/B*, No.53, 1933, p.37.

21) *Ibid.*, pp.68-69.

는 어떠한 조치도 취하지 아니했다.

동 사건에서 태국 측은 동 지도가 혼합경계획정위원회가 작성한 것이 아니므로 효력이 없는 것이라고 주장했고 캄보디아 측은 동 지도에 의거 동 사원의 영유권은 캄보디아에 귀속된다고 주장했다. 이에 대해 국제사법재판소는 부속서 I 의 지도는 혼합경계획정위원회가 작성한 것이 아니므로 기속력을 갖는 것은 아니라고 판시하고, '태국 정부당국이 동 지도에 대해 다년간 오류에 대해 무반응한 것이 기록상 명백하므로 이는 태국이 "묵인"한 것이 된다'라고 하여 태국은 동 사원의 영유권 주장으로부터 제외된다고 판결했다.[22]

(나) 판결의 내용

상설국제사법재판소는 다음과 같이 판결했다.

> 당사자의 승인, 그의 규정, 그의 선언, 그의 행위, 혹은 그의 침묵에 의해서 국제재판소에 청구하고 있는 권리에 명백히 반하는 태도를 견지해온 당사자는 그 권리를 청구하는 것으로부터 금지된다.[23]

Ⅲ. 한일어업협정과 금반언의 원칙

1. 한일어업협정과 금반언의 원칙 적용

첫째로 선행의 의사표시에 관해 보건대, "한일어업협정"의 제 규정은 금반언의 원칙상 "선행의 의사표시(representation) 또는 행위(conduct)"에 해당된다. 그중 "의사표시"에 해당되며, 의사표시 중 "명시적 의사표시"(espressed representation)에 해당되는 것도 있고, "묵시적 의사표시"(implied representation)

---

22) ICJ, *Reports,* 1962, p.30-40.

23) *Ibid.*, p.40.

에 해당되는 것도 있다.[24)]

둘째로 금반언의 원칙의 요건에 관해 보건대, 동 협정의 제 규정은 그 자체 명시적으로 성문화된 것이므로 금반언의 원칙의 요건인 "표현의 명백성", "표현의 자의성 · 무조건성 · 권한성", 및 "선의의 신뢰성"을 구비한 것임은 논의의 여지가 없다.[25)]

2. 한일어업협정상 독도영유권 관련 주요 금반언 사항

가. 울릉도 기점 배타적 경제수역 획정과 금반언

"한일어업협정"은 독도가 아닌 울릉도를 기점으로 하여 35해리의 배타적 경제수역을 인정하고(제7조), 그 이원(以遠)에 동해 중간수역을 설정하고 동 수역 내에 독도를 내표하는 (제9조 제1항) 기본구도로 구성되어 있다. 동 협정이 독도를 기점으로 하지 않고 울릉도를 기점으로 하는 규정(제7조, 제9조 제1항)은 한국이 독도영유권을 포기한 "묵시적 의사표시" 또는 일본의 다께시마 영유권을 승인하는 "묵시적 의사표시"로 볼 수 있다.

따라서 이러한 한국의 일본에 대한 포기 또는 승인의 선행적, 묵시적 의사표시는 차후 이에 반하는 한국의 일본에 대한 후속적 의사표시를 배제한다. 따라서 차후 한일 간 배타적 경제수역의 경제획정에서 한국은 독도를 기점으로 하자는 주장을 할 수 없게 된다.[26)]

---

24) 승인, 묵인, 금반언의 명백한 구별을 하는 것은 어려운 일이지만(*Brownlie supra* n.1., p.158), 조약에 규정된 권원의존재의 명시적 승인(express recognition in the treaty of existence of title)은 금반언의 효력을 갖는다(*ibid.*, p.159). "한일어업협정" 제15조에 의한 한국의 일본 독도영유권의 권원의 승인은 명시적 승인으로 볼 수도 있고 묵시적 승인으로 볼 수도 있으나 후자로 보고 싶다. 동 협정에 표시된 "선행의 의사표시"는 대부분 "묵시적 의사표시"이다.

25) 이 글에서 금반언은 "넓은 의미의 금반언"의 뜻으로 사용하므로_ 일본의 피해의 유무는 고려되지 아니 한다(전주 6 참조).

26) 반대 견해: 제성호, "어업협정 폐기와 국제법상 금반언 효과 지속에 대한 검토", 독도본부 제8회 학술토론회, 『신한일어업협정 폐기와 금반언 효과에 대하여』(서울: 우리영토, 2006), pp.41-42.

나. 독도영유권 분쟁의 존재 인정과 금반언

"한일어업협정"은 독도영유권에 관해 한일 간에 분쟁이 존재함을 인정하는 규정을 두고 있다.

동 협정은 독도를 내포하는 동해 중간수역을 설정하는 규정을 두고 있다(제9조 제1항). 독도의 영유권이 한국에 있다는 한국의 주장을 일본이 인정하지 않고, 또 다께시마의 영유권이 일본에 있다는 일본의 주장을 한국이 인정하지 않아 결국 동해 중간수역을 설정한 것이므로 동해 중간수역을 설정한 규정(제9조 제1항)은 한일 간에 독도영유권에 관해 분쟁이 있음을 승인하는 "묵시적 의사표시"로 볼 수 있다.

동 협정은 어업에 관한 사항과 그 이외의 국제법상 문제에 관한 사항을 분리하는 조항, 이른바 "배제조항"(disclaimer clause)을 두고 있다. 즉, 동 협정은 "이 협정의 어떠한 규정도 어업에 관한 사항 외의 국제법상 문제에 관한 각 체약당사국의 입장을 해하는 것으로 간주되어서는 아니 된다"라고 규정하고 있다(제15조). 독도의 영유권이 한국에 있다는 한국의 주장을 인정하고, 또 이와 모순되는 다께시마의 영유권이 일본에 있다는 일본의 주장을 일정한 동 조의 규정은 독도의 영유권에 관해 한일 간에 분쟁이 존재함을 한국이 일본에 대해 승인한 것이다. 이 승인은 분쟁의 존재를 승인한 한국의 "묵시적 의사표시"로 볼 수 있다. 차후 일본과의 회담 등에서 이에 관해 이의를 제기하지 않으면 이는 "묵인"으로 될 수도 있다.

따라서 독도영유권에 관한 한일 간의 분쟁의 존재를 승인한 한국의 일본에 대한 선행의 의사표시는 차후에 독도의 영유권에 관한 한일 간의 분쟁의 존재를 부인하는 한국의 후속적 의사표시를 배제하는 효력을 갖는다.[27]

다. 일본의 독도 실효적 지배 승인과 금반언

"한일어업협정"은 일본이 독도에 대한 실효적 지배를 인정하는 규정을

---

27) 반대 견해: 이장희, "신 한일어업협정과 국제법상 금반언 원칙 적용에 대한 검토", 독도본부, 전주26, p.32.

두고 있다.

(1) 동해 중간수역에서 독도의 배타적 경제수역 지배

(가) 어업권의 행사

동 협정은 동해 중간수역 내에 편입된 독도의 배타적 경제수역 내에서 일본의 어업권 행사를 인정하는 규정을 두고 있다. 즉, "각 체약국은 이 수역에서 타방체약국 국민 및 어선에 대하여 어업에 관한 자국의 관계법령을 적용하지 아니 한다"라는 규정을 두고 있다(부속서 I 제2항 가호). 동 규정에 의해 동해 중간수역 내에 편입된 독도의 배타적 경제수역 내에서 동 협정 체결 전에 한국의 "배타적(전속적)인" 어업권이 배제되고 일본의 어업권 행사가 인정되게 되었다.

(나) 해양생물자원 보존 및 관리권의 행사

동 협정은 동해 중간수역 내에 편입된 독도의 배타적 경제수역 내에서 일본의 해양생물자원 보존 및 관리권의 행사를 인정하는 규정을 두고 있다. 즉, "양 체약국은 이 협정의 목적을 효율적으로 달성하기 위하여 한일어업공동위원회를 설치한다"는 규정을 두고(제12조 제1항), "위원회는 다음 사항에 관하여 협의하고 협의 결과를 양 체약국에 권고한다. 양 체약국은 위원회의 권고를 존중한다"라고 규정하고(제12조 제4항), 다음 사항 중 하나로 "제9조 제1항에서 정하는 수역에서의 해양생물자원 보존 및 관리에 관한 사항"으로 규정하고 있다(마호). 동 규정에 의해 동해 중간수역 내에 편입된 독도의 배타적 경제수역 내에서 동 협정체결 전에 한국의 "배타적(전속적)인" 해양생물자원 보존 및 관리권이 배제되고 일본의 해양생물자원 보존 및 관리권의 행사가 인정되게 되었다.

(다) 배타적 해양생물자원 보존 및 관리 조치권의 행사

동 협정은 동해 중간수역 내에 편입된 독도의 배타적 경제수역 내에서 일본의 해양생물자원 보존 및 관리 조치권의 행사를 인정하는 규정을 두

고 있다. 즉 "각 체약국은 위원회의 결정에 따라 이 수역에서의 해양생물자원의 보존 및 어업 종류별 어선의 조업 척수를 포함하는 적절한 관리에 필요한 조치를 자국민 및 어선에 대하여 취한다"라고 규정하고 있다(부속서 I 제3항 나목). 동 규정에 의해 동해 중간수역 내에 편입된 독도의 배타적 경제수역 내에서 동 협정체결 전에 한국의 "배타적(전속적)인" 해양생물자원 보존 및 관리 조치권이 배제되고 일본의 해양생물자원 보존 및 관리 조치권의 행사가 인정되게 되었다.

(2) 동해 중간수역에서 추적권의 배제에 의한 독도의 지배

동 협정은 동해 중간수역에서 "각 체약국은 이 수역에서 타방체약국 국민 및 어선에 대하여 어업에 관한 자국의 법령을 적용하지 아니 한다"라고 규정하여(부속서 I 제2항 가목), 독도의 영해 또는 배타적 경제수역에서 한국의 어업에 관한 관계법령을 위반한 일본 선박에 대한 동해 중간수역에서의 한국의 추적권이 배제되고, 일본의 독도영해 또는 배타적 경제수역의 지배가 인정되어 있다.

영해에 대한 연얀국의 권리는 "주권(sovereignty)"이고,[28] 배타적 경제수역에 대한 연안국의 권리는 "주권적 권리"(sovereign right)이므로[29] 동해 중간수역 내에 편입된 독도의 배타적 경제수역과 영해에서의 일본의 지배권의인정은 결국 한국은 일본에 대해 독도의 "주권"과 "주권적 권리"의 행사, 즉 독도에 대한 실효적 지배를 승인한 것이다. 한국의 일본에 의한 독도

---

28) 영해는 육지 영토의 불가분의 일부이며(Shaw, *supra* n.8., p.403; s. P. Sharma, "Territorial Sea", *EPIL*, Vol.11, 1989, p.329; Malanczuk, *supra* n.1., p.76), 영해를 국가 영토(national territory)로 헌법상 규정하고 있는 국가가 다수 있으며(1917년 멕시코헌법 제4조, 1947년 도미니카공화국헌법 제5조, 1950년 니카라과헌법 제1조, 1962년 엘살바도르헌법 제8조 등), "해양법협약"도 영해에 대한 연안국의 권리를 "주권"으로 규정하고 있다(제2조 제1항).

29) 배타적 경제수역은 영토권(territorial right)이 확장된 수역이고(D. P. O'Connell, *The International Law of the Sea*, Vol2 (Oxford: Clarendon, 1985), p.579), "해양법협약"도 배타적 경제수역에 대한 연안국의 권리를 "주권적 권리"로 규정하고 있다(제56조 제1항).

의 실효적 지배의 승인은 한국의 "묵시적 의사표시"에 의한 것으로 볼 수 있다. 이 실효적 지배를 방임하면 실효적 지배의 "묵인"으로 될 수도 있다.

이러한 일본의 독도에 대한 실효적 지배의 승인은 "상대적 승인"(relative recognition)이며 한국의 독도에 대한 실효적 지배를 완전히 포기하는 "절대적 승인"(absolute recognition)이 아닌 것이다. 그러나 "상대적 승인"에 의한 실효적 지배가 점차 강화될 때 일본의 독도에 대한 "상대적 권원"(relative title)이 비교우위적 상대적 권원(better relative title)으로 발전될 수도 있게 된다.[30] 여하간 독도에 대한 일본의 실효적 지배를 승인한 한국의 일본에 대한 선행의 의사표시는 차후 독도에 대한 일본의 실효적 지배를 묵인하는 한국의 후속의 의사표시를 배제한다.[31]

Ⅳ. 한일어업협정의 배제조항과 금반언 및 한일어업협정의 효력과 금반언

1. 한일어업협정의 배제조항과 금반언

"한일어업협정"은 "이 협정의 어떠한 규정도 어업에 관한 사항 외의 국제법상 문제에 관한 각 체약국의 입장을 해하는 것으로 간주되어서는 아니 된다"라고 "배제조항"을 규정하고 있다(제15조).

동 조는 동 조에 "이 협정의 어떠한 규정도"라고 명시한 바와 같이 동 협정의 "규정"자체의 효력에 관한 것이며, 동 협정의 "명시적" 규정자체의 효력이 아니라 동 협정의 체결의사로부터 추출되는 "묵시적 의사표시"로 인정되는 금반언의 효력에 관한 것이 아니므로 동 조는 금반언의 효력에

---

30) Ott, *supra* n.3., p.107.

31) 반대 견해: 나홍주, "신한일어업협정 폐기와 금반언 원칙 무효화 방안에 대한 대책 연구", 독도본부, 전주26, pp8-63; 제성호, 전주26, pp4-36; 이장희, 전주27, p.24.

적용의 여지가 없는 것이다.

요컨대, 동 협정 제15조의 규정은 동 협정의 규정 자체에만 적용되는 것이며, 동 협정의 규정이 아닌 "묵시적 의사표시"에는 적용되지 아니한다. 즉, 동 조의 규정을 근거로 금반언의 원칙의 적용을 부인할 수 없는 것이다.

2. 한일어업협정의 효력과 금반언

상술한 "한일어업협정"상 독도의 영유권에 관한 한국의 주요 금반언 사항은 동 협정의 "명시적 규정" 자체의 효과인 것이 아니라 동 협정의 체결의사로부터 추출되는 "묵시적 의사표시"의 효과이다.

따라서 일단 체결된 동 협정의 체결의사로부터 상술한 제 금반언의 효과가 인정되는 것이므로 동 협정이 "불성립"으로[32] 되지 않는 한 동 협정이 "상대적 무효"[33] 또는 "절대적 무효"[34]로 효력을 상실하게 되어도 또는 "고지"(notification), "사정변경"(rebus sic stantibus), "조약의 위반"(breach of treaty) 등에 의한 "폐기"(denunciation)에 의해 효력을 상실해도, 일단 한국이 행한 선행의 "묵시적 의사표시"의 효력은 그대로 남는다.

그리고 주요 한국의 금반언 사항은 대부분 "승인"이며, 승인은 본질적으로 철회할 수 없는 것이므로, 한국의 선행의 "묵시적 의사표시"는 철회할 수도 없는 것이다.

동 협정이 무효 또는 폐기 등에 의해 효력을 상실하게 되어도 상술한 금반언의 효력에 영향이 없는 근거를 제시해 보면 다음과 같다.

---

32) 조약의 불성립은 서명되지 않은 조약, 서명되었으나 비준되지 않은 조약의 경우를 말한다.

33) 체결권한에 관한 국내법 위반(조약법협약 제46조), 표시권한에 대한 제한 위반(동 제47조), 착오(동 제48조), 사기(동 제49조), 매수(동 제50조)를 원인으로 한 무효.

34) 국가대표기관에 대한 강박(동 제51조), 국가에 대한 강박(동 제52조), 강행법규 위반(제53조)을 원인으로 한 무효.

가. 선행의 의사표시의 존재

선행의 의사표시 또는 행위(representation or conduct previously made)의 결과가 금반언의 효과인 것이다.[35] 즉 금반언의 효과는 명시적 또는 묵시적 의사표시 혹은 작위 또는 부작위의 행위의 결과인 것이며, 선행의 의사표시 이후의 의사표시나 행위는 금반언과 무관한 것이다. 이는 Temple of Preah Vihear Case(1962)에서 "금반언의 원칙은 명시적이든 묵시적이든(either expressly or Impliedly) 명백하고 애매하지 않은 선행의 의사표시(clear and unequivocal representation previously made)의 결과(as a result)이다"라는 국제사법재판소의 판결에서도 표시되어 있다.[36] 그리고 선행의 의사표시 또는 행위는 "사실의 존재"(existence of a fact)로 파악된다.[37] 그러므로 조약의 체결로 표시된 의사표시 또는 행위가 존재한다는 사실은 그 조약의 그 후의 효력과는 무관한 것이다.

따라서 "한일어업협정"에 의해 표시된 "선행의 의사표시 또는 행위"의 존재는 그 후 동 협정이 무효 또는 폐기 등에 의해 효력을 상실하게 되어도 영향을 받지 아니하며, 금반언의 효력이 미치게 된다.

나. 합의 당시의 당사자의 의사

"선행의 의사표시 또는 행위"가 조약의 체결과 같은 합의에 의해 형성될 경우 '금반언의 목적은 합의의 시간에(at the time of the agreement)당사자의 의사를 확인하는 데 도움을 주는 것(to assist in ascertaining the intention of the parties)이다.[38] 따라서 그 후의 당사자의 의도는 그 시간과 무관(irrelevant)한 것이다.[39] 그러므로 조약의 체결로 표시된 "선행의 의사표시

---

35) Muller and Cotter, *supra* n.1., p.78.

36) ICJ, *Reports*, 1962, p.143.

37) V. W. Thomas and A. J. Thomas, *Non-Intervention*(Dollas: S. M. University Press, 1956), p.168; Levi, *supra* n.7., p.215; E. j. Osmanczyk, *Encyclopedia of the United Nations*, 2nd ed.(London: Taylor, 1990), p.271; Bowett, *supra* n.4., pp.176,189,196,202.

38) Bowett, *supra* n.4., p.178.

39) *Ibid.*

또는 행위"는 그 조약이 체결될 당시에 존재한 의사표시 또는 행위가 금반언의 기준이 되는 것이며, 조약의 체결 이후의 조약의 무효화 또는 폐기 등의 의사표시 또는 행위는 금반언과 무관한 것이다.

따라서 "한일어업협정"에 의해 표시된 한국의 "선행의 의사표시 또는 행위'의 존재는 그 후 동 협정이 무효 또는 폐기 등에 의해 효력을 상실하게 되어도 영향을 받지 아니하며, 금반언의 효력을 미치게 된다.

다. 비 구속적 협정의 금반언

비 구속적 협정(non-binding agreements), 즉 국가책임을 배제하고(excluding responsibility of states) 또는 조약법의 적용 밖에 있는(outside the application of the Vienna Convention on the Law of Treaties) 협정의 경우도 이들 협정에 의해 표시된 선행의 의사표시 또는 행위의 존재에 금반언의 효력이 미친다.[40] 비 구속적 협정에도 금반언의 효력이 미치므로 구속적 협정이 무효 또는 폐기되어 구속력을 상실하게 되어도 그 구속력을 상실하기 전에 존재한 구속적 협정에 의해 표시된 "선행의 의사표시 또는 행위"에 금반언의 효력이 미치게 된다.

따라서 "한일어업협정" 체결 시에 동 협정에 의해 표시된 한국의 "선행의 의사표시 또는 행위"의 존재는 그 후 동 협정이 무효 또는 폐기 등에 의해 효력을 상실하게 되어도 영향을 받지 아니하며, 금반언의 효력이 미치게 된다.

라. 비 구속적 결의의 금반언

본질적으로 법적 구속력이 없는 결의에 국제조직에서 투표과정을 통해 표시된 선언에도 비 구속적 협정의 경우와 마찬가지로 금반언의 효력이 미치게 된다.[41] 이는 Certain Expenses of the United Nations Advisory

---

40) Muller and Cotter, *supra* n.1., p.80; O. Schachter, "The Twilight existence of Nonbinding Agreements", *AJIL*, Vol.71, 1977, pp.296-304.

41) Muller and Cotter, *supra* n.1., p.80.

Opinion(1962)에서 확인되었다.[42] 이와 같이 국제조직에서 법적 구속력이 없는 결의를 채택하는 과정에서 선언 등에 의해 표시된 "선행의 의사표시 또는 행위"에도 금반언의 효력이 미친다. 그러므로 법적 구속력이 있는 조약이 무효 또는 폐기 등에 의해 효력을 상실하게 되어도 그 조약의 체결을 통해 표시된 "선행의 의사표시 또는 행위"의 존재에는 금반언의 효력이 미치게 된다.

따라서 "한일어업협정" 체결 시에 동 협정에 의해 표시된 한국의 "선행의 의사표시 또는 행위"의 존재는 그 후 동 협정이 무효 또는 폐기 등에 의해 효력을 상실하게 되어도 영향을 받지 아니하며, 금반언의 효력이 미치게 된다.

V. 결론

상술한 바와 같이 "한일어업협정"은 독도의 한국 영유권에 관해 한국과 일본을 대등한 지위로 놓아 한국의 독도영유권을 적어도 반을 훼손하는 직접적 명시적 제 규정을 두고 있을 뿐만 아니라, 이들 제 규정에 의해 간접적, 묵시적으로 한국은 스스로 한국의 독도영유권을 훼손하는 의사표시를 한 것이다.

전자에 의한 훼손은 동 협정의 폐기로 치유될 수 있으나 후자에 의한 훼손은, 약속은 지켜야 한다는 국제법의 근본규범에 기초한 금반언의 원칙에 따라 동 협정이 폐기되어도 그대로 남아 한국의 독도영유건 훼손은 치유되지 아니한다.

이는 일본에게 독도에 대한 상대적 권원(relative title)을 비교우위적 상대적 권원(better relative title)으로 강화하여, 상대적으로 한국의 독도에 대한 권원을 약화시키는 결과를 가져와 한국의 독도에 대한 역사적 응고

42) *Ibid*.

(historical consolidation)는 저해되게 된다.

이에 대한 심도 있는 연구를 기초로 한 합리적, 실효적 대책의 수립이 시급히 요구된다.

제4절

한일어업협정은 어업협정인가?

-한일어업협정은 어업에 관한 사항만을 규율하는 협정이 아니다-

목 차

Ⅰ. 서론

1965년 6월 22일에 서명되고 동년 12월 28일에 효력을 발생한 "대한민국과 일본국 간의 어업협정"은 1998년 11월 28일에 서명되고 1999년 1월 23일에 효력을 발생한 "대한민국과 일본국 간의 어업협정"(Agreement on Fisheries between the Republic of Korea and Japan, 이하 "한일어업협정"이라 한다)에 의해 대체되게 되었다(한일 어업협정 제17조).

"한일어업협정"은 그 명칭에 표시된 바와 같이 "어업협정"이지만 동 협정이 규율하고 있는 사항은 어업에 한하지 아니하기 때문에 동 협정의 법적 성격은 복잡다단하다.

이는 동 협정이 독도를 내포하는 동해 공동 관리수역을 설정하고(제9조 제1항), 어설프게 배제조항을 규정(제15조)한 데서 기인한다.

이 글은 동 협정의 규정 내용을 분석하여 동 협정의 다양한 법적 성격을 추출 규명하고, 이로부터 동 협정을 개정하거나 또는 폐기하여 동 협정을 대체하는 새로운 협정을 체결하게 될 경우에 대비한 주요 고려 사항을 제시해 보려는 것이다.

이하 (ⅰ) "동 협정은 어업에 관한 사항만을 규율하는 협정이 아니다" (ⅱ) "동 협정은 영토에 관한 사항도 규율하는 협정이다" 순으로 기술하고, (ⅲ) 결론에서 동 협정을 대체하는 "새로운 어업협정 체결 시 주요 고려 요소"에 논급하기로 한다.

Ⅱ. 어업에 관한 사항만을 규율하는 협정이 아니다

1. 어업에 관한 사항 이외의 사항도 규율하는 협정이다

동 협정은 그 명칭이 "대한민국과 일본국 간의 어업에 관한 협정"이지만, 어업에[1] 관한 사항만을 규율하는 협정이 아니라 어업에 관한 사항 이

---

1) 동 협정, 1965년 6월 22일의 "한일 어업협정", 1997년 11월 11일의 "일중 어업협정", 그리고 2000년 8월 3일의 "한중 어업협정"에 "어업"의 정의 규정은 없다. 1982년 12월 10일의 "해양법 협약"에도 역시 어업의 정의 규정은 없다. "수산업법"(1996.8.2, 법률 제5153호)은 동 법상 "어업이라 함은 수산 동식물을 포획·채취 또는 양식하는 사업을 말한다"라고 규정하고 있다(제2조 제2항). 이 정의는 동 협정 상 "어업"의 정의는 물론 아니지만 동 협정상 "어업"을 정의함에 다소 참고가 될 것이다. 동 협정의 규정 전체를 통해 "어업" 또는 "어획"이라는 용어가 규정된 조항을 열거해 보면 다음과 같다. 물론 이들 조항이 모두 어업에 관한 사항을 규율하는 구체적 규정인 것은 아니다.
① 어업 분야의 협력 관계 발전(전문)
② 배타적 경제수역에서 어획 허가(제2조)
③ 어획이 인정되는 어종 등(제3조 제1항)
④ 한일 어업 공동 관리위원회(제3조 제2항)
⑤ 어업에 관한 허가증 발급(제4조 제1항)
⑥ 어업에 관한 관계 법령 준수(제5조 제1항)

외의 사항도 규율하는 협정이다.

동 협정이 어업에 관한 사항 이외의 사항을 규율하는 명시적 규정을 보면 다음과 같다.

가. 해양관할구역 획정에 관한 규정

동 협정이 어업에 관한 사항 이외의 사항을 규율하는 명시적 규정 중 해양관할구역 획정에 관한 규정을 보면 다음과 같다.

(1) 배타적 경제수역 경계획정[2] 규정

동 협정은 배타적 경제수역 경계획정에 관한 규정을 두고 있다. 즉, 동 협정은 "각 체약국은 다음 각목의 점을 순차적으로 직선으로 연결하는 선

---

⑦ 어획의 구체적 조건(제6조 제1항)
⑧ 협정 수역에서 어업(제7조 제1항)
⑨ 한일 어업 공동 관리위원회(제12조 제1항)
⑩ 어업 분야에서 협력사항(제12조 제4항 라호)
⑪ 어업에 관한 사항 외의 국제법상 문제(제15조)
⑫ 1965년 어업협정(제17조)
⑬ 동해 공동 관리수역 어업에 관한 자국 법령 부적용(부속서Ⅰ 제2항 목)
⑭ 남해 공동 관리수역 어업에 관한 자국 법령 부적용(부속서Ⅰ 제3항 가목)
⑮ 동해 공동 관리수역에서 어획량 기타 정보 제공(부속서Ⅰ 제2항 라목)
⑯ 남해 공동 관리수역에서 어획량 기타 정보 제공(부속서Ⅰ 제3항 라목)
⑰ 어업에 관한 주권적 권리(부속서Ⅱ 제1항)
⑱ 어업에 관한 주권적 권리(부속서Ⅱ 제2항)
⑲ 어업 질서(합의의사록 제1항)
⑳ 제3국과 구축한 어업 관계(합의의사록 제2항)
㉑ 어업 활동(합의의사록 제3항)
㉒ 어업 협정(합의의사록 제4항)
㉓ 한일 어업협정(협정의 명칭)

2) "배타적 경제수역의 경계획정"에 관한 사항을 "배타적 경제수역"에 관한 사항으로 본다 해도, 이는 바로 "어업"에 관한 사항은 아니다. 배타적 경제수역에 대한 연안국의 관할권은 어업 이외의 해상(海床)과 해저 지하의 생물 · 비생물 자원의 탐사 · 개발 · 보존 · 관리(해양법 협약 제56조 제1항 a), 수력 · 조력 · 풍력 발전을 포함하는 경제적 이용권(동 제56조 제1항), 인공도 · 시설 · 구조물의 설치 사용(제60조 제4항), 해양 환경의 보호 · 보전권(제56조 제1항 b) 등에 미치기 때문이다.

에 의한 자국 측 협정 수역에서 어업에 관한 주권적 권리를 행사하며, 제2조 내지 제6조의 규정의 적용상도 이 수역을 자국의 배타적 경제수역으로 간주 한다"라고 규정하고(제7조 제1항), "각 체약국은 제1항의 선에 의한 타방 체약국 측의 협정 수역에서 어업에 관한 주권적 권리를 행사하지 아니하며, 제2조 내지 제6조의 규정의 적용상도 이 수역을 타방 체약국의 배타적 경제수역으로 간주 한다"라고 규정하여(제7조 제2항) 동해 공동 관리 수역 및 남해 공동 관리수역이 설정되지 아니한 수역에 있어서 한일 간의 배타적 경제수역의 경계를 획정하는 규정을 두고 있다.

(2) 공동 관리수역 인접 배타적 경제수역 경계획정 규정

동 협정은 공동 관리수역 인접 배타적 경제수역 경계획정에 관한 규정을 두고 있다. 즉, 동 협정은 "각 체약국은 이 협정 제9조 제1항 및 제2항에서 정하는 수역을 기준으로 자국 측의 협정 수역에서 어업에 관한 주권적 권리를 행사하며, 이 협정 제2조 내지 제6조의 규정의 적용상도 이 수역을 자국의 배타적 경제수역으로 간주 한다"라고 규정하고(부속서Ⅱ 제1항), "각 체약국은 이 협정 제9조 제1항 및 제2항에서 정하는 수역을 기준으로 타방체약국 측의 협정수역에서 어업에 관한 주권적 권리를 행사하지 아니하며, 이 협정 제2조 내지 제6조의 규정의 적용상도 이 수역을 타방체약국의 배타적 경제수역으로 간주한다"라고 규정하여(부속서Ⅱ 제2항), 제9조 제1항 및 제2항에서 정하는 수역, 즉 동해 공동 관리수역 및 남해 공동 관리수역 인접 수역에 있어서 한일 간의 배타적 경제수역의 경계를 획정하는 규정을 두고 있다.

(3) 배타적 경제수역 경계획정 계속 교섭 규정

동 협정은 동 협정이 수용한 배타적 경제수역을 떠나 동 협정 외에서 한일 간의 배타적 경제수역의 경계획정을 위해 양국의 계속 교섭의 의무를 규정하고 있다. 즉, 동 협정은 "양 체약국은 배타적 경제수역의 조속한 경계 획정을 위하여 성의를 가지고 계속 교섭 한다"라고 규정하고 있다(부

속서 I 제1항).

(4) 동해 공동 관리수역 경계획정 규정

동 협정은 동해 공동 관리수역을 설정하고 있으며 그 경계를 획정하는 규정을 두고 있다. 즉, 동 협정은 "다음 각목의 점을 직선으로 연결하는 선에 의하여 둘러싸이는 수역에 있어서는 부속서 I 의 제2항의 규정을 적용한다"라고 규정하고(제9조 제1항), 16개의 목으로 16개의 점 좌표를 규정하고 있다. 동 조항은 이 16개의 점 좌표를 직선으로 연결하는 다각형으로 동해 공동 관리수역의 경계를 획정하고 있다.

(5) 남해 공동 관리수역 경계획정 규정

동 협정은 남해 공동 관리수역을 설정하고 있으며 그 경계를 획정하는 규정을 두고 있다. 즉, 동 협정은 "다음 각목의 선에 의하여 둘러싸이는 수역 중 대한민국의 배타적 경제수역의 최남단의 위도선 이북의 수역에 있어서는 부속서 I 의 제3항의 규정을 적용한다"라고 규정하고(제9조 제2항), 5개의 목으로 5개의 직선을 규정하고 있다. 동 조항은 5개의 직선으로 형성되는 다각형으로 남해 공동 관리수역의 경계를 획정하고 있다.[3)]

이와 같이 동 협정은 해양 관할구역을 획정하는 5개의 조항을 두고 있다. 이들 해양 관할구역은 어업에 관련된 것이긴 하지만 동 협정은 "어업협정"이라기보다 해양 관할구역 획정 협정, 즉 "해양 관할권 협정"이라고 할 수 있다. 물론 이 "해양 관할권 협정"은 배타적 경제수역의 최종적 경계획정 협정을 체결하기에 앞서 체결되는 잠정 협정(해양법협약 제74조 제3항)의 성격을 갖는 것이다.

---

3) 동 조항의 "대한민국의 배타적 경제수역의 최남단의 위도선"이 구체적으로 어떤 섬을 의미하는지 애매하다. 이에 관해 한일 간의 해석이 달라지고 있다(김영구, "제주도 남부 공동 관리수역 남측 한계선은 허구의 선이다", 독도본부, 『한일 어업협정은 제주도 남부의 해양 권리를 일본에 넘겨준 매국 조약』(서울: 우리영토, 2007), pp.11-48.

동 협정이 잠정협정의 성격을 갖는다는 근거는 다음과 같다.

(i) "해양법협약"은 배타적 경제수역의 경계획정의 합의에 이루는 동안 잠정적 협정을 체결할 수 있다(제74조 제3항).

(ii) 동 협정은 "유엔해양법협약에 기초"한 것으로(전문), 동 협약의 규정에 따라 한일 간의 배타적 경제수역의 경계획정의 합의에 이르는 동안 잠정적 효력을 갖는 것이다.

(iii) 이는 동 협정의 "이 협정은 효력을 발생한 일로부터 3년간 유효하다"라는 규정(제16조 제2항)으로 보아 명백하다.

나. 해양 생물자원 관리에 관한 규정

동 협정이 어업에 관한 사항 이외의 사항을 규율하는 규정 중 해양 생물자원 관리에 관한 규정을 보면 다음과 같다. "어업"과 "해양 생물자원 관리"는 구별된다.[4)]

(1) 해양 생물자원의 상태 고려 타방 체약국의 조업 조건의 결정(제3조 제2항)

(2) 자국의 관계 법령이 정하는 해양 생물자원의 보존에 관한 조치의 타방체약국에의 통보(제6조 제4항)

(3) 협정 수역에서 해양 생물자원의 보존 · 관리 협력(제10조)

(4) 한일 어업 공동위원회의 해양 생물자원의 실태에 관한 사항에 대한 협의 및 협의 결과의 권고(제12조 제4항 다호)

(5) 한일 어업 공동위원회의 동해 공동 관리수역에서의 해양 생물자원의 보존관리에 관한 사항 협의 결정(제12조 제5항)

(6) 동해 공동 관리수역에서의 해양 생물자원의 과도 개발 위협 방지를

4) 어업(fisheries)과 해양 생물자원의 관리(conservation and utilization of biological resources)는 구별되는 개념이다. 후자가 전자보다 넓은 개념이다. 전자의 대상에는 새 · 고래 · 물개 등이 포함되지 아니한다. Carl August Fleiser, "Fisheries and Biological Resources", in Rene-Jean Dupuy and Daniel Vignes(eds.), *A Handbook of the New Law of the Sea,* Vol.2 (Dordrecht: Martinus, 1991), pp.991-992.

위한 협의(부속서Ⅰ 제2항)

(7) 남해 공동 관리수역에서의 해양 생물자원의 과도 개발 위협 방지를 위한 협의(부속서Ⅰ 제3항)

이상과 같이 동 협정은 해양 생물자원 관리에 관한 많은 규정을 두고 있다. 본래 "해양 생물자원 관리"는 배타적 경제수역에서 연안국의 권리로 인정된 것이다(해양법 협약 제56조, 제61조, 제62조). 따라서 동 협정은 "어업협정"이라기보다 해양 생물자원 관리 협정, 즉 "배타적 경제수역 협정"이라고 할 수 있다.

다. 배타적 경제수역에 관한 규정

동 협정이 어업에 관한 사항 이외의 사항을 규율하는 명시적 규정 중 배타적 경제수역에 관한 규정을 보면 다음과 같다.

(1) 배타적 경제수역에 동 협정의 적용(제1조)

(2) 배타적 경제수역에서 타방 체약국 국민 및 어선의 어획 허가(제2조)

(3) 배타적 경제수역에서 어획 조건 통보(제3조 제1항)

(4) 배타적 경제수역에서 해양 생물자원 상태 고려(제3조 제2항)

(5) 배타적 경제수역에서 어획 허가증 발급(제4조 제1항)

(6) 배타적 경제수역에서 관계 법령 준수(제5조 제1항)

(7) 배타적 경제수역에서 어선 단속(제5조 제2항)

(8) 배타적 경제수역에서 조업에 필요한 조처(제6조 제1항)

(9) 배타적 경제수역의 경계(제7조 제1항)

(10) 배타적 경제수역의 경계(제7조 제2항)

(11) 남해 공동 관리수역 남단 배타적 경제수역의 경계(제9조 제2항)

(12) 배타적 경제수역 경계 획정 계속 교섭(부속서Ⅰ 제1항)

(13) 동해 공동 관리수역 인접 배타적 경제수역의 경계(부속서Ⅱ 제1항)

(14) 남해 공동 관리수역 인접 배타적 경제수역의 경계(부속서Ⅱ 제2항)

이와 같이 동 협정은 배타적 경제수역에 관한 많은 규정을 두고 있다.

그러므로 동 협정은 “어업협정”이라기보다 “배타적 경제수역 협정”이라고 할 수 있다.

라. 한일대륙붕 공동 개발구역 제한에 관한 규정

전술한 바와 같이 동 협정은 남해 공동 관리수역을 설정하고 있으며(제9조 제2항), 동 수역은 1978년의 “한일대륙붕 공동 개발 협정”에 의해 설치된 한일대륙붕 공동 개발구역의 20% 밖에 되지 않고 나머지는 일본의 배타적 경제수역으로 되어 있다(부속서Ⅱ 제2항). 일본의 배타적 경제수역으로 편입된 한일대륙붕 공동개발구역은 일본의 배타적 경제수역에 의해 제한을 받게 되었다. 그러므로 부속서Ⅱ 제2항은 한일대륙붕 공동 개발구역을 제한하는 규정이다. 또한 한일대륙붕 공동개발구역은 “일중 어업협정”에 의해 설치된 잠정조치 수역(제7조) 에 의해 약 5분의 2의 범위가 제한을 받게 되어 있으며, 이는 “한일 어업협정” 합의의사록에 의해 대한민국 정부에 의해 손상되지 아니하게 협력하도록 규정되어 있다(합의 의사록 제2조). 따라서 “합의 의사록” 제2조는 한일대륙붕 공동개발구역을 제한하는 규정인 것이다.

이상의 규정으로 보아 동 협정은 “어업협정”이라기보다 전술한 제 규정(전술Ⅱ 1. 가의 규정)과 함께 “해양관할구역 획정 협정”이라 할 수 있다.

마. 어업에 관한 사항 외의 국제법상 문제에 관한 규정

동 협정은 어업에 관한 사항 외의 국제법상 문제에 관해 “이 협정의 어떠한 규정도 어업에 관한 사항 외의 국제법상 문제에 관한 각 체약국의 입장을 해하는 것으로 간주 되어서는 아니 된다”라고 규정하고 있다(제15조). 이에 관해서는 후술(후술Ⅲ 2) 하기로 한다. 이 규정은 어업에 관한 사항 이외의 사항을 규율하는 규정이다.

바. 동중국해에서의 어업질서 유지를 위한 협력에 관한 규정

동 협정은 동중국해에서의 어업질서 유지를 위한 양국의 협력에 관해

"양국 정부는 동중국해에서 원활한 어업질서를 유지하기 위하여 긴밀히 협력 한다"라고 규정하고 있다(합의 의사록[5] 제1항).

이에 관해서는 전술(전술Ⅱ 1. 라.)한 바 있다. 이 규정은 어업에 관한 사항 이외의 사항을 규율하는 규정이다.

2. 어업에 관한 사항도 구체적으로 규율하는 협정이 아니다

가. 배타적 경제수역의 관할에 관한 규정

(i) 동 협정이 배타적 경제수역을 수용함에 따라(제7조, 부속서Ⅰ 제1항) 배타적 경제수역 관할권 행사의 기본원칙을 규정하는 제 조항(제2조 내지 제6조, 제10조 내지 제11조, 제13조 내지 제14조)을 두고 있다.

(ii) 이들 제 규정은 대부분 "해양법협약" 제61조와 제62조에 규정되어 있는 규정이다. 한국과 일본은 모두 동 협약의 체약당사자이므로 이들 제 규정은 대부분 어업에 관한 사항을 구체적으로 규율하는 규정으로 보기 어렵다.

나. 공동 관리수역의 어업에 관한 규정

(i) 상기 배타적 경제수역의 수용에 따르는 배타적 경제수역 관할에 관한 원칙적 제 규정을 제외하면, 동 협정이 어업에 관한 사항만을 규율하는 규정은 제12조와 2개의 부속서 뿐이라 할 수 있다.

(ii) 이들 규정은 구체적으로 어업에 관한 사항을 규율하는 것이 아니라 한일어업공동위원회의 결정에 따르도록 규정하고 있다(제12조 제4항 내지 제6항, 제3조 제2항), 따라서 동 협정상 어업에 관한 사항에 관한 규정은 "합의를 위한 합의"(agreement to agree, pactum de contrahendo)에 불

---

5) "합의의사록"은 동 협정의 일부이다. 합의의사록(agreed minute)은 그 조약의 불가분의 일부이고(Robert Jennings and Arthur Watts (eds.), *Oppenheim's International Law,* 9th ed., Vol.1(London: Longman, 1992), p.1211), 동 협정 "합의의사록"은 『관보』의 조약란에 공포(1999.1.27, 『관보』 제14117호)되었기 때문이다.

과한 것이라 할 수 있다. 그러므로 어업에 관한 이들 전기 제 규정은 제한적 구속력(restrict binding force)[6]을 갖는 데 불과한 것이다.

그러므로 동 협정은 "어업협정"이라기보다 "예비 어업협정"의 성격을 갖는 것이라고 할 수 있다.

Ⅲ. 영토에 관한 사항도 규율하는 협정이다

동 협정이 독도를 내포하는 동해 중간수역을 설정하고, 어업에 관한 외의 국제법상 문제에 관한 규정을 둔 것은 동 협정이 영토에 관한 사상도 규율하는 것이다.

1. 동해공동관리수역을 설정한 것은 영토에 관한 사항을 규율하는 것이다

가. 독도를 내포하는 동해공동관리수역의 설치에 관한 규정

동 협정이 독도를 내포하는 동해공동관리수역을 설치한 것(제9조 제1항)은 한국이 한일 간 독도영유권 문제(problem, issue)를[7] 독도영유권 분

---

6) Fritz Munch "Non-Binding Agreement", *EPIL,* Vol.7, 1984, p.357; Ulrich Beyerlin, "*Pactum de Contrahendo", EPIL,* Vol.7, 1984, p.372.

7) 동 협정이 체결되기 이전까지 한국은 한국의 독도영유권은 한일 간의 분쟁의 대상이 될 수 없다는 입장을 계속 견지해 왔다.

(ⅰ) 1954년 9월 25일 일본 정부가 독도영유권 문제를 한일 간의 국제 분쟁으로 보고 이를 국제사법 재판소에 제소하여 해결하자는 제의를 해 왔을 때, 동 년 10월 28일 한국 정부는 이는 분쟁의 대상이 아니라고 하는 이유로 일본 정부의 제의를 일축했다.

(ⅱ) 1965년 "한일기본관계조약"과 "한일 어업협정" 체결 당시 한국 정부는 독도영유권에 관해 어떤 형식으로도 일본의 지위를 인정하는 조치를 배척했다.

(ⅲ) 1965년 "한일기본관계조약"에 관한 "분쟁 해결에 관한 교환 공문"에도 독도영유권에 관한 규정을 두자는 일본의 주장을 한국은 배척했다.

쟁(dispute)으로 스스로 묵인(acquiescence)하거나 또는 묵시적인 승인(implied recognition)을 한 것으로 된다. 왜냐하면 독도의 영유권이 한국에 있다는 한국의 주장과 다께시마의 영유권이 일본에 있다는 일본의 주장의 불일치로 인해,[8] 또는 독도의 영유권이 한국에 있다는 한국의 요구에 대한 일본의 거절 혹은 다께시마의 영유권이 일본에 있다는 일본의 요구에 대한 한국의 거절로 인해,[9] 한일 간에 배타적 경제수역의 경계를 획정할 수 없으

(iv) 1974년 "한일 대륙붕협정" 체결 당시도 한국 정부는 이러한 입장을 고수했다.

8) *Mavrommatis Palestine* Case(1924)에서 상설국제사법재판소는 "분쟁이란 당사자 간에 법 또는 사실에 관한 의견의 불일치, 혹은 법적견해나 이해관계에 관한 충돌이다(a dispute is a disagreement on a point of law or fact, a conflict of legal views or interest, between two parties)"라고 판시한 바 있다 (PCIJ, *Series A,* No.2, 1924, p.11).
이 분쟁의 정의는 국제사법재판소에 의해서도 다음과 같은 여러 사건의 판결에 반복용인 되어왔다.
Right of Passage Case(1960): ICJ, *Reports,* 1960, p.34.
South West Africa Case(1962): ICJ, *Reports,* 1962, p.328.
Nuclear Test Case(1974): ICJ, *Reports,* 1974, p.253.
Headguaters Agreement Advisory Opinion(1988): ICJ, *Reports,* 1988, pp.12, 27.
Land, Island and Maritime Frontier Dispute case(1992): ICJ, *Reports,* 1992, p.555
East Timor Case(1995): ICJ, *Reports,* 1995, p.99.
이 분쟁의 정의는 학자들에 의해 수용되고 있다(Jan Brownlie, *Principles of Public International Law,* 5th ed.(Oxford: Oxford University Press, 1998), p.480; Shabtai Rosenne, *The Law and Practice of the International Court of Justice,* 3rd ed., Vol.4 (Hague: Martinus, 1997), p.519; Malcon N. Shaw, *International Law,* 4th ed.(Cambridge: Cambridge University Press, 1997), p.752; Werner Levi, *Contemporary International Law : A Concise Introduction* (Boulder: Westview, 1979), p.287).
동 협정이 독도를 내포하는 동해 공동 관리수역을 설정한 것은 독도를 기점으로 배타적 경제수역의 경계를 획정하자는 한국의 주장(의견) 과 다께시마를 기점으로 배타적 경제수역의 경계를 획정하자는 일본의 주장(의견)의 불일치에 의거한 것이므로, 분쟁은 당사자 간의 의견의 불일치라는 위의 경우에 의할 때 한국은 동 협정의 체결을 통해 한일 간에 독도영유권에 관해 분쟁이 존재함을 묵인 또는 묵시적 승인을 한 것이다.

9) 분쟁은 "일방당사자가 타방당사자에게 특정의 요구를 하고 타방 당사자가 이 요구를 거절할 때(one party makes a claim against another party and the other party rejects the claim)" 존재한다는 견해(Hans Kelsen, *The Law of the United Nations* (New York: Praeger, 1950), p.360; B.S. Muty, "Settlement of Disputes", Max

므로 동해 공동 관리수역을 설정하게 된 것은 객관적으로 보아도[10] 부인할 수 없는 사실이기 때문이다.

이와 같이 동해공동관리수역을 설정한 규정(제9조 제1항)은 한국이 독도영유권 분쟁의 존재를 묵인 또는 묵시적 승인을 한 것이므로 동 규정은 독도의 영유권이라는 영토에 관한 사항을 규율하는 것이다.

Sørensen(ed.), *Manual of Public International Law* (New York: Macmillan, 1968), p.675)에 의해도 독도를 배타적 경제수역의 경계 획정의 기점으로 하자는 한국의 요구를 일본이 거절하고, 다께시마를 배타적 경제수역의 기점으로 하자는 일본의 요구를 한국이 거절함에 따라 동 협정이 독도를 내포하는 동해 공동 관리수역을 설정한 것이므로, 한국은 동 협정의 체결을 통해 독도의 영유권에 관해 한일 간에 분쟁이 존재함을 묵인 또는 묵시적 승인을 한 것이다.

10) Interpretation of Peace Treaties(1st Phase), Advisory Opinion(1950)에서 국제사법재판소는 분쟁은 일방당사자는 분쟁의 존재를 인정하고 타방당사자는 이를 부인할 경우 이들의 의사에 구애됨이 없이 "객관적 결정의 문제(matter of objective determination)"라고 판시했다(ICJ, *Reports,* 1950, pp.65,74).
분쟁은 객관적으로 결정된다는 이 판시 내용은 다음과 같은 사건의 판결에서 반복 수용되었다.
Right of Passage Case(1960): ICJ, *Reports,* 1960, p.34.
South West Africa Case(1966): ICJ, *Reports,* 1966, para.16.
Oil Platform Case(1966): ICJ, *Reports,* 1966, para.16.
East Timor Case(1995): ICJ, *Reports,* 1995, p.100.

제5절

국제법학자 41인의 한일어업협정에 대한 견해 비판

-국제법 학자 41인의 "독도영유권과 신한일어업협정에 대한 우리의 견해"에 대한 의견-

목 차

"국제법학자 41인의 독도영유권과 신 한일어업협정에 대한 우리의 견해(2005.4.5.)"의 견해 원문과 41인의 명단은 독도조사연구학회, 『독도논총』 통권 제3호, 2007, pp.52-55에 게재되어 있다.

서언

국제법학자 41인의 "독도영유권과 신 한일어업협정에 대한 우리의 견해(2005.4.5)"(이하 "견해"라 한다)에 대해 개인적인 의견을 제시해 보기로 한다. 동 견해는 근 2년전 인 2005년 4월 5일에 발표된 것이지만 필자의 정보능력 부족의 탓으로 동 견해의 전문(全文)과 41인의 명단을 입수할 수 있었던 것은 최근이여서 이 의견의 작성 · 제시가 늦어지게 되었다는 점을 밝힌다. 동 견해의 배포선에 필자가 포함되어 있었다면 이 의견은 보다 빨리 작성 · 제시되었을 것이다(이 의견에서 인용되는 동 견해 의 전문(全文) 본문과 41인의 명단은 독도본부, 『학술토론회』 제6집(서울: 우리영토, 2006), 첨부3, pp.169-171에 의거한 것이다). 필자를 동 견해의 배포선에 포함시키지 아니한 41인의 의도가 무엇인지 묻지 아니하고 유감으로 생각한다.

이 의견은 동 견해를 최대한 존중하면서 한국의 독도영유권보전을 위한 국제법상 법리를 개발 · 정립하기 위하여 상호 대립되는 견해와 의견의 교차 교환을 제외하는 것이며, 결코 어용적 · 반어용적 목적을 가진 것이 아니며, 더더욱 국제법학계의 파당 조성을 목적으로 하는 것이 아님을 명백히 한다.

이하 동 견해에 대해 항목별 순서에 따라 의견을 제시해 보기로 한다. 동 견해 자체의 항목별 내용이 중첩된 부분이 있어서 이 의견도 중복된 부분이 있음을 인정하면서 이 점에 관해 41인의 양해를 구하는 바다.

Ⅰ. 전문에 대하여

전문 : "최근 독도문제가 불거진 후 뜻밖에도 신 한일어업협정이 독도영유권을 훼손하고 있으며, 따라서 협정을 폐기되어야 한다는 일부 목소리가 있다. 이는 조상으로부터 물려받은 국토에 관련된 문제이고 어민의 생계와 직결된 중대사이기에, 이 땅에서 태어나 국제법 연구에 전념하고 고등교육에 헌신하고 있는 우리는 이를 외면할 수 없어 다음과 같은 의견을 밝힌다."

1. 의견 : 이견 없다.
2. 이유

가. "협정은 폐기되어야 한다는 일부 목소리"에 대하여

(i) "협정은 폐기되어야 한다"라는 기술 중 "폐기"는 조약의 위반(material breach of a treaty)에 의한 폐기(조약법 협약 제60조), 이행의 불능(impossibility of performance)에 의한 폐기(동 제61조), 사정의 근본적 변경(fundamental change of circumstance)에 의한 폐기(동 제62조) 등을 제외한 조약의 규정(provisions of treaty)에 의한 폐기(동 제54조), 즉 고지(notification)를 뜻하는 것으로 이해되므로,[1] "폐기"의 표현에 이견이 없다.

(ii) "일부의 목소리" 중 "일부"라는 표현은 "… 헌신하고 있는 우리" 중 "우리"(41인)도 전부에서 일부를 제외한 부분이므로 이도 전부가 아니라 일부를 뜻하는 것으로 이해되므로, "일부"라는 표현에 이견이 없다.

---

1) 폐기(denunciation)는 "조약의 규정"에 의한 폐기, "조약의 위반"에 의한 폐기, "이행의 불능"에 의한 폐기, "사정의 변경"에 의한 폐기 등을 모두 포함하는 용어이다 (J. G. Starke, *Introduction to International Law*, 9th ed.(London: Butterworth. 1984), p.453; Ian Sinclair, *The Vienna Convention on the Law of Treaties*, 2nd ed. (Manchester: Manchester University Press. 1984), p.181).

(iii) "일부 목소리" 중 "목소리"는 우리(41인)의 "의견"과 같이 의견을 의미하는 것으로 이해되므로, "목소리"라는 표현에 이견이 없다.

나. "국제법 연구에 전념하고 고등교육에 헌신하고 있는 우리"에 대하여

(i) "우리"만이 국제법 연구에 전념하고 고등교육에 헌신하고 있고, "일부 목소리"의 "일부"는 그러하지 아니한 것 같이 기술되어 있으나, "일부"도 국제법 연구에 전념하고 고등교육에 헌신하고 있는 것으로부터 배제하려는 적극적인 의도가 있는 것은 아닌 것으로 이해되므로, "국제법 연구에 전념하고 고등교육에 헌신하고 있는 우리"라는 기술에 이견이 없다.

(ii) "이를 외면할 수 없어 다음과 같은 의견을 밝힌다." 중 "외면할 수 없어"는 일부 목소리를 경멸하는 의미를 함축하고 있는 듯하나, 이는 "경청하지 않을 수 없어"의 의미로 이해되므로, 이 기술에 이견이 없다.

이상과 같은 이유에서 "전문"에 대해 전체적으로 이견이 없다.

II. 제1항에 대하여

제1항 : "우리는 독도가 국제법적으로나 역사적으로나 우리의 고유 영토임을 확신한다. 독도는 한일 간 국제법상 분쟁의 대상이 아니다."

1. 의견 : 이견 없다.
2. 이유

가. "국제법적으로나 역사적으로나 우리의 고유영토"에 대하여

(i) 독도 앞에 기술된 "우리"는 41인을 뜻하며 고유영토 앞에 기술된 "우리"는 한국을 뜻하는 것으로 이해되므로, "우리"의 표현에 이견이 없다.

(ii) "독도는 '국제법적으로나 역사적으로나' 우리의 고유영토임을 확신한다"라고 기술하여 "국제법적으로"와 "역사적으로"를 등가적 동위개념으로 표시하고 있으나, 그 뜻은 영토의 영유권 귀속문제는 성질상 국제법적 문제이므로 "역사적으로"를 수단으로 하여 "국제법적으로" 판단할 때, 즉 역사적 사실에 근거하여 국제법적으로 판달할 때라는 뜻으로 이해되므로, "역사적으로나"를 앞에 놓고 "국제법적으로나"를 그 뒤에 놓는 것이 더 바람직한 것이라고 여겨지기는 하지만 "국제법적으로나 역사적으로나"라는 기술에 이견이 없다.

(iii) "역사적으로 우리의 고유영토"라고 기술하고 있는 것은 역사적 권원(historical title), 즉 본래적 권원(original title)은 현대 국제법에 의한 권원으로 "권원의 변경(replacement of title)"을 해야 현대 국제법상 권원으로 인정될 수 있다는 점을[2] 충분히 검토 감안한 것으로 이해되므로, 이 기술에 이견이 없다.

나. "독도는 한일 간 국제법상 분쟁의 대상이 아니다"에 대하여

(i) "독도는 한일 간 국제법상 분쟁의 대상이 아니다"라는 기술 중 "독도"는 "한국의 독도영유권"을 뜻하는 것으로 이해되므로, 이 표현에 이견이 없다.

(ii) "분쟁의 대상이 아니다"라는 기술은 동 항 전단의 기술로 미루어보

---

2) Santiago Terres Bernardez, "Territory Acquisition," *EPIL*, Vol. 10, 1987. p.499; David H. Ott, *Public International Law in the Modern World* (London: Pitman, 1987)), p.109; Peter malanczuk(ed), *Akehurst's Modern Introduction to International Law* (London: Routledge, 1987), p.155; Georg Schwarzenberger and E. D. Brown, *A Manual of International Law*, 6th ed.(Milton: Professonal, 1976), p.96; Ian Brownlie, *Principles of Public International Law*, 5th ed.(Oxford: Oxford University Press, 1998), p.129; P. C Jessup, "The Palmas Island Arbitration", *AJIL*, Vol.22, 1928, pp.739-40; E. C. Wade, *The Minquiers and Ecrehes Case, Grotius Society transactions for year 1954*, Vol.40, 1954, pp.98-99; Robert Y, Jennings, *Acquisition of Territory in International Law* (Dobbs Ferry: Oceana, 1963), pp.28-31, ICJ, *Reports*, 1959, p.56; ICJ, *Reports*, 1975, pp.38-39.

아 동 협정과 관계없는 기술로 이해되므로,[3] 이 기술에 이견이 없다. 이상과 같은 이유에서 제1항에 대하여 이견이 없다.

Ⅲ. 제2항 가목에 대하여

제2항 가목 : "이 협정은 영토문제가 아닌 어업문제만을 다루는 협정이기 때문이다."

1. 의견 : 이 협정은 영토문제가 아닌 어업문제만을 다루는 협정이 아니다.
2. 이유

가. "어업문제만을 다루는 협정"이 아니다.

(1) 어업문제 이외의 문제도 다루는 협정이다.

동 협정은 어업문제만을[4] 다루는 협정이 아니라 어업문제 이외의 문제도 다루는 협정이다. 어업문제 이외의 문제를 다루는 명시적 규정을 보면 다음과 같다(적용범위 규정인 제1조, 최종규정인 제13조, 제14조, 제16조, 제17조로 제외).

(가) 관할구역 경계획정에 관한 규정

(i) 배타적 경제수역 경계획정[5] 규정 (제7조)

---

3) 동 협정이 독도를 기점으로 하지 아니하고 울릉도를 기점으로 하여 배타적 경제수역의 범위를 획정하고(제7조) 있는 점, 독도를 내포하는 동해 중간수역을 설정하고(제9조 제1항) 있는 점, 등은 한국의 독도영유권 주장을 일본이 거부하고 또한 일본의 다께시마 영유권 주장을 한국이 거부하였기 때문이므로 한국과 일본이 모두 독도영유권에 관해 분쟁이 존재함을 인정한 것이라 할 것이다.

4) "어업"에 관한 정의 규정이 동 협정에도 "해양법 협약"에도 없다. 따라서 "통상적 의미"로 볼 수밖에 없으며, "통상적 의미"로 볼 때 다음 사항은 어업문제를 다루는 규정으로 볼 수 없다.

(ii) 중간수역 인접 배타적 경제수역 경계획정 규정 (부속서Ⅱ. 제1항)
(iii) 배타적 경제수역 경계획정 계속협의 규정 (부속서Ⅰ. 제1항)
(iv) 동해 중간수역 경계획정 규정 (제9조 제1항)
(v) 남해 중간수역 경계획정 규정 (제9조 제2항)

(나) 생물자원[6] 관리에 관한 규정
(i) 자국의 배타적 경제수역에서 타방체약국 국민 및 어선의 조업에 관한 구체적 조건 결정 고려요소 (제3조 제2항)
(ii) 자국의 배타적 경제수역에서 관계법령이 정하는 조건의 타방체약국에 통보 내용 (제6조 제4항)
(iii) 협정수역에서 상호 협력 사항 (제10조)
(iv) 한일어업 공동위원회의 협의 권고 사항 (제12조 제4항, 제5항, 부속서Ⅰ. 제2항, 제3항)

(다) 어업문제 이외의 문제에 관한 규정 (제15조)

(라) 제3국 정부와 협력할 의향 확인규정 (합의의사록[7] 제3항)

---

5) "배타적 경제수역의 경계문제"는 그것을 "배타적 경제수역의 문제"로 본다 할지라도 그 자체 어업문제가 아니다. 배타적 경제수역에 대한 연안국의 관할권은 어업 이외에 해상(海床)과 해저 지하의 생물·비생물 자원의 탐사·개발·보존·관리(해양법 협약 제56조 제1항 a), 수력·조력·풍력 발전을 포함하는 경제적 이용권(동 제56조 제1항), 인공도·시설·구조물의 설치사용(동 제60조 제4항), 해양환경의 보호·보전권(제56조 제1항 b) 등에 미치기 때문이다.

6) 어업(fisheries)과 해양생물자원의 관리(conservation and utilization of biological resources)는 구별된다. 후자가 전자보다 넓은 개념이다. 전자에는 새·고래·물개 등을 대상으로 하지 아니 한다(Carl August Fleiser, "Fisheries and Biological Resources." in Rene-Jean Dupuy and Daniel Vignes (eds.), *A Handbook on the New Law of the Seas*, Vol.2 (Dordrecht: Martinus, 1991), pp.991-92).

7) "합의의사록"은 동 협정의 일부이다. 합의의사록(agreed minute)은 조약의 불가분의 일부이고(Robert Jennings and Arthur Watts (eds.), *Oppenheim's International Law*, 9th ed., Vol. 1 (London: Longman, 1992), p.1211), 동 협정 "합의의사록"은

(2) 어업문제도 구체적으로 다루는 협정이 아니다.

(i) 동 협정이 배타적 경제수역을 수용함에 따라(제7조, 부속서 I . 제1항) 배타적 경제수역 관할권행사의 기본적 원칙을 규정한 제 조항(제2조 내지 제6조, 제10조 내지 제11조, 제13조 내지 제14조)은 대부분 해양법 협약 제61조와 제62조에 규정되어 있는 규정이다. 한국과 일본은 모두 동 협약의 체약 당사자 이므로 이들 제 규정은 대부분 어업문제를 구체적으로 다루는 규정으로 보기 어렵다.

(ii) 상기 배타적 경제수역의 수용에 따르는 배타적 경제수역 관할에 관한 원칙적 제 규정을 제외하면 동 협정이 어업문제만을 다루는 규정은 제12조와 2개의 부속서 뿐이라 할 수 있다.

(iii) 이들 규정도 구체적으로 어업문제를 다루는 것이 아니라 한일어업공동위원회의 결정에 따르도록 규정하고 있다(제12조 제4항 내지 제6항, 제3조 제2항). 따라서 동 협정 상 어업에 관한 사항에 관한 규정은 "합의를 위한 합의"(agreement to agree, pactum de contrahendo)에 불과한 것이라 할 수 있다. 그러므로 어업에 관한 이들 제 규정은 제한적 구속력(restrict binding force)[8)]을 갖는데 불과한 것이다.

나. 영토 문제도 다루는 협정이다.

(1) 동해 중간수역을 설정한 것은 영토문제도 다루는 것이다.

(i) 독도를 내포하는 동해 중간수역을 설정한 것(제9조 제1항)은 독도의 영유권 문제에 관해 한일 간에 분쟁이 존재함을 인정한 것으로 이는 어업문제가 아닌 영토문제를 다루는 것이다 (후술 Ⅶ. 2. 가 (1)을 인용하기로 한다).

(ii) 독도를 내포하는 동해 중간수역을 설정하여 독도의 배타적 경제수

『관보』의 조약안에 공포(『관보』 제14117호, 1999.1.27)되었기 때문이다.

8) Fritz Munch, "Non-Binding Agreement," *EPIL*, Vol.7, 1984, p.357; Ulrich Beyerlin, "*Pactum de contrahendo*," *EPIL*, Vol.7, 1984, p.372.

역을 배제한 것(부속서Ⅰ.제2항)은 독도에 대한 한국의 주권적 권리 (sovereign right)를[9] 배제한 것으로 이는 어업문제가 아닌 영토문제를 다룬 것이다(후술 Ⅶ. 2. 가 (2)를 인용하기로 한다).

(iii) 동해 중간수역에서 기국주의를 채택하는 규정을 두어(부속서Ⅰ.제2항 가목) 독도의 영해 또는 배타적 경제수역을 침범하여 한국의 어업에 관한 관계법령을 위반한 일본선박에 대한 추적권(right of hot pursuit)을 배제한 것을 영해에 관해서는 한국의 주권(sovereignty)을[10] 침해한 것이며, 배타적 경제수역에 관해서 한국의 주권적 권리(sovereign right)을[11] 침해한 것으로 이는 어업문제가 아닌 영토문제를[12] 다룬 것이다(후술 Ⅶ. 2. 가 (3)을 인용하기로 한다).

(2) 제15조의 규정은 영토문제를 다룬 것이다.

(ⅰ) 동 협정 제15조는 "이 협정의 어떠한 규정도 어업에 관한 사항외의 국제법상 문제에 관한 각 체약국의 입장을 해하는 것으로 간주되어서는 아니 된다"라고 규정하고 있다.

(ⅱ) 동 조의 "어업에 관한 사항외의 국제법상문제"에 독도의 영토문제가 포함됨은 논의의 여지가 없다.

(iii) 동 조는 각체약국의 독도영유권 주장을 모두 배제한 것이 아니라, 이를 모두 승인한 것이다. 한국의 독도영유권 주장을 일본이 승인한 것이고, 일본의 다께시마 영유권 주장을 한국이 승인한 것이다.[13]

---

9) Brownlie, *supra* n.2, p.106; Dupuy and Vignes, *supra* 6, p.253. "해양법 협약" 제56조 제1항.

10) Malcon N. Shaw, *International Law*, 4th ed.(cambridge: Cambridge University Press, 1997), p.403; Jennings and Watts, *supra* n.7, pp.572-73; Surya P. Sharma, "Territorial Sea," *EPIL*, Vol. 11, 1989, p.329; Malanczuk, *supra* n.2, p.76. "해양법 협약" 제2조 제1항.

11) 전주 9.

12) 추적권은 본원적 자위권의 확장(an emanation of the premodia hight of self-defence)이기 때문이다(D. P. O'Connell, *International Law*, Vol.2 (London: Stevens, 1965), p.721).

13) 후술 Ⅶ. 2. 나.를 인용하기로 한다.

이상과 같은 이유에서 이 협정은 영토문제가 아닌 어업문제만을 다루는 협정이라고 볼 수 없다.

Ⅳ. 제2항 나목에 대하여

제2항 나목 : "이 협정이 독도영유권을 포함한 그 밖의 국제법상 문제를 다루는 것이 아님을 협정 제15조에 분명하게 규정돼 있다."

1. 의견 : 이 협정은 독도의영유권 문제를 포함한 그 밖의 국제법상 문제를 다루고 있으며, 제15조는 독도영유권 문제를 다루고 있다.
2. 이유

가. 이 협정은 다음과 같이 독도영유권 문제를 다루고 있다.

(1) 독도를 내포한 동해 중간수역의 설치 (제9조 제1항)[14]

(2) 동해 중간수역에서 독도의 배타적 경제수역 배제 (부속서Ⅰ. 제2항)[15]

(3) 동해중간수역에서 추적권의 배제(부속서Ⅰ.제2항 가목)[16]

나. 제15조는 다음과 같이 독도영유권 문제를 다루고 있다.

(1) 제15조의 규율대상

동 조는 독도 영유권문제를 규율대상으로 규정하여 독도영유권 문제를 다루고 있다.

(ⅰ) 동 조는 "이 협정의 어떠한 규정도 어업에 관한 사항외의 국제법상

---

14) 후술 Ⅶ. 2. 가. (1)을 인용하기로 한다.

15) 후술 Ⅶ. 2. 가. (2)을 인용하기로 한다.

16) 후술 Ⅶ. 2. 가. (3)을 인용하기로 한다.

문제에 관한 각 체약국의 입장을 해하는 것으로 간주되어서는 아니된다 라고 규정하고 있다."

(ii) 동 조의 "어업에 관한 사항외의 사항"에[17] 독도영유권 문제가 포함됨은 물론이다. 독도영유권 문제는 어업에 관한 사항이 아님이 명백하기 때문이다.

(iii) 동 조의 "국제법상 문제"에 독도영유권 문제가 포함됨은 물론이다. 영유권문제는 본질적으로 국제법상 문제임이 명백하기 때문이다.[18]

(iv) 따라서 동 조의 규율대상에 독도영유권 문제가 포함됨은 논의의 여지가 없으며, 동 조는 독도영유권 문제를 다루고 있다.

(2) 제15조의 규율내용

동 조는 동 조의 규율내용으로 볼 때 독도영유권 문제를 다루고 있다.

(i) 동 조의 규정 중 "각 체약국"은 동 협정의 체약국인 한국만을 뜻하는 것이 아니라 한국과 일본을 모두 지칭함은 자명하다.

(ii) 동 조의 규정 중 "입장"은 "주장"으로 해석해도 무리가 없다고 본다.[19]

---

17) "한중어업협정"(2000.8.3 서명) 제14조는 "이 협정의 어떠한 규정도 해양법상의 제반사항에 관한 체약당사자의 입장을 해하는 것으로 해석되어서는 아니 된다" 라고 규정하고 있으며, "일중어업협정"(1997.11.11 서명) 제12조는 "이 협정의 어떠한 규정도 해양법에 관한 문제에 대하여 양 체약국 각자의 입장을 해하는 것으로 간주되어서는 아니 된다"라고 규정하여, "해양법상 문제"에 한하고 있는 것과 "한일어업협정"이 "어업에 관한 사항 외의 국제법상 문제"로 규정한 것은 큰 대비가 된다. 이로 보아 후자의 규정은 독도영유권에 관한 문제를 고려한 것임을 알 수 있다.

18) 이와 같은 포괄적 규정에는 다음과 같은 사항등도 포함된다.
(i) "한일기본관계조약" 제2조의 "이미 무효"의 해석문제
(ii) 동 제3조의 "유일합법정부"의 해석문제
(iii) "한일청구권협정"상 "청구권의 범위"의 해석문제
(iv) "도근현고시 제40호"의 유효성문제
(v) "대한제국 칙령 제41호"의 "석도"의 해석문제
(vi) "대일평화조약" 제2조의 해석문제

19) "입장"(standpoint)은 일반 국제법상 용어가 아니다. "입장"에 가까운 일반 국제법상 용어로 "법적지위"(legal status), "사태"(situation), "현상"(status quo), "주장"(protest)

(iii) 동 조의 규정 중 "해하는 것으로 간주되어서는 아니 된다"는 "어떤 반증을 들어도 주장을 저해하는 것으로 인정되지 아니 한다"는 뜻이다. 그러므로 동 조의 규율 내용은 한국의 주장을 일본이, 일본의 주장을 한국이, 각각 저해하는 것으로 인정되지 아니한다는 뜻이므로 이는 한국의 주장과 일본의 주장이 모두 각각 인정된다는 의미이며, 한국의 주장과 일본의 주장 중 어느 하나 또는 한국의 주장과 일본의 주장 모두를 배제(부인)한다는 뜻이 아니다.[20] 그러므로 동 조는 한국의 독도영유권과 일본의 다께시마 영유권을 모두 다루고 있는 것이다.

(3) 제15조의 규율효과

동 조는 규율효과로 보아 독도의영유권 문제를 다루고 있다.

(i) 동 조는 한국의 주장과 일본의 주장을 모두 인정하고 있다. 따라서 독도영유권에 관해 상충되는 한국의 주장과 일본의 주장이 모두 인정된다. 그러므로 일본은 동 조를 근거로 다께시마 영유권을 주장할 수 있는 것이므로 결국 동 조는 일본의 다께시마 영유권을 재확인 공인하는 결과를 가져오게 한다.

(ii) 동 조의 규정을 일본 측에서 보면 독도를 고유영토로[21] 그리고 점

등이 있으나 그중 "주장"이 "입장"에 가장 가까운 용어로 본다. 주장은 권리 보전(preservation of rights)의 기능을 하기(Jennings and Watts, *supra* n.7, p.1193; Wolfram Karl, "Protest," *EPIL*, Vol.9, 1986, p.320) 때문이다.

20) 모두 배제하는 내용으로 규정한 예를 보면 다음과 같다.

(i) "해양법 협약"(1982. 12. 10)은 "어떤 국가도 심해저나 그 자원의 어떠한 부분에 대해 주권이나 주권적 권리를 주장하거나 행사할 수 없다"라고 규정하고 있다(제137조 제1항).

(ii) "남극조약"(1959. 12. 1)은 "체약국은 유효기간 중에 행한 활동으로부터 영유권을 주장할 수 없다"라고 규정하고 있다(제4조).

(iii) "우주조약"(1967. 1. 27)은 "달 기타 천체를 포함한 외기권은… 국가의 전용의 대상이 되지 아니 한다"라고 규정하고 있다(제2조).

이상의 예와 달리 "한일어업협정"은 "모두 인정"하는 형식으로 규정되어 있다.

21) The Korean Government's Refutation of the Japanese Government's Views

유에 의한 실효적 지배를[22] 하고 있는 한국에 대해 고유 영토도[23] 아니고 점유에 의한 실효적 지배도 하지 못하고 있는 일본이 다께시마 영유권을 한국으로부터 승인받는 것으로 된다. 따라서 다께시마 영유권에 관한 일본의 경쟁적 권원주장을 한국이 인정하여 결국 일본의 상대적 권원(relative title)[24]을 비교 우위적 상대적 권원(better relative title)[25]으로 강화하여 동 조의 규정은 일본에게 보다 유리한 것으로 된다.

(iii) 동 조의 규정을 한국 측에서 보면 독도를 고유 영토로 그리고 점유에 의한 실효적지배를 하고 있는 한국이 일본으로부터 독도영유권이 한국에 있다는 승인을 받는 것은 이(利)도 해(害)도 주지 아니하는 현상유지적 의미밖에 없는 것이지만, 일본에게 이(利)만을 주는 현상변경적 의미를 갖는 것이다.

(iv) 결국 동 조는 일본에게 비교이익을 주어 그 결과 한국의 독도영유권이 비교 불이익을 받게 되어 그만큼 한국의 독도영유권은 훼손된 것이다. 이와 같이 동 조는 독도영유권 문제를 다루고 있는 것이다[26]

Concerning Dokdo (Takeshima) dated July 13, 1953 (September 9, 1953), para.1.

22) 신라 지증왕 13년(512년) 이래 한국이 실효적 지배를 해왔고, 제2차 대전 이후 독도의용수비대에 의해 1953년 4월 20일 이래 점유에 의한 실효적 지배를 하고 있다(김명기 · 엄정일, "제2차 대전 이후 한국의 독도에 대한 실효적 지배의 증거," 독도논총, 제1권 제1호, 2006, p.159).

23) The Japanese Government's View (July 13, 1953), para. 2.

24) 특정 영토에 대해 경쟁적 권원 주장자가 있는 경우 그 경쟁적 권원 주장자의 권원은 "상대적 권원"일 수밖에 없다(Shaw, *supra* n.10, pp.346, 348; A. L. W. Munkman, "Adjudication and Adjustment," *BYIL*, Vol. 46, 1972-73, pp.103-104). 따라서 독도영유권에 대한 한국과 일본의 권원을 각각 "시대적 권원"인 것이다.

25) *Ibid*; Brownlie, supra n. 2, p.137; Ott, *supra* n. 2, p.107; Jennings and Watts, *supra* n. 7, pp.700-710.

26) 일본은 독도영유권 문제를 한일 간의 영유권분쟁 이라고 주장해왔고 한국은 분쟁이 아니라는 입장을 취해왔다. 그러나 동 조의 규정에 의해 한국은 분쟁이라는 일본의 주장을 승인한 것으로 되고 일본은 분쟁이 아니라는 한국의 주장을 승인한 것으로 되나, 이는 독도를 점유에 의해 실효적지배를 하고 있는 한국에

이상과 같은 이유에서 "이 협정이 독도영유권을 포함한 그 밖의 국제법상 문제를 다루는 것이 아님을 협정 제15조에 분명하게 규정돼있다"라고 볼 수 없으므로 견해 제2항 나목에 대해 이견이 있다.

V. 제2항 다목에 대하여

제2항 다목 : "독도가 '중간수역'에 있다는 주장이 있으나 협정상 '중간수역'이란 말은 없으며 설명의 편의상 이 용어를 쓴다 해도 독도가 '중간수역'에 들어가 있는 것이 아니라 독도와 그 영해를 제외한 부분이 '중간수역'이다."

1. 의견 : 이견 없다.
2. 이유

가. 중간수역의 용어에 대하여

(ⅰ) 동 협정 제9조 제1항에 규정된 수역의 명칭에 관해 동 협정에 규정이 없다.

(ⅱ) 이 수역을 "중간수역", "잠정수역", "공동어로수역" 또는 "공동관리수역"으로 명명하든 그것은 용어의 문제이며 이 수역의 본질적 문제가 아니므로[27] 이에 대해서 이견이 없다.

나. 중간수역 내 독도에 대하여

(ⅰ) "독도가 중간수역에 있다"는 기술과 "독도와 그 영해를 제외한 부분

상대적으로 불리한 것으로 된다. 이도 동 조가 독도영유권 문제를 다루고 있는 것이다.

27) 다만 "중간수역"은 동 수역의 공간적 개념이며, "잠정수역"은 동 수역의 시간적 개념이며, "공동어로수역"과 "공동관리수역"은 동 수역의 기능적 개념이라고 할 수 있다.

이 중간수역이다"라는 기술은 후자에서 "영해"를 제외하면 동일한 의미인 것이다. "독도가 중간수역에 있다"라고 해서 육지인 독도가 "수역"으로 된다는 뜻도 특히 "중간수역"으로 된다는 뜻이 아님은 명명백백한 것이므로 "독도가 중간수역에 있다"는 기술은 잘못된 것이라고 볼 수 없음은 물론이다.

(ii) "독도가 중간수역에 있다"는 기술은 "독도의 위치"를 중점으로 설명한 것이며, "독도와 그 영해를 제외한 부분이 중간수역이다"는 기술은 "중간수역의 범위"를 중심으로 설명한 것뿐인 것이다.

(iii) "독도와 그 영해를 제외한 부분이 중간수역이다"라는 기술도 완벽한 기술이 되지 못한다. 왜냐하면 이 기술에 의하면 독도의 내수(internal waters), 특히 동도와 서도 간의 수로는 중간수역으로 되고, 이 기술은 남해 중간수역에는 해당이 없기 때문이다.

(iv) "독도가 중간수역에 있다"는 기술에 대한 반론은 논리적인 듯하나 그 실은 문제의 실체와 무관한 언어의 유희에 불과한 것이므로 이에 대해 이견이 없다.

이상과 같은 이유에서 동 견해 제2항 다목에 대하여 이견이 없다.

Ⅵ. 제2항 라목에 대하여

제2항 라목 : 이 같은 해석은 "망끼에-에끄레오사건(Minquiers and Ecrehos case)"에 대한 1953.11.17의 국제사법재판소 판결에 의해서도 확인되고 있다. 국제사법재판소는 이 판결에서 섬의 주변에 공동어로수역이 설정돼 있다고 해서 섬의 영유권에 영향을 주는 것이 아니라는 견해를 밝혔다.

1. 의견 : 망끼에-에끄레오사건에 대한 국제사법재판소의 판결을 원용할 수 없다.
2. 이유

가. 사실관계의 비 유사성

"한일어업협정"상 동해 중간수역과 "영불어업협약"상 공동어로수역은 동일 내지 유사성이 없으며, 또한 "한일어업협정"과 "영불어업협정"이 체결될 당시의 상황 또한 동일 내지 유사성이 없으므로, 상기 판결을 "한일어업협정"상 독도영유권문제에 원용할 수 없다.

(1) 공동어로수역의 비 유사성

(가) 공동어로수역 설정의 비 유사성

(i) "한일어업협정"상 동해중간수역은 명확히 설정되어 있으나(제9조 제1항), "영불어업협약"상 공동어로구역(common fishery zone)은 명확히 설정되어있지 않았다. "영불어업협약"은 프랑스는 프랑스의 노르만디 해안의 3해리 수역에서 전속적으로(exclusively) 굴을 채취하고(제1조), 영국은 Jersey섬의 3해리 수역에서 전속적으로 굴을 채취하며(제2조), 전속적 어업이 유보된 한계 외에서는 양국이 각각 공동으로(respectively shall be common) 굴 채취를 한다(제3조)라고 규정하고 있었다.[28]

(ii) 프랑스는 동 협약 제3조의 규정에 의해 망끼에 · 에끄레오섬이 내재하는 공동어로구역이 설정되었다고 주장했으나, 영국은 이에 반대했으며, 재판소는 동 사건에서 망끼에 · 에끄레오섬이 합의된 공동어로구역 내에 있느냐 외에 있느냐를 고려할 필요가 없다고 판시했다.[29]

(iii) 이와 같이 "영불어업협약"에 의해 공동어로구역이 설정되었는지는 명확하지 아니하나, "한일어업협정"에 의해 동해중간수역이 설정되고 동 수역 내에 독도가 내재함은 명확하다.

---

28) ICJ, *Reports*, 1953, p.58.
29) *Ibid.*

(나) 공동어로수역 성격의 비 유사성

(i) "영불어업협약"은 공동어로구역에서 영국과 프랑스가 각각 공동으로 (respectively common) 어업하는 것으로 규정하고 있으나(제3조),[30] "한일어업협정"은 동해중간수역에서 한일어업공동위원회의 관리에 따라 어업하는 것으로 규정하고 있다(부속서 I. 제2항).

(ii) 따라서 전자의 경우 "공동"은 영국과 프랑스가 개별적 의사에 따라 각각 어로하는 것이지만, 후자의 경우 "공동"은 한국과 일본이 개별적 의사에 따라 각각 어로하는 것이 아니라 한일어업공동위원회에 의해 결정되는 공동적 의사에 따라 각각 어로하는 것이다.

(iii) 이와 같이 "영불어업협약"상 공동어로구역과 "한일어업협정"상 중간수역의 공공의 성격은 동일내지 유사하지 아니하다.

(다) 공동어로수역 설치목적의 비 유사성

(i) "영불어업협약"은 단순히 굴 채취를 위한 목적으로 공동어로구역을 설치한 것이나,[31] "한일어업협정"은 한국과 일본 간의 배타적 경제수역의 경계획정을 위한 잠정적 조치로 중간수역을 설치한 것이다.[32]

(ii) 따라서 양자는 설치목적이 유사하지 아니하다.

(라) 공동어로수역 내재 섬 영유권 관련성의 비 유사성

(i) "영불어업협약"은 공동어로구역 내의 망끼에 · 에끄레오섬의 영유권 문제와 무관하게 공동어로구역을 설정한 것이지만,[33] "한일어업협정"은 동해중간수역내의 독도영유권문제와 관련하여 동해중간수역을 설정한 것이다.[34]

(ii) 따라서 양자는 공동어로수역에 내재하는 섬의 영유권 관련성이 동

30) *Ibid.*
31) *Ibid.*
32) "국제연합 해양법협약에 기초하여"(제74조 제3항) (한일어업협정 전문)
33) "영불어업협약"제3조.
34) "한일어업협정"제9조 제1항, 제15조.

일 내지 유사하지 아니하다.

(2) 어업협정 체결 상황의 비유사성

(가) 어업협정과 영유권문제 고려의 비 유사성

(i) "영불어업협약"은 동 협약 체결 이후에 망끼에 · 에끄레오섬의 영유권 문제가 제기되게 되었으나, "한일어업협정"은 동 협정 체결이전에 독도영유권 문제가 제기되어 있었다.

(ii) 그러므로 전자의 경우, 동 협약 체결 시에 섬의 영유권문제를 고려할 필요도 이유도 없었다. 그러나 후자의 경우 동 협정 체결 시에 섬의 영유권문제를 고려할 필요가 있었다. 그러므로 동 협정은 섬의 영유권을 고려한 규정을[35] 두고 있다.

(iii) 따라서 양자는 섬의 영유권문제의 고려에 있어서 동일 유사성이 없다.

(나) 배타적 경제수역 고려의 비 유사성

(i) "영불어업협약"의 경우는 배타적 경제수역제도가 확립되기 이전의 상황이었으므로 동 협약을 체결할 당시 배타적 경제수역에 관련된 사항을 고려할 문제가 제기되지 아니했다. 그러나 "한일어업협정"의 경우는 배타적 경제수역제도가 확립된 이후의 상황 이였으므로 동 협정을 체결할 당시 배타적 경제수역에 관련된 사항을 고려해야 할 문제가 제기되어 있었다. 따라서 동 협정은 "해양법협약의 당사자임을 유념하고, 해양법협약에 기초하여…"라고 선언하고 있다 (전문).

(ii) 따라서 양자는 배타적 경제수역 고려에 있어서 동일 내지 유사성이 없다.

35) "한일어업협정" 제9조 제1항, 제15조.

나. 망끼에-에끄레오사건에 대한 국제사법재판소 판결의 비법원성

(1) 국제사법재판소 판결의 당해사건 이외에 대한 비 법원성

(i) 국제사법재판소 판결은 당해사건에 관해서만 법칙결정의 보조적 수단이다. "국제사법재판소 규정"(statute of the International Court of Justice)은 사법적 결정(judicial decisions)은 당사자와 당해사건에 관해서만 구속력이 있으며, 법칙결정의 보조적 수단이라고 규정하고 있다. 동 규칙은 재판소가 적용할 법으로 (a) 국제조약, (b) 국제관습법, (c) 법의 일반원칙, 그리고 (d) 사법적 결정과 저명한 학설을 열거하고, 사법적 결정에 관해"법칙결정의 보조적 수단으로서 사법적 결정(judicial decisions as subsidiary means for the determinations of rules of law) 다만, 제59조의 규정에 따를 것을 조건으로 한다"라고 규정하고 있다(제38조 제1항 d). 동 규정 제59조는"재판소의 사법적 결정은 당사자 간에 관계에서만 그리고 특정사건에 관해서만 구속력을 가진다(the decision of the court has no binding force except the parties and in respect of that particular case)"라고 규정하고 있다.

(ii) 동 제38조 제1항 d의 규정 중 "사법적 결정"에는 판결(judgement), 권고적 의견(advisory opinion) 및 기타의 재판이 포함되며,[36] 국제사법재판소의 결정에 한하지 아니하고 상설 국제사법재판소와 기타 국제재판소의 결정을 포함한다.[37] 그리고 이들 사법적 결정 간에 형식적 위계관계(formal hierarchy)는 존재하지 아니한다는 것이 일반적으로 수락되어 있다.[38]

(iii) 동 규정 중 "법칙결정의 보조적 수단"이란 매우 불만스러운(highly unsatisfactory) 규정이지만,[39] "법칙"은 국제조약(동 제38조 제1항 a), 국

36) Shabtai Rosenne, *The Law and Practice of the International Court of Justice*, 3rd ed., Vol.4 (Hague: Martinus, 1997), p.1607.

37) *Ibid.*, pp.1607, 1609.

38) *Ibid.*, p.1609.

39) E. Hambro, "The Reasons behind the Decisions of the International Court of

제관습법(동 b) 또는 법의 일반원칙(동 c)의 규칙을 뜻하며,[40) "결정의 보조적 수단"이란 법칙의 존재와 내용을 지정하는 수단(means of indicating the existence and content of rules of law),[41) 즉 적용하여야 할 법의 애매성을 명백히 하는 수단(as a means of clarifying ambiguities in the law which is to be applied)을[42) 의미하며, 제2차적 수단(secondary means)을 뜻하는 것이 아니라[43) 국제법의 간접적 법원(indirect source of international law)이란 의미인 것이다.[44)

(iv) 그러므로 국제사법재판소의 사법적 결정은 당사자와 당해 사건에 관해서만 법칙결정의 보조적 수단인 것이며 그 자체 법칙(국제조약, 국제관습법 또는 법의 일반원칙의 규칙) 이 아닌 것이다. 그러므로 영미법상 "선례구속의 원칙"(principle of the precedent) 즉, "선판결 구속의 규칙(rule of stare decisis)"은 국제법상 인정되지 아니한다.[45) 사법적 결정은 후속적 사건에 대해 권위적 증거(authoritative evidence),[46) 설득적 가치(persuasive value),[47) 설득적 권위(persuasive

---

Justice," *Current Legal Problems*, Vol.7, 1954, p.218.

40) Hans Kelsen, *The Law of the United Nations* (New York: Praeger, 1950), p.523; Rosenne, *supra* n.36, p.1607.

41) Michel Virally, "*The Sources of International Law*," in Max Sorensen(ed.), *Manual of Public International Law* (New York: Macmillan, 1968), p.150.

42) Hans-Jurgen Schlochauer, "International Court of Justice," *EPIL*, Vol.1, 1981, p.81.

43) Virally, *supra* n.41, p.152.

44) Jennings and Watts, *supra* n.7, p.41.

45) Brownlie *supra* n.2, p.21; Shaw, *supra* n.10, p.86; Jennings and Watts, *supra* n.7, p.41; Schlochauer, *supra* n.42, p.85; Werner Levi, *Contemporary International Law* : A Concise Introduction (Boulder: Westview Press, 1979), p.53; Malanczuk, *supra* n.2, p.51; Ott, *supra* n.2, p.28, Schwarzenberger and Brown, *supra* n.2, p.29; Kurt von Schuschnigg, *International Law* (Milwaukee: Bruce, 1959), p.49; Isagni A. Cruz, *International Law*, 2nd ed. (Quezon: Central Lawbook, 1985), p.24; S. Rosenne, "Res Judicata : some Recent Decisions of the International Court of Justice," *BYIL*, Vol.28, 1951, p.365.

46) Brownlie, *supra* n.2, p.19.

47) Crus, *supra* n.45, p.24.

authority)[48]를 가질 뿐인 것이다. 그럼에도 불구하고 국제사법재판소가 그 이유를 명시하지 아니하고[49] 선행된 사법적 결정을 인용하는 경우가 있다.[50] 이는 선례 구속의 원칙에 따라 선행된 사법적 결정의 구속력을 인정한 것이 아니라 국제사법재판소의 사법적 결정의 사법적 일관성(judicial consistency)을[51] 유지하려는 노력으로 이해된다. 선 사법적 결정의 인용은 법칙결정의 보조적 수단으로서만 가능할 수 있는 명백한 제한이 있기 때문이다.[52]

(v) 그러나 여러 사법적 결정이 국제 관행으로 되어 그것이 국제관습법으로 인정될 수 있고,[53] 국제관습법은 사법적 결정에 의해 보증(endorse)될 수 있다.[54] 이와 같이 사법적 결정은 국제법의 발전(development of international law)에 기여한다.[55] 그럼에도 불구하고 국제사법재판소의 사법적 결정은 국제조약, 국제관습법 또는 법의 일반원칙의 규칙의 존재와 애용을 지정하는 수단에 불과하며 그 자체 당사자와 당해사건을 떠나 법적 구속력을 갖는 것이 아닌 것이다. 즉, 국제사법재판소의 사법적 결정은 그 자체 국제법의 법원이 아닌 것이다.

(vi) 따라서 "망끼에-에끄레오 사건"에 대한 국제사법재판소의 판결은

---

48) Schwarzenberger and Brown, *supra* n.2, p.29.

49) Rosenne, *supra* n.36, p.1613.

50) *Corfu Channel Case* (ICJ, *Reports*, 1949, p.18); *Nottebohm Case* (ICJ, *Reports*, 1953. p.119); *Maritime Safty Committee Advisory Opinion* (ICJ, *Reports*, 1960, p.169); *Land, Island and Maritime Delimitation Case* (ICJ, *Reports*, 1992, pp.380, 387, 591); *Gulf of Fonseca Case* (ICJ, *Reports*, 1992, p.601).

51) Hambro, *supra* n.39, p.218; Brownlie, *supra* n.2, p.21; Malanczuk, *supra* n.2, p.50.

52) Rosenne, *supra* n.1, p.1609.

53) Levi, *supra* n.45, p.53.

54) H. W. A. Thirlway, *International Customary Law and Codification* (Leiden: Sijthoff, 1972), p.46.

55) Jennings and Watts, *supra* n.7, p.41; Ott, *supra* n.2, p.29; Hambro, *supra* n.39, p.218; U. S. Department of the Army, *International Law*, Vol.1 (Washington, D. C.: Department of the Army, 1964), p.14; Thirlway, *supra* n.54, p.46.

당해사건에 대해서만 법칙 결정의 보조적 수단이 될 수 있는 것이며, 그것은 후속적 사건에 대해서 법적 구속력을 갖는 것이 아니다.

(2) 부수적 의견의 비 법원성

(i) 상술한 바와 같이 국제사법재판소의 사법적 결정은 당해사건에 관해서만 구속력을 갖으며 후속사건에 대해 구속력을 갖는 것이 아니다. 그러나 "국제사법재판소 규정" 제38조 제1항 d의 규정을 "기판력(res judicata)의 범위"를 규정한 것이며 "선례구속의 원칙"을 배제한 것이 아니다 라고 본다면[56] 국제사법재판소의 판결을 당해사건의 범위를 넘어 선례로서 법적 구속력을 가짐이 인정될 수 있게 된다.

(ii) 그런데 "선례구속의 원칙"은 판결이유(ratio decidenti)와 부수적 의견(obiter dicts)의 구별을 필수적 요소(essential element)로 한다.[57] 즉, "판결이유"만이 선례로서 법적 구속력을 갖는 것이며 "부수적 의견"은 선례로서 법적 구속력을 갖는 것이 아니다.[58]

(iii) "판결이유"란 재판소가 그 사건의 결정에 도달하기 위하여 주요사안(principal matter)에 대한 필수불가결한 판단(essential judgement)을 말하며,[59] "부수적 의견"이란 재판소가 그 사건의 결정에 도달하기 위해 주요하지 아니한 사안에 대한 필수불가결 하지 아니한 표시된 의견을 말한다.[60] 요컨대, "국제사법재판소 규정" 제38조 제1항 d의 규정에 불구하고 국제사법재판소의 사법적 결정은 선례구속의 원칙에 따라 후속적 사건에 대해 법적 구속력을 갖는다는 것

---

56) H. Lauterpacht, "the So-Called Anglo-American and Continental Schools of Thought in International Law," *BYIL*, Vol.12, 1931, pp.57-58.

57) Rosenne, *supra* n.36, p.1613.

58) Henry Campbell Black, *Black's Law Dictionary*, 5th ed. (St. Paul: West, 1979), pp.408, 967.

59) Schwarzenberger and Brown, *supra* n.2, p.565; Brownlie, *supra* n.2, p.xl; Black, *supra* n.58, p.1135.

60) Brownlie, *supra*, n.2, p.xlviii; Schwarzenberger and Brown, *supra* n.2, p.563; Black, *supra* n.58, p.967.

을 용인한다 할지라도 선례구속의 원칙의 적용범위는 판결 중 "판결이유"에 한하는 것이며 "부수적 의견"은 그 적용범위 외에 있는 것이다. 따라서 "망끼에 · 에끄레오 사건"에 대한 국제사법재판소의 판결 내용 중 후속적 사건에 관하여 법적 구속력을 갖는 것은 "판결이유"에 한하고 "부수적 의견"은 법적 구속력이 없는 것이다.

(iv) 그러면 동 사건의 판결내용 중 "이러한 도서들이 공동어로구역 내에 있다고 주장될지라도 재판소는 망끼에 · 에끄레오의 수역내의 공동어로 구역에 관한 합의는 이들 도서와 암도의 육지영토에 대한 공동사용의 체제를 포함한다는 것을 인정할 수 없다(Even if it be held that these group lie whin this common fishery zone, the Court can not admit that such an agreed common fishery zone in these waters would involve a regime of common user of land territory of the islets and rocks)"라는[61] 판단의 표시는 "부수적 의견"이고, "판결이유"로 볼 수 없다.

왜냐하면 첫째로, 상기 내용에 주요한 사안(principal watter)에 대한 것이라면 상기 내용에 앞서 "재판소는 본 사건을 재판함에 있어서 망끼에 · 에끄레오 제도의 수역이 제3조에 의해 설정된 공동어로구역의 내측에 있는지 아니면 외측에 있는지 여부를 판단할 필요가 있다고 보지 않는다(the Court does not consider it necessary, for the purpose of declding the present case, to determine whether the waters of the Ecrehos and Minquiers groups are inside or outside the common fishery zone established by Article"라는[62] 판단을 표시할 것이 아니라, 공동어로구역 내에 있다 또는 그 외에 있다는 판단을 표시해야 할 것이고, 둘째로, 상기 내용이 "주요사안"에 관한 것이라면 "이러한 도서들이 공동어로구역 내에 있다고 주장된다 할지라도(Even if it be held that these groups lie whin this common fishery

61) ICJ, *Reports*, 1953, p.58.

62) *Ibid*.

zone)"라고[63] 표시할 것이 아니라 그 주장의 당부에 대한 판단을 표시해야 할 것이며, 또한 셋째로, 상기 내용이 "주요사안"에 대한 "필수불가결의 판단"이라면 "또한 재판소는 공동어로구역에 관한 그러한 합의는 당사국들이 도서에 관한 주권의 현시(顯示)를 포함하는 추후행동을 원용하는 것을 반드시 배제하는 효과를 가져온다고 인정할 수 없다(Nor can the Court admit that such an agreed common fishery zone should necessarily have the effect of precluding the parties from relaying on subsequent acts involving a manifestation of sovereignty in respect of the islets)"라는[64] 판단을 표시할 필요가 없기 때문이다.

(v) 요컨대, "국제사법재판소 규정" 제38조 제1항 d의 규정에도 불구하고 국제법상 "선례구속의 원칙"이 적용된다는 것을 인정한다 할지라도 부수적 의견은 동 원칙의 적용범위 외에 있으므로, 동 사건에 대한 국제사법재판소의 판결내용 중 도서의 주변에 공동어로구역이 설정되었다 해서 그것이 도서의 영유권에 영향을 주는 것이 아니라는 의견의 표시는 부수적 의견에 불과한 것이므로 이 의견은 "선례구속의 원칙"의 적용범위 외에 있는 것이다. 따라서 이는 후속적 사건에 대해 법적 구속력을 갖는 것이 되지 못한다. 그러므로 그러한 의견의 표시는 그러한 의견의 표시가 있었다는 사실로서의 의미밖에 없는 것이다. 그러므로 동 견해가 동 판결 전후의 일연의 판결을 제시하여 동 판결을 국제관습법을 형성하는 국제관행의 하나로 제시한 것이 아니므로 동 판결을 독도 주변에 중간수역을 설정한 동 협정상 독도의 영유권에 관해 원용할 수 없는 것이다.

이상과 같은 이유에서 동 협정이 독도의 주변에 중간수역을 설정한 것이 독도의 영유권에 영향을 주는 것이 아니라는 이유로 망끼에·에끄레오

63) *Ibid*.
64) *Ibid*.

사건에 대한 국제사법재판소의 판결을 이와 동일 내지 유사한 사건에 대한 판결과 함께가 아니면 원용할 수 없다. 따라서 동 견해 제2항 라목에 대하여 이견이 있다.

Ⅶ. 제2항 마목에 대하여

제2항 마목 : "우리 헌법재판소도 2001.3.21자 신 한일어업협정에 관한 헌법소원 판결에서 이 협정이 독도의 영유권, 영해 및 배타적 경제수역에 영향을 주는 것이 아니라고 판결한 바 있다."

1. 의견 : 이 협정이 독도의 영유권, 영해 및 배타적 경제수역에 영향을 주는 것이 아니라고 할 수 없다.

2. 이유 :

가. 독도영유권에 영향을 주는 이유

(1) 독도를 내포하는 동해 중간수역의 설치

(ⅰ) 동 협정이 독도를 내재(內在)시키는 동해 중간수역을 설치한 것(제9조 제1항)은 한국정부가 한일 간의 독도영유권 문제(problem, issue)를[65]

---

65) 동 협정이 체결되기 이전까지 한국정부는 한국의 독도영유권은 한일 간에 분쟁의 대상이 될 수 없다는 입장을 견지해 왔다.

(ⅰ) 1954년 9월 25일 일본정부가 독도영유권문제를 국제분쟁으로 보고 이를 국제사법재판소에 제소하여 해결하자고 제의해 왔을 때, 동년 10월 28일 한국정부는 이는 분쟁의 대상이 아니라고 일축했다.

(ⅱ) 1965년 "한일기본관계 조약"과 "한일어업협정"체결 당시 한국정부는 독도영유권에 관해 어떤 형식으로도 일본의 지위를 인정하는 것을 배척했다.

(ⅲ) "한일기본관계 조약"에 관한 "분쟁해결에 관한 교환공문"에도 독도영유권 문제에 관한 규정을 두자는 일본의 주장을 배격했다.

(ⅳ) 1974년 "한일대륙붕 협정"체결 당시도 한국정부의 이러한 입장은 견지되었다.

독도영유권 분쟁(dispute)으로 스스로 묵인하거나(acquiescence) 또는 묵시적인 승인(implied recognition)을 한 것으로 된다. 왜냐하면 독도의 영유권이 한국에 있다는 한국의 주장과 다께시마의 영유권이 일본에 있다는 일본의 주장의 불일치로 인해 한일 간의 배타적 경제수역의 경계를 획정할 수 없으므로 동해 중간수역을 설정하게 된 것은 부인할 수 없는 사실이기 때문이다.[66]

---

66) (i) 국제분쟁의 정의 규정을 둔 일반국제조약은 물론 국제기구의 결의도 아직 없다. 분쟁을 규정한 1899년의 "국제분쟁의 평화적 처리에 관한 협약", 1919년의 "국제연맹규약", 1928년의 "부전조약", 1945년의 "국제현합헌장" 그리고 "국제사법재판소 규정"에 국제분쟁의 정의 규정은 없다.

(ii) *Mavrommatis Palestine Case*(1924)에서 상설국제사법재판소는 "분쟁이란 당사국 간에 법 또는 사실에 관한 의견의 불일치, 혹은 법적 경해나 이해관계에 관한 충돌이다(a dispute is a disagreement on a point of law or fact, a conflict of legal views or interests between two parties)"라고 판시한 바 있다. (PCIJ, *Series A*, No.2, 1924, p.11).

이 분쟁의 정의는 국제사법재판소에 의해서도 다음과 같은 여러 사건에서 반복 용인되어 왔다.

Right of Passage Case (1960) : ICJ, *Reports*, 1960, p.34.

South West Africa Case (1962) : ICJ, *Reports*, 1962, p.328.

Nuclear Test Case (1974) : ICJ, *Reports*, 1974, p.253

Headguaters Agreement Advisory Opinion (1988) : ICJ, *Reports*, 1988, pp.12, 27.

Land, Island and Maritime Frontier Dispute Case(1992) : ICJ, *Reports*, 1992. p.555.

East Timor Case (1995) : ICJ, *Reports*, 1995, p.99.

이 분쟁의 정의는 Brownlie (*supra* n.2, p.480), Rosenne (*supra* n.36, p.519), Shaw (*supra* n.10, p.752), Levi (*supra* n.45, p.287) 등에 의해 수용되고 있다.

(iii) 동 협정이 독도를 내포하는 중간수역을 설정한 것은 독도를 기점으로 배타적 경제수역 경계를 획정하자는 한국의 주장(의견)과 다께시마를 기점으로 배타적 경제수역 경계를 획정하자는 일본의 주장(의견)의 불일치에 의거한 것이므로 분쟁은 "당사국 간에 법 또는 사실에 관한 의견의 불일치"라는 정의에 의할 때 한국은 동 협정의 체결을 통해 한일 간에 독도영유권에 관해 분쟁이 존재함을 묵인 또는 묵시적 승인을 한 것이다.

(iv) 분쟁은 "일방당사자가 타방당사자에게 특정의 요구를 하고 타방당사자가 이 요구를 거절할 때(one party makes a claim against another party and the other party rejects the claim)" 존재한다는 견해(Kelsen, *supra* n.40, p.360; B. S. Muty, "Settlement of Disputes," Max Sorensen (ed.), *Manual of Public International Law*

(ii) 독도의 영유권문제가 영유권분쟁으로 발전되게 되면 첫째로, 독도의 영유권에 관한 한국과 일본의 독도에 대한 지위가 "1:1"의 대등한 관계로 되어 그만큼 한국의 독도에 대한 영유권이 훼손되는 결과를 가져오게 한다.[67]

그리고 둘째로, "국제연합헌장"상 ① 국제연합의 가맹국인 한국과 일본은 이 분쟁을 평화적으로 해결하여야 할 "국제연합헌장"상 의무를 지게 되며(제2조 제3항, 제33조 제1항), ② 경우에 따라 국제연합총회 또는 안전보장이사회로부터 분쟁해결에 관한 권고를 받을 수 있게 되며(제11조 제2항,

---

(New York: Macmilan, 1968), p.675) 에 의해도 독도를 배타적 경제수역을 경계 획정의 기점으로 하자는 한국의 요구를 일본이 거절하고 다께시마를 배타적 t 경제수역을 경계획정의 기점으로 하자는 일본의 요구를 한국이 거절함에 따라 동 협정이 독도를 내포하는 동해 중간수역을 설정한 것이므로, 한국은 동 협정의 체결을 통해 독도의 영유권에 관해 한일 간에 분쟁이 존재함을 묵인 또는 묵시적 승인을 한 것이다.

(v) Interpretation of Peace Treaties (First Phase), Advisory Opinion (1950)에서 국제사법재판소는 분쟁은 일방당사자는 분쟁의 존재를 인정하고 타방당사자는 이를 부인할 경우 이들의 의사에 구애 없이 "객관적 결정의 문제 (matter of objective determination)"라고 판시했다(ICJ, *Reports*, 1950, pp.65, 74).

분쟁은 객관적으로 결정된다는 이 판시 내용은 다음과 같은 사건이 판결에서 반복 수용되었다.

Right of Passage Case (1960) : ICJ, *Reports*, 1960, p.34.

South West Africa Case (1966) : ICJ, *Reports*, 1966, p.33.

Oil Platform Case (1966) : ICJ, *Reports*, 1966, para.16.

East Timor Case (1995) : ICJ, *Reports*, 1995, p.100.

분쟁의 존재는 객관적으로 결정된다는 판시 내용은 Rosenne(*supra* n.36, pp.520-21), Shaw(*supra* n.10, p.752) 등에 의해 수용되고 있다.

(vi) 동 협정이 독도를 내포하는 동해 중간수역을 설정한 것은 한국이 독도영유권에 관해 한일 간에 분쟁이 존재하지 아니한다 라고 주장하고, 동 협정을 통해 분쟁의 존재를 묵인 또는 묵시적 승인을 하지 아니한 것이라고 주장한다 할지라도 객관적으로 분쟁의 존재는 결정되게 되는 것이다.

67) 1954년 9월 25일 일본정부의 국제사법재판소 제소제의에 대한 1954년 10월 28일 한국정부의 거부 이유에도 일본의 제의는 "한국과의 관계에서 일본을 대등한 지위로 놓으려고 시도하는 것이다(is attempting to place herself on the equal footing)"라고 밝힌 바 있다.

제36조 제1항), ③ 한걸음도 나아가 안전보장이사회가 이 분쟁을 "평화에 대한 위협"(the threat to the peace)으로 결정할 경우 국제연합으로부터 제재 조치를 받을 수도 있게 되어(제39조 이하) 한국의 독도에 대한 영유권이 훼손되는 결과를 가져올 수도 있게 된다.

이와 같이 독도를 내포하는 동해 중간수역의 설치는 한국의 독도의 영유권에 불리한 영향을 준다.

(2) 동해 중간수역에서 독도의 배타적 경제수역 배제

동 협정은 동 협정이 체결되기 이전에 설치되었던 독도의 "배타적(전속적)인" 배타적 경제수역을 부정하는 다음과 같은 규정을 두고 있다.

(가) 배타적 어업권의 배제

동 협정은 동해 중간수역 내에 편입된 독도의 배타적 경제수역 내에서 일본의 어업권을 인정하는 규정을 두고 있다. 즉, "각 체약국은 이 수역에서 타방체약국 국민 및 어선에 대하여 어업에 관한 자국의 관계법령을 적용하지 아니 한다"라는 규정을 두고 있다(부속서 I. 제2항 가목). 동 조의 규정에 의해 동해 중간수역 내에 편입된 독도의 배타적 경제수역 내에서 동 협정 체결이전의 한국의 "배타적(전속적)인" 어업권이 배제되고 일본의 어업권도 인정되게 되었다.

(나) 배타적 해양생산물자원 보존 및 관리권의 배제

동 협정은 동해 중간수역 내에 편입된 독도의 배타적 경제수역 내에서 일본의 해양생물자원 보존 및 관리 권고권을 인정하는 규정을 두고 있다. 즉, "양 체약국은 이 협정의 목적을 효율적으로 달성하기 위하여 한일어업공동위원회를 설치한다"는 규정을 두고(제12조 제1항), "위원회는 다음사항에 관하여 협의하고 협의 결과를 양 체약국에 권고한다. 양 체약국은 위원회의 권고를 존중한다"라고 규정하고(제12조 제4항). 다음 사항 중 하나로 "제9조 제1항에서 정하는 수역에서의 해양생산물자원 보존 및 관리에 관한 사항"을 규정하고 있다(마호). 동 규정에 의해 동해 중간수역 내에 편입된 독도의 배타적 경제수역 내에서 동 협정 체결 이전의 한국의 "배타적(전속적)인" 해양생물자원 보존 및 관리권이 배제되고 일본의 해양생물자원 보존 및 관리권이 인정되게 되었다.

(다) 배타적 해양생물자원 보존 및 관리 조치권의 배제

동 협정은 동해 중간수역 내에 편입된 독도의 배타적 경제수역 내에서 일본의 해양생물자원 보존 및 관리 조치권을 인정하는 규정을 두고 있다. 즉, "양 체약국은 위원회의 결정에 따라 이 수역에서의 해양생물자원의 보존 및 어업 종류별 어선의 최고 조업척수를 포함하는 적절한 관리에 필요한 조치를 자국 국민 및 어선에 대하여 취한다"라고 규정하고 있다(부속서 Ⅰ. 제3항 나). 동 규정에 의해 동해 중간수역 내에 편입된 독도의 배타적 경제수역 내에서 동 협정 체결 이전에 한국의 "배타적(전속적)인" 해양생물자원 보존 및 관리 조치권이 배제되고 일본의 해양생물자원 보존 및 관리 조치권이 인정되게 되었다.

이와 같이 동 협정은 한국의 "배타적(전속적)인" 배타적 경제수역을 배제한 것이며, 배타적 경제수역은 영토권(territorial right)이 확장된 수역이고[68] 연안국의 배타적 경제수역에 대한 권리는 주권적 권리(sovereign right)이므로[69] 이는 한국의 독도영유권을 침해하는 결과를 가져오게 한다.

(3) 동해 중간수역에서 추적권의 배제

동 협정은 동해 중간수역을 설정하고(제9조 제1항), 동 수역에 적용되는

68) O. P. O'Connell, *The International Law of the Sea*, Vol.2 (Oxford: Clarendon, 1984), p.579.
배타적 경제수역은 영토주권의 확장(extention of territorial sovereignty)이고 (Santiago Teres Bernardez, "Territorial Sovereignty," *EPIL*, Vol.10, 1987, p.501), 영토적 관할권의 유추(analogous to territorial jurisdiction)인 것이다(Bernbard Oxman, "Turisdiction of State," *EPIL*, Vol.10, 1987, p.279).

69) "해양법 협약" 제56조 제1항

동 협정 부속서 I 은 "각 체약국은 이 수역에서 타방체약국 국민 및 어선에 대하여 어업에 관한 자국의 법령을 적용하지 아니 한다"라고 규정하고 있다(제2항 가목). 동 규정에 의해 독도의 영해 또는 배타적 경제수역에서 어업에 관한 한국의 관계법령을 위반한 일본 선박에 대한 동해 중간수역에서의 한국의 추적권은 배제되어 있다. 이는 다음과 같이 독도의 영유권을 침해한 것이다.

(가) 일본의 실효적 지배 승인에 의한 독도영유권 침해

(i) 독도의 영해 또는 배타적 경제수역에 침범하여 한국의 어업에 관한 관계법령을 위반한 일본선박에 대해 동해 중간수역에서 한국의 추적권을 배제한 동 협정 부속서 I .제2항의 규정은 한국이 독도의 영해 또는 배타적 경제수역에 대한 일본의 실효적 지배를 동 협정을 통해 일본에게 승인한 것이다. 배타적 경제수역은 영토권(territorial right) 이 확장된 수역이고[70)]

(ii) 영해에 대한 연안국의 권리는 "주권적 권리"(sovereign right)이므로[71)] 독도의 영해 또는 배타적 경제수역을 침범하는 것은 한국의 주권 또는 주권적 권리를 침범하는 것이며, 이를 승인한 것은 한국의 독도영유권을 침해한 것임은 논의의 여지가 없다.

(나) 권원의 유지 저해에 의한 독도영유권 침해

(i) 영토에 대한 실효적 지배는 "권원의 취득"(acquisition of title)을 위해서만 요구되는 것이 아니라 "권원의 유지"(maintenance of title)를 위해서도 요구된다.[72)] 그러므로 한국의 독도에 대한 실효적 지배

---

70) *supra*, n.68.

71) *supra*, n.69.

72) D. H. N. Johnson, "Consolidation as Root of Title in International Law," *Cambridge Law Journal*, 1955, p.223; G. Schwarzenberger, "Title to territory," *AJIL*, Vol.51, 1957, pp.315-16; Ott, *supra* n.2, p.108; Shaw, *supra* n.10, p.353; G. Fitzmaurice, "The Law and Procedure of the International Court of Justice, 1951-4," *BYIL*, Vol.32,

는 "권원의 유지"를 위해 요구된다.

(ii) 따라서 독도의 영해 또는 배타적 경제수역을 침범한 일본 선박에 대한 동해 중간수역에서 추적권의 배제에 의한 일본의 독도의 영해 또는 배타적 경제수역에 대한 실효적 지배는 한국의 독도에 대한 "권원의 유지"를 저해하고 일본이 독도에 대한 "권원의 유지"를 가능 또는 강화하게 하여 독도의 영유권을 침해하는 결과를 가져오게 한다.

(다) 상대적 권원의 약화에 의한 독도영유권 침해

(i) 동일한 특정 영토에 대해 경쟁적 권원주장 국가(competing state for claim title)가 존재할 경우 각 경쟁적 권원주장 국가의 권원은 상대적 권원(relative title)일 수밖에 없다.[73] 그러므로 일본이 독도영유권 주장을 포기하지 아니하는 한 한국의 독도영유권에 대한 권원은 객관적으로 볼 때 유감스러우나 상대적 권원일 수밖에 없다.

(ii) 상대적 권원을 비교우위적 상대적 권원(better relative title)화 하기 위해 또는 절대적 권원(absolute title)화 하기 위해 실효적 지배가 요구된다.[74] 그러므로 한국의 독도영유권에 대한 상대적 권원을 일본의 상대적 권원에 대해 "비교우위적 상대적 권원화" 또는 "절대적 권원화"를 위해 독도에 대한 실효적 지배가 요구된다.

(iii) 따라서 동해 중간수역에서 추적권의 배제에 의한 한국의 독도에 대한 실효적 지배의 약화는 한국의 독도에 대한 실효적 지배를 약화시키고 일본의 상대적 권원을 강화하여 한국의 독도영유권을 침해하는 결과를 가져오게 한다.

1955-56, p.66; Brownlie, *supra* n.2, p.141.
Island of Palmas Case (1928) : United Nations, *Reports of International Arbitration Awards*, 1928, Vol.2, p.845.

73) Shaw, *supra* n.10, pp.346, 348; MunKman, *supra* n.24, pp.103-104.

74) *Ibid* ; Brownlie, *supra* n.2, p.137; Ott, *supra* n.2, p.107; Jennings and Watts, *supra* n.7, pp.709-10.

(라) 자위권의 배제에 의한 독도영유권 침해

(i) 추적권의 행사는 "주권의 행사"(exercises of sovereignty)이며,[75] 추적권은 "근원적 자위권의 확장"(an emanation of the primodial right of self-defence)의 의미를 갖는다.[76] 그리고 자위권은 "국가의 다른 권리의 기본"(foundation of all of the other rights of state)이 되는 권리이고,[77] 또한 국가의 "고유한 권리"(inherent right)이다.[78]

(ii) 따라서 독도의 영해 또는 배타적 경제수역을 침범하여 어업에 관한 관계법령을 위반한 일본선박을 동해 중간수역에서 추적할 수 없도록 규정한 동 협정은 일본에 의한 독도 침범에 대한 한국의 국제법상 기본적 권리이고 고유한 권리인 자위권을 배제한 것으로 이는 독도영유권을 근본적으로 침해한 것이다.

(3) 일본의 다께시마 영유권 주장 인정

(i) 동 협정 제15조의 규정에 따라 한국은 일본의 다께시마 영유권 주장을 승인하는 결과를 가져오게 되었다.

(ii) 이에 관해서는 전술한 Ⅳ 2. 나. 의 기술을 인용하기로 한다.

나. 독도의 영해에 영향을 주는 이유

(i) 전술한 "가. 독도영유권에 영향을 주는 이유" 중 "(3) 동해 중간수역에서 추적권의 배제"의 기술 중 "영해 또는 배타적 경제수역"에서 "배타적 경제수역"을 제외한 부분을 그대로 인용하기로 한다.

(ii) 또 다른 한편으로 동 협정 제15조의 규정에 따라 한국은 일본의 다께시마 영유권 주장을 승인 하는 결과를 가져오게 되었다. 이에 관해서는 전술한 Ⅳ 2. 나. 의 기술을 그대로 인용하기로 한다.

---

75) Duputy and Vignes, *supra* n.6, p.859.

76) *supra* n.12.

77) M. W, Janis, *An Introduction to International Law* (Boston: Little Brown, 1988), p.124.

78) "UN헌장" 제51조.

(iii) 동 협정 제15조의 규정에 따라 한국이 일본의 다께시마 영유권 주장을 승인하게 된 것은 당연히 일본의 다께시마 영해를 승인하는 결과를 가져오게 하며, 이는 결국 독도의 영해에 영향을 주게 되었다.

다. 독도의 배타적 경제수역에 영향을 주는 이유

(i) 전술한 "가. 독도영유권에 영향을 주는 이유" 중 "(2) 동해 중간수역에서 독도의 배타적 경제수역 배제"와 "(3) 동해 중간수역에서 추적권의 배제"의 기술 중 "영해 또는 배타적 경제수역"에서 "영해를 제외한 부분을 그대로 인용하기로 한다." 이상과 같은 이유에서 동 협정이 독도의 영유권, 영해 및 배타적 경제수역에 영향을 주는 것이 아니라는 헌법재판소의 결정은 잘못된 것으로 이를 원용할 수 없다.

(ii) 또 다른 한편으로 동 협정 제15조의 규정에 따라 한국은 일본의 다께시마 영유권 주장을 승인하는 결과를 가져오게 되었다. 이에 관해서는 전술한 Ⅳ 2. 나.의 기술을 그대로 인용하기로 한다.

(iii) 동 협정 제15조의 규정에 따라 한국이 일본의 다께시마 영유권 주장을 승인하게 된 것은 당연히 일본의 다께시마 배타적 경제수역을 승인하는 결과를 가져오게 하여, 이는 결국 독도의 배타적 경제수역에 영향을 주게 되었다.

Ⅷ. 제3항에 대하여

제3항 : "우리는 신 한일어업협정이 어떠한 이유로도 폐기되어서는 아니 됨을 확신한다. 왜냐하면 이 협정에 의해 한일 간 어업분규가 종식되고 어업질서가 원활히 유지돼 왔으며 이른 바 '중간수역' 및 일본 측 수역에서 우리어민이 안정적으로 조업을 하고 있기 때문이다."

1. 의견 : 이견 있다.
2. 이유

가. "어떠한 이유로도 폐기반대"에 대하여

"우리는 신 한일어업협정은 어떠한 이유로도 폐기되어서는 아니 됨을 확신한다"라고 주장하나,

(i) "조약법 협약"상 조약의 폐기는 "조약의 규정"에 의한 폐기(제54조) 이외에 "조약의 위반"에 의한 폐기(제61조 제1항), "사정의 변경"에 의한 폐기(제62조 제1항) 등이 있는 바,[79] 일본이 동 협정을 위반한 경우도, 사정의 변경이 발생한 경우도 동 협정이 폐기되어서는 아니 된다는 견해는 명확성이 없다.

(ii) 동 협정은 동 협정이 "이 협정은 효력을 발생한 날로부터 3년간 효력을 가진다"라고 규정하고 있는 바(제16조 제1항)와 같이 동 협정은 3년간 효력을 가지는 것으로 예정된 잠정적 협정이다. 그러므로 동 협정의 체결 취지에 따라 효력 발생 후 3년경과 후 일방 체약당사자의 필요에 따라 협정의 종료 통고는 기대되는 바이다.

나. "폐기 반대의 사실적 이유에 대하여"

"왜냐하면 이 협정에 의해 한일 간 어업분규가 종식되고 어업질서가 원활히 유지돼 왔으며 이른바 '중간수역' 및 일본 측 수역에서 우리 어민이 안정적으로 조업하고 있기 때문이다"라고 주장하나,

(i) 이는 사실에 반한다. 특히 "중간수역에서 우리어민이 안정적으로 조업하고 있다"는 것은 사실과 다르다.[80] "일본 측 수역"에서 우리 어민이 안정적으로 조업하고 있다는 것도 사실이 아니다.[81]

---

79) 전술 Ⅰ 2. 가. (i) 참조.

80) 아직 동해 중간수역에서 한일어업공동위원회는 정상적인 가동이 되지 아니하고 있다.

81) 일본 측 수역에서 우리 어민이 안정적으로 조업하고 있다는 것은 사실이 아니다. 그 근거는 다음과 같다.

(i) "일본 측 서한(1998. 11 28), 일본 외무대신의 대한민국 외교통상부장관 앞 서한", 일본 측 수역에서 한국민 및 어선의 어획량은 다음과 같다.

1. 명태의 어획할당량은 1999년은 1만 5천 톤으로 하고 익년 이후에는 영으로 한다.

(ii) 국제법학자의 의견임에도 불구하고 결론 부분인 제3항에서 폐기반대의 국제법적 이유는 열거되어 있지 아니하고 사실적 이유만이 열거되어 있음은 유감이다. 동 협정이 폐기되어야 하는 국제법적 이유는 전술한 Ⅲ. 2, Ⅳ. 2, Ⅴ. 2, Ⅵ. 2, Ⅶ 2를 인용하기로 한다.

(iii) 동 협정이 폐기되어서는 아니 되는 이유로 어업에 관한 언급만이 있고 독도영유권에 관한 언급이 없는 것은 동 견해가 "경제적 이익" 추구에만 가치설정을 하고, 독도영유권의 보전이라는 "국가주권 수호이익" 추구의 가치설정을 몰각 · 간과한 것임이 명백하다.

이상과 같은 이유에서 동 협정은 어떠한 이유로도 폐기되어서는 아니된다고 볼 수 없다. 따라서 동 견해 제3항에 대하여 이견이 있다.

결언

(i) 상술한 바와 같이 동 견해 중 "전문", "제1항" 그리고 "제2항 다목"에 대하여는 이견이 없고 나머지 부분에 대하여는 이견이 있다.

동 견해에 대한 의견을 항목별로 작성하고 이를 스스로 일독해 보니 법리상 부족한 점, 논리상 미흡한 점, 문장과 어구의 표현상 미숙한 점, 항목별 의견이여서 내용상 중복된 부분이 있는 점, 동 견해에 대한 비판적 의견이여서 성질상 필자의 종래의 주장과 일관성이 없는 부분이 있다는 점 등을 발견하게 된다. 이러한 여러 결함은 추후 기회 있을 때 보완하기로

---

2. 대게의 어획할당량은 1999년 및 익년에는 기존 어획실적의 1/2로 하고 익년 다음해 이후에는 영으로 한다.

3. 명태 및 대게 이외의 어종의 어획할당량의 합계는 그 어종의 기존 어획실적을 기준으로 하고, 1999년부터 3년에 대한민국의 배타적 경제수역에 있어서 일본국 국민 및 어선에 대한 어획할당량과 동량으로 한다.

(ii) "헌법재판소에 제출된 외교통상부장관의 의견요지(99헌마 139, 142, 165, 160 종합) 제6항" 협정으로 인하여 어민들이 조업하던 어장 일부가 축소된 것은 사실이다. … 감소된 어획량은 6만 톤 정도이다.

하고 일단 이 의견의 작성을 여기서 맺기로 한다.

(ii) 41인의 인력이 동원된 동 견해에 비해 1인의 인력으로 작성된 이 의견이 많은 취약점을 안고 있을 수밖에 없다는 점을 감안하고, 또한 상대주의 세계관에 입각한 자유민주주의 체제하에서 다수자는 소수자의 의견을 존중하여야 한다는 점을 고려하여, 다수자인 41인은 소수자인 1인의 의견을 존중할 것으로 믿는다.

(iii) 동 의견을 41인 각인에게 송부 제시하기로 한다. 가능 한한 조속한 시일 내에 41인 전부의 이름으로 또는 41인 중 1인 혹은 수인의 이름으로 이 의견에 대한 견해를 제시해 주기 기대한다.[82] "국제법 연구에 전념하고 고등교육에 헌신하고 있는"(동 견해 전문) 41인이기에 "이 의견(일부목소리)을 외면하지 않으리라"(동 전문) 믿는다. 이러한 견해와 의견의 교차 교환은 한국의 독도영유권 보전을 위한 국제법 법리의 개발·정립에 크게 기여할 것으로 기대해 본다. 우리는 국제법으로 일본에 앞서야 한다.

82) 이 의견에 대해 41인 측의 견해의 표명이 상당기간 내에 없으면 이 의견을 41인 측이 묵인한 것으로의 효과가 인정될 수 있지 않을까? (an analogy of the principle of international law)

제6절
헌법재판소의 한일어업협정 합헌결정에 대한 비판

헌법재판소의 신 한일어업협정 위헌확인청구에 대한 기각이유 비판
-독도영유권을 중심으로-

목 차

Ⅰ. 서론

1998년 11월 28일에 일본 가고시마에서 “대한민국과 일본국 간의 어업에 관한 협정”(이하“신 한일어업협정”이라 한다)이 한국과 일본의 대표 간에 서명되었다. 동 협정은 우리 헌법 제60조 제1항의 규정에 따라 1999년 1월 6일 국회의 비준동의를 얻어, 동년 1월 22일 “조약 제1477호”로 효력을 발생하게 되었다.

"신 한일어업협정"은 다음과 같은 몇 가지 점에서 헌법 위반이 아닌가의 문제가 제기된다.

첫째로, 동 협정은 국회의 비준동의의 의결을 함에 있어서 "헌법" 제49조와 "국회법" 제112조 제1항 및 제2항의 규정에 따라 국회의원 과반수 찬성의 표결을 거쳐야 함에도 불구하고 그러한 표결 없이 의장이 가결선포를 하였으므로 동 국회의 동의 결의는 헌법 위반이 아닌가의 문제를 제기한다.

둘째로, 동 "협정의 합의의사록"은 국회의 비준동의를 얻어야함에도 불구하고 동 의사록은 국회의 동의를 얻기 위해 국회에 상정조차 되지 않아 국회의 동의를 위한 결의를 거친 바 없으므로 "헌법" 제60조의 규정을 위반하여 헌법 위반이 아닌가의 문제를 제기한다.

셋째로, 동 협정은 우리나라의 영토인 독도와 그 주변수역을 이른 바 중각수역 안에 포함시켜 독도에 대한 우리나라의 배타적 지배권을 포기하여 이는 "헌법" 제3조를 위반한 것이 아닌가의 문제를 제기한다.

넷째로, 동 협정은 1965년의 "한일어업협정"에 비해 조업수역이 극히 제한됨에 따른 어획량의 감소로 인하여 우리 어민들에게 불이익을 주어 동 협정은 어민들의 "헌법" 제10조에 규정된 행복추구권, 제15조에 규정된 직업선택의 자유, 제23조에 규정된 재산권 등의 기본권을 침해하여 헌법 위반이 아닌가의 문제를 제기한다.

이에 1999년 3월 12일에서부터 23일 사이에 10여인의 청구인들이 "신 한일어업협정"은 국민의 기본권을 침해하여 "헌법"을 위반한 것이라고 주장하여 헌법재판소에 헌법소원심판을 청구하게 되었다. 헌법재판소 전원재판부는 상기 심판청구를 병합 심리하여 2001년 3월 21일 상기 심판청구 중 일부는 각하하고 다른 일부는 기각하는 결정을 했다.

이 글은 "신 한일어업협정"의 체결이 헌법 위반이 아닌가의 문제 중 상기 셋째의 문제, 즉 독도의 영토와 그 주변 수역을 이른바 중간수역을 설정하여 독도에 대한 우리나라의 배타적 지배권을 포기하는 결과를 가져왔는데 이것이 "헌법" 제3조를 위반한 것이 아닌가의 문제에 관해, 동 협정은 헌법을 위반한 것이 아니라는 헌법재판소 전원재판부의 청국기각 이유에 대해서만 몇 가지 비판을 가해 보고자 한다.

이하 (i) 사건의 개요와 심판의 대상, (ii) 청구인의 주장, (iii) 외교통상부장관의 의견과 헌법재판소의 청구기각 이유, 그리고 (iv) 헌법재판소의 청국기각 이융에 대한 비판 순으로 논하기로 한다.

이 글은 국제법 측면에서의 접근이며, 법실증주의를 기조로 한 것이며, 법 해석론에 입각한 것이다.

Ⅱ. 사건의 개요와 심판의 대상

1. 사건의 개요

"대한민국과 일본국 간의 어업에 관한 협정 비준 등 위헌 확인 사건"(2004.2.21. 99헌 마 139, 142, 156, 160(병합) 전원재판부)은 다음과 같은 4개의 사건을 병합한 사건이다.[1)]

가. 99헌 마 139 사건

이 사건 청구인은 "임 호"이다.

충주에서 변호사 업무에 종사하고 있는 청구인은 "대한민국과 일본국 간의 어업에 관한 협정"(1998.11.23. 조약 제1477호로 체결되고 1999.1.22 발효된 것)이 우리나라의 영토인 독도와 그 주변 영해를 공동관리 수역 안에 포함시켜 이에 대한 우리나라의 배타적 지배권을 배제함으로써 국민의 한 사람인 청구인의 행복추구권과 재산권을 본질적으로 침해하여 위헌이라고 주장하면서 1999.3.12 이 사건 헌법소원심판을 청구하였다.[2)]

1) 헌법재판소 사무처, 『헌법재판소공보』 제55호, 2001.4.20, p.99.
2) 상게공보, p. 101.

나. 99헌 마 142 사건

청구인은 어선 한백호의 선주로서 우리나라와 일본 사이의 해역에서 활오징어 채낚기 조업을 하는 자이며 어민들의 권익 수호를 위하여 전국적으로 조직된 전국 어민총연합회 회장이다.

그런데 청구인은 1998.11.28. 일본국 가고시마에서 서명되고 1999.1.6. 제199회 임시국회 제6차 본회의에서 비준동의안이 가결되고 1999.1.22. 발효된 "대한민국과 일본국 간의 어업에 관한협정"(조약 제1477호)과 그 합의의사록이 헌법상 보장된 국민의 영토권, 행복추구권, 직업선택의 자유 및 재산권 등 청구인의 기본권을 침해하여 헌법에 위반된다고 주장하면서 1999.3.16. 이 사건 헌법소원심판을 청구하였다.[3)]

다. 99헌 마 156 사건

이 사건 청구인은 "장경우", "조은희", "신중대"이며, 대리인은 "정은봉" 변호사이다.

청구인 장격우는 한나라당의 시흥지구당 위원장, 청구인 조은희는 한나라당 구로을 지구당 위원장, 헝구인 신중대는 한나라당 당원이다. 청구인들은 1998.11.28. 일본국 가고시마에서 서명되고 1999.1.6. 제199회 임시국회 제6차 본회의에서 비준동의안이 가결되고 1999.1.22. 발효된 "대한민국과 일본국 간의 어업에 관한협정"(조약 제1477호)이 헌법상 보장된 청구인들의 기본권을 침해하여 무효라고 주장하면서 1999.3.22. 이 사건 헌법소원심판을 제기하였다.[4)]

라. 99헌 마 160 사건

이 사건 청구인은 "김태환", 김성룡", 김재기", "손현", "성복근", "최현규", "탁홍식", "정인봉"이며, 대리인은 "정인봉" 변호사이다.

청구인들은 어업에 종사하고 있는 자들로서 청구인 김태환은 전국 어민

3) 상게공보, p. 101.
4) 상게공보, p. 101.

후계자 중앙연합회 4·5대 회장을 역임한 자이고, 청구인 김성룡은 전국 어민후계자 3대 회장, 강원도 유자망 연합회 회장을 역임한 자이며, 청구인 김재기는 전국 어민후계자 중앙연합회 감사를 지내고 있는 자이고, 청구인 손현은 전국 어민후계자 중앙연합회의 부회장, 청구인 성복근은 전국 어민후계자 중앙연합회의 경상남도 회장을 지내고 있는 자이며, 청구인 최현규는 속초수협의 이사, 청구인 황웅길은 속초수협의 소형채낚기 선주협회 이사, 청구인 탁홍식은 속초수협의 이사를 지내고 있는 사이며, 청구인 정인봉은 변호사로 활동하고 있다.

그런데 이들 청구인들은 "대한민국과 일본국 간의 어업에 관한 협정"이 헌법상 보장된 자신들 및 후손들의 영토에 관한 권리·행복추구권·평등권·자신들의 직업선택의 자유·재산권 등을 침해하여 헌법에 위반된다고 주장하여 1999.3.23. 이 사건 헌법소원심판을 청구하였다.[5]

2. 심판의 대상

이상 4개의 사건을 병합한 이 사건의 심판 대상은 "대한민국과 일본국 간의 어업의 관한 협정"이다.[6]

Ⅲ. 청구인의 주장

서론에서 언급한 바와 같이 상술한 여러 개의 청구 중에서 독도의 영유권과 그 주변수역에 대한 우리나라의 배타적 지배권이 침해되었다는 점에 관해서만 청구인들의 주장을 살펴보기로 한다.

5) 상게공보, p. 101.
6) 상게공보, p. 101.

1. 99헌 마 139 사건

99헌 마 139 사건에서 청구인은 "신 한일어업협정"을 체결하여 독도를 중간수역에 위치케 하여 우리나라의 독도와 그 주변영해에 대한 배타적 지배권을 포기하였으며, 따라서 이는 우리나라의 영토주권을 포기한 것으로 이는 헌법 위반이라고 다음과 같이 주장하였다.

> 우리나라 헌법 제3조는 "대한민국의 영토는 한반도와 그 부속도서로 한다"고 규정되어 있으므로 우리나라의 영토인 독도는 헌법과 하위 법령에 의하여 지켜져야 하며, 공무원들도 이를 지켜야 한다. 그럼에도 우리나 정부는 1999. 1. 6. 일본과 사이에 이 사건협정을 체결하면서 독도를 중간수역으로 규정하여 독도와 주변영해에 대한 배타적 지배권을 포기하였다.
>
> 따라서 이 사건 협정은 우리나라의 영토주권을 포기하여 헌법에 위반된 것이며, 이로 인하여 청구인이 우리나라 국민으로서의 긍지와 자부심을 가지는 등 인간다운 생활을 할 권리, 행복추구권과 독도에 대한 재산권을 침해당하였다.

이와 같이 청구인은 "신 한일어업협정"의 체결로 독도에 대한 영토주권이 포기되었고, 이에 따라 국민의 기본권인 인간다운 생활을 할 권리를 침해당하였다고 주장하였다.

2. 99헌 마 142 사건

99헌 마 142 사건에서 청구인은, 우리나라는 독도를 기점으로 하여 200해리 배타적 경제수역을 가지는 것임에도 불구하고 "신 한일어업협정"이 독도 해역을 중간수역에 포함시켜 배타적 경제수역에 대한 국민의 주권과 영토권을 침해한 것이라고 다음과 같이 주장하였다.

> 우리나라는 당연히 독도를 기점으로 하여 200해리 배타적 경제수역을 가지는 것임에도 불구하고 이 사건 협정에서 독도해역을 중간수역에 포함시켜 한일 양국이 공동관리하도록 하였으며, 또한 배타적 경제수역의 경계선은 대륙붕 및 그 상부 수역의 경계선과 동일한 것이므로 제주도 남쪽의 한일 대륙붕

> 공동개발수역의 어업수역은 그 전부를 우리나라와 일본의 공동수역으로 하여야 하는 것임에도 불구하고 이 사건 협정에서는 그중 일부에 대하여만 중간수역으로 정함으로써 영해 및 배타적 경제수역에 대한 국민의 주권과 영토권이 침해되었고, 나아가 경제적 기본권 및 직업선택의 자유가 침해되었다.

이와 같이 청구인은 "신 한일어업협정"이 국민의 주권과 영토권을 침해하고 경제적 기본권과 직업선택의 자유를 침해하였다고 주장하였다.

3. 99헌 마 156 사건

99헌 마 156 사건에서 청구인들은 "신 한일어업협정"이 우리나라의 영토인 독도를 중간수역에 포함시켜 독도에 대한 우리나라의 영유권을 포기한 것이라고 다음과 같이 주장하였다.

> 이 사건 협정은 우리나라 영토인 독도를 중간수역에 포함시켜 독도에 대한 우리나라 영유권을 포기하고 나아가 인근 어장을 포기하여 일본의 어민만을 보호하고 우리나라 어민의 권리를 박탈하여 우리 어민의 권리를 합리적인 근거 없이 제한하였으며 나아가 청구인들의 수산물에 의한 영양섭취를 불가능하게 함으로써 청구인들의 대한미국 국민으로서의 영토에 관한 권리, 국제조약 체계에 있어서의 외국에 대한 평등권, 국민으로서의 정당한 영양을 섭취할 수 있는 권리, 수산물을 섭취할 수 있는 행복추구권, 보건에 관한 정당한 보호를 받을 수 있는 권리, 청구인들의 자손들의 행복추구권을 침해하였다.

이와 같이 청구인들은 "신 한일어업협정"이 우리나라의 독도에 대한 영유권을 포기했으며, 그에 따라 대한민국 국민으로서의 영토에 관한 권리, 국민으로서의 정당한 영양을 섭취할 권리, 수산물을 섭취할 수 있는 행복추구권 등이 침해되었다고 주장하였다.

4. 99헌 마 160 사건

99헌 마 160 사건에서 청구인들은 "신 한일어업협정"이 독도를 중간수역에 포함시킴으로써 우리나라의 독도에 대한 영유권을 포기한 것이라고 다음과 같이 주장하였다.

> 이 사건 협정은 독도가 우리나라의 영토인 사실을 망각하고 독도를 중간수역에 포함시킴으로써 우리나라 영토의 일부인 독도의 영유권을 포기한 것이기 때문에 대한민국 국민인 청구인들의 영토의 관한 권리를 침해하였을 뿐만 아니라, 외국과의 협상에서 아무런 준비도 없이 일방적으로 불리한 조항을 넣어서 후손의 영토에 대한 권리와 행복추구권을 침해하였다.
>
> 이 사건 협정은 제헌 헌법 이래 우리의 근본이념을 망각하고 일본에 대하여 저자세이고 치욕적인 자세를 취하였으며, 독도의 영유권을 포기하고 나아가 어장을 포기하다시피 함으로써 일본에 대해 1910년의 경술국치 이래 가장 굴욕적인 자세를 취하였던 바, 이는 헌법 전문에 기재된 3.1 정신을 근본적으로 위배한 것이다.

이와 같이 청구인들은 "신 한일어업협정"이 독도를 중간수역에 포함시킴으로써 우리나라의 독도에 대한 영유권을 포기하고, 따라서 대한민국 국민의 영토의 관한 권리, 후손의 영토에 대한 권리와 행복추구권을 침해하였을 뿐만 아니라 헌법전문에 선언된 3.1정신을 위배한 것이라고 주장하였다.

Ⅳ. 외교통상부장관의 의견과 헌법재판소의 청구기각 이유

1. 외교통상부장관의 의견

상기 청구인들의 주장에 대한 헌법재판소는 외교통상부에 이에 대한 의견을 요청한 것으로 보인다. 이 사건에 있어서 청구인들의 신청에 대해 헌법재판소의 각하 기각의 이유 중에 "외교통상부장관의 의견요지"가 포함되어 있는 것으로 보아 그렇게 보인다.

"외교통상부장관의 의견 요지" 중에는 "신 한일어업협정"과 독도의 영유권 침해 여부에 관한 의견 이외의 국회의 비준동의 의결절차에 관한 의견, 국회의 비준동의 의결을 거치지 않은 합의의사록의 효력에 관한 의견, 국민의 기본권의 침해 여부에 관한 의견 등이 포함되어 있다. 이 글에서는 독도의 영유권 침해 여부에 관한 의견만을 살펴보기로 한다.

이에 관한 외교통상부장관의 의견 요지는 다음과 같다.

> 이 사건 협정은 배타적 경제수역의 경계획정이 미결된 상태에서 우선 잠정적인 어업체계를 수립하기 위하여 체결된 것이므로 독도의 영유권 문제와는 무관하다. 또한 이 사건 협정은 영해 이원의 배타적 경제수역만을 대상으로 하기 때문에 독도가 동해 중간수역 안에 위치하고 있다 하더라도 독도와 그 영해는 중간수역에서 제외되므로 그 지위는 아무런 영향을 받지 아니한다.
>
> 또한, 헌법 제3조는 국민 개개인에게 영토에 대한 권리를 부여하지 않기 때문에, 이 사건 협정으로 인하여 헌법이 보장하는 독도에 대한 영토권이 침해될 소지가 없다.

이와 같이 외교통상부장관의 의견은 "신 한일어업협정"은 잠정적인 어업체계를 수립하기 위한 것이므로 독도의 영유권문제와는 무관한 것이며, 동 협정은 영해 이원의 배타적 경제수역만을 대상으로 하는 것이므로 독도가 중간수역에 위치해 있어도 이는 독도의 영유권에 아무런 영향을 미치지 아니한다는 것이다.

2. 헌법재판소의 청구기각 이유

헌법재판소가 청국인들의 심판 청구를 각하 또는 기각하는 이유는 심판 청구별로 여러 가지가 제시되어 있으나, 여기서는 독도에 대한 우리나라의 영유권과 국민의 영토권이 침해되었다는 청구인들의 사안 청구를 기각하는 이유만을 보기로 한다.

독도에 대한 영토권의 침해 여부에 대한 헌법재판소의 판단 이유는 (i) "한일어업협정과 영해와의 관계"로 구분하여 제시되어 있다.

가. 배타적 경제수역과의 관계

"신 한일어업협정"은 어업에 관한 협정으로 배타적 경제수역과는 직접적인 관련을 가지지 않고, 따라서 배타적 경제수역에 대한 국민의 주권과 영토주권은 침해된 것이 아니라고, 또한 우리나라의 영토의 일부인 독도의 영유권이 포기된 것이 아니라고 헌법재판소 재판부는 다음과 같이 판시하였다.

> 먼저 이 사건 협정과 배타적 경제수역과의 관계를 살펴보면 이사건 협정의 명칭과 본문 및 부속서의 각 항의 내용으로부터 알 수 있듯이 이 사건 협정은 "어업에 관한 협정"이라는 점이다. 따라서 배타적 경제수역의 경계획정 문제와는 직접적인 관련을 가지지 아니하여 이 점은 부속서 I 제1항이 "양 체약국은 배타적 경제수역의 조속한 경계획정을 위하여 성의를 가지고 계속 교섭한다"고 규정하고 있는 점으로부터도 확인할 수 있다.[7)]
>
> 또한 중간수역은 한일 양국이 배타적 경제수역에 관한 합의가 없으면 각기 채택하도록 되어있는 각자의 중간선보다 양국이 각각 자국 측 배타적 경제수역 쪽으로 서로 양보하여 설정한 것으로서 중간수역의 설정에 있어서 어느 양국의 일방적인 양보로는 보이지 않고, 또한 상호간에 현저히 균형을 잃은 설정으로는 보이지 않는다(우리나라의 배타적 경제수역법 제5조 제2항 및 일본의 배타적 경제수역 및 대륙붕에 관한 법률 제1조 제2항 참조).[8)]

이상과 같이 재판부는 첫째로는 "신 한일어업협정"은 "어업에 관한" 협정이므로 배타적 경제수역 문제와는 직접적인 관련을 가지지 아니하므로, 그리고 둘째로는 중간수역이 한국과 일본 간에 어느 일국의 일방적인 양보와 상호간에 현저히 균형을 잃은 설정으로 볼 수 없으므로 배타적 경제수역에 대한 국민의 주권과 영토권을 침해한 것이 아니며, 또한 우리나라의 독도에 대한 영유권이 포기된 것이 아니라고 판단하여 청구인들의 주장은 이유 없다고 판시하여 청구를 기각하였다. 이러한 청구 기각의 이유는 전술한 외무부장관의 의견과 동일한 것이다.

---

7) 상계공보, p. 101.
8) 상계공보, p. 101.

나. 영해와의 관계

"신 한일어업협정"은 배타적 경제수역을 직접 규정한 것이 아닐 뿐만 아니라, 배타적 경제수역이 설정되었다 할지라도 이는 영해를 제외한 수역을 의미하므로 중간수역 내의 독도의 영유권 문제나 영해 문제는 동 협정과 무관한 것이라고 헌법재판소 재판부는 다음과 같이 판시하였다.

> 다음으로 이 사건 협정과 영해와의 관계를 살펴보면 해양법협약에서는 배타적 경제수역을 영해 밖에 인접한 수역으로서 영해 기선으로부터 200해리를 넘을 수 없도록 규정하고 있고(제55 · 57조 참조) 이에 따라서 한일 양국의 국내법에서도 동일한 취지의 규정을 두고 있다(우리나라의 배타적 경제수역법 제2조 제1항 및 일본의 배타적 경제수역 및 대륙붕에 관한 법률 제1조 제2항 참조). 따라서 이 사건 협정은 배타적 경제수역을 직접 규정한 것이 아닐 뿐만 아니라 배타적 경제수역이 설정된다 하더라도 영해를 제외한 수역을 의미하며, 이러한 점들은 이 사건 협정에서의 이른 바 중간수역에 대해서도 동일하다고 할 것이므로 독도가 중간수역에 속해있다 할지라도 독도의 영유권 문제나 영해 문제와는 직접적인 관계를 가지지 아니한 것이 명백하다 할 것이다.[9]

이상과 같이 재판부는 독도가 이른 바 중간수역 내에 위치한다 할지라도 중간수역은 영해를 제외한 수역을 의미하는 것이 명백하므로 "신 한일어업협정"에 의해 독도의 영유권이나 영해가 침해된 것이 아니라고 판단하고 청구인들의 주장이 이유없다고 판시하여 청구를 기각했다. 이러한 청구 기각의 이유는 전술한 외무부 장관의 의견과 동일한 것이다.

V. 헌법재판소의 청구기각 이유에 대한 비판

1. 배타적 경제수역과의 관계에 관한 청구기각 이유 비판

전술한 바와 같이 헌법재판소는 "신 한일어업협정"과 배타적 경제 수역

9) 상게공보, pp.101-102.

과의 관계에서 청구기각 이유를 다음 두 가지로 제시하고 있다.

가. 어업에 관한 협정

헌법재판소 재판부는 "...이 사건 협정은 '어업에 관한' 협정이라는 점이다. 따라서 배타적 경제수역의 경계획정 문제와는 직접적인 관계를 가지지 아니하며... 독도가 중간수역에 속해 있다 할지라도 독도의 영유권 문제나 영해 문제와는 직접적인 관계를 가지지 아니하는 것이 명백하다"[10] 라고 청구기각 이유를 제시하고 있다.

이와 같이 재판부는 "신 한일어업협정"은 어업에 관한 협정이므로 배타적 경제수역과의 경계획정과 무관한 것이라고 판단하고 있으나 이는 다음 몇 가지 점에서 부당하다고 본다.

첫째로, "신 한일어업협정"은 명문으로 중간수역의 외측에 경계를 둔 자국 측의 협정수역을 배타적 경제수역으로 간주한다는 규정을 두고 있다(제7조).[11] 따라서 동 협정은 어업에 관한 협정이며 배타적 경제수역의 경제획정과 직접적인 관계가 없다는 이유는 성립될 수 없는 것이라 할 것이다.

둘째로, "신 한일어업협정"은 중간수역에 속해 있는 독도의 배타적인 배타적 경제수역을 부정하고 있으므로(제9조 제1항, 부속서 Ⅰ)[12] 동 협정이 어업에 관한 협상이며 배타적 경제수역의 경계획정과 직접적인 관계가 없다는 청구기각 이유는 부당한 것이다 할 것이다.

---

10) 상게공보, p. 102.

11) 헌법재판소의 결정문에는 "이 사건의 심판 대상은 대한민국과 일본국 간의 어업에 관한 협정(이하 "이 사건 협정"이라 한다)이고, 그 내용은 별지와 같다"라고 표시되어 있으며, 별지에는 (ⅰ) 동 협정, (ⅱ) 부속서 Ⅰ, (ⅲ) 부속서 Ⅱ, 그리고 (ⅳ) 합의의사록이 포함되어 있다. 그러나 (ⅳ) 합의의사록은 심판의 대상인지 분명하지 않다. 왜냐하면 헌법재판소는 합의의사록은 조약이 아니라고 보고 있기 때문이다(p. 108).

12) 헌법재판소의 결정문에 "영유권"과 "영토권"을 구분하고 있다. "영유권"은 국가의 영토에 대한 주권을 의미하며, "영토권"은 국민의 기본권 침해에 대한 권리 구제를 위한 전제 조건으로서의 영토의 대한 국민의 권리를 뜻한다(p. 109).

한국과 일본 양국이 각기 기 선포한 200해리의 배타적 경제수역이 동해의 전 수역에서 중첩되므로 양국은 "신 한일어업협정"의 체결 협정 과정에서 배타적 경제수역에서의 범위를 각각 35해리로 할 것과 배타적 경제수역의 기점을 한국은 울릉도롤 하고 일본은 오끼도로 할 것에 합의를 보았다.[13] 한국 측의 기점을 독도로 하는 데 일본이 동의하면 중간수역을 설정할 필요도 없었고, 독도의 영유권은 한국에 있는 것으로 확정되는 셈이 된다. 일본 측이 독도를 기점으로 하는 데 동의하지 아니하므로 한국 측은 울릉도를 기점으로 한 것이다.[14] 한국의 배타적 경제수역의 기점을 독도로 하지 않고 울릉도로 한 것은 한국이 독도의 영유권을 포기할 것으로 해석될 가능성이 없지 않다. 장차 한일 배타적 경제수역의 경계획정에 있어서도 일본은 "신 한일어업협정"의 선례를 따르자고 주장할 수 있을 것이며, 또 장차 독도의 영유권 귀속 문제가 국제재판소에서 다투어지게 될 경우에도 일본이 이 선례를 근거로 독도의 영유권이 한국에 귀속되지 않는 것이라고 주장할 가능성이 배제되지 않는다.[15] 요컨대, "신 한일어업협정"이 "어업에 관한" 협정이므로 배타적 경제수역의 경제획정과 무관하다는 재판부의 청구기각 이유는 부당한 것이라 할 것이다.

나. 현저한 균형을 잃지 않는 협정

헌법재판소 재판부는

> "... 중간수역의 설정에 있어서 어느 일국의 일방적인 양보로 보이지 않고, 또한 상호 간에 현저히 균형을 잃은 설정으로는 보이지 않는다."[16]

라고 청구기각 이유를 제시하고 있다.

---

13) 헌법재판소 사무국, 전게공무, 전주, p. 102.
14) 상계공보, p.102.
15) 상계공보, p.102.
16) 상계공보, p.103.

이와 같이 재판부는 "신 한일어업협정"이 설정한 중간수역은 한일 양호 간에 현저한 균형을 잃지 않는 것이라고 판단하고 있으나, 이는 다음과 같은 몇 가지 점에서 부당한 것으로 본다.

첫째로, "신 한일어업협정"이 한국의 배타적 경제수역의 기점을 독도로 하지 않고 울릉도로 하고 일본의 배타적 경제수역의 기점을 오끼도로 하여 중간수역을 설정한 것은 한국 측의 일방적인 양보로 설정한 것이며[17] 이를 현저히 균형을 잃은 것으로 보이지 않는다고 재판부가 판단한 것은 부당함이 명백하다.

둘째로, "신 한일어업협정"이 한일 간의 독도의 영유권 "문제"(problem, issue)를 독도의 영유권 "분쟁"(dispute)[18]으로 본 것은 한국 측의 일방적인 양보로 성립된 것이며 이를 현저히 균형을 잃은 것으로 보지 아니한다고 재판부가 판단한 것은 부당하다.

독도의 영유권 문제가 영유권 분쟁으로 발전되게 되면 독도의 영유권에 관해 한국과 일본의 독도에 대한 영유권이 훼손되는 결과를 가져오게 되기 때문이다.[19] 독도의 영유권이 한국에 귀속되어 있음은 엄연한 사실이므로 한일 간의 독도영유권 문제는 국제법상 "분쟁"으로 될 수 없는 것이다. 우리 정부의 일관된 입장도 독도의 영유권 문제가 일본과의 분쟁의 대상이 될 수 없다는 것이었다.

만일 국제법상 분쟁으로 보게 되면, (ⅰ) 당연히 한국의 영토인 독도를 일본과 대등한 입장에서 맞서는 것이 되고, (ⅱ) 뿐만 아니라 국제연합의 가맹국인 한일 양국은 이를 평화적으로 해결해야 할 "국제연합헌장"상의 의무를 지며(제2조 제3항, 제33조 제1항), (ⅲ) 경우에 따라 국제연합 총회 또는 안전보장이사회로부터 분쟁 해결에 관한 권고를 받을 수 있게 된다

17) 상게공보, p.103. 이 이외의 외교통상부의 견해에 관해서는 (ⅰ) 외교통상부, 『신 한일어업협정』, 1998. 11. 25, (ⅱ) 외교통상부, 『신 한일어업협정과 독도』, 1998. 11, (ⅲ) 외교통상부 조약국, 『한일어업협정 해설자료』, 1998. 11. 참조.

18) 헌법재판소 사무처, 전게공보, 전주1, p. 109.

19) 상게공보, p. 109.

(제11조 제2항, 제36조 제1항). 그리고 (iv) 한 걸음 더 나아가 "국제연합헌장"상 안전보장이 사회가 그 분쟁을 평화에 대한 위협(the threat to the peace)으로 결정할 경우에 국제연합으로부터 제재조치를 받을 수도 있게 된다(제40조 이하).

때문에 우리 정부는 독도가 일본과의 관계에서 분쟁의 대상이 될 수 없다는 입장을 견지해 왔던 것이다. 1954년 9월 25일 일본 정부는 독도의 영유권에 관한 한일 간의 문제를 법적 분쟁이라고 보고 이를 국제사법재판소에 제소하자는 제의를 다음과 같이 해 왔다.

> 이 문제(issue)는 국제법의 기본원칙의 해석을 포함하는 영유권에 관한 분쟁 (a dispute on the territorial rights)이니 만큼... 일본 정부는 일본 정부와 한국 정부의 상호 합의에 의하여 이 분쟁(the dispute)을 국제사법재판소에 부탁할 것을 제의한다.[20]

상기 일본 정부의 제외에 대해 우리 정부는 1954년 10월 28일에 다음과 같이 이를 일축하는 내용의 항의를 한 바 있다.[21]

> 독도 문제(the Dokdo problem)를 국제사법재판소에 제소하자는 일본 정부의 제의는 사법절차를 가장한 또 다른 허위의 시도에 불과하다. 한국은 독도에 대한 영유를 갖고 있으며, 한국이 또한 국제 재판에 의하여 그 권리를 증명해야 할 이유가 없다. ...일본은 소위 독도의 영유권 분쟁에 대한 한국과의 관계에서 일본을 대등한 지위로 놓으려고 시도하는 것이다(is attempting to place herself on the equal footing).

이상과 같이 우리 정부는 "신 한일어업협정"을 체결하기 이전까지는 독도의 영유권 문제를 일본과의 국제분쟁으로 보지 않는 입장을 취해 왔다.[22]

---

20) 상계공보, pp. 109-110
21) 상계공보, p. 109.
22) 나홍주, "한일어업협정의 문제점에 관한 고찰", 『한국해방학회지』 제22권 제2호, 2000, p. 192.

1965년의 "한일기본관계에 관한 조약", "한일어업협정" 체결 시 한국 정부는 독도영유권 문제에 있어 어떤 형식으로도 규정상 일본의 지위를 인정하게 되는 것을 배제했으며, "분쟁해결에 관한 교환 공문"에 독도 문제에 관한 규정을 두자는 일본의 주장을 배격했다. 1974년의 "한일 대륙붕협정" 체결 시에도 한국 정부는 이러한 입장을 견지해 왔다. 그러나 1998년의 "신 한일어업협정"의 체결로 우리 정부의 이러한 입장은 깨지고 말았다. 이제 일본이 다께시마를 찾을 법적 발판을 놓으려던 숙원은 꿈이 아니라 현실로 실현된 것이다.

요컨대, "신 한일어업협정"에 의해 중간수역이 설정되어 독도의 영유권 문제가 독도의 영유권 분쟁으로 인정되기 된 것은 우리 측의 일방적인 양보에 의한 것이며, 이는 현저하게 균형을 잃은 것이므로 재판부가 현저히 균형을 잃지 않은 것으로 판단한 것은 부당함이 명백하다 할 것이다.

2. 영해와의 관계에 관한 청구기각 이유 비판

전술한 바와 같이 헌법재판소 재판부는 "신 한일어업협정과 영해와의 관계"에서 청구기각 이유를 다음 두 가지로 제시하고 있다.

가. 영해를 제외한 협정

헌법재판소 재판부는

> "...이 사건 협정은 배타적 경제수역을 직접 규정한 것이 아닐 뿐만 아니라 배타적 경제수역이 설정된다 하더라도 영해를 제외한 수역을 의미하며, 이러한 점들은 이 사건 협정에서의 이른 바 중간 수역에 대해서도 동일하다고 할 것이므로..."[23]

라고 표시하여 동 협정은 독도의 영해를 규율 대상에서 제외한 것이므로

---

23) 김영주, "신 한일어업협정과 독도의 영유권 훼손", 독도 조사연구학회, 독도탐사 연구발표, 2001.6.6, 썬플라워호, p.6.

독도는 영해를 보유한다고 판단하고 있다.

이와 같이 재판부는 "신 한일어업협정"하에서도 독도는 영해를 보유한다고 판단하고 있으나, 이는 다음과 같은 몇 가지 점에서 부당하다고 보아야 할 것이다.

첫째로, 도서가 영해를 갖는다는 것은 일반국제법인 1958년의 "영해접속수역협약"(제40조 제2항)과 1982년의 "유엔해양법협약"(제121조 제2항)에 의해 인정되는 것이며, 독도의 주변수역이 중간수역으로 된다는 것은 특수국제법인 "신 한일어업협정"에 의하는 것이다. 전자는 일반법이고 후자는 특별법이며, 일반법과 특별법이 저촉될 경우는 "특별법 우선의 원칙" (rule lex specialis derogant lege generali)에 따라 후자가 우선적으로 적용되게 되므로[24] 독도는 중간수역만을 갖고 독도의 영해는 배제된다고 볼 수 있다.

둘째로, 헌법재판소와 우리정부는 "신 한일어업협정"은 "이 협정은 대한민국의 배타적 경제수역(이하 "협정수역"이라 한다)에 적용한다"라고 규정하고 있으므로(제1조), 독도의 영해에 이 협정은 적용되지 않고 따라서 독도의 영해에 어떠한 영향을 주지 않는다고 주장하고 있으나, "신 한일어업협정"이 한국과 일본의 배타적 경제수역에서 중간수역을 배제하고 배타적 경제수역이 아닌 이 중간수역에 동 협정을 적용하는 것과 같이 배타적 경제수역이 아닌 독도의 영해에 대해 동 협정을 적용하는 것은 가능하다.[25]

셋째로, "신 한일어업협정"은 "다음 각 목의 점을 순차적으로 직선으로 연결하는 선에 의하여 둘러싸이는 수역에 있어서는 부속서1의 제2항의 규정을 적용한다"라고 규정하고 있다(제9조 제1항). 동 조항에는 이 수역을 부속서1의 제2항의 규정이 적용되는 수역과 동 규정이 적용되지 않는 수역을 구분하는 어떤 규정도 없으므로 이 수역에 부속서1의 제2항의 규정

---

24) 외교통상부 조약국, 한일어업협정 해설 자료 1998. 11, p. 15; 김영구, "한일 · 한중어업협정의 비교와 우리의 당면과제", 국회해양포럼, 2001.6.20, 국회의원회관 소회의실, p.45.

25) 김명기, "독도의 영유권과 새 한일어업협정", 독도학회, 한일어업협정의 재개정 준비와 독도 EEZ 기선 문제, 2000.9.8, 한국 프레스센타, p.7.

의 적용이 배제되는 수역, 즉 영해가 있다고 볼 수 있다. 만일 이 수역 내의 영해에서 부속서1의 제2항의 적용을 배제하기 위해서는 그런 내용의 특별 규정이 있어야 하며 그러한 특별 규정이 없으므로 중간수역 내에 영해는 존재하지 않는다.

따라서 "신 한일어업협정"에 의해 중간수역에 속하는 독도의 영해가 영향을 받지 않는다는 재판부의 청구기각 이유는 부당한 것이라 할 것이다.

나. 영유권을 제외한 협정

헌법재판소 재판부는

> "...독도가 중간수역에 속해 있다 할지라도 독도의 영유권 문제나 영해 문제와는 직적접인 관계를 가지지 아니한 것이 명백하다 할 것이다."[26]

라고 판시하고 있다.

이와 같이 재판부는 "신 한일어업협정"에 의해 독도가 중간수역에 속해 있다 할지라도 독도의 영유권에는 아무런 영향이 없다고 판단하고 있으나, 이는 다음과 같은 몇 가지 점에서 부당하다고 보아야 할 것이다.

첫째로, "신 한일어업협정"에 의하면 울릉도와 독도 중 독도만이 중간수역 내에 포함되어 있으므로(제9조 제1항) 독도와 울릉도는 국제법상 별개의 도서로 취급되게 되었다. 따라서 울릉도의 영유권이 한국에 귀속되어 있으므로 울릉도의 속도인 독도의 영유권도 한국에 귀속된다는 이른 바 "속도 이론"에 의한 독도에 대한 영유권 주장의 근거[27]를 상실하게 되는 결과를 가져왔다.[28]

1951년 "대일강화조약"에서 일본으로부터 분리되는 한국의 영토가 명시되어 있으며 이 중에 울릉도는 포함되어 있으나 독도는 포함되어 있지 않

---

26) 상게논문, p.7; 김영주, 전게논문, 전주23, p.11.
27) 헌법재판소 사무처, 전게공보, 전주 1, p.109.
28) 김영구, 전게논문, 전주24, pp.44-45.

다. 동 조약은 일본에서 분리되는 한국의 영토를 다음과 같이 규정하고 있다.

> 일본은 한국의 독립을 승인하고 제주도·거문도 및 울릉도를 포함하는(including the Island Quelpart, Post Hamilton and Degalet) 한국에 대한 모든 권리·권원 및 청구권을 포기한다(제2조 a항).

상기 규정 중에 울릉도는 포함되어 있으나 독도는 포함되어 있지 않다. 그러나 독도는 울릉도의 속도이므로 독도는 울릉도와 같이 일본으로부터 분리된 한국의 영토라는 우리의 논거[29]는 "신 한일어업협정"이 효력을 발생한 이후에는 더 이상 주장하기 어렵게 되었다.

뿐만 아니라, 『삼국사기』(三國史記) 열전(列傳) 이사부조(異斯夫)에 신라 지증왕 13년(512년)에 이사부가 우산국을 정복하고 우산국이 신라에 귀손하여 왔다고 기록되어 있는 바, 여기 우산국의 영토는 울릉도와 그의 속도인 우산도(독도)가 포함된다는 것을 근거로 독도가 신라 지증왕 13년 이래 우리의 영토라는 주장[30]도 사실상 깨지게 된다. 그리고 조선 중종조(1531년)에 편찬된 『신동국여지승람』(新東國與地勝覽) 강원도 울진현조(권45)에 "우산과 울릉은 원래 한 섬이라고 한다"는 기록에 의해 인정된 역사적 사실[31]을 부정하는 결과를 가져오게 한다. 따라서 "신 한일어업협정"에 의해 독도의 영유권은 직접적인 관계를 가지지 않는 것이 명백하다는 재판부의 판단은 부당한 것이다 할 것이다.

둘째로 재판부는 "신 한일어업협정"에 의해 중간수역에 속해 있는 독도의 영유권 문제는 어떠한 영향도 받지 않는다고 판단하고 있다. 이는 동 협정이 "이 협정의 어떠한 규정도 어업에 관한 사항 외의 국제법상 문제에 관한 각 체약국의 입장을 해하는 것으로 간주되어서는 아니된다"라는 규

29) 제4장 제1절 참조.

30) 이상면, "중간수역에 들어간 독도의 운명과 그 대책", 독도찾기운동본부, 『독도현장보고』(서울: 독도찾기운동본부, 2001), p.17.

31) 외무부, 『독도관계자료집(1)』(서울: 외무부, 1977), pp.74-75.

정(제15조)에 의거한 것으로 보인다. 우리 정부도 제15조의 규정은 독도에 대한 우리의 입장을 해하지 않는 것으로 우리에게 유리한 조문이라고 한다.[32] 그러나 제15조의 규정을 일본 측에서 보면 독도를 실효적으로 지배하고 있지 못하면서도 독도의 영유권이 일본에게 귀속된다는 일본의 입장을 묵인하는 것으로, 결국 일본에게 보다 유리한 규정인 것이다.[33] 즉 이 규정은 한국에게는 이(利)도 해(害)도 주지 않는 현상유지적 의미밖에 갖지 못하지만, 일본에게는 이(利)를 주는 현상변경적 의미를 갖는 것이다.

요컨대, 결국 제15조의 규정은 독도의 영유권에 관해 일본 측에게 비교이익을 주어 그 결과를 한국의 독도영유권이 그만큼 훼손되는 것으로 되었다는 해석이 가능할 수 있게 되어있다. 따라서 재판부가 중간수역에 독도가 속해 있어도 독도의 영유권 문제에 어떠한 영향을 주는 것이 아니라고 판단한 것은 부당한 것이라 할 것이다.

셋째로, 독도를 중간수역에 속하도록 하고 배타적 경제수역의 기점으로 보지 않은 것은 우리나라가 독도의 영유권을 포기한 것으로 볼 수 있는 가능성을 배제시키지 못한다. 울릉도를 기점으로 한 것은 독도의 영유권을 포기한 것이다. "유엔해양법협약"에서 섬은 배타적 경제수역을 가지나 (제121조 제2항), 인간이 거주할 수 없거나 그 자신 경제활동을 할 수 없는 (cannot sustain human habitation or economic life of their own)암초는 배타적 경제수역을 갖지 아니한다고 규정하고 있는바(제121조 제3항), 우리 정부는 독도가 배타적 경제수역을 갖지 않는 암석인 것으로 보고 있으나[34] 이는 사실에 반하고 부당한 판단이라 아니할 수 없다.[35]

---

32) 상게서, pp.119-20.

33) 이상면, 앞의 글, 전주 30.

34) 김영구, "국제법에서 본 동해 중간수역과 독도", 독도연구보전협회, 독도영유권 대토론회, 1999.10.22, 프레스센터, pp.23-24.

35) 김영주, 전계논문, 전주 23, p. 3; G. G. Fitzmaure, "The Law and Procedure of International Court of Justice", *BYIL*, Vol. 33, 1957, pp.236-38; Lord McNair, *Law of Treaties* (Oxford: Clarendon, 1961), p.219; Georg Schwarzenberger and E. D. Brown, *A Manual of International Law,* 6th ed.(Milton: Professional Book, 1976), p.131.

Ⅵ. 결론

"대한민국과 일본국 간의 어업의 관한 협정비준 등 위헌확인 사건"에서 헌법재판소 전원재판부의 결정에는 (i) 국민의 영토에 관한 권리를 영토권이라 규정하여 헌법소원의 대상인 기본권의 하나로 간주하는 것은 가능한 것으로 판단한 점,[36)](ii) 어민들이 종전에 자유로이 어로 활동을 영유할 수 있었던 수역에서 더 이상 자유로운 어로 활동을 영유할 수 없게 된 것은 직접 법령에 의해 기본권이 침해되는 것으로 판단한 점[37)] 등이 포함되어 있다. 이는 헌법 재판소가 국민의 기본권의 신장을 위해 획기적이고 발전적인 결정을 한 것으로 높이 평가된다 할 것이다.

상술한 바와 같이 "신 한일어업협정"에는 한국의 독도에 대한 영유권을 침해하거나 또는 침해할 위험성이 있는 몇몇 조항이 있다. 과거의 국제사회에서 영토 취득의 주요 원인은 선점 · 정복 · 할양 등이 있으나, 오늘의 국제사회에서 영토 취득의 주요 원인은 묵인(acquiescence) · 승인(recognition), 그리고 금반언(estoppel)이다.[38)] 묵인 · 승인 · 금반언의 반복으로 영토 취득은 응고되어지는(consolidated)것이다.[39)]

우리 정부는 "신 한일어업협정"을 체결함에 있어서 어업과 기타의 경제적 · 외교적 이익에 제2차적인 가치를 부여하고, 독도의 영유권에 제2차적

---

36) 환원하면 동 협정이 배타적 경제수역에만 적용되는 것이 아니라 "중간수역"에도 적용되므로 영해에도 적용된다는 해석이 가능한 것이다. 1839년 "영불어업협정"상 영해를 선으로 표시한 수역의 대안은 영유권이 인정되었고 영해를 선으로 표시하지 않는 수역의 대안은 무주지로 인정되었다는 점(ICJ., *Reports*, 1953, pp.66-67)에 유의해야 할 것이다.

37) 헌법재판소 사무처, 전계공보, 전주1, p.110.

38) 김명기, "독도와 대일강화조약 제2조", 김명기 편, 『독도연구』(서울: 법률출판사, 1997), p. 255.

39) 중간수역 내에 독도가 위치하고 있으며, 울릉도는 중간수역과 구별되는 배타적 경제수역 내에 위치하고 있기 때문이다. 속도가 주도의 부속도라는 문언상 언급이 없는 한, 주도에 대한 주권의 행사는 속도에 대한 주권의 행사로 볼 수 없다는 국제사법재판소의 판결(ICJ. *Reports*, 1953, p. 71)에 유의해야 한다.

인 가치를 부여하여, 독도의 영유권이 일본에 있다는 일본 정부의 주장을 묵인·승인하거나 또는 이 묵인·승인에 의한 금반언의 효과로 한국의 독도에 대한 영유권이 침해된다는 점을 간과하는 과오를 범했다. 이 과오를 합리화하려는 정부의 시책은 또 다시 새로운 과오를 이중으로 범할 뿐인 것이다.

우리 정부는 하루 속히 훼손되거나 훼손될 위험성이 있는 독도의 영유권을 치유하기 위한 대책을 강구하여 국민의 여망에 따라 민족의 자존심인 독도를 영구히 보전해야 할 민족적 당위의 실현을 다 해야 할 것이다.

헌법재판소가 독도의 영유권을 침해하는 과오를 범한 정부의 정책을 시정하도록 하는 결정을 하지 못하고 정부의 의견을 그대로 인정·수용하여 청구를 기각하는 결정을 한 것은 민족 자존심의 표상인 독도를 영구히 보존해야 할 민족적 소명을 다하지 못한 것으로 심히 유감이라 아니할 수 없다.

(판례월보사, 『쥬리스트』)

제7절

한일어업협정 폐기 후 대처방안

-한일어업협정 폐기 후 이에 대한 국제법상 대책방안 모색-

목 차

Ⅰ. 서론

1998년 11월 28일에 서명되고 1999년 1월 23일에 효력을 발생한 "대한민국과 일본국 간의 어업협정"(agreement on Fisheries between the Republic of Korea and Japan, 이하 "한일어업협정"이라 한다)은 한국의 독도영유권을 훼손하는 여러 규정(특히, 제9조 제1항, 부속서Ⅰ 제2항, 제15조)을 포함하고 있어, 한국의 독도영유권은 사상 유례없는 위기에 직면하게 되었다. 다행히 동 협정은 3년간 시한부로 유효한 것으로 그 이후 어느 체약국도 동 협정의 폐기를 상대방에 통고할 수 있다는 명문규정을 두고 있다

(제16조 제2항).

그러나 동 협정 발효 이후 한국의 독도영유권을 훼손하는 동 협정은 폐기되어야 한다는 많은 시민단체와 학자들에 의한 끈질긴 논리적 · 실증적 근거에 입각한 동 협정폐기 제의를 우리 정부는 묵살해 왔다. 이 글은 만일 이미 늦었으나 다행히 동 제의를 정부 당국이 수용하여 동 협정을 폐기하게 된다면 그 후 한일 양국 간의 배타적 경제수역의 법질서 유지를 위한 어떠한 기본적 대책방안이 강구되어야 할 것인가를 국제법 측면에서 검토해 보려는 것이다.

이 글은 다음과 같은 기본입장에 입각한 것임을 밝혀둔다.

첫째로, 여기 제시해 보려는 기본적 대책방안은 이미 범하여진 "한일어업협정"의 과오에 대해 동 협정 폐기 후 그 후유증을 시정하려는 사후적 교정적 목적을 가진 것이다. 따라서 이 대책방안은 이미 폐기된 동 협정의 독소조항을 관련 대상으로 하고 있다.

둘째로, 여기 제시해 보려는 기본적 대책방안은 동 협정이 폐기된 이후의 대안에 관한 것이다. 따라서 동 협정의 폐기 반대론의 논거는 고려의 대상으로 하지 않는다.

셋째로, 이 기본적 대책 방안은 배타적 경제수역이 주는 "경제적 이익"보다 독도영유권이 주는 "주권적 정체성"을 상위의 가치로 설정한 것이다. 따라서 한국의 어획량 제고의 과제는 부수적으로만 고려될 뿐이다.

넷째로, 이 기본적 대책방안은 국제법 측면에서의 접근방법이므로 이는 정책결정의 보조적 수단으로의 제안이다. 따라서 정치적 · 외교적 고려는 이 설계의 외연(外延)에 있을 뿐이다.

끝으로, 이 기본적 대책방안은 컨셉디자인(concept design)에 불과하며 세부 방책이 아니다. 따라서 구체적 조문화(codify)작업은 이 설계의 역외(域外)에 존재한다.

이하 동 협정 폐기 후에 한일 배타적 경제수역의 법질서 유지를 위해 폐기된 동 협정의 규범질서를 대체하는 새로운 특별협정 체제를 정립(定立)할 것인가 아니면 한일 간 특별협정 체제 없이 일반 해양법 체제에 위기

(委棄)할 것인가의 기본적 대책방안을 (ⅰ) 무 협정 방안, (ⅱ) 개정 어업협정 체결방안, 그리고 (ⅲ) 배타적 경제수역 경계획정협정 체결방안으로 대별하여 각 방안의 기본 틀과 과려되는 각 방안의 세부방책을 검토해 보기로 한다. 물론 이들 방안은 동 협정 폐기 후의 대책방안이지만 동 협정 폐기 전에 검토 대비하여야 할 창조적 미래를 설계하는 개혁적 가치와 진취적 의미를 갖는다.

Ⅱ. 협정 폐기 후 고려되는 기본적 대책방안

"한일어업협정"을 폐기한 후에 한일 간의 배타적 경제수역의 법질서 유지를 위한 기본적 대책방안은 동 협정을 대체하는 새로운 협정 체제를 정립(定立)할 것인가, 아니면 협정 체제 없는 일반법 체제로 귀일할 것인가를 결정하는 것이다.

1. 가용방안

"한일어업협정"을 폐기한 후 한일 간 배타적 경제수역의 법질서 유지를 위한 다음과 같은 가용방안(可容方案, available proposals)을 고려해 볼 수 있다.

(ⅰ) 제1방안 : 무 협정 방안[1)]

(ⅱ) 제2방안 : 개정 어업협정 체결방안[2)]

---

1) "무 협정 방안"은 "한일어업협정" 폐기 후 한일 간 "특별협정"이 없는 방안을 뜻하며, "일반협정"(해양법 협약)도 없는 법적 진공상태의 방안을 의미하는 것이 아니다.

2) "개정 어업협정 체결방안"은 "한일어업협정"을 개정하는 협정을 체결하는 방안을 말한다. 유하영 박사의 "재협상 전략"의 대상은 이 방안을 뜻하는 것으로 본다(유하영, "신 한일어업협정의 개폐와 재협상 전략", 독도본부, 『제18회 학술토론회자료』(2007.4.18), pp.79-84).

(iii) 제3방안 : 배타적 경제수역 경계협정 체결방안[3)]

2. 최적방안

가. 최적방안의 설정

(ⅰ) 최적방안(最適方案, optimum proposal)으로 상기 가용방안 중 제1방안을 선정 제안하기로 한다.

(ⅱ) 차적방안(次適方案, next optimum proposal)으로 상기 가용방안 중 제2방안을 선정 제안하기로 한다.

나. 최적방안으로 제1방안을 선정하는 근거

(1) 논리적 근거

최적방안을 제1방안을 선정하는 논리적 근거는 다음과 같다.

(ⅰ) "한일어업협정"에 의해 인정되었던 다음과 같은 효과를 배제할 수 있다.

① 동해 공동관리수역의 설정(제9조 제1항), 배제조항의 설정(제15조) 등에 의한 한국의 독도영유권 훼손의 효과

② 3년간 효력을 갖는 잠정협정(제16조 제2항)의 효과

③ 배타적 경제수역 경계획정 전 잠정협정(전문에[4)] 의거한 "해양법 협약"

---

3) "배타적 경제수역 경계획정협정 체결 방안"은 한일 간 중첩된 배타적 경제수역의 경계를 획정하는 새로운 협정을 체결하는 방안을 말한다. "배타적 경제수역 경계획정협정 체결 방안"과 "개정 어업협정체결 방안"의 구별은 "한일어업협정"과의 실질적 동일성(eimheit)의 유무에 의할 수밖에 없다. 동일성이 없으면 전자이고 동일성이 있으면 후자인 것이다. 예컨대, 동해 공동관리수역과 남해 공동관리수역을 수용하는 배타적 경계획정 협정을 체결한다면 그것은 후자로 보아야 할 것이다.

4) 전문은 "국제연합 해양법협약에 기초하여"라 규정 선언하고 있다. 이 규정에 의거 "해양법 협약"이 동 협정에 적용되게 된다.

제74조 제3항)의 효과

(ii) "한일어업협정" 이전의 일반해양법("해양법 협약")에 의한 한일 간의 배타적 경제수역 상태로 복귀할 수 있다.[5)]

(2) 현실적 근거

(i) 제2방안과 제3방안은 한일 간에 새로운 협상을 필요로 하나 제1방안은 아무런 협상을 필요로 하지 않으므로 세 개의 가용방안 중 실현성이 가장 높다.

(ii) 무 협정 상태로 상당기간 경과 후에 무 협정 상태가 한일 모두에게 불편하다고 판단되게 되면 그때 제2방안 또는 제3방안에 의뢰할 수 있다.

논리적으로는 제3방안→제2방안→제1방안 순으로 합리성이 인정되며, 현실적으로는 제1방안→제2방안→제3방안 순으로 실현성이 인정된다고 본다. 그러나 독도의 영유권문제라는 특수사정을 고려, 논리성보다 현실성에 비중을 두어 제1방안을 최적방안으로 선정 제의해 본다.[6)] 많은 이견이 제의될 수 있다고 본다. 이와 같은 판단이 "이상"보다 "현실"을 본체(本体, substance)로 보는 법실증주의(法實證主義, positivism)에 합당한 접근방법이라 할 수 있을 런지?

---

5) "한일어업협정"은 특별법이고 "해양법 협약"은 일반법이다. "특별법 우선의 원칙"에 따라 한일 간에 "한일어업협정"이 우선적으로 적용되게 되나, 동 협정이 폐기되게 되면 "해양법 협약"이 적용되게 된다.

6) 수 개의 가용방안 중 하나의 최적방안을 선정하기 위해서는 각 가용방안의 장점과 단점을 비교분석 평가하여야 하나, 여기 국제법적 관점에서 정책적 장점과 단점을 비교분석 평가하는 것은 무리이고, 또 적절하지 않으므로 부득이 논리성과 현실성만을 고려하여 최적방안을 선정하기로 한다.

Ⅲ. 무 협정 방안[7)]

1. 가용방안

"한일어업협정"을 폐기하고 무 협정 상태에서 일반해양법에 의거하는 방안을 채택할 경우 다음과 같은 가용 방안을 고려해 볼 수 있다.

(ⅰ) 제1방안 : 무위(無爲) 방안

(ⅱ) 제2방안 : 협정 전 배타적 경제수역 경계선 확인 선언 방안[8)]

(ⅲ) 새로운 배타적 경제수역 경계선 선언 방안

2. 최적방안

가. 최적방안의 선정

(ⅰ) 상기 가용방안 중 최적방안으로 제1방안을 선정 제안하기로 한다.

(ⅱ) 상기 가용방안 중 차적방안으로 제2방안을 선정 제안하기로 한다.

나. 최적방안으로 제1방안을 선정하는 근거

(1) 논리적 근거

최적방안으로 제1방안을 선정하는 논리적 근거는 다음과 같다.[9)]

(ⅰ) "한일어업협정"에 의한 한국의 독도영유권 훼손의 결과(제9조 제1

---

7) 전주 (1); 제성호, "소위 무협정상태의 공포는 허구다", 독도본부, 『제19회 학술토론회 자료』(2007.5.23), pp.45-76; 이장희, "한일어업협정 폐기 절차와 대비책", 독도본부, 상게자료, pp.82-87; 유하영, 전주 (2), pp.79-84; 김영구, 『독도영토주권의 위기』(부산: 다솜출판사, 2006), pp.161-69; 나홍주, "외교부 민원회신과 반기문장관 연설은 국제법 이론에 맞지 않는 거짓", 독도본부, 『외교부 해수부 어업협정 발표문 평석』(서울: 독도본부, 우리영토, 2006) pp.90-93 참조.

8) "배타적 경제수역법" 제5조 제2항에 규정된 경계선; 전주 (5) 참조.

9) 상기 세 개의 가용방안의 공통된 논리적 근거를 볼 수도 있다.

항, 제15조)를 배제할 수 있다.

(ii) "한일어업협정" 이전의 배타적 경제수역 상태로 복귀할 수 있다.

(iii) 일반해양법인 "해양법 협약"에 의한 상태로 복귀할 수 있다.

(2) 현실적 근거

(i) 새로운 해양질서의 정립을 위해 일본과 협상할 필요가 없고, 또 새로운 선언이 없으므로 일본으로부터의 항의도 있을 수 없으므로 가장 실현성이 높다.

(ii) 무 협정상태가 한일 모두에게 불편하면 상당기간 경과 후에 새로운 협정(경계협정, 잠정협정 등)을 체결할 수도 있다.

다. 제3방안을 채택할 경우 고려사항

만일 제3방안을 채택하게 될 경우 다음과 같은 방책이 고려되어야 한다.

(i) 새로운 배타적 경제수역 경계선언에 대한 일본의 항의를 예상하여 이에 대한 세부방책

① 배타적 경제수역 경계획정 협정체결 촉구

② 폐기된 협정을 보완하는 개정 어업협정 체결제의 등

(ii) 독도 근해에서 예상되는 어업분쟁을 방지하기 위한 세부방책

① 객관적으로 타당한 "균형의 원칙"에[10] 입각한 경계선언

② 0+α effect의 경계 선언

③ 한국 어선의 경계 엄수 계도(啓導)

④ 일본 어선의 경계 위반 단속 등

10) "해양법 협약" 제74조.

Ⅳ. 개정 어업협정 체결방안[11]

개정 어업협정을 체결하게 될 경우 필히 개정하여야 할 주요 핵심사항은 동해 공동관리수역, 남해 공동관리수역, 그리고 배제조항이다.[12]

1. 동해 공동관리수역

가. 가용방안

동해 공동관리수역에 관한 규정을 개정할 경우 다음과 같은 가용방안을 고려해 볼 수 있다.

(i) 제1방안: 동해 공동관리수역 완전배제 방안

(ii) 제2방안: 동해 공동관리수역 변형 수용 방안

(iii) 제3방안: 동해 공동관리수역 현행 수용 방안[13]

나. 최적방안

(1) 최적방안의 선정

(i) 최적방안으로 상기 가용방안 중 제1방안을 선정 제안하기로 한다.

(ii) 차적방안으로 상기 가용방안 중 제2방안을 선정 제안하기로 한다.

(2) 최적방안으로 제1방안을 선정하는 근거

(가) 논리적 근거

최적방안으로 상기 제1방안을 선정하는 논리적 근거는 "한일어업협정"

---

11) 전주 (2); 이장희 교수의 "한일어업협정 해석 추가의정서"의 체결방안은 협정폐기 전의 방안으로 이 방안과 구별 된다(이장희, 전주 (7), pp.79-88).

12) 이 이외에 부속서 I 제2항, 동 제3항, 합의의사록 제2항 등.

13) 범위는 현행 공동관리수역과 같고, 기능에 있어서는 현행 공동관리위원회와 같지 않은 방안이다.

에 의해 인정되었던 다음과 같은 효과의 배제에 있다.

(ⅰ) 독도를 둘러 싼 동해 공동관리수역을 설정하여 독도의 영유권에 관한 한일 간의 분쟁의 존재를 인정하는 효과(제9조 제1항)[14)]

(ⅱ) 독도를 둘러싼 동해 공동관리수역을 설정하여 독도의 배타적 경제수역을 배제하고 일본에 의한 실효적 지배를 인정한 효과(제9조 제1항)[15)]

(ⅲ) 독도의 영해와 배타적 경제수역을 침범한 일본 어선에 대한 동해 공동관리수역에서의 추적권 배제에 의한 한국의 주권침해를 인정하는 효과(제9조 제1항, 부속서 I 제2항 가목)[16)]

(나) 현실적 근거

제1방안이 상기 세 개의 가용방안 중 가장 실현성이 낮으나, 전혀 실현성이 없는 것은 아니다.

(3) 차적방안으로 제2방안을 선정할 경우 고려사항

차적방안으로 제2방안을 선정할 경우 다음과 같은 세부 방책이 고려되어야 한다.

(ⅰ) 동해 공동관리수역 내에 ① "독도와 오끼도"를 내재시키거나, ② "독

---

14) 이장희, "공동관리수역 서쪽 경계선은 일본의 다께시마 영유권 주장을 인정한 것", 독도본부, 『제18회 학술토론회 자료』(2007.4.18), pp.25-28; 김영구, 전주 (7)p.58; 나홍주, "중간수역의 법적성격은 공동관리수역", 독도본부, 『중간수역의 법적 성격과 독도영유권훼손 문제』(서울: 독도본부, 우리영토, 2006), pp.81; 제성호, "공동관리수역 속에 독도 넣은 것은 영토주권을 훼손한 것", 독도본부, 상게자료, pp.27-54.

15) 제성호, "어업협정으로 일본은 독도에 대하여 새로운 주권적 권리를 창설하였다", 독도본부, 전주 2, pp.3-23.

16) 김명기, "한일 공동관리수역의 추적권 배제는 독도영유권 침해 행위", 독도본부, 『어업협정 폐기해도 그대로 남는 독도에 대한 일본의 권리문제』(서울: 독도본부, 우리영토, 2007), pp.11-26; 유하영, "한일 배타적 경제수역의 쟁점 사안", 독도본부, 상게자료, pp.79-84.

도, 울릉도와 오끼도"를 내재시키는 방책[17)]

(ii) 동해 공동관리수역의 관리를 ① "한 · 일 · 중", ② "한 · 일 · 러", 또는 ③ "한 · 일 · 중 · 러"로 하는 협정의 당사자를 변경하는 방책[18)]

2. 남해 공동관리수역

가. 가용방안

남해 공동관리수역에 관한 규정을 선정할 경우에 다음과 같은 가용방안을 고려해 볼 수 있다.

(i) 제1방안: 남해 공동관리수역 완전배제 방안

(ii) 제2방안: 남해 공동관리수역 변형 수용 방안

(iii) 제3방안: 남해 공동관리수역 현행 수용 방안[19)]

나. 최적방안

(1) 최적방안의 선정

(i) 최적방안으로 상기 가용방안 중 제1방안을 선정 제안하기로 한다.

(ii) 차적방안으로 상기 가용방안 중 제2방안을 선정 제안하기로 한다.

(2) 최적방안으로 제1방안을 선정하는 근거

(가) 논리적 근거

최적방안으로 상기 제1방안을 선정하는 논리적 근거는 "한일어업협정"에 의해 인정되었던 다음과 같은 효과를 배제할 수 있다는 데 있다.

(i) 한일 대륙붕공동개발구역의 80% 이상을 일본의 배타적 경제수역으로 인정하는 효과(제9조 제2항)[20)]

---

17) 이 방책은 한일 간 독도영유권문제의 대상을 희석시킬 수 있다.
18) 이 방책은 한일 간 독도영유권문제의 주체를 희석시킬 수 있다.
19) 전주 (13) 참조.

(ii) 남해 공동관리수역의 30% 이상을 일중(日中) 공동관리수역으로 인정하는 효과(합의의사록 제2항)[21]

(나) 현실적 근거

제1방안이 상기 세 개의 가용방안 중 가장 실현성이 낮으나, 전혀 실현성이 없는 것은 아니다.

다. 차적방안으로 제2방안을 선정할 경우 고려사항

만일 부득이 차적방안으로 제2방안을 선정하게 될 경우 다음의 세부 방책이 고려되어야 한다.

(i) 한일 대륙붕공동개발구역 전부를 남해 공동관리수역으로 흡수하는 방책

(ii) 남해 공동관리수역에서 일중 공동관리수역을 인정하지 아니하는 방책

3. 배제조항

가. 가용방안

배제조항(분리조항)을 개정할 경우 다음과 같은 가용방안을 고려해 볼 수 있다.

(i) 제1방안: 배제조항 완전배제 방안

(ii) 제2방안: 배제조항 변형 수용 방안

(iii) 제3방안: 배제조항 현행 수용 방안[22]

---

20) 제성호 "한일어업협정은 남한 면적과 맞먹는 대륙붕 공동개발구역을 사실상 일본에 넘겨주었다.", 독도본부, 『한일어업협정은 제주도 남부의 해양권리를 일본에 넘겨준 매국조약』(서울: 독도본부, 우리영토, 2007), pp.51-74; 김영구, "제주도 남부 공동관리수역 남측 한계선은 허구의 섬이다", 독도본부, 상게서, pp.11-31.

21) 전주 20

22) 동해 공동관리수역, 남해 공동관리수역을 배제·변형하면서 배제조항을 현행대

나. 최적방안

(1) 최적방안의 선정

(ⅰ) 최적방안으로 상기 가용방안 중 제1방안을 선정 제안하기로 한다.

(ⅱ) 차적방안으로 상기 가용방안 중 제2방안을 선정 제안하기로 한다.

(2) 최적방안으로 제1방안을 선정하는 근거

(가) 논리적 근거

최적방안으로 제1방안을 선정하는 논리적 근거는 "한일어업협정"에 의해 인정되었던 다음과 같은 효과를 배제할 수 있다는 데 있다.

(ⅰ) 일본의 다께시마 영유권 주장을 한국이 인정하는 효과(제15조)[23]

(ⅱ) 일본에게 비교 이익을 주고 한국에게 비교 불이익을 주어 한국의 독도영유권을 상대적으로 훼손하는 효과(제15조)[24]

(나) 현실적 근거

제1방안이 상기 세 개의 가용방안 중 가장 실현성이 낮으나, 전혀 실현성이 없는 것은 아니다.

다. 차적방안으로 제2방안을 선정할 경우 고려사항

만일 부득이 차적방안으로 제2방안을 선정하게 될 경우 다음의 세부 방책이 고려되어야 한다.

로 수용하는 방안을 뜻한다.

23) 제성호, "한일 간에 EEZ 경계획정 협상보다 어업협정 폐기가 더 시급하다", 독도본부, 전주 (16), pp. 58-50; 이상면, "신 한일어업협정과 독도영유권", 대한변협, 『신 한일어업협정 관계세미나 자료』(2005.8.8), p.22; 이장희, "한일어업협정에서 발생한 금반언 원칙 적용문제를 제기할 수 있는 방법", 『어업협정 원천무효 방안을 찾아서-금반언 원칙을 비켜가는 길』(서울: 독도본부, 우리영토, 2007) pp.40-42.

24) 김명기, "한일어업협정은 어업협정인가?", 독도본부, 전주 (2), pp.10-74.

(i) "한일어업협정" 제15조의 "어업에 관한 사항 외의 국제법상 문제"를 ① "해양법상의 제반사항"[25] 또는 ② "해양법상 문제에 대하여"[26]로 개정하는 방책

(ii) "한일어업협정" 제15조의 "입장을 해하는 것으로 간주되어서는 아니 된다"를 "주장할 수 없다"[27]로 개정하는 방책

V. 배타적 경제수역 경계획정협정 체결방안[28]

가. 가용방안

배타적 경제수역 경계획정협정을 체결할 경우 다음과 같은 가용방안을 고려해 볼 수 있다.

(i) 제1방안: 독도의 full effect 인정 방안

(ii) 제2방안: 독도의 half effect 인정 방안(독도-오끼도 중간선, 울릉도-오끼도 중간선의 중간선)

(iii) 독도의 0 + α effect 인정 방안(울릉도-오끼도 중간선)

나. 최적방안

(1) 최적방안의 선정

(i) 최적방안으로 상기 가용방안 중 제3방안을 선정 제안하기로 한다.

(ii) 차적방안으로 상기 가용방안 중 제2방안을 선정 제안하기로 한다.

---

25) "한중 어업협정" 제14조 형식

26) "일중 어업협정" 제12조 형식

27) "해양법협약"(1982.12.10) 제137조 제1항, "남극조약"(1959.12.1) 제4조, "우주조약"(1967.1.27) 제2조 형식

28) 전주 (3); 제성호, "한일 간 EEZ 경계협정보다 어업협정 폐기가 더 시급하다", 독도본부, 전주 (16), pp.41-59 참조.

(2) 최적방안으로 제3방안을 선정하는 근거

(가) 논리적 근거

최적방안으로 제3방안을 선정하는 논리적 근거는 다음과 같다.

(i) 제1방안: 0 + α effect로 독도는 한국의 영토라는 인정을 받을 수 있다.

(ii) 제2방안: 0 + α effect로 독도는 "해양법협약"상 암석(제121조 제3항)이 아니라는 인정을 받을 수 있다.

(나) 현실적 근거

0 + α effect의 방안이 상기 세 개의 가용방안 중 가장 실현성이 높다.

(3) 최적방안으로 제3방안을 선정할 경우 고려사항

최적방안으로 제3방안을 선정할 경우 다음과 같은 세부방책이 고려되어야 한다.

(i) 남해에서[29] 대폭 양보하고 동해에서[30] 최소한 0 + α effect를 인정받는 방책

(ii) 독도 이북 동해수역과 독도 이남 동해수역에서 다소 양보하고 독도 이동 동해수역에서 0 + α effect를 인정받는 방책

(iii) 배타적 경제수역의 경제적 이익을 다소 양보할지라도 독도의 0 + α effect를 인정받는 방책

(iv) 1974년 인도는 스리랑카에게 Kachichaicivu 섬의 영유권을 인정하는 대신 스리랑카는 인도에게 동 섬의 0 effect 인정사례 참고

(v) 상기 (i)(ii)(iii) 이외의 기타 방책을 포함하는 "total deal", "package deal"의 방책

29) 여기 "남해"에는 "한일어업협정"상 "남해 공동관리수역" 외에 다른 수역도 포함된다.

30) 여기 "동해"에는 "한일어업협정"상 "동해 공동관리수역" 외에 다른 수역도 포함된다.

Ⅵ. 결론

이상에서 "한일어업협정" 폐기 후의 법적 대책방안으로, (ⅰ) 무 협정 방안, (ⅱ) 개정 어업협정 체결 방안, (ⅲ) 배타적 경제수역 경계획정협정 체결 방안을 제시하고, 논리성은 (ⅲ)→(ⅱ)→(ⅰ) 순위이나 현실성은 (ⅰ)→(ⅱ)→(ⅲ) 순위이지만 현실성에 비중을 두어 (ⅰ)을 최적방안으로 선정·제시해 보았다. 이에 관해서는 많은 이견이 제시될 수 있음을 인정한다.

이상에서 제시해 본 "한일어업협정" 폐기 후의 대안은 이 방면을 연구하는 이들의 자문이다 토론을 거치지 않은 하나의 착상에 불과하다.

"법은 가치판단을 할 수 없다"는 순수법학의 입장을 따르지 않는다 할지라도 본래 대책 방안이란 정책결정의 과제이고 법리형성의 과제는 아니다. 법리는 정책결정의 한 참고 고려 요소에 불과함을 인정한다. 따라서 "한일어업협정" 폐기 후의 대책방안도 법리형성에 앞서는 정책결정의 과제이므로 이 대책방안을 법리적 측면에서 접근하려는 시도는 본질상 일정한 한계가 있음을 인정한다.

그러나 이상에 제시된 조제안(粗提案)이 "한일어업협정" 폐기 후의 대책방안에 관한 광범하고도 심도 있는 연구의 기초 자료가 되고, 이 대책방안에 관한 정책입안 결정에 다소의 참고가 되었으면 하는 바램을 가져본다.

어떤 대책 방안을 최적방안으로 선정 대처하든 이에 앞서 한국의 독도영유권을 훼손하는 "한일어업협정"은 조속히 폐기되어야 한다. 무 협정 상태가 협정 폐기를 안 하는 것보다는 한국의 독도영유권 보전에 명백히 이롭지 않은가.

제8절
독도를 기점으로 하지 않은 한일어업협정 비판

-독도를 암석으로 본 정부의 주장 비판-

목 차

Ⅰ. 서론

1965년에 이르러 1965년 6월 22일 한일 양국은 어두운 과거를 청산하고 한일 국교정상화를 위한 "한일기본관계에 관한 조약"을 체결했다. 그리고 동일자에 양국은 "한일어업협정"을 체결하여 양국 간의 어업발전과 선린관계의 유지를 위해 상호 협력해왔다. 그 후 1982년 12월 10일 "해양법에 관한 국제연합협약"(이하 "유엔해양법협약"이라 한다)이 채택되고, 한일 양국이 동 협약의 당사자로 가입하게 됨에 따라 양국은 동 협약에 근거한 배타적 경제수역을 각각 선포하게 되었다.

이에 따라 양국은 상호 중첩된 배타적 경제수역에 있어서 해양 생산물 자원의 합리적인 보존 · 관리 및 최적 이용의 중요성을 인식하고 1965년의 "한일어업협정"을 기초로 하여 유지되어 왔던 양국 간의 어업분야에 있어서의 협력 관계를 더욱 발전시키기 위해 중첩된 배타적 경제수역의 경계 획정에 앞서 새로이 "대한민국과 일본국 간의 어업에 관한 협정"(이하 "신한일어업협정"이라 한다)을 체결하였으며 동 협정은 1999년 1월 22일에 양국 간의 비준서의 교환에 의해 효력을 발생하게 되었다(제16조 제1항).

그런데 동 협정에는 한국의 독도에 대한 영유권 귀속에 의문을 갖게 하여 한국의 독도에 대한 영유권이 훼손되거나 또는 훼손될 위험성이 있는 몇몇 규정이 포함되어 있다.

그중 가장 문제가 되는 것은 동 협정이 (i) 중간 수역을 설정하고 독도를 이 중간수역 내에 위치시키고 있다는 것과 (ii) 동 협정이 독도를 기점으로 하지 않고 울릉도를 기점으로 하여 한국의 어업수역(협정수역)과 중간수역을 설정하고 있는 것이다. 이 두 개의 문제가 모두 독도에 대한 한국의 영유권을 훼손하고 있는 것이다.

이 글을 후자의 문제에 관한 우리 정부의 주장을 비판해 보려는 것이다. 이하 (Ⅱ) 문제의 제기, (Ⅲ) 우리 정부의 주장, (Ⅳ) 유엔해양 법 상 암석에 관한 일반적 고찰, (Ⅴ) 우리 정부의 주장 비판 순으로 논급하기로 한다.

Ⅱ. 문제의 제기

상술한 바와 같이 동 협정은 중간수역을 설정하고 있는바, 이는 울릉도 이원 35해리에 위치하고 있다. 따라서 울릉도에서 35해리까지가 한국의 어업수역으로 규정되어 있다. 한국과 일본 양국이 각기 기선포한 200해리의 배타적 경제수역이 동해의 전 수역에서 중첩되므로 양국은 "신 한일어업협정"의 체결 협상 과정에서 배타적 경제수역의 범위를 각각 35해리로 할 것과 배타적 경제수역의 기점을 한국은 울릉도로 하고 일본은 오끼도로 할 것에 합의를 보았다.[1)]

한국 측의 기점을 독도로 하는 데 일본이 동의하면 중간수역을 설정할 필요도 없었고, 독도의 영유권은 한국에 있는 것으로 확정되는 셈이 된다. 일본 측이 독도를 기점으로 하는 데 동의하지 않으므로 한국 측은 울릉도를 기점으로 한 것이다.

한국의 배타적 경제수역의 기점을 독도로 하지 않고 울릉도로 한 것은 한국이 독도의 영유권을 포기한 것으로 해석될 가능성이 없지 않다. 장차 한일 배타적 경제수역의 경계획정에 있어서도 일본은 "신 한일어업협정"의 선례를 따르자고 주장할 수 있을 것이며, 또 장차 독도의 영유권 귀속 문제가 국제재판소에서 다투어지게 될 경우에도 일본이 이 선례를 근거로 독도의 영유권이 한국에 귀속되지 않는 것이라고 주장할 가능성이 배제되지 않는다.

Ⅲ. 우리 정부의 주장

동 협정이 독도를 기점으로 하지 않고 울릉도를 기점으로 한 것에 대해 우리 정부는 다음과 같이 해설하고 있다.

첫째로, 울릉도를 기점으로 한 것은 독도의 영유권을 포기한 것이 아니라, "유엔해양법협약"에서 섬은 배타적 경제수역을 가지나(제121조 제2항), 인간이 거주할 수 없거나 그 자신 경제활동을 할 수 없는(cannot sustain human habitation or economic life of their own) 암석(rocks)은 배타적 경제수역을 갖지 아니한다고 규정하고 있는바(제121조 제3항) 독도는 배타적

1) 외교통상부, 『신 한일어업협정과 해설자료』, 1998.11. p.15.

경제수역을 갖지 않는 암석인 것이다.[2)]

둘째로, 독도를 배타적 경제수역을 갖지 않는 암석으로 보는 것이 "유엔해양법"상 명분과 실리 면에서도 유리한 것이다.[3)]

Ⅳ. 유엔해양법협약상 암석에 관한 일반적 고찰

1. 유엔해양법협약의 규정

"유엔해양법협약" 제121조는 "섬제도"(Regime of Islands)라는 표제로 섬(islands)과 암석(rocks)에 관해 다음과 같이 규정하고 있다.

> 1. 섬은 만조 시에 수면 위에 있고, 바다로 둘러싸인 자연적으로 형성된 육지 지역이다.
> 2. 제3항에 규정된 경우를 제외하고, 섬의 영해, 접속수역, 배타 적 경제수역 및 대륙붕은 기타 육지영토에 적용 가능한 본 협약의 규정에 따라 결정된다.
> 3. 사람이 거주할 수 없거나 독자적인 경제활동을 지속할 수 없는 암석은 배타적 경제수역이나 대륙붕을 가지지 아니한다.

위와 같이 "유엔해양법협약"은 사람이 거주할 수 없거나 독자적인 경제활동을 지속할 수 없는(cannot sustain human habitation or economic life of their own) 섬을 "암석"으로 규정하고, 암석은 배타적 경제수역이나 대륙붕을 가지지 않는다고 규정하고 있다. 동 제121조 제3항의 규정은 배타적 경제수역과 대륙붕의 예외 규정이다.[4)]

---

2) 외교통상부, 『신 한일어업협정과 독도』, 1998.11.25, p.6.
3) 외교통상부, 『신 한일어업협정』, 1998.11.25, p.6.
4) R. J. Dupuy and Daniel Vignes (eds.), *A Handbook of the New Law of the Sea*, Vol.2 (Dordrecht: Martinus, 1991), p. 1053.

2. 유엔해양법협약의 해석

"유엔해양법협약"상 암석의 정의 및 암석의 요건은 다음과 같이 해석된다. 그러나 암석의 정의 요건의 해석은 난제에 속한다.[5] 동 조 제3항의 암석의 정의 요건은 일반국제관습법이라고 볼 수 없다.[6]

암석은 다음과 같은 2개의 요건을 구비해야 한다.

가. 제1 요건

동 협약 제121조 제3항의 암석은 제121조의 표제가 섬제도(Regime of Islands)로 표시된 바와 같이 동 조 제3항의 암석은 제1항에 규정된 섬의 특수 형태의 하나이므로 섬으로서의 요건을 구비해야 한다.[7] 전술한 바와 같이 동 조 제1항은 "섬은 만조 시에 수면위에 있고, 바다로 둘러싸인 자연적으로 형성된 육지지역이다"라고 규정하고 있다.

따라서 동 조 제3항의 암석은 다음과 같은 섬의 일반적 요건을 구비해야 한다.

첫째로, 암석은 만조 시에 수면 위에 있어야 한다.

따라서 간조 시에만 수면 위에 있고 만조 시에는 수면 밑에 있는 지형물인 간출지(low tide elevations)는 암석이 아니다.[8] 그리고 간조 시에는 수면 밑에 있는 암초(reefs)도 암석이 아니다. 여기서 만조는 평균 만조, 즉 평균 고조를 뜻한다.[9]

---

5) D.P.O'Connell, *The International Law of the Sea*, Vol.2 (Oxford: Clarendeon, 1984), p.732.

6) Duppy and Vignes, *supra*. n.4, p. 1061.

7) B. KwiatKowska and A. H. Soons, "Entitlement to Maritime Area of Rocks shich cannot Sustain Human Habitation Economic Life of Their Own", *Netherlands Yearbook of International Law*, 1990, p.150.

8) Clive Ralph Symons, *The Maritime Zones of Islands in International Law* (Dordrecht: Martinus, 1979), pp. 42-43; D.W.Bowett, "Islands", Rudolf Bernhardt(ed.), *EPIL*, Vol.11, 1989, p.165.

9) R.D.Hodgson and R.Smith, "The Informal Single Negotiating Text: A Geographical

둘째로, 암석은 바다로 둘러싸여 있어야 한다.
따라서 일면이 육지에 붙어 있는 반도는 암석이 아니다.[10]

셋째로, 암석은 자연적으로 형성되어야 한다.
따라서 등대와 같은 인공 시설물이나 인공섬은 암석이 아니다.[11] "유엔해양법협약" 제60조 제8항은 "시설물이나 인공섬 및 구조물은 섬의 위치를 가지지 아니 한다"라고 명문 규정을 두고 있다. 화산 폭발로 형성된 것은 자연적으로 형성된 것이다. 형성은 영구적인 것이어야 한다. 따라서 일시적으로 형성된 것은 암석이 아니다.[12]

넷째로, 암석은 육지 지역이어야 한다.
따라서 암석은 해안에 고착되어 있고 육지와 같은 성격을 가져야 하며 또한 영구성을 가져야 한다.[13] 여기서 영구성은 수평적 영구성과 수직적 영구성을 모두 포함하는 것이다. 전자는 수평적 위치의 영구성을 뜻하며 후자는 수직적 노출의 영구성을 뜻한다. 그러므로 육지지역으로 볼 수 없는 빙산, 등대선, 그리고 죽마촌(stilt village)도 섬, 즉 암석이 아니다.[14]

나. 제2 요건

제2 요건은 일반적인 섬과 구별되는 암석 특유의 요건을 말한다. 제1조 제3항의 "암석"은 동 조 제1항의 요건 이외에 다음과 같은 특수 요건을 구비해야 한다.

이 특수 요건을 명확히 하는 것은

첫째로, 암석은 "사람이 거주할 수 없거나 독자적인 경제활동을 지속할

Perspectives", *O.D.I.L.*, Vol.3, No.3, 1976, p.150.

10) Gerald Fitzmaurice, "Some Results of the Genera Conference in the Law of the Sea", *I.C.L.Q.*, Vol.8, 1959, p.85.

11) Symons, *supra* n.8, pp.37-41: Bowett, *supra* n.8, p.165.

12) Papadkis, *The Internatinal Legal Regime of Artoficial Islans* (Leiden: Sijithoff, 1977), p.91.

13) *Ibid.*

14) Symons, *supra* n.8, pp.21-29.

수 없어야 한다."

(i) "사람이 거주할 수 없는"이란 사람이 거주하지 아니한(uninhabited) 이 아니라 사람이 거주할 수 없는(uninhabitable)을 의미한다.[15] 이는 현재 사람이 거주하지 않지만 한 때 사람이 거주했었고 앞으로 사람이 거주할 가능성이 있으면 지금 거주 가능한 것으로 인정된다. 즉, 과거에 거주 가능했으며 미래에 거주 가능한 것으로 인정된다.[16] 따라서 구아노(조분) 채취차 과거에 사람이 거주 하였다면 현지 거주 가능한 것으로 된다.[17]

기술의 발달에 따라 어떤 섬도 거주 가능한 것으로 된다.[18] 조 직적이고 안정적인 거주임을 요한다는 주장이 있으나 이는 일반적으로 수락되어 있지 않다. 사람의 거주는 항상 거주하는 것을 의미하는 것이 아니다. 따라서 사람의 거주는 어업을 위하여 정기적으로 이용하거나 피난처로 이용하거나 또는 계절적으로 이용하는 것을 포함한다.[19]

(ii) "독자적인 경제활동"은 과거에는 그리하지 않았으나 현재와 미래의 경제 수요의 변동, 기술적 혁신 또는 새로운[20] 인간 활동의 변화를, 그리고 능력이 개발되는 것을 의미한다. 독자적 경제활동은 자급자족을 의미하는 것이 아니나 계절적으로[21] 개발되거나 사용가능성이 있는 천연자원의 존재 필요성은 있어야 한다. 암석 위에 설치된 등대 또는 항해구조시설물은 해상운송의 가치 그 자체로 경제생활을

15) Kwiatkwska and Soons, *supra* n.7, p.162.
16) *Ibid.*, pp.160-62.
17) I.M.Van Dyke, J.R.Morgan and J. Gurish, "The Exclusive Economic Zone of the Northwestern Hawaiian Islans", *San Diego Law Review,* 1988, p.439.
18) Hodgson and Smith, *supra* n.9, p.231.
19) Jonathan I.Charney, "Rooks that Cannot Sustain Human Habitation", *A.J.I.L.*, Vol.93, 1999, pp.863ff.
20) *Ibid.*
21) UN Office for Ocean Affairs and Law of the Sea, *The Law of the Sea: Regime of Islands* (New York: NO for OA, 1988), p.97.

할 수 있는 것으로 된다.[22)]

(iii) "사람이 거주 가능한 또는(or) 독자적 경제활동"은 '또'(and)가 아니라 '또는'(or)으로 해석된다.[23)] 즉, 둘 중 하나를 충족하면 배타적 경제수역과 대륙붕을 가질 수 있다.[24)]

둘째로, 암석은 그의 지질이 "암석"이어야 한다.

암석은 지질학적 개념이 아니다.[25)] 그리고 암석은 그의 구조적 성분에 관계없이 모든 물리적 형상을 말한다.[26)] 섬과 암석의 지질학적 차이는 없다.[27)]

그러나 프랑스는 암석은 지질학적 개념이라고 주장하며 사호와 화산재로 구성된 Clipperton에 대해, 동 협약 제121조 제3항의 암석이 아니라고 하면서 동 섬의 주위에 배타적 경제수역을 선포한 바 있다.[28)] 암석의 크기는 0.001 마일평방 이상이어야 한다는 주장[29)] 내지 10평방킬로미터라는 주장[30)]이 있으나 암석의 크기에는 제한이 없다.

위와 같이 제121조 제3항의 규정은 해석된다.

제121조 제3항의 규정은 국제사회에서 일반적으로 수락되어 있지 않으나 위와 같이 해석될 수 있다.[31)] 그러나 동 제3항의 규정은 실제 적용에 있어서 많은 어려움이 있다.[32)]

---

22) E.D.Brown, *The International Law of the Sea*, Vol.1 (Brookfield: Dartmouth), 1994, pp.181-207.

23) Victor Prescott, "The Uncertainties of Middleton and Elizabeth Reefs", *Boundary and Security Bulletin*, Vol.6, No.3, 1998, p.74.

24) Charney, *supra* n.19, p.863.

25) Kwiatkowska and Soons, *supra* n.7, p.153.

26) Haller Trost, *The Contested Maritime and Territorial Boundaries of Malysia-an International Law Perspective*, 1998, p.62.

27) Kwiatkowska and Soons, *supra* n. 7, pp.151.

28) 한국해양연구소, 『독도 생태계 등 기초 조사 연구』(서울: 해양수산부, 2000) p.889.

29) A. D. Hudgson, "Islands: Special and Normal circumstances, in Gamble and Pontecorvo(ed.), *Law of the Sea in the Emerging Regime Oceans*, 1974, pp.150-151.

30) O'connell, *supra* n.5, p.732, no.213.

31) Duppy and Vignes, *supra* n.4, p.1062.

32) R.J.duppy and Daniel Vignes(eds.), *A Handbook of the New Law of the Sea*,

대부분의 암석 영유국은 그의 배타적 경제수역과 대륙붕을 넓게 확보하기 위해 암석을 섬이라고 주장하는 경향이 있으며 그로 인해 많은 국제분쟁이 야기되고 있다.[33] 암석은 배타적 경제수역과 대륙붕의 경계획정에 고려되어 있기 때문에 영국은 북대서양에 위치한 고도인 Rockall도에 대해 200해리 어업보존수역을 선포한 바 있다. 이에 대해 덴마크와 아일랜드는 영국에 대해 동 보존수역의 선포는 제121조 제3항의 규정을 위반한 것이라고 각기 항의한 바 있으며[34] 멕시코는 태평양에 위치한 소도인 Clarion도와 Guadalup도에 대해 배타적 경제수역을 주장하여 이는 제121조 제3항의 위반이라는 문제를 제기하고 있고[35], 브라질의 St. Peter 및 St. Poul 섬,[36] 뉴질랜드의 L'Esperance와 노르웨이의 Jan Mayen도[37] 위반이라는 분쟁의 대상이 되고 있다.

V. 우리 정부의 주장에 대한 비판

상기 정부의 주장에 대해서는 다음과 같은 반론을 제기해 볼 수 있다.

첫째로, 독도는 인간이 거주하고 그 자신 경제활동이 가능한 섬임에도 불구하고 이를 그렇지 않은 암석으로 본 것은 사실에 반한다.[38]

Vol.1,(Dordrecht: Martinus, 1991), p.497.

33) *Ibid.*, p.471.

34) Geoffrey Marston, "United Kingdom Materials on International Law", *BYIL*, Vol. 68, 1997, pp.599-600; C. R. Simmons, The Maritime Zone of Islands in International Law(Dordrecht: Martinus, 1979), pp.117-18, 125-26; O'Connell, *supra* n.5, p.732.

35) Symmons, *supra* n.8, pp.125-26.

36) R. R. Churehill and A. V. Lowe, *The Law of the Sea* (Manchester: Manchester University Press, 1983), p. 36.

37) Duppy and Vignes, *supra* n.4, vol.1, pp.335, 541-42.

38) 인간이 거주할 수 있는 가장 중요한 여건은 식수이다. 독도에는 1일 10드럼 정도의 담수가 나오며(정호기, "독도의 지리", 김명기 편, 『독도연구』(서울: 법률출판사, 1997, p.50), 1953년 4월 21일 독도의용수비대원 34명이 거주한 이래(김명기, 『독도의용수비대와 국제법』(서울: 다물, 1998), pp.42-43), 현재 수십 명의 인

둘째로 동 협정에 독도가 인간이 거주하고 그 자신이 경제활동이 가능한 섬이 아니란 규정이 명시되어 있지 않는 한, 우리 정부의 상기 주장은 성립의 여지가 없다. 국제법상 조약의 해석은 조약 체결 당시의 체약자의 의사를 명백히 해석하는 것이 아니라 조약을 체결할 당시의 조약문의 객관적 의미를 명백히 하는 것("조약법에 의한 협약" 제31조 제4항)이기 때문이다.

동 협정상 독도는 인간이 살 수 없는 암석으로 본다는 규정이 없을 뿐만 아니라 그런 취지의 해석의정서나 양해각서가 없으므로(체약자의 주관적 의사가 없으므로) 장차 독도의 실효적 지배가 강화된 이후에 독도는 인간이 거주할 수 있는 도서로 해석되게 되며, 따라서 독도는 배타적 경제수역을 갖는 도서로 되게 된다. 배타적 경제수역을 갖는 도서(독도)를 기점으로 하지 않고 울릉도를 기점으로 한 동 협정은 결국 한국의 독도영유권이 없는 것으로 해석되게 된다.

셋째로, 독도를 "암석"으로 보는 것은 "유엔해양법협약" 제121조 제3항의 일반적 해석에 반한다. 독도는 동 제121조 제3항의 "암석"의 제1요건인 섬으로서의 요건을 모두 구비했으나 제2요건인 암석 특유의 요건을 구비하지 않은 것이 상기 (IV) "유엔해양법상 암석의 일반적 고찰"에 비추어 명백하다.[39]

원이 거주하고 있다(정선아, "독도의 호적 · 주민등록 현황", 김명기 편, 『독도특수연구』(서울: 법서출판사, 2001), p.35; 나홍주, "한일어업협정의 문제점에 관한 고찰", 『한국해양법학회지』 제22권 제2호, 2000, pp.188-91). "유엔 해양법협약" 제121조 제3항의 "인간의 거주"란 인간이 항상 거주하지 않아도 그 암석의 지형을 어업을 위하여 정기적으로 이용하거나, 피난처로 이용하거나 또는 계절적으로 이용하는 것을 의미하며, "경제적 생활"이란 과거에는 그렇지 않았으나 현재와 미래에 경제적 수요의 변동, 기술적 혁신 또는 새로운 인간 활동의 변화로 그러한 능력이 개발되는 것을 의미한다. 그리고 "인간의 거주"와 "경제적 생활"이라는 요건은 둘 중 하나만 충족하면 되는, 택일적인 사항이다(Jonathan I. Charney, "Rocks That Cannot Sustain Human Habitation", *A.J.I.L.* Vol.93, 1999, pp.863ff; 나홍주, "인간의 거주를 지탱할 수 없는 암석에 관한 주해와 논평", 독도연구보전협회, 독도영유권대토론회, 『한일어업협정의 재개정 준비와 독도 EEZ 기선문제』, 2000.9.8, 프레스센터, pp.1-23).

넷째로, 전술한 바와 같이 섬의 영유국은 국익을 위해서 자국의 배타적 경제수역과 대륙붕의 범위를 확장하고 암석으로 보지 않는 것이 일반적인 추세이다. 우리 정부의 주장은 이러한 일반적인 추세에 반한다.

다섯째로, 독도가 배타적 경제수역을 갖지 않는 암석으로 보는 것이 실리 면에서 유리하다는 주장은 부당한 것이다. 독도가 배타적 경제수역을 갖지 않는 암석으로 보아야 일본이 남해의 배타적 경제수역 내에 위치한 일본 영유의 많은 섬에 대해 일본이 배타적 경제수역을 갖는 섬이라고 주장할 수 없게 할 수 있다는 우리 정부의 주장은 타당하지 않기 때문이다. 남해에 있는 일본 영유의 모든 섬이 독도와 똑같은 형태의 것이 아닐 뿐더러 어떤 섬이 암석이냐 아니냐는 개별적으로 정해지는 것이며 일괄적으로 정해지는 것이 아니다.

끝으로 우리 정부가 독도를 암석으로 보는 것은 일본 정부가 독도를 배타적 경제수역을 갖는 섬으로 보고 있다는 것을[40] 간과한 것이다.

Ⅵ. 결론

상술한 바와 같이 "신 한일어업협정"은 중간수역 내에 독도를 위치시키고 독도가 아니라 울릉도를 기점으로 하는 기본 구조로 규정되어 한국의 독도영유권을 훼손하고 있다. 이들 제 규정은 장차 "금반언", "일본의 역사적 응고" 권한 주장의 근거를 제공하게 되며, 특히 한국의 독도 실효적 지배강화는 동 협정상 독도가 한국의 영토가 아니라는 해석을 가능하게 하

39) 독도는 "유엔해양법" 제121조 제3항의 "암석"의 (i) 제1요건인 다음의 요건을 구비했으나 ① 만조 시 수면 위에 있어야 한다. ② 바다로 둘러싸여 있어야 한다. ③ 자연적으로 형성되어야 한다. (ii) 제2요건인 다음의 요건 중 ①의 요건을 구비하지 못했다. ©사람이 거주할 수 없거나 독자적인 경제활동을 할 수 없어야 한다. ②지질이 암석이어야 한다.(전술 Ⅳ, 1, 2 참조)
따라서 독도는 "암석"이 아니다.

40) 일본참의원 제136회 해양법 조약 등에 관한 특별위원회, 1996.6.4.

고 있다.

우리 정부는 "신 한일어업협정"을 체결함에 있어서 어업과 기타 경제적, 외교적 이익에 제1차적인 가치를 부여하고, 독도의 영유권에 제2차적인 가치를 부여하여 독도의 영유권이 일본에 있다는 일본 정부의 주장을 묵인, 승인하거나 또는 이 묵인, 승인에 의 한 "금반언"의 효과로 한국의 독도에 대한 영유권이 훼손된다는 점을 간과하는 과오를 범했다. 이 과오를 합리화하려는 정부의 대책은 또다시 새로운 과오를 이중으로 범할 뿐인 것이다.

동 협정은 이 "협정은 발효하는 날로부터 3년간 효력을 가지며, 그 이후에는 어느 일방 체약국도 이 협정을 종료시킬 의사를 타방 체약국에 서면으로 통고할 수 있다"고 규정하고 있으며(제16조 제2항 전단), 또한 "이 협정은 그러한 종료 통고가 있는 날로부터 6월 후에 종료하며, 그렇게 종료하지 아니하는 한 계속 효력을 가진다"라고 규정하고 있다. 따라서 동 협정이 발효한 후 3년 후에 한국은 동 협정의 종료를 통고할 수 있다.

독도의 영유권을 수호하기 위해 조속히 동 협정을 폐기하는 정부의 결단이 요구되고 있다. 이는 민족적 소명이며 국가적 당위인 것이다. 영토주권의 수호는 어떠한 정치적 · 외교적 · 경제적 · 군사적 국익에도 우선하는 최고의 가치인 것이다.

(독도연구조사학회, 『독도논총』 제1권 제2호, 2006.9.).

제9절
대일평화조약과 한일어업협정의 저촉

목 차

Ⅰ. 서론

1951년의 "대일평화조약"은 "일본은 … 제주도, 거문고 및 울릉도를 포함하는 한국에 대한 모든 권리, 전원 및 청구권을 포기한다."라고 규정하고(제2조 (a)항) 있는바, 이에 대해 1998년의 "한일어업협정"은 독도 주변 수역에 이른바 동해 중간수역을 설정하고(제9조), 이 수역에서 "기국주의"에 의해 한국의 주권행사가 제한되고 일본의 주권행사가 인정되어 있다(부속서 제Ⅰ). 이는 "대일평화조약"의 규정에 의해 일본의 독도에 대한 권리, 전원 및 청구권이 포기되어 있는데 반하여 "한일어업협정"은 일본의 독도에 대한 권리를 인정하고 있는 것으로 이는 "대일평화조약"의 규정과 "한일어업협정"의 규정이 저촉되어 있는 것이다(이 저촉은 "대일평화조약"

에 의해 독도의 영유권이 한국에 귀속된다는 것을 전제로 한 것으로 이 전제에 관해서는 이 연구에서 논외로 하기로 한다). "대일평화조약"에 의해 일본의 독도에 대한 권리가 포기되었는데 대해 "한일어업협정"에 의해 일본의 독도에 대한 권리가 인정되어 있기 때문이다.

이 연구는 "대일평화조약"의 규정에 저촉되는 "한일어업협정"의 규정은 조약의 저촉원칙에 따라 적용이 배제된다는 법이론을 정립해 보려 시도된 것이다.

이하 (i) 조약의 저촉에 관한 일반적 고찰, (ii) 일당사자 공통 저촉조약의 후조약 무효, (iii) 한일어업협정의 무효 검토 순으로 기술하고, (iv) 결론에서 정부당국에 대해 몇 가지 정책대안을 제의하기로 한다.

이 연구는 법실증주의에 입각한 *lex lata*의 해석론임을 여기 밝혀두기로 한다.

II. 조약의 저촉에 관한 일반적 고찰

1. 조약의 저촉의 개념

가. 의의

조약의 저촉(conflict of treaties)란 국제법의 저촉(conflict of international law)의 한 유형으로[1] 한 조약의 내용이 다른 조약의 내용과 상호 충돌되는 사태를 말한다. 즉 한 조약과 다른 조약이 내용상 불가양립성(incompatibility)을 뜻한다.[2] 조약의 저촉의 발생원인은 국제사회에 중앙적 입법기관의 결

1) 국제법의 저촉에는 (i) 관습법과 관습법의 저촉, (ii) 관습법과 조약의 저촉, (iii) 조약과 조약의 저촉의 유형이 있다.

2) Hans Kelsen, *Principle of International Law*, 2nd ed.(New York: Holt, 1967), p.502; G. Schwarzenberger and E. D. Brown, *A Manual of International Law*, 6th ed.(Milton: Professional Books, 1976), p.131; Wolfram Karl, "Conflicts between Treaties";

여에 의한 분권적 국제입법에 의하여 국제법의 주체가 개별적으로 조약을 체결하는 데 있다. 개별 국가의 주권의 존재를 전제로 한 국제법 체계에서는 불가피한 현상일 수밖에 없다.[3] 그러나 이를 방치할 수 없으므로 일찍이 C. Rousseau는 조약의 저촉의 해결과제는 "국제질서에 있어서 가장 긴급한 과제 중의 하나(task as one of the most urgent problem in the international order)이다"라고[4] 기술한 바 있다.

나. 유형

(1) 조약의 체약당사자 기준

(가) 체약당사자가 동일한 조약의 저촉[5]

예컨대, A · B를 당사자로 하는 X조약과 A · B를 당사자로 하는 Y조약의 저촉(A · B 〈X〉 : A · B 〈Y〉)

(나) 체약당사자가 상이한 조약의 저촉[6]

1) 제1유형

2개의 저촉되는 조약에 공통된 1개의 당사자가 있는 조약의 저촉, 예컨대, A · B를 당사자로 하는 X조약과 A · C를 당사자로 하는 Y조약의 저촉(A · B 〈X〉 : A · C 〈Y〉)

EPIL, Vol.7, 1984, pp.467-68; 김명기, 『국제법원론』(서울: 박영사, 1996), p.77. Jorg Kammerhofer, *Uncertainity in International Law* (London: Routledge, 2010), p.141. 즉, 다른 규범에 대한 한 규범의 우선(priviledging one norm over the other)을 의미한다(*Ibid.*, p.139; M.Balkin, "Deconstructive Practice and legal Treaty"; *Yale Law Journal*, Vol.96, 1987, pp.743-86).

3) Karl, *supra* n.2, p.468; C. W. Jenks, "The Conflict of Law-Making Treaties." *BYIL*, Vol.30, 1953, pp.402-403.

4) Quoted in Karl, *supra* n.2,p.468.

5) Schwarzenberger and Brown, *supra* n.2, p.131.

6) *Ibid*; 김명기, 전주2, p.81.

2) 제2유형

2개의 저촉되는 조약에 공통된 2개 이상의 전부의 당사자가 공통되지 아니한 일부의 당사자가 있는 조약의 저촉, 예컨대, A · B를 당사자로 하는 X조약과 A · B · C · D를 당사자로 하는 조약의 저촉(A · B 〈X〉 : A · B · C · D 〈Y〉)

3) 제3유형

2개의 저촉되는 조약에 공통된 당사자가 하나도 없는 조약의 저촉, 예컨대, A · B를 당사자로 하는 X조약과 C · D를 당사자로 하는 조약의 저촉(A · B 〈X〉 : C · D 〈Y〉)

(2) 조약의 체계 기준

(가) 신(후)조약과 구(전)조약의 저촉

(나) 일반조약과 특수조약의 저촉

(다) 상위조약과 하위조약의 저촉

(라) 동위조약과 동위조약의 저촉

(마) 강행조약과 임의조약의 저촉

(바) 국제조직조약과 국제조직구성국 조약의 저촉

2. 조약의 저촉의 조약법상 체계

조약의 저촉의 조약법상 체계에 관해 다음과 같이 견해가 나누어져 있다.

(i) 조약의 적용(application of treaties) 문제로 보는 견해[7)]

(ii) 조약의 목적(objects of treaties) 문제로 보는 견해[8)]

---

7) T.D. Elias, *The Modern Law of Treaties*(Leiden: Sijthoff, 1974), p.54; Ian Sinclair, *The Vienna Convention on the Law of Treaties,* 2nd ed. (Manchester: Manchester University Press, 1984), p.84; Alina Kaczorowiska, *Public International Law*, 4th ed. (London; Routledge, 2010), p.116.

8) Robert Jennings and Arthur Watts (eds.) *Oppenheim's International Law*. 9th ed.

(iii) 조약의 해석 · 유효 · 개정 · 종료(interpretation, validity, revision, termination of treaties) 문제로 보는 견해[9)]

(iv) 조약의 유효(validity of treaties) 문제로 보는 견해[10)]

(v) 조약의 적용와 효력(application and effect of treaties)문제로 보는 견해[11)]

조약의 저촉을 (i) 조약의 적용 문제로 보는 견해는 저촉되는 조약의 유효를, (ii) 조약의 목적문제로 보는 견해는 저촉되는 조약의 무효를, (iii) 조약의 해석 · 유효 · 개정 · 종료로 보는 견해는 해석 · 개정 · 종료의 경우는 저촉되는 조약의 유효를, 유효의 경우에는 저촉되는 조약의 무효를, (iv) 조약의 유효로 보는 견해는 저촉되는 조약의 무효를, (v) 조약의 적용과 효력의 문제로 보는 견해는 적용의 경우는 저촉되는 조약의 유효를, 효력의 경우는 저촉되는 조약의 무효를 각각 전재로 한 것이다.

요컨대, 저촉되는 조약의 무효를 전재로 하는 견해는 상기 (ii), (iii), (iv) 그리고 (v)의 견해라고 볼 수 있다.

3. 조약의 저촉의 해결방법

조약의 저촉을 해결하는 방법의 원칙으로 다음과 같은 것이 있다.

(i) 위계의 원칙(hierachic priciple)

(ii) 선법우선의 원칙(lex prior priciple)

(iii) 후법우선의 원칙(lex posterior priciple)

(iv) 특별법우선의 원칙(lex specialis priciple)

(v) 자치적 적용의 원칙(autonomous operation priciple)

Vol.1 (London: Longman, 1992), p.1214.

9) Karl *supra* n.2, p.468.

10) Michel Vinally "Law of Treaties," in Max Sorensen(ed.), *Manual of Public International Law* (London: Macmillan,1968), p.206.

11) Ian Brownlie, *Principle of Public International Law*, 5th ed. (Oxford: Oxford University Press, 1998), pp.627,630.

(vi) 입법의사의 원칙(legislative intent priciple)[12]

조약의 저촉의 어떤 유형의 경우에 어느 원칙이 적용되고 2개 이상의 원척이 경합된 경우 어떤 원칙이 우선하느냐의 원칙도 명확히 확립되어 있지 아니하며, 이들 원칙은 상호 불가분의 연관(inseparable link)를 갖고 있다.[13]

상술한 조약의 저촉의 유형별로 조약의 저촉을 해결하는 원칙을 적용해 보면 다음과 같다.

(i) 체약당사자가 동일한 조약의 저촉(A · B 〈X〉 : A · B 〈Y〉) : 이 경우는 후법 우선의 원칙이 적용되게 된다(Y가 X에 우선).[14]

(ii) 체약당사자가 상이한 조약의 저촉 : 제1유형(A · B 〈X〉 : A · C 〈Y〉), 제2유형(A · B 〈X〉 : A · B · C · D 〈Y〉), 제3유형(A · B 〈X〉 : C · D 〈Y〉)별로 각기 적용하는 원칙이 상이하다.[15]

이 연구에서는 제1유형(A · B 〈X〉 : A · C 〈Y〉), 즉 "일 당사자가 공통인 조약의 저촉"의 해결방법에 관해서만 검토하기로 한다. 연합국 · 일 간의 "대일평화조약"과 한 · 일 간의 "한일어업협정"은 제1유형(연합국 · 일 〈"대일평화조약"〉 : 청 · 일 〈"한일어업협정"〉)에 해당되기 때문이다.

제1유형의 해결방법에 관하여 후조약무효설,[16] 후조약위법설,[17] 후조약유효설[18]으나 후조약무효설이 다수설이고 판례라 할 수 있다.

---

12) Sinclair, *supra* n.7,p.96; Jenks, *supra* n.3, pp.436-53.
13) Karl, *supra* n. 2, p.469.
14) *Ibid.*, p. 470.
15) *Ibid.*, pp. 470-71.
16) H. Lawterpacht, "The Covenant as High Law," *BYIL*, Vol. 17,1936, pp.64-65.
17) Wesley Gould, *An Introduction to International Law* (New York: Harper and Brothers, 1957), p.326.
18) Kelsen *supra* n.7, p.504.

Ⅲ. 일 당사자 공통 저촉조약의 후조약 무효

여기 "일 당사자가 동통인 저촉조약"(one common party to conflict treaties) 이란[19] "단 하나의 당사자가 공통인 충돌조약"(conflict treaties with only one party in common),[20] "분기당사자를 가진 저촉조약"(conflict treaties with divergent parties)을[21] 말한다. 이는 전술한 조약의 저촉유형 중 당사자가 상이한 조약의 저촉 중 제1유형에 해당되는 저촉을 말한다. 예컨대, A · B를 당사자로 하는 X조약과 A · C를 당사자로 하는 Y조약의 저촉(A · B 〈X〉 : A · C 〈Y〉)을 말한다. 즉, X조약과 Y조약에 있어서 A만이 공통인 X조약과 Y조약의 저촉을 뜻한다.

전술한 바와 같이 이 저촉의 경우 저촉되는 후조약의 효력에 관해 학설이 나누어져 있으나 후조약무효설(후조약적용배제설 포함)이 학설과 판례 그리고 관행이라 할 수 있다. 이에 관한 학설과 판례, 조약법협약안과 조약법협약 그리고 관행을 고찰해 보기로 한다.

1. 학설과 판례

가. 학설

(1) Gerald Fitzmaurice

Fitzmaurice는 A · C 간의 조약이 A · B간의 전조약에 저촉될 경우 후조약이 전조약의 "직접적인 위반"을 수반하는 경우 후조약은 무효라고 다음과 같이 기술하고 있다.

A국과 C국간의 조약이 A국와 B국간의 선조약에 저촉될 경우

---

19) Scharzenberger and Brown, *supra* n.2, p.131.

20) Karl, *supra* n.2, p.468; Jennings and Watts, *supra* n.8, pp.1214-15.

21) Karl, *supra* n.2, p.470; Virally, *supra* n.10, p.207.

(a) …

(b) 후조약이 필연적으로 선조약의 직접적 위반을 수반할 경우 후조약은 무효이다

(where a treaty between state A and C was inconsistent with an earlier treaty state A and B… the later treaty would be invalid only

(a) …

(b) the later treaty necessarily involved a direct breach of the earlier treaty)[22]

(2) H. Laeterpacht.

Laeterpacht는 선조약에 저촉되는 후조약은 불가양립성의 한도에서 무효이고 집행할 수 없는 것이라고 다음과 같이 기술하고 있다.

동일체약국 간의 조약이 아닌 선조약의 규정에 저촉되는 조약은 그들 서명국의 약간의 피해의 원인이 되는 선조약에 저촉되는 조약은 그와 같은 불가양립성의 한도에서 무효이고 국제재판소에서 집행할 수 없는 것이다(treaties, other than those between the same contracting parties, which conflict with the provisions of previous treaties so as to cause injury to the interest of some of their signatories are to the extent of such imcompatibility, invalid and unenforceable before international court).[23]

(3) L. McNair

McNair는 A국과 B국이 당사자인 선조약과 A국과 C국이 당사자인 후조약에 저촉되는 경우 후 조약이 무표(null and void)로 되는 경우의 하나로 다음을 열거하고 있다.

(a) 전 조약에 의하여 A국가가 그의 조약 체결 능력을 양도하거나 감축한 경우에 A국가가 그의 조약체결 능력의 부존재 또는 초과하에 체결된 후조약 (Where, by virtue of the earlier treaty state A surrendered or diminished its treaty-making capacity and the later treaty has been concluded by state A in

---

22) Gerald Fitzmaurice, Third Report on the Law of Treaties, A/CN.4/115(1958), Arts,18.19; Sinclair, *supra* n.7,p.94.

23) Lauterpacht, *supra* n.16, p.60.

absence, or in excess of its treaty-making capacity).[24)]

이는 조약 체결능력이 없거나 또는 초과하여 체결된 조약은 무효라는 것이므로 B국가가 A국가에게 조약체결 능력을 선조약으로 부여하고 A국가가 그 조약체결 능력을 초과하여 체결된 조약이 무효라는 의미도 된다고 본다.

(4) Robert Jennings와 Arthur Watts

Jennings와 Watts는 저촉되는 후조약이 무효이고, 특히 보호조약의 경우 보호국이 보호조약에 의해 부여된 권한을 초과하여 체결된 조약은 무효라고 다음과 같이 기술하고 있다.

> 특정의 경우 약간의 신뢰의 조치로서 최소한 후조약의 전 조약에 대한 불가양립성의 한도에서 후조약이 무효하고 주장될 수 있다.
>
> 전 조약이 국가의 조약체결 능력을 직접적으로 감축하고 후조약이 그 국가에 의해 아직 유보되어 있는 조약체결 능력을 초과한 경우; 그러한 사태는 연방연합으로 진입하는 조약이나 피 보호 상태를 수락하는 조약에 의한 국가에 의해 야기되게 된다(in certain cases it can with some measure of confidence be asserted that the later treaty is void, at least to the extent of its incompatibility with the earlier treaty:
>
> where the earlier treaty has directly reduce the treaty making capacity of the state and the later treaty is in excess of the capacity (if any) still retained by the state; such a situation would occur in respect of state by treaty entering into a federal union or accepting protectorate status).[25)]

(5) Michel Virally

Virally는 선조약의 약속에 불일치하는 조약은 무효로 될 수 있다고 하면서 그 무효는 위법성에 근거한 것을 반드시 의미하지 아니한다고 다음과

24) L.McNair, *Law of Treaties* (Oxford: Clarendon, 1961), p.221.

25) Jennings and Watts, *supra* n.8. pp.1214-15.

같이 기술하고 있다.

> 당사자의 하나의 선약속에 불일치에 관한 조약이 무효로 될 수 있다는 논의는 그 조약무효의 근거가 위법하다는 것을 필수적으로 의미하지 아니한다(the argument that a treaty may be void for inconsitency with a prior engagement of one if the parties does not necessarily involve that ground of its being so void is illegality).[26]

(6) C. W. Jenks

Jenks는 일 당사자가 공통인 저촉조약의 해결 원칙은 선법우선의 원칙이라고 다음과 같이 기술하고 있다. 선법이 우선한다는 것은 후법의 무효를 간접적으로 함축한 것이라고 할 수 있다.

> 저촉의 해결을 위한 어떠한 규칙이 요구되는 한 선법 우선의 원칙은 아직 합리적이고 편리한 것이다(the lex prior principal may still be a reanable and convenient one in so far as some rule for resolving the conflict is necessary).[27]

(7) G. G. Wilson

Wilson은 타 국가와 저촉되는 제3국의 조약은 선 조약이 우선 한다고 다음과 같이 기술하고 있다. 선 조약이 우선한다는 뜻은 간접적으로 후조약이 무효라는 의미인 것이다.

> 다른 국가와 저촉되는 제3국과의 후조약의 경우 선 조약이 우선한다(in case a later treaty with a third conflicts with other state, the earlier treaty prevails).[28]

(8) T. O. Elias

Elias는 선 조약의 당사자와 후조약의 당사자가 동일한 조약의 저촉의 경우는 후조약이 우선하나 선후 두 조약의 공통된 한 당사자가 있는 경우

---

26) Virally, *supra* n.10,p.207.

27) Jenks, *supra* n.3, pp.444-45.

28) G.G.Wilson, *International Law*, 9th ed.(New York: Silver,1935), p.222.

는 선 조약이 우선 하다고 다음과 같이 기술하고 있다. 우선 당하는 조약은 무효라는 의미인 것이다.

> 선조약과 후조약 양자의 당사자 간에 있어서는 후조약이 우선한다. 그러나 선후 양 조약의 당사자인 국가와 선조약 만의 당사자인 국가 간에 있어서는 선조약이 우선한다(between two states that are parties to both the earlier and the later treaties, the later treaty prevails, but as between a state party to both treaties and a state party only the earlier traty, the earlier treaty prevails).[29]

이상의 학설 이외에 후조약이 무효라는 견해는 E. de Vattle,[30] W. E. Hall,[31] L. Oppenheim[32] 등에 의해 표시되어 왔다.

나. 판례

(1) Costa Rica v. Nicaragua(1916)

1916년 미국과 니카라구아 간에 체결된 "브라이언 · 차모로 조약" (Bryan-Chamorro Treaty)은 99년간 니카라구아 영토를 횡단하여 폰세카(Fonseca)만을 연결하는 해양운하의 건설권을 미국에 부여하는 규정을 두고 있다. 이는 니카라구아와 코스타리카 간에 체결된 선조약의 규정을 위반한 것이었다. 이에 코스타리카와 엘살바도르는 중앙아메리카 재판소(Central American Court of Justice)에 제소했다.

재판소는 단순히 미국에 대해 관할권이 없다는 이유로 후조약인 "브라이언 · 차모로 조약"이 선조약을 위반하여 무효(null and void)임을 확인했으나 무효라는 선언을 하지 아니했다.[33]

---

29) Elias, *supra* n.7, p.56.

30) E.de Vattle, *Droit des gens*, Book Ⅱ,ch.12,§165.

31) W. E. Hall, *A Treaties on International Law*, 6th ed. (Oxford:Clarendon, 1909), p.334.

32) L. Oppenheim, *International Law*, Vol. 1, 4th ed. (London: Longmans, 1926), p.713.;(Jorg Kammerhufer, *Uncertainity in International Law*(London: Routhedge,2011),p.167.

33) *AJIL*, Vol.11, 1917, p.228; H. Lauterpacht, "The Covenant as High Law" *BYIL*, Vol.17, 1936, p.61; *BYIL*, Vol.30, 1953, p.42.

(2) Salvador v. Nicaragua(1917)

1916년 미국과 니카라구아 간에 체결된 폰세카만의 해군기지의 건설에 관한 "브라이언 · 차모로 조약"은 1917년에 체결된 폰세카만에 있어서 엘살바도르의 공유권을 규정한 "중앙아메리카 국가간 평화와 우호조약"(Treaty of Peace and Amity among Central American States)의 규정을 위반한 것이었다. 엘살바도르는 니카라구아를 중앙아메리카 재판소에 제소했다.

재판소는 후조약인 "브라이언 · 차모로 조약"은 선조약인 "중앙아메리카 국가 간 평화우호조약"을 위반하여 무효라는 이유를 다음과 같이 판시했다.

> 니카라구아는 —국제법에 의해 규정된 모든 가능한 수단을 다할— 브라이언 · 차모로 조약이전에 존재하는 법적 상태를 재수립하고 유지할 의무하에 있다(Nicaragua is under obligation —availing itself of all possible means provided bu international law—to re-establish and maintain the legal status that existed prior to the Bryan-Chamorro Treaty).[34)]

(3) Jurisdiction of the European Commission of the Danube(1927)

1856년의 "파리 평화조약"(Paris Peace Treaty) 제15조는 다뉴브와 그 하구(Danube and its Mouths)의 자유항행이 된다고 규정하고 있다. 다뉴브의 자유항행을 위해 특별 국제기관 Special International Organ)인 이자크챠(Isaktcha), 즉 유럽다뉴브위원회(European Danube Commission, 이하 "EDC"라 한다)가 창설되었다. 1919년의 "베르사이유 평화조약"(Peace Treaty of Versailles)은 제1차 대전 이전에 EDC의 권한을 확인하고 독일의 으름(Ulm)상원의 국제화를 확장했다.

1921년 7월 23일의 "다뉴브한정정관수립협약"(Convention Establishing the Definitive of the Danube), 즉 "다뉴브한정정관"(Definitive Statute of the Danube)이 제정되었다.

동 규정에 의해 EDC의 권한이 확인되고 모든 항행 가능한 하천의 권한

---

34) *AJIL*, Vol.11, 1917, p.719; *BYIL*, Vol.16, 1935, p.164; *BYIL*, Vol.17, 1936, p.61; *BYIL*, Vol.30, 1953, p.422.

은 으름(Ulm)에서 브라이라(Braila)까지 (fluvial Danube) 그리고 브리아라에서 흑해까지(maritime Danube) 확장되었다.

"베르사이유평화 조약" 제346조, 제348조 및 제349조의 적용에 관해 분쟁에 발생했다. 루마니아 정부는 가라츠(Galatz)와 브라이라(Braila)간의 운하의 자유항행을 부정했다. 이 분쟁은 국제연맹이사회에 회부되었고 사무총장은 1926년 12월 18일 이에 관한 권고적 의견을 성설국제사업재판소에 요구했다.[35] 1926년 12월 18일 이 문제는 "베르사이유 평화조약"과 "다뉴베정의규정"의 저촉문제로 재판소는 "베르사이유 조약과 한정정관 양자에 서명하고 비준한 본 분쟁에 관련된 모든 정부는 그들 간의 관계에 있어서 이의 규정의 어떤 것이 무효라고 주장할 수 없다"고 판시했다.[36] 이는 "한정정관"에 서명하지 아니한 루마니아는 무효를 주장할 수 있다는 뜻이다. 즉 "베르사이유 조약"과 "한정정관"의 저촉에서 전자에 저촉되는 후자는 "무효"라는 것을 간접적으로 인정한 것이다. 그러나 재판소는 EDC가 "한정정관" 체결 이후 장기간 가라츠(Galatz)와 브라이라(Braila)에 대해 권한을 행사해온 사실을 누구나 부인할 수 없다고 하고 또한 이는 전대부터 행사해온 것이므로 이에는 '전쟁 전 현상의 원칙'(princilal of *status quo ante bellium*)에 따라 "베르사이유 조약"에 대한 권한은 있다고 다음과 같이 판시했다.

> 전쟁 전 현상의 복구는 다뉴브에 관한 베르사이유 조약의 규정과 그에 관한 한정정관의 규정을 지배하는 원칙이 마찬가지였다(the restoration of the status quo ante bellium was one of the leading princilple of the provisions of the Treaty of Versailles concerning Danube as well as of those of the Definitive Statute).[37] 현행법상 EDC는 가라츠 이하의 구역과 마찬가지로 가라츠에서 브라이라간의 해안구역에 대하여 동일한 권한을 갖는다(under the Law at present in forcr the EDC has the same powers on the maritime sector of the Danube from Galatz to Braila as sector below Galatz).[38]

35) Jennings and Watts, *supra* n.13, p.578; PCIJ, *Series B* No.14, 1927, pp.8,28.
36) PCIJ, *Series B*, No.14, 1927, p.23.
37) *Ibid.*, p.27.

(4) Customs Regime between Germany and Austria(1931)

1931년 5월 19일 국제연맹이사회는 상설국제사법재판소에 1931년 3월 19일의 "오스트리아 · 독일의 정서"(Austrai-German Protocol)에 의해 규정된 독일과 오스트리아 간의 관세연맹(Customs Union)이 1919년 9월 10일 연합국과 오스트리아 간의 평화조약인 "성 게르만 평화조약"(Saint German Peace Treaty) 제88조와 동 평화조약의 의정서인 1922년 10월 4일 제네바에서 서명된 "의정서 I"(Protocol I)과 양립할 수 있느냐의 권고적 의견을 요청했다.[39] 양 합의서는 오스트리아에게 오스트리아의 독립을 약속하는 어떠한 행위도 자제할 의무를 부과하고 있다.[40] 오스트리아는 1922년 10월 4일의 "의정서 I"의 당사자이고 또한 1931년 3월 19일의 "오스트리아 · 독일 의정서"의 당사자이다. 이 양 의정서의 저촉유형은 "일 공통 당사자 저촉조약" 유형(A · B〈X〉 : A · C〈Y〉)에 해당된다. 상설국제사법재판소는 1931년 9월 5일 1931년의 관세체제(customs regime)는 1922년의 의정서와 양립하지 아니한다는 다음과 같은 권고적 의견을 표시했다.

> 1931년 3월 19일의 의정서에 의해 기초와 원칙의 한계에 관해 독일과 오스트리아 간에 수립된 체제는 1922년 10월 4일 제네바에서 서명된 의정서 제1과 양립하지 아니한다(a regime established between Germany and Austria, on the basic and the limits of the principles laid down by the Protocol of March 19th 1031, woould not be compatible with Protocol No.1 signed at Genova on October 4th 1922).[41]

이 판결에서 "양립하지 아니한다(not be compatible)"는 것 저촉되는 후조약은 무효로 된다는 뜻으로 본다. 결국 후조약인 "제네바의정서 제1"은 무효인 것이다.

---

38) *Ibid.*, pp.27, 69.

39) PCIJ, *Series A/B*, No.41, 1931,p.5.

40) *Ibid.*, p.38; Monika Vicheiling, "Customs Regine between Germany and Austria", *EPIL*, Vol.2, 1984, p.69.

41) PCIJ, *Series A/B* No. 41, 1931, p.53.

(5) Oscar Chin Case(1934)

영국인 Oscar Chin은 벨기에의 식민지로 된 콩고에 하천 수송회사 "Unatra"를 설립했다. 당시 벨기에 국가가 반 이상의 주식을 보유하고 있었으며 "Unatra"의 수송률은 벨기에 정부의 인가를 받아야 했다. 1930년~1931년의 디플레이션으로 벨기에 정부는 "Unatra"의 통행량을 결정적으로 감축하는 조치를 취하게 되었다. 이에 손실을 보게 된 Chin은 보상을 요구하게 되어 영국 정부와 벨기에 정부 간에 분쟁이 야기되어 1934년 4월 14일의 영국 정부와 벨기에 정부 간의 제소합의로 영국정부는 상설국제재판소에 벨기에 정부의 조치가 국제법에 위반한 것이라는 제소를 했다.

1934년 12월 12일 재판소는 벨기에 정부의 조치가 국제법에 저촉되지 아니한다고 판결했다. 재판소는 1919년 9월 10일의 "성 게르마인협약"(Convention of Saint-Germain) 제5조의 규정에 근거한 것이었다. 물론 영국과 벨기에는 동 협약의 비준국이었다. 동 협약은 1885년 2월 22일에 모든 유럽국가와 미국이 서명한 "베를린 최종의정서"(Berlin Final Act, Berlin General Act)와의 저촉문제가 제기되게 된 것이다.

재판소는 동 협약과 동 의정서가 모두 유효하다는 것이었으나 반대의견을 표명한 Eysiga 재판관과 분리의견을 표명한 Schuking 재판관은 후조약인 1919년의 "성 게르마인 협약"은 선조약인 1885년의 "베를린 최종의정서"에 저촉되어 무효라는 의견을 표명했다.

반대의견을 표명한 Eysiga재판관은 "베를린 최종의정서"의 개정은 동 의정서의 모든 체약국의 동의로만 가능하다고, 따라서 모든 국가의 동의가 없는 "성 게르만 협약"은 무효이며 그 이유를 다음과 같이 주장했다.

> 베를린 의정서는 다수의 국가간에 다수의 계약관계를 창설하지 아니한다...이는 만장일치수정법을 의미하지 아니한다. 그러나 이는 정관과 헌법에 의해 하나의 체제로서 공고지역을 규정한다. 이 체제는 불가분의 전체를 형성하고 수정될 수 있으나 이는 모든 체약 당사국의 합의를 요한다(the General Act of Berlin does not create a number of contractual relations between a number of states, … it does not constitute a just dispositium, but it provides the Congo

Basin with a regime, a statute, a constitution. This is regime, which forms on indivisible whole, may be modified, but for this the agreement of all contracting powers is required).[42]

M Schucking재판관은 그의 분리의견(separate opinion)에서 무효는 상대적이고 무효를 주장할 때 까지는 유효한 것이라고 다음과 같이 기술했다.

무효는 오직 상대적인 것이다. 즉 그들 서명국 간에 있어서는 유효한 것이다. …그럼에도 불구하고 신협약은 그에 참여에 초대되지 아니한 국가가 그들의 권리를 주장하는 단계를 취할 때까지 계속 합법적이고 유효한 것이다(the nullity is only relative to say they are valid in relations between their signatories...the new convention continues nevertheless to be legal and valid, until such time as the powers which were not invited to participate in it take steps to assert their rights).[43]

이상에서 고찰해 본 바와 같이 일 공통당사자 저촉조약에서(A · B〈X〉 : A · C〈Y〉) 선 조약에 저촉되는 후 조약은 무효라는 것이 학설과 판례에 의해 일반적으로 승인되어 있다.

2. 조약법 협약안과 조약법 협약

가. 하바드 조약법협약안(1938)

"하바드 국제법연구소의 조약법 협약안"(Harvard Research in International Law, Draft Convention on the Law of Treaties)은 제3국과의 선 조약상의 의무에 후 조약상의 의무가 저촉될 경우 선 조약상의 의무가 우선한다고 다음과 같이 규정하고 있다.

일 국가가 타 국가와의 조약에 의해 부담한 의무가 제3국과의 선 조약에

42) PCIJ, *Series A/B* No. 63, 1934, pp.133-34.
43) *Ibid.*, p.87.

> 의해 부담한 의무에 저촉될 경우, 선 조약에 의해 부담한 의무가 후 조약에 의해 부담한 의무에 우선한다(if a state assumes by a treaty with another state on obligation which is in conflict with an obligation which it has assumed by an earlier treaty with a third state, the obligation assumed by earlier treaty takes priority over the obligation assumed by the later treaty).[44]

위의 규정에서 우선한다(takes priority over)는 것은 결과적으로 후조약이 무효라는 의미를 함축하고 있는 것이다.

나. 조약법에 관한 비엔나 협약(1969)

조약법에 관한 비엔나 협약(Vienna Convention on the Law of Treaties, 이하 "조약법협약"이라 한다) 제30조 제2항은 "조약이 선 조약 또는 후 조약에 따를 것을 명시하고 있거나 또는 선 조약 또는 후 조약과 양립하지 아니하는 것으로 간주되지 아니함을 명시하고 있는 경우에는 그 다른 조약의 규정이 우선한다"라고 규정하여 양립조항이 있는 경우에는 그에 따를 것을 규정하고 있으나 양립조항이 없는 경우에는 규정을 두고 있지 못하다. 제30조 제4항(b)는 다음과 같이 규정하고 있다.

> 양 조약의 당사국과 어느 한 조약의 당사국 간에는 그 양국이 다 같이 당사국인 조약 그들 상호간의 권리의무를 규율한다.(as between a state party to both treaties and a state party to only one of the treaties, the treaty to which both state are parties governs their mutual right, and obligations).

이 규정은 조약은 제3자에 대해 영향을 주지 아니한다는 원칙(제34조)을 확인한 것에 불과하다.[45] 이는 선 조약에 저촉되는 후 조약이 위법 또는 무효이냐의 문제를 해결하지 못한 것이다.[46]

제30조 제5항은 다음과 같이 규정하고 있다.

---

44) *AJIL*, Vol. 29, 1935, Suppl. p.1044; *BYIL*, Vol.30, 1953, p.442.
45) Karl *supra* n.7, p.470.
46) *Ibid.*

> 다른 조약에 다른 국가에 대한 어느 국가의 의무와 조약 규정이 양립하지 아니하는 조약의 체결 또는 적용으로부터 그 어느 국가에 대하여 야기될 수 있는 책임문제를 침해하지 아니한다(without prejudice ... to any question of responsibility which may rise for a state from the conclusion or application of a traty the provisions towards another state under another treaty).

동 규정은 "책임문제를 침해하지 아니한다"라고만 규정하였을 뿐 후 조약이 "위법"또는 "무효"라고 규정하고 있지 아니하다.[47] 동 조의 규정은 많은 점에서 전적으로 만족스러운 것이 아니다(in many respects not entirely satisfactory).[48]

요컨대, "조약법협약"은 일 공통당사자 저촉의 경우(A · B⟨X⟩:A · C⟨Y⟩) 선 조약에 저촉되는 후 조약의 "무효"를 명시적으로 규정하고 있지 아니하나 후 조약의 체결 또는 적용에 대한 책임을 규정하고 있다. 그러나 책임문제가 배제되지 아니하는 원인으로써 후 조약의 "무료"가 배제되는 것은 아니다. 즉, 후 조약이 무효이므로 책임문제가 배제되는 것이 아니라는 의미를 묵시적으로 표시하고 있다.

Ⅳ. 한일어업협정의 무효 검토

1. 학설 · 판례에 의한 무효

상술한[49] 바와 같이 일 당사자 공통인 저촉 조약에서 후 조약은 학설 · 판례에 의하여 무효이다. 이에 따르면 선 조약인 일본을 공통 당사자로 하는 "대일평화조약"에 저촉되는 후 조약인 "한일어업협정"은 무효이다.

---

47) *Ibid.*, p.471.
48) Sinclair, *supra* n.12, p.98.
49) *Supra* Ⅳ. 1. 가. 나

2. 조약법 협약에 의한 무효

1969년의 "조약법 협약"은 1980년에 발효했으므로, 1999년의 "한일어업협정"에 "조약법 협약" 제4조에 규정된 불소급의 원칙에 따라 "한일어업협정"에 "조약법 협약"은 적용되지 아니한다. 그러나 "조약법 협약"은 관습법을 성문화한 것이므로 동 협약의 체약당사국이 아닌 국가에 대해서는 동 협약이 관습법으로 적용될 수 있다는 견해에 의하면[50] 동 협약은 관습법으로 "한일어업협정"에 적용될 수 있다.

"조약법 협약"은 일 당사자 공통인 저촉조약에 관해 선 조약에 저촉되는 후 조약은 무효라고 명시하지 아니하고 후 조약 당사자의 "책임문제"가 해제되지 아니한다라고 규정하고 있으므로[51] 책임문제가 후 조약의 "무효"를 전제로 한 것이라고 하여 "한일어업협정"의 "무효"를 주장할 수도 있고, 책임 문제가 위법을 전재로 한 것이라고 하여 "한일어업협정"의 위법성을 주장할 수도 있다. 물론 무효 · 위법을 별론으로 하고 책임의 해제방법인 원상회복, 손해배상, 진사 등을 요구할 수도 있다.

요컨대, "조약법 협약"에 의해 후 조약의 무효가 명시적으로 배제되어 있지 아니하므로 한국은 일본에 대해 "한일어업협정"의 무효를 주장할 수 있다고 본다.

V. 결론

첫째로, 상술한 바를 다음과 같이 요약하기로 한다.

(i) "일 당사자가 공통인 저촉조약"(A · B〈X〉 : A · C〈Y〉)에서 선 조약(X)

---

50) Sinclair, *supra* n. 12, p.9; Shabatai Rosenne, "Vienna Convention on the Lae of Treaties", *EPIL*, Vol. 7, 1984, p.528; Brownlie, *supra* n.16, p.608; *Namibia* case(1917): ICJ, *Reports*, 1971, p.47.

51) "조약법협약" 제30조 제5항; 전술 Ⅳ. 2. 4.

에 저촉되는 후 조약(Y)은 무효라는 것이 학설 · 판례 · 관행에 의해 일반적으로 승인되어 있다.

(ii) 후조약인 "한일어업협정"은 선 조약인 "대일평화조약"에 저촉된다. 특히 "한일어업협정" 제9조는 "대일평화조약" 제2조(a)항에 저촉된다. 따라서 "대일평화조약"에 저촉되는 "한일어업협정"은 무효이다.

둘째로, 정부관계당국에 대해 다음과 같은 정책대안을 제의하기로 한다.

(i) "한일어업협정"은 "대일평화조약"에 저촉되어 무효라는 학계의 연구를 주도적으로 추진 · 지원하고 그 연구결과를 정책에 적극적으로 반영한다.

(ii) "대일평화조약"에 저촉되는 "한일어업협정"은 무효이므로 "대일평화조약" 제21조의 "한국은 본 협약의 제2조, 제4조, 제9조 및 12조의 이익을 향유할 권리를 가진다"라는 규정에 의해 한국은 일본에 대해 "한일어업협정"의 무효를 주장할 수 있으며, 이에 따라 "한일어업협정" 제15조의 "이 협정의 어떠한 규정도 어업에 관한 사항이외의 국제법상 문제에 관한 각 체약국의 입장을 해하는 것으로 간주되어서는 아니 된다"의 규정에 의거 일본이 독도의 영유권 주장을 할 수 있었으나 한국은 "한일어업협정"의 무효를 주장하여 일본은 더 이상 독도의 영유권을 주장할 수 없게 된다. 독도에 관한 정부의 정책당국은 이를 근거로 일본은 독도영유권 주장을 할 수 없는 것이라는 것을 대일본독도정책에 반영한다.

(iii) "대일평화조약" 제21조의 "한국은 본 협약의 제2조, 제4조, 제9조 및 제12조의 이익을 향유할 권리를 가진다"는 규정에 의거 한국은 "한일어업협정"의 무효를 주장할 수 있으며, 이에 의거 "한일어업협정"에 의한 중간수역에서 기국주의에 의해 추적권이 금지되어 왔으나(부속서 제2항 가목) "한일어업협정"의 무효로 중간수역에서 추적권이 인정됨을 정책에 반영한다.

(iv) 조약의 저촉문제로 "한일어업협정" 제16조 제2항에 의거 동 협정의 전부의 폐기통보 없이 상기 (ii)와 (iii)의 효과를 정책에 반영한다.

제4장

울릉도의 속도인 독도의 법적 지위와 한일해양경계 획정에 있어서 독도의 존재 가치

제1절

울릉도의 속도인 독도의 법적 지위

-국제법상 울릉도의 속도인 독도의 법적 지위에 관한 연구-

목 차

Ⅰ. 서론

독도는 울릉도의 속도이다. 울릉도가 일본의 영토라는 일본의 주장은 없으나 독도가 일본의 영토라는 일본의 주장을 반박하기 위해 울릉도와 독도의 관계에 관한 국내 사학자의 많은 연구가 축적되어 있다. 그러나 국제법학자에 의한 연구는 유감스럽게도 전무한 것이 현실이다.

이에 사학자의 연구를 보조하기 위해 국제법상 주도인 울릉도와 속도인 독도는 어떠한 법적 지위에 있는지를 검토해 보기로 한다. 주도와 속도의 법적 지위의 원칙에 관한 관습국제법은 물론 협약국제법도 없다. 그러므로 이에 관한 학설과 판례로부터 이들 원칙을 도출할 수밖에 없다. 학설과 판례는 "국제사법재판소규정"(Statute of the International Court of Justice) 제38조

제1항(d)의 규정에 의해 법칙결정의 보조적 수단(subsidiary meang for the determination of rwles of law)으로 인정되어 있기 때문이다. 주도와 속도의 법적 자위에 관한 학설과 판례에 의해 인정된 원칙이 아직 국제관습법화 되었다고 보기 어려움으로 국제관습법의 추급을 따르지 아니했다.

이하 (ⅰ) 학설과 판례로부터 주도와 속도의 법적 지위 동일의 원칙을 도출하고, (ⅱ) 이 도출된 원칙을 독도에 적용해 보기로 한다. (ⅲ) 끝으로 결론에서 정부당국에 대한 몇 가지 건의를 제의해 보기로 한다.

Ⅱ. 주도와 속도의 법적 지위 동일의 원칙을 인정한 학설과 판례

1. 학설

가. Gerald Fitzmaurice

Fitzmaurice는 "하나의 전체로서의 실체 또는 자연적 단위"(an entity or natural unity as a whole)의 개념을 설정하고, 이에 대한 주권은 이를 구성하는 모든 부분에 확대된다고 하여, 결국 주도의 주권을 속도에 확대됨은 다음과 같이 인정하고 있다.

> 하나의 전체로서의 실체 또는 자연적 단위에 관해 한 때 존재를 보여 준 주권은 반대의 증거가 없는 경우 그 전체로서의 실체 또는 단위의 모든 부분에 확대되는 것으로 여겨질 수 있다는 원칙의 명백한 실례는 두물에 있을 수 있다(There could be scarcely be a clearer illustration of the principle that sovereignty, once shown to exist in the respect of an entity or natural unity as a whole may be deemed, in the absence of any evidence to the contrary, to extend to all parts of that entity or unity).[1)]

---

1) G. Fitzmaurice, "The Law and Procedure of the International Court of Justice, 1951-54," *BYIL*, Vol.32, 1955-56, p.75.

Fitzmaurice는 주도와 속도라는 용어를 사용하지는 아니했지만 "하나의 전체로서의 실체 또는 자연적 단위"의 "모든 부분"에 주권이 확대된다고 하여 주도와 속도의 모든 부분의 주권이 확대됨을 인정하고 있다.

나. C. H. M. Waldock

Waldook은 *Palmas Island* Case(1928)에서 Huber 중재관의 지리적 단위의 주요 부분의 주권은 잔여 부분을 포함한다는 취지의 판정을 수용하면서 영토를 통한 주권의 표명이 요구된다고 다음과 같이 기술하고 있다.

> 하나의 지리적 단위를 형성하는 영토의 부분의 첫 병합에 관해 그 병합은 추정에 의해 그 전체 단위에 확대된다는 견해에 관한 Huber 재판관을 포함한 확실한 권위가 있다. … 권원이 주권의 계속적이고 오랜 현시에 의해 주장될 경우 주장된 영토를 통한 주권의 표명이 있어야 한다(There as certainly some authority, including that of Judge Huber for the view that, on first annexation of part of territories which form a geographical unit, the annexation extends by presumption to whole unit. … when title is claimed by a continious and prolonged display of sovereignty, there must be some manifestation of sovereignty throughout the territory claimed).[2)]

Waldock은 주도와 속도라는 용어를 사용하지 아니했지만 "지리적 단위"를 형성하는 영토의 부분(주도)과 전체단위(속도 포함)의 개념을 인정하고 전자가 후자에 확대된다고 인정하고 있다. 다만 차후에 주권의 현시에 의한 주장에 대해서는 주권의 표명이 요구된다고 보고 있다.

다. H. Lanterpacht

Lauterpacht는 *Palmas Island* Case(1928)의 판정을 인용하여 도서의 그룹이 법적으로 한 단위(in law a unit)를 구성할 경우 주요부분의 운명은 잔

---

2) C. H. M. Waldock, "Disputed Sovereignty in the Falkland Islands Dependoncies," *BYIL*, Vol.25, 1948, pp.344-45.

여 부분을 포함한다고 다음과 같이 기술하고 있다.

> 중재관은 도의 한 그룹이 법적으로 한 단위를 구성할 수 있고 주요부분의 운명은 잔여 부분을 포함한다는 것을 용인한 것이다(the arbitrator admitted that a group of islands may form in law a unit, and that the fate of the principal part may involve the rest).[3)]

이와 같이 Lauterpacht는 도의 그룹이 법적으로 한 단위를 구성할 수 있고, 그중 주요부문의 운명은 잔여부분을 포함한다고 하여 주도(주요 부분)의 운명은 속도(잔여부분)의 운명을 포함한다는 것을 인정하고 있다.

라. Santiago Torres Bernardez

Bernardez는 "조직적 또는 개별화된 전체"(organic or individualized whole)로서의 지역의 개념을 설정하고, 그의 중요성이 있다고 다음과 같이 기술하고 있다.

> 연속성은 문제의 지역이 하나의 "조직적" 또는 "개별화된" 전체를 형성할 경우 일반적으로 더욱 중요성을 수행한다(contiguity will generally carry more weight when the area in quesition constitutes an "organic" or "individualized" whole (*Guyana Boundary* Case; *RLAA*, Vol.11, 1961, pp.21-22)).[4)]

Bernardez는 하나의 조직적 또는 개별화된 지역은 중요성은 갖는다고 기술하고 *Guyana Boundar* Case를 그 외 근거로 제시하고 있다. *Guyana Boundary* Case에서 중재관은 유기적 전체(organic whole)를 구성하는 지역의 주권은 그 지역의 부분에 미친다고 판시했다. 그는 "하나의 조직적 또는 개별화된 지역"의 주권은 그 지역의 부분에 미친다고 하여 주도와 속도라는 용어를 사용하지는 아니했지만 결국 "조직적" 또는 "개별화된" 지역

---

3) H. Lauterpacht, "Soveveignt over Submarine Area", *BYIL,* Vol.27, 1950, p.428.
4) Santiago Tores Bernardez, "Territory Acquisition," *EPIL,* Vol.10, 1987, pp.501-502.

의 주권은 그 지역 내의 주도와 속도에 미친다고 기술한 것이다.

2. 판례

가. *British Guiana Boundary* Case(1904)

British Guiana Boundary Case(1904)에서 중재관은 “유기적 전체”(organic whole)라는 개념을 설정하고 유기적 전체의 부분의 점유는 전체에 대해 주권이 미친다고 다음과 같이 판시한 바 있다.

> 지역의 부분의 실효적 점유는 … 단순한 유기적 전체를 구성하는 지역의 주권에 대한 권리의 수여를 유지해 올 수 있었다(the effctive possession of part of region … may be held to confer a right to the sovereignty of the whole region which constitute a simple organic whole).[5]

위의 판시내용에 주도와 속도라는 용어를 사용하지 아니했지만 주도와 속도가 유기적 전체의 개념에 포섭될 수 있음은 물론이다.

나. *Palmas Island* Case(1928)

Palmas Island Case(1928)에서 중재관 Huber는 도의 한 그룹이 법상 한 단위(an unit)를 구성할 수 있음을 인정하고 주도의 운명은 잔여도를 포함한다고 다음과 같이 판시한 바 있다.

> 도의 한 그룹이 특정한 사정하에서 법상 한 단위로 간주될 수 있고, 주도의 운명이 잔여도를 포함할 수 있는 것이 가능하다(It is passible that a group of islands may under crtain cicumstances be regarded a in law an unit, and that the fate of the pricipal may involve the rest).[6]

---

5) *British and Foreign State Paper*, Vol.99, 1904, p.930; Fitzmaurice, *supra* n. 1, p.75, n.1.

6) UN, *RIAA*, Vol.2, 1949, p.855; Fitzmanrice, *supra* n.1, p.74.

상기 판정은 주도(the principal)와 잔여도(the rest)의 용어를 사용하고 주도와 잔여도, 즉 속도가 한 단위(an unit)를 구성할 경우 주도의 운명에 속도는 따른다는 것을 명시했다.

다. *Minquier and Ecrehos* Case(1953)

Minquiers and Erehos Case(1953)에서 Levi Carneiro 재판관은 그의 개인적 의견에서 도의 "자연적 단위"(natural unity)라는 개념을 설정하고 분쟁의 대상인 Minquiers와 Ecrehos는 "자연적 단위"의 부분으로 Jersey의 속도라고 다음과 같이 그의 의견을 표시한 바 있다.

> Minquiers와 Ecrehos는 본토보다 Jersey에 가깝다. 그들은 본토보다 Jersey에 소속된 것으로 간주되어야 한다. 이들 도서는 Jersey의 자연적 단위의 부분이었고 그렇게 연속되고 있다. 이러한 이유로 그들은 그들 자신 군도 하에 영국에 보유되어 있다(the Minquiers and Ecrehos are closer to Jersey then the mainland. They must be regarded as atteched to Jersey rather than to the mainland. These islets were, and continue to be part of the "natural unity". It is for this reason that they remained English under the archipolape itself).[7)]

Carneiro 판사는 도의 "자연적 단위"의 개념을 설정하고 Jorsey를 주도로 보고 Minquiers와 Ecrehos를 속도로 보고, 주도인 영국의 영토 Jersey에 속도인 Minquiers와 Ecrehos는 귀속된다고 보았다.

라. *Land, Island and Maritime Frontier Dispute* Case(1992)

Land, Island and Maritime Frontier Dipute Case(1992)에서 국제사법재판소는 한 도의 법적 지위와 다른 도의 법적 지위가 일치될 수 있음을 인정하는 경우가 있음을 다음과 같이 판시했다.

> 재판부는 Meanguerra에 관해 이전에 있어서 증거의 부존재로 그 도의 법적

7) ICJ, *Reports,* 1953, p.102.

지위가 다름 아닌 Meanguerra의 법적 지위와 일치되어 올 수 있었다는 것이 가능하다고 생각하지 아니한다(As regards Meanguerra the Chamber does not consider it possible, in the absence of evidence on the point, that legal position of that island could have been other than idential with that of Meanguerra).[8)]

상기 판시내용에 한 도의 법적 지위와 다른 도의 법적 지위가 일치되는 경우가 있음을 인정했다. 이는 단일 그룹(single group) 또는 단일의 물리적 단위(single physical unit)의 존재를 긍정한 것으로 이러한 경우 주도와 속도의 법적 지위가 일치함을 인정한 것이다.

마. *Case Concerning Sovereignty over Pedra Branca*(2008)

Case concerning Sovereignty over Pedrct Branca (2008)에서 싱가포르는 Pedra Branca, Middle Rocks 와 South Ledge는 지리적으로 단일 그룹(single group)을 형성하고, 하나의 단일 물리적 단위(a single physical unit)를 형성한다고 주장하고, *Palmas Island and Mritime Frontier Case* (1992)에서 주도의 운명은 잔여도의 문명을 포함한다는 판정을 인용하고,[9)] 또한 *Iand, Island and Maritime Frontier Case*(1992)에서 한 도의 법적 지위와 다른 도의 법적 지위가 일치되는 경우가 있다는 판결을 인용했다.[10)] 이러한 싱가포르의 주장에 대해 국제사법재판소는 이를 거부하지 아니하고 도의 단일그룹(single group), 도의 그룹(groups of islands)을 인정하는 내용의 다음과 같은 판결을 했다.

Middle Rocks는 Peara Branca의 법적 지위와 같은 법적 지위를 가져 왔다고 이해되므로 … Middle Rocks에 대한 본원적 권원은 달리 증명되지 아니하는 한 … 말레이지아에 보유되어야 한다. 재판소는 싱가포르가 그러한 증명을 한 바 없음을 발견했다(Since Middle Rooks should be understood to have the same legal status as Pedra Branca … original title to Middle Rocks should remain with

8) ICJ, *Reports,* 1992, p.281.
9) ICJ, *Reports,* 2008, p.280.
10) ICJ, *Reports,* 2008, p.281.

Malaysia … unless proven otherwise, which the Court finds Singapore has not done).[11)]

상기 판결은 Pedra Branca와 Middle Rocks를 "하나의 단일 물리적 단위"(a single physical unit)로 보고 전자를 주도 후자를 속도로 보아 양자의 동일한 법적 지위를 인정한 것이다.

이상에서 고찰해 본 바와 같이 학설과 판례는 도의 한 그룹이 법적으로 하나의 실체를 형성할 경우 특정의 사정하에 반대의 증거가 없는 한 그 실체의 모든 부분의 법적 지위의 동일성을 인정하고 있다. 즉, 주도와 속도의 법적 지위의 동일성을 인정하고 있다.

Ⅲ. 주도와 속도의 법적 지위 동일의 원칙의 독도에의 적용

1. 우산국의 귀복에의 적용

『삼국사기』에 신라 지증왕 13년(512년)에 우산국(于山國)이 신라에 귀복(歸服)해 왔다는 기록이 있다.[12)] 『삼국사기』에는 우산국으로만 기록되어 있고 우산국은 울릉도라고 한다는 기록이 있을 뿐[13)] 독도가 우산국의 영토에 포함되는 지에 관해 아무런 논급이 없다.[14)]

따라서 일본 측은 우산국의 영토에 울릉도만 포함되고 독도는 이에 포함도지 아니한다고 주장한다.[15)] 이에 대해 한국 측은 다음과 같이 주장하

11) ICJ, *Reports,* 2008, p.290.
12) 신라본기 지증마립간조(新羅本紀 智證麻立干條), 열전 이사부조(列傳異斯夫條); 김명기 · 이동원, 『일본외무성 다케시마 문제의 개요』(서울: 책과 사람들, 2010), p.14.
13) 신라본기 지증미립간조
14) 김명기, 『독도강의』(서울: 책과사람들, 2007), p.54.
15) The Japanese Government, View of the Japanese Government in Rufutation of the

고 있다.[16)]

(i)『세종실록지리지』에 "우산도(독도)와 무릉도(울릉도)라는 두 섬"이 날씨가 청명하면 서로 바라볼 수 있다. … 신라시대는 우산국이라 칭했다.

(ii)『만기요람』(萬機要覽) 군정편(軍政編)에는 "울릉도와 우산도는 모두 우산국의 땅이며, 우산도는 왜인들이 말하는 송도이다"라고 기록되어 있다.

그러나 "주도와 속도의 법적 지위 동일의 원칙"을 우산국에 적용하면 주도인 울릉도의 속도인 독도는 당연히 주도와 같이 신라의 영토로 인정되게 된다. 따라서 일본의 우산국은 울릉도만이고 독도는 이에 포함되지 아니한다는 주장은 주도와 속도의 법적 지위 동일의 원칙에 반해 성립의 여지가 없다.

Position taken by the Korean Government in the Note Verbate of the Korean Mission in Japan September 9, 1953, concerning Territoriality over Takeshima(일본정부 견해(2))(February 10, 1954), para Ⅱ (1); The Japanese Government, Japanese Government's Views on the Korean Government's Version of Problem of Takeshima, dated September 25, 1954(일본 정부 견해(3))(September 20, 1956), para. Ⅲ (1).

16) The Korean Government, The Korean Government's Rufutation of the Japanese Government's Views Concerning Dokdo("Takeshima") dated July 13, 1953(한국정부 견해(1)) (September 9, 1953), para. I, a.b; The Korean Govemnrent, The Korean Government's View Refuting the Japanes Government's View of the Terrirolial Ownership of Dokdo(Takeshima) taken in the Note Verbale No. 15/A2 of the Japanese Ministry of Foreign Affairs dated February 10; 1954(한국정부 견해(2)) (September 25, 1954), para. Ⅰ(1); The Korean Government, The Korean Government's Views Refuting the Japanese Government's Version of the Ownership of Dokdo datcd september 20, 1956(한국정부 견해(3))(Jannary 7, 1950), para. Ⅰ(1), (2); Myung-Ki Kim, Territorrial Sovereignty over Dokdo and International Law(Claremont, California: Paige Press, 2000), pp.40-41; 김명기, 전주 14, pp.54-55; 김명기 · 이동원, 전주 12, pp.10-15, 54-65.

2. 대한제국 칙령 제41호에의 적용

1900년 10월 25일 대한제국은 "울릉도를 울도로 개칭하고 도감을 군수로 개정하는 건"을 "칙령 제41호"로 제정하고, 동 칙령을 1900년 10월 27일 "관보 제1710호"에 계제하여 공포했다.[17)]

동 칙령 제1조는 "울릉도를 울도로 개칭하여 강원도에 부속하고 도감을 군수로 개칭하여 관제에 편입하고 군의 등급을 5등으로 한다"라고 규정하고, 제2조는 "군청 위치는 대하동으로 정하고 구역은 울릉 전도와 죽도 석도(石島)를 관할한다"라고 규정하고 있다. 동 제2조에 규정된 "석도"는 독도를 뜻한다는 것이 한국정부의 주장이고,[18)] "석도"는 독도를 뜻하는 것이 아니라 울릉도 옆에 있는 죽서도(竹敍島)를 뜻하는 것이라는 것이 일본정부의 주장이다.[19)]

그러나 "주도와 속도의 법적 지위 동일의 원칙"을 울도에 적용하면 석도가 죽서도를 뜻한다는 일본정부의 주장을 수용해도 주도인 울도와 속도인 독도의 법적 지위는 동일한 것이다. 따라서 독도는 동 칙령의 규정 외에 있는 것이라는 일본정부의 주장은 동 원칙상 설립의 여지가 없다.

3. 대일평화조약

1951년 9월 8일 샌프란시스코에서 48개 연합국과 일본 간에 체결된 "대일평화조약"(the Peace Treaty with Japan) 제2조 (a)항은 "일본은 한국의 독립을 승인하고 제주도 거문도 및 울릉도를 포함한 한국에 대한 모든 권리, 권원 및 청구권을 포기한다."라고 규정하고 있다. 동 조항에 독도에 관해 아무런 규정이 없다. 즉 포기(분리)의 대상에 독도가 포함된다는 규정도 포함되지 아니한다는 규정도 없다.

---

17) 김명기, 전주 14, p.71.

18) The Korean Government, *supra* n. 16(September 9, 1953), para. Ⅰ(a).

19) 일본 외무성, 『다케시마문제의 개요』, 2009, 제Ⅳ, 제5항

이에 관해 일본정부는 독도가 분리된다는 명시적 규정이 없으므로 독도는 분리된 것이 아니고 따라서 독도는 일본의 영토라고 주장한다.[20] 이에 대해 한국정부는 동 조항에 독도가 분리된다는 명시적 규정이 없어도 독도는 분리된 것이라고 주장하면서 그 이유 중의 하로 독도는 울릉도의 속도이므로 동 조에 명시적 규정이 없어도 울릉도와 함께 분리된 것이라고 주장한다.[21]

동 조에 "주도와 속도의 법적 지위 동일의 원칙"을 적용하면 울릉도의 속도인 독도는 당연히 울릉도와 함께 분리된 것으로 되므로 일본정부의 주장은 성립의 여지가 없다.

Ⅳ. 결론

결론으로 상술한 바를 요약하고 몇 가지 정책건의를 하기로 한다.

첫째로, 상술한 바를 다음과 같이 요약해본다.

(ⅰ) 주도의 법적 지위는 속도의 법적 지위를 포함한다. 즉 주도의 법적 지위와 속도의 법적 지위는 동일하다는 것이 학설과 판례에 의해 승인되어 있다.

(ⅱ) "주도와 속도의 법적 지위 동일의 원칙"은 학설과 판례에 의해 승인된 것이므로 이는 "국제사법재판소 규정"(Statute of the International Court of Justice) 제38조 제1항 (d)에 의해 법칙 결정의 보조적 수단(subsidiary means for the determination of rules of law)으로 인정되어 있다. 즉 주도와 속도의 법적 지위 동일의 원칙은 법칙 결정의 보조적 수단이다.

둘째로, 정부의 대일 독도 정책결정 당국에 대해 다음 몇 가지를 건의해 본다.

---

20) Japanese Government, Japanese Government's Views Concerniug Takeshima(일본정부견해(1)) dated July 13, 1953, para.7; 일본외무성, 전주 19, 제 Ⅵ, 제3항.

21) The Korean Government, *supra* n.16 (September 9, 1953), para. Ⅶ.

(ⅰ) 독도 대일정책 당국은 우산국의 귀복에 관한 『삼국사기』의 기록에 관해 독도가 우산국 영토에 포함된다는 역사적 근거의 제시에 추가하여 "주도와 속도의 법적 지위 동일의 원칙"에 따라 울릉도의 속도인 독도는 당연히 우산국에 포함되어 신라의 영토로 되었다는 주장을 대일 독도 정책에 반영할 것을 검토한다.

(ⅱ) 독도 대일정책 당국은 "대한제국 칙령 제41호" 제2조에 규정된 "석도"가 독도를 의미한다는 역사적 근거의 제시에 추가하여 "주도와 속도의 법적 지위 동일의 원칙"에 따라 동 조의 석도가 독도가 아니라 할지라도 울도의 속도인 독도에 동 칙령의 효력이 미친다는 주장을 대일 독도정책에 반영할 것을 검토한다.

(ⅲ) 독도 대일정책당국은 "대일평화조약" 제2조 (a)항에 독도가 포기의 대상으로 명시적으로 규정이 없어도 독도는 분리된 것이라는 여러 근거의 제시에 추가하여 학설과 판례의 근거를 일일이 명시하여 "주도와 속도의 법적 지위 동일의 원칙"에 따라 독도는 울릉도와 함께 분리된 것이라는 주장을 대일 독도정책에 반영할 것을 검토한다.

(ⅳ) 독도 대일정책당국은 독도는 울릉도의 속도라는 특히 울릉도와 독도가 "유기적 전체"(organic whole), "한 단위"(an unit), "자연적 단위"(natural unity), "단일 물리적 단위"(single physical unit), "하나의 실체"(an entity) 등을 구성한다는 지리학적, 지질학적, 생태학적, 해양학적, 사학적, 사회과학적 학제연구의 심도 있는 추진을 학계에 촉구하고, 연구를 지원할 것을 검토한다.

제2절

한일해양경계 획정에 있어서 독도의 존재 가치

-한일 간 해양경계획정에 있어서 독도존재의 법적 효과-

목 차

Ⅰ. 서론

한국과 일본 간에 독도의 영유권 귀속문제와 동해의 표기문제 이외에 동해에서 배타적 경제수역과 대륙붕의 경계획정(delimitation) 문제가 현안 난제로 제기되어 있다. 그중 한국과 일본의 배타적 경제수역과 대륙붕의 경계획정문제가 난제로 되어 있는 것은 첫째로, 독도의 영유권이 한국은 한국에 귀속된다고 주장하는데 반해 일본은 일본에 귀속된다고 주장하여 경계획정에 있어서 독도의 존재를 효과를 평가할 수 없다는 점에서, 둘째로, 해양경계 획정에 있어서 도의 존재가 어떠한 효과를 갖느냐에 관해 해양법상, 특히 1958년의 "대륙붕에 관한 협약"(Convention on Continental Shelf,

이하 "대륙붕협약"이라 한다)과 1982년의 "UN해양법협약"(United Nations Convention on the Law of the Sea, 이하 "해양법협약"이라 한다)상 명백한 규정이 없다는 점에 있다.

II. 해양경계획정에 관한 일반적 고찰

1. 해양경계획정의 개념과 원칙

가. 해양경계획정의 개념

(1) 해양경계획정의 의의

해양경계획정(delimitation of maritime)은 인접(adjacent) 또는 대향(opposite)한 해안연안국의 공동중첩해역(common overlaping zone)의 한계를 획정하는 것을 말한다.[1)]

나. 해양경계 구획과 구별

해양경계 획정은 해양한계 구획(drowing of maritime limits)과 구별된다. 전자는 서로 다른 연안국가의 해양으로부터 분리선(line separating from each other)을 구획하는 것이나, 후자는 단일 연안국가(a sinple coastal state)의 해양의 경계를 구획하는 것이다. 전다는 공동중첩 해역(common overlaping zone)의 경계획정이나, 후자는 공동중첩을 대상으로 하는 것이 아니다.[2)]

---

1) D. P. O'Connell, *The International Law of the Sea,* Vol.2 (Oxford: Clarendon, 1984), p.667; E.D. Brown, *The International Law of the Sea*, Vol.1 (Brookfield: Dartmouth, 1994), p.159: Y.Tanaka, *The International Law of the Sea*(Cambridge: Cambridge University Press, 2012), p.187.

2) Lucius Catlisch, "Maritime Boundaries, Delimitation," *EPIL,* Vol.11, 1989, p.212; Tanaka, *supra* no.1, p.187.

(1) 해양경계획정의 구분

(i) 해양경계획정은 공동중첩해양을 대상으로 영해의 경계획정(delimitation of territovial sea), 접속수역의 경계획정(delimitation of contiguous zone), 배타적 경제수역의 경계획정(delimitation of exclusive ecomomic zone) 그리고 대륙붕의 경계획정(delimitation of continental shelf)으로 구분된다.

여기서는 배타적 경제수역의 경계획정과 대륙붕의 경계획정에 관해서만 논하기로 한다.

(ii) 해양경계획정의 해안연안국의 위치를 기준으로 인접(adjacent) 해양의 경계획정과 대향(opposite) 해양의 경계획정으로 구분된다.

다. 해양경계획정의 원칙

대륙붕의 경계획정과 배타적 경제수역의 경계획정의 원칙·규칙에 관해 "등거리-특별한 사정 규칙"(rule of equidistance-special circumstances) 또는 "균형의 원칙"(principles of equality) 등이 제시되고 있다.

전자는 1958년의 "대륙붕협약"의 규정에, 후자는 동 협약 이후 국제판례와 1982년의 "해양법협약"의 규정에 각각 의거한 것이지만 양자는 실질적으로 동일한 것이다.[3)]

"등거리-특별한 사정 규칙"과 "균형의 원칙"에 관한 국제협약, 국제판례 그리고 학설을 다음 항에서 보기로 한다.

2. 해양경계획정에 관한 국제협약

가. 1958년의 대륙붕 협약

(1) 규정

1958년의 "대륙붕협약"은 동일한 대륙붕의 연안이 서로 대향하고(opposite) 있는 2개 국가 이상의 영토에 인접하고 있는 경우의 대륙붕의 경계획정에

3) Calfisch, *infra* n. 7, p.484; Brown, *supra* n.3, p.166.

관해 다음과 같이 규정하고 있다.

> 동일한 대륙붕의 연안이 서로 대향하고 있는 2개 국가 이상의 영토에 인접하고 있는 경우에는 당해 국가에 속하는 대륙붕의 경계는 당해 국가 간의 합의에 의해 결정된다. 합의가 없으며 또한 특별한 사정에 의해 다른 경계선이 정당화되지 않는 경우에는 경계는 중간선으로 한다(where the same continental shelf is adjacent to the territories of two or more States whose coasts are opposite each other, the boundary of the continental shelf appertaining to such states shall be determined by agreenent between them. In the absence of agreement, and unless another boundary line is justified by special cirumstances, the boundary is the median line)(제6조 제1항).

동일한 대륙붕의 연안이 서로 인접하고(adjacent) 있는 경우 경계에 관해 특별한 사정이 없는 한 등거리원칙에 의한다고 규정하고 있다(제6조 제2항).

(2) 해석

동 제6조의 규정은 대향 또는 인접한 대륙붕의 경계획정은 당사국의 합의가 없는 한 원칙적으로 전자의 경우는 중간선(median line)으로, 후자의 경우는 등거리선(equidistance line)으로 하며, 예외적으로 양자 모두 특별한 사정(special circumstances)이 있는 경우에는 중간선 또는 등거리선에 의하지 아니한다는 것이므로 이를 "등거리-특별사정규칙"(equidistance-special circumstances rule)이라 부른다.[4] 동 협정은 어떠한 경우가 "특별한 사정"이 있는 경우이냐에 관해 아무런 기준을 제시하고 있지 아니한다.

나. 1982년의 해양법협약

1982년의 "해양법협약"은 배타적 경제수역의 경계획정과 대륙붕의 경계획정에 관해 "합의의 균형적 해결", "잠정협정의 체결", "분쟁의 해결" 등의

4) O'Connell, *supra* n.1, p.699; Louis B. Sohn and Kristen Gustafson, *The Law of the Sea* (ST. Paul: West, 1984), p.69; Caflisch, *supra* n.2, p.216.

규정을 두고 있다.

(1) 합의의 균형적 해결

(가) 규정

"해양법협약"은 배타적 경제수역의 경계획정도 합의에 의한 공평한 해결을 하여야 한다고 다음과 같이 규정하고 있다.

> 서로 마주보고 있거나 인접한 연안을 가진 국가 간의 배타적 경제수역의 경계획정은 공평한 해결에 이루기 위하여 국제사법재판소규정 제38조에 언급된 국제법을 기초로 하는 합의에 의하여 이루어진다(the delimitation of the exclusive economic zone between States with opposite or adjacent coasts shall be effected by agreement on the basis of international law, as referred to in Article 38 of the Statute of the International Court of Justice, in order to achieve an equitable solution) (제74조 제1항).

"해양법협약"은 대륙붕의 경계획정에 관해서도 배타적 경제수역의 경계획정과 전혀 동일한 규정을 두고 있다(제83조 제1항).

(2) 해석

(가) 당사국 간의 합의

위의 제74조 제1항은 "합의에 의하여 이루어진다"라고 경계획정의 제1규칙을 "국가 간의 합의"로 규정한 것이다.[5] 이는 경계획정은 연안국의 일방적 선언으로 할 수 없음을 의미한다.[6] 합의는 국제법의 현존규칙(existing rules of international law)과 균형적 해결(equifable solution)에 따라야 한다.[7]

---

5) Sohn and Gustafson, *supra* n.4, p.63; Brown, *supra* n.3, p.158.

6) Shigeru Oda, "Exclusive Ecomonic Zone", *EPIL,* Vol.11, 1989, p.107.

7) Lucius Caflisch, "The Delimitation of Marine Spaces between States with Opposite or Adjacent Coast", in Rene-Jean Dupuy and Daniel Vignes(eds.), *A Handbook of the New Law of the Sea,* Vol.1(Dordrecht: Martinus, 1991), p.482; Brown, *supra* n.3, p.158; Donald R. Rothwell and Tim Stephens, *The International Law of the Sea*(Oxford Hart, 2010), p. 398; Brown, *supra* no. 5, pp. 166-67; Tanaka, *supra* no.

합의는 절대적 (absolute)인 것이 아니다.[8] 합리적 기간 내에 합의에 도달하지 아니하면 사법적 해결에 의하게 된다. 그러나 동 협약은 합의의 수용가능한 정확한 공식(precistion of formula)을 제시하지 못하고 있다.[9] 동 협약에는 특별한 기준(specific criterion)의 제시가 없다.[10]

(나) 공평한 해결

위의 제74조 제1항의 규정 중 "공평한 해결에 이루기 위하여…"는 1958년의 "대륙붕협약"의 특별한 사정(special circumstances)에 의해 다른 경계선이 정당화되지 아니하는 한 중간선(median line) 또는 등거리선(equidistance line)에 의한다는 규정(제6조)과 동일한 의미이다.[11] 그리고 이는 *North Sea Continental Shelf* Case(1969)에서 "등거리-특별사정규칙"(equidistance-special circomstances rule), *France-United Kingdom Continental Shelf* Case(1979)에서 "균형의 원칙"(equitable principles), 그리고 *Tunisia-Libya Continental Shelf* Case(1982)에서 "공평한 결과"(equitable result)과 동일한 의미이다.[12] 경계 획정의 균형적 합의는 균형적 경계를 구체화하는 것이어야 한다.[13]

(다) 국제사법재판소규정

위의 제74조 제1항의 규정 중 "국제사법재판소규정 제38조에 언급된 국제법을 기초로 …"는 조약, 국제관습법, 법의일반원칙, 사법판결과 국제법 학자의 학설 그리고 형편과 선을 기초로 라는 뜻이다.

"조약"에는 1958년의 "대륙붕협약"과[14] 당사자가 체결한 2변적 조약이[15]

1, p. 191. ICJ, *Reports,* 1969, para 101(C);

8) Caflisch, *supra* n.7. p.483.

9) *Ibid.,* p.480.

10) O'Connell, *supra* n.1, p.690.

11) Caflisch, *supra* n.7, p.484; Brown, *supra* no. 5, p. 163.

12) *Ibid.*

13) *Ibid;* Brown, *supra* n.3, p.158.

14) O'Connell, *supra* n. 1, p.684; Caflisch, *supra* n.2, p.217.

15) Sohn and Gustafson, *supra* n.4, p.75.

포함된다.

"관습법"은 배타적 경제수역에 관해서는 형성된 것이 없다.[16] 관습법은 기 체결된 경계획정조약에서 도출될 수 있다.[17] "법의 일반원칙"의 역할을 제시하기는 어렵다고 본다.[18] "판결"에 특히 의존할 수 있고[19] 중요한 역할을 할 수 있다.[20] "공평과 선"은 법외적 고려(extra-legal consideration)로 될 뿐이다.[21]

요컨대, "국제사법재판소규정 제38조에 언급된 국제법"은 장차의 법학과 조약의 발전(future jurisprudental and treaty development)에 따른 충분한 융통성이 있는 것이다.[22]

제83조 제1항의 대륙붕에 관한 규정의 해석은 상술한 제74조 제1항의 배타적 경제수역의 해석과 동일하다.

(3) 잠정협정의 체결

(가) 규정

"해양법 협약"은 경계획정의 합의에 이루는 동안 잠정협정을 체결하도록 노력하여야 한다고 다음과 같이 규정하고 있다.

> 제1항에 규정된 합의에 이루는 동안 관련국은 이해와 상호협력의 정신으로 실질적인 잠정점령을 체결할 수 있도록 모든 노력을 다하며, 과도적인 기간 동안 최종합의에 이루는 것을 위태롭게 하거나 방해하지 아니한다. 이러한 약정은 최종적인 경계획정에 영향을 미치지 아니한다(Pending agrecment as provided for in paragraph 1, the states concerned, in a sprit of understanding and co-operation, shall make every effort to enter into provisional arrangements of a

16) Caflisch, *supra* n. 7, p.481.
17) *Ibid.*, n.170.
18) *Ibid.*, p.479.
19) Sohn and Gustafson, *supra* n.4, p.75.
20) Caflisch, *supra* n.7, p.479. n.165.
21) *Ibid.*, p.485; *North Sea Continental Shelf* Case(1969), ICJ, *Reports,* 1969. para. 88; *Tunisia-Libya Continental Case*(1982), ICJ, *Reports,* 1982, para.70.
22) Caflisch, *supra* n.2, p.217.

practical nature and, during this transitional period not to jeopardize or hamper the reaching of the final agrecment such arrangements shall be without prejudice to the final delimitation) (제74조 제3항).

대륙붕에 관해서도 위의 배타적 경제수역의 경우와 동일한 규정을 두고 있다(제83조 제3항).

(나) 해석

위의 제74조 제3항의 규정 중 "모든 노력을 다하여(shall make every effort)", "이해와 상호협력의 정신으로(in a sprit of understanding and co-operation)" 등의 규정은 품위조항(clause de style)으로[23] 규범적 내용(normative conteut)을 포함하고 있지 아니하므로,[24] 이러한 규정은 불만족스럽고 모호하다.[25]

동 조항은 비록 비규법적인 것이기는 하지만 이는 다음과 같은 두 가지 의무를 관련 당사국에 부과하고 있다.

(i) 경계획정의 합의가 이루어 지지 않는 동안 실질적인 잠정협정을 체결할 수 있도록 모든 노력을 다할 의무이다. "합의가 이루어 지지 않는 동안"의 기간은 얼마인가? "실질적인 잠정조치"는 어떠한 조치인가? "모든 노력"은 어떠한 노력을 의미하느냐? 등은 구체적인 경우에 제반사정을 고려하여 합리적으로 결정될 수밖에 없는 비규범적 과제이다.[26]

(ii) 과도적인 기간 동안 최종적 합의에 이르는 것을 위태롭게 하거나 방해하지 않을 의무이다. 어떤 행위가 위태롭게 하는 행위이냐? 방해하는 행위이냐?도 구체적인 경우에 제반사정을 고려하여 합리적으로 결정할 수밖에 없는 비규범적 과제이다.[27]

23) Caflisch, *supra* n.7, p.459.
24) Caflisch, *supra* n.2, p.219.
25) Caflisch, *supra* n.7, p.495.
26) *Ibid.*
27) *Ibid.*

동 규정은 1958년의 "영해협약" 제15조 제1항과 "해양법협약" 제12조는 합의가 없는 한 중간성을 넘어 영해를 측정할 수 없다는 규정과 대조적이다.[28)]

최근 각국의 입법례를 보면 잠정적 조치에 관한 합의가 이루어 지지 아니할 경우 중간선, 또는 등거리선을 경계로 정하는 입법예가 있다.[29)]

동 조항의 규정에 따라 1998년 11월 28일 "한일어업협정"이 체결되어 있다(부속서 Ⅰ, 제1항). 동 협정은 한국의 독도의 영유권을 침해하는 많은 규정을 포함하고 있다.

대륙붕에 관한 제83조 제3항의 해석은 상기 배타적 경제수역에 관한 제74조 제3항의 해석과 동일하다.

(3) 분쟁의 해결

(가) 규정

"해양법협약"은 배타적 경제수역의 경계확정에 관한 분쟁의 해결에 관해 다음과 같이 규정하고 있다.

> 상당한 기간 내에 합의에 이루지 못할 경우 관련국은 제15부에 규정된 절차에 회부한다(if no agreement can be reached within a reasonable period of time, the State concerned shall resort to the procedures provided for in Part XV)(제74조 제2항).

"해양법협약"은 대륙붕의 경계획정에 관한 분쟁의 해결에 관해서도 배타적 경제수여의 경우와 전혀 동일한 규정을 두고 있다(제83조 제2항).

(나) 해석

위의 제74조 제2항에 규정된 "제15부 규정된 절차"의 주요 내용은 다음

28) *Ibid* ; Tanaka, *supra* no. 1, p. 214; Brown, *supra* no. 5, p. 172.

29) Sweden : Sweden's Act on Economic Zone(December 3, 1992); Belize : Maritime Area Act(June 24, 1992); Netherlands : Act on Miritime Area(July 6, 1993); 대한민국, "배타적 경제수역법"(1996년 8월 8일)

과 같다.

가) 분쟁해결의 원칙적 규정

(i) 분쟁해결수단의 합의에 의한 선택 : “이 부의 어떠한 규정도 당사국이 언제라도 … 분쟁을 스스로 선택하는 평화적 수단에 의하여 해결하기로 합의할 수 있는 권리를 침해하지 아니한다”라고 규정하여 (제280조) 분쟁해결 수단의 선택권을 인정하고 있다.

(ii) 사법적 해결 수단의 선택선언 : “체약당사국은 … 언제라도 다음의 네 가지 사법절차 중 하나 또는 그 이상을 서면으로 선택한다. 국제해양재판소, 국제사법재판소, 특별중재재판소(제7부), 중재재판소(제8부)”. (제287조 제1항). “선택선언이 없으면 특별중재재판소(제7)를 선택한 것으로 본다”(동제3항).

나) 경계획정분쟁의 특별규정

(i) 사법적 절차의 수락배제선언 : “체약당사국은 언제라도 … 해양경계획정에 관한 분쟁에 관해 사법적 절차를 수락하지 아니하는 선언을 할 수 있다”(제298조 제1항).

(ii) 강제조정절차 회부 : “해양경계획정에 관한 분쟁에 관해 당사자간 합리적인 기간 내에 합의가 이루어지지 아니하는 경우 당사자의 요청이 있으면 조정에 회부할 것을 수락하여야 한다”(제298조 제1항 (a)(i)).

조정판정은 법적 구속력이 없는 것이므로 강제조정규정은 추후의 당사자 간에 사법적 해결 후 합의가 없는 한 법적으로 별의미가 없다고 할 수 있다.[30] 그러나 이는 없는 것보다 낫다(better than nothing).[31]

지금까지의 대부분의 해양경제의 사법절차에 회부된 것은 다음과 같이 당사자의 합의에 의한 것이다.

---

30) John and Gustafson, *supra* n.4, p.77.

31) Caflisch, *supra* n.2, p.219.

(i) *North Sea Continental Shelf* Case(1969)[32]

(ii) *France-United Kingdom Continental Shelf* Case(1979)[33]

(iii) *Tunisia-Libya Continental Shelf* Case(1982)[34]

(iv) *Canada-United States, Gulf of Maine* Case(1982)[35][36]

그리고 조정에 회부된 사건으로 *Conciliation on the Continental Shelf of Jan Mayen(Iceland-Norway)*이 있다.[37]

대륙붕의 경계획정의 분쟁 해결에 관한 제83조 제2항의 해석은 배타적 경제수역의 경계획정의 분쟁해결에 관한 상기 제74조 제2항의 해석과 동일하다.

3. 해양경계획정에 관한 국제 판례

가. *North Sea Continental Shelf*(1969)

North Sea Continental Shelf Case(1969)에서 국제사법재판소 네덜란드와 덴마크의 등거리-특별사정 규칙이 인접국가 간의 대륙붕의 경계획정에 적용되는 관습법으로 되었다는 주장을 거부하고[38] 대륙붕의 경계획정은 형평의 원칙에 따라 결정된다고 다음과 같이 판시했다.

> 경계획정은 형평의 원칙에 따른 합의와 모든 관련사정을 고려하여 달성되게 된다(delimitation is to be effected by agreement in accordance with equitable principles, and taking account of all relevant circumstances).[39]

---

32) ICJ, *Reports,* 1969, p.3.
33) UN, *RIAA,* Vol.8, 1956-1958, p.3.
34) ICJ, *Reports,* 1982, p.3.
35) ICJ, *Reports,* 1982, p.3.
36) Sohn and Gustafson, *supra* n.4, p.77.
37) *ILR,* Vol.62, p.108.
38) ICJ, *Reports,* 1969, p.41.
39) ICJ, *Reports,* 1969, p.53.

그리고 재판소는 관련사정(relevant circumstances)의 요소로 다음과 같은 사항이 고려된다고 판시했다.

> (i) 당사자의 연안의 일반적 형태 또한 특수 혹은 비통상적 형태의 존재
> (ii) 알려지거나 또는 이미 확인할 수 있는 한 연유된 대륙붕 지역의 물리적 · 지질학적 구조와 천연자원
> (iii) 형평의 원칙에 따라 시행되는 경계획정의 분배의 합리적인 정도의 요소
> (i) the general configuration of the coasts of the parties
> (ii) so far as Known or readily ascertainable, the pysical and geological structure, and hatural vesources, of the continental shelf area involved
> (iii) the element of a reasonable degree of proportionality, which a delimitation carried out in accordance with equitable principles.[40]

이와 같이 재판소는 동 사건에서 "대륙붕협약" 제6조에 규정되어 있는 "등거리-특별사정규칙"은 국제관습법이 아니므로 동 협약에 비준하지 아니한 독일에 동 협약 제6조는 적용되지 아니하며, 모든 관련 사정을 고려한 "형평의 원칙"이 국제관습이고, "관련사정"의 요소로 연안의 일반적 형태, 대륙붕의 물리적 지질학적 구조, 분배의 합리적 정도 등을 제시했다.

나. *France-United Kingdom Continental Shelf* Case(1977)

Fromce-Unifed kingdom Comtinental Shelf Case(1977)에서 영불 두 당사국은 모두 1958년의 "대륙붕협약"의 당사자 이므로 동 협약 제6조가 이들에게 적용된다. 동 제6조의 "등거리-특별사정" 규칙은 균형의 원칙에 따라 결정되는 것이라고 다음과 같이 판시했다.

> 합의가 없는 경우에 동일한 대륙붕에 대해 인접한 국가간의 경계는 균형의 원칙에 따라 결정되어야 한다는 일반적인 규범의 특별한 표현이다(…particular expression to general norm that, tailling agreement, the boundary between states abutting on the same continental shelf is to be determined on equitable principles).[41]

40) ICJ, *Reports,* 1969, p.54.

다. *Tunisia-Libya Continental Shelf* Case(1992)

Tunisia-Libya Continental Shelf Case(1982)에서 국제사법재판소는 1958년의 "대륙붕협약"의 당사자가 아닌 국가에 대해 관습법의 기초를 결정하면서 균형적 결과에 도달하여야 한다고 다음과 같이 판시했다.

> 원칙들은 목적에 종속된다. 그리고 지적되어질 원칙은 균형적 결과에 도달하기 위한 그들의 적절성에 따라 선택되어져야 한다(the principles are subordinate to the goal and the priniciples to be indicafed … have to be selected aceoding to their appropriateness for reaching equitable result).[42]

라. *Gulf of Maine* Case(1984)

Gulf of Maine Case(1984)에서 국재사법재판소의 재판부는 미국과 캐나다 간의 대륙붕과 어업수력의 경계획정에 있어서 두 개의 원칙을 제시했다 그 하나는 합의의 원칙이고, 다른 하나는 균형의 원칙이다. 재판부는 균형의 원칙에 관해 다음과 같이 판시했다.

> 경계획정은 균형적 표준의 적용에 의해 그리고 지역의 지리적 특성과 기타 관련사정, 균형적 결과의 고려를 확보할 수 있는 실질적인 방법의 사용에 의해 이루어져야 한다(delimitation is to be effected by the application of equitable criteria and by the use of practical methods capable of ensuring, with regard to the geographic configuration of the area and other relevant circumstances, and equitable result).[43]

마. *Guinea/Guinea-Bissau Maritime Delimitation* Case(1985)

Guinea/Guinea-Bissau Maritime Delimitation Case(1985)에서 재판소는 경계획정을 관련 제사정을 고려 균형적 해결을 하는 것이라고 다음과 같이 강조한 바 있다.

---

41) *ILR,* Vol.54, 1977, p.48.
42) ICJ, *Reports,* 1982, p.59.
43) ICJ, *Reports,* 1984, pp.299-300.

어떤 경계획정과정 과정에 목표는 관련 사정들을 고려하여 균형적 해결을 달성하는 것이었다(aim of any delimitation process was to achieve an equitable solution having regard to the relevant circumstances).[44)]

바. *Jan Mayen(Denmark v. Norway)* Case(1993)

Ian Mayen Case(1993)에서 국제사법재판소는 "대륙붕협약" 제6조에 규정된 특별한 사정을 관련사정과 동일한 것이라고 다음과 같이 판시한 바 있다.

제6조에 규정된 "특별한 사정"의 범위는 관습법에 의해 발전되어 온 "관련 사정"의 범위와 실질적으로 동일한 것이다. 양자는 모두 균형적 해결을 달성하기 위해 고안된 것이기 때문이다(the category of "speaial cirwomstances" incorporated in Article 6 was essentially the same as the category of "relevant cirumstances" developed in customary international law since both were designed to achieve an equitable solution).[45)]

4. 해양경계획정에 관한 학설

가. Janatan T. Charney

Charney는 해양경계획정은 모두 관련사정을 고려하여 균형의 원칙에 따라 결정되어야 한다고 다음과 같이 기술하고 있다.

국제법은 해양경계획정은 어떠한 특별한 방법에 따라 획정된다기보다 오히려 균형적 결과를 도출하기 위해 사건의 모든 관련 사정을 고려하여 균형의 원칙에 따라 획정될 것을 요구하고 있다(international law does not require that maritime boundaries be determined in accordance with any particular method; rather, it requires that they be delimited in accordance with equitable principles, taking into account all of the relevant circumstances of the case so as to produce an equitable result).[46)]

---

44) *ILM*, Vol.25, 1986, p.289.

45) ICJ, *Reports* 1993, p.62.

나. Louis B. Sohn과 Kristen Gustafson

Sohn과 Gustafson은 1982년의 "해양법협약"은 균형의 원칙을 채택했다고 다음과 같이 논하고 있다.

> 경계획정은 모든 관련사정을 고려하여 균형의 원칙에 따른 합의에 의해 이루어 져야한다. … 협약은 등거리의 직접적 언급을 포함하고 있지 아니하다. "균형적 해결"이 "균형의 원칙"을 대신하고 있다(delimitation is to be effected by agreement in accordance with equifably principles, and taking account of all the relevant circumstances … The Convention contain no direct mention of eguidistance, and "equitable solution" took the place of "equitable principles").[47]

다. Lucius Catlisch

Caflisch는 대륙붕의 경계획정에 관한 균형의 원칙이라는 것이 판례에 의해서도 확인되었다고 다음과 같이 논하고 있다.

> North Sea Continental Case에 관한 1969년의 국제사법재판소의 판결에 의해 확인된 균형의 원칙은 Continental Shelf Case(Tunisia-Libya)에 관한 1982년의 동 재판소의 재판에 의해 확인되었다(the equitable principles indentitied by the International Court of Justice in its 1969 Judgement relating to the North Sea Continental Shelf Cases have been confirmed, in essence, by the decision taken in 1982 by that same conrt with rgard to the Continental Shelf Case(Tunisia-Libya)).[48]

라. Robert Jennings와 Arthur Watts

Jennings와 Watts는 대륙붕경계획정의 제1의 법원칙은 균형의 원칙에 따른 합의라고 다음과 같이 기술하고 있다.

> 대륙붕의 경계에 관한 제1법원칙은 가능하면 그 경계는 균형의 원칙에 따른

---

46) Jonathan I. Charney "Progress in International Maritime Boundary Delimitation Law," *AJIL,* Vol.88, 1994, p.230.

47) Sohn and Gustatson, *supra* n.4, pp.66, 74-75.

48) Caflisch, *supra* n.7, p.476.

합의에 의해 해결되는 것이다(the first legal principle concerning Continental Shelf boundaries is that it possible they are to settled by agreement in accordance with equitable principles).[49]

마. Ian Brownlie

Brownlie는 1958년 "대륙붕협약" 제6조에 규정된 등거리 특별한 사정규칙은 일반규제법상 규칙이 아니며 "균형의 원칙"이 일반국제법이라고 다음과 같이 논하고 있다.

> 등거리/특별한 사정 규칙은 *North Sea Continental* Case(1969)에서 일반국제법을 표시하는 것이 아니라고 판시되었다. … 관습법에 관련규칙은 국제사법재판소와 기타 재판소의 재판과정에서 완성된 "균형의 원칙"의 형태를 취해왔다. … 이들 "균형의 원칙"은 일반국제법의 한 부분으로서 규범적 성격을 갖고 이들의 적용은 형평과 선의 재판으로부터 구별된다(the equidistance / special circumstances rule was held not to represent general internationtional law in the North Sea Continental Shelf case(1969)… the velevant rules of customary law have taken the form of equitable principles as elaborated in the course of the decisions of the International Court and other tribunals. These equitable principles have a normative character as a part of general international law, and their application is to be distinguished from decision ex aequo et bono).[50]

바. Valerie Epps

Epps는 "해양법협약"이 공평한 해결에 의하여 이루어져야 한다고 규정하고 있다고 하여 해양경계획정은 공평의 원칙에 의해 이루어져야 함을 다음과 같이 기술하고 있다.

> 1958년의 대륙붕협약은 경계획정은 합의에 의하여 이루어져야 하고 만일 그것이 불가능할 경우 등거리 원칙의 적용에 의하여야 한다고 규정하고 있다.

---

49) Robert Jennings and Arthur Watts(eds.), *Oppenheim's International Law,* Vol.1, 9th ed.(London: Longman, 1992), pp.776-77.

50) Ian Brownlie, *Principles of Public International Law,* 5th ed.(Oxford: Oxford University Press, 1998) pp.222-23.

그러나 국제사법재판소는 등거리 원칙은 동 협약의 비 당사자에게 구속력 있는 관습법을 표시한 것이 아니라고 판결했다. 1982년의 협약은 경계획정은 … 국제법에 기초하여 공평한 해결에 이루기 위하여 합의에 의해 이루어져야 한다고 규정하고 있다(the 1958 Convention on the Continental Shelf stated that determination shoud take place by agreement or it that was not possible by using the equidistance principle, but the International Court of Justice had ruled that the equidistcrnce principle did not represent binding customary law for non-parties to the Convention. The 1982 Convention states that delimitation shall be effected by agreement on the basis of international law … in order to achieve an equitable solution).[51]

사. Malcolm N. Shaw

Shaw는 대륙붕의 경제 분쟁은 균형의 원칙에 따른 합의에 의해 해결된다고 다음과 같이 기술하고 있다.

이 영역에 있어서 많은 분쟁이 실제로 합의에 의해 해결된다. … 대륙붕의 경계에 관한 분쟁은 균형의 원칙에 따른 합의에 의해 해결되어야 한다(most difficulties in this area are indeed resolved by agreement … disputes over continental shelf boundary are to be settled by agreement in accordance with equitable principles).[52]

이상 이외에 "균형의 원칙"에 의한 해결의 견해는 Peter Malanczuk,[53] David H. Ott,[54] 등에 의해서도 표시되고 있다.

이와 같이 국제협약, 국제판례, 학설에 의해 "균형의 원칙"에 의한 해결이 일반적으로 수락되어 있다.

---

51) Valerie Epps, *International Law,* 4th ed. (Druham: Carolina, 2009), p.200.

52) Malcolm N. Shaw, *International Law* 4th ed.(Cambridge: Cambridge University Press, 1997), pp.436-37.

53) Malcolm N. Malanczuk(ed.), *Akehurst's Modern Introduction to International Law,* 7th ed. (London: Routledge, 1987), pp.196-97.

54) David H. Ott, *Public International Law in the Modern World* (London: Pitman, 1987), pp.220-26.

5. 해양경계획정의 한일 공동 경계선

"해양법협약"상 대륙붕과 배타적 경제수역은 구별되는 별개의 법적 체계(legal regime)이다. 양자는 다음과 같은 점에서 구별된다.

(i) 배타적 경제수역은 연안국의 선언에 의해 설정되나(제75조 참조), 대륙붕은 연안국의 선언을 요하지 아니하고, 당연히 인정된다(제77조 제3항).
(ii) 배타적 경제수역의 관할권은 해저의 상부수역(waters superjacent to the sea-bed)에도 미치나(제56조 제1항 a), 대륙붕의 관할권은 해저의 상부수역에 미치지 아니한다.
(iii) 배타적 경제수역의 폭은 영해의 기선으로부터 200해리를 초과할 수 없으나(제57조), 대륙붕의 폭은 200해리를 초과하는 경우도 인정될 수 있다(제76조 제1항).

이와 같이 양자는 별개의 법적 체계이고, 양자의 경계획정에 있어서 균형적 요소인 균형의 차이(differences in balancing up of equitable factors)가 있을 수 있고,[55] 양경계선은 동일한 규칙에 따라 구획되지만 모든 경우에 동일한 경계선이 일치된 해결(idential solution)을 제공하는 것은 아니다.[56] 대륙붕에 균형적인 것이 반드시 배타적 경제수역에 균형적일 수 있는 것은 아니다.[57] 그러므로 이론적으로 양자의 경계선은 별개로 설정되어야 한다.[58]

---

55) Brownlie, *supra* n.49, p.228.
56) Caflisch, *supra* n.7, p.481.
57) *Ibid.*
58) *Tunisia-Libya Continental Shelf* Case(1982)에서 Oda 재판관의 반대의견(ICJ, *Reports,* 1982, p.157.), Arechago 재판관의 별도의견(*ibid.*, p.100), Evensen 재판관의 반대의견(*ibid,* p.278.)
Gnlf of Maine Case(1984), ICJ, *Reports* 1984, p.246.

그러나 경계획정에 있어서 단일의 공동경계선이 당사국에게 편리한 경우가 많으며, 실제로 단일의 공동경계선이 설정되는 것이 일반적이다.

Gulf of Maine Case(1984)에서 미국과 캐나다는 대륙붕과 어업관할 수역의 공동경계획정을 요구했으며 재판소는 공동경계 획정의 판결을 했다.[59]

Jan Mayen Case(1983)에서 덴마크는 공동경계선의 획정을 요구했으나[60] 노르웨이는 대륙붕과 어업수역의 경계획정에 별개의 기준을 적용할 것을 주장하여 재판소는 공동경계선을 획정하지 못하고 각각의 별개의 경계선을 획정했다.[61]

Guinea/Guinea-Bissau Case(1985)에서 중재재판소는 관련된 해양영토(maritime terrifory concerned)가 영해, 배타적 경제수역 그리고 대륙붕이라는 점에 관해 당사자의 다름이 없었다고 하고, 단일 경계선에 의해 경계획정이 되어야 한다고 판정했다.[62]

St. *Pierre and Miquelon* Case(1992)에서 당사자는 해양수역(maritime areas)의 경계획정은 요구했고,[63] 중재재판소는 특별협정에 의해 요구된 단일경계선을 구획했다.[64]

해상(sea-bed)과 그 상부수역(waters above)의 경계를 달리하는 것은 비현실적(impractical)이다. 이는 생물자연자원(living natural resources)과 비생물 자연자원(non-lioing natural resources)의 분배의 균형에 관한 문제이다.[65] 200 해리의 대륙붕을 갖는 경우에 있어서 대륙붕의 경계와 배타적 경제수역의 경계를 달리하는 것은 적합하지 아니한(not feasible)것이다.[66] 복잡성을 피하기 위해 국가는 단일 경계선에 합의할 수 있는 것이다.[67]

59) ICJ, *Reports,* 1984, p.246.
60) ICJ, *Reports,* 1993, para.9.
61) ICJ, *Reports,* 1993, paras. 41-49.
62) *ILM,* Vol.25, 1986, para.42; Malcolm D. Evans, “Delimitation and the Common Maritime Boundary”, *BYIL,* Vol.64, 1993, p.309.
63) Special Agreement, para.2.
64) Decision, para.37; Evans, *supra* n.62, p.319.
65) O'Connell, *supra* n.1, p.729.
66) *Ibid.,* p.730.

6. 해양경계획정과 도의 존재

가. 특별한 사정

도의 존재는 해양경계획정에 있어 "특별한 사정"(special circumstances)[68] 또는 "관련사정"(relative circumstances)을[69] 이룬다. 해양경계획정에 있어서 "특별한 사정"과 "관련사정"은 동일한 의미를 가지는 것이므로[70] 도의 존재가 "특별한 사정"을 이룬다는 견해와 "관련사정"을 이룬다는 견해의 실질적 차이는 없는 것이다. 도의 존재는 지리적 특성(geographical features)으로 인정되어 왔다.

D.P.O'Connell은 "특별한 사정"의 범위로 지질학적 사정(geographical circumstances), 공동광물매장(common mineral Deposite), 항해와 어업권(navigation and fishing rights), 역사적 특수사정(historical special circumstances) 그리고 도(islands)를 두고 있다.[71]

그리고 그는 경계획정에 영향을 주는 요소로 비례성(proportionality), 근접성(proximity), 그리고 지리형태적 불연속성(geomorphological discontinuities)을 두고 있다.[72] D. W. Bowett는 후술하는 바와 같이 해양경계획정에 있어서 몇 가지 일반적 규칙을 제시하고 있다.[73]

---

67) Caflisch, *supra* n.2, p.218.

68) O'Connell, *supra* n.1, pp.713, 731; D. W. Bowett, "Islands," *EPIL,* Vol.11, 1986, p.166; D.R.Rothwell and Tim Stephens, *The International Law of the Sea*(Oxford, Hart, 2010), p.403; Brown, *supra* n.3, p.163, 176, 182; Rothwell and Stephens, *supra* no. 7, p. 403; Brown, *supra* no. 5, p.163.

69) Brownlie, *supra* n.49, p.228; Caflisch, *supra* n.7, p.497; Tanaka, *supra* n.1, p.204.

70) O'Connel *supra* n.1, p.708; ICJ, *Reports*, 1993, p.62; Rothwell and Stephens, *supra* n.68, p.404.
특별한 사정(special circumstances)은 Geneva 법의 개념이고, 관련 사정(relevant circumstances)은 판례법안의 개념이다(Rothwell and Stephens, *supra* n.7, pp.402-404.)

71) O'Connell, *supra* n.1, pp.707-14.

72) *Ibid.,* pp.724-26.

73) Bowett, *supra* n.68, p.166.

나. 선례

도의 존재가 해양경계획정에 미치는 전부효과(full effect), 반분효과(half effect) 그리고 영분효과(zero effect)를 인정한 판결과 협정을 보면 다음과 같다.

(1) 판결

(가) 전부효과

France-United Kingdom Continental Shelf Case(1977)에서 (Island of Uahant)[74)]

Qatar/Bahrain Case(2001)에서(Hawar Island와 Japan Island)[75)]

Nicaragua/Honduras Case(2007)에서(Hudra Island)[76)]

(나) 반효과

Tunisia-Libya Continental Shelf Case(1982)에서 (Kerkennah Islands),[77)] *France-United Kingdom Continental Shelf* Case(1977)에서 (Scilly Islets),[78)] *Gulf of Maine* Case(1984)에서 (seal Island)[79)]

(다) 감축 내지 영분효과

France-United Kingdom Case(1977)에서 (Channel Islands)[80)]

Tunisia/Libya Case(1982)에서(Jerba Island)[81)]

Guinea/Guinea-Bissau Case(2001)에서(Bijagos Island)[82)]

Qatar/Bahrain Case(2001)에서(Oit'at Jaradah)[83)]

---

74) *ILR*, Vol.54, 1977, para.248.
75) ICJ, *Reports*, 2001, p.109, paras.222.
76) ICJ, *Reports*, 2007, p.752, paras, 304-305.
77) ICJ, *Reports,* 1982, paras.128-29.
78) *ILR,* 1984, Vol.54, 1977, paras.243-51.
79) ICJ, *Reports,* para.222.
80) *ILR,* Vol.54, 1977, paras.189-203.
81) ICJ, *Reports*, 1982, p.85, para.120.
82) Tanaka, *supra* n.1, p.204.
83) ICJ, *Reports*, 2001, pp.104-109, para.219.

Romania/Ukrain Case(2009)에서(Serpents Island)[84]

(2) 협정

(가) 전부효과

Agreement on the Delimitation of the Continental Shelves Malaysia-Indonesia, Oct. 12, 1969(Natuna Island, Anambas Island)[85]

(나) 감축효과

Agreement between the Socialist Republic of the Union of Berma and the Republic of India on the Delimifation of the Maritime Boundary in the Andaman Sea, in the Coco Channel and in the Bay of Benegal, December 23, 1986[86]

(다) 영분효과

Agreement between India and Sri Lanka on the Boundary in historic waters between the Two Contries and Related Matters, June 26, 1974 (kachaitivu Is land).[87]

다. 판례에 표시된 일반적 규칙

해양경계획정에 있어서 도의 존재가 어떠한 효과를 갖느냐에 관해 판례에 표시된 일반적인 규칙을 다음과 같이 제시해 볼 수 있다.

(ⅰ) 규칙 제1 : 도국가(island state)인 도는 속도(island degendancy)보다 넓은 대륙붕과 배타적 경제수역을 갖는다.[88]

---

84) ICJ, *Reports*, 2009, pp.109-110, para.418.

85) E.D.Brown, "Sea-bed Energy and Minerals", *The International Legal Regime*, Vol1, 1992. Chap.10, Section Ⅱ, 2.

86) *ILM,* Vol.27, 1988, p.1144.

87) *ILM,* Vol.13, 1974, p.1442.

88) The Court of Arbitration's discussion of the Channel Islands in *the France-United Kingdom Continental Shelf Case(1977), ILR,* Vol.54, 1977, p.1; *Libya-Malta Continental*

(ii) 규칙 제2 : 본토(mainland)에 접근한 도는 영분효과 또는 반분효과보다 작은 효과를 갖는다.[89)]

(iii) 규칙 제3 : 그의 주권하에 있는 국가로부터 멀리 떨어져 있는 도는 독자적인 대륙붕과 배타적 경제수역을 가지나 그 범위는 모든 관련요소(all the relevant factors)에 의존한다. 다른 국가에 인접한 도는 그의 범위를 감축시킨다.[90)]

Ⅲ. 한국과 일본의 배타적 경제수역과 대륙붕의 경제획정의 문제해결과 독도의 존재효과

1. 문제의 제기

가. 한국과 일본의 배타적 경제수역의 중첩

(1) 한국의 배타적 경제수역의 설정

"해양법협약"이 1982년 12월 10일에 채택되고 1994년 11월 16일에 효력을 발생하게 됨에 따라 대한민국은 동 협약에 1996년 1월 29일에 비준서를 기탁하여 동 협약은 대한민국에 대해 1996년 2월 28일에 효력을 발생하게 되었다.

배타적 경제수역의 설정은 연안국의 선택적 권리(optional right)이므로[91)]

Shelf Case(1985), ICJ, *Reports,* 1985, para.72; Bowett, *supra* n.68, p.166.

89) *Tunisia-Libya Continental Shelf* Case(1982), ICJ, *Reports* 1982, p.18, with regard to the treatment of Djerba and Kerkennahas; *Gulf of Maine* Case(1984), ICJ, Reports, 1984, p.246, with regard to the treatment of Seal Island; *Libya-Malta Continental Shelf* Case(1985), ICJ, *Reports* 1985, p.48, with regara to the ignoring of the Island of Filfla; Bowett, *supra* n.68, p.166.

90) *France-Unitad Kingdom Continental Shelf* Case(1977), paras. 185-88, with regard to the treat ment of the Channel Is lands; Bowett, *supra* n.68, p.166.

선언을 요하는 것은 국제관습이라 할 수 있다.[92)]

대한민국은 1996년 8월 8일 "배타적 경제수역법"(법률 제5151호)를 제정 · 공포하여 200해리 배타적 경제수역을 설정했다(제2권 제1항). 동 법은 "포괄적 규정(comprehensive stipulation)주의"에 따라 한국의 모든 영토의 해안에 포괄적으로 설정했고, "개별적 규정(individual stipulation)주의"에 따라 한국의 특정 영토, 특히 특정 도를 개별적으로 지정하여 설정한 것이 아니다. 따라서 한국의 영토인 독도에도 당연히 배타적 경제수역이 설정된 것이다.

(2) 일본의 배타적 경제수역의 설정

일본은 1996년 6월 20일 "배타적 경제수역 및 대륙붕에 관한 법률"(법률 제74호)을 제정 · 공포하여 200해리 배타적 경제수역은 설정했다(제1조 제2항).

(3) 한국의 배타적 경제수역과 일본의 배타적 경제수역의 중첩

(가) 동해에서의 중첩

동해에서 한국의 해안과 일본의 해안의 폭이 전반적으로 400해리에 미치지 못하므로 동해에서 양국의 배타적 경제수역은 중첩된다.

(나) 대향한 배타적 경제수역의 중첩

동해에서 한국의 연안과 일본의 연안은 대향하고(opposite) 있으므로 이는 "대향한" 연안의 배타적 경제수역의 중첩인 것이다. 한반도와 일본열도, 울릉도와 일본열도, 울릉도와 오끼도, 독도와 오끼도의 해안이 대향(opposite) 해안이냐 인정(adjacent) 해안이냐의 문제가 제기될 수 있다. 그러나 1958년의 "대륙붕협약"은 전자와 후자를 부별하여 전자는 원칙적으로 중간선에 의해, 후자는 원칙적으로 등거리선에 의한다고 규정하고 있으나(제6조).

---

91) Jennings and Watts, *supra* n.48, p.791.

92) Brownlie, *supra* n.49, p.221.

1982년의 “해양법 협약”은 양자를 구별하고 있지 아니하므로(제74조 제1항, 제83조 제1항) 이 문제는 “해양법협약”상 실익이 없는 문제인 것이다.

나. 한국과 일본의 대륙붕의 중첩

(1) 한국의 대륙붕의 설정

대륙붕은 배타적 경제수역과 같이 연안국에 의한 설정을 요하는 것(“해양법 협약” 제75조)이 아니라, 처음서부터 당연히 존재하는(exist ipso facto and ab inito) 것이므로[93] 연안국의 대륙붕의 설정을 표시함을 요하지 아니한다.[94] 1982년의 “해양법협약”은 “대륙붕에 대한 연안국의 권리는 … 명시적 선언에 의존하지 아니한다”라고 규정하고 있다(77조 제3항). 그러므로 연안국에 의한 대륙붕설치에 관한 선언은 동 협약상 의미가 없는 것으로 국내법상 “선언적 효과”만 있을 뿐 “창설적 효과”는 없는 것이다.

한국은 1970년 1월 1일 “해저광물자원개발법”(법률 제2184호)을 제정·공포하고 동년 5월 30일 “해저광물자원개발법 시행령”(대통령령 제5020호)을 제정·공포하여 대륙붕을 선언했다(제3조, 별표 1). 동 법은 대륙붕의 범위를 “…대한민국이 행사할 수 있는 모든 권리가 미치는 대륙붕”으로 규정하고 있다(제1조).

따라서 동령에 의해 표시된 광구이외의 해역에도 대륙붕은 설정한 것이다. 그리고 동 법은 “… 대한민국이 행사할 수 있는 모든 권리가 미치는 대륙붕”으로 규정하고 있다(제1조). 따라서 동 령에 의해 표시된 광구이외의 해역에도 대륙붕을 설정한 것이다. 그리고 동 법은 “… 대한민국의 영토인 한반도와 그 부속도서의 해안 …”으로 규정하여(제1조), 동 조의 “부속도서”에 독도가 포함되므로 당연히 독도에도 대륙붕은 설정한 것이다.

---

93) ICJ, *Reports,* 1969, p.22.

94) John and Gustatson, *supra* n.4, p.159; Rene-Jean Dupuy, “Continental Shelf Definition and Rules applicable to Resources,” in Dupuy and Vignes, *supra* n.7, p.370; ICJ, *Reports,* 1969, p.22.

(2) 일본의 대륙붕의 설정

전술한 바와 같이 일본은 1996년 6월 1일 "배타적 경제수역 및 대륙붕에 관한 법률"(법률 제74호)를 제정 · 공포하여 배타적 경제수역과 대륙붕을 동시에 선언했다. 동 법에 의하며 대륙붕의 범위를 200해리로 규정하고 있다(제2조 제1항).

(3) 한국의 대륙붕과 일본의 대륙붕의 중첩

한국의 대륙붕과 일본의 대륙붕의 중첩은 상술한 "한국의 배타적 경제수역과 일본의 배타적 경제수역의 중첩"(1, 다)을 그대로 인용하기로 한다.

2. 문제의 해결

가. 문제해결의 절차적 방안

(1) 합의

전술한 바와 같이[95] 해양경계획정의 제1 해결방안은 당사국 간의 "균형적 합의"이다. 한국과 일본 간의 배타적 경제수역과 대륙붕의 경계획정의 제1해결방안은 한국과 일본 간의 "균형적 합의"이다. 이 방안이 최선의 방안이나 실질적 합의에 이루기는 어려울 것이다.

(2) 국제조정

전술한 바와 같이[96] 해양경계획정의 제2 해결방안은 국제조정이다. 당사국 간에 합의가 이루어 지지 아니할 경우 어느 당사국도 국제조정에 회부할 수 있으며 국제조정위원회는 강제적 관할권을 갖는다.[97] 따라서 한국과 일본 간에 합의가 이루어지지 아니할 경우 한국은 일본의 동의 없이

95) *Supra* Ⅱ. 2. 나. (1).
96) *Supra* Ⅱ. 2. 나. (3) (나) 1) 가).
97) "해양법협약" 제298조.

일본은 한국의 동의 없이 각기 배타적 경제수역과 대륙붕의 경계획정문제를 국제조정위원회에 회부할 수 있다. 그러나 국제조정 결정은 법적 구속력이 없으므로 이 방법은 사실상 거의 무의미한 것이다.

(3) 국제재판

전술한 바와 같이[98] 해양경계획정의 제3 해결방안은 국제재판이다. 당사국은 합의에 이루지 못한 경우 국제조정에 회부한 다음에 또는 그 전에 국제재판소에 제소할 수도 있다. 이 제소는 국제중재재판소, 국제해양재판소, 국제사법재판소에 제소하는 것이든 불문하고 이들 국제재판소는 강제적 관할권을 가지지 아니하므로 당사국간의 합의를 요한다.[99] 한국과 일본은 이들 재판소에 합의에 의해 배타적 경제수역과 대륙붕의 경계획정의 분쟁을 제소할 수 있다. 이 제소는 경계획정에 적용되는 원칙과 규칙이 무엇이냐를 청구할 수도 있고,[100] 구체적인 경계획정의 구획선을 청구할 수도 있다.[101]

한국과 일본 간의 배타적 경제수역과 대륙붕의 경계획정문제는 상기 세 개의 방안 중 제1해결방안이 최선의 방안이나, 한일 간에 합의가 이루어지지 아니할 경우 차선의 방안으로 제3의 해결방안을 선정할 수밖에 없으며 이 방안은 한국과 일본 간의 제소합의를 요하므로 이 합의가 이루어지지 아니할 경우 한일 간의 배타적 경제수역과 대륙붕의 경계획정문제(분량)는 영원히 미해결 상태로 방기될 수 있다. 양국의 정치적 결단이 요구된다.

---

98) *Supra* Ⅱ. 2. 나. (3) (나) 1) 가).

99) 대한민국은 "해양법협약" 제298조 제1항에 따른 선언, 즉 재판소의 강제적 관할권을 배제하는 선언을 했다(2006.4.18).

100) *North Sea Continental Shelf* Case(1969)에서 당사자들은 북해대륙붕의 경계획정에 적용되는 원칙과 규칙이 무엇이냐를 청구했다(ICJ, *Reports,* 1969, pp.6-9.

101) *France-United Kingdom Continental Shelf* Case(1977)에서 당사자들은 경계선 자체를 결정해 줄 것을 청구했다(Arbitration Agreement, Art.2).

나. 문제해결의 실질적 방안

(1) 선결과제

한일 간의 배타적 경제수역과 대륙붕의 경계획정문제의 실질적 방안은 결국 "균형적 해결"이다. 이 "균형적 해결"의 선결과제는 (i) 독도의 영유권의 귀속문제와 (ii) 독도는 "해양법협약" 제121조 제3항의 암석이 아니다 라는 것을 전제로 한다.

(2) 실질적 과제

한일 간 배타적 경제수역과 대륙붕의 경계칙령에서 실질적으로 해결하여야 할 핵심 과제는 (i) 독가 경계획정에 전부효과(full effect), 반분효과(hald effect), 감축 또는 영분효과(reduced or zero effect) 중 어떤 효과를 갖느냐의 독도의 가치 부여 과제와, (ii) 배타적 경제수역과 대륙붕의 경계획정 선을 공동 단일로 할 것이냐 개별 별개로 할 것이냐의 공통경계선 과제이다.

(가) 독도의 가치부여

독도의 존재가 "특별한 사정" 또는 "관련사정"으로 경계획정에 어느 정도 영향을 줄 것이냐는 한국의 입장에서는 전부효과를 주장할 것이고 일본의 입장에서도 전부효과를 주장할 것이다(독도가 일본의 영토이므로) 구체적으로 … 한국은 독도와 오끼도의 중간선을, 일본은 울릉도와 독도의 중간선을 주장할 것이다(독도가 일본의 영토이므로). 한국과 일본이 각기 주장을 양보하면 울릉도와 오끼도의 중간으로 합의할 수도 있을 것이다. 이 중앙선은 한국 측에서 보아 독도의 외측에 설정된다.[102] 이는 양국의 정치적 결단의 문제로 남는 것이다.[103]

---

102) 필자는 이 절충선을 주장하는 것이 아니라 그러한 절충방안도 있을 수 있다는 것을 조심스럽게 제시할 뿐이다.

103) 필자는 몇 년 전에 동북아역사재단이 아카데미 하우스에서 주최하는 학술행사

그러나 만일 재판소에 제소되게 될 경우 한국은 진술한 판례에 표시된 "규칙 제2"에 의거 독도는 본토인 한반도로부터 멀리 떨어져 있으므로 독도는 전부효과를 갖는다. 그리고 동 "규칙 제3"에 의거 독도는 일본에 접근해 있지 아니하므로 전부효과를 갖는다는 판례에 입각한 주장을 할 수 있고 또 그러한 효과를 충분히 기대할 수 있다. 즉 독도와 오끼도의 중간선을 주장할 수 있고 또 그러한 판결을 기대할 수 있다. 그러나 재판소가 독도의 영유권이 일본에 귀속되는 것으로 판단할 때 그러하지 아니함은 물론이다.

(나) 공동경계선 설정

한국과 일본의 배타적 경제수역과 대륙붕이 모두 각각 200해리를 초과하지 아니하고 전술한 바와 같이 (i) 대륙붕과 배타적 경제수역이 각각 200해리를 초과 하지 아니하는 경우,[104] (ii) 생물자연자원과 미생물자연자원이 분배가 특별한 차이가 없는 경우,[105] 그리고 (iii) 배타적 경제수역과 대륙붕의 별개의 경계선이 실제랑 복잡성을 갖고 있는 경우[106]는 공동단일경계선이 바람직한 것으로 인정되어 있다.

한국과 일본의 배타적 경제수역과 대륙붕이 각각 200해리를 초과하지 아니하고, 200해리 범위 내에서 생물자연자원과 비생물 자연자원의 분배에 특별한 차이가 없고, 각각의 두 개의 경계선인 실제상 불편할 것이므로 한국과 일본은 공동단일경계선의 설정에 참의할 가능성이 높다고 본다.

에서 일본이 독도의 영유권을 포기할 경우 울릉도와 오끼도의 중간선을 경계획정의 "안으로 검토될 수도 있다"고 발표했다가 학술행사의 참가자들로부터 봉변을 당할 일이 있음을 기억하고 있다. 당시 발표문은 모두 회수 파기처분되었다.

104) See *supra* n.66.

105) See *supra* n.65.

106) See *supra* n.67.

Ⅵ. 결론

1. 요약

상술한 바른 다음과 같이 요약하기로 한다.

(ⅰ) 한국과 일본이 각기 200해리 배타적 경제수역과 대륙붕을 설정 선언하여 한반도와 일본열도 간의 거리가 전반적으로 400해리에 미치지 못하므로 한국과 일본 간에 해양경계획정문제가 제기되어 있다.

(ⅱ) 해양 경계획정에 관한 국제협약, 특히 1982년의 "해양법협약"과 국제판례, 그리고 학설에 의해 "균형의 원칙"에 따라 해양경계획정을 한다는 것을 일반적으로 승인되어 있다.

(ⅲ) "균형의 원칙"은 특별한 사정(special cirumstances) 또는 관련 사정(relevant circumstances)을 고려하도록 하며, 도의 존재는 "특별한 사정" 또는 "관련사정"으로 인정되어 있다.

(ⅳ) 경계획정에 있어서 "도의 존재"의 효과에 관해 국제판례로부터 3개의 일반규칙의 도출되며, 이 규칙에 의하면 한국영토인 독도의 존재는 한일 간 배타적 경제수역과 대륙붕의 경계획정에 한국에 유리할 수 있다.

2. 정책대안의 제의

정부관계 당국에 대해 다음과 같은 정책대안을 제의하기로 한다.

(ⅰ) 한일 간의 해양경계획정문제는 가능한 한 합의에 의해 해결한다. 합의는 교섭에 의한 상호 양보로만 가능한 것이므로 독도는 전부효과 이하의 효과도 융통성 있게 수용한다.

(ⅱ) 일본이 독도의 영유권주장을 포기할 경우 울릉도와 오끼도의 중간선을 경계로 해도 독도는 경계선 내측에 위치함을 고려한다.

(ⅲ) 어떠한 경우도 독도가 "해양법협약" 제121조 제3항의 암석이라는 입

장은 배제한다.

(iv) 국제재판소에 제소하게 될 경우에 대비하여 국제판례에 표시된 도의 존재 효과에 관한 규칙의 연구를 적극 추진하여 그 연구결과를 정책결정의 기초로 삼는다.

결 론

1. 요약

상술한 바를 다음과 같이 요약·정리하기로 한다.

(i) "맥아더 라인"은 독도 외측에 설진되었으며, 이는 연합국에 의한 한국의 독도영토주권의 승인이다.

(ii) 대한민국의 "국무원고시 제14호"로 선언된 "인업해양주권선언"은 "평화선"을 독도 외측에 설정했으며 이는 대한민국에 의한 독도영토주권의 현시이다. "평화권"은 1965년의 "한일어업협정"에 의해 일본과의 관계에서 신법우선의 원칙에 따라 그의 적용이 배제되나 그 자체가 실효된 것은 아니다.

(iii) 독도는 12해리의 영해와 200해리의 배타적 경제수역을 갖으며, 이는 일본의 200해리 배타적 경제수역과 중첩된다.

(iv) 1998년의 "한일어업협정"은 독도의 영토·영해·배타적 경제수역을 훼손하고 중간수역에서 추적권을 배제하며 독도의 영해를 침해한 것이며, 동 협정 제15조는 일본의 독도영유권 주장을 용인하고 있다.

(v) 독도는 울릉도의 속도이며 주도인 울릉도와 동일한 법적 지위를 갖는다. 따라서 우산국의 정복에서 울릉도의 정복은 독도의 정복 효과가 미치며, "대한제국 칙령 제41호"의 울릉도에 대한 효력은 석도가 독도이냐에 대한 효력은 독도에도 동일하게 미친다. 따라서 독도에 대한 권리·권원·청구권은 일본의 포기의 대상이 된다.

(vi) 독도는 본토인 한반도로부터 멀리 떨어져 있고 일본의 본토와도 멀리 떨어져 있으므로 한일 간의 배타적 경제수역의 경계확정에 있어서 전부효과(full effect)를 창출할 수 있다. 따라서 독도와 오끼도의 중간선이

한일 간의 해양 경계선으로 될 수 있다.

2. 정책대안

다음과 같은 정책대안을 제의하기로 한다.

(i) "맥아더 라인"은 연합국에 의한 한국의 독도영유권의 승인으로 "SCAPIN 제1033호"에는 "SCAPIN 제677호" 제6항과 같은 제한규정이 없으므로 연합국에 의한 한국의 독도영유권의 승인의 근거로 "SCAPIN 제677호"보다 "SCAPIN 제1033호"를 독도영유권의 근거로 원용한다.

(ii) "인접해양 주권선언"은 "한일어업협정"에 의해 일본과의 관계에서도 폐지된 것이 아니라 "규범의 저촉"에 의해 신법우선의 원칙에 따라 후법인 동선언은 그의 적용이 배제되어있을 뿐 소멸된 것이 아니므로 "평화선"은 1952년 이래 현재까지 유효한 것이므로 한국은 "평화선"에 의해 독도에 대한 실효적 지배, 즉 주권의 현시를 해오고 있다는 주장으로 독도의 용수비대에 의한 실효적 지배의 주장을 보완한다.

(iii) "한일어업협정"은 독도의 영토 · 영해 · 배타적 경제수역을 훼손하고, 또한 동 협정은 일본의 독도영유권 주장을 용인하고 있으므로(제15조) 동 협정을 폐기한다.

(iv) 주도에 대한 법적 효과는 속도에 동일하게 미치므로, 울릉도에 대한 법적 효과는 속도인 독도에 미치므로 독도는 울릉도의 속도라는 역사적 사실을 정립하여, ① 우산국의 울릉도 정복은 독도의 정복효과가 미치며, ② "대한제국 칙령 제41호"의 울릉도에 대한 실효적 지배의 효과는 (석도가 독도이냐 아니냐를 불문하고) 독도에 미치며, ③ "대일평화조약" 제2조(a)항의 울릉도에 대한 효과는 독도에 미친다는 주장을 독도정책에 적극 반영한다.

(v) 판례법상 육지 본토로부터 멀리 떨어진 도, 대항국가의 본토로부터 멀리 떨어진 도는 배타적 경제수역의 경계획정에 있어서 전부효과(full effect)를 창출하므로, 한일 배타적 경제수역 경계획정에 독도는 전부효과를 창출한다는 주장을 대일정책에 반영하여 독도 · 오끼도 중간선을 제의한다.

부 록

1. SCAPIN 제1033호(1946.6.22.)
2. 평화선 선언(1952.1.18.)
3. 유엔 해양법협약(1982.12.10.)
4. 영해 및 접속수역법(1995.12.6.)
5. 배타적 경제수역법(1996.8.8.)
6. 한일어업협정(1998.11.28.)

1. SCAPIN 제1033호
SCAPIN No.1033

b. Japanese vessels or personnel there of will not approach closer then 12miles to Takeshima(37° 15' North Latitude, 131° 53' East Latitude) nor have any contract with said island.

일본의 선박이나 인원은 금후 북위 37도 15분 동경 131도 53분에 있는 리앙끄르암의 12해리 이내에 접근하지 못하며 또한 동 도에 어떠한 접근도 하지 못한다.

2. 평화선 선언

REPUBLIC OF KOREA PRESIDENTIAL PROCLAMATION OF SOVEREIGNTY OVER ADJACENT SEAS

18 January 1952

Supported by well-established international precedents and urged by the impelling need of sage once and for all, the interests of national welfare and defense, the President of the Republic of Korea herby proclaims:

1. The Government of the Republic of Korea holds and exercises the national sovereignty over the shelf adjacent to the peninsular and insular coasts of the national territory, no matter how deep it may be, protecting, preserving and utilizing, therefore, to the best advantage of national interests, all the natural resources, mineral and marine, that exist over the said shelf, on it and beneath it, known, or which may be discovered in the future.
2. The Government of the Republic of Korea holds and exercises the national sovereignty over the seas adjacent to the coasts of the peninsular throughout and islands of the national territory, no matter what their depths may be throughout the extension, as here below delineated, deemed necessary to reserve, protect, conserve and utilize the resources and natural wealth of the Government supervision particularly the fishing and marine hunting industries in order to prevent this exhaustible type of resources and natural wealth from being exploited to the disadvantage of the inhabitants of Korea, or decreased or destroyed to the detriment of the country.
3. The Government of the Republic of Korea hereby declared and maintain the limes of demarcation, as given below, which shall define and delineate the zone of control and protection of the national resources and wealth on, in, or beneath the said seas placed under the jurisdiciton and control of the Republic of Korea and which shall be liable to modification, in accordance with the circumstance

arising from new discoveries, studies or interests that may come to light in future. The zone to be placed under the sovereignty and protection of the Republic of Korea shall consist of seas lying between the coasts of the peninsular and insular territories of Korea and the line of demarcation made from the continuity of the following lines:

a. from the highest peak of U-Am-Ryung, Kyung-Hung-Kun, Ham- Kyong Pukdo to the point(42°15′ N-130°45′ E)
b. from the point(42°15′ N-130°45′ E) to the point (38°00′ N-132°50′ E)
c. from the point(38°00′ N-132°50′ E) to the point (38°00′ N-130°00′ E)
d. from the point(35°15′ N-130°00′ E) to the point (34°40′ N-129°10′ E)
e. from the point(34°40′ N-129°10′ E) to the point (32°00′ N-127°00′ E)
f. from the point(32°00′ N-127°00′ E) to the point (32°00′ N-124°00′ E)
g. from the point(32°00′ N-124°00′ E) to the point (39°45′ N-124°00′ E)
h. from the point(39°45′ N-124°00′ E) to the western point of Ma-An-Do, Son-Do-Yuldo, Yong-Chun-Kun, Pyungan Pukdo.
i. from the western point of Ma-An-Do to the point where a straight line drawn north meets with the western and of the Korean-Manchurian borderline.

4. This declaration of sovereignty over the adjacent seas does not interfere with the rights of free navigation on the high seas.

대한민국 인접해양의 주권에 대한 대통령의 선언

국무원고시(國務院告示) 제14호

국무회의(國務會議)의 의결(議決)을 거쳐 인접해양(隣接海洋)에 대한 주권(主權)에 관하여 다음과 같이 선언(宣言)한다.

단기(檀紀) 4285년 1월 18일

대통령(大統領) 이승만(李承晩)
국무위원(國務委員) 국무총리서리 허정(許政)
국무위원(國務委員) 외무부 장관 하영태(下榮泰)
국무위원(國務委員) 국방부 장관 이기붕(李起鵬)
국무위원(國務委員) 상공부 장관 김훈(金勳)

확정된 국제전 선례(先例)에 의거하고 국가의 복지(福祉)와 방어(防禦)를 영원히 보장하지 않으면 안 될 요구에 의하여 대한민국대통령(大韓民國大統領)은 다음과 같이 선언한다.

1. 대한민국정부는 국가의 영토인 한반도(韓半島) 및 도서(島嶼)의 해안에 인접한 해붕(海棚)의 상하에 기지(旣知)되고 또는 장래에 발견될 모든 자연자원 광물 및 수산물을 국가에 가장 이롭게 보호 보존 및 이용하기 위하여 그 심도 여하(如何)를 불문하고 인접해붕(隣接海棚)에 대한 국가주권(國家主權)을 보존(保存)하여 또 행사(行使)한다.
2. 대한민국정부는 국가의 영토인 한반도 및 도서의 해안에 인접한 해양의 상하 및 내(內)에 존재하는 모든 자연자원 및 재부(財富)를 보유(保有), 보호(保護), 보존(保存) 및 이용하는데 필요한 좌(左)와 가히 한정된 연장해양(延長海洋)에 관하여 그 심도 여하(如何)를 불문하고 인접해양에 대한 국가의 주권을 보지하며 또 행사한다. 특히 어족(魚族)같은 감소될 우려가 있는 자원(資源) 및 재부(財富)가 한국주민에게 손해 되도록 개발되거나 또는 국가의 손상이 되도록 감소(減少) 혹은 고갈(枯渴)되지 않게 하기 위하여 수산업

(水産業)과 어획업(漁獲業)을 정부의 감독 하에 둔다.

3. 대한민국정부는 이로써 대한민국정부의 관할권(管轄權)과 지배권(支配權)이 있는 상술한 해양의 상하 및 내(內)에 존재하는 자연자원(自然資源) 및 재부(財富)를 감독하며 또 보호할 수역(水域)을 한정할 좌(左)에 명시된 경계선(境界線)을 선언(宣言)하며 또 유지(維持)한다.

   이 경계선은 장래에 구명될 새로운 발견(發見), 연구(硏究) 또는 권익(權益)의 출현에 인하여 발생하는 신정세(新情勢)에 맞추어 수정할 수 있음을 겸(兼)하여 선언한다.

   대한민국의 주권과 보호 하에 있는 수역은 한반도 및 기(基) 부속도서(附屬島嶼)의 해양과 좌(左)의 제선(製銑)을 연결함으로써 경계선간(境界線間)의 해양(海洋)이다.

   ㄱ. 함경북도 경흥군 우암령 고정(咸鏡北道 慶興郡 牛岩嶺 高頂)으로부터 북위 42도 15분, 동경130도 45분의 점에 이르는 선
   ㄴ. 북위 42도 15분, 동경 130도 45분의 점으로부터 북위 38도 동경 132도 50분의 점에 이르는 선
   ㄷ. 북위 38도 동경 132도 50분의 점으로부터 북위 35도 동경 130도의 점에 이르는 선
   ㄹ. 북위 35도 동경 130도의 점으로부터 북위 34도 40분 동경 129도 10분의 점에 이르는 선
   ㅁ. 북위 34도 40분 동경 129도 10분의 점으로부터 북위 32도 동경127도의 점에 이르는 선
   ㅂ. 북위 32도 동경 127도의 점으로부터 북위 32도 동경 124도의 점에 이르는 선
   ㅅ. 북위 32도 동경 12도의 점으로부터 북위 39도 45분 동경 124도의 점에 이르는 선
   ㅇ. 북위 39도 45분 동경 124도의 점으로부터 평안북도 용천군 신도열도(平安北道 龍川郡薪島列島) 마안도(馬鞍島) 서단(西端)에 이르는 선
   ㅈ. 마안도 서안으로부터 북으로 한·만 국경(韓·滿 國境)의 서단과 교차되는 직선

4. 인접해양(隣接海洋)에 대한 본(本) 주권(主權)의 선언(宣言)은 공해상(公海上)의 자유항행권(自由航行權)을 방해하지 않는다.

3. 유엔해양법협약

UNITED NATIONS CONVENTION ON THE LAW OF THE SEA

AGREEMENT RELATING TO THE IMPLEMENTATION OF PART XI OF THE CONVENTION

PREAMBLE

The States Parties to this Convention,

Prompted by the desire to settle, in a spirit of mutual understanding and cooperation, all issues relating to the law of the sea and aware of the historic significance of this Convention as an important contribution to the maintenance of peace, justice and progress for all peoples of the world,

Noting that developments since the United Nations Conferences on the Law of the Sea held at Geneva in 1958 and 1960 have accentuated the need for a new and generally acceptable Convention on the law of the sea,

Conscious that the problems of ocean space are closely interrelated and need to be considered as a whole, Recognizing the desirability of establishing through this Convention, with due regard for the sovereignty of all States, a legal order for the seas and oceans which will facilitate international communication, and will promote the peaceful uses of the seas and oceans, the equitable and efficient utilization of their resources, the conservation of their living resources, and the study, protection and preservation of the marine environment,

Bearing in mind that the achievement of these goals will contribute to the realization of a just and equitable international economic order which takes into account the interests and needs of mankind as a whole and, in particular, the special interests and needs of developing countries, whether coastal or land-locked,

Desiring by this Convention to develop the principles embodied in resolution 2749 (XXV) of 17 December 1970 in which the General Assembly of the United

Nations solemnly declared inter alia that the area of the seabed and ocean floor and the subsoil thereof, beyond the limits of national jurisdiction, as well as its resources, are the common heritage of mankind, the exploration and exploitation of which shall be carried out for the benefit of mankind as a whole, irrespective of the geographical location of States,

Believing that the codification and progressive development of the law of the sea achieved in this Convention will contribute to the strengthening of peace, security, cooperation and friendly relations among all nations in conformity with the principles of justice and equal rights and will promote the economic and social advancement of all peoples of the world, in accordance with the Purposes and Principles of the United Nations as set forth in the Charter,

Affirming that matters not regulated by this Convention continue to be governed by the rules and principles of general international law,

Have agreed as follows:

PART Ⅰ. INTRODUCTION

Article 1. Use of terms and scope

1. For the purposes of this Convention:

(1) "Area" means the seabed and ocean floor and subsoil thereof, beyond the limits of national jurisdiction;

(2) "Authority" means the International Seabed Authority;

(3) "activities in the Area" means all activities of exploration for, and exploitation of, the resources of the Area;

(4) "pollution of the marine environment" means the introduction by man, directly or indirectly, of substances or energy into the marine environment, including estuaries, which results or is likely to result in such deleterious effects as harm to living resources and marine life, hazards to human health, hindrance to marine activities, including fishing and other legitimate uses of the sea, impairment of

quality for use of sea water and reduction of amenities;

(5) (a) "dumping" means:

(i) any deliberate disposal of wastes or other matter from vessels, aircraft, platforms or other man-made structures at sea;

(ii) any deliberate disposal of vessels, aircraft, platforms or other man-made structures at sea;

(b) "dumping" does not include:

(i) the disposal of wastes or other matter incidental to, or derived from the normal operations of vessels, aircraft, platforms or other man-made structures at sea and their equipment, other than wastes or other matter transported by or to vessels, aircraft, platforms or other man-made structures at sea, operating for the purpose of disposal of such matter or derived from the treatment of such wastes or other matter on such vessels, aircraft, platforms or structures;

(ii) placement of matter for a purpose other than the mere disposal thereof, provided that such placement is not contrary to the aims of this Convention.

2. (1) "States Parties" means States which have consented to be bound by this Convention and for which this Convention is in force.

(2) This Convention applies mutatis mutandis to the entities referred to in article 305, paragraph l(b), (c), (d), (e) and (f), which become Parties to this Convention in accordance with the conditions relevant to each, and to that extent "States Parties" refers to those entities.

PART II. TERRITORIAL SEA AND CONTIGUOUS ZONE

SECTION 1. GENERAL PROVISIONS

Article 2

Legal status of the territorial sea, of the air space over the territorial sea and of its bed and subsoil

1. The sovereignty of a coastal State extends, beyond its land territory and internal waters and, in the case of an archipelagic State, its archipelagic waters, to an adjacent belt of sea, described as the territorial sea.
2. This sovereignty extends to the air space over the territorial sea as well as to its bed and subsoil.
3. The sovereignty over the territorial sea is exercised subject to this Convention and to other rules of international law.

SECTION 2. LIMITS OF THE TERRITORIAL SEA

Article 3. Breadth of the territorial sea

Every State has the right to establish the breadth of its territorial sea up to a limit not exceeding 12 nautical miles, measured from baselines determined in accordance with this Convention.

Article 4. Outer limit of the territorial sea

The outer limit of the territorial sea is the line every point of which is at a distance from the nearest point of the baseline equal to the breadth of the territorial sea.

Article 5. Normal baseline

Except where otherwise provided in this Convention, the normal baseline for measuring the breadth of the territorial sea is the low-water line along the coast as marked on large-scale charts officially recognized by the coastal State.

Article 6. Reefs

In the case of islands situated on atolls or of islands having fringing reefs, the baseline for measuring the breadth of the territorial sea is the seaward low-water line of the reef, as shown by the appropriate symbol on charts officially recognized by the coastal State.

Article 7. Straight baselines

1. In localities where the coastline is deeply indented and cut into, or if there is a fringe of islands along the coast in its immediate vicinity, the method of straight baselines joining appropriate points may be employed in drawing the baseline from which the breadth of the territorial sea is measured.
2. Where because of the presence of a delta and other natural conditions the coastline is highly unstable, the appropriate points may be selected along the furthest seaward extent of the low-water line and, notwithstanding subsequent regression of the low-water line, the straight baselines shall remain effective until changed by the coastal State in accordance with this Convention.
3. The drawing of straight baselines must not depart to any appreciable extent from the general direction of the coast, and the sea areas lying within the lines must be sufficiently closely linked to the land domain to be subject to the regime of internal waters.
4. Straight baselines shall not be drawn to and from low-tide elevations, unless lighthouses or similar installations which are permanently above sea level have been built on them or except in instances where the drawing of baselines to and from such elevations has received general international recognition.
5. Where the method of straight baselines is applicable under paragraph 1, account may be taken, in determining particular baselines, of economic interests peculiar to the region concerned, the reality and the importance of which are clearly evidenced by long usage.
6. The system of straight baselines may not be applied by a State in such a manner as to cut off the territorial sea of another State from the high seas or an exclusive economic zone.

Article 8. Internal waters

1. Except as provided in Part IV, waters on the landward side of the baseline of the territorial sea form part of the internal waters of the State.
2. Where the establishment of a straight baseline in accordance with the method

set forth in article 7 has the effect of enclosing as internal waters areas which had not previously been considered as such, a right of innocent passage as provided in this Convention shall exist in those waters.

Article 9. Mouths of rivers

If a river flows directly into the sea, the baseline shall be a straight line across the mouth of the river between points on the low-water line of its banks.

Article 10. Bays

1. This article relates only to bays the coasts of which belong to a single State.
2. For the purposes of this Convention, a bay is a well-marked indentation whose penetration is in such proportion to the width of its mouth as to contain land-locked waters and constitute more than a mere curvature of the coast. An indentation shall not, however, be regarded as a bay unless its area is as large as, or larger than, that of the semi-circle whose diameter is a line drawn across the mouth of that indentation.
3. For the purpose of measurement, the area of an indentation is that lying between the low-water mark around the shore of the indentation and a line joining the low-water mark of its natural entrance points. Where, because of the presence of islands, an indentation has more than one mouth, the semi-circle shall be drawn on a line as long as the sum total of the lengths of the lines across the different mouths. Islands within an indentation shall be included as if they were part of the water area of the indentation.
4. If the distance between the low-water marks of the natural entrance points of a bay does not exceed 24 nautical miles, a closing line may be drawn between these two low-water marks, and the waters enclosed thereby shall be considered as internal waters.
5. Where the distance between the low-water marks of the natural entrance points of a bay exceeds 24 nautical miles, a straight baseline of 24 nautical miles shall be drawn within the bay in such a manner as to enclose the maximum area of

water that is possible with a line of that length.

6. The foregoing provisions do not apply to so-called "historic" bays, or in any case where the system of straight baselines provided for in article 7 is applied.

Article 11. Ports

For the purpose of delimiting the territorial sea, the outermost permanent harbour works which form an integral part of the harbour system are regarded as forming part of the coast. Off-shore installations and artificial islands shall not be considered as permanent harbour works.

Article 12. Roadsteads

Roadsteads which are normally used for the loading, unloading and anchoring of ships, and which would otherwise be situated wholly or partly outside the outer limit of the territorial sea, are included in the territorial sea.

Article 13. Low-tide elevations

1. A low-tide elevation is a naturally formed area of land which is surrounded by and above water at low tide but submerged at high tide. Where a low-tide elevation is situated wholly or partly at a distance not exceeding the breadth of the territorial sea from the mainland or an island, the low-water line on that elevation may be used as the baseline for measuring the breadth of the territorial sea.
2. Where a low-tide elevation is wholly situated at a distance exceeding the breadth of the territorial sea from the mainland or an island, it has no territorial sea of its own.

Article 14. Combination of methods for determining baselines

The coastal State may determine baselines in turn by any of the methods provided for in the foregoing articles to suit different conditions.

Article 15. Delimitation of the territorial sea between States with opposite or adjacent coasts

Where the coasts of two States are opposite or adjacent to each other, neither of the two States is entitled, failing agreement between them to the contrary, to extend its territorial sea beyond the median line every point of which is equidistant from the nearest points on the baselines from which the breadth of the territorial seas of each of the two States is measured. The above provision does not apply, however, where it is necessary by reason of historic title or other special circumstances to delimit the territorial seas of the two States in a way which is at variance therewith.

Article 16. Charts and lists of geographical coordinates

1. The baselines for measuring the breadth of the territorial sea determined in accordance with articles 7, 9 and 10, or the limits derived therefrom, and the lines of delimitation drawn in accordance with articles 12 and 15 shall be shown on charts of a scale or scales adequate for ascertaining their position. Alternatively, a list of geographical coordinates of points, specifying the geodetic datum, may be substituted.
2. The coastal State shall give due publicity to such charts or lists of geographical coordinates and shall deposit a copy of each such chart or list with the Secretary-General of the United Nations.

SECTION 3. INNOCENT PASSAGE IN THE TERRITORIAL SEA

SUBSECTION A. RULES APPLICABLE TO ALL SHIPS

Article 17. Right of innocent passage

Subject to this Convention, ships of all States, whether coastal or land-locked, enjoy the right of innocent passage through the territorial sea.

Article 18. Meaning of passage

1. Passage means navigation through the territorial sea for the purpose of:
 (a) traversing that sea without entering internal waters or calling at a roadstead or port facility outside internal waters; or
 (b) proceeding to or from internal waters or a call at such roadstead or port facility.
2. Passage shall be continuous and expeditious. However, passage includes stopping and anchoring, but only in so far as the same are incidental to ordinary navigation or are rendered necessary by force majeure or distress or for the purpose of rendering assistance to persons, ships or aircraft in danger or distress.

Article 19. Meaning of innocent passage

1. Passage is innocent so long as it is not prejudicial to the peace, good order or security of the coastal State. Such passage shall take place in conformity with this Convention and with other rules of international law.
2. Passage of a foreign ship shall be considered to be prejudicial to the peace, good order or security of the coastal State if in the territorial sea it engages in any of the following activities:
 (a) any threat or use of force against the sovereignty, territorial integrity or political independence of the coastal State, or in any other manner in violation of the principles of international law embodied in the Charter of the United Nations;
 (b) any exercise or practice with weapons of any kind;
 (c) any act aimed at collecting information to the prejudice of the defence or security of the coastal State;
 (d) any act of propaganda aimed at affecting the defence or security of the coastal State;
 (e) the launching, landing or taking on board of any aircraft;
 (f) the launching, landing or taking on board of any military device;
 (g) the loading or unloading of any commodity, currency or person contrary to the customs, fiscal, immigration or sanitary laws and regulations of the coastal State;

(h) any act of wilful and serious pollution contrary to this Convention;
(i) any fishing activities;
(j) the carrying out of research or survey activities;
(k) any act aimed at interfering with any systems of communication or any other facilities or installations of the coastal State;
(l) any other activity not having a direct bearing on passage.

Article 20. Submarines and other underwater vehicles

In the territorial sea, submarines and other underwater vehicles are required to navigate on the surface and to show their flag.

Article 21. Laws and regulations of the coastal State relating to innocent passage

1. The coastal State may adopt laws and regulations, in conformity with the provisions of this Convention and other rules of international law, relating to innocent passage through the territorial sea, in respect of all or any of the following:
(a) the safety of navigation and the regulation of maritime traffic;
(b) the protection of navigational aids and facilities and other facilities or installations;
(c) the protection of cables and pipelines;
(d) the conservation of the living resources of the sea;
(e) the prevention of infringement of the fisheries laws and regulations of the coastal State;
(f) the preservation of the environment of the coastal State and the prevention, reduction and control of pollution thereof;
(g) marine scientific research and hydrographic surveys;
(h) the prevention of infringement of the customs, fiscal, immigration or sanitary laws and regulations of the coastal State.
2. Such laws and regulations shall not apply to the design, construction, manning or equipment of foreign ships unless they are giving effect to generally accepted international rules or standards.
3. The coastal State shall give due publicity to all such laws and regulations.

4. Foreign ships exercising the right of innocent passage through the territorial sea shall comply with all such laws and regulations and all generally accepted international regulations relating to the prevention of collisions at sea.

Article 22. Sea lanes and traffic separation schemes in the territorial sea

1. The coastal State may, where necessary having regard to the safety of navigation, require foreign ships exercising the right of innocent passage through its territorial sea to use such sea lanes and traffic separation schemes as it may designate or prescribe for the regulation of the passage of ships.
2. In particular, tankers, nuclear-powered ships and ships carrying nuclear or other inherently dangerous or noxious substances or materials may be required to confine their passage to such sea lanes.
3. In the designation of sea lanes and the prescription of traffic separation schemes under this article, the coastal State shall take into account:
 (a) the recommendations of the competent international organization;
 (b) any channels customarily used for international navigation;
 (c) the special characteristics of particular ships and channels; and
 (d) the density of traffic.
4. The coastal State shall clearly indicate such sea lanes and traffic separation schemes on charts to which due publicity shall be given.

Article 23. Foreign nuclear-powered ships and ships carrying nuclear or other inherently dangerous or noxious substances

Foreign nuclear-powered ships and ships carrying nuclear or other inherently dangerous or noxious substances shall, when exercising the right of innocent passage through the territorial sea, carry documents and observe special precautionary measures established for such ships by international agreements.

Article 24. Duties of the coastal State

1. The coastal State shall not hamper the innocent passage of foreign ships through

the territorial sea except in accordance with this Convention. In particular, in the application of this Convention or of any laws or regulations adopted in conformity with this Convention, the coastal State shall not:

(a) impose requirements on foreign ships which have the practical effect of denying or impairing the right of innocent passage; or

(b) discriminate in form or in fact against the ships of any State or against ships carrying cargoes to, from or on behalf of any State.

2. The coastal State shall give appropriate publicity to any danger to navigation, of which it has knowledge, within its territorial sea.

Article 25. Rights of protection of the coastal State

1. The coastal State may take the necessary steps in its territorial sea to prevent passage which is not innocent.
2. In the case of ships proceeding to internal waters or a call at a port facility outside internal waters, the coastal State also has the right to take the necessary steps to prevent any breach of the conditions to which admission of those ships to internal waters or such a call is subject.
3. The coastal State may, without discrimination in form or in fact among foreign ships, suspend temporarily in specified areas of its territorial sea the innocent passage of foreign ships if such suspension is essential for the protection of its security, including weapons exercises. Such suspension shall take effect only after having been duly published.

Article 26. Charges which may be levied upon foreign ships

1. No charge may be levied upon foreign ships by reason only of their passage through the territorial sea.
2. Charges may be levied upon a foreign ship passing through the territorial sea as payment only for specific services rendered to the ship. These charges shall be levied without discrimination.

SUBSECTION B. RULES APPLICABLE TO MERCHANT SHIPS AND GOVERNMENT SHIPS OPERATED FOR COMMERCIAL PURPOSES

Article 27. Criminal jurisdiction on board a foreign ship

1. The criminal jurisdiction of the coastal State should not be exercised on board a foreign ship passing through the territorial sea to arrest any person or to conduct any investigation in connection with any crime committed on board the ship during its passage, save only in the following cases:
   (a) if the consequences of the crime extend to the coastal State;
   (b) if the crime is of a kind to disturb the peace of the country or the good order of the territorial sea;
   (c) if the assistance of the local authorities has been requested by the master of the ship or by a diplomatic agent or consular officer of the flag State; or
   (d) if such measures are necessary for the suppression of illicit traffic in narcotic drugs or psychotropic substances.
2. The above provisions do not affect the right of the coastal State to take any steps authorized by its laws for the purpose of an arrest or investigation on board a foreign ship passing through the territorial sea after leaving internal waters.
3. In the cases provided for in paragraphs 1 and 2, the coastal State shall, if the master so requests, notify a diplomatic agent or consular officer of the flag State before taking any steps, and shall facilitate contact between such agent or officer and the ship's crew. In cases of emergency this notification may be communicated while the measures are being taken.
4. In considering whether or in what manner an arrest should be made, the local authorities shall have due regard to the interests of navigation.
5. Except as provided in Part XII or with respect to violations of laws and regulations adopted in accordance with Part V, the coastal State may not take any steps on board a foreign ship passing through the territorial sea to arrest any person or to conduct any investigation in connection with any crime committed before the ship entered the territorial sea, if the ship, proceeding from a foreign port, is

only passing through the territorial sea without entering internal waters.

Article 28. Civil jurisdiction in relation to foreign ships

1. The coastal State should not stop or divert a foreign ship passing through the territorial sea for the purpose of exercising civil jurisdiction in relation to a person on board the ship.
2. The coastal State may not levy execution against or arrest the ship for the purpose of any civil proceedings, save only in respect of obligations or liabilities assumed or incurred by the ship itself in the course or for the purpose of its voyage through the waters of the coastal State.
3. Paragraph 2 is without prejudice to the right of the coastal State, in accordance with its laws, to levy execution against or to arrest, for the purpose of any civil proceedings, a foreign ship lying in the territorial sea, or passing through the territorial sea after leaving internal waters.

SUBSECTION C. RULES APPLICABLE TO WARSHIPS AND OTHER GOVERNMENT SHIPS OPERATED FOR NON-COMMERCIAL PURPOSES

Article 29. Definition of warships

For the purposes of this Convention, "warship" means a ship belonging to the armed forces of a State bearing the external marks distinguishing such ships of its nationality, under the command of an officer duly commissioned by the government of the State and whose name appears in the appropriate service list or its equivalent, and manned by a crew which is under regular armed forces discipline.

Article 30. Non-compliance by warships with the laws and regulations of the coastal State

If any warship does not comply with the laws and regulations of the coastal State concerning passage through the territorial sea and disregards any request for compliance therewith which is made to it, the coastal State may require it to leave the territorial sea immediately.

Article 31. Responsibility of the flag State for damage caused by a warship or other government ship operated for non-commercial purposes

The flag State shall bear international responsibility for any loss or damage to the coastal State resulting from the non-compliance by a warship or other government ship operated for non-commercial purposes with the laws and regulations of the coastal State concerning passage through the territorial sea or with the provisions of this Convention or other rules of international law.

Article 32. Immunities of warships and other government ships operated for non-commercial purposes

With such exceptions as are contained in subsection A and in articles 30 and 31, nothing in this Convention affects the immunities of warships and other government ships operated for non-commercial purposes.

SECTION 4. CONTIGUOUS ZONE

Article 33. Contiguous zone

1. In a zone contiguous to its territorial sea, described as the contiguous zone, the coastal State may exercise the control necessary to:
   (a) prevent infringement of its customs, fiscal, immigration or sanitary laws and regulations within its territory or territorial sea;
   (b) punish infringement of the above laws and regulations committed within its territory or territorial sea.
2. The contiguous zone may not extend beyond 24 nautical miles from the baselines from which the breadth of the territorial sea is measured.

PART III. STRAITS USED FOR INTERNATIONAL NAVIGATION

SECTION 1. GENERAL PROVISIONS

Article 34. Legal status of waters forming straits used for international navigation

1. The regime of passage through straits used for international navigation established in this Part shall not in other respects affect the legal status of the waters forming such straits or the exercise by the States bordering the straits of their sovereignty or jurisdiction over such waters and their air space, bed and subsoil.
2. The sovereignty or jurisdiction of the States bordering the straits is exercised subject to this Part and to other rules of international law.

Article 35. Scope of this Part

Nothing in this Part affects:

(a) any areas of internal waters within a strait, except where the establishment of a straight baseline in accordance with the method set forth in article 7 has the effect of enclosing as internal waters areas which had not previously been considered as such;

(b) the legal status of the waters beyond the territorial seas of States bordering straits as exclusive economic zones or high seas; or

(c) the legal regime in straits in which passage is regulated in whole or in part by long-standing international conventions in force specifically relating to such straits.

Article 36. High seas routes or routes through exclusive economic zones through straits used for international navigation

This Part does not apply to a strait used for international navigation if there exists through the strait a route through the high seas or through an exclusive economic zone of similar convenience with respect to navigational and hydrographical characteristics; in such routes, the other relevant Parts of this Convention, including the provisions regarding the freedoms of navigation and overflight, apply.

SECTION 2. TRANSIT PASSAGE

Article 37. Scope of this section

This section applies to straits which are used for international navigation between one part of the high seas or an exclusive economic zone and another part of the high seas or an exclusive economic zone.

Article 38. Right of transit passage

1. In straits referred to in article 37, all ships and aircraft enjoy the right of transit passage, which shall not be impeded; except that, if the strait is formed by an island of a State bordering the strait and its mainland, transit passage shall not apply if there exists seaward of the island a route through the high seas or through an exclusive economic zone of similar convenience with respect to navigational and hydrographical characteristics.
2. Transit passage means the exercise in accordance with this Part of the freedom of navigation and overflight solely for the purpose of continuous and expeditious transit of the strait between one part of the high seas or an exclusive economic zone and another part of the high seas or an exclusive economic zone. However, the requirement of continuous and expeditious transit does not preclude passage through the strait for the purpose of entering, leaving or returning from a State bordering the strait, subject to the conditions of entry to that State.
3. Any activity which is not an exercise of the right of transit passage through a strait remains subject to the other applicable provisions of this Convention.

Article 39. Duties of ships and aircraft during transit passage

1. Ships and aircraft, while exercising the right of transit passage, shall:
 (a) proceed without delay through or over the strait;
 (b) refrain from any threat or use of force against the sovereignty, territorial

integrity or political independence of States bordering the strait, or in any other manner in violation of the principles of international law embodied in the Charter of the United Nations;

(c) refrain from any activities other than those incident to their normal modes of continuous and expeditious transit unless rendered necessary by force majeure or by distress;

(d) comply with other relevant provisions of this Part.

2. Ships in transit passage shall:

(a) comply with generally accepted international regulations, procedures and practices for safety at sea, including the International Regulations for Preventing Collisions at Sea;

(b) comply with generally accepted international regulations, procedures and practices for the prevention, reduction and control of pollution from ships.

3. Aircraft in transit passage shall:

(a) observe the Rules of the Air established by the International Civil Aviation Organization as they apply to civil aircraft; state aircraft will normally comply with such safety measures and will at all times operate with due regard for the safety of navigation;

(b) at all times monitor the radio frequency assigned by the competent internationally designated air traffic control authority or the appropriate international distress radio frequency.

Article 40. Research and survey activities

During transit passage, foreign ships, including marine scientific research and hydrographic survey ships, may not carry out any research or survey activities without the prior authorization of the States bordering straits.

Article 41. Sea lanes and traffic separation schemes in straits used for international navigation

1. In conformity with this Part, States bordering straits may designate sea lanes and

prescribe traffic separation schemes for navigation in straits where necessary to promote the safe passage of ships.

2. Such States may, when circumstances require, and after giving due publicity thereto, substitute other sea lanes or traffic separation schemes for any sea lanes or traffic separation schemes previously designated or prescribed by them.
3. Such sea lanes and traffic separation schemes shall conform to generally accepted international regulations.
4. Before designating or substituting sea lanes or prescribing or substituting traffic separation schemes, States bordering straits shall refer proposals to the competent international organization with a view to their adoption. The organization may adopt only such sea lanes and traffic separation schemes as may be agreed with the States bordering the straits, after which the States may designate, prescribe or substitute them.
5. In respect of a strait where sea lanes or traffic separation schemes through the waters of two or more States bordering the strait are being proposed, the States concerned shall cooperate in formulating proposals in consultation with the competent international organization.
6. States bordering straits shall clearly indicate all sea lanes and traffic separation schemes designated or prescribed by them on charts to which due publicity shall be given.
7. Ships in transit passage shall respect applicable sea lanes and traffic separation schemes established in accordance with this article.

Article 42. Laws and regulations of States bordering straits relating to transit passage

1. Subject to the provisions of this section, States bordering straits may adopt laws and regulations relating to transit passage through straits, in respect of all or any of the following:

(a) the safety of navigation and the regulation of maritime traffic, as provided in article 41;

(b) the prevention, reduction and control of pollution, by giving effect to applicable international regulations regarding the discharge of oil, oily wastes and other noxious substances in the strait;

(c) with respect to fishing vessels, the prevention of fishing, including the stowage of fishing gear;

(d) the loading or unloading of any commodity, currency or person in contravention of the customs, fiscal, immigration or sanitary laws and regulations of States bordering straits.

2. Such laws and regulations shall not discriminate in form or in fact among foreign ships or in their application have the practical effect of denying, hampering or impairing the right of transit passage as defined in this section.
3. States bordering straits shall give due publicity to all such laws and regulations.
4. Foreign ships exercising the right of transit passage shall comply with such laws and regulations.
5. The flag State of a ship or the State of registry of an aircraft entitled to sovereign immunity which acts in a manner contrary to such laws and regulations or other provisions of this Part shall bear international responsibility for any loss or damage which results to States bordering straits.

Article 43. Navigational and safety aids and other improvements and the prevention, reduction and control of pollution

User States and States bordering a strait should by agreement cooperate:

(a) in the establishment and maintenance in a strait of necessary navigational and safety aids or other improvements in aid of international navigation; and

(b) for the prevention, reduction and control of pollution from ships.

Article 44. Duties of States bordering straits

States bordering straits shall not hamper transit passage and shall give appropriate publicity to any danger to navigation or overflight within or over the strait of which they have knowledge. There shall be no suspension of transit passage.

SECTION 3. INNOCENT PASSAGE

Article 45. Innocent passage

1. The regime of innocent passage, in accordance with Part II, section 3, shall apply in straits used for international navigation:
 (a) excluded from the application of the regime of transit passage under article 38, paragraph 1; or
 (b) between a part of the high seas or an exclusive economic zone and the territorial sea of a foreign State.
2. There shall be no suspension of innocent passage through such straits.

PART IV. ARCHIPELAGIC STATES

Article 46. Use of terms

For the purposes of this Convention:
 (a) "archipelagic State" means a State constituted wholly by one or more archipelagos and may include other islands;
 (b) "archipelago" means a group of islands, including parts of islands, interconnecting waters and other natural features which are so closely interrelated that such islands, waters and other natural features form an intrinsic geographical, economic and political entity, or which historically have been regarded as such.

Article 47. Archipelagic baselines

1. An archipelagic State may draw straight archipelagic baselines joining the outermost points of the outermost islands and drying reefs of the archipelago provided that within such baselines are included the main islands and an area in which the ratio of the area of the water to the area of the land, including atolls, is between 1 to 1 and 9 to 1.
2. The length of such baselines shall not exceed 100 nautical miles, except that up

to 3 per cent of the total number of baselines enclosing any archipelago may exceed that length, up to a maximum length of 125 nautical miles.

3. The drawing of such baselines shall not depart to any appreciable extent from the general configuration of the archipelago.
4. Such baselines shall not be drawn to and from low-tide elevations, unless lighthouses or similar installations which are permanently above sea level have been built on them or where a low-tide elevation is situated wholly or partly at a distance not exceeding the breadth of the territorial sea from the nearest island.
5. The system of such baselines shall not be applied by an archipelagic State in such a manner as to cut off from the high seas or the exclusive economic zone the territorial sea of another State.
6. If a part of the archipelagic waters of an archipelagic State lies between two parts of an immediately adjacent neighbouring State, existing rights and all other legitimate interests which the latter State has traditionally exercised in such waters and all rights stipulated by agreement between those States shall continue and be respected.
7. For the purpose of computing the ratio of water to land under paragraph l, land areas may include waters lying within the fringing reefs of islands and atolls, including that part of a steep-sided oceanic plateau which is enclosed or nearly enclosed by a chain of limestone islands and drying reefs lying on the perimeter of the plateau.
8. The baselines drawn in accordance with this article shall be shown on charts of a scale or scales adequate for ascertaining their position. Alternatively, lists of geographical coordinates of points, specifying the geodetic datum, may be substituted.
9. The archipelagic State shall give due publicity to such charts or lists of geographical coordinates and shall deposit a copy of each such chart or list with the Secretary-General of the United Nations.

Article 48. Measurement of the breadth of the territorial sea, the contiguous zone, the exclusive economic zone and the continental shelf

The breadth of the territorial sea, the contiguous zone, the exclusive economic zone and the continental shelf shall be measured from archipelagic baselines drawn in accordance with article 47.

Article 49. Legal status of archipelagic waters, of the air space over archipelagic waters and of their bed and subsoil

1. The sovereignty of an archipelagic State extends to the waters enclosed by the archipelagic baselines drawn in accordance with article 47, described as archipelagic waters, regardless of their depth or distance from the coast.
2. This sovereignty extends to the air space over the archipelagic waters, as well as to their bed and subsoil, and the resources contained therein.
3. This sovereignty is exercised subject to this Part.
4. The regime of archipelagic sea lanes passage established in this Part shall not in other respects affect the status of the archipelagic waters, including the sea lanes, or the exercise by the archipelagic State of its sovereignty over such waters and their air space, bed and subsoil, and the resources contained therein.

Article 50. Delimitation of internal waters

Within its archipelagic waters, the archipelagic State may draw closing lines for the delimitation of internal waters, in accordance with articles 9, 10 and 11.

Article 51. Existing agreements, traditional fishing rights and existing submarine cables

1. Without prejudice to article 49, an archipelagic State shall respect existing agreements with other States and shall recognize traditional fishing rights and other legitimate activities of the immediately adjacent neighbouring States in certain areas falling within archipelagic waters. The terms and conditions for the exercise of such rights and activities, including the nature, the extent and the areas to which they apply, shall, at the request of any of the States concerned, be regulated by bilateral agreements between them. Such rights shall not be transferred to or shared with third States or their nationals.

2. An archipelagic State shall respect existing submarine cables laid by other States and passing through its waters without making a landfall. An archipelagic State shall permit the maintenance and replacement of such cables upon receiving due notice of their location and the intention to repair or replace them.

Article 52. Right of innocent passage

1. Subject to article 53 and without prejudice to article 50, ships of all States enjoy the right of innocent passage through archipelagic waters, in accordance with Part II, section 3.
2. The archipelagic State may, without discrimination in form or in fact among foreign ships, suspend temporarily in specified areas of its archipelagic waters the innocent passage of foreign ships if such suspension is essential for the protection of its security. Such suspension shall take effect only after having been duly published.

Article 53. Right of archipelagic sea lanes passage

1. An archipelagic State may designate sea lanes and air routes thereabove, suitable for the continuous and expeditious passage of foreign ships and aircraft through or over its archipelagic waters and the adjacent territorial sea.
2. All ships and aircraft enjoy the right of archipelagic sea lanes passage in such sea lanes and air routes.
3. Archipelagic sea lanes passage means the exercise in accordance with this Convention of the rights of navigation and overflight in the normal mode solely for the purpose of continuous, expeditious and unobstructed transit between one part of the high seas or an exclusive economic zone and another part of the high seas or an exclusive economic zone.
4. Such sea lanes and air routes shall traverse the archipelagic waters and the adjacent territorial sea and shall include all normal passage routes used as routes for international navigation or overflight through or over archipelagic waters and, within such routes, so far as ships are concerned, all normal navigational

channels, provided that duplication of routes of similar convenience between the same entry and exit points shall not be necessary.

5. Such sea lanes and air routes shall be defined by a series of continuous axis lines from the entry points of passage routes to the exit points. Ships and aircraft in archipelagic sea lanes passage shall not deviate more than 25 nautical miles to either side of such axis lines during passage, provided that such ships and aircraft shall not navigate closer to the coasts than 10 per cent of the distance between the nearest points on islands bordering the sea lane.
6. An archipelagic State which designates sea lanes under this article may also prescribe traffic separation schemes for the safe passage of ships through narrow channels in such sea lanes.
7. An archipelagic State may, when circumstances require, after giving due publicity thereto, substitute other sea lanes or traffic separation schemes for any sea lanes or traffic separation schemes previously designated or prescribed by it.
8. Such sea lanes and traffic separation schemes shall conform to generally accepted international regulations.
9. In designating or substituting sea lanes or prescribing or substituting traffic separation schemes, an archipelagic State shall refer proposals to the competent international organization with a view to their adoption. The organization may adopt only such sea lanes and traffic separation schemes as may be agreed with the archipelagic State, after which the archipelagic State may designate, prescribe or substitute them.
10. The archipelagic State shall clearly indicate the axis of the sea lanes and the traffic separation schemes designated or prescribed by it on charts to which due publicity shall be given.
11. Ships in archipelagic sea lanes passage shall respect applicable sea lanes and traffic separation schemes established in accordance with this article.
12. If an archipelagic State does not designate sea lanes or air routes, the right of archipelagic sea lanes passage may be exercised through the routes normally used for international navigation.

Article 54. Duties of ships and aircraft during their passage, research and survey activities, duties of the archipelagic State and laws and regulations of the archipelagic State relating to archipelagic sea lanes passage

Articles 39, 40, 42 and 44 apply mutatis mutandis to archipelagic sea lanes passage.

PART V. EXCLUSIVE ECONOMIC ZONE

Article 55. Specific legal regime of the exclusive economic zone

The exclusive economic zone is an area beyond and adjacent to the territorial sea, subject to the specific legal regime established in this Part, under which the rights and jurisdiction of the coastal State and the rights and freedoms of other States are governed by the relevant provisions of this Convention.

Article 56. Rights, jurisdiction and duties of the coastal State in the exclusive economic zone

1. In the exclusive economic zone, the coastal State has:
 (a) sovereign rights for the purpose of exploring and exploiting, conserving and managing the natural resources, whether living or non-living, of the waters superjacent to the seabed and of the seabed and its subsoil, and with regard to other activities for the economic exploitation and exploration of the zone, such as the production of energy from the water, currents and winds;
 (b) jurisdiction as provided for in the relevant provisions of this Convention with regard to:
  (i) the establishment and use of artificial islands, installations and structures;
  (ii) marine scientific research;
  (iii) the protection and preservation of the marine environment;
 (c) other rights and duties provided for in this Convention.
2. In exercising its rights and performing its duties under this Convention in the exclusive economic zone, the coastal State shall have due regard to the rights

and duties of other States and shall act in a manner compatible with the provisions of this Convention.

3. The rights set out in this article with respect to the seabed and subsoil shall be exercised in accordance with Part VI.

Article 57. Breadth of the exclusive economic zone

The exclusive economic zone shall not extend beyond 200 nautical miles from the baselines from which the breadth of the territorial sea is measured.

Article 58. Rights and duties of other States in the exclusive economic zone

1. In the exclusive economic zone, all States, whether coastal or land-locked, enjoy, subject to the relevant provisions of this Convention, the freedoms referred to in article 87 of navigation and overflight and of the laying of submarine cables and pipelines, and other internationally lawful uses of the sea related to these freedoms, such as those associated with the operation of ships, aircraft and submarine cables and pipelines, and compatible with the other provisions of this Convention.
2. Articles 88 to 115 and other pertinent rules of international law apply to the exclusive economic zone in so far as they are not incompatible with this Part.
3. In exercising their rights and performing their duties under this Convention in the exclusive economic zone, States shall have due regard to the rights and duties of the coastal State and shall comply with the laws and regulations adopted by the coastal State in accordance with the provisions of this Convention and other rules of international law in so far as they are not incompatible with this Part.

Article 59. Basis for the resolution of conflicts regarding the attribution of rights and jurisdiction in the exclusive economic zone

In cases where this Convention does not attribute rights or jurisdiction to the coastal State or to other States within the exclusive economic zone, and a conflict arises between the interests of the coastal State and any other State or States, the conflict should be resolved on the basis of equity and in the light of all the relevant circumstances, taking into account the respective importance of the interests involved to the parties as well as to the international community as a whole.

Article 60. Artificial islands, installations and structures in the exclusive economic zone

1. In the exclusive economic zone, the coastal State shall have the exclusive right to construct and to authorize and regulate the construction, operation and use of:
   (a) artificial islands;
   (b) installations and structures for the purposes provided for in article 56 and other economic purposes;
   (c) installations and structures which may interfere with the exercise of the rights of the coastal State in the zone.
2. The coastal State shall have exclusive jurisdiction over such artificial islands, installations and structures, including jurisdiction with regard to customs, fiscal, health, safety and immigration laws and regulations.
3. Due notice must be given of the construction of such artificial islands, installations or structures, and permanent means for giving warning of their presence must be maintained. Any installations or structures which are abandoned or disused shall be removed to ensure safety of navigation, taking into account any generally accepted international standards established in this regard by the competent international organization. Such removal shall also have due regard to fishing, the protection of the marine environment and the rights and duties of other States. Appropriate publicity shall be given to the depth, position and dimensions of any installations or structures not entirely removed.
4. The coastal State may, where necessary, establish reasonable safety zones around such artificial islands, installations and structures in which it may take appropriate measures to ensure the safety both of navigation and of the artificial islands, installations and structures.
5. The breadth of the safety zones shall be determined by the coastal State, taking into account applicable international standards. Such zones shall be designed to

ensure that they are reasonably related to the nature and function of the artificial islands, installations or structures, and shall not exceed a distance of 500 metres around them, measured from each point of their outer edge, except as authorized by generally accepted international standards or as recommended by the competent international organization. Due notice shall be given of the extent of safety zones.

6. All ships must respect these safety zones and shall comply with generally accepted international standards regarding navigation in the vicinity of artificial islands, installations, structures and safety zones.
7. Artificial islands, installations and structures and the safety zones around them may not be established where interference may be caused to the use of recognized sea lanes essential to international navigation.
8. Artificial islands, installations and structures do not possess the status of islands. They have no territorial sea of their own, and their presence does not affect the delimitation of the territorial sea, the exclusive economic zone or the continental shelf.

Article 61. Conservation of the living resources

1. The coastal State shall determine the allowable catch of the living resources in its exclusive economic zone.
2. The coastal State, taking into account the best scientific evidence available to it, shall ensure through proper conservation and management measures that the maintenance of the living resources in the exclusive economic zone is not endangered by over-exploitation. As appropriate, the coastal State and competent international organizations, whether subregional, regional or global, shall cooperate to this end.
3. Such measures shall also be designed to maintain or restore populations of harvested species at levels which can produce the maximum sustainable yield, as qualified by relevant environmental and economic factors, including the economic needs of coastal fishing communities and the special requirements of

developing States, and taking into account fishing patterns, the interdependence of stocks and any generally recommended international minimum standards, whether subregional, regional or global.

4. In taking such measures the coastal State shall take into consideration the effects on species associated with or dependent upon harvested species with a view to maintaining or restoring populations of such associated or dependent species above levels at which their reproduction may become seriously threatened.
5. Available scientific information, catch and fishing effort statistics, and other data relevant to the conservation of fish stocks shall be contributed and exchanged on a regular basis through competent international organizations, whether subregional, regional or global, where appropriate and with participation by all States concerned, including States whose nationals are allowed to fish in the exclusive economic zone.

Article 62. Utilization of the living resources

1. The coastal State shall promote the objective of optimum utilization of the living resources in the exclusive economic zone without prejudice to article 61.
2. The coastal State shall determine its capacity to harvest the living resources of the exclusive economic zone. Where the coastal State does not have the capacity to harvest the entire allowable catch, it shall, through agreements or other arrangements and pursuant to the terms, conditions, laws and regulations referred to in paragraph 4, give other States access to the surplus of the allowable catch, having particular regard to the provisions of articles 69 and 70, especially in relation to the developing States mentioned therein.
3. In giving access to other States to its exclusive economic zone under this article, the coastal State shall take into account all relevant factors, including, inter alia, the significance of the living resources of the area to the economy of the coastal State concerned and its other national interests, the provisions of articles 69 and 70, the requirements of developing States in the subregion or region in harvesting part of the surplus and the need to minimize economic dislocation in States whose

nationals have habitually fished in the zone or which have made substantial efforts in research and identification of stocks.

4. Nationals of other States fishing in the exclusive economic zone shall comply with the conservation measures and with the other terms and conditions established in the laws and regulations of the coastal State. These laws and regulations shall be consistent with this Convention and may relate, inter alia, to the following:

(a) licensing of fishermen, fishing vessels and equipment, including payment of fees and other forms of remuneration, which, in the case of developing coastal States, may consist of adequate compensation in the field of financing, equipment and technology relating to the fishing industry;

(b) determining the species which may be caught, and fixing quotas of catch, whether in relation to particular stocks or groups of stocks or catch per vessel over a period of time or to the catch by nationals of any State during a specified period;

(c) regulating seasons and areas of fishing, the types, sizes and amount of gear, and the types, sizes and number of fishing vessels that may be used;

(d) fixing the age and size of fish and other species that may be caught;

(e) specifying information required of fishing vessels, including catch and effort statistics and vessel position reports;

(f) requiring, under the authorization and control of the coastal State, the conduct of specified fisheries research programmes and regulating the conduct of such research, including the sampling of catches, disposition of samples and reporting of associated scientific data;

(g) the placing of observers or trainees on board such vessels by the coastal State;

(h) the landing of all or any part of the catch by such vessels in the ports of the coastal State;

(i) terms and conditions relating to joint ventures or other cooperative arrangements;

(j) requirements for the training of personnel and the transfer of fisheries technology, including enhancement of the coastal State's capability of undertaking fisheries research;

(k) enforcement procedures.

5. Coastal States shall give due notice of conservation and management laws and regulations.

Article 63. Stocks occurring within the exclusive economic zones of two or more coastal States or both within the exclusive economic zone and in an area beyond and adjacent to it

1. Where the same stock or stocks of associated species occur within the exclusive economic zones of two or more coastal States, these States shall seek, either directly or through appropriate subregional or regional organizations, to agree upon the measures necessary to coordinate and ensure the conservation and development of such stocks without prejudice to the other provisions of this Part.
2. Where the same stock or stocks of associated species occur both within the exclusive economic zone and in an area beyond and adjacent to the zone, the coastal State and the States fishing for such stocks in the adjacent area shall seek, either directly or through appropriate subregional or regional organizations, to agree upon the measures necessary for the conservation of these stocks in the adjacent area.

Article 64. Highly migratory species

1. The coastal State and other States whose nationals fish in the region for the highly migratory species listed in Annex I shall cooperate directly or through appropriate international organizations with a view to ensuring conservation and promoting the objective of optimum utilization of such species throughout the region, both within and beyond the exclusive economic zone. In regions for which no appropriate international organization exists, the coastal State and other States whose nationals harvest these species in the region shall cooperate to establish such an organization and participate in its work.
2. The provisions of paragraph 1 apply in addition to the other provisions of this Part.

Article 65. Marine mammals

Nothing in this Part restricts the right of a coastal State or the competence of an international organization, as appropriate, to prohibit, limit or regulate the exploitation of marine mammals more strictly than provided for in this Part. States shall cooperate with a view to the conservation of marine mammals and in the case of cetaceans shall in particular work through the appropriate international organizations for their conservation, management and study.

Article 66. Anadromous stocks

1. States in whose rivers anadromous stocks originate shall have the primary interest in and responsibility for such stocks.
2. The State of origin of anadromous stocks shall ensure their conservation by the establishment of appropriate regulatory measures for fishing in all waters landward of the outer limits of its exclusive economic zone and for fishing provided for in paragraph 3(b). The State of origin may, after consultations with the other States referred to in paragraphs 3 and 4 fishing these stocks, establish total allowable catches for stocks originating in its rivers.
3. (a) Fisheries for anadromous stocks shall be conducted only in waters landward of the outer limits of exclusive economic zones, except in cases where this provision would result in economic dislocation for a State other than the State of origin. With respect to such fishing beyond the outer limits of the exclusive economic zone, States concerned shall maintain consultations with a view to achieving agreement on terms and conditions of such fishing giving due regard to the conservation requirements and the needs of the State of origin in respect of these stocks.
   (b) The State of origin shall cooperate in minimizing economic dislocation in such other States fishing these stocks, taking into account the normal catch and the mode of operations of such States, and all the areas in which such fishing has occurred.
   (c) States referred to in subparagraph (b), participating by agreement with the

State of origin in measures to renew anadromous stocks, particularly by expenditures for that purpose, shall be given special consideration by the State of origin in the harvesting of stocks originating in its rivers.

(d) Enforcement of regulations regarding anadromous stocks beyond the exclusive economic zone shall be by agreement between the State of origin and the other States concerned.

4. In cases where anadromous stocks migrate into or through the waters landward of the outer limits of the exclusive economic zone of a State other than the State of origin, such State shall cooperate with the State of origin with regard to the conservation and management of such stocks.
5. The State of origin of anadromous stocks and other States fishing these stocks shall make arrangements for the implementation of the provisions of this article, where appropriate, through regional organizations.

Article 67. Catadromous species

1. A coastal State in whose waters catadromous species spend the greater part of their life cycle shall have responsibility for the management of these species and shall ensure the ingress and egress of migrating fish.
2. Harvesting of catadromous species shall be conducted only in waters landward of the outer limits of exclusive economic zones. When conducted in exclusive economic zones, harvesting shall be subject to this article and the other provisions of this Convention concerning fishing in these zones.
3. In cases where catadromous fish migrate through the exclusive economic zone of another State, whether as juvenile or maturing fish, the management, including harvesting, of such fish shall be regulated by agreement between the State mentioned in paragraph 1 and the other State concerned. Such agreement shall ensure the rational management of the species and take into account the responsibilities of the State mentioned in paragraph 1 for the maintenance of these species.

Article 68. Sedentary species

This Part does not apply to sedentary species as defined in article 77, paragraph 4.

Article 69. Right of land-locked States

1. Land-locked States shall have the right to participate, on an equitable basis, in the exploitation of an appropriate part of the surplus of the living resources of the exclusive economic zones of coastal States of the same subregion or region, taking into account the relevant economic and geographical circumstances of all the States concerned and in conformity with the provisions of this article and of articles 61 and 62.
2. The terms and modalities of such participation shall be established by the States concerned through bilateral, subregional or regional agreements taking into account, inter alia:
   (a) the need to avoid effects detrimental to fishing communities or fishing industries of the coastal State;
   (b) the extent to which the land-locked State, in accordance with the provisions of this article, is participating or is entitled to participate under existing bilateral, subregional or regional agreements in the exploitation of living resources of the exclusive economic zones of other coastal States;
   (c) the extent to which other land-locked States and geographically disadvantaged States are participating in the exploitation of the living resources of the exclusive economic zone of the coastal State and the consequent need to avoid a particular burden for any single coastal State or a part of it;
   (d) the nutritional needs of the populations of the respective States.
3. When the harvesting capacity of a coastal State approaches a point which would enable it to harvest the entire allowable catch of the living resources in its exclusive economic zone, the coastal State and other States concerned shall cooperate in the establishment of equitable arrangements on a bilateral, subregional or regional basis to allow for participation of developing land-locked States of the same subregion or region in the exploitation of the living resources of the

exclusive economic zones of coastal States of the subregion or region, as may be appropriate in the circumstances and on terms satisfactory to all parties. In the implementation of this provision the factors mentioned in paragraph 2 shall also be taken into account.

4. Developed land-locked States shall, under the provisions of this article, be entitled to participate in the exploitation of living resources only in the exclusive economic zones of developed coastal States of the same subregion or region having regard to the extent to which the coastal State, in giving access to other States to the living resources of its exclusive economic zone, has taken into account the need to minimize detrimental effects on fishing communities and economic dislocation in States whose nationals have habitually fished in the zone.
5. The above provisions are without prejudice to arrangements agreed upon in subregions or regions where the coastal States may grant to land-locked States of the same subregion or region equal or preferential rights for the exploitation of the living resources in the exclusive economic zones.

Article 70. Right of geographically disadvantaged States

1. Geographically disadvantaged States shall have the right to participate, on an equitable basis, in the exploitation of an appropriate part of the surplus of the living resources of the exclusive economic zones of coastal States of the same subregion or region, taking into account the relevant economic and geographical circumstances of all the States concerned and in conformity with the provisions of this article and of articles 61 and 62.
2. For the purposes of this Part, "geographically disadvantaged States" means coastal States, including States bordering enclosed or semi-enclosed seas, whose geographical situation makes them dependent upon the exploitation of the living resources of the exclusive economic zones of other States in the subregion or region for adequate supplies of fish for the nutritional purposes of their populations or parts thereof, and coastal States which can claim no exclusive economic zones of their own.
3. The terms and modalities of such participation shall be established by the States

concerned through bilateral, subregional or regional agreements taking into account, inter alia:

(a) the need to avoid effects detrimental to fishing communities or fishing industries of the coastal State;

(b) the extent to which the geographically disadvantaged State, in accordance with the provisions of this article, is participating or is entitled to participate under existing bilateral, subregional or regional agreements in the exploitation of living resources of the exclusive economic zones of other coastal States;

(c) the extent to which other geographically disadvantaged States and land-locked States are participating in the exploitation of the living resources of the exclusive economic zone of the coastal State and the consequent need to avoid a particular burden for any single coastal State or a part of it;

(d) the nutritional needs of the populations of the respective States.

4. When the harvesting capacity of a coastal State approaches a point which would enable it to harvest the entire allowable catch of the living resources in its exclusive economic zone, the coastal State and other States concerned shall cooperate in the establishment of equitable arrangements on a bilateral, subregional or regional basis to allow for participation of developing geographically disadvantaged States of the same subregion or region in the exploitation of the living resources of the exclusive economic zones of coastal States of the subregion or region, as may be appropriate in the circumstances and on terms satisfactory to all parties. In the implementation of this provision the factors mentioned in paragraph 3 shall also be taken into account.

5. Developed geographically disadvantaged States shall, under the provisions of this article, be entitled to participate in the exploitation of living resources only in the exclusive economic zones of developed coastal States of the same subregion or region having regard to the extent to which the coastal State, in giving access to other States to the living resources of its exclusive economic zone, has taken into account the need to minimize detrimental effects on fishing communities and economic dislocation in States whose nationals have habitually fished in the

zone.

6. The above provisions are without prejudice to arrangements agreed upon in subregions or regions where the coastal States may grant to geographically disadvantaged States of the same subregion or region equal or preferential rights for the exploitation of the living resources in the exclusive economic zones.

Article 71. Non-applicability of articles 69 and 70

The provisions of articles 69 and 70 do not apply in the case of a coastal State whose economy is overwhelmingly dependent on the exploitation of the living resources of its exclusive economic zone.

Article 72. Restrictions on transfer of rights

1. Rights provided under articles 69 and 70 to exploit living resources shall not be directly or indirectly transferred to third States or their nationals by lease or licence, by establishing joint ventures or in any other manner which has the effect of such transfer unless otherwise agreed by the States concerned.
2. The foregoing provision does not preclude the States concerned from obtaining technical or financial assistance from third States or international organizations in order to facilitate the exercise of the rights pursuant to articles 69 and 70, provided that it does not have the effect referred to in paragraph 1.

Article 73. Enforcement of laws and regulations of the coastal State

1. The coastal State may, in the exercise of its sovereign rights to explore, exploit, conserve and manage the living resources in the exclusive economic zone, take such measures, including boarding, inspection, arrest and judicial proceedings, as may be necessary to ensure compliance with the laws and regulations adopted by it in conformity with this Convention.
2. Arrested vessels and their crews shall be promptly released upon the posting of reasonable bond or other security.
3. Coastal State penalties for violations of fisheries laws and regulations in the

exclusive economic zone may not include imprisonment, in the absence of agreements to the contrary by the States concerned, or any other form of corporal punishment.

4. In cases of arrest or detention of foreign vessels the coastal State shall promptly notify the flag State, through appropriate channels, of the action taken and of any penalties subsequently imposed.

Article 74. Delimitation of the exclusive economic zone between States with opposite or adjacent coasts

1. The delimitation of the exclusive economic zone between States with opposite or adjacent coasts shall be effected by agreement on the basis of international law, as referred to in Article 38 of the Statute of the International Court of Justice, in order to achieve an equitable solution.
2. If no agreement can be reached within a reasonable period of time, the States concerned shall resort to the procedures provided for in Part XV.
3. Pending agreement as provided for in paragraph 1, the States concerned, in a spirit of understanding and cooperation, shall make every effort to enter into provisional arrangements of a practical nature and, during this transitional period, not to jeopardize or hamper the reaching of the final agreement. Such arrangements shall be without prejudice to the final delimitation.
4. Where there is an agreement in force between the States concerned, questions relating to the delimitation of the exclusive economic zone shall be determined in accordance with the provisions of that agreement.

Article 75. Charts and lists of geographical coordinates

1. Subject to this Part, the outer limit lines of the exclusive economic zone and the lines of delimitation drawn in accordance with article 74 shall be shown on charts of a scale or scales adequate for ascertaining their position. Where appropriate, lists of geographical coordinates of points, specifying the geodetic datum, may be substituted for such outer limit lines or lines of delimitation.

2. The coastal State shall give due publicity to such charts or lists of geographical coordinates and shall deposit a copy of each such chart or list with the Secretary-General of the United Nations.

PART VI. CONTINENTAL SHELF

Article 76. Definition of the continental shelf

1. The continental shelf of a coastal State comprises the seabed and subsoil of the submarine areas that extend beyond its territorial sea throughout the natural prolongation of its land territory to the outer edge of the continental margin, or to a distance of 200 nautical miles from the baselines from which the breadth of the territorial sea is measured where the outer edge of the continental margin does not extend up to that distance.
2. The continental shelf of a coastal State shall not extend beyond the limits provided for in paragraphs 4 to 6.
3. The continental margin comprises the submerged prolongation of the land mass of the coastal State, and consists of the seabed and subsoil of the shelf, the slope and the rise. It does not include the deep ocean floor with its oceanic ridges or the subsoil thereof.
4. (a) For the purposes of this Convention, the coastal State shall establish the outer edge of the continental margin wherever the margin extends beyond 200 nautical miles from the baselines from which the breadth of the territorial sea is measured, by either:
   (i) a line delineated in accordance with paragraph 7 by reference to the outermost fixed points at each of which the thickness of sedimentary rocks is at least 1 per cent of the shortest distance from such point to the foot of the continental slope; or
   (ii) a line delineated in accordance with paragraph 7 by reference to fixed points not more than 60 nautical miles from the foot of the continental slope.

(b) In the absence of evidence to the contrary, the foot of the continental slope shall be determined as the point of maximum change in the gradient at its base.

5. The fixed points comprising the line of the outer limits of the continental shelf on the seabed, drawn in accordance with paragraph 4 (a)(i) and (ii), either shall not exceed 350 nautical miles from the baselines from which the breadth of the territorial sea is measured or shall not exceed 100 nautical miles from the 2,500 metre isobath, which is a line connecting the depth of 2,500 metres.

6. Notwithstanding the provisions of paragraph 5, on submarine ridges, the outer limit of the continental shelf shall not exceed 350 nautical miles from the baselines from which the breadth of the territorial sea is measured. This paragraph does not apply to submarine elevations that are natural components of the continental margin, such as its plateaux, rises, caps, banks and spurs.

7. The coastal State shall delineate the outer limits of its continental shelf, where that shelf extends beyond 200 nautical miles from the baselines from which the breadth of the territorial sea is measured, by straight lines not exceeding 60 nautical miles in length, connecting fixed points, defined by coordinates of latitude and longitude.

8. Information on the limits of the continental shelf beyond 200 nautical miles from the baselines from which the breadth of the territorial sea is measured shall be submitted by the coastal State to the Commission on the Limits of the Continental Shelf set up under Annex II on the basis of equitable geographical representation. The Commission shall make recommendations to coastal States on matters related to the establishment of the outer limits of their continental shelf. The limits of the shelf established by a coastal State on the basis of these recommendations shall be final and binding.

9. The coastal State shall deposit with the Secretary-General of the United Nations charts and relevant information, including geodetic data, permanently describing the outer limits of its continental shelf. The Secretary-General shall give due publicity thereto.

10. The provisions of this article are without prejudice to the question of delimitation

of the continental shelf between States with opposite or adjacent coasts.

Article 77. Rights of the coastal State over the continental shelf

1. The coastal State exercises over the continental shelf sovereign rights for the purpose of exploring it and exploiting its natural resources.
2. The rights referred to in paragraph 1 are exclusive in the sense that if the coastal State does not explore the continental shelf or exploit its natural resources, no one may undertake these activities without the express consent of the coastal State.
3. The rights of the coastal State over the continental shelf do not depend on occupation, effective or notional, or on any express proclamation.
4. The natural resources referred to in this Part consist of the mineral and other non-living resources of the seabed and subsoil together with living organisms belonging to sedentary species, that is to say, organisms which, at the harvestable stage, either are immobile on or under the seabed or are unable to move except in constant physical contact with the seabed or the subsoil.

Article 78. Legal status of the superjacent waters and air space and the rights and freedoms of other States

1. The rights of the coastal State over the continental shelf do not affect the legal status of the superjacent waters or of the air space above those waters.
2. The exercise of the rights of the coastal State over the continental shelf must not infringe or result in any unjustifiable interference with navigation and other rights and freedoms of other States as provided for in this Convention.

Article 79. Submarine cables and pipelines on the continental shelf

1. All States are entitled to lay submarine cables and pipelines on the continental shelf, in accordance with the provisions of this article.
2. Subject to its right to take reasonable measures for the exploration of the continental shelf, the exploitation of its natural resources and the prevention, reduction and control of pollution from pipelines, the coastal State may not

impede the laying or maintenance of such cables or pipelines.

3. The delineation of the course for the laying of such pipelines on the continental shelf is subject to the consent of the coastal State.
4. Nothing in this Part affects the right of the coastal State to establish conditions for cables or pipelines entering its territory or territorial sea, or its jurisdiction over cables and pipelines constructed or used in connection with the exploration of its continental shelf or exploitation of its resources or the operations of artificial islands, installations and structures under its jurisdiction.
5. When laying submarine cables or pipelines, States shall have due regard to cables or pipelines already in position. In particular, possibilities of repairing existing cables or pipelines shall not be prejudiced.

Article 80. Artificial islands, installations and structures on the continental shelf

Article 60 applies mutatis mutandis to artificial islands, installations and structures on the continental shelf.

Article 81. Drilling on the continental shelf

The coastal State shall have the exclusive right to authorize and regulate drilling on the continental shelf for all purposes.

Article 82. Payments and contributions with respect to the exploitation of the continental shelf beyond 200 nautical miles

1. The coastal State shall make payments or contributions in kind in respect of the exploitation of the non-living resources of the continental shelf beyond 200 nautical miles from the baselines from which the breadth of the territorial sea is measured.
2. The payments and contributions shall be made annually with respect to all production at a site after the first five years of production at that site. For the sixth year, the rate of payment or contribution shall be 1 per cent of the value or volume of production at the site. The rate shall increase by 1 per cent for each

subsequent year until the twelfth year and shall remain at 7 per cent thereafter. Production does not include resources used in connection with exploitation.

3. A developing State which is a net importer of a mineral resource produced from its continental shelf is exempt from making such payments or contributions in respect of that mineral resource.
4. The payments or contributions shall be made through the Authority, which shall distribute them to States Parties to this Convention, on the basis of equitable sharing criteria, taking into account the interests and needs of developing States, particularly the least developed and the land-locked among them.

Article 83. Delimitation of the continental shelf between States with opposite or adjacent coasts

1. The delimitation of the continental shelf between States with opposite or adjacent coasts shall be effected by agreement on the basis of international law, as referred to in Article 38 of the Statute of the International Court of Justice, in order to achieve an equitable solution.
2. If no agreement can be reached within a reasonable period of time, the States concerned shall resort to the procedures provided for in Part XV.
3. Pending agreement as provided for in paragraph 1, the States concerned, in a spirit of understanding and cooperation, shall make every effort to enter into provisional arrangements of a practical nature and, during this transitional period, not to jeopardize or hamper the reaching of the final agreement. Such arrangements shall be without prejudice to the final delimitation.
4. Where there is an agreement in force between the States concerned, questions relating to the delimitation of the continental shelf shall be determined in accordance with the provisions of that agreement.

Article 84. Charts and lists of geographical coordinates

1. Subject to this Part, the outer limit lines of the continental shelf and the lines of delimitation drawn in accordance with article 83 shall be shown on charts of

a scale or scales adequate for ascertaining their position. Where appropriate, lists of geographical coordinates of points, specifying the geodetic datum, may be substituted for such outer limit lines or lines of delimitation.

2. The coastal State shall give due publicity to such charts or lists of geographical coordinates and shall deposit a copy of each such chart or list with the Secretary-General of the United Nations and, in the case of those showing the outer limit lines of the continental shelf, with the Secretary-General of the Authority.

Article 85. Tunnelling

This Part does not prejudice the right of the coastal State to exploit the subsoil by means of tunnelling, irrespective of the depth of water above the subsoil.

PART VII. HIGH SEAS

SECTION 1. GENERAL PROVISIONS

Article 86. Application of the provisions of this Part

The provisions of this Part apply to all parts of the sea that are not included in the exclusive economic zone, in the territorial sea or in the internal waters of a State, or in the archipelagic waters of an archipelagic State. This article does not entail any abridgement of the freedoms enjoyed by all States in the exclusive economic zone in accordance with article 58.

Article 87. Freedom of the high seas

1. The high seas are open to all States, whether coastal or land-locked. Freedom of the high seas is exercised under the conditions laid down by this Convention and by other rules of international law. It comprises, inter alia, both for coastal and land-locked States:

(a) freedom of navigation;

(b) freedom of overflight;
(c) freedom to lay submarine cables and pipelines, subject to Part VI;
(d) freedom to construct artificial islands and other installations permitted under international law, subject to Part VI;
(e) freedom of fishing, subject to the conditions laid down in section 2;
(f) freedom of scientific research, subject to Parts VI and XIII.

2. These freedoms shall be exercised by all States with due regard for the interests of other States in their exercise of the freedom of the high seas, and also with due regard for the rights under this Convention with respect to activities in the Area.

Article 88. Reservation of the high seas for peaceful purposes
The high seas shall be reserved for peaceful purposes.

Article 89. Invalidity of claims of sovereignty over the high seas
No State may validly purport to subject any part of the high seas to its sovereignty.

Article 90. Right of navigation
Every State, whether coastal or land-locked, has the right to sail ships flying its flag on the high seas.

Article 91. Nationality of ships
1. Every State shall fix the conditions for the grant of its nationality to ships, for the registration of ships in its territory, and for the right to fly its flag. Ships have the nationality of the State whose flag they are entitled to fly. There must exist a genuine link between the State and the ship.
2. Every State shall issue to ships to which it has granted the right to fly its flag documents to that effect.

Article 92. Status of ships

1. Ships shall sail under the flag of one State only and, save in exceptional cases expressly provided for in international treaties or in this Convention, shall be subject to its exclusive jurisdiction on the high seas. A ship may not change its flag during a voyage or while in a port of call, save in the case of a real transfer of ownership or change of registry.
2. A ship which sails under the flags of two or more States, using them according to convenience, may not claim any of the nationalities in question with respect to any other State, and may be assimilated to a ship without nationality.

Article 93. Ships flying the flag of the United Nations, its specialized agencies and the International Atomic Energy Agency

The preceding articles do not prejudice the question of ships employed on the official service of the United Nations, its specialized agencies or the International Atomic Energy Agency, flying the flag of the organization.

Article 94. Duties of the flag State

1. Every State shall effectively exercise its jurisdiction and control in administrative, technical and social matters over ships flying its flag.
2. In particular every State shall:
 (a) maintain a register of ships containing the names and particulars of ships flying its flag, except those which are excluded from generally accepted international regulations on account of their small size; and
 (b) assume jurisdiction under its internal law over each ship flying its flag and its master, officers and crew in respect of administrative, technical and social matters concerning the ship.
3. Every State shall take such measures for ships flying its flag as are necessary to ensure safety at sea with regard, inter alia, to:
 (a) the construction, equipment and seaworthiness of ships;
 (b) the manning of ships, labour conditions and the training of crews, taking into

account the applicable international instruments;

(c) the use of signals, the maintenance of communications and the prevention of collisions.

4. Such measures shall include those necessary to ensure:

(a) that each ship, before registration and thereafter at appropriate intervals, is surveyed by a qualified surveyor of ships, and has on board such charts, nautical publications and navigational equipment and instruments as are appropriate for the safe navigation of the ship;

(b) that each ship is in the charge of a master and officers who possess appropriate qualifications, in particular in seamanship, navigation, communications and marine engineering, and that the crew is appropriate in qualification and numbers for the type, size, machinery and equipment of the ship;

(c) that the master, officers and, to the extent appropriate, the crew are fully conversant with and required to observe the applicable international regulations concerning the safety of life at sea, the prevention of collisions, the prevention, reduction and control of marine pollution, and the maintenance of communications by radio.

5. In taking the measures called for in paragraphs 3 and 4 each State is required to conform to generally accepted international regulations, procedures and practices and to take any steps which may be necessary to secure their observance.

6. A State which has clear grounds to believe that proper jurisdiction and control with respect to a ship have not been exercised may report the facts to the flag State. Upon receiving such a report, the flag State shall investigate the matter and, if appropriate, take any action necessary to remedy the situation.

7. Each State shall cause an inquiry to be held by or before a suitably qualified person or persons into every marine casualty or incident of navigation on the high seas involving a ship flying its flag and causing loss of life or serious injury to nationals of another State or serious damage to ships or installations of another State or to the marine environment. The flag State and the other State shall cooperate in the conduct of any inquiry held by that other State into any

such marine casualty or incident of navigation.

Article 95. Immunity of warships on the high seas

Warships on the high seas have complete immunity from the jurisdiction of any State other than the flag State.

Article 96. Immunity of ships used only on government non-commercial service

Ships owned or operated by a State and used only on government non-commercial service shall, on the high seas, have complete immunity from the jurisdiction of any State other than the flag State.

Article 97. Penal jurisdiction in matters of collision or any other incident of navigation

1. In the event of a collision or any other incident of navigation concerning a ship on the high seas, involving the penal or disciplinary responsibility of the master or of any other person in the service of the ship, no penal or disciplinary proceedings may be instituted against such person except before the judicial or administrative authorities either of the flag State or of the State of which such person is a national.
2. In disciplinary matters, the State which has issued a master's certificate or a certificate of competence or licence shall alone be competent, after due legal process, to pronounce the withdrawal of such certificates, even if the holder is not a national of the State which issued them.
3. No arrest or detention of the ship, even as a measure of investigation, shall be ordered by any authorities other than those of the flag State.

Article 98. Duty to render assistance

1. Every State shall require the master of a ship flying its flag, in so far as he can do so without serious danger to the ship, the crew or the passengers:
   (a) to render assistance to any person found at sea in danger of being lost;
   (b) to proceed with all possible speed to the rescue of persons in distress, if

informed of their need of assistance, in so far as such action may reasonably be expected of him;

(c) after a collision, to render assistance to the other ship, its crew and its passengers and, where possible, to inform the other ship of the name of his own ship, its port of registry and the nearest port at which it will call.

2. Every coastal State shall promote the establishment, operation and maintenance of an adequate and effective search and rescue service regarding safety on and over the sea and, where circumstances so require, by way of mutual regional arrangements cooperate with neighbouring States for this purpose.

Article 99. Prohibition of the transport of slaves

Every State shall take effective measures to prevent and punish the transport of slaves in ships authorized to fly its flag and to prevent the unlawful use of its flag for that purpose. Any slave taking refuge on board any ship, whatever its flag, shall ipso facto be free.

Article 100. Duty to cooperate in the repression of piracy

All States shall cooperate to the fullest possible extent in the repression of piracy on the high seas or in any other place outside the jurisdiction of any State.

Article 101. Definition of piracy

Piracy consists of any of the following acts:

(a) any illegal acts of violence or detention, or any act of depredation, committed for private ends by the crew or the passengers of a private ship or a private aircraft, and directed:

(i) on the high seas, against another ship or aircraft, or against persons or property on board such ship or aircraft;

(ii) against a ship, aircraft, persons or property in a place outside the jurisdiction of any State;

(b) any act of voluntary participation in the operation of a ship or of an aircraft with knowledge of facts making it a pirate ship or aircraft;

(c) any act of inciting or of intentionally facilitating an act described in subparagraph (a) or (b).

Article 102. Piracy by a warship, government ship or government aircraft whose crew has mutinied

The acts of piracy, as defined in article 101, committed by a warship, government ship or government aircraft whose crew has mutinied and taken control of the ship or aircraft are assimilated to acts committed by a private ship or aircraft.

Article 103. Definition of a pirate ship or aircraft

A ship or aircraft is considered a pirate ship or aircraft if it is intended by the persons in dominant control to be used for the purpose of committing one of the acts referred to in article 101. The same applies if the ship or aircraft has been used to commit any such act, so long as it remains under the control of the persons guilty of that act.

Article 104. Retention or loss of the nationality of a pirate ship or aircraft

A ship or aircraft may retain its nationality although it has become a pirate ship or aircraft. The retention or loss of nationality is determined by the law of the State from which such nationality was derived.

Article 105. Seizure of a pirate ship or aircraft

On the high seas, or in any other place outside the jurisdiction of any State, every State may seize a pirate ship or aircraft, or a ship or aircraft taken by piracy and under the control of pirates, and arrest the persons and seize the property on board. The courts of the State which carried out the seizure may decide upon the penalties to be imposed, and may also determine the action to be taken with regard to the ships, aircraft or property, subject to the rights of third parties acting in good faith.

Article 106. Liability for seizure without adequate grounds

Where the seizure of a ship or aircraft on suspicion of piracy has been effected without adequate grounds, the State making the seizure shall be liable to the State the nationality of which is possessed by the ship or aircraft for any loss or damage caused by the seizure.

Article 107. Ships and aircraft which are entitled to seize on account of piracy

A seizure on account of piracy may be carried out only by warships or military aircraft, or other ships or aircraft clearly marked and identifiable as being on government service and authorized to that effect.

Article 108. Illicit traffic in narcotic drugs or psychotropic substances

1. All States shall cooperate in the suppression of illicit traffic in narcotic drugs and psychotropic substances engaged in by ships on the high seas contrary to international conventions.
2. Any State which has reasonable grounds for believing that a ship flying its flag is engaged in illicit traffic in narcotic drugs or psychotropic substances may request the cooperation of other States to suppress such traffic.

Article 109. Unauthorized broadcasting from the high seas

1. All States shall cooperate in the suppression of unauthorized broadcasting from the high seas.
2. For the purposes of this Convention, "unauthorized broadcasting" means the transmission of sound radio or television broadcasts from a ship or installation on the high seas intended for reception by the general public contrary to international regulations, but excluding the transmission of distress calls.
3. Any person engaged in unauthorized broadcasting may be prosecuted before the court of:

(a) the flag State of the ship;

(b) the State of registry of the installation;

(c) the State of which the person is a national;

(d) any State where the transmissions can be received; or

(e) any State where authorized radio communication is suffering interference.

4. On the high seas, a State having jurisdiction in accordance with paragraph 3 may, in conformity with article 110, arrest any person or ship engaged in unauthorized broadcasting and seize the broadcasting apparatus.

Article 110. Right of visit

1. Except where acts of interference derive from powers conferred by treaty, a warship which encounters on the high seas a foreign ship, other than a ship entitled to complete immunity in accordance with articles 95 and 96, is not justified in boarding it unless there is reasonable ground for suspecting that:

(a) the ship is engaged in piracy;

(b) the ship is engaged in the slave trade;

(c) the ship is engaged in unauthorized broadcasting and the flag State of the warship has jurisdiction under article 109;

(d) the ship is without nationality; or

(e) though flying a foreign flag or refusing to show its flag, the ship is, in reality, of the same nationality as the warship.

2. In the cases provided for in paragraph 1, the warship may proceed to verify the ship's right to fly its flag. To this end, it may send a boat under the command of an officer to the suspected ship. If suspicion remains after the documents have been checked, it may proceed to a further examination on board the ship, which must be carried out with all possible consideration.

3. If the suspicions prove to be unfounded, and provided that the ship boarded has not committed any act justifying them, it shall be compensated for any loss or damage that may have been sustained.

4. These provisions apply mutatis mutandis to military aircraft.

5. These provisions also apply to any other duly authorized ships or aircraft clearly marked and identifiable as being on government service.

Article 111. Right of hot pursuit

1. The hot pursuit of a foreign ship may be undertaken when the competent authorities of the coastal State have good reason to believe that the ship has violated the laws and regulations of that State. Such pursuit must be commenced when the foreign ship or one of its boats is within the internal waters, the archipelagic waters, the territorial sea or the contiguous zone of the pursuing State, and may only be continued outside the territorial sea or the contiguous zone if the pursuit has not been interrupted. It is not necessary that, at the time when the foreign ship within the territorial sea or the contiguous zone receives the order to stop, the ship giving the order should likewise be within the territorial sea or the contiguous zone. If the foreign ship is within a contiguous zone, as defined in article 33, the pursuit may only be undertaken if there has been a violation of the rights for the protection of which the zone was established.
2. The right of hot pursuit shall apply mutatis mutandis to violations in the exclusive economic zone or on the continental shelf, including safety zones around continental shelf installations, of the laws and regulations of the coastal State applicable in accordance with this Convention to the exclusive economic zone or the continental shelf, including such safety zones.
3. The right of hot pursuit ceases as soon as the ship pursued enters the territorial sea of its own State or of a third State.
4. Hot pursuit is not deemed to have begun unless the pursuing ship has satisfied itself by such practicable means as may be available that the ship pursued or one of its boats or other craft working as a team and using the ship pursued as a mother ship is within the limits of the territorial sea, or, as the case may be, within the contiguous zone or the exclusive economic zone or above the continental shelf. The pursuit may only be commenced after a visual or auditory signal to stop has been given at a distance which enables it to be seen or heard by the foreign ship.
5. The right of hot pursuit may be exercised only by warships or military aircraft, or other ships or aircraft clearly marked and identifiable as being on government service and authorized to that effect.

6. Where hot pursuit is effected by an aircraft:
   (a) the provisions of paragraphs 1 to 4 shall apply mutatis mutandis;
   (b) the aircraft giving the order to stop must itself actively pursue the ship until a ship or another aircraft of the coastal State, summoned by the aircraft, arrives to take over the pursuit, unless the aircraft is itself able to arrest the ship. It does not suffice to justify an arrest outside the territorial sea that the ship was merely sighted by the aircraft as an offender or suspected offender, if it was not both ordered to stop and pursued by the aircraft itself or other aircraft or ships which continue the pursuit without interruption.
7. The release of a ship arrested within the jurisdiction of a State and escorted to a port of that State for the purposes of an inquiry before the competent authorities may not be claimed solely on the ground that the ship, in the course of its voyage, was escorted across a portion of the exclusive economic zone or the high seas, if the circumstances rendered this necessary.
8. Where a ship has been stopped or arrested outside the territorial sea in circumstances which do not justify the exercise of the right of hot pursuit, it shall be compensated for any loss or damage that may have been thereby sustained.

Article 112. Right to lay submarine cables and pipelines
1. All States are entitled to lay submarine cables and pipelines on the bed of the high seas beyond the continental shelf.
2. Article 79, paragraph 5, applies to such cables and pipelines.

Article 113. Breaking or injury of a submarine cable or pipeline
Every State shall adopt the laws and regulations necessary to provide that the breaking or injury by a ship flying its flag or by a person subject to its jurisdiction of a submarine cable beneath the high seas done wilfully or through culpable negligence, in such a manner as to be liable to interrupt or obstruct telegraphic or telephonic communications, and similarly the breaking or injury of a submarine pipeline or high-voltage power cable, shall be a punishable offence. This provision

shall apply also to conduct calculated or likely to result in such breaking or injury. However, it shall not apply to any break or injury caused by persons who acted merely with the legitimate object of saving their lives or their ships, after having taken all necessary precautions to avoid such break or injury.

Article 114. Breaking or injury by owners of a submarine cable or pipeline of another submarine cable or pipeline

Every State shall adopt the laws and regulations necessary to provide that, if persons subject to its jurisdiction who are the owners of a submarine cable or pipeline beneath the high seas, in laying or repairing that cable or pipeline, cause a break in or injury to another cable or pipeline, they shall bear the cost of the repairs.

Article 115. Indemnity for loss incurred in avoiding injury to a submarine cable or pipeline

Every State shall adopt the laws and regulations necessary to ensure that the owners of ships who can prove that they have sacrificed an anchor, a net or any other fishing gear, in order to avoid injuring a submarine cable or pipeline, shall be indemnified by the owner of the cable or pipeline, provided that the owner of the ship has taken all reasonable precautionary measures beforehand.

SECTION 2. CONSERVATION AND MANAGEMENT OF THE LIVING RESOURCES OF THE HIGH SEAS

Article 116. Right to fish on the high seas

All States have the right for their nationals to engage in fishing on the high seas subject to:

(a) their treaty obligations;
(b) the rights and duties as well as the interests of coastal States provided for, inter alia, in article 63, paragraph 2, and articles 64 to 67; and
(c) the provisions of this section.

Article 117. Duty of States to adopt with respect to their nationals measures for the conservation of the living resources of the high seas

All States have the duty to take, or to cooperate with other States in taking, such measures for their respective nationals as may be necessary for the conservation of the living resources of the high seas.

Article 118. Cooperation of States in the conservation and management of living resources

States shall cooperate with each other in the conservation and management of living resources in the areas of the high seas. States whose nationals exploit identical living resources, or different living resources in the same area, shall enter into negotiations with a view to taking the measures necessary for the conservation of the living resources concerned. They shall, as appropriate, cooperate to establish subregional or regional fisheries organizations to this end.

Article 119. Conservation of the living resources of the high seas

1. In determining the allowable catch and establishing other conservation measures for the living resources in the high seas, States shall:
 (a) take measures which are designed, on the best scientific evidence available to the States concerned, to maintain or restore populations of harvested species at levels which can produce the maximum sustainable yield, as qualified by relevant environmental and economic factors, including the special requirements of developing States, and taking into account fishing patterns, the interdependence of stocks and any generally recommended international minimum standards, whether subregional, regional or global;
 (b) take into consideration the effects on species associated with or dependent upon harvested species with a view to maintaining or restoring populations of such associated or dependent species above levels at which their reproduction may become seriously threatened.
2. Available scientific information, catch and fishing effort statistics, and other data

relevant to the conservation of fish stocks shall be contributed and exchanged on a regular basis through competent international organizations, whether subregional, regional or global, where appropriate and with participation by all States concerned.

3. States concerned shall ensure that conservation measures and their implementation do not discriminate in form or in fact against the fishermen of any State.

Article 120. Marine mammals

Article 65 also applies to the conservation and management of marine mammals in the high seas.

PART VIII. REGIME OF ISLANDS

Article 121. Regime of islands

1. An island is a naturally formed area of land, surrounded by water, which is above water at high tide.
2. Except as provided for in paragraph 3, the territorial sea, the contiguous zone, the exclusive economic zone and the continental shelf of an island are determined in accordance with the provisions of this Convention applicable to other land territory.
3. Rocks which cannot sustain human habitation or economic life of their own shall have no exclusive economic zone or continental shelf.

PART IX. ENCLOSED OR SEMI-ENCLOSED SEAS

Article 122. Definition

For the purposes of this Convention, "enclosed or semi-enclosed sea" means a gulf, basin or sea surrounded by two or more States and connected to another sea or the ocean by a narrow outlet or consisting entirely or primarily of the territorial seas and exclusive economic zones of two or more coastal States.

Article 123. Cooperation of States bordering enclosed or semi-enclosed seas
States bordering an enclosed or semi-enclosed sea should cooperate with each other in the exercise of their rights and in the performance of their duties under this Convention. To this end they shall endeavour, directly or through an appropriate regional organization:

(a) to coordinate the management, conservation, exploration and exploitation of the living resources of the sea;
(b) to coordinate the implementation of their rights and duties with respect to the protection and preservation of the marine environment;
(c) to coordinate their scientific research policies and undertake where appropriate joint programmes of scientific research in the area;
(d) to invite, as appropriate, other interested States or international organizations to cooperate with them in furtherance of the provisions of this article.

PART X. RIGHT OF ACCESS OF LAND-LOCKED STATES TO AND FROM THE SEA AND FREEDOM OF TRANSIT

Article 124. Use of terms

1. For the purposes of this Convention:

(a) "land-locked State" means a State which has no sea-coast;
(b) "transit State" means a State, with or without a sea-coast, situated between a land-locked State and the sea, through whose territory traffic in transit passes;
(c) "traffic in transit" means transit of persons, baggage, goods and means of transport across the territory of one or more transit States, when the passage across such territory, with or without trans-shipment, warehousing, breaking bulk or change in the mode of transport, is only a portion of a complete journey which begins or terminates within the territory of the land-locked State;

(d) "means of transport" means:

(i) railway rolling stock, sea, lake and river craft and road vehicles;

(ii) where local conditions so require, porters and pack animals.

2. Land-locked States and transit States may, by agreement between them, include as means of transport pipelines and gas lines and means of transport other than those included in paragraph 1.

Article 125. Right of access to and from the sea and freedom of transit

1. Land-locked States shall have the right of access to and from the sea for the purpose of exercising the rights provided for in this Convention including those relating to the freedom of the high seas and the common heritage of mankind. To this end, land-locked States shall enjoy freedom of transit through the territory of transit States by all means of transport.

2. The terms and modalities for exercising freedom of transit shall be agreed between the land-locked States and transit States concerned through bilateral, s°ubregional or regional agreements.

3. Transit States, in the exercise of their full sovereignty over their territory, shall have the right to take all measures necessary to ensure that the rights and facilities provided for in this Part for land-locked States shall in no way infringe their legitimate interests.

Article 126. Exclusion of application of the most-favoured-nation clause

The provisions of this Convention, as well as special agreements relating to the exercise of the right of access to and from the sea, establishing rights and facilities on account of the special geographical position of land-locked States, are excluded from the application of the most-favoured-nation clause.

Article 127. Customs duties, taxes and other charges

1. Traffic in transit shall not be subject to any customs duties, taxes or other charges except charges levied for specific services rendered in connection with

such traffic.

2. Means of transport in transit and other facilities provided for and used by land-locked States shall not be subject to taxes or charges higher than those levied for the use of means of transport of the transit State.

Article 128. Free zones and other customs facilities

For the convenience of traffic in transit, free zones or other customs facilities may be provided at the ports of entry and exit in the transit States, by agreement between those States and the land-locked States.

Article 129. Cooperation in the construction and improvement of means of transport

Where there are no means of transport in transit States to give effect to the freedom of transit or where the existing means, including the port installations and equipment, are inadequate in any respect, the transit States and land-locked States concerned may cooperate in constructing or improving them.

Article 130. Measures to avoid or eliminate delays or other difficulties of a technical nature in traffic in transit

1. Transit States shall take all appropriate measures to avoid delays or other difficulties of a technical nature in traffic in transit.
2. Should such delays or difficulties occur, the competent authorities of the transit States and land-locked States concerned shall cooperate towards their expeditious elimination.

Article 131. Equal treatment in maritime ports

Ships flying the flag of land-locked States shall enjoy treatment equal to that accorded to other foreign ships in maritime ports.

Article 132. Grant of greater transit facilities

This Convention does not entail in any way the withdrawal of transit facilities which are greater than those provided for in this Convention and which are agreed between States Parties to this Convention or granted by a State Party. This Convention also does not preclude such grant of greater facilities in the future.

PART XI. THE AREA

SECTION 1. GENERAL PROVISIONS

Article 133. Use of terms

For the purposes of this Part:

(a) "resources" means all solid, liquid or gaseous mineral resources in situ in the Area at or beneath the seabed, including polymetallic nodules;

(b) resources, when recovered from the Area, are referred to as "minerals".

Article 134. Scope of this Part

1. This Part applies to the Area.
2. Activities in the Area shall be governed by the provisions of this Part.
3. The requirements concerning deposit of, and publicity to be given to, the charts or lists of geographical coordinates showing the limits referred to in article 1, paragraph 1(1), are set forth in Part VI.
4. Nothing in this article affects the establishment of the outer limits of the continental shelf in accordance with Part VI or the validity of agreements relating to delimitation between States with opposite or adjacent coasts.

Article 135. Legal status of the superjacent waters and air space

Neither this Part nor any rights granted or exercised pursuant thereto shall affect the legal status of the waters superjacent to the Area or that of the air space above those waters.

SECTION 2. PRINCIPLES GOVERNING THE AREA

Article 136. Common heritage of mankind

The Area and its resources are the common heritage of mankind.

Article 137. Legal status of the Area and its resources

1. No State shall claim or exercise sovereignty or sovereign rights over any part of the Area or its resources, nor shall any State or natural or juridical person appropriate any part thereof. No such claim or exercise of sovereignty or sovereign rights nor such appropriation shall be recognized.
2. All rights in the resources of the Area are vested in mankind as a whole, on whose behalf the Authority shall act. These resources are not subject to alienation. The minerals recovered from the Area, however, may only be alienated in accordance with this Part and the rules, regulations and procedures of the Authority.
3. No State or natural or juridical person shall claim, acquire or exercise rights with respect to the minerals recovered from the Area except in accordance with this Part. Otherwise, no such claim, acquisition or exercise of such rights shall be recognized.

Article 138. General conduct of States in relation to the Area

The general conduct of States in relation to the Area shall be in accordance with the provisions of this Part, the principles embodied in the Charter of the United Nations and other rules of international law in the interests of maintaining peace and security and promoting international cooperation and mutual understanding.

Article 139. Responsibility to ensure compliance and liability for damage

1. States Parties shall have the responsibility to ensure that activities in the Area, whether carried out by States Parties, or state enterprises or natural or juridical persons which possess the nationality of States Parties or are effectively controlled by them or their nationals, shall be carried out in conformity with this

Part. The same responsibility applies to international organizations for activities in the Area carried out by such organizations.

2. Without prejudice to the rules of international law and Annex III, article 22, damage caused by the failure of a State Party or international organization to carry out its responsibilities under this Part shall entail liability; States Parties or international organizations acting together shall bear joint and several liability. A State Party shall not however be liable for damage caused by any failure to comply with this Part by a person whom it has sponsored under article 153, paragraph 2(b), if the State Party has taken all necessary and appropriate measures to secure effective compliance under article 153, paragraph 4, and Annex III, article 4, paragraph 4.
3. States Parties that are members of international organizations shall take appropriate measures to ensure the implementation of this article with respect to such organizations.

Article 140. Benefit of mankind

1. Activities in the Area shall, as specifically provided for in this Part, be carried out for the benefit of mankind as a whole, irrespective of the geographical location of States, whether coastal or land-locked, and taking into particular consideration the interests and needs of developing States and of peoples who have not attained full independence or other self-governing status recognized by the United Nations in accordance with General Assembly resolution 1514 (XV) and other relevant General Assembly resolutions.
2. The Authority shall provide for the equitable sharing of financial and other economic benefits derived from activities in the Area through any appropriate mechanism, on a non-discriminatory basis, in accordance with article 160, paragraph 2(f)(i).

Article 141. Use of the Area exclusively for peaceful purposes

The Area shall be open to use exclusively for peaceful purposes by all States, whether coastal or land-locked, without discrimination and without prejudice to the other provisions of this Part.

Article 142. Rights and legitimate interests of coastal States

1. Activities in the Area, with respect to resource deposits in the Area which lie across limits of national jurisdiction, shall be conducted with due regard to the rights and legitimate interests of any coastal State across whose jurisdiction such deposits lie.
2. Consultations, including a system of prior notification, shall be maintained with the State concerned, with a view to avoiding infringement of such rights and interests. In cases where activities in the Area may result in the exploitation of resources lying within national jurisdiction, the prior consent of the coastal State concerned shall be required.
3. Neither this Part nor any rights granted or exercised pursuant thereto shall affect the rights of coastal States to take such measures consistent with the relevant provisions of Part XII as may be necessary to prevent, mitigate or eliminate grave and imminent danger to their coastline, or related interests from pollution or threat thereof or from other hazardous occurrences resulting from or caused by any activities in the Area.

Article 143. Marine scientific research

1. Marine scientific research in the Area shall be carried out exclusively for peaceful purposes and for the benefit of mankind as a whole, in accordance with Part XIII.
2. The Authority may carry out marine scientific research concerning the Area and its resources, and may enter into contracts for that purpose. The Authority shall promote and encourage the conduct of marine scientific research in the Area, and shall coordinate and disseminate the results of such research and analysis when available.
3. States Parties may carry out marine scientific research in the Area. States Parties shall promote international cooperation in marine scientific research in the Area by:

(a) participating in international programmes and encouraging cooperation in marine scientific research by personnel of different countries and of the Authority;

(b) ensuring that programmes are developed through the Authority or other international organizations as appropriate for the benefit of developing States and technologically less developed States with a view to:

(i) strengthening their research capabilities;

(ii) training their personnel and the personnel of the Authority in the techniques and applications of research;

(iii) fostering the employment of their qualified personnel in research in the Area;

(c) effectively disseminating the results of research and analysis when available, through the Authority or other international channels when appropriate.

Article 144. Transfer of technology

1. The Authority shall take measures in accordance with this Convention:

(a) to acquire technology and scientific knowledge relating to activities in the Area; and

(b) to promote and encourage the transfer to developing States of such technology and scientific knowledge so that all States Parties benefit therefrom.

2. To this end the Authority and States Parties shall cooperate in promoting the transfer of technology and scientific knowledge relating to activities in the Area so that the Enterprise and all States Parties may benefit therefrom. In particular they shall initiate and promote:

(a) programmes for the transfer of technology to the Enterprise and to developing States with regard to activities in the Area, including, inter alia, facilitating the access of the Enterprise and of developing States to the relevant technology, under fair and reasonable terms and conditions;

(b) measures directed towards the advancement of the technology of the Enterprise and the domestic technology of developing States, particularly by providing opportunities to personnel from the Enterprise and from developing States for training in marine science and technology and for their full participation in activities in the Area.

Article 145. Protection of the marine environment

Necessary measures shall be taken in accordance with this Convention with respect to activities in the Area to ensure effective protection for the marine environment from harmful effects which may arise from such activities. To this end the Authority shall adopt appropriate rules, regulations and procedures for inter alia:

(a) the prevention, reduction and control of pollution and other hazards to the marine environment, including the coastline, and of interference with the ecological balance of the marine environment, particular attention being paid to the need for protection from harmful effects of such activities as drilling, dredging, excavation, disposal of waste, construction and operation or maintenance of installations, pipelines and other devices related to such activities;

(b) the protection and conservation of the natural resources of the Area and the prevention of damage to the flora and fauna of the marine environment.

Article 146. Protection of human life

With respect to activities in the Area, necessary measures shall be taken to ensure effective protection of human life. To this end the Authority shall adopt appropriate rules, regulations and procedures to supplement existing international law as embodied in relevant treaties.

Article 147. Accommodation of activities in the Area and in the marine environment

1. Activities in the Area shall be carried out with reasonable regard for other activities in the marine environment.
2. Installations used for carrying out activities in the Area shall be subject to the following conditions:

(a) such installations shall be erected, emplaced and removed solely in accordance with this Part and subject to the rules, regulations and procedures of the Authority. Due notice must be given of the erection, emplacement and removal of such installations, and permanent means for giving warning of their presence must be maintained;

(b) such installations may not be established where interference may be caused to the use of recognized sea lanes essential to international navigation or in areas of intense fishing activity;

(c) safety zones shall be established around such installations with appropriate markings to ensure the safety of both navigation and the installations. The configuration and location of such safety zones shall not be such as to form a belt impeding the lawful access of shipping to particular maritime zones or navigation along international sea lanes;

(d) such installations shall be used exclusively for peaceful purposes;

(e) such installations do not possess the status of islands. They have no territorial sea of their own, and their presence does not affect the delimitation of the territorial sea, the exclusive economic zone or the continental shelf.

3. Other activities in the marine environment shall be conducted with reasonable regard for activities in the Area.

Article 148. Participation of developing States in activities in the Area

The effective participation of developing States in activities in the Area shall be promoted as specifically provided for in this Part, having due regard to their special interests and needs, and in particular to the special need of the land-locked and geographically disadvantaged among them to overcome obstacles arising from their disadvantaged location, including remoteness from the Area and difficulty of access to and from it.

Article 149. Archaeological and historical objects

All objects of an archaeological and historical nature found in the Area shall be preserved or disposed of for the benefit of mankind as a whole, particular regard being paid to the preferential rights of the State or country of origin, or the State of cultural origin, or the State of historical and archaeological origin.

SECTION 3. DEVELOPMENT OF RESOURCES OF THE AREA

Article 150. Policies relating to activities in the Area

Activities in the Area shall, as specifically provided for in this Part, be carried out in such a manner as to foster healthy development of the world economy and balanced growth of international trade, and to promote international cooperation for the over-all development of all countries, especially developing States, and with a view to ensuring:

(a) the development of the resources of the Area;

(b) orderly, safe and rational management of the resources of the Area, including the efficient conduct of activities in the Area and, in accordance with sound principles of conservation, the avoidance of unnecessary waste;

(c) the expansion of opportunities for participation in such activities consistent in particular with articles 144 and 148;

(d) participation in revenues by the Authority and the transfer of technology to the Enterprise and developing States as provided for in this Convention;

(e) increased availability of the minerals derived from the Area as needed in conjunction with minerals derived from other sources, to ensure supplies to consumers of such minerals;

(f) the promotion of just and stable prices remunerative to producers and fair to consumers for minerals derived both from the Area and from other sources, and the promotion of long-term equilibrium between supply and demand;

(g) the enhancement of opportunities for all States Parties, irrespective of their social and economic systems or geographical location, to participate in the development of the resources of the Area and the prevention of monopolization of activities in the Area;

(h) the protection of developing countries from adverse effects on their economies or on their export earnings resulting from a reduction in the price of an affected mineral, or in the volume of exports of that mineral, to the extent that such reduction is caused by activities in the Area, as provided in article 151;

(i) the development of the common heritage for the benefit of mankind as a whole; and

(j) conditions of access to markets for the imports of minerals produced from the resources of the Area and for imports of commodities produced from such minerals shall not be more favourable than the most favourable applied to imports from other sources.

Article 151. Production policies

1. (a) Without prejudice to the objectives set forth in article 150 and for the purpose of implementing subparagraph (h) of that article, the Authority, acting through existing forums or such new arrangements or agreements as may be appropriate, in which all interested parties, including both producers and consumers, participate, shall take measures necessary to promote the growth, efficiency and stability of markets for those commodities produced from the minerals derived from the Area, at prices remunerative to producers and fair to consumers. All States Parties shall cooperate to this end.

(b) The Authority shall have the right to participate in any commodity conference dealing with those commodities and in which all interested parties including both producers and consumers participate. The Authority shall have the right to become a party to any arrangement or agreement resulting from such conferences. Participation of the Authority in any organs established under those arrangements or agreements shall be in respect of production in the Area and in accordance with the relevant rules of those organs.

(c) The Authority shall carry out its obligations under the arrangements or agreements referred to in this paragraph in a manner which assures a uniform and non-discriminatory implementation in respect of all production in the Area of the minerals concerned. In doing so, the Authority shall act in a manner consistent with the terms of existing contracts and approved plans of work of the Enterprise.

2. (a) During the interim period specified in paragraph 3, commercial production

shall not be undertaken pursuant to an approved plan of work until the operator has applied for and has been issued a production authorization by the Authority. Such production authorizations may not be applied for or issued more than five years prior to the planned commencement of commercial production under the plan of work unless, having regard to the nature and timing of project development, the rules, regulations and procedures of the Authority prescribe another period.

(b) In the application for the production authorization, the operator shall specify the annual quantity of nickel expected to be recovered under the approved plan of work. The application shall include a schedule of expenditures to be made by the operator after he has received the authorization which are reasonably calculated to allow him to begin commercial production on the date planned.

(c) For the purposes of subparagraphs (a) and (b), the Authority shall establish appropriate performance requirements in accordance with Annex III, article 17.

(d) The Authority shall issue a production authorization for the level of production applied for unless the sum of that level and the levels already authorized exceeds the nickel production ceiling, as calculated pursuant to paragraph 4 in the year of issuance of the authorization, during any year of planned production falling within the interim period.

(e) When issued, the production authorization and approved application shall become a part of the approved plan of work.

(f) If the operator's application for a production authorization is denied pursuant to subparagraph (d), the operator may apply again to the Authority at any time.

3. The interim period shall begin five years prior to 1 January of the year in which the earliest commercial production is planned to commence under an approved plan of work. If the earliest commercial production is delayed beyond the year originally planned, the beginning of the interim period and the production ceiling originally calculated shall be adjusted accordingly. The interim period shall last 25 years or until the end of the Review Conference referred to in article 155 or until the day when such new arrangements or agreements as are

referred to in paragraph 1 enter into force, whichever is earliest. The Authority shall resume the power provided in this article for the remainder of the interim period if the said arrangements or agreements should lapse or become ineffective for any reason whatsoever.

4. (a) The production ceiling for any year of the interim period shall be the sum of:
   (i) the difference between the trend line values for nickel consumption, as calculated pursuant to subparagraph (b), for the year immediately prior to the year of the earliest commercial production and the year immediately prior to the commencement of the interim period; and
   (ii) sixty per cent of the difference between the trend line values for nickel consumption, as calculated pursuant to subparagraph (b), for the year for which the production authorization is being applied for and the year immediately prior to the year of the earliest commercial production.
   (b) For the purposes of subparagraph (a):
   (i) trend line values used for computing the nickel production ceiling shall be those annual nickel consumption values on a trend line computed during the year in which a production authorization is issued. The trend line shall be derived from a linear regression of the logarithms of actual nickel consumption for the most recent 15-year period for which such data are available, time being the independent variable. This trend line shall be referred to as the original trend line;
   (ii) if the annual rate of increase of the original trend line is less than 3 per cent, then the trend line used to determine the quantities referred to in subparagraph (a) shall instead be one passing through the original trend line at the value for the first year of the relevant 15-year period, and increasing at 3 per cent annually; provided however that the production ceiling established for any year of the interim period may not in any case exceed the difference between the original trend line value for that year and the original trend line value for the year immediately prior to the commencement of the interim period.

5. The Authority shall reserve to the Enterprise for its initial production a quantity

of 38,000 metric tonnes of nickel from the available production ceiling calculated pursuant to paragraph 4.

6. (a) An operator may in any year produce less than or up to 8 per cent more than the level of annual production of minerals from polymetallic nodules specified in his production authorization, provided that the over-all amount of production shall not exceed that specified in the authorization. Any excess over 8 per cent and up to 20 per cent in any year, or any excess in the first and subsequent years following two consecutive years in which excesses occur, shall be negotiated with the Authority, which may require the operator to obtain a supplementary production authorization to cover additional production.
   (b) Applications for such supplementary production authorizations shall be considered by the Authority only after all pending applications by operators who have not yet received production authorizations have been acted upon and due account has been taken of other likely applicants. The Authority shall be guided by the principle of not exceeding the total production allowed under the production ceiling in any year of the interim period. It shall not authorize the production under any plan of work of a quantity in excess of 46,500 metric tonnes of nickel per year.

7. The levels of production of other metals such as copper, cobalt and manganese extracted from the polymetallic nodules that are recovered pursuant to a production authorization should not be higher than those which would have been produced had the operator produced the maximum level of nickel from those nodules pursuant to this article. The Authority shall establish rules, regulations and procedures pursuant to Annex III, article 17, to implement this paragraph.

8. Rights and obligations relating to unfair economic practices under relevant multilateral trade agreements shall apply to the exploration for and exploitation of minerals from the Area. In the settlement of disputes arising under this provision, States Parties which are Parties to such multilateral trade agreements shall have recourse to the dispute settlement procedures of such agreements.

9. The Authority shall have the power to limit the level of production of minerals

from the Area, other than minerals from polymetallic nodules, under such conditions and applying such methods as may be appropriate by adopting regulations in accordance with article 161, paragraph 8.

10. Upon the recommendation of the Council on the basis of advice from the Economic Planning Commission, the Assembly shall establish a system of compensation or take other measures of economic adjustment assistance including cooperation with specialized agencies and other international organizations to assist developing countries which suffer serious adverse effects on their export earnings or economies resulting from a reduction in the price of an affected mineral or in the volume of exports of that mineral, to the extent that such reduction is caused by activities in the Area. The Authority on request shall initiate studies on the problems of those States which are likely to be most seriously affected with a view to minimizing their difficulties and assisting them in their economic adjustment.

Article 152. Exercise of powers and functions by the Authority

1. The Authority shall avoid discrimination in the exercise of its powers and functions, including the granting of opportunities for activities in the Area.
2. Nevertheless, special consideration for developing States, including particular consideration for the land-locked and geographically disadvantaged among them, specifically provided for in this Part shall be permitted.

Article 153. System of exploration and exploitation

1. Activities in the Area shall be organized, carried out and controlled by the Authority on behalf of mankind as a whole in accordance with this article as well as other relevant provisions of this Part and the relevant Annexes, and the rules, regulations and procedures of the Authority.
2. Activities in the Area shall be carried out as prescribed in paragraph 3:
   (a) by the Enterprise, and
   (b) in association with the Authority by States Parties, or state enterprises or natural or juridical persons which possess the nationality of States Parties or

are effectively controlled by them or their nationals, when sponsored by such States, or any group of the foregoing which meets the requirements provided in this Part and in Annex III.

3. Activities in the Area shall be carried out in accordance with a formal written plan of work drawn up in accordance with Annex III and approved by the Council after review by the Legal and Technical Commission. In the case of activities in the Area carried out as authorized by the Authority by the entities specified in paragraph 2(b), the plan of work shall, in accordance with Annex III, article 3, be in the form of a contract. Such contracts may provide for joint arrangements in accordance with Annex III, article 11.
4. The Authority shall exercise such control over activities in the Area as is necessary for the purpose of securing compliance with the relevant provisions of this Part and the Annexes relating thereto, and the rules, regulations and procedures of the Authority, and the plans of work approved in accordance with paragraph 3. States Parties shall assist the Authority by taking all measures necessary to ensure such compliance in accordance with article 139.
5. The Authority shall have the right to take at any time any measures provided for under this Part to ensure compliance with its provisions and the exercise of the functions of control and regulation assigned to it thereunder or under any contract. The Authority shall have the right to inspect all installations in the Area used in connection with activities in the Area.
6. A contract under paragraph 3 shall provide for security of tenure. Accordingly, the contract shall not be revised, suspended or terminated except in accordance with Annex III, articles 18 and 19.

Article 154. Periodic review

Every five years from the entry into force of this Convention, the Assembly shall undertake a general and systematic review of the manner in which the international regime of the Area established in this Convention has operated in practice. In the light of this review the Assembly may take, or recommend that other organs take, measures in accordance with the provisions and procedures of this Part and the Annexes relating thereto which will lead to the improvement of the operation of the regime.

Article 155. The Review Conference

1. Fifteen years from 1 January of the year in which the earliest commercial production commences under an approved plan of work, the Assembly shall convene a conference for the review of those provisions of this Part and the relevant Annexes which govern the system of exploration and exploitation of the resources of the Area. The Review Conference shall consider in detail, in the light of the experience acquired during that period:
   (a) whether the provisions of this Part which govern the system of exploration and exploitation of the resources of the Area have achieved their aims in all respects, including whether they have benefited mankind as a whole;
   (b) whether, during the 15-year period, reserved areas have been exploited in an effective and balanced manner in comparison with non-reserved areas;
   (c) whether the development and use of the Area and its resources have been undertaken in such a manner as to foster healthy development of the world economy and balanced growth of international trade;
   (d) whether monopolization of activities in the Area has been prevented;
   (e) whether the policies set forth in articles 150 and 151 have been fulfilled; and
   (f) whether the system has resulted in the equitable sharing of benefits derived from activities in the Area, taking into particular consideration the interests and needs of the developing States.
2. The Review Conference shall ensure the maintenance of the principle of the common heritage of mankind, the international regime designed to ensure equitable exploitation of the resources of the Area for the benefit of all countries, especially the developing States, and an Authority to organize, conduct and control activities in the Area. It shall also ensure the maintenance of the principles laid down in this Part with regard to the exclusion of claims or exercise of sovereignty

over any part of the Area, the rights of States and their general conduct in relation to the Area, and their participation in activities in the Area in conformity with this Convention, the prevention of monopolization of activities in the Area, the use of the Area exclusively for peaceful purposes, economic aspects of activities in the Area, marine scientific research, transfer of technology, protection of the marine environment, protection of human life, rights of coastal States, the legal status of the waters superjacent to the Area and that of the air space above those waters and accommodation between activities in the Area and other activities in the marine environment.

3. The decision-making procedure applicable at the Review Conference shall be the same as that applicable at the Third United Nations Conference on the Law of the Sea. The Conference shall make every effort to reach agreement on any amendments by way of consensus and there should be no voting on such matters until all efforts at achieving consensus have been exhausted.
4. If, five years after its commencement, the Review Conference has not reached agreement on the system of exploration and exploitation of the resources of the Area, it may decide during the ensuing 12 months, by a three-fourths majority of the States Parties, to adopt and submit to the States Parties for ratification or accession such amendments changing or modifying the system as it determines necessary and appropriate. Such amendments shall enter into force for all States Parties 12 months after the deposit of instruments of ratification or accession by three fourths of the States Parties.
5. Amendments adopted by the Review Conference pursuant to this article shall not affect rights acquired under existing contracts.

SECTION 4. THE AUTHORITY

SUBSECTION A. GENERAL PROVISIONS

Article 156. Establishment of the Authority

1. There is hereby established the International Seabed Authority, which shall function in accordance with this Part.
2. All States Parties are ipso facto members of the Authority.
3. Observers at the Third United Nations Conference on the Law of the Sea who have signed the Final Act and who are not referred to in article 305, paragraph 1(c), (d), (e) or (f), shall have the right to participate in the Authority as observers, in accordance with its rules, regulations and procedures.
4. The seat of the Authority shall be in Jamaica.
5. The Authority may establish such regional centres or offices as it deems necessary for the exercise of its functions.

Article 157. Nature and fundamental principles of the Authority

1. The Authority is the organization through which States Parties shall, in accordance with this Part, organize and control activities in the Area, particularly with a view to administering the resources of the Area.
2. The powers and functions of the Authority shall be those expressly conferred upon it by this Convention. The Authority shall have such incidental powers, consistent with this Convention, as are implicit in and necessary for the exercise of those powers and functions with respect to activities in the Area.
3. The Authority is based on the principle of the sovereign equality of all its members.
4. All members of the Authority shall fulfil in good faith the obligations assumed by them in accordance with this Part in order to ensure to all of them the rights and benefits resulting from membership.

Article 158. Organs of the Authority

1. There are hereby established, as the principal organs of the Authority, an Assembly, a Council and a Secretariat.
2. There is hereby established the Enterprise, the organ through which the Authority shall carry out the functions referred to in article 170, paragraph 1.
3. Such subsidiary organs as may be found necessary may be established in

accordance with this Part.

4. Each principal organ of the Authority and the Enterprise shall be responsible for exercising those powers and functions which are conferred upon it. In exercising such powers and functions each organ shall avoid taking any action which may derogate from or impede the exercise of specific powers and functions conferred upon another organ.

SUBSECTION B. THE ASSEMBLY

Article 159. Composition, procedure and voting

1. The Assembly shall consist of all the members of the Authority. Each member shall have one representative in the Assembly, who may be accompanied by alternates and advisers.
2. The Assembly shall meet in regular annual sessions and in such special sessions as may be decided by the Assembly, or convened by the Secretary-General at the request of the Council or of a majority of the members of the Authority.
3. Sessions shall take place at the seat of the Authority unless otherwise decided by the Assembly.
4. The Assembly shall adopt its rules of procedure. At the beginning of each regular session, it shall elect its President and such other officers as may be required. They shall hold office until a new President and other officers are elected at the next regular session.
5. A majority of the members of the Assembly shall constitute a quorum.
6. Each member of the Assembly shall have one vote.
7. Decisions on questions of procedure, including decisions to convene special sessions of the Assembly, shall be taken by a majority of the members present and voting.
8. Decisions on questions of substance shall be taken by a two-thirds majority of the members present and voting, provided that such majority includes a majority of the members participating in the session. When the issue arises as to whether

a question is one of substance or not, that question shall be treated as one of substance unless otherwise decided by the Assembly by the majority required for decisions on questions of substance.

9. When a question of substance comes up for voting for the first time, the President may, and shall, if requested by at least one fifth of the members of the Assembly, defer the issue of taking a vote on that question for a period not exceeding five calendar days. This rule may be applied only once to any question, and shall not be applied so as to defer the question beyond the end of the session.

10. Upon a written request addressed to the President and sponsored by at least one fourth of the members of the Authority for an advisory opinion on the conformity with this Convention of a proposal before the Assembly on any matter, the Assembly shall request the Seabed Disputes Chamber of the International Tribunal for the Law of the Sea to give an advisory opinion thereon and shall defer voting on that proposal pending receipt of the advisory opinion by the Chamber. If the advisory opinion is not received before the final week of the session in which it is requested, the Assembly shall decide when it will meet to vote upon the deferred proposal.

Article 160. Powers and functions

1. The Assembly, as the sole organ of the Authority consisting of all the members, shall be considered the supreme organ of the Authority to which the other principal organs shall be accountable as specifically provided for in this Convention. The Assembly shall have the power to establish general policies in conformity with the relevant provisions of this Convention on any question or matter within the competence of the Authority.

2. In addition, the powers and functions of the Assembly shall be:

(a) to elect the members of the Council in accordance with article 161;

(b) to elect the Secretary-General from among the candidates proposed by the Council;

(c) to elect, upon the recommendation of the Council, the members of the Governing Board of the Enterprise and the Director-General of the Enterprise;

(d) to establish such subsidiary organs as it finds necessary for the exercise of its functions in accordance with this Part. In the composition of these subsidiary organs due account shall be taken of the principle of equitable geographical distribution and of special interests and the need for members qualified and competent in the relevant technical questions dealt with by such organs;

(e) to assess the contributions of members to the administrative budget of the Authority in accordance with an agreed scale of assessment based upon the scale used for the regular budget of the United Nations until the Authority shall have sufficient income from other sources to meet its administrative expenses;

(f) (i) to consider and approve, upon the recommendation of the Council, the rules, regulations and procedures on the equitable sharing of financial and other economic benefits derived from activities in the Area and the payments and contributions made pursuant to article 82, taking into particular consideration the interests and needs of developing States and peoples who have not attained full independence or other self-governing status. If the Assembly does not approve the recommendations of the Council, the Assembly shall return them to the Council for reconsideration in the light of the views expressed by the Assembly;

(ii) to consider and approve the rules, regulations and procedures of the Authority, and any amendments thereto, provisionally adopted by the Council pursuant to article 162, paragraph 2 (o)(ii). These rules, regulations and procedures shall relate to prospecting, exploration and exploitation in the Area, the financial management and internal administration of the Authority, and, upon the recommendation of the Governing Board of the Enterprise, to the transfer of funds from the Enterprise to the Authority;

(g) to decide upon the equitable sharing of financial and other economic benefits derived from activities in the Area, consistent with this Convention and the rules, regulations and procedures of the Authority;

(h) to consider and approve the proposed annual budget of the Authority submitted by the Council;

(i) to examine periodic reports from the Council and from the Enterprise and special reports requested from the Council or any other organ of the Authority;

(j) to initiate studies and make recommendations for the purpose of promoting international cooperation concerning activities in the Area and encouraging the progressive development of international law relating thereto and its codification;

(k) to consider problems of a general nature in connection with activities in the Area arising in particular for developing States, as well as those problems for States in connection with activities in the Area that are due to their geographical location, particularly for land-locked and geographically disadvantaged States;

(l) to establish, upon the recommendation of the Council, on the basis of advice from the Economic Planning Commission, a system of compensation or other measures of economic adjustment assistance as provided in article 151, paragraph 10;

(m) to suspend the exercise of rights and privileges of membership pursuant to article 185;

(n) to discuss any question or matter within the competence of the Authority and to decide as to which organ of the Authority shall deal with any such question or matter not specifically entrusted to a particular organ, consistent with the distribution of powers and functions among the organs of the Authority.

SUBSECTION C. THE COUNCIL

Article 161. Composition, procedure and voting

1. The Council shall consist of 36 members of the Authority elected by the Assembly in the following order:

(a) four members from among those States Parties which, during the last five years for which statistics are available, have either consumed more than 2 per cent of total world consumption or have had net imports of more than 2 per cent of total world imports of the commodities produced from the categories of minerals to be derived from the Area, and in any case one State from the

Eastern European (Socialist) region, as well as the largest consumer;

(b) four members from among the eight States Parties which have the largest investments in preparation for and in the conduct of activities in the Area, either directly or through their nationals, including at least one State from the Eastern European (Socialist) region;

(c) four members from among States Parties which on the basis of production in areas under their jurisdiction are major net exporters of the categories of minerals to be derived from the Area, including at least two developing States whose exports of such minerals have a substantial bearing upon their economies;

(d) six members from among developing States Parties, representing special interests. The special interests to be represented shall include those of States with large populations, States which are land-locked or geographically disadvantaged, States which are major importers of the categories of minerals to be derived from the Area, States which are potential producers of such minerals, and least developed States;

(e) eighteen members elected according to the principle of ensuring an equitable geographical distribution of seats in the Council as a whole, provided that each geographical region shall have at least one member elected under this subparagraph. For this purpose, the geographical regions shall be Africa, Asia, Eastern European (Socialist), Latin America and Western European and Others.

2. In electing the members of the Council in accordance with paragraph 1, the Assembly shall ensure that:

(a) land-locked and geographically disadvantaged States are represented to a degree which is reasonably proportionate to their representation in the Assembly;

(b) coastal States, especially developing States, which do not qualify under paragraph 1(a), (b), (c) or (d) are represented to a degree which is reasonably proportionate to their representation in the Assembly;

(c) each group of States Parties to be represented on the Council is represented by those members, if any, which are nominated by that group.

3. Elections shall take place at regular sessions of the Assembly. Each member of

the Council shall be elected for four years. At the first election, however, the term of one half of the members of each group referred to in paragraph 1 shall be two years.

4. Members of the Council shall be eligible for re-election, but due regard should be paid to the desirability of rotation of membership.
5. The Council shall function at the seat of the Authority, and shall meet as often as the business of the Authority may require, but not less than three times a year.
6. A majority of the members of the Council shall constitute a quorum.
7. Each member of the Council shall have one vote.
8. (a) Decisions on questions of procedure shall be taken by a majority of the members present and voting.
   (b) Decisions on questions of substance arising under the following provisions shall be taken by a two-thirds majority of the members present and voting, provided that such majority includes a majority of the members of the Council: article 162, paragraph 2, subparagraphs (f); (g); (h); (i); (n); (p); (v); article 191.
   (c) Decisions on questions of substance arising under the following provisions shall be taken by a three-fourths majority of the members present and voting, provided that such majority includes a majority of the members of the Council: article 162, paragraph 1; article 162, paragraph 2, subparagraphs (a); (b); (c); (d); (e); (l); (q); (r); (s); (t); (u) in cases of non-compliance by a contractor or a sponsor; (w) provided that orders issued thereunder may be binding for not more than 30 days unless confirmed by a decision taken in accordance with subparagraph (d); article 162, paragraph 2, subparagraphs (x); (y); (z); article 163, paragraph 2; article 174, paragraph 3; Annex IV, article 11.
   (d) Decisions on questions of substance arising under the following provisions shall be taken by consensus: article 162, paragraph 2(m) and (o); adoption of amendments to Part XI.
   (e) For the purposes of subparagraphs (d), (f) and (g), "consensus" means the absence of any formal objection. Within 14 days of the submission of a proposal to the Council, the President of the Council shall determine whether

there would be a formal objection to the adoption of the proposal. If the President determines that there would be such an objection, the President shall establish and convene, within three days following such determination, a conciliation committee consisting of not more than nine members of the Council, with the President as chairman, for the purpose of reconciling the differences and producing a proposal which can be adopted by consensus. The committee shall work expeditiously and report to the Council within 14 days following its establishment. If the committee is unable to recommend a proposal which can be adopted by consensus, it shall set out in its report the grounds on which the proposal is being opposed.

(f) Decisions on questions not listed above which the Council is authorized to take by the rules, regulations and procedures of the Authority or otherwise shall be taken pursuant to the subparagraphs of this paragraph specified in the rules, regulations and procedures or, if not specified therein, then pursuant to the subparagraph determined by the Council if possible in advance, by consensus.

(g) When the issue arises as to whether a question is within subparagraph (a), (b), (c) or (d), the question shall be treated as being within the subparagraph requiring the higher or highest majority or consensus as the case may be, unless otherwise decided by the Council by the said majority or by consensus.

9. The Council shall establish a procedure whereby a member of the Authority not represented on the Council may send a representative to attend a meeting of the Council when a request is made by such member, or a matter particularly affecting it is under consideration. Such a representative shall be entitled to participate in the deliberations but not to vote.

Article 162. Powers and functions

1. The Council is the executive organ of the Authority. The Council shall have the power to establish, in conformity with this Convention and the general policies established by the Assembly, the specific policies to be pursued by the

Authority on any question or matter within the competence of the Authority.

2. In addition, the Council shall:

(a) supervise and coordinate the implementation of the provisions of this Part on all questions and matters within the competence of the Authority and invite the attention of the Assembly to cases of non-compliance;

(b) propose to the Assembly a list of candidates for the election of the Secretary-General;

(c) recommend to the Assembly candidates for the election of the members of the Governing Board of the Enterprise and the Director-General of the Enterprise;

(d) establish, as appropriate, and with due regard to economy and efficiency, such subsidiary organs as it finds necessary for the exercise of its functions in accordance with this Part. In the composition of subsidiary organs, emphasis shall be placed on the need for members qualified and competent in relevant technical matters dealt with by those organs provided that due account shall be taken of the principle of equitable geographical distribution and of special interests;

(e) adopt its rules of procedure including the method of selecting its president;

(f) enter into agreements with the United Nations or other international organizations on behalf of the Authority and within its competence, subject to approval by the Assembly;

(g) consider the reports of the Enterprise and transmit them to the Assembly with its recommendations;

(h) present to the Assembly annual reports and such special reports as the Assembly may request;

(i) issue directives to the Enterprise in accordance with article 170;

(j) approve plans of work in accordance with Annex III, article 6. The Council shall act upon each plan of work within 60 days of its submission by the Legal and Technical Commission at a session of the Council in accordance with the following procedures:

(i) if the Commission recommends the approval of a plan of work, it shall be deemed to have been approved by the Council if no member of the Council submits in writing to the President within 14 days a specific objection alleging non-compliance with the requirements of Annex III, article 6. If there is an objection, the conciliation procedure set forth in article 161, paragraph 8(e), shall apply. If, at the end of the conciliation procedure, the objection is still maintained, the plan of work shall be deemed to have been approved by the Council unless the Council disapproves it by consensus among its members excluding any State or States making the application or sponsoring the applicant;

(ii) if the Commission recommends the disapproval of a plan of work or does not make a recommendation, the Council may approve the plan of work by a three-fourths majority of the members present and voting, provided that such majority includes a majority of the members participating in the session;

(k) approve plans of work submitted by the Enterprise in accordance with Annex IV, article 12, applying, mutatis mutandis, the procedures set forth in subparagraph (j);

(l) exercise control over activities in the Area in accordance with article 153, paragraph 4, and the rules, regulations and procedures of the Authority;

(m) take, upon the recommendation of the Economic Planning Commission, necessary and appropriate measures in accordance with article 150, subparagraph (h), to provide protection from the adverse economic effects specified therein;

(n) make recommendations to the Assembly, on the basis of advice from the Economic Planning Commission, for a system of compensation or other measures of economic adjustment assistance as provided in article 151, paragraph 10;

(o) (i) recommend to the Assembly rules, regulations and procedures on the equitable sharing of financial and other economic benefits derived from activities in the Area and the payments and contributions made pursuant to article 82, taking into particular consideration the interests and needs of the developing States and peoples who have not attained full independence or other self-governing status;

(ii) adopt and apply provisionally, pending approval by the Assembly, the rules, regulations and procedures of the Authority, and any amendments thereto, taking into account the recommendations of the Legal and Technical Commission or other subordinate organ concerned. These rules, regulations and procedures shall relate to prospecting, exploration and exploitation in the Area and the financial management and internal administration of the Authority. Priority shall be given to the adoption of rules, regulations and procedures for the exploration for and exploitation of polymetallic nodules. Rules, regulations and procedures for the exploration for and exploitation of any resource other than polymetallic nodules shall be adopted within three years from the date of a request to the Authority by any of its members to adopt such rules, regulations and procedures in respect of such resource. All rules, regulations and procedures shall remain in effect on a provisional basis until approved by the Assembly or until amended by the Council in the light of any views expressed by the Assembly;

(p) review the collection of all payments to be made by or to the Authority in connection with operations pursuant to this Part;

(q) make the selection from among applicants for production authorizations pursuant to Annex III, article 7, where such selection is required by that provision;

(r) submit the proposed annual budget of the Authority to the Assembly for its approval;

(s) make recommendations to the Assembly concerning policies on any question or matter within the competence of the Authority;

(t) make recommendations to the Assembly concerning suspension of the exercise of the rights and privileges of membership pursuant to article 185;

(u) institute proceedings on behalf of the Authority before the Seabed Disputes Chamber in cases of non-compliance;

(v) notify the Assembly upon a decision by the Seabed Disputes Chamber in proceedings instituted under subparagraph (u), and make any recommendations which it may find appropriate with respect to measures to be taken;

(w) issue emergency orders, which may include orders for the suspension or adjustment of operations, to prevent serious harm to the marine environment arising out of activities in the Area;

(x) disapprove areas for exploitation by contractors or the Enterprise in cases where substantial evidence indicates the risk of serious harm to the marine environment;

(y) establish a subsidiary organ for the elaboration of draft financial rules, regulations and procedures relating to:

(i) financial management in accordance with articles 171 to 175; and

(ii) financial arrangements in accordance with Annex III, article 13 and article 17, paragraph 1(c);

(z) establish appropriate mechanisms for directing and supervising a staff of inspectors who shall inspect activities in the Area to determine whether this Part, the rules, regulations and procedures of the Authority, and the terms and conditions of any contract with the Authority are being complied with.

Article 163. Organs of the Council

1. There are hereby established the following organs of the Council:

(a) an Economic Planning Commission;

(b) a Legal and Technical Commission.

2. Each Commission shall be composed of 15 members, elected by the Council from among the candidates nominated by the States Parties. However, if necessary, the Council may decide to increase the size of either Commission having due regard to economy and efficiency.

3. Members of a Commission shall have appropriate qualifications in the area of competence of that Commission. States Parties shall nominate candidates of the highest standards of competence and integrity with qualifications in relevant fields so as to ensure the effective exercise of the functions of the Commissions.

4. In the election of members of the Commissions, due account shall be taken of the need for equitable geographical distribution and the representation of special interests.

5. No State Party may nominate more than one candidate for the same Commission.

No person shall be elected to serve on more than one Commission.

6. Members of the Commissions shall hold office for a term of five years. They shall be eligible for re-election for a further term.
7. In the event of the death, incapacity or resignation of a member of a Commission prior to the expiration of the term of office, the Council shall elect for the remainder of the term, a member from the same geographical region or area of interest.
8. Members of Commissions shall have no financial interest in any activity relating to exploration and exploitation in the Area. Subject to their responsibilities to the Commissions upon which they serve, they shall not disclose, even after the termination of their functions, any industrial secret, proprietary data which are transferred to the Authority in accordance with Annex III, article 14, or any other confidential information coming to their knowledge by reason of their duties for the Authority.
9. Each Commission shall exercise its functions in accordance with such guidelines and directives as the Council may adopt.
10. Each Commission shall formulate and submit to the Council for approval such rules and regulations as may be necessary for the efficient conduct of the Commission's functions.
11. The decision-making procedures of the Commissions shall be established by the rules, regulations and procedures of the Authority. Recommendations to the Council shall, where necessary, be accompanied by a summary on the divergencies of opinion in the Commission.
12. Each Commission shall normally function at the seat of the Authority and shall meet as often as is required for the efficient exercise of its functions.
13. In the exercise of its functions, each Commission may, where appropriate, consult another commission, any competent organ of the United Nations or of its specialized agencies or any international organizations with competence in the subject-matter of such consultation.

Article 164. The Economic Planning Commission

1. Members of the Economic Planning Commission shall have appropriate qualifications such as those relevant to mining, management of mineral resource activities, international trade or international economics. The Council shall endeavour to ensure that the membership of the Commission reflects all appropriate qualifications. The Commission shall include at least two members from developing States whose exports of the categories of minerals to be derived from the Area have a substantial bearing upon their economies.
2. The Commission shall:
 (a) propose, upon the request of the Council, measures to implement decisions relating to activities in the Area taken in accordance with this Convention;
 (b) review the trends of and the factors affecting supply, demand and prices of minerals which may be derived from the Area, bearing in mind the interests of both importing and exporting countries, and in particular of the developing States among them;
 (c) examine any situation likely to lead to the adverse effects referred to in article 150, subparagraph (h), brought to its attention by the State Party or States Parties concerned, and make appropriate recommendations to the Council;
 (d) propose to the Council for submission to the Assembly, as provided in article 151, paragraph 10, a system of compensation or other measures of economic adjustment assistance for developing States which suffer adverse effects caused by activities in the Area. The Commission shall make the recommendations to the Council that are necessary for the application of the system or other measures adopted by the Assembly in specific cases.

Article 165. The Legal and Technical Commission

1. Members of the Legal and Technical Commission shall have appropriate qualifications such as those relevant to exploration for and exploitation and processing of mineral resources, oceanology, protection of the marine environment, or economic or legal matters relating to ocean mining and related fields of

expertise. The Council shall endeavour to ensure that the membership of the Commission reflects all appropriate qualifications.

2. The Commission shall:

(a) make recommendations with regard to the exercise of the Authority's functions upon the request of the Council;

(b) review formal written plans of work for activities in the Area in accordance with article 153, paragraph 3, and submit appropriate recommendations to the Council. The Commission shall base its recommendations solely on the grounds stated in Annex III and shall report fully thereon to the Council;

(c) supervise, upon the request of the Council, activities in the Area, where appropriate, in consultation and collaboration with any entity carrying out such activities or State or States concerned and report to the Council;

(d) prepare assessments of the environmental implications of activities in the Area;

(e) make recommendations to the Council on the protection of the marine environment, taking into account the views of recognized experts in that field;

(f) formulate and submit to the Council the rules, regulations and procedures referred to in article 162, paragraph 2(o), taking into account all relevant factors including assessments of the environmental implications of activities in the Area;

(g) keep such rules, regulations and procedures under review and recommend to the Council from time to time such amendments thereto as it may deem necessary or desirable;

(h) make recommendations to the Council regarding the establishment of a monitoring programme to observe, measure, evaluate and analyse, by recognized scientific methods, on a regular basis, the risks or effects of pollution of the marine environment resulting from activities in the Area, ensure that existing regulations are adequate and are complied with and coordinate the implementation of the monitoring programme approved by the Council;

(i) recommend to the Council that proceedings be instituted on behalf of the Authority before the Seabed Disputes Chamber, in accordance with this Part and the relevant Annexes taking into account particularly article 187;

(j) make recommendations to the Council with respect to measures to be taken, upon a decision by the Seabed Disputes Chamber in proceedings instituted in accordance with subparagraph (i);

(k) make recommendations to the Council to issue emergency orders, which may include orders for the suspension or adjustment of operations, to prevent serious harm to the marine environment arising out of activities in the Area. Such recommendations shall be taken up by the Council on a priority basis;

(l) make recommendations to the Council to disapprove areas for exploitation by contractors or the Enterprise in cases where substantial evidence indicates the risk of serious harm to the marine environment;

(m) make recommendations to the Council regarding the direction and supervision of a staff of inspectors who shall inspect activities in the Area to determine whether the provisions of this Part, the rules, regulations and procedures of the Authority, and the terms and conditions of any contract with the Authority are being complied with;

(n) calculate the production ceiling and issue production authorizations on behalf of the Authority pursuant to article 151, paragraphs 2 to 7, following any necessary selection among applicants for production authorizations by the Council in accordance with Annex III, article 7.

3. The members of the Commission shall, upon request by any State Party or other party concerned, be accompanied by a representative of such State or other party concerned when carrying out their function of supervision and inspection.

SUBSECTION D. THE SECRETARIAT

Article 166. The Secretariat

1. The Secretariat of the Authority shall comprise a Secretary-General and such staff as the Authority may require.

2. The Secretary-General shall be elected for four years by the Assembly from

among the candidates proposed by the Council and may be re-elected.

3. The Secretary-General shall be the chief administrative officer of the Authority, and shall act in that capacity in all meetings of the Assembly, of the Council and of any subsidiary organ, and shall perform such other administrative functions as are entrusted to the Secretary-General by these organs.
4. The Secretary-General shall make an annual report to the Assembly on the work of the Authority.

Article 167. The staff of the Authority

1. The staff of the Authority shall consist of such qualified scientific and technical and other personnel as may be required to fulfil the administrative functions of the Authority.
2. The paramount consideration in the recruitment and employment of the staff and in the determination of their conditions of service shall be the necessity of securing the highest standards of efficiency, competence and integrity. Subject to this consideration, due regard shall be paid to the importance of recruiting the staff on as wide a geographical basis as possible.
3. The staff shall be appointed by the Secretary-General. The terms and conditions on which they shall be appointed, remunerated and dismissed shall be in accordance with the rules, regulations and procedures of the Authority.

Article 168. International character of the Secretariat

1. In the performance of their duties the Secretary-General and the staff shall not seek or receive instructions from any government or from any other source external to the Authority. They shall refrain from any action which might reflect on their position as international officials responsible only to the Authority. Each State Party undertakes to respect the exclusively international character of the responsibilities of the Secretary-General and the staff and not to seek to influence them in the discharge of their responsibilities. Any violation of responsibilities by a staff member shall be submitted to the appropriate administrative tribunal

as provided in the rules, regulations and procedures of the Authority.

2. The Secretary-General and the staff shall have no financial interest in any activity relating to exploration and exploitation in the Area. Subject to their responsibilities to the Authority, they shall not disclose, even after the termination of their functions, any industrial secret, proprietary data which are transferred to the Authority in accordance with Annex III, article 14, or any other confidential information coming to their knowledge by reason of their employment with the Authority.
3. Violations of the obligations of a staff member of the Authority set forth in paragraph 2 shall, on the request of a State Party affected by such violation, or a natural or juridical person, sponsored by a State Party as provided in article 153, paragraph 2(b), and affected by such violation, be submitted by the Authority against the staff member concerned to a tribunal designated by the rules, regulations and procedures of the Authority. The Party affected shall have the right to take part in the proceedings. If the tribunal so recommends, the Secretary-General shall dismiss the staff member concerned.
4. The rules, regulations and procedures of the Authority shall contain such provisions as are necessary to implement this article.

Article 169. Consultation and cooperation with international and non-governmental organizations

1. The Secretary-General shall, on matters within the competence of the Authority, make suitable arrangements, with the approval of the Council, for consultation and cooperation with international and non-governmental organizations recognized by the Economic and Social Council of the United Nations.
2. Any organization with which the Secretary-General has entered into an arrangement under paragraph 1 may designate representatives to attend meetings of the organs of the Authority as observers in accordance with the rules of procedure of these organs. Procedures shall be established for obtaining the views of such organizations in appropriate cases.

3. The Secretary-General may distribute to States Parties written reports submitted by the non-governmental organizations referred to in paragraph 1 on subjects in which they have special competence and which are related to the work of the Authority.

SUBSECTION E. THE ENTERPRISE

Article 170. The Enterprise

1. The Enterprise shall be the organ of the Authority which shall carry out activities in the Area directly, pursuant to article 153, paragraph 2(a), as well as the transporting, processing and marketing of minerals recovered from the Area.
2. The Enterprise shall, within the framework of the international legal personality of the Authority, have such legal capacity as is provided for in the Statute set forth in Annex IV. The Enterprise shall act in accordance with this Convention and the rules, regulations and procedures of the Authority, as well as the general policies established by the Assembly, and shall be subject to the directives and control of the Council.
3. The Enterprise shall have its principal place of business at the seat of the Authority.
4. The Enterprise shall, in accordance with article 173, paragraph 2, and Annex IV, article 11, be provided with such funds as it may require to carry out its functions, and shall receive technology as provided in article 144 and other relevant provisions of this Convention.

SUBSECTION F. FINANCIAL ARRANGEMENTS OF THE AUTHORITY

Article 171. Funds of the Authority

The funds of the Authority shall include:

(a) assessed contributions made by members of the Authority in accordance with article 160, paragraph 2(e);

(b) funds received by the Authority pursuant to Annex III, article 13, in connection with activities in the Area;
(c) funds transferred from the Enterprise in accordance with Annex IV, article 10;
(d) funds borrowed pursuant to article 174;
(e) voluntary contributions made by members or other entities; and
(f) payments to a compensation fund, in accordance with article 151, paragraph 10, whose sources are to be recommended by the Economic Planning Commission.

Article 172. Annual budget of the Authority
The Secretary-General shall draft the proposed annual budget of the Authority and submit it to the Council. The Council shall consider the proposed annual budget and submit it to the Assembly, together with any recommendations thereon. The Assembly shall consider and approve the proposed annual budget in accordance with article 160, paragraph 2(h).

Article 173. Expenses of the Authority
1. The contributions referred to in article 171, subparagraph (a), shall be paid into a special account to meet the administrative expenses of the Authority until the Authority has sufficient funds from other sources to meet those expenses.
2. The administrative expenses of the Authority shall be a first call upon the funds of the Authority. Except for the assessed contributions referred to in article 171, subparagraph (a), the funds which remain after payment of administrative expenses may, inter alia:
(a) be shared in accordance with article 140 and article 160, paragraph 2(g);
(b) be used to provide the Enterprise with funds in accordance with article 170, paragraph 4;
(c) be used to compensate developing States in accordance with article 151, paragraph 10, and article 160, paragraph 2(l).

Article 174. Borrowing power of the Authority

1. The Authority shall have the power to borrow funds.
2. The Assembly shall prescribe the limits on the borrowing power of the Authority in the financial regulations adopted pursuant to article 160, paragraph 2(f).
3. The Council shall exercise the borrowing power of the Authority.
4. States Parties shall not be liable for the debts of the Authority.

Article 175. Annual audit

The records, books and accounts of the Authority, including its annual financial statements, shall be audited annually by an independent auditor appointed by the Assembly.

SUBSECTION G. LEGAL STATUS, PRIVILEGES AND IMMUNITIES

Article 176. Legal status

The Authority shall have international legal personality and such legal capacity as may be necessary for the exercise of its functions and the fulfilment of its purposes.

Article 177. Privileges and immunities

To enable the Authority to exercise its functions, it shall enjoy in the territory of each State Party the privileges and immunities set forth in this subsection. The privileges and immunities relating to the Enterprise shall be those set forth in Annex IV, article 13.

Article 178. Immunity from legal process

The Authority, its property and assets, shall enjoy immunity from legal process except to the extent that the Authority expressly waives this immunity in a particular case.

Article 179. Immunity from search and any form of seizure
The property and assets of the Authority, wherever located and by whomsoever held, shall be immune from search, requisition, confiscation, expropriation or any other form of seizure by executive or legislative action.

Article 180. Exemption from restrictions, regulations, controls and moratoria
The property and assets of the Authority shall be exempt from restrictions, regulations, controls and moratoria of any nature.

Article 181. Archives and official communications of the Authority
1. The archives of the Authority, wherever located, shall be inviolable.
2. Proprietary data, industrial secrets or similar information and personnel records shall not be placed in archives which are open to public inspection.
3. With regard to its official communications, the Authority shall be accorded by each State Party treatment no less favourable than that accorded by that State to other international organizations.

Article 182. Privileges and immunities of certain persons connected with the Authority
Representatives of States Parties attending meetings of the Assembly, the Council or organs of the Assembly or the Council, and the Secretary-General and staff of the Authority, shall enjoy in the territory of each State Party:
(a) immunity from legal process with respect to acts performed by them in the exercise of their functions, except to the extent that the State which they represent or the Authority, as appropriate, expressly waives this immunity in a particular case;
(b) if they are not nationals of that State Party, the same exemptions from immigration restrictions, alien registration requirements and national service obligations, the same facilities as regards exchange restrictions and the same treatment in respect of travelling facilities as are accorded by that State to the representatives, officials and employees of comparable rank of other States Parties.

Article 183. Exemption from taxes and customs duties

1. Within the scope of its official activities, the Authority, its assets and property, its income, and its operations and transactions, authorized by this Convention, shall be exempt from all direct taxation and goods imported or exported for its official use shall be exempt from all customs duties. The Authority shall not claim exemption from taxes which are no more than charges for services rendered.
2. When purchases of goods or services of substantial value necessary for the official activities of the Authority are made by or on behalf of the Authority, and when the price of such goods or services includes taxes or duties, appropriate measures shall, to the extent practicable, be taken by States Parties to grant exemption from such taxes or duties or provide for their reimbursement. Goods imported or purchased under an exemption provided for in this article shall not be sold or otherwise disposed of in the territory of the State Party which granted the exemption, except under conditions agreed with that State Party.
3. No tax shall be levied by States Parties on or in respect of salaries and emoluments paid or any other form of payment made by the Authority to the Secretary-General and staff of the Authority, as well as experts performing missions for the Authority, who are not their nationals.

SUBSECTION H. SUSPENSION OF THE EXERCISE OF RIGHTS AND PRIVILEGES OF MEMBERS

Article 184. Suspension of the exercise of voting rights

A State Party which is in arrears in the payment of its financial contributions to the Authority shall have no vote if the amount of its arrears equals or exceeds the amount of the contributions due from it for the preceding two full years. The Assembly may, nevertheless, permit such a member to vote if it is satisfied that the failure to pay is due to conditions beyond the control of the member.

Article 185. Suspension of exercise of rights and privileges of membership

1. A State Party which has grossly and persistently violated the provisions of this Part may be suspended from the exercise of the rights and privileges of membership by the Assembly upon the recommendation of the Council.
2. No action may be taken under paragraph 1 until the Seabed Disputes Chamber has found that a State Party has grossly and persistently violated the provisions of this Part.

SECTION 5. SETTLEMENT OF DISPUTES AND ADVISORY OPINIONS

Article 186. Seabed Disputes Chamber of the International Tribunal for the Law of the Sea

The establishment of the Seabed Disputes Chamber and the manner in which it shall exercise its jurisdiction shall be governed by the provisions of this section, of Part XV and of Annex VI.

Article 187. Jurisdiction of the Seabed Disputes Chamber

The Seabed Disputes Chamber shall have jurisdiction under this Part and the Annexes relating thereto in disputes with respect to activities in the Area falling within the following categories:

(a) disputes between States Parties concerning the interpretation or application of this Part and the Annexes relating thereto;

(b) disputes between a State Party and the Authority concerning:

(i) acts or omissions of the Authority or of a State Party alleged to be in violation of this Part or the Annexes relating thereto or of rules, regulations and procedures of the Authority adopted in accordance therewith; or

(ii) acts of the Authority alleged to be in excess of jurisdiction or a misuse of power;

(c) disputes between parties to a contract, being States Parties, the Authority or the Enterprise, state enterprises and natural or juridical persons referred to in article 153, paragraph 2(b), concerning:

(i) the interpretation or application of a relevant contract or a plan of work; or

(ii) acts or omissions of a party to the contract relating to activities in the Area and directed to the other party or directly affecting its legitimate interests;

(d) disputes between the Authority and a prospective contractor who has been sponsored by a State as provided in article 153, paragraph 2(b), and has duly fulfilled the conditions referred to in Annex III, article 4, paragraph 6, and article 13, paragraph 2, concerning the refusal of a contract or a legal issue arising in the negotiation of the contract;

(e) disputes between the Authority and a State Party, a state enterprise or a natural or juridical person sponsored by a State Party as provided for in article 153, paragraph 2(b), where it is alleged that the Authority has incurred liability as provided in Annex III, article 22;

(f) any other disputes for which the jurisdiction of the Chamber is specifically provided in this Convention.

Article 188. Submission of disputes to a special chamber of the International Tribunal for the Law of the Sea or an ad hoc chamber of the Seabed Disputes Chamber or to binding commercial arbitration

1. Disputes between States Parties referred to in article 187, subparagraph (a), may be submitted:

(a) at the request of the parties to the dispute, to a special chamber of the International Tribunal for the Law of the Sea to be formed in accordance with Annex VI, articles 15 and 17; or

(b) at the request of any party to the dispute, to an ad hoc chamber of the Seabed Disputes Chamber to be formed in accordance with Annex VI, article 36.

2. (a) Disputes concerning the interpretation or application of a contract referred to in article 187, subparagraph (c)(i), shall be submitted, at the request of any party to the dispute, to binding commercial arbitration, unless the parties otherwise agree. A commercial arbitral tribunal to which the dispute is submitted shall have

no jurisdiction to decide any question of interpretation of this Convention. When the dispute also involves a question of the interpretation of Part XI and the Annexes relating thereto, with respect to activities in the Area, that question shall be referred to the Seabed Disputes Chamber for a ruling.

(b) If, at the commencement of or in the course of such arbitration, the arbitral tribunal determines, either at the request of any party to the dispute or proprio motu, that its decision depends upon a ruling of the Seabed Disputes Chamber, the arbitral tribunal shall refer such question to the Seabed Disputes Chamber for such ruling. The arbitral tribunal shall then proceed to render its award in conformity with the ruling of the Seabed Disputes Chamber.

(c) In the absence of a provision in the contract on the arbitration procedure to be applied in the dispute, the arbitration shall be conducted in accordance with the UNCITRAL Arbitration Rules or such other arbitration rules as may be prescribed in the rules, regulations and procedures of the Authority, unless the parties to the dispute otherwise agree.

Article 189. Limitation on jurisdiction with regard to decisions of the Authority

The Seabed Disputes Chamber shall have no jurisdiction with regard to the exercise by the Authority of its discretionary powers in accordance with this Part; in no case shall it substitute its discretion for that of the Authority. Without prejudice to article 191, in exercising its jurisdiction pursuant to article 187, the Seabed Disputes Chamber shall not pronounce itself on the question of whether any rules, regulations and procedures of the Authority are in conformity with this Convention, nor declare invalid any such rules, regulations and procedures. Its jurisdiction in this regard shall be confined to deciding claims that the application of any rules, regulations and procedures of the Authority in individual cases would be in conflict with the contractual obligations of the parties to the dispute or their obligations under this Convention, claims concerning excess of jurisdiction or misuse of power, and to claims for damages to be paid or other remedy to be given to the party concerned for the failure of the other party to comply with its contractual obligations or its obligations under this Convention.

Article 190. Participation and appearance of sponsoring States Parties in proceedings

1. If a natural or juridical person is a party to a dispute referred to in article 187, the sponsoring State shall be given notice thereof and shall have the right to participate in the proceedings by submitting written or oral statements.
2. If an action is brought against a State Party by a natural or juridical person sponsored by another State Party in a dispute referred to in article 187, subparagraph (c), the respondent State may request the State sponsoring that person to appear in the proceedings on behalf of that person. Failing such appearance, the respondent State may arrange to be represented by a juridical person of its nationality.

Article 191. Advisory opinions

The Seabed Disputes Chamber shall give advisory opinions at the request of the Assembly or the Council on legal questions arising within the scope of their activities. Such opinions shall be given as a matter of urgency.

PART XII. PROTECTION AND PRESERVATION OF THE MARINE ENVIRONMENT

SECTION 1. GENERAL PROVISIONS

Article 192. General obligation

States have the obligation to protect and preserve the marine environment.

Article 193. Sovereign right of States to exploit their natural resources

States have the sovereign right to exploit their natural resources pursuant to their environmental policies and in accordance with their duty to protect and preserve the marine environment.

Article 194. Measures to prevent, reduce and control pollution of the marine environment

1. States shall take, individually or jointly as appropriate, all measures consistent with this Convention that are necessary to prevent, reduce and control pollution of the marine environment from any source, using for this purpose the best practicable means at their disposal and in accordance with their capabilities, and they shall endeavour to harmonize their policies in this connection.
2. States shall take all measures necessary to ensure that activities under their jurisdiction or control are so conducted as not to cause damage by pollution to other States and their environment, and that pollution arising from incidents or activities under their jurisdiction or control does not spread beyond the areas where they exercise sovereign rights in accordance with this Convention.
3. The measures taken pursuant to this Part shall deal with all sources of pollution of the marine environment. These measures shall include, inter alia, those designed to minimize to the fullest possible extent:
   (a) the release of toxic, harmful or noxious substances, especially those which are persistent, from land-based sources, from or through the atmosphere or by dumping;
   (b) pollution from vessels, in particular measures for preventing accidents and dealing with emergencies, ensuring the safety of operations at sea, preventing intentional and unintentional discharges, and regulating the design, construction, equipment, operation and manning of vessels;
   (c) pollution from installations and devices used in exploration or exploitation of the natural resources of the seabed and subsoil, in particular measures for preventing accidents and dealing with emergencies, ensuring the safety of operations at sea, and regulating the design, construction, equipment, operation and manning of such installations or devices;
   (d) pollution from other installations and devices operating in the marine environment, in particular measures for preventing accidents and dealing with emergencies,

ensuring the safety of operations at sea, and regulating the design, construction, equipment, operation and manning of such installations or devices.

4. In taking measures to prevent, reduce or control pollution of the marine environment, States shall refrain from unjustifiable interference with activities carried out by other States in the exercise of their rights and in pursuance of their duties in conformity with this Convention.
5. The measures taken in accordance with this Part shall include those necessary to protect and preserve rare or fragile ecosystems as well as the habitat of depleted, threatened or endangered species and other forms of marine life.

Article 195. Duty not to transfer damage or hazards or transform one type of pollution into another

In taking measures to prevent, reduce and control pollution of the marine environment, States shall act so as not to transfer, directly or indirectly, damage or hazards from one area to another or transform one type of pollution into another.

Article 196. Use of technologies or introduction of alien or new species

1. States shall take all measures necessary to prevent, reduce and control pollution of the marine environment resulting from the use of technologies under their jurisdiction or control, or the intentional or accidental introduction of species, alien or new, to a particular part of the marine environment, which may cause significant and harmful changes thereto.
2. This article does not affect the application of this Convention regarding the prevention, reduction and control of pollution of the marine environment.

SECTION 2. GLOBAL AND REGIONAL COOPERATION

Article 197. Cooperation on a global or regional basis

States shall cooperate on a global basis and, as appropriate, on a regional basis, directly or through competent international organizations, in formulating and elaborating international rules, standards and recommended practices and procedures consistent with this Convention, for the protection and preservation of the marine environment, taking into account characteristic regional features.

Article 198. Notification of imminent or actual damage
When a State becomes aware of cases in which the marine environment is in imminent danger of being damaged or has been damaged by pollution, it shall immediately notify other States it deems likely to be affected by such damage, as well as the competent international organizations.

Article 199. Contingency plans against pollution
In the cases referred to in article 198, States in the area affected, in accordance with their capabilities, and the competent international organizations shall cooperate, to the extent possible, in eliminating the effects of pollution and preventing or minimizing the damage. To this end, States shall jointly develop and promote contingency plans for responding to pollution incidents in the marine environment.

Article 200. Studies, research programmes and exchange of information and data
States shall cooperate, directly or through competent international organizations, for the purpose of promoting studies, undertaking programmes of scientific research and encouraging the exchange of information and data acquired about pollution of the marine environment. They shall endeavour to participate actively in regional and global programmes to acquire knowledge for the assessment of the nature and extent of pollution, exposure to it, and its pathways, risks and remedies.

Article 201. Scientific criteria for regulations
In the light of the information and data acquired pursuant to article 200, States shall cooperate, directly or through competent international organizations, in establishing appropriate scientific criteria for the formulation and elaboration of rules, standards and recommended practices and procedures for the prevention, reduction and

control of pollution of the marine environment.

SECTION 3. TECHNICAL ASSISTANCE

Article 202. Scientific and technical assistance to developing States

States shall, directly or through competent international organizations:

(a) promote programmes of scientific, educational, technical and other assistance to developing States for the protection and preservation of the marine environment and the prevention, reduction and control of marine pollution. Such assistance shall include, inter alia:

(i) training of their scientific and technical personnel;

(ii) facilitating their participation in relevant international programmes;

(iii) supplying them with necessary equipment and facilities;

(iv) enhancing their capacity to manufacture such equipment;

(v) advice on and developing facilities for research, monitoring, educational and other programmes;

(b) provide appropriate assistance, especially to developing States, for the minimization of the effects of major incidents which may cause serious pollution of the marine environment;

(c) provide appropriate assistance, especially to developing States, concerning the preparation of environmental assessments.

Article 203. Preferential treatment for developing States

Developing States shall, for the purposes of prevention, reduction and control of pollution of the marine environment or minimization of its effects, be granted preference by international organizations in:

(a) the allocation of appropriate funds and technical assistance; and

(b) the utilization of their specialized services.

SECTION 4. MONITORING AND ENVIRONMENTAL ASSESSMENT

Article 204. Monitoring of the risks or effects of pollution

1. States shall, consistent with the rights of other States, endeavour, as far as practicable, directly or through the competent international organizations, to observe, measure, evaluate and analyse, by recognized scientific methods, the risks or effects of pollution of the marine environment.
2. In particular, States shall keep under surveillance the effects of any activities which they permit or in which they engage in order to determine whether these activities are likely to pollute the marine environment.

Article 205. Publication of reports

States shall publish reports of the results obtained pursuant to article 204 or provide such reports at appropriate intervals to the competent international organizations, which should make them available to all States.

Article 206. Assessment of potential effects of activities

When States have reasonable grounds for believing that planned activities under their jurisdiction or control may cause substantial pollution of or significant and harmful changes to the marine environment, they shall, as far as practicable, assess the potential effects of such activities on the marine environment and shall communicate reports of the results of such assessments in the manner provided in article 205.

SECTION 5. INTERNATIONAL RULES AND NATIONAL LEGISLATION TO PREVENT, REDUCE AND CONTROL POLLUTION OF THE MARINE ENVIRONMENT

Article 207. Pollution from land-based sources

1. States shall adopt laws and regulations to prevent, reduce and control pollution of the marine environment from land-based sources, including rivers, estuaries,

pipelines and outfall structures, taking into account internationally agreed rules, standards and recommended practices and procedures.

2. States shall take other measures as may be necessary to prevent, reduce and control such pollution.
3. States shall endeavour to harmonize their policies in this connection at the appropriate regional level.
4. States, acting especially through competent international organizations or diplomatic conference, shall endeavour to establish global and regional rules, standards and recommended practices and procedures to prevent, reduce and control pollution of the marine environment from land-based sources, taking into account characteristic regional features, the economic capacity of developing States and their need for economic development. Such rules, standards and recommended practices and procedures shall be re-examined from time to time as necessary.
5. Laws, regulations, measures, rules, standards and recommended practices and procedures referred to in paragraphs 1, 2 and 4 shall include those designed to minimize, to the fullest extent possible, the release of toxic, harmful or noxious substances, especially those which are persistent, into the marine environment.

Article 208. Pollution from seabed activities subject to national jurisdiction

1. Coastal States shall adopt laws and regulations to prevent, reduce and control pollution of the marine environment arising from or in connection with seabed activities subject to their jurisdiction and from artificial islands, installations and structures under their jurisdiction, pursuant to articles 60 and 80.
2. States shall take other measures as may be necessary to prevent, reduce and control such pollution.
3. Such laws, regulations and measures shall be no less effective than international rules, standards and recommended practices and procedures.
4. States shall endeavour to harmonize their policies in this connection at the appropriate regional level.
5. States, acting especially through competent international organizations or diplomatic

conference, shall establish global and regional rules, standards and recommended practices and procedures to prevent, reduce and control pollution of the marine environment referred to in paragraph 1. Such rules, standards and recommended practices and procedures shall be re-examined from time to time as necessary.

Article 209. Pollution from activities in the Area

1. International rules, regulations and procedures shall be established in accordance with Part XI to prevent, reduce and control pollution of the marine environment from activities in the Area. Such rules, regulations and procedures shall be re-examined from time to time as necessary.
2. Subject to the relevant provisions of this section, States shall adopt laws and regulations to prevent, reduce and control pollution of the marine environment from activities in the Area undertaken by vessels, installations, structures and other devices flying their flag or of their registry or operating under their authority, as the case may be. The requirements of such laws and regulations shall be no less effective than the international rules, regulations and procedures referred to in paragraph 1.

Article 210. Pollution by dumping

1. States shall adopt laws and regulations to prevent, reduce and control pollution of the marine environment by dumping.
2. States shall take other measures as may be necessary to prevent, reduce and control such pollution.
3. Such laws, regulations and measures shall ensure that dumping is not carried out without the permission of the competent authorities of States.
4. States, acting especially through competent international organizations or diplomatic conference, shall endeavour to establish global and regional rules, standards and recommended practices and procedures to prevent, reduce and control such pollution. Such rules, standards and recommended practices and procedures shall be re-examined from time to time as necessary.

5. Dumping within the territorial sea and the exclusive economic zone or onto the continental shelf shall not be carried out without the express prior approval of the coastal State, which has the right to permit, regulate and control such dumping after due consideration of the matter with other States which by reason of their geographical situation may be adversely affected thereby.
6. National laws, regulations and measures shall be no less effective in preventing, reducing and controlling such pollution than the global rules and standards.

Article 211. Pollution from vessels

1. States, acting through the competent international organization or general diplomatic conference, shall establish international rules and standards to prevent, reduce and control pollution of the marine environment from vessels and promote the adoption, in the same manner, wherever appropriate, of routeing systems designed to minimize the threat of accidents which might cause pollution of the marine environment, including the coastline, and pollution damage to the related interests of coastal States. Such rules and standards shall, in the same manner, be re-examined from time to time as necessary.
2. States shall adopt laws and regulations for the prevention, reduction and control of pollution of the marine environment from vessels flying their flag or of their registry. Such laws and regulations shall at least have the same effect as that of generally accepted international rules and standards established through the competent international organization or general diplomatic conference.
3. States which establish particular requirements for the prevention, reduction and control of pollution of the marine environment as a condition for the entry of foreign vessels into their ports or internal waters or for a call at their off-shore terminals shall give due publicity to such requirements and shall communicate them to the competent international organization. Whenever such requirements are established in identical form by two or more coastal States in an endeavour to harmonize policy, the communication shall indicate which States are participating in such cooperative arrangements. Every State shall require the master of a

vessel flying its flag or of its registry, when navigating within the territorial sea of a State participating in such cooperative arrangements, to furnish, upon the request of that State, information as to whether it is proceeding to a State of the same region participating in such cooperative arrangements and, if so, to indicate whether it complies with the port entry requirements of that State. This article is without prejudice to the continued exercise by a vessel of its right of innocent passage or to the application of article 25, paragraph 2.

4. Coastal States may, in the exercise of their sovereignty within their territorial sea, adopt laws and regulations for the prevention, reduction and control of marine pollution from foreign vessels, including vessels exercising the right of innocent passage. Such laws and regulations shall, in accordance with Part II, section 3, not hamper innocent passage of foreign vessels.

5. Coastal States, for the purpose of enforcement as provided for in section 6, may in respect of their exclusive economic zones adopt laws and regulations for the prevention, reduction and control of pollution from vessels conforming to and giving effect to generally accepted international rules and standards established through the competent international organization or general diplomatic conference.

6. (a) Where the international rules and standards referred to in paragraph 1 are inadequate to meet special circumstances and coastal States have reasonable grounds for believing that a particular, clearly defined area of their respective exclusive economic zones is an area where the adoption of special mandatory measures for the prevention of pollution from vessels is required for recognized technical reasons in relation to its oceanographical and ecological conditions, as well as its utilization or the protection of its resources and the particular character of its traffic, the coastal States, after appropriate consultations through the competent international organization with any other States concerned, may, for that area, direct a communication to that organization, submitting scientific and technical evidence in support and information on necessary reception facilities. Within 12 months after receiving such a communication, the organization shall determine whether the conditions in that area correspond to the requirements

set out above. If the organization so determines, the coastal States may, for that area, adopt laws and regulations for the prevention, reduction and control of pollution from vessels implementing such international rules and standards or navigational practices as are made applicable, through the organization, for special areas. These laws and regulations shall not become applicable to foreign vessels until 15 months after the submission of the communication to the organization.

(b) The coastal States shall publish the limits of any such particular, clearly defined area.

(c) If the coastal States intend to adopt additional laws and regulations for the same area for the prevention, reduction and control of pollution from vessels, they shall, when submitting the aforesaid communication, at the same time notify the organization thereof. Such additional laws and regulations may relate to discharges or navigational practices but shall not require foreign vessels to observe design, construction, manning or equipment standards other than generally accepted international rules and standards; they shall become applicable to foreign vessels 15 months after the submission of the communication to the organization, provided that the organization agrees within 12 months after the submission of the communication.

7. The international rules and standards referred to in this article should include inter alia those relating to prompt notification to coastal States, whose coastline or related interests may be affected by incidents, including maritime casualties, which involve discharges or probability of discharges.

Article 212. Pollution from or through the atmosphere

1. States shall adopt laws and regulations to prevent, reduce and control pollution of the marine environment from or through the atmosphere, applicable to the air space under their sovereignty and to vessels flying their flag or vessels or aircraft of their registry, taking into account internationally agreed rules, standards and recommended practices and procedures and the safety of air navigation.

2. States shall take other measures as may be necessary to prevent, reduce and

control such pollution.

3. States, acting especially through competent international organizations or diplomatic conference, shall endeavour to establish global and regional rules, standards and recommended practices and procedures to prevent, reduce and control such pollution.

SECTION 6. ENFORCEMENT

Article 213. Enforcement with respect to pollution from land-based sources

States shall enforce their laws and regulations adopted in accordance with article 207 and shall adopt laws and regulations and take other measures necessary to implement applicable international rules and standards established through competent international organizations or diplomatic conference to prevent, reduce and control pollution of the marine environment from land-based sources.

Article 214. Enforcement with respect to pollution from seabed activities

States shall enforce their laws and regulations adopted in accordance with article 208 and shall adopt laws and regulations and take other measures necessary to implement applicable international rules and standards established through competent international organizations or diplomatic conference to prevent, reduce and control pollution of the marine environment arising from or in connection with seabed activities subject to their jurisdiction and from artificial islands, installations and structures under their jurisdiction, pursuant to articles 60 and 80.

Article 215. Enforcement with respect to pollution from activities in the Area

Enforcement of international rules, regulations and procedures established in accordance with Part XI to prevent, reduce and control pollution of the marine environment from activities in the Area shall be governed by that Part.

Article 216. Enforcement with respect to pollution by dumping

1. Laws and regulations adopted in accordance with this Convention and applicable international rules and standards established through competent international organizations or diplomatic conference for the prevention, reduction and control of pollution of the marine environment by dumping shall be enforced:
 (a) by the coastal State with regard to dumping within its territorial sea or its exclusive economic zone or onto its continental shelf;
 (b) by the flag State with regard to vessels flying its flag or vessels or aircraft of its registry;
 (c) by any State with regard to acts of loading of wastes or other matter occurring within its territory or at its off-shore terminals.
2. No State shall be obliged by virtue of this article to institute proceedings when another State has already instituted proceedings in accordance with this article.

Article 217. Enforcement by flag States

1. States shall ensure compliance by vessels flying their flag or of their registry with applicable international rules and standards, established through the competent international organization or general diplomatic conference, and with their laws and regulations adopted in accordance with this Convention for the prevention, reduction and control of pollution of the marine environment from vessels and shall accordingly adopt laws and regulations and take other measures necessary for their implementation. Flag States shall provide for the effective enforcement of such rules, standards, laws and regulations, irrespective of where a violation occurs.
2. States shall, in particular, take appropriate measures in order to ensure that vessels flying their flag or of their registry are prohibited from sailing, until they can proceed to sea in compliance with the requirements of the international rules and standards referred to in paragraph 1, including requirements in respect of design, construction, equipment and manning of vessels.
3. States shall ensure that vessels flying their flag or of their registry carry on board

certificates required by and issued pursuant to international rules and standards referred to in paragraph 1. States shall ensure that vessels flying their flag are periodically inspected in order to verify that such certificates are in conformity with the actual condition of the vessels. These certificates shall be accepted by other States as evidence of the condition of the vessels and shall be regarded as having the same force as certificates issued by them, unless there are clear grounds for believing that the condition of the vessel does not correspond substantially with the particulars of the certificates.

4. If a vessel commits a violation of rules and standards established through the competent international organization or general diplomatic conference, the flag State, without prejudice to articles 218, 220 and 228, shall provide for immediate investigation and where appropriate institute proceedings in respect of the alleged violation irrespective of where the violation occurred or where the pollution caused by such violation has occurred or has been spotted.
5. Flag States conducting an investigation of the violation may request the assistance of any other State whose cooperation could be useful in clarifying the circumstances of the case. States shall endeavour to meet appropriate requests of flag States.
6. States shall, at the written request of any State, investigate any violation alleged to have been committed by vessels flying their flag. If satisfied that sufficient evidence is available to enable proceedings to be brought in respect of the alleged violation, flag States shall without delay institute such proceedings in accordance with their laws.
7. Flag States shall promptly inform the requesting State and the competent international organization of the action taken and its outcome. Such information shall be available to all States.
8. Penalties provided for by the laws and regulations of States for vessels flying their flag shall be adequate in severity to discourage violations wherever they occur.

Article 218. Enforcement by port States

1. When a vessel is voluntarily within a port or at an off-shore terminal of a State, that State may undertake investigations and, where the evidence so warrants, institute proceedings in respect of any discharge from that vessel outside the internal waters, territorial sea or exclusive economic zone of that State in violation of applicable international rules and standards established through the competent international organization or general diplomatic conference.
2. No proceedings pursuant to paragraph 1 shall be instituted in respect of a discharge violation in the internal waters, territorial sea or exclusive economic zone of another State unless requested by that State, the flag State, or a State damaged or threatened by the discharge violation, or unless the violation has caused or is likely to cause pollution in the internal waters, territorial sea or exclusive economic zone of the State instituting the proceedings.
3. When a vessel is voluntarily within a port or at an off-shore terminal of a State, that State shall, as far as practicable, comply with requests from any State for investigation of a discharge violation referred to in paragraph 1, believed to have occurred in, caused, or threatened damage to the internal waters, territorial sea or exclusive economic zone of the requesting State. It shall likewise, as far as practicable, comply with requests from the flag State for investigation of such a violation, irrespective of where the violation occurred.
4. The records of the investigation carried out by a port State pursuant to this article shall be transmitted upon request to the flag State or to the coastal State. Any proceedings instituted by the port State on the basis of such an investigation may, subject to section 7, be suspended at the request of the coastal State when the violation has occurred within its internal waters, territorial sea or exclusive economic zone. The evidence and records of the case, together with any bond or other financial security posted with the authorities of the port State, shall in that event be transmitted to the coastal State. Such transmittal shall preclude the continuation of proceedings in the port State.

Article 219. Measures relating to seaworthiness of vessels to avoid pollution

Subject to section 7, States which, upon request or on their own initiative, have ascertained that a vessel within one of their ports or at one of their off-shore terminals is in violation of applicable international rules and standards relating to seaworthiness of vessels and thereby threatens damage to the marine environment shall, as far as practicable, take administrative measures to prevent the vessel from sailing. Such States may permit the vessel to proceed only to the nearest appropriate repair yard and, upon removal of the causes of the violation, shall permit the vessel to continue immediately.

Article 220. Enforcement by coastal States

1. When a vessel is voluntarily within a port or at an off-shore terminal of a State, that State may, subject to section 7, institute proceedings in respect of any violation of its laws and regulations adopted in accordance with this Convention or applicable international rules and standards for the prevention, reduction and control of pollution from vessels when the violation has occurred within the territorial sea or the exclusive economic zone of that State.
2. Where there are clear grounds for believing that a vessel navigating in the territorial sea of a State has, during its passage therein, violated laws and regulations of that State adopted in accordance with this Convention or applicable international rules and standards for the prevention, reduction and control of pollution from vessels, that State, without prejudice to the application of the relevant provisions of Part II, section 3, may undertake physical inspection of the vessel relating to the violation and may, where the evidence so warrants, institute proceedings, including detention of the vessel, in accordance with its laws, subject to the provisions of section 7.
3. Where there are clear grounds for believing that a vessel navigating in the exclusive economic zone or the territorial sea of a State has, in the exclusive economic zone, committed a violation of applicable international rules and standards for the prevention, reduction and control of pollution from vessels or

laws and regulations of that State conforming and giving effect to such rules and standards, that State may require the vessel to give information regarding its identity and port of registry, its last and its next port of call and other relevant information required to establish whether a violation has occurred.

4. States shall adopt laws and regulations and take other measures so that vessels flying their flag comply with requests for information pursuant to paragraph 3.
5. Where there are clear grounds for believing that a vessel navigating in the exclusive economic zone or the territorial sea of a State has, in the exclusive economic zone, committed a violation referred to in paragraph 3 resulting in a substantial discharge causing or threatening significant pollution of the marine environment, that State may undertake physical inspection of the vessel for matters relating to the violation if the vessel has refused to give information or if the information supplied by the vessel is manifestly at variance with the evident factual situation and if the circumstances of the case justify such inspection.
6. Where there is clear objective evidence that a vessel navigating in the exclusive economic zone or the territorial sea of a State has, in the exclusive economic zone, committed a violation referred to in paragraph 3 resulting in a discharge causing major damage or threat of major damage to the coastline or related interests of the coastal State, or to any resources of its territorial sea or exclusive economic zone, that State may, subject to section 7, provided that the evidence so warrants, institute proceedings, including detention of the vessel, in accordance with its laws.
7. Notwithstanding the provisions of paragraph 6, whenever appropriate procedures have been established, either through the competent international organization or as otherwise agreed, whereby compliance with requirements for bonding or other appropriate financial security has been assured, the coastal State if bound by such procedures shall allow the vessel to proceed.
8. The provisions of paragraphs 3, 4, 5, 6and 7 also apply in respect of national laws and regulations adopted pursuant to article 211, paragraph 6.

Article 221. Measures to avoid pollution arising from maritime casualties

1. Nothing in this Part shall prejudice the right of States, pursuant to international law, both customary and conventional, to take and enforce measures beyond the territorial sea proportionate to the actual or threatened damage to protect their coastline or related interests, including fishing, from pollution or threat of pollution following upon a maritime casualty or acts relating to such a casualty, which may reasonably be expected to result in major harmful consequences.
2. For the purposes of this article, "maritime casualty" means a collision of vessels, stranding or other incident of navigation, or other occurrence on board a vessel or external to it resulting in material damage or imminent threat of material damage to a vessel or cargo.

Article 222. Enforcement with respect to pollution from or through the atmosphere

States shall enforce, within the air space under their sovereignty or with regard to vessels flying their flag or vessels or aircraft of their registry, their laws and regulations adopted in accordance with article 212, paragraph 1, and with other provisions of this Convention and shall adopt laws and regulations and take other measures necessary to implement applicable international rules and standards established through competent international organizations or diplomatic conference to prevent, reduce and control pollution of the marine environment from or through the atmosphere, in conformity with all relevant international rules and standards concerning the safety of air navigation.

SECTION 7. SAFEGUARDS

Article 223. Measures to facilitate proceedings

In proceedings instituted pursuant to this Part, States shall take measures to facilitate the hearing of witnesses and the admission of evidence submitted by authorities of another State, or by the competent international organization, and shall facilitate the attendance at such proceedings of official representatives of the competent international organization, the flag State and any State affected by pollution arising out of any violation. The official representatives attending such proceedings shall have such rights and duties as may be provided under national laws and regulations or international law.

Article 224. Exercise of powers of enforcement

The powers of enforcement against foreign vessels under this Part may only be exercised by officials or by warships, military aircraft, or other ships or aircraft clearly marked and identifiable as being on government service and authorized to that effect.

Article 225. Duty to avoid adverse consequences in the exercise of the powers of enforcement

In the exercise under this Convention of their powers of enforcement against foreign vessels, States shall not endanger the safety of navigation or otherwise create any hazard to a vessel, or bring it to an unsafe port or anchorage, or expose the marine environment to an unreasonable risk.

Article 226. Investigation of foreign vessels

1. (a) States shall not delay a foreign vessel longer than is essential for purposes of the investigations provided for in articles 216, 218 and 220. Any physical inspection of a foreign vessel shall be limited to an examination of such certificates, records or other documents as the vessel is required to carry by generally accepted international rules and standards or of any similar documents which it is carrying; further physical inspection of the vessel may be undertaken only after such an examination and only when:

(i) there are clear grounds for believing that the condition of the vessel or its equipment does not correspond substantially with the particulars of those documents;

(ii) the contents of such documents are not sufficient to confirm or verify a suspected violation; or

(iii) the vessel is not carrying valid certificates and records.

(b) If the investigation indicates a violation of applicable laws and regulations or international rules and standards for the protection and preservation of the marine environment, release shall be made promptly subject to reasonable procedures such as bonding or other appropriate financial security.

(c) Without prejudice to applicable international rules and standards relating to the seaworthiness of vessels, the release of a vessel may, whenever it would present an unreasonable threat of damage to the marine environment, be refused or made conditional upon proceeding to the nearest appropriate repair yard. Where release has been refused or made conditional, the flag State of the vessel must be promptly notified, and may seek release of the vessel in accordance with Part XV.

2. States shall cooperate to develop procedures for the avoidance of unnecessary physical inspection of vessels at sea.

Article 227. Non-discrimination with respect to foreign vessels

In exercising their rights and performing their duties under this Part, States shall not discriminate in form or in fact against vessels of any other State.

Article 228. Suspension and restrictions on institution of proceedings

1. Proceedings to impose penalties in respect of any violation of applicable laws and regulations or international rules and standards relating to the prevention, reduction and control of pollution from vessels committed by a foreign vessel beyond the territorial sea of the State instituting proceedings shall be suspended upon the taking of proceedings to impose penalties in respect of corresponding charges by the flag State within six months of the date on which proceedings were first instituted, unless those proceedings relate to a case of major damage to the coastal State or the flag State in question has repeatedly disregarded its obligation to enforce effectively the applicable international rules and standards in respect of violations committed by its vessels. The flag State shall in due course make available to

the State previously instituting proceedings a full dossier of the case and the records of the proceedings, whenever the flag State has requested the suspension of proceedings in accordance with this article. When proceedings instituted by the flag State have been brought to a conclusion, the suspended proceedings shall be terminated. Upon payment of costs incurred in respect of such proceedings, any bond posted or other financial security provided in connection with the suspended proceedings shall be released by the coastal State.

2. Proceedings to impose penalties on foreign vessels shall not be instituted after the expiry of three years from the date on which the violation was committed, and shall not be taken by any State in the event of proceedings having been instituted by another State subject to the provisions set out in paragraph 1.
3. The provisions of this article are without prejudice to the right of the flag State to take any measures, including proceedings to impose penalties, according to its laws irrespective of prior proceedings by another State.

Article 229. Institution of civil proceedings

Nothing in this Convention affects the institution of civil proceedings in respect of any claim for loss or damage resulting from pollution of the marine environment.

Article 230. Monetary penalties and the observance of recognized rights of the accused

1. Monetary penalties only may be imposed with respect to violations of national laws and regulations or applicable international rules and standards for the prevention, reduction and control of pollution of the marine environment, committed by foreign vessels beyond the territorial sea.
2. Monetary penalties only may be imposed with respect to violations of national laws and regulations or applicable international rules and standards for the prevention, reduction and control of pollution of the marine environment, committed by foreign vessels in the territorial sea, except in the case of a wilful and serious act of pollution in the territorial sea.
3. In the conduct of proceedings in respect of such violations committed by a foreign

vessel which may result in the imposition of penalties, recognized rights of the accused shall be observed.

Article 231. Notification to the flag State and other States concerned
States shall promptly notify the flag State and any other State concerned of any measures taken pursuant to section 6 against foreign vessels, and shall submit to the flag State all official reports concerning such measures. However, with respect to violations committed in the territorial sea, the foregoing obligations of the coastal State apply only to such measures as are taken in proceedings. The diplomatic agents or consular officers and where possible the maritime authority of the flag State, shall be immediately informed of any such measures taken pursuant to section 6 against foreign vessels.

Article 232. Liability of States arising from enforcement measures
States shall be liable for damage or loss attributable to them arising from measures taken pursuant to section 6 when such measures are unlawful or exceed those reasonably required in the light of available information. States shall provide for recourse in their courts for actions in respect of such damage or loss.

Article 233. Safeguards with respect to straits used for international navigation
Nothing in sections 5, 6 and 7 affects the legal regime of straits used for international navigation. However, if a foreign ship other than those referred to in section 10 has committed a violation of the laws and regulations referred to in article 42, paragraph 1(a) and (b), causing or threatening major damage to the marine environment of the straits, the States bordering the straits may take appropriate enforcement measures and if so shall respect mutatis mutandis the provisions of this section.

SECTION 8. ICE-COVERED AREAS

Article 234. Ice-covered areas

Coastal States have the right to adopt and enforce non-discriminatory laws and regulations for the prevention, reduction and control of marine pollution from vessels in ice-covered areas within the limits of the exclusive economic zone, where particularly severe climatic conditions and the presence of ice covering such areas for most of the year create obstructions or exceptional hazards to navigation, and pollution of the marine environment could cause major harm to or irreversible disturbance of the ecological balance. Such laws and regulations shall have due regard to navigation and the protection and preservation of the marine environment based on the best available scientific evidence.

SECTION 9. RESPONSIBILITY AND LIABILITY

Article 235. Responsibility and liability

1. States are responsible for the fulfilment of their international obligations concerning the protection and preservation of the marine environment. They shall be liable in accordance with international law.
2. States shall ensure that recourse is available in accordance with their legal systems for prompt and adequate compensation or other relief in respect of damage caused by pollution of the marine environment by natural or juridical persons under their jurisdiction.
3. With the objective of assuring prompt and adequate compensation in respect of all damage caused by pollution of the marine environment, States shall cooperate in the implementation of existing international law and the further development of international law relating to responsibility and liability for the assessment of and compensation for damage and the settlement of related disputes, as well as, where appropriate, development of criteria and procedures for payment of adequate compensation, such as compulsory insurance or compensation funds.

SECTION 10. SOVEREIGN IMMUNITY

Article 236. Sovereign immunity

The provisions of this Convention regarding the protection and preservation of the marine environment do not apply to any warship, naval auxiliary, other vessels or aircraft owned or operated by a State and used, for the time being, only on government non-commercial service. However, each State shall ensure, by the adoption of appropriate measures not impairing operations or operational capabilities of such vessels or aircraft owned or operated by it, that such vessels or aircraft act in a manner consistent, so far as is reasonable and practicable, with this Convention.

SECTION 11. OBLIGATIONS UNDER OTHER CONVENTIONS ON THE PROTECTION AND PRESERVATION OF THE MARINE ENVIRONMENT

Article 237. Obligations under other conventions on the protection and preservation of the marine environment

1. The provisions of this Part are without prejudice to the specific obligations assumed by States under special conventions and agreements concluded previously which relate to the protection and preservation of the marine environment and to agreements which may be concluded in furtherance of the general principles set forth in this Convention.
2. Specific obligations assumed by States under special conventions, with respect to the protection and preservation of the marine environment, should be carried out in a manner consistent with the general principles and objectives of this Convention.

PART XIII. MARINE SCIENTIFIC RESEARCH

SECTION 1. GENERAL PROVISIONS

Article 238. Right to conduct marine scientific research

All States, irrespective of their geographical location, and competent international organizations have the right to conduct marine scientific research subject to the rights and duties of other States as provided for in this Convention.

Article 239. Promotion of marine scientific research

States and competent international organizations shall promote and facilitate the development and conduct of marine scientific research in accordance with this Convention.

Article 240. General principles for the conduct of marine scientific research

In the conduct of marine scientific research the following principles shall apply:

(a) marine scientific research shall be conducted exclusively for peaceful purposes;

(b) marine scientific research shall be conducted with appropriate scientific methods and means compatible with this Convention;

(c) marine scientific research shall not unjustifiably interfere with other legitimate uses of the sea compatible with this Convention and shall be duly respected in the course of such uses;

(d) marine scientific research shall be conducted in compliance with all relevant regulations adopted in conformity with this Convention including those for the protection and preservation of the marine environment.

Article 241. Non-recognition of marine scientific research activities as the legal basis for claims

Marine scientific research activities shall not constitute the legal basis for any claim to any part of the marine environment or its resources.

SECTION 2. INTERNATIONAL COOPERATION

Article 242. Promotion of international cooperation

1. States and competent international organizations shall, in accordance with the principle of respect for sovereignty and jurisdiction and on the basis of mutual benefit, promote international cooperation in marine scientific research for peaceful purposes.
2. In this context, without prejudice to the rights and duties of States under this Convention, a State, in the application of this Part, shall provide, as appropriate, other States with a reasonable opportunity to obtain from it, or with its cooperation, information necessary to prevent and control damage to the health and safety of persons and to the marine environment.

Article 243. Creation of favourable conditions

States and competent international organizations shall cooperate, through the conclusion of bilateral and multilateral agreements, to create favourable conditions for the conduct of marine scientific research in the marine environment and to integrate the efforts of scientists in studying the essence of phenomena and processes occurring in the marine environment and the interrelations between them.

Article 244. Publication and dissemination of information and knowledge

1. States and competent international organizations shall, in accordance with this Convention, make available by publication and dissemination through appropriate channels information on proposed major programmes and their objectives as well as knowledge resulting from marine scientific research.
2. For this purpose, States, both individually and in cooperation with other States and with competent international organizations, shall actively promote the flow of scientific data and information and the transfer of knowledge resulting from marine scientific research, especially to developing States, as well as the strengthening of the autonomous marine scientific research capabilities of developing States

through, inter alia, programmes to provide adequate education and training of their technical and scientific personnel.

SECTION 3. CONDUCT AND PROMOTION OF MARINE SCIENTIFIC RESEARCH

Article 245. Marine scientific research in the territorial sea

Coastal States, in the exercise of their sovereignty, have the exclusive right to regulate, authorize and conduct marine scientific research in their territorial sea. Marine scientific research therein shall be conducted only with the express consent of and under the conditions set forth by the coastal State.

Article 246. Marine scientific research in the exclusive economic zone and on the continental shelf

1. Coastal States, in the exercise of their jurisdiction, have the right to regulate, authorize and conduct marine scientific research in their exclusive economic zone and on their continental shelf in accordance with the relevant provisions of this Convention.
2. Marine scientific research in the exclusive economic zone and on the continental shelf shall be conducted with the consent of the coastal State.
3. Coastal States shall, in normal circumstances, grant their consent for marine scientific research projects by other States or competent international organizations in their exclusive economic zone or on their continental shelf to be carried out in accordance with this Convention exclusively for peaceful purposes and in order to increase scientific knowledge of the marine environment for the benefit of all mankind. To this end, coastal States shall establish rules and procedures ensuring that such consent will not be delayed or denied unreasonably.
4. For the purposes of applying paragraph 3, normal circumstances may exist in spite of the absence of diplomatic relations between the coastal State and the researching State.

5. Coastal States may however in their discretion withhold their consent to the conduct of a marine scientific research project of another State or competent international organization in the exclusive economic zone or on the continental shelf of the coastal State if that project:
  (a) is of direct significance for the exploration and exploitation of natural resources, whether living or non-living;
  (b) involves drilling into the continental shelf, the use of explosives or the introduction of harmful substances into the marine environment;
  (c) involves the construction, operation or use of artificial islands, installations and structures referred to in articles 60 and 80;
  (d) contains information communicated pursuant to article 248 regarding the nature and objectives of the project which is inaccurate or if the researching State or competent international organization has outstanding obligations to the coastal State from a prior research project.
6. Notwithstanding the provisions of paragraph 5, coastal States may not exercise their discretion to withhold consent under subparagraph (a) of that paragraph in respect of marine scientific research projects to be undertaken in accordance with the provisions of this Part on the continental shelf, beyond 200 nautical miles from the baselines from which the breadth of the territorial sea is measured, outside those specific areas which coastal States may at any time publicly designate as areas in which exploitation or detailed exploratory operations focused on those areas are occurring or will occur within a reasonable period of time. Coastal States shall give reasonable notice of the designation of such areas, as well as any modifications thereto, but shall not be obliged to give details of the operations therein.
7. The provisions of paragraph 6 are without prejudice to the rights of coastal States over the continental shelf as established in article 77.
8. Marine scientific research activities referred to in this article shall not unjustifiably interfere with activities undertaken by coastal States in the exercise of their sovereign rights and jurisdiction provided for in this Convention.

Article 247. Marine scientific research projects undertaken by or under the auspices of international organizations

A coastal State which is a member of or has a bilateral agreement with an international organization, and in whose exclusive economic zone or on whose continental shelf that organization wants to carry out a marine scientific research project, directly or under its auspices, shall be deemed to have authorized the project to be carried out in conformity with the agreed specifications if that State approved the detailed project when the decision was made by the organization for the undertaking of the project, or is willing to participate in it, and has not expressed any objection within four months of notification of the project by the organization to the coastal State.

Article 248. Duty to provide information to the coastal State

States and competent international organizations which intend to undertake marine scientific research in the exclusive economic zone or on the continental shelf of a coastal State shall, not less than six months in advance of the expected starting date of the marine scientific research project, provide that State with a full description of:

(a) the nature and objectives of the project;
(b) the method and means to be used, including name, tonnage, type and class of vessels and a description of scientific equipment;
(c) the precise geographical areas in which the project is to be conducted;
(d) the expected date of first appearance and final departure of the research vessels, or deployment of the equipment and its removal, as appropriate;
(e) the name of the sponsoring institution, its director, and the person in charge of the project; and
(f) the extent to which it is considered that the coastal State should be able to participate or to be represented in the project.

Article 249. Duty to comply with certain conditions

1. States and competent international organizations when undertaking marine scientific research in the exclusive economic zone or on the continental shelf of a coastal

State shall comply with the following conditions:

(a) ensure the right of the coastal State, if it so desires, to participate or be represented in the marine scientific research project, especially on board research vessels and other craft or scientific research installations, when practicable, without payment of any remuneration to the scientists of the coastal State and without obligation to contribute towards the costs of the project;

(b) provide the coastal State, at its request, with preliminary reports, as soon as practicable, and with the final results and conclusions after the completion of the research;

(c) undertake to provide access for the coastal State, at its request, to all data and samples derived from the marine scientific research project and likewise to furnish it with data which may be copied and samples which may be divided without detriment to their scientific value;

(d) if requested, provide the coastal State with an assessment of such data, samples and research results or provide assistance in their assessment or interpretation;

(e) ensure, subject to paragraph 2, that the research results are made internationally available through appropriate national or international channels, as soon as practicable;

(f) inform the coastal State immediately of any major change in the research programme;

(g) unless otherwise agreed, remove the scientific research installations or equipment once the research is completed.

2. This article is without prejudice to the conditions established by the laws and regulations of the coastal State for the exercise of its discretion to grant or withhold consent pursuant to article 246, paragraph 5, including requiring prior agreement for making internationally available the research results of a project of direct significance for the exploration and exploitation of natural resources.

Article 250. Communications concerning marine scientific research projects

Communications concerning the marine scientific research projects shall be made through appropriate official channels, unless otherwise agreed.

Article 251. General criteria and guidelines

States shall seek to promote through competent international organizations the establishment of general criteria and guidelines to assist States in ascertaining the nature and implications of marine scientific research.

Article 252. Implied consent

States or competent international organizations may proceed with a marine scientific research project six months after the date upon which the information required pursuant to article 248 was provided to the coastal State unless within four months of the receipt of the communication containing such information the coastal State has informed the State or organization conducting the research that:

(a) it has withheld its consent under the provisions of article 246; or

(b) the information given by that State or competent international organization regarding the nature or objectives of the project does not conform to the manifestly evident facts; or

(c) it requires supplementary information relevant to conditions and the information provided for under articles 248 and 249; or

(d) outstanding obligations exist with respect to a previous marine scientific research project carried out by that State or organization, with regard to conditions established in article 249.

Article 253. Suspension or cessation of marine scientific research activities

1. A coastal State shall have the right to require the suspension of any marine scientific research activities in progress within its exclusive economic zone or on its continental shelf if:

(a) the research activities are not being conducted in accordance with the information communicated as provided under article 248 upon which the consent of the coastal State was based; or

(b) the State or competent international organization conducting the research activities fails to comply with the provisions of article 249 concerning the rights of the coastal State with respect to the marine scientific research project.

2. A coastal State shall have the right to require the cessation of any marine scientific research activities in case of any non-compliance with the provisions of article 248 which amounts to a major change in the research project or the research activities.

3. A coastal State may also require cessation of marine scientific research activities if any of the situations contemplated in paragraph 1 are not rectified within a reasonable period of time.

4. Following notification by the coastal State of its decision to order suspension or cessation, States or competent international organizations authorized to conduct marine scientific research activities shall terminate the research activities that are the subject of such a notification.

5. An order of suspension under paragraph 1 shall be lifted by the coastal State and the marine scientific research activities allowed to continue once the researching State or competent international organization has complied with the conditions required under articles 248 and 249.

Article 254. Rights of neighbouring land-locked and geographically disadvantaged States

1. States and competent international organizations which have submitted to a coastal State a project to undertake marine scientific research referred to in article 246, paragraph 3, shall give notice to the neighbouring land-locked and geographically disadvantaged States of the proposed research project, and shall notify the coastal State thereof.

2. After the consent has been given for the proposed marine scientific research project by the coastal State concerned, in accordance with article 246 and other relevant provisions of this Convention, States and competent international organizations undertaking such a project shall provide to the neighbouring land-locked and geographically disadvantaged States, at their request and when appropriate, relevant information as specified in article 248 and article 249, paragraph 1(f).

3. The neighbouring land-locked and geographically disadvantaged States referred to above shall, at their request, be given the opportunity to participate, whenever feasible, in the proposed marine scientific research project through qualified experts appointed by them and not objected to by the coastal State, in accordance with the conditions agreed for the project, in conformity with the provisions of this Convention, between the coastal State concerned and the State or competent international organizations conducting the marine scientific research.
4. States and competent international organizations referred to in paragraph 1 shall provide to the above-mentioned land-locked and geographically disadvantaged States, at their request, the information and assistance specified in article 249, paragraph 1(d), subject to the provisions of article 249, paragraph 2.

Article 255. Measures to facilitate marine scientific research and assist research vessels

States shall endeavour to adopt reasonable rules, regulations and procedures to promote and facilitate marine scientific research conducted in accordance with this Convention beyond their territorial sea and, as appropriate, to facilitate, subject to the provisions of their laws and regulations, access to their harbours and promote assistance for marine scientific research vessels which comply with the relevant provisions of this Part.

Article 256. Marine scientific research in the Area

All States, irrespective of their geographical location, and competent international organizations have the right, in conformity with the provisions of Part XI, to conduct marine scientific research in the Area.

Article 257. Marine scientific research in the water column beyond the exclusive economic zone

All States, irrespective of their geographical location, and competent international organizations have the right, in conformity with this Convention, to conduct marine scientific research in the water column beyond the limits of the exclusive economic zone.

SECTION 4. SCIENTIFIC RESEARCH INSTALLATIONS OR EQUIPMENT IN THE MARINE ENVIRONMENT

Article 258. Deployment and use

The deployment and use of any type of scientific research installations or equipment in any area of the marine environment shall be subject to the same conditions as are prescribed in this Convention for the conduct of marine scientific research in any such area.

Article 259. Legal status

The installations or equipment referred to in this section do not possess the status of islands. They have no territorial sea of their own, and their presence does not affect the delimitation of the territorial sea, the exclusive economic zone or the continental shelf.

Article 260. Safety zones

Safety zones of a reasonable breadth not exceeding a distance of 500 metres may be created around scientific research installations in accordance with the relevant provisions of this Convention. All States shall ensure that such safety zones are respected by their vessels.

Article 261. Non-interference with shipping routes

The deployment and use of any type of scientific research installations or equipment shall not constitute an obstacle to established international shipping routes.

Article 262. Identification markings and warning signals

Installations or equipment referred to in this section shall bear identification markings indicating the State of registry or the international organization to which they belong and shall have adequate internationally agreed warning signals to ensure safety at sea and the safety of air navigation, taking into account rules and standards established by competent international organizations.

SECTION 5. RESPONSIBILITY AND LIABILITY

Article 263. Responsibility and liability

1. States and competent international organizations shall be responsible for ensuring that marine scientific research, whether undertaken by them or on their behalf, is conducted in accordance with this Convention.
2. States and competent international organizations shall be responsible and liable for the measures they take in contravention of this Convention in respect of marine scientific research conducted by other States, their natural or juridical persons or by competent international organizations, and shall provide compensation for damage resulting from such measures.
3. States and competent international organizations shall be responsible and liable pursuant to article 235 for damage caused by pollution of the marine environment arising out of marine scientific research undertaken by them or on their behalf.

SECTION 6. SETTLEMENT OF DISPUTES AND INTERIM MEASURES

Article 264. Settlement of disputes

Disputes concerning the interpretation or application of the provisions of this Convention with regard to marine scientific research shall be settled in accordance with Part XV, sections 2 and 3.

Article 265. Interim measures

Pending settlement of a dispute in accordance with Part XV, sections 2 and 3, the State or competent international organization authorized to conduct a marine scientific research project shall not allow research activities to commence or continue without the express consent of the coastal State concerned.

PART XIV. DEVELOPMENT AND TRANSFER OF MARINE TECHNOLOGY

SECTION 1. GENERAL PROVISIONS

Article 266. Promotion of the development and transfer of marine technology

1. States, directly or through competent international organizations, shall cooperate in accordance with their capabilities to promote actively the development and transfer of marine science and marine technology on fair and reasonable terms and conditions.
2. States shall promote the development of the marine scientific and technological capacity of States which may need and request technical assistance in this field, particularly developing States, including land-locked and geographically disadvantaged States, with regard to the exploration, exploitation, conservation and management of marine resources, the protection and preservation of the marine environment, marine scientific research and other activities in the marine environment compatible with this Convention, with a view to accelerating the social and economic development of the developing States.
3. States shall endeavour to foster favourable economic and legal conditions for the transfer of marine technology for the benefit of all parties concerned on an equitable basis.

Article 267. Protection of legitimate interests

States, in promoting cooperation pursuant to article 266, shall have due regard for all legitimate interests including, inter alia, the rights and duties of holders, suppliers and recipients of marine technology.

Article 268. Basic objectives

States, directly or through competent international organizations, shall promote:

(a) the acquisition, evaluation and dissemination of marine technological knowledge and facilitate access to such information and data;
(b) the development of appropriate marine technology;
(c) the development of the necessary technological infrastructure to facilitate the transfer of marine technology;
(d) the development of human resources through training and education of nationals of developing States and countries and especially the nationals of the least developed among them;
(e) international cooperation at all levels, particularly at the regional, subregional and bilateral levels.

Article 269. Measures to achieve the basic objectives
In order to achieve the objectives referred to in article 268, States, directly or through competent international organizations, shall endeavour, inter alia, to:
(a) establish programmes of technical cooperation for the effective transfer of all kinds of marine technology to States which may need and request technical assistance in this field, particularly the developing land-locked and geographically disadvantaged States, as well as other developing States which have not been able either to establish or develop their own technological capacity in marine science and in the exploration and exploitation of marine resources or to develop the infrastructure of such technology;
(b) promote favourable conditions for the conclusion of agreements, contracts and other similar arrangements, under equitable and reasonable conditions;
(c) hold conferences, seminars and symposia on scientific and technological subjects, in particular on policies and methods for the transfer of marine technology;
(d) promote the exchange of scientists and of technological and other experts;
(e) undertake projects and promote joint ventures and other forms of bilateral and multilateral cooperation.

SECTION 2. INTERNATIONAL COOPERATION

Article 270. Ways and means of international cooperation
International cooperation for the development and transfer of marine technology shall be carried out, where feasible and appropriate, through existing bilateral, regional or multilateral programmes, and also through expanded and new programmes in order to facilitate marine scientific research, the transfer of marine technology, particularly in new fields, and appropriate international funding for ocean research and development.

Article 271. Guidelines, criteria and standards
States, directly or through competent international organizations, shall promote the establishment of generally accepted guidelines, criteria and standards for the transfer of marine technology on a bilateral basis or within the framework of international organizations and other fora, taking into account, in particular, the interests and needs of developing States.

Article 272. Coordination of international programmes
In the field of transfer of marine technology, States shall endeavour to ensure that competent international organizations coordinate their activities, including any regional or global programmes, taking into account the interests and needs of developing States, particularly land-locked and geographically disadvantaged States.

Article 273. Cooperation with international organizations and the Authority
States shall cooperate actively with competent international organizations and the Authority to encourage and facilitate the transfer to developing States, their nationals and the Enterprise of skills and marine technology with regard to activities in the Area.

Article 274. Objectives of the Authority

Subject to all legitimate interests including, inter alia, the rights and duties of holders, suppliers and recipients of technology, the Authority, with regard to activities in the Area, shall ensure that:

(a) on the basis of the principle of equitable geographical distribution, nationals of developing States, whether coastal, land-locked or geographically disadvantaged, shall be taken on for the purposes of training as members of the managerial, research and technical staff constituted for its undertakings;

(b) the technical documentation on the relevant equipment, machinery, devices and processes is made available to all States, in particular developing States which may need and request technical assistance in this field;

(c) adequate provision is made by the Authority to facilitate the acquisition of technical assistance in the field of marine technology by States which may need and request it, in particular developing States, and the acquisition by their nationals of the necessary skills and know-how, including professional training;

(d) States which may need and request technical assistance in this field, in particular developing States, are assisted in the acquisition of necessary equipment, processes, plant and other technical know-how through any financial arrangements provided for in this Convention.

SECTION 3. NATIONAL AND REGIONAL MARINE SCIENTIFIC AND TECHNOLOGICAL CENTRES

Article 275. Establishment of national centres

1. States, directly or through competent international organizations and the Authority, shall promote the establishment, particularly in developing coastal States, of national marine scientific and technological research centres and the strengthening of existing national centres, in order to stimulate and advance the conduct of marine scientific research by developing coastal States and to enhance their national capabilities to utilize and preserve their marine resources for their

economic benefit.

2. States, through competent international organizations and the Authority, shall give adequate support to facilitate the establishment and strengthening of such national centres so as to provide for advanced training facilities and necessary equipment, skills and know-how as well as technical experts to such States which may need and request such assistance.

Article 276. Establishment of regional centres

1. States, in coordination with the competent international organizations, the Authority and national marine scientific and technological research institutions, shall promote the establishment of regional marine scientific and technological research centres, particularly in developing States, in order to stimulate and advance the conduct of marine scientific research by developing States and foster the transfer of marine technology.
2. All States of a region shall cooperate with the regional centres therein to ensure the more effective achievement of their objectives.

Article 277. Functions of regional centres

The functions of such regional centres shall include, inter alia:

(a) training and educational programmes at all levels on various aspects of marine scientific and technological research, particularly marine biology, including conservation and management of living resources, oceanography, hydrography, engineering, geological exploration of the seabed, mining and desalination technologies;

(b) management studies;

(c) study programmes related to the protection and preservation of the marine environment and the prevention, reduction and control of pollution;

(d) organization of regional conferences, seminars and symposia;

(e) acquisition and processing of marine scientific and technological data and information;

(f) prompt dissemination of results of marine scientific and technological research in readily available publications;
(g) publicizing national policies with regard to the transfer of marine technology and systematic comparative study of those policies;
(h) compilation and systematization of information on the marketing of technology and on contracts and other arrangements concerning patents;
(i) technical cooperation with other States of the region.

SECTION 4. COOPERATION AMONG INTERNATIONAL ORGANIZATIONS

Article 278. Cooperation among international organizations
The competent international organizations referred to in this Part and in Part XIII shall take all appropriate measures to ensure, either directly or in close cooperation among themselves, the effective discharge of their functions and responsibilities under this Part.

PART XV. SETTLEMENT OF DISPUTES

SECTION 1. GENERAL PROVISIONS

Article 279. Obligation to settle disputes by peaceful means
States Parties shall settle any dispute between them concerning the interpretation or application of this Convention by peaceful means in accordance with Article 2, paragraph 3, of the Charter of the United Nations and, to this end, shall seek a solution by the means indicated in Article 33, paragraph 1, of the Charter.

Article 280. Settlement of disputes by any peaceful means chosen by the parties
Nothing in this Part impairs the right of any States Parties to agree at any time to settle a dispute between them concerning the interpretation or application of this

Convention by any peaceful means of their own choice.

Article 281. Procedure where no settlement has been reached by the parties

1. If the States Parties which are parties to a dispute concerning the interpretation or application of this Convention have agreed to seek settlement of the dispute by a peaceful means of their own choice, the procedures provided for in this Part apply only where no settlement has been reached by recourse to such means and the agreement between the parties does not exclude any further procedure.
2. If the parties have also agreed on a time-limit, paragraph 1 applies only upon the expiration of that time-limit.

Article 282. Obligations under general, regional or bilateral agreements

If the States Parties which are parties to a dispute concerning the interpretation or application of this Convention have agreed, through a general, regional or bilateral agreement or otherwise, that such dispute shall, at the request of any party to the dispute, be submitted to a procedure that entails a binding decision, that procedure shall apply in lieu of the procedures provided for in this Part, unless the parties to the dispute otherwise agree.

Article 283. Obligation to exchange views

1. When a dispute arises between States Parties concerning the interpretation or application of this Convention, the parties to the dispute shall proceed expeditiously to an exchange of views regarding its settlement by negotiation or other peaceful means.
2. The parties shall also proceed expeditiously to an exchange of views where a procedure for the settlement of such a dispute has been terminated without a settlement or where a settlement has been reached and the circumstances require consultation regarding the manner of implementing the settlement.

Article 284. Conciliation

1. A State Party which is a party to a dispute concerning the interpretation or application of this Convention may invite the other party or parties to submit the dispute to conciliation in accordance with the procedure under Annex V, section 1, or another conciliation procedure.
2. If the invitation is accepted and if the parties agree upon the conciliation procedure to be applied, any party may submit the dispute to that procedure.
3. If the invitation is not accepted or the parties do not agree upon the procedure, the conciliation proceedings shall be deemed to be terminated.
4. Unless the parties otherwise agree, when a dispute has been submitted to conciliation, the proceedings may be terminated only in accordance with the agreed conciliation procedure.

Article 285. Application of this section to disputes submitted pursuant to Part XI

This section applies to any dispute which pursuant to Part XI, section 5, is to be settled in accordance with procedures provided for in this Part. If an entity other than a State Party is a party to such a dispute, this section applies mutatis mutandis.

SECTION 2. COMPULSORY PROCEDURES ENTAILING BINDING DECISIONS

Article 286. Application of procedures under this section

Subject to section 3, any dispute concerning the interpretation or application of this Convention shall, where no settlement has been reached by recourse to section 1, be submitted at the request of any party to the dispute to the court or tribunal having jurisdiction under this section.

Article 287. Choice of procedure

1. When signing, ratifying or acceding to this Convention or at any time thereafter, a State shall be free to choose, by means of a written declaration, one or more of the following means for the settlement of disputes concerning the interpretation

or application of this Convention:

(a) the International Tribunal for the Law of the Sea established in accordance with Annex VI;

(b) the International Court of Justice;

(c) an arbitral tribunal constituted in accordance with Annex VII;

(d) a special arbitral tribunal constituted in accordance with Annex VIII for one or more of the categories of disputes specified therein.

2. A declaration made under paragraph 1 shall not affect or be affected by the obligation of a State Party to accept the jurisdiction of the Seabed Disputes Chamber of the International Tribunal for the Law of the Sea to the extent and in the manner provided for in Part XI, section 5.

3. A State Party, which is a party to a dispute not covered by a declaration in force, shall be deemed to have accepted arbitration in accordance with Annex VII.

4. If the parties to a dispute have accepted the same procedure for the settlement of the dispute, it may be submitted only to that procedure, unless the parties otherwise agree.

5. If the parties to a dispute have not accepted the same procedure for the settlement of the dispute, it may be submitted only to arbitration in accordance with Annex VII, unless the parties otherwise agree.

6. A declaration made under paragraph 1 shall remain in force until three months after notice of revocation has been deposited with the Secretary-General of the United Nations.

7. A new declaration, a notice of revocation or the expiry of a declaration does not in any way affect proceedings pending before a court or tribunal having jurisdiction under this article, unless the parties otherwise agree.

8. Declarations and notices referred to in this article shall be deposited with the Secretary-General of the United Nations, who shall transmit copies thereof to the States Parties.

Article 288. Jurisdiction

1. A court or tribunal referred to in article 287 shall have jurisdiction over any dispute concerning the interpretation or application of this Convention which is submitted to it in accordance with this Part.
2. A court or tribunal referred to in article 287 shall also have jurisdiction over any dispute concerning the interpretation or application of an international agreement related to the purposes of this Convention, which is submitted to it in accordance with the agreement.
3. The Seabed Disputes Chamber of the International Tribunal for the Law of the Sea established in accordance with Annex VI, and any other chamber or arbitral tribunal referred to in Part XI, section 5, shall have jurisdiction in any matter which is submitted to it in accordance therewith.
4. In the event of a dispute as to whether a court or tribunal has jurisdiction, the matter shall be settled by decision of that court or tribunal.

Article 289. Experts

In any dispute involving scientific or technical matters, a court or tribunal exercising jurisdiction under this section may, at the request of a party or proprio motu, select in consultation with the parties no fewer than two scientific or technical experts chosen preferably from the relevant list prepared in accordance with Annex VIII, article 2, to sit with the court or tribunal but without the right to vote.

Article 290. Provisional measures

1. If a dispute has been duly submitted to a court or tribunal which considers that prima facie it has jurisdiction under this Part or Part XI, section 5, the court or tribunal may prescribe any provisional measures which it considers appropriate under the circumstances to preserve the respective rights of the parties to the dispute or to prevent serious harm to the marine environment, pending the final decision.
2. Provisional measures may be modified or revoked as soon as the circumstances

justifying them have changed or ceased to exist.

3. Provisional measures may be prescribed, modified or revoked under this article only at the request of a party to the dispute and after the parties have been given an opportunity to be heard.
4. The court or tribunal shall forthwith give notice to the parties to the dispute, and to such other States Parties as it considers appropriate, of the prescription, modification or revocation of provisional measures.
5. Pending the constitution of an arbitral tribunal to which a dispute is being submitted under this section, any court or tribunal agreed upon by the parties or, failing such agreement within two weeks from the date of the request for provisional measures, the International Tribunal for the Law of the Sea or, with respect to activities in the Area, the Seabed Disputes Chamber, may prescribe, modify or revoke provisional measures in accordance with this article if it considers that prima facie the tribunal which is to be constituted would have jurisdiction and that the urgency of the situation so requires. Once constituted, the tribunal to which the dispute has been submitted may modify, revoke or affirm those provisional measures, acting in conformity with paragraphs 1 to 4.
6. The parties to the dispute shall comply promptly with any provisional measures prescribed under this article.

Article 291. Access

1. All the dispute settlement procedures specified in this Part shall be open to States Parties.
2. The dispute settlement procedures specified in this Part shall be open to entities other than States Parties only as specifically provided for in this Convention.

Article 292. Prompt release of vessels and crews

1. Where the authorities of a State Party have detained a vessel flying the flag of another State Party and it is alleged that the detaining State has not complied with the provisions of this Convention for the prompt release of the vessel or its crew

upon the posting of a reasonable bond or other financial security, the question of release from detention may be submitted to any court or tribunal agreed upon by the parties or, failing such agreement within 10 days from the time of detention, to a court or tribunal accepted by the detaining State under article 287 or to the International Tribunal for the Law of the Sea, unless the parties otherwise agree.

2. The application for release may be made only by or on behalf of the flag State of the vessel.
3. The court or tribunal shall deal without delay with the application for release and shall deal only with the question of release, without prejudice to the merits of any case before the appropriate domestic forum against the vessel, its owner or its crew. The authorities of the detaining State remain competent to release the vessel or its crew at any time.
4. Upon the posting of the bond or other financial security determined by the court or tribunal, the authorities of the detaining State shall comply promptly with the decision of the court or tribunal concerning the release of the vessel or its crew.

Article 293. Applicable law

1. A court or tribunal having jurisdiction under this section shall apply this Convention and other rules of international law not incompatible with this Convention.
2. Paragraph 1 does not prejudice the power of the court or tribunal having jurisdiction under this section to decide a case ex aequo et bono, if the parties so agree.

Article 294. Preliminary proceedings

1. A court or tribunal provided for in article 287 to which an application is made in respect of a dispute referred to in article 297 shall determine at the request of a party, or may determine proprio motu, whether the claim constitutes an abuse of legal process or whether prima facie it is well founded. If the court or tribunal determines that the claim constitutes an abuse of legal process or is prima facie unfounded, it shall take no further action in the case.
2. Upon receipt of the application, the court or tribunal shall immediately notify

the other party or parties of the application, and shall fix a reasonable time-limit within which they may request it to make a determination in accordance with paragraph 1.

3. Nothing in this article affects the right of any party to a dispute to make preliminary objections in accordance with the applicable rules of procedure.

Article 295. Exhaustion of local remedies

Any dispute between States Parties concerning the interpretation or application of this Convention may be submitted to the procedures provided for in this section only after local remedies have been exhausted where this is required by international law.

Article 296. Finality and binding force of decisions

1. Any decision rendered by a court or tribunal having jurisdiction under this section shall be final and shall be complied with by all the parties to the dispute.
2. Any such decision shall have no binding force except between the parties and in respect of that particular dispute.

SECTION 3. LIMITATIONS AND EXCEPTIONS TO APPLICABILITY OF SECTION 2

Article 297. Limitations on applicability of section 2

1. Disputes concerning the interpretation or application of this Convention with regard to the exercise by a coastal State of its sovereign rights or jurisdiction provided for in this Convention shall be subject to the procedures provided for in section 2 in the following cases:

(a) when it is alleged that a coastal State has acted in contravention of the provisions of this Convention in regard to the freedoms and rights of navigation, overflight or the laying of submarine cables and pipelines, or in regard to other internationally lawful uses of the sea specified in article 58;

(b) when it is alleged that a State in exercising the aforementioned freedoms, rights or uses has acted in contravention of this Convention or of laws or regulations adopted by the coastal State in conformity with this Convention and other rules of international law not incompatible with this Convention; or

(c) when it is alleged that a coastal State has acted in contravention of specified international rules and standards for the protection and preservation of the marine environment which are applicable to the coastal State and which have been established by this Convention or through a competent international organization or diplomatic conference in accordance with this Convention.

2. (a) Disputes concerning the interpretation or application of the provisions of this Convention with regard to marine scientific research shall be settled in accordance with section 2, except that the coastal State shall not be obliged to accept the submission to such settlement of any dispute arising out of:

(i) the exercise by the coastal State of a right or discretion in accordance with article 246; or

(ii) a decision by the coastal State to order suspension or cessation of a research project in accordance with article 253.

(b) A dispute arising from an allegation by the researching State that with respect to a specific project the coastal State is not exercising its rights under articles 246 and 253 in a manner compatible with this Convention shall be submitted, at the request of either party, to conciliation under Annex V, section 2, provided that the conciliation commission shall not call in question the exercise by the coastal State of its discretion to designate specific areas as referred to in article 246, paragraph 6, or of its discretion to withhold consent in accordance with article 246, paragraph 5.

3. (a) Disputes concerning the interpretation or application of the provisions of this Convention with regard to fisheries shall be settled in accordance with section 2, except that the coastal State shall not be obliged to accept the submission to such settlement of any dispute relating to its sovereign rights with respect to the living resources in the exclusive economic zone or their exercise, including its discretionary powers for determining the allowable catch, its harvesting capacity,

the allocation of surpluses to other States and the terms and conditions established in its conservation and management laws and regulations.

(b) Where no settlement has been reached by recourse to section 1 of this Part, a dispute shall be submitted to conciliation under Annex V, section 2, at the request of any party to the dispute, when it is alleged that:

(i) a coastal State has manifestly failed to comply with its obligations to ensure through proper conservation and management measures that the maintenance of the living resources in the exclusive economic zone is not seriously endangered;

(ii) a coastal State has arbitrarily refused to determine, at the request of another State, the allowable catch and its capacity to harvest living resources with respect to stocks which that other State is interested in fishing; or

(iii) a coastal State has arbitrarily refused to allocate to any State, under articles 62, 69 and 70 and under the terms and conditions established by the coastal State consistent with this Convention, the whole or part of the surplus it has declared to exist.

(c) In no case shall the conciliation commission substitute its discretion for that of the coastal State.

(d) The report of the conciliation commission shall be communicated to the appropriate international organizations.

(e) In negotiating agreements pursuant to articles 69 and 70, States Parties, unless they otherwise agree, shall include a clause on measures which they shall take in order to minimize the possibility of a disagreement concerning the interpretation or application of the agreement, and on how they should proceed if a disagreement nevertheless arises.

Article 298. Optional exceptions to applicability of section 2

1. When signing, ratifying or acceding to this Convention or at any time thereafter, a State may, without prejudice to the obligations arising under section 1, declare in writing that it does not accept any one or more of the procedures provided for in section 2 with respect to one or more of the following categories of disputes:

(a) (i) disputes concerning the interpretation or application of articles 15, 74 and 83 relating to sea boundary delimitations, or those involving historic bays or titles, provided that a State having made such a declaration shall, when such a dispute arises subsequent to the entry into force of this Convention and where no agreement within a reasonable period of time is reached in negotiations between the parties, at the request of any party to the dispute, accept submission of the matter to conciliation under Annex V, section 2; and provided further that any dispute that necessarily involves the concurrent consideration of any unsettled dispute concerning sovereignty or other rights over continental or insular land territory shall be excluded from such submission;

(ii) after the conciliation commission has presented its report, which shall state the reasons on which it is based, the parties shall negotiate an agreement on the basis of that report; if these negotiations do not result in an agreement, the parties shall, by mutual consent, submit the question to one of the procedures provided for in section 2, unless the parties otherwise agree;

(iii) this subparagraph does not apply to any sea boundary dispute finally settled by an arrangement between the parties, or to any such dispute which is to be settled in accordance with a bilateral or multilateral agreement binding upon those parties;

(b) disputes concerning military activities, including military activities by government vessels and aircraft engaged in non-commercial service, and disputes concerning law enforcement activities in regard to the exercise of sovereign rights or jurisdiction excluded from the jurisdiction of a court or tribunal under article 297, paragraph 2 or 3;

(c) disputes in respect of which the Security Council of the United Nations is exercising the functions assigned to it by the Charter of the United Nations, unless the Security Council decides to remove the matter from its agenda or calls upon the parties to settle it by the means provided for in this Convention.

2. A State Party which has made a declaration under paragraph 1 may at any time withdraw it, or agree to submit a dispute excluded by such declaration to any

procedure specified in this Convention.

3. A State Party which has made a declaration under paragraph 1 shall not be entitled to submit any dispute falling within the excepted category of disputes to any procedure in this Convention as against another State Party, without the consent of that party.
4. If one of the States Parties has made a declaration under paragraph 1(a), any other State Party may submit any dispute falling within an excepted category against the declarant party to the procedure specified in such declaration.
5. A new declaration, or the withdrawal of a declaration, does not in any way affect proceedings pending before a court or tribunal in accordance with this article, unless the parties otherwise agree.
6. Declarations and notices of withdrawal of declarations under this article shall be deposited with the Secretary-General of the United Nations, who shall transmit copies thereof to the States Parties.

Article 299. Right of the parties to agree upon a procedure

1. A dispute excluded under article 297 or excepted by a declaration made under article 298 from the dispute settlement procedures provided for in section 2 may be submitted to such procedures only by agreement of the parties to the dispute.
2. Nothing in this section impairs the right of the parties to the dispute to agree to some other procedure for the settlement of such dispute or to reach an amicable settlement.

PART XVI. GENERAL PROVISIONS

Article 300. Good faith and abuse of rights

States Parties shall fulfil in good faith the obligations assumed under this Convention and shall exercise the rights, jurisdiction and freedoms recognized in this Convention in a manner which would not constitute an abuse of right.

Article 301. Peaceful uses of the seas

In exercising their rights and performing their duties under this Convention, States Parties shall refrain from any threat or use of force against the territorial integrity or political independence of any State, or in any other manner inconsistent with the principles of international law embodied in the Charter of the United Nations.

Article 302. Disclosure of information

Without prejudice to the right of a State Party to resort to the procedures for the settlement of disputes provided for in this Convention, nothing in this Convention shall be deemed to require a State Party, in the fulfilment of its obligations under this Convention, to supply information the disclosure of which is contrary to the essential interests of its security.

Article 303. Archaeological and historical objects found at sea

1. States have the duty to protect objects of an archaeological and historical nature found at sea and shall cooperate for this purpose.
2. In order to control traffic in such objects, the coastal State may, in applying article 33, presume that their removal from the seabed in the zone referred to in that article without its approval would result in an infringement within its territory or territorial sea of the laws and regulations referred to in that article.
3. Nothing in this article affects the rights of identifiable owners, the law of salvage or other rules of admiralty, or laws and practices with respect to cultural exchanges.
4. This article is without prejudice to other international agreements and rules of international law regarding the protection of objects of an archaeological and historical nature.

Article 304. Responsibility and liability for damage

The provisions of this Convention regarding responsibility and liability for damage are without prejudice to the application of existing rules and the development of further rules regarding responsibility and liability under international law.

PART XVII. FINAL PROVISIONS

Article 305. Signature

1. This Convention shall be open for signature by:
 (a) all States;
 (b) Namibia, represented by the United Nations Council for Namibia;
 (c) all self-governing associated States which have chosen that status in an act of self-determination supervised and approved by the United Nations in accordance with General Assembly resolution 1514 (XV) and which have competence over the matters governed by this Convention, including the competence to enter into treaties in respect of those matters;
 (d) all self-governing associated States which, in accordance with their respective instruments of association, have competence over the matters governed by this Convention, including the competence to enter into treaties in respect of those matters;
 (e) all territories which enjoy full internal self-government, recognized as such by the United Nations, but have not attained full independence in accordance with General Assembly resolution 1514 (XV) and which have competence over the matters governed by this Convention, including the competence to enter into treaties in respect of those matters;
 (f) international organizations, in accordance with Annex IX.
2. This Convention shall remain open for signature until 9 December 1984 at the Ministry of Foreign Affairs of Jamaica and also, from 1 July 1983 until 9 December 1984, at United Nations Headquarters in New York.

Article 306. Ratification and formal confirmation

This Convention is subject to ratification by States and the other entities referred to in article 305, paragraph l(b), (c), (d) and (e), and to formal confirmation, in accordance with Annex IX, by the entities referred to in article 305, paragraph l(f). The instruments of ratification and of formal confirmation shall be deposited with the Secretary-General of the United Nations.

Article 307. Accession

This Convention shall remain open for accession by States and the other entities referred to in article 305. Accession by the entities referred to in article 305, paragraph l(f), shall be in accordance with Annex IX. The instruments of accession shall be deposited with the Secretary-General of the United Nations.

Article 308. Entry into force

1. This Convention shall enter into force 12 months after the date of deposit of the sixtieth instrument of ratification or accession.
2. For each State ratifying or acceding to this Convention after the deposit of the sixtieth instrument of ratification or accession, the Convention shall enter into force on the thirtieth day following the deposit of its instrument of ratification or accession, subject to paragraph 1.
3. The Assembly of the Authority shall meet on the date of entry into force of this Convention and shall elect the Council of the Authority. The first Council shall be constituted in a manner consistent with the purpose of article 161 if the provisions of that article cannot be strictly applied.
4. The rules, regulations and procedures drafted by the Preparatory Commission shall apply provisionally pending their formal adoption by the Authority in accordance with Part XI.
5. The Authority and its organs shall act in accordance with resolution II of the Third United Nations Conference on the Law of the Sea relating to preparatory investment and with decisions of the Preparatory Commission taken pursuant to that resolution.

Article 309. Reservations and exceptions

No reservations or exceptions may be made to this Convention unless expressly permitted by other articles of this Convention.

Article 310. Declarations and statements

Article 309 does not preclude a State, when signing, ratifying or acceding to this Convention, from making declarations or statements, however phrased or named, with a view, inter alia, to the harmonization of its laws and regulations with the provisions of this Convention, provided that such declarations or statements do not purport to exclude or to modify the legal effect of the provisions of this Convention in their application to that State.

Article 311. Relation to other conventions and international agreements

1. This Convention shall prevail, as between States Parties, over the Geneva Conventions on the Law of the Sea of 29 April 1958.
2. This Convention shall not alter the rights and obligations of States Parties which arise from other agreements compatible with this Convention and which do not affect the enjoyment by other States Parties of their rights or the performance of their obligations under this Convention.
3. Two or more States Parties may conclude agreements modifying or suspending the operation of provisions of this Convention, applicable solely to the relations between them, provided that such agreements do not relate to a provision derogation from which is incompatible with the effective execution of the object and purpose of this Convention, and provided further that such agreements shall not affect the application of the basic principles embodied herein, and that the provisions of such agreements do not affect the enjoyment by other States Parties of their rights or the performance of their obligations under this Convention.
4. States Parties intending to conclude an agreement referred to in paragraph 3 shall notify the other States Parties through the depositary of this Convention of their intention to conclude the agreement and of the modification or suspension

for which it provides.

5. This article does not affect international agreements expressly permitted or preserved by other articles of this Convention.
6. States Parties agree that there shall be no amendments to the basic principle relating to the common heritage of mankind set forth in article 136 and that they shall not be party to any agreement in derogation thereof.

Article 312. Amendment

1. After the expiry of a period of 10 years from the date of entry into force of this Convention, a State Party may, by written communication addressed to the Secretary-General of the United Nations, propose specific amendments to this Convention, other than those relating to activities in the Area, and request the convening of a conference to consider such proposed amendments. The Secretary-General shall circulate such communication to all States Parties. If, within 12 months from the date of the circulation of the communication, not less than one half of the States Parties reply favourably to the request, the Secretary-General shall convene the conference.
2. The decision-making procedure applicable at the amendment conference shall be the same as that applicable at the Third United Nations Conference on the Law of the Sea unless otherwise decided by the conference. The conference should make every effort to reach agreement on any amendments by way of consensus and there should be no voting on them until all efforts at consensus have been exhausted.

Article 313. Amendment by simplified procedure

1. A State Party may, by written communication addressed to the Secretary-General of the United Nations, propose an amendment to this Convention, other than an amendment relating to activities in the Area, to be adopted by the simplified procedure set forth in this article without convening a conference. The Secretary-General shall circulate the communication to all States Parties.
2. If, within a period of 12 months from the date of the circulation of the

communication, a State Party objects to the proposed amendment or to the proposal for its adoption by the simplified procedure, the amendment shall be considered rejected. The Secretary-General shall immediately notify all States Parties accordingly.

3. If, 12 months from the date of the circulation of the communication, no State Party has objected to the proposed amendment or to the proposal for its adoption by the simplified procedure, the proposed amendment shall be considered adopted. The Secretary-General shall notify all States Parties that the proposed amendment has been adopted.

Article 314. Amendments to the provisions of this Convention relating exclusively to activities in the Area

1. A State Party may, by written communication addressed to the Secretary-General of the Authority, propose an amendment to the provisions of this Convention relating exclusively to activities in the Area, including Annex VI, section 4. The Secretary-General shall circulate such communication to all States Parties. The proposed amendment shall be subject to approval by the Assembly following its approval by the Council. Representatives of States Parties in those organs shall have full powers to consider and approve the proposed amendment. The proposed amendment as approved by the Council and the Assembly shall be considered adopted.
2. Before approving any amendment under paragraph 1, the Council and the Assembly shall ensure that it does not prejudice the system of exploration for and exploitation of the resources of the Area, pending the Review Conference in accordance with article 155.

Article 315. Signature, ratification of, accession to and authentic texts of amendments

1. Once adopted, amendments to this Convention shall be open for signature by States Parties for 12 months from the date of adoption, at United Nations Headquarters in New York, unless otherwise provided in the amendment itself.
2. Articles 306, 307 and 320 apply to all amendments to this Convention.

Article 316. Entry into force of amendments

1. Amendments to this Convention, other than those referred to in paragraph 5, shall enter into force for the States Parties ratifying or acceding to them on the thirtieth day following the deposit of instruments of ratification or accession by two thirds of the States Parties or by 60 States Parties, whichever is greater. Such amendments shall not affect the enjoyment by other States Parties of their rights or the performance of their obligations under this Convention.
2. An amendment may provide that a larger number of ratifications or accessions shall be required for its entry into force than are required by this article.
3. For each State Party ratifying or acceding to an amendment referred to in paragraph 1 after the deposit of the required number of instruments of ratification or accession, the amendment shall enter into force on the thirtieth day following the deposit of its instrument of ratification or accession.
4. A State which becomes a Party to this Convention after the entry into force of an amendment in accordance with paragraph 1 shall, failing an expression of a different intention by that State:
   (a) be considered as a Party to this Convention as so amended; and
   (b) be considered as a Party to the unamended Convention in relation to any State Party not bound by the amendment.
5. Any amendment relating exclusively to activities in the Area and any amendment to Annex VI shall enter into force for all States Parties one year following the deposit of instruments of ratification or accession by three fourths of the States Parties.
6. A State which becomes a Party to this Convention after the entry into force of amendments in accordance with paragraph 5 shall be considered as a Party to this Convention as so amended.

Article 317. Denunciation

1. A State Party may, by written notification addressed to the Secretary-General of the United Nations, denounce this Convention and may indicate its reasons.

Failure to indicate reasons shall not affect the validity of the denunciation. The denunciation shall take effect one year after the date of receipt of the notification, unless the notification specifies a later date.

2. A State shall not be discharged by reason of the denunciation from the financial and contractual obligations which accrued while it was a Party to this Convention, nor shall the denunciation affect any right, obligation or legal situation of that State created through the execution of this Convention prior to its termination for that State.
3. The denunciation shall not in any way affect the duty of any State Party to fulfil any obligation embodied in this Convention to which it would be subject under international law independently of this Convention.

Article 318. Status of Annexes

The Annexes form an integral part of this Convention and, unless expressly provided otherwise, a reference to this Convention or to one of its Parts includes a reference to the Annexes relating thereto.

Article 319. Depositary

1. The Secretary-General of the United Nations shall be the depositary of this Convention and amendments thereto.
2. In addition to his functions as depositary, the Secretary-General shall:
 (a) report to all States Parties, the Authority and competent international organizations on issues of a general nature that have arisen with respect to this Convention;
 (b) notify the Authority of ratifications and formal confirmations of and accessions to this Convention and amendments thereto, as well as of denunciations of this Convention;
 (c) notify States Parties of agreements in accordance with article 311, paragraph 4;
 (d) circulate amendments adopted in accordance with this Convention to States Parties for ratification or accession;
 (e) convene necessary meetings of States Parties in accordance with this Convention.

3. (a) The Secretary-General shall also transmit to the observers referred to in article 156:
   (i) reports referred to in paragraph 2(a);
   (ii) notifications referred to in paragraph 2(b) and (c); and
   (iii) texts of amendments referred to in paragraph 2(d), for their information.
   (b) The Secretary-General shall also invite those observers to participate as observers at meetings of States Parties referred to in paragraph 2(e).

Article 320. Authentic texts
The original of this Convention, of which the Arabic, Chinese, English, French, Russian and Spanish texts are equally authentic, shall, subject to article 305, paragraph 2, be deposited with the Secretary-General of the United Nations.

IN WITNESS WHEREOF, the undersigned Plenipotentiaries, being duly authorized thereto, have signed this Convention.
DONE AT MONTEGO BAY, this tenth day of December, one thousand nine hundred and eighty-two.

ANNEX I. HIGHLY MIGRATORY SPECIES

1. Albacore tuna: Thunnus alalunga.
2. Bluefin tuna: Thunnus thynnus.
3. Bigeye tuna: Thunnus obesus.
4. Skipjack tuna: Katsuwonus pelamis.
5. Yellowfin tuna: Thunnus albacares.
6. Blackfin tuna: Thunnus atlanticus.
7. Little tuna: Euthynnus alletteratus; Euthynnus affinis.

8. Southern bluefin tuna: Thunnus maccoyii.
9. Frigate mackerel: Auxis thazard; Auxis rochei.
10. Pomfrets: Family Bramidae.
11. Marlins: Tetrapturus angustirostris; Tetrapturus belone; Tetrapturus pfluegeri; Tetrapturus albidus; Tetrapturus audax; Tetrapturus georgei; Makaira mazara; Makaira indica; Makaira nigricans.
12. Sail-fishes: Istiophorus platypterus; Istiophorus albicans.
13. Swordfish: Xiphias gladius.
14. Sauries: Scomberesox saurus; Cololabis saira; Cololabis adocetus; Scomberesox saurus scombroides.
15. Dolphin: Coryphaena hippurus; Coryphaena equiselis.
16. Oceanic sharks: Hexanchus griseus; Cetorhinus maximus; Family Alopiidae; Rhincodon typus; Family Carcharhinidae; Family Sphyrnidae; Family Isurida.
17. Cetaceans: Family Physeteridae; Family Balaenopteridae; Family Balaenidae; Family Eschrichtiidae; Family Monodontidae; Family Ziphiidae; Family Delphinidae.

ANNEX II. COMMISSION ON THE LIMITS OF THE CONTINENTAL SHELF

Article 1

In accordance with the provisions of article 76, a Commission on the Limits of the Continental Shelf beyond 200 nautical miles shall be established in conformity with the following articles.

Article 2

1. The Commission shall consist of 21 members who shall be experts in the field of geology, geophysics or hydrography, elected by States Parties to this Convention from among their nationals, having due regard to the need to ensure equitable geographical representation, who shall serve in their personal capacities.
2. The initial election shall be held as soon as possible but in any case within 18

months after the date of entry into force of this Convention. At least three months before the date of each election, the Secretary-General of the United Nations shall address a letter to the States Parties, inviting the submission of nominations, after appropriate regional consultations, within three months. The Secretary-General shall prepare a list in alphabetical order of all persons thus nominated and shall submit it to all the States Parties.

3. Elections of the members of the Commission shall be held at a meeting of States Parties convened by the Secretary-General at United Nations Headquarters. At that meeting, for which two thirds of the States Parties shall constitute a quorum, the persons elected to the Commission shall be those nominees who obtain a two-thirds majority of the votes of the representatives of States Parties present and voting. Not less than three members shall be elected from each geographical region.
4. The members of the Commission shall be elected for a term of five years. They shall be eligible for re-election.
5. The State Party which submitted the nomination of a member of the Commission shall defray the expenses of that member while in performance of Commission duties. The coastal State concerned shall defray the expenses incurred in respect of the advice referred to in article 3, paragraph 1(b), of this Annex. The secretariat of the Commission shall be provided by the Secretary-General of the United Nations.

Article 3

1. The functions of the Commission shall be:

(a) to consider the data and other material submitted by coastal States concerning the outer limits of the continental shelf in areas where those limits extend beyond 200 nautical miles, and to make recommendations in accordance with article 76 and the Statement of Understanding adopted on 29 August 1980 by the Third United Nations Conference on the Law of the Sea;

(b) to provide scientific and technical advice, if requested by the coastal State concerned during the preparation of the data referred to in subparagraph (a).

2. The Commission may cooperate, to the extent considered necessary and useful, with the Intergovernmental Oceanographic Commission of UNESCO, the International Hydrographic Organization and other competent international organizations with a view to exchanging scientific and technical information which might be of assistance in discharging the Commission's responsibilities.

Article 4

Where a coastal State intends to establish, in accordance with article 76, the outer limits of its continental shelf beyond 200 nautical miles, it shall submit particulars of such limits to the Commission along with supporting scientific and technical data as soon as possible but in any case within 10 years of the entry into force of this Convention for that State. The coastal State shall at the same time give the names of any Commission members who have provided it with scientific and technical advice.

Article 5

Unless the Commission decides otherwise, the Commission shall function by way of sub-commissions composed of seven members, appointed in a balanced manner taking into account the specific elements of each submission by a coastal State. Nationals of the coastal State making the submission who are members of the Commission and any Commission member who has assisted a coastal State by providing scientific and technical advice with respect to the delineation shall not be a member of the sub-commission dealing with that submission but has the right to participate as a member in the proceedings of the Commission concerning the said submission. The coastal State which has made a submission to the Commission may send its representatives to participate in the relevant proceedings without the right to vote.

Article 6

1. The sub-commission shall submit its recommendations to the Commission.

2. Approval by the Commission of the recommendations of the sub-commission shall be by a majority of two thirds of Commission members present and voting.
3. The recommendations of the Commission shall be submitted in writing to the coastal State which made the submission and to the Secretary-General of the United Nations.

Article 7

Coastal States shall establish the outer limits of the continental shelf in conformity with the provisions of article 76, paragraph 8, and in accordance with the appropriate national procedures.

Article 8

In the case of disagreement by the coastal State with the recommendations of the Commission, the coastal State shall, within a reasonable time, make a revised or new submission to the Commission.

Article 9

The actions of the Commission shall not prejudice matters relating to delimitation of boundaries between States with opposite or adjacent coasts.

ANNEX III. BASIC CONDITIONS OF PROSPECTING, EXPLORATION AND EXPLOITATION

Article 1. Title to minerals

Title to minerals shall pass upon recovery in accordance with this Convention.

Article 2. Prospecting

1. (a) The Authority shall encourage prospecting in the Area.
 (b) Prospecting shall be conducted only after the Authority has received a

satisfactory written undertaking that the proposed prospector will comply with this Convention and the relevant rules, regulations and procedures of the Authority concerning cooperation in the training programmes referred to in articles 143 and 144 and the protection of the marine environment, and will accept verification by the Authority of compliance therewith. The proposed prospector shall, at the same time, notify the Authority of the approximate area or areas in which prospecting is to be conducted.

(c) Prospecting may be conducted simultaneously by more than one prospector in the same area or areas.

2. Prospecting shall not confer on the prospector any rights with respect to resources. A prospector may, however, recover a reasonable quantity of minerals to be used for testing.

Article 3. Exploration and exploitation

1. The Enterprise, States Parties, and the other entities referred to in article 153, paragraph 2(b), may apply to the Authority for approval of plans of work for activities in the Area.
2. The Enterprise may apply with respect to any part of the Area, but applications by others with respect to reserved areas are subject to the additional requirements of article 9 of this Annex.
3. Exploration and exploitation shall be carried out only in areas specified in plans of work referred to in article 153, paragraph 3, and approved by the Authority in accordance with this Convention and the relevant rules, regulations and procedures of the Authority.
4. Every approved plan of work shall:

(a) be in conformity with this Convention and the rules, regulations and procedures of the Authority;

(b) provide for control by the Authority of activities in the Area in accordance with article 153, paragraph 4;

(c) confer on the operator, in accordance with the rules, regulations and procedures of the Authority, the exclusive right to explore for and exploit the specified categories of resources in the area covered by the plan of work. If, however, the applicant presents for approval a plan of work covering only the stage of exploration or the stage of exploitation, the approved plan of work shall confer such exclusive right with respect to that stage only.

5. Upon its approval by the Authority, every plan of work, except those presented by the Enterprise, shall be in the form of a contract concluded between the Authority and the applicant or applicants.

Article 4. Qualifications of applicants

1. Applicants, other than the Enterprise, shall be qualified if they have the nationality or control and sponsorship required by article 153, paragraph 2(b), and if they follow the procedures and meet the qualification standards set forth in the rules, regulations and procedures of the Authority.
2. Except as provided in paragraph 6, such qualification standards shall relate to the financial and technical capabilities of the applicant and his performance under any previous contracts with the Authority.
3. Each applicant shall be sponsored by the State Party of which it is a national unless the applicant has more than one nationality, as in the case of a partnership or consortium of entities from several States, in which event all States Parties involved shall sponsor the application, or unless the applicant is effectively controlled by another State Party or its nationals, in which event both States Parties shall sponsor the application. The criteria and procedures for implementation of the sponsorship requirements shall be set forth in the rules, regulations and procedures of the Authority.
4. The sponsoring State or States shall, pursuant to article 139, have the responsibility to ensure, within their legal systems, that a contractor so sponsored shall carry out activities in the Area in conformity with the terms of its contract and its obligations under this Convention. A sponsoring State shall not, however, be liable for damage caused by any failure of a contractor sponsored by it to comply

with its obligations if that State Party has adopted laws and regulations and taken administrative measures which are, within the framework of its legal system, reasonably appropriate for securing compliance by persons under its jurisdiction.

5. The procedures for assessing the qualifications of States Parties which are applicants shall take into account their character as States.

6. The qualification standards shall require that every applicant, without exception, shall as part of his application undertake:

(a) to accept as enforceable and comply with the applicable obligations created by the provisions of Part XI, the rules, regulations and procedures of the Authority, the decisions of the organs of the Authority and terms of his contracts with the Authority;

(b) to accept control by the Authority of activities in the Area, as authorized by this Convention;

(c) to provide the Authority with a written assurance that his obligations under the contract will be fulfilled in good faith;

(d) to comply with the provisions on the transfer of technology set forth in article 5 of this Annex.

Article 5. Transfer of technology

1. When submitting a plan of work, every applicant shall make available to the Authority a general description of the equipment and methods to be used in carrying out activities in the Area, and other relevant non-proprietary information about the characteristics of such technology and information as to where such technology is available.

2. Every operator shall inform the Authority of revisions in the description and information made available pursuant to paragraph 1 whenever a substantial technological change or innovation is introduced.

3. Every contract for carrying out activities in the Area shall contain the following undertakings by the contractor:

(a) to make available to the Enterprise on fair and reasonable commercial terms and conditions, whenever the Authority so requests, the technology which he uses in carrying out activities in the Area under the contract, which the contractor is legally entitled to transfer. This shall be done by means of licences or other appropriate arrangements which the contractor shall negotiate with the Enterprise and which shall be set forth in a specific agreement supplementary to the contract. This undertaking may be invoked only if the Enterprise finds that it is unable to obtain the same or equally efficient and useful technology on the open market on fair and reasonable commercial terms and conditions;

(b) to obtain a written assurance from the owner of any technology used in carrying out activities in the Area under the contract, which is not generally available on the open market and which is not covered by subparagraph (a), that the owner will, whenever the Authority so requests, make that technology available to the Enterprise under licence or other appropriate arrangements and on fair and reasonable commercial terms and conditions, to the same extent as made available to the contractor. If this assurance is not obtained, the technology in question shall not be used by the contractor in carrying out activities in the Area;

(c) to acquire from the owner by means of an enforceable contract, upon the request of the Enterprise and if it is possible to do so without substantial cost to the contractor, the legal right to transfer to the Enterprise any technology used by the contractor, in carrying out activities in the Area under the contract, which the contractor is otherwise not legally entitled to transfer and which is not generally available on the open market. In cases where there is a substantial corporate relationship between the contractor and the owner of the technology, the closeness of this relationship and the degree of control or influence shall be relevant to the determination whether all feasible measures have been taken to acquire such a right. In cases where the contractor exercises effective control over the owner, failure to acquire from the owner the legal right shall be considered relevant to the contractor's qualification for any subsequent application for approval of a plan of work;

(d) to facilitate, upon the request of the Enterprise, the acquisition by the Enterprise of any technology covered by subparagraph (b), under licence or other appropriate arrangements and on fair and reasonable commercial terms and conditions, if the Enterprise decides to negotiate directly with the owner of the technology;

(e) to take the same measures as are prescribed in subparagraphs (a), (b), (c) and (d) for the benefit of a developing State or group of developing States which has applied for a contract under article 9 of this Annex, provided that these measures shall be limited to the exploitation of the part of the area proposed by the contractor which has been reserved pursuant to article 8 of this Annex and provided that activities under the contract sought by the developing State or group of developing States would not involve transfer of technology to a third State or the nationals of a third State. The obligation under this provision shall only apply with respect to any given contractor where technology has not been requested by the Enterprise or transferred by that contractor to the Enterprise.

4. Disputes concerning undertakings required by paragraph 3, like other provisions of the contracts, shall be subject to compulsory settlement in accordance with Part XI and, in cases of violation of these undertakings, suspension or termination of the contract or monetary penalties may be ordered in accordance with article 18 of this Annex. Disputes as to whether offers made by the contractor are within the range of fair and reasonable commercial terms and conditions may be submitted by either party to binding commercial arbitration in accordance with the UNCITRAL Arbitration Rules or such other arbitration rules as may be prescribed in the rules, regulations and procedures of the Authority. If the finding is that the offer made by the contractor is not within the range of fair and reasonable commercial terms and conditions, the contractor shall be given 45 days to revise his offer to bring it within that range before the Authority takes any action in accordance with article 18 of this Annex.

5. If the Enterprise is unable to obtain on fair and reasonable commercial terms and conditions appropriate technology to enable it to commence in a timely manner the recovery and processing of minerals from the Area, either the Council or the

Assembly may convene a group of States Parties composed of those which are engaged in activities in the Area, those which have sponsored entities which are engaged in activities in the Area and other States Parties having access to such technology. This group shall consult together and shall take effective measures to ensure that such technology is made available to the Enterprise on fair and reasonable commercial terms and conditions. Each such State Party shall take all feasible measures to this end within its own legal system.

6. In the case of joint ventures with the Enterprise, transfer of technology will be in accordance with the terms of the joint venture agreement.
7. The undertakings required by paragraph 3 shall be included in each contract for the carrying out of activities in the Area until 10 years after the commencement of commercial production by the Enterprise, and may be invoked during that period.
8. For the purposes of this article, "technology" means the specialized equipment and technical know-how, including manuals, designs, operating instructions, training and technical advice and assistance, necessary to assemble, maintain and operate a viable system and the legal right to use these items for that purpose on a non-exclusive basis.

Article 6. Approval of plans of work

1. Six months after the entry into force of this Convention, and thereafter each fourth month, the Authority shall take up for consideration proposed plans of work.
2. When considering an application for approval of a plan of work in the form of a contract, the Authority shall first ascertain whether:

(a) the applicant has complied with the procedures established for applications in accordance with article 4 of this Annex and has given the Authority the undertakings and assurances required by that article. In cases of non-compliance with these procedures or in the absence of any of these undertakings and assurances, the applicant shall be given 45 days to remedy these defects;

(b) the applicant possesses the requisite qualifications provided for in article 4 of this Annex.

3. All proposed plans of work shall be taken up in the order in which they are received. The proposed plans of work shall comply with and be governed by the relevant provisions of this Convention and the rules, regulations and procedures of the Authority, including those on operational requirements, financial contributions and the undertakings concerning the transfer of technology. If the proposed plans of work conform to these requirements, the Authority shall approve them provided that they are in accordance with the uniform and non-discriminatory requirements set forth in the rules, regulations and procedures of the Authority, unless:
   (a) part or all of the area covered by the proposed plan of work is included in an approved plan of work or a previously submitted proposed plan of work which has not yet been finally acted on by the Authority;
   (b) part or all of the area covered by the proposed plan of work is disapproved by the Authority pursuant to article 162, paragraph 2(x); or
   (c) the proposed plan of work has been submitted or sponsored by a State Party which already holds:
      (i) plans of work for exploration and exploitation of polymetallic nodules in non-reserved areas that, together with either part of the area covered by the application for a plan of work, exceed in size 30 per cent of a circular area of 400,000 square kilometres surrounding the centre of either part of the area covered by the proposed plan of work;
      (ii) plans of work for the exploration and exploitation of polymetallic nodules in non-reserved areas which, taken together, constitute 2 per cent of the total seabed area which is not reserved or disapproved for exploitation pursuant to article 162, paragraph (2)(x).

4. For the purpose of the standard set forth in paragraph 3(c), a plan of work submitted by a partnership or consortium shall be counted on a pro rata basis among the sponsoring States Parties involved in accordance with article 4, paragraph 3, of this Annex. The Authority may approve plans of work covered

by paragraph 3(c) if it determines that such approval would not permit a State Party or entities sponsored by it to monopolize the conduct of activities in the Area or to preclude other States Parties from activities in the Area.

5. Notwithstanding paragraph 3(a), after the end of the interim period specified in article 151, paragraph 3, the Authority may adopt by means of rules, regulations and procedures other procedures and criteria consistent with this Convention for deciding which applicants shall have plans of work approved in cases of selection among applicants for a proposed area. These procedures and criteria shall ensure approval of plans of work on an equitable and non-discriminatory basis.

Article 7. Selection among applicants for production authorizations

1. Six months after the entry into force of this Convention, and thereafter each fourth month, the Authority shall take up for consideration applications for production authorizations submitted during the immediately preceding period. The Authority shall issue the authorizations applied for if all such applications can be approved without exceeding the production limitation or contravening the obligations of the Authority under a commodity agreement or arrangement to which it has become a party, as provided in article 151.
2. When a selection must be made among applicants for production authorizations because of the production limitation set forth in article 151, paragraphs 2 to 7, or because of the obligations of the Authority under a commodity agreement or arrangement to which it has become a party, as provided for in article 151, paragraph 1, the Authority shall make the selection on the basis of objective and non-discriminatory standards set forth in its rules, regulations and procedures.
3. In the application of paragraph 2, the Authority shall give priority to those applicants which:
  (a) give better assurance of performance, taking into account their financial and technical qualifications and their performance, if any, under previously approved plans of work;
  (b) provide earlier prospective financial benefits to the Authority, taking into

account when commercial production is scheduled to begin;

(c) have already invested the most resources and effort in prospecting or exploration.

4. Applicants which are not selected in any period shall have priority in subsequent periods until they receive a production authorization.
5. Selection shall be made taking into account the need to enhance opportunities for all States Parties, irrespective of their social and economic systems or geographical locations so as to avoid discrimination against any State or system, to participate in activities in the Area and to prevent monopolization of those activities.
6. Whenever fewer reserved areas than non-reserved areas are under exploitation, applications for production authorizations with respect to reserved areas shall have priority.
7. The decisions referred to in this article shall be taken as soon as possible after the close of each period.

Article 8. Reservation of areas

Each application, other than those submitted by the Enterprise or by any other entities for reserved areas, shall cover a total area, which need not be a single continuous area, sufficiently large and of sufficient estimated commercial value to allow two mining operations. The applicant shall indicate the coordinates dividing the area into two parts of equal estimated commercial value and submit all the data obtained by him with respect to both parts. Without prejudice to the powers of the Authority pursuant to article 17 of this Annex, the data to be submitted concerning polymetallic nodules shall relate to mapping, sampling, the abundance of nodules, and their metal content. Within 45 days of receiving such data, the Authority shall designate which part is to be reserved solely for the conduct of activities by the Authority through the Enterprise or in association with developing States. This designation may be deferred for a further period of 45 days if the Authority requests an independent expert to assess whether all data required by this article has been submitted. The area designated shall become a reserved area as soon as the plan of work for the non-reserved area is approved and the contract is signed.

Article 9. Activities in reserved areas

1. The Enterprise shall be given an opportunity to decide whether it intends to carry out activities in each reserved area. This decision may be taken at any time, unless a notification pursuant to paragraph 4 is received by the Authority, in which event the Enterprise shall take its decision within a reasonable time. The Enterprise may decide to exploit such areas in joint ventures with the interested State or entity.
2. The Enterprise may conclude contracts for the execution of part of its activities in accordance with Annex IV, article 12. It may also enter into joint ventures for the conduct of such activities with any entities which are eligible to carry out activities in the Area pursuant to article 153, paragraph 2(b). When considering such joint ventures, the Enterprise shall offer to States Parties which are developing States and their nationals the opportunity of effective participation.
3. The Authority may prescribe, in its rules, regulations and procedures, substantive and procedural requirements and conditions with respect to such contracts and joint ventures.
4. Any State Party which is a developing State or any natural or juridical person sponsored by it and effectively controlled by it or by other developing State which is a qualified applicant, or any group of the foregoing, may notify the Authority that it wishes to submit a plan of work pursuant to article 6 of this Annex with respect to a reserved area. The plan of work shall be considered if the Enterprise decides, pursuant to paragraph 1, that it does not intend to carry out activities in that area.

Article 10. Preference and priority among applicants

An operator who has an approved plan of work for exploration only, as provided in article 3, paragraph 4(c), of this Annex shall have a preference and a priority among applicants for a plan of work covering exploitation of the same area and resources. However, such preference or priority may be withdrawn if the operator's performance has not been satisfactory.

Article 11. Joint arrangements

1. Contracts may provide for joint arrangements between the contractor and the Authority through the Enterprise, in the form of joint ventures or production sharing, as well as any other form of joint arrangement, which shall have the same protection against revision, suspension or termination as contracts with the Authority.
2. Contractors entering into such joint arrangements with the Enterprise may receive financial incentives as provided for in article 13 of this Annex.
3. Partners in joint ventures with the Enterprise shall be liable for the payments required by article 13 of this Annex to the extent of their share in the joint ventures, subject to financial incentives as provided for in that article.

Article 12. Activities carried out by the Enterprise

1. Activities in the Area carried out by the Enterprise pursuant to article 153, paragraph 2(a), shall be governed by Part XI, the rules, regulations and procedures of the Authority and its relevant decisions.
2. Any plan of work submitted by the Enterprise shall be accompanied by evidence supporting its financial and technical capabilities.

Article 13. Financial terms of contracts

1. In adopting rules, regulations and procedures concerning the financial terms of a contract between the Authority and the entities referred to in article 153, paragraph 2(b), and in negotiating those financial terms in accordance with Part XI and those rules, regulations and procedures, the Authority shall be guided by the following objectives:
   (a) to ensure optimum revenues for the Authority from the proceeds of commercial production;
   (b) to attract investments and technology to the exploration and exploitation of the Area;
   (c) to ensure equality of financial treatment and comparable financial obligations for contractors;

(d) to provide incentives on a uniform and non-discriminatory basis for contractors to undertake joint arrangements with the Enterprise and developing States or their nationals, to stimulate the transfer of technology thereto, and to train the personnel of the Authority and of developing States;

(e) to enable the Enterprise to engage in seabed mining effectively at the same time as the entities referred to in article 153, paragraph 2(b); and

(f) to ensure that, as a result of the financial incentives provided to contractors under paragraph 14, under the terms of contracts reviewed in accordance with article 19 of this Annex or under the provisions of article 11 of this Annex with respect to joint ventures, contractors are not subsidized so as to be given an artificial competitive advantage with respect to land-based miners.

2. A fee shall be levied for the administrative cost of processing an application for approval of a plan of work in the form of a contract and shall be fixed at an amount of $US 500,000 per application. The amount of the fee shall be reviewed from time to time by the Council in order to ensure that it covers the administrative cost incurred. If such administrative cost incurred by the Authority in processing an application is less than the fixed amount, the Authority shall refund the difference to the applicant.

3. A contractor shall pay an annual fixed fee of $US 1 million from the date of entry into force of the contract. If the approved date of commencement of commercial production is postponed because of a delay in issuing the production authorization, in accordance with article 151, the annual fixed fee shall be waived for the period of postponement. From the date of commencement of commercial production, the contractor shall pay either the production charge or the annual fixed fee, whichever is greater.

4. Within a year of the date of commencement of commercial production, in conformity with paragraph 3, a contractor shall choose to make his financial contribution to the Authority by either:

(a) paying a production charge only; or

(b) paying a combination of a production charge and a share of net proceeds.

5. (a) If a contractor chooses to make his financial contribution to the Authority by paying a production charge only, it shall be fixed at a percentage of the market value of the processed metals produced from the polymetallic nodules recovered from the area covered by the contract. This percentage shall be fixed as follows:

(i) years 1-10 of commercial production 5 per cent

(ii) years 11 to the end of commercial production 12 per cent

(b) The said market value shall be the product of the quantity of the processed metals produced from the polymetallic nodules extracted from the area covered by the contract and the average price for those metals during the relevant accounting year, as defined in paragraphs 7 and 8.

6. If a contractor chooses to make his financial contribution to the Authority by paying a combination of a production charge and a share of net proceeds, such payments shall be determined as follows:

(a) The production charge shall be fixed at a percentage of the market value, determined in accordance with subpara-graph (b), of the processed metals produced from the polymetallic nodules recovered from the area covered by the contract. This percentage shall be fixed as follows:

(i) first period of commercial production 2 per cent

(ii) second period of commercial production 4 per cent

If, in the second period of commercial production, as defined in subparagraph (d), the return on investment in any accounting year as defined in subparagraph (m) falls below 15 per cent as a result of the payment of the production charge at 4 per cent, the production charge shall be 2 per cent instead of 4 per cent in that accounting year.

(b) The said market value shall be the product of the quantity of the processed metals produced from the polymetallic nodules recovered from the area covered by the contract and the average price for those metals during the relevant accounting year as defined in paragraphs 7 and 8.

(c) (i) The Authority's share of net proceeds shall be taken out of that portion of the contractor's net proceeds which is attributable to the mining of the resources of the area covered by the contract, referred to hereinafter as attributable net proceeds.

(ii) The Authority's share of attributable net proceeds shall be determined in accordance with the following incremental schedule:

Portion of attributable net proceeds

Share of the Authority

That portion representing a return on investment which is greater than 0 per cent, but less than 10 per cent

That portion representing a return on investment which is 10 per cent or greater, but less than 20 per cent

That portion representing a return on investment which is 20 per cent or greater

First period of commercial production

35 per cent

42.5 per cent

50 per cent

Second period of commercial production

40 per cent

50 per cent

70 per cent

(d) (i) The first period of commercial production referred to in subparagraphs (a) and (c) shall commence in the first accounting year of commercial production and terminate in the accounting year in which the contractor's development costs with interest on the unrecovered portion thereof are fully recovered by his cash surplus, as follows: In the first accounting year during which development costs are incurred, unrecovered development costs shall equal the development costs less cash surplus in that year. In each subsequent accounting year, unrecovered development costs shall equal the unrecovered development costs at the end of the preceding accounting year, plus interest thereon at the rate of 10 per cent per annum, plus development costs incurred in the current accounting year and less contractor's cash surplus in the current accounting year. The accounting year in which unrecovered development costs become zero for the first time shall be the accounting year in which the contractor's development costs with interest on the unrecovered portion thereof are fully recovered by his cash surplus. The contractor's cash surplus in any accounting year shall be his gross proceeds less his operating costs and less his payments to the Authority under subparagraph (c).

(ii) The second period of commercial production shall commence in the accounting year following the termination of the first period of commercial production and shall continue until the end of the contract.

(e) "Attributable net proceeds" means the product of the contractor's net proceeds and the ratio of the development costs in the mining sector to the contractor's development costs. If the contractor engages in mining, transporting polymetallic nodules and production primarily of three processed metals, namely, cobalt, copper and nickel, the amount of attributable net proceeds shall not be less than 25 per cent of the contractor's net proceeds. Subject to subparagraph (n), in all other cases, including those where the contractor engages in mining, transporting polymetallic nodules, and production primarily of four processed metals, namely, cobalt, copper, manganese and nickel, the Authority may, in its rules, regulations and procedures, prescribe appropriate floors which shall bear the same relationship to each case as the 25 per cent floor does to the three-metal case.

(f) "Contractor's net proceeds" means the contractor's gross proceeds less his operating costs and less the recovery of his development costs as set out in subparagraph (j).

(g) (i) If the contractor engages in mining, transporting polymetallic nodules and production of processed metals, "contractor's gross proceeds" means the gross revenues from the sale of the processed metals and any other monies deemed reasonably attributable to operations under the contract in accordance with the financial rules, regulations and procedures of the Authority.

(ii) In all cases other than those specified in subparagraphs (g)(i) and (n)(iii), "contractor's gross proceeds" means the gross revenues from the sale of the semi-processed metals from the polymetallic nodules recovered from the area covered by the contract, and any other monies deemed reasonably attributable to operations under the contract in accordance with the financial rules, regulations and procedures of the Authority.

(h) "Contractor's development costs" means:

(i) all expenditures incurred prior to the commencement of commercial production which are directly related to the development of the productive capacity of the area covered by the contract and the activities related thereto for operations under the contract in all cases other than that specified in subparagraph (n), in conformity with generally recognized accounting principles, including, inter alia, costs of machinery, equipment, ships, processing plant, construction, buildings, land, roads, prospecting and exploration of the area covered by the contract, research and development, interest, required leases, licences and fees; and

(ii) expenditures similar to those set forth in (i) above incurred subsequent to the commencement of commercial production and necessary to carry out the plan of work, except those chargeable to operating costs.

(i) The proceeds from the disposal of capital assets and the market value of those capital assets which are no longer required for operations under the contract and which are not sold shall be deducted from the contractor's development costs during the relevant accounting year. When these deductions exceed the contractor's development costs the excess shall be added to the contractor's gross proceeds.

(j) The contractor's development costs incurred prior to the commencement of commercial production referred to in subparagraphs (h)(i) and (n)(iv) shall be recovered in 10 equal annual instalments from the date of commencement of commercial production. The contractor's development costs incurred subsequent to the commencement of commercial production referred to in subparagraphs (h)(ii) and (n)(iv) shall be recovered in 10 or fewer equal annual instalments so as to ensure their complete recovery by the end of the contract.

(k) "Contractor's operating costs" means all expenditures incurred after the commencement of commercial production in the operation of the productive capacity of the area covered by the contract and the activities related thereto for operations under the contract, in conformity with generally recognized accounting principles, including, inter alia, the annual fixed fee or the production charge, whichever is greater, expenditures for wages, salaries, employee benefits, materials, services, transporting, processing and marketing costs, interest, utilities, preservation of the marine environment, overhead and administrative costs specifically related to operations under the contract, and any net operating losses carried forward or backward as specified herein. Net operating losses may be carried forward for two consecutive years except in the last two years of the contract in which case they may be carried backward to the two preceding years.

(l) If the contractor engages in mining, transporting of polymetallic nodules, and production of processed and semi-processed metals, "development costs of the mining sector" means the portion of the contractor's development costs which is directly related to the mining of the resources of the area covered by the contract, in conformity with generally recognized accounting principles, and the financial rules, regulations and procedures of the Authority, including, inter alia, application fee, annual fixed fee and, where applicable, costs of prospecting and exploration of the area covered by the contract, and a portion of research and development costs.

(m) "Return on investment" in any accounting year means the ratio of attributable net proceeds in that year to the development costs of the mining sector. For the purpose of computing this ratio the development costs of the mining sector shall include expenditures on new or replacement equipment in the mining sector less the original cost of the equipment replaced.

(n) If the contractor engages in mining only:

(i) "attributable net proceeds" means the whole of the contractor's net proceeds;

(ii) "contractor's net proceeds" shall be as defined in subparagraph (f);

(iii) "contractor's gross proceeds" means the gross revenues from the sale of the polymetallic nodules, and any other monies deemed reasonably attributable to operations under the contract in accordance with the financial rules, regulations and procedures of the Authority;

(iv) "contractor's development costs" means all expenditures incurred prior to the commencement of commercial production as set forth in subparagraph (h)(i), and all expenditures incurred subsequent to the commencement of commercial production as set forth in subparagraph (h)(ii), which are directly related to the mining of the resources of the area covered by the contract, in conformity with generally recognized accounting principles;

(v) "contractor's operating costs" means the contractor's operating costs as in subparagraph (k) which are directly related to the mining of the resources of the area covered by the contract in conformity with generally recognized accounting principles;

(vi) "return on investment" in any accounting year means the ratio of the contractor's net proceeds in that year to the contractor's development costs. For the purpose of computing this ratio, the contractor's development costs shall include expenditures on new or replacement equipment less the original cost of the equipment replaced.

(o) The costs referred to in subparagraphs (h), (k), (l) and (n) in respect of interest paid by the contractor shall be allowed to the extent that, in all the circumstances, the Authority approves, pursuant to article 4, paragraph 1, of this Annex, the debt-equity ratio and the rates of interest as reasonable, having regard to existing commercial practice.

(p) The costs referred to in this paragraph shall not be interpreted as including payments of corporate income taxes or similar charges levied by States in respect of the operations of the contractor.

7. (a) "Processed metals", referred to in paragraphs 5 and 6, means the metals in the most basic form in which they are customarily traded on international terminal markets. For this purpose, the Authority shall specify, in its financial rules, regulations and procedures, the relevant international terminal market.

For the metals which are not traded on such markets, "processed metals" means the metals in the most basic form in which they are customarily traded in representative arm's length transactions.

(b) If the Authority cannot otherwise determine the quantity of the processed metals produced from the polymetallic nodules recovered from the area covered by the contract referred to in paragraphs 5(b) and 6(b), the quantity shall be determined on the basis of the metal content of the nodules, processing recovery efficiency and other relevant factors, in accordance with the rules, regulations and procedures of the Authority and in conformity with generally recognized accounting principles.

8. If an international terminal market provides a representative pricing mechanism for processed metals, polymetallic nodules and semi-processed metals from the nodules, the average price on that market shall be used. In all other cases, the Authority shall, after consulting the contractor, determine a fair price for the said products in accordance with paragraph 9.

9. (a) All costs, expenditures, proceeds and revenues and all determinations of price and value referred to in this article shall be the result of free market or arm's length transactions. In the absence thereof, they shall be determined by the Authority, after consulting the contractor, as though they were the result of free market or arm's length transactions, taking into account relevant transactions in other markets.

(b) In order to ensure compliance with and enforcement of the provisions of this paragraph, the Authority shall be guided by the principles adopted for, and the interpretation given to, arm's length transactions by the Commission on Transnational Corporations of the United Nations, the Group of Experts on Tax Treaties between Developing and Developed Countries and other international organizations, and shall, in its rules, regulations and procedures, specify uniform and internationally acceptable accounting rules and procedures, and the means of selection by the contractor of certified independent accountants acceptable to the Authority for the purpose of carrying out auditing in compliance with those rules, regulations and procedures.

10. The contractor shall make available to the accountants, in accordance with the financial rules, regulations and procedures of the Authority, such financial data as are required to determine compliance with this article.

11. All costs, expenditures, proceeds and revenues, and all prices and values referred to in this article, shall be determined in accordance with generally recognized accounting principles and the financial rules, regulations and procedures of the Authority.

12. Payments to the Authority under paragraphs 5 and 6 shall be made in freely usable currencies or currencies which are freely available and effectively usable on the major foreign exchange markets or, at the contractor's option, in the equivalents of processed metals at market value. The market value shall be determined in accordance with paragraph 5(b). The freely usable currencies and currencies which are freely available and effectively usable on the major foreign exchange markets shall be defined in the rules, regulations and procedures of the Authority in accordance with prevailing international monetary practice.

13. All financial obligations of the contractor to the Authority, as well as all his fees, costs, expenditures, proceeds and revenues referred to in this article, shall be adjusted by expressing them in constant terms relative to a base year.

14. The Authority may, taking into account any recommendations of the Economic Planning Commission and the Legal and Technical Commission, adopt rules, regulations and procedures that provide for incentives, on a uniform and non-discriminatory basis, to contractors to further the objectives set out in paragraph 1.

15. In the event of a dispute between the Authority and a contractor over the interpretation or application of the financial terms of a contract, either party may submit the dispute to binding commercial arbitration, unless both parties agree to settle the dispute by other means, in accordance with article 188, paragraph 2.

Article 14. Transfer of data

1. The operator shall transfer to the Authority, in accordance with its rules, regulations and procedures and the terms and conditions of the plan of work, at time intervals determined by the Authority all data which are both necessary for and relevant to the effective exercise of the powers and functions of the principal organs of the Authority in respect of the area covered by the plan of work.
2. Transferred data in respect of the area covered by the plan of work, deemed proprietary, may only be used for the purposes set forth in this article. Data necessary for the formulation by the Authority of rules, regulations and procedures concerning protection of the marine environment and safety, other than equipment design data, shall not be deemed proprietary.
3. Data transferred to the Authority by prospectors, applicants for contracts or contractors, deemed proprietary, shall not be disclosed by the Authority to the Enterprise or to anyone external to the Authority, but data on the reserved areas may be disclosed to the Enterprise. Such data transferred by such persons to the Enterprise shall not be disclosed by the Enterprise to the Authority or to anyone external to the Authority.

Article 15. Training programmes

The contractor shall draw up practical programmes for the training of personnel of the Authority and developing States, including the participation of such personnel in all activities in the Area which are covered by the contract, in accordance with article 144, paragraph 2.

Article 16. Exclusive right to explore and exploit

The Authority shall, pursuant to Part XI and its rules, regulations and procedures, accord the operator the exclusive right to explore and exploit the area covered by the plan of work in respect of a specified category of resources and shall ensure that no other entity operates in the same area for a different category of resources in a manner which might interfere with the operations of the operator. The operator shall have security of tenure in accordance with article 153, paragraph 6.

Article 17. Rules, regulations and procedures of the Authority

1. The Authority shall adopt and uniformly apply rules, regulations and procedures in accordance with article 160, paragraph 2(f)(ii), and article 162, paragraph 2(o)(ii), for the exercise of its functions as set forth in Part XI on, inter alia, the following matters:

(a) administrative procedures relating to prospecting, exploration and exploitation in the Area;

(b) operations:

(i) size of area;

(ii) duration of operations;

(iii) performance requirements including assurances pursuant to article 4, paragraph 6(c), of this Annex;

(iv) categories of resources;

(v) renunciation of areas;

(vi) progress reports;

(vii) submission of data;

(viii) inspection and supervision of operations;

(ix) prevention of interference with other activities in the marine environment;

(x) transfer of rights and obligations by a contractor;

(xi) procedures for transfer of technology to developing States in accordance with article 144 and for their direct participation;

(xii) mining standards and practices, including those relating to operational safety, conservation of the resources and the protection of the marine environment;

(xiii) definition of commercial production;

(xiv) qualification standards for applicants;

(c) financial matters:

(i) establishment of uniform and non-discriminatory costing and accounting rules and the method of selection of auditors;

(ii) apportionment of proceeds of operations;

(iii) the incentives referred to in article 13 of this Annex;

(d) implementation of decisions taken pursuant to article 151, paragraph 10, and article 164, paragraph 2(d).

2. Rules, regulations and procedures on the following items shall fully reflect the objective criteria set out below:

(a) Size of areas: The Authority shall determine the appropriate size of areas for exploration which may be up to twice as large as those for exploitation in order to permit intensive exploration operations. The size of area shall be calculated to satisfy the requirements of article 8 of this Annex on reservation of areas as well as stated production requirements consistent with article 151 in accordance with the terms of the contract taking into account the state of the art of technology then available for seabed mining and the relevant physical characteristics of the areas. Areas shall be neither smaller nor larger than are necessary to satisfy this objective.

(b) Duration of operations:

(i) Prospecting shall be without time-limit;

(ii) Exploration should be of sufficient duration to permit a thorough survey of the specific area, the design and construction of mining equipment for the area and the design and construction of small and medium-size processing plants for the purpose of testing mining and processing systems;

(iii) The duration of exploitation should be related to the economic life of the mining project, taking into consideration such factors as the depletion of the ore, the useful life of mining equipment and processing facilities and commercial viability. Exploitation should be of sufficient duration to permit commercial extraction of minerals of the area and should include a reasonable time period for construction of commercial-scale mining and processing systems, during which period commercial production should not be required. The total duration of exploitation, however, should also be short enough to give the Authority an opportunity to amend the terms and conditions of the plan of work at the time it considers renewal in accordance with rules, regulations and procedures which it has adopted subsequent to approving the plan of work.

(c) Performance requirements: The Authority shall require that during the exploration stage periodic expenditures be made by the operator which are reasonably related to the size of the area covered by the plan of work and the expenditures which would be expected of a bona fide operator who intended to bring the area into commercial production within the time-limits established by the Authority. The required expenditures should not be established at a level which would discourage prospective operators with less costly technology than is prevalently in use. The Authority shall establish a maximum time interval, after the exploration stage is completed and the exploitation stage begins, to achieve commercial production. To determine this interval, the Authority should take into consideration that construction of large-scale mining and processing systems cannot be initiated until after the termination of the exploration stage and the commencement of the exploitation stage. Accordingly, the interval to bring an area into commercial production should take into account the time necessary for this construction after the completion of the exploration stage and reasonable allowance should be made for unavoidable delays in the construction schedule. Once commercial production is achieved, the Authority shall within reasonable limits and taking into consideration all relevant factors require the operator to maintain commercial production throughout the period of the plan of work.

(d) Categories of resources: In determining the category of resources in respect of which a plan of work may be approved, the Authority shall give emphasis inter alia to the following characteristics:

(i) that certain resources require the use of similar mining methods; and

(ii) that some resources can be developed simultaneously without undue interference between operators developing different resources in the same area.

Nothing in this subparagraph shall preclude the Authority from approving a plan of work with respect to more than one category of resources in the same area to the same applicant.

(e) Renunciation of areas: The operator shall have the right at any time to renounce without penalty the whole or part of his rights in the area covered by a plan of work.

(f) Protection of the marine environment: Rules, regulations and procedures shall be drawn up in order to secure effective protection of the marine environment from harmful effects directly resulting from activities in the Area or from shipboard processing immediately above a mine site of minerals derived from that mine site, taking into account the extent to which such harmful effects may directly result from drilling, dredging, coring and excavation and from disposal, dumping and discharge into the marine environment of sediment, wastes or other effluents.

(g) Commercial production: Commercial production shall be deemed to have begun if an operator engages in sustained large-scale recovery operations which yield a quantity of materials sufficient to indicate clearly that the principal purpose is large-scale production rather than production intended for information gathering, analysis or the testing of equipment or plant.

Article 18. Penalties

1. A contractor's rights under the contract may be suspended or terminated only in the following cases:

(a) if, in spite of warnings by the Authority, the contractor has conducted his activities in such a way as to result in serious, persistent and wilful violations of the fundamental terms of the contract, Part XI and the rules, regulations and procedures of the Authority; or

(b) if the contractor has failed to comply with a final binding decision of the dispute settlement body applicable to him.

2. In the case of any violation of the contract not covered by paragraph 1(a), or in lieu of suspension or termination under paragraph 1(a), the Authority may impose upon the contractor monetary penalties proportionate to the seriousness of the violation.

3. Except for emergency orders under article 162, paragraph 2(w), the Authority may not execute a decision involving monetary penalties, suspension or termination until the contractor has been accorded a reasonable opportunity to exhaust the judicial remedies available to him pursuant to Part XI, section 5.

Article 19. Revision of contract

1. When circumstances have arisen or are likely to arise which, in the opinion of either party, would render the contract inequitable or make it impracticable or impossible to achieve the objectives set out in the contract or in Part XI, the parties shall enter into negotiations to revise it accordingly.
2. Any contract entered into in accordance with article 153, paragraph 3, may be revised only with the consent of the parties.

Article 20. Transfer of rights and obligations

The rights and obligations arising under a contract may be transferred only with the consent of the Authority, and in accordance with its rules, regulations and procedures. The Authority shall not unreasonably withhold consent to the transfer if the proposed transferee is in all respects a qualified applicant and assumes all of the obligations of the transferor and if the transfer does not confer to the transferee a plan of work, the approval of which would be forbidden by article 6, paragraph 3(c), of this Annex.

Article 21. Applicable law

1. The contract shall be governed by the terms of the contract, the rules, regulations and procedures of the Authority, Part XI and other rules of international law not incompatible with this Convention.
2. Any final decision rendered by a court or tribunal having jurisdiction under this Convention relating to the rights and obligations of the Authority and of the contractor shall be enforceable in the territory of each State Party.
3. No State Party may impose conditions on a contractor that are inconsistent with

Part XI. However, the application by a State Party to contractors sponsored by it, or to ships flying its flag, of environmental or other laws and regulations more stringent than those in the rules, regulations and procedures of the Authority adopted pursuant to article 17, paragraph 2(f), of this Annex shall not be deemed inconsistent with Part XI.

Article 22. Responsibility

The contractor shall have responsibility or liability for any damage arising out of wrongful acts in the conduct of its operations, account being taken of contributory acts or omissions by the Authority. Similarly, the Authority shall have responsibility or liability for any damage arising out of wrongful acts in the exercise of its powers and functions, including violations under article 168, paragraph 2, account being taken of contributory acts or omissions by the contractor. Liability in every case shall be for the actual amount of damage.

ANNEX IV. STATUTE OF THE ENTERPRISE

Article 1. Purposes

1. The Enterprise is the organ of the Authority which shall carry out activities in the Area directly, pursuant to article 153, paragraph 2 (a), as well as the transporting, processing and marketing of minerals recovered from the Area.
2. In carrying out its purposes and in the exercise of its functions, the Enterprise shall act in accordance with this Convention and the rules, regulations and procedures of the Authority.
3. In developing the resources of the Area pursuant to paragraph 1, the Enterprise shall, subject to this Convention, operate in accordance with sound commercial principles.

Article 2. Relationship to the Authority

1. Pursuant to article 170, the Enterprise shall act in accordance with the general policies of the Assembly and the directives of the Council.
2. Subject to paragraph 1, the Enterprise shall enjoy autonomy in the conduct of its operations.
3. Nothing in this Convention shall make the Enterprise liable for the acts or obligations of the Authority, or make the Authority liable for the acts or obligations of the Enterprise.

Article 3. Limitation of liability

Without prejudice to article 11, paragraph 3, of this Annex, no member of the Authority shall be liable by reason only of its membership for the acts or obligations of the Enterprise.

Article 4. Structure

The Enterprise shall have a Governing Board, a Director-General and the staff necessary for the exercise of its functions.

Article 5. Governing Board

1. The Governing Board shall be composed of 15 members elected by the Assembly in accordance with article 160, paragraph 2(c). In the election of the members of the Board, due regard shall be paid to the principle of equitable geographical distribution. In submitting nominations of candidates for election to the Board, members of the Authority shall bear in mind the need to nominate candidates of the highest standard of competence, with qualifications in relevant fields, so as to ensure the viability and success of the Enterprise.
2. Members of the Board shall be elected for four years and may be re-elected; and due regard shall be paid to the principle of rotation of membership.
3. Members of the Board shall continue in office until their successors are elected. If the office of a member of the Board becomes vacant, the Assembly shall, in

accordance with article 160, paragraph 2(c), elect a new member for the remainder of his predecessor's term.

4. Members of the Board shall act in their personal capacity. In the performance of their duties they shall not seek or receive instructions from any government or from any other source. Each member of the Authority shall respect the independent character of the members of the Board and shall refrain from all attempts to influence any of them in the discharge of their duties.
5. Each member of the Board shall receive remuneration to be paid out of the funds of the Enterprise. The amount of remuneration shall be fixed by the Assembly, upon the recommendation of the Council.
6. The Board shall normally function at the principal office of the Enterprise and shall meet as often as the business of the Enterprise may require.
7. Two thirds of the members of the Board shall constitute a quorum.
8. Each member of the Board shall have one vote. All matters before the Board shall be decided by a majority of its members. If a member has a conflict of interest on a matter before the Board he shall refrain from voting on that matter.
9. Any member of the Authority may ask the Board for information in respect of its operations which particularly affect that member. The Board shall endeavour to provide such information.

Article 6. Powers and functions of the Governing Board

The Governing Board shall direct the operations of the Enterprise. Subject to this Convention, the Governing Board shall exercise the powers necessary to fulfil the purposes of the Enterprise, including powers:

(a) to elect a Chairman from among its members;

(b) to adopt its rules of procedure;

(c) to draw up and submit formal written plans of work to the Council in accordance with article 153, paragraph 3, and article 162, paragraph 2(j);

(d) to develop plans of work and programmes for carrying out the activities specified in article 170;

(e) to prepare and submit to the Council applications for production authorizations in accordance with article 151, paragraphs 2 to 7;
(f) to authorize negotiations concerning the acquisition of technology, including those provided for in Annex III, article 5, paragraph 3(a), (c) and (d), and to approve the results of those negotiations;
(g) to establish terms and conditions, and to authorize negotiations, concerning joint ventures and other forms of joint arrangements referred to in Annex III, articles 9 and 11, and to approve the results of such negotiations;
(h) to recommend to the Assembly what portion of the net income of the Enterprise should be retained as its reserves in accordance with article 160, paragraph 2(f), and article 10 of this Annex;
(i) to approve the annual budget of the Enterprise;
(j) to authorize the procurement of goods and services in accordance with article 12, paragraph 3, of this Annex;
(k) to submit an annual report to the Council in accordance with article 9 of this Annex;
(l) to submit to the Council for the approval of the Assembly draft rules in respect of the organization, management, appointment and dismissal of the staff of the Enterprise and to adopt regulations to give effect to such rules;
(m) to borrow funds and to furnish such collateral or other security as it may determine in accordance with article 11, paragraph 2, of this Annex;
(n) to enter into any legal proceedings, agreements and transactions and to take any other actions in accordance with article 13 of this Annex;
(o) to delegate, subject to the approval of the Council, any non-discretionary powers to the Director-General and to its committees.

Article 7. Director-General and staff of the Enterprise

1. The Assembly shall, upon the recommendation of the Council and the nomination of the Governing Board, elect the Director-General of the Enterprise who shall not be a member of the Board. The Director-General shall hold office for a

fixed term, not exceeding five years, and may be re-elected for further terms.

2. The Director-General shall be the legal representative and chief executive of the Enterprise and shall be directly responsible to the Board for the conduct of the operations of the Enterprise. He shall be responsible for the organization, management, appointment and dismissal of the staff of the Enterprise in accordance with the rules and regulations referred to in article 6, subparagraph (l), of this Annex. He shall participate, without the right to vote, in the meetings of the Board and may participate, without the right to vote, in the meetings of the Assembly and the Council when these organs are dealing with matters concerning the Enterprise.
3. The paramount consideration in the recruitment and employment of the staff and in the determination of their conditions of service shall be the necessity of securing the highest standards of efficiency and of technical competence. Subject to this consideration, due regard shall be paid to the importance of recruiting the staff on an equitable geographical basis.
4. In the performance of their duties the Director-General and the staff shall not seek or receive instructions from any government or from any other source external to the Enterprise. They shall refrain from any action which might reflect on their position as international officials of the Enterprise responsible only to the Enterprise. Each State Party undertakes to respect the exclusively international character of the responsibilities of the Director-General and the staff and not to seek to influence them in the discharge of their responsibilities.
5. The responsibilities set forth in article 168, paragraph 2, are equally applicable to the staff of the Enterprise.

Article 8. Location

The Enterprise shall have its principal office at the seat of the Authority. The Enterprise may establish other offices and facilities in the territory of any State Party with the consent of that State Party.

Article 9. Reports and financial statements

1. The Enterprise shall, not later than three months after the end of each financial year, submit to the Council for its consideration an annual report containing an audited statement of its accounts and shall transmit to the Council at appropriate intervals a summary statement of its financial position and a profit and loss statement showing the results of its operations.
2. The Enterprise shall publish its annual report and such other reports as it finds appropriate.
3. All reports and financial statements referred to in this article shall be distributed to the members of the Authority.

Article 10. Allocation of net income

1. Subject to paragraph 3, the Enterprise shall make payments to the Authority under Annex III, article 13, or their equivalent.
2. The Assembly shall, upon the recommendation of the Governing Board, determine what portion of the net income of the Enterprise shall be retained as reserves of the Enterprise. The remainder shall be transferred to the Authority.
3. During an initial period required for the Enterprise to become self-supporting, which shall not exceed 10 years from the commencement of commercial production by it, the Assembly shall exempt the Enterprise from the payments referred to in paragraph 1, and shall leave all of the net income of the Enterprise in its reserves.

Article 11. Finances

1. The funds of the Enterprise shall include:
   (a) amounts received from the Authority in accordance with article 173, paragraph 2(b);
   (b) voluntary contributions made by States Parties for the purpose of financing activities of the Enterprise;
   (c) amounts borrowed by the Enterprise in accordance with paragraphs 2 and 3;
   (d) income of the Enterprise from its operations;

(e) other funds made available to the Enterprise to enable it to commence operations as soon as possible and to carry out its functions.

2. (a) The Enterprise shall have the power to borrow funds and to furnish such collateral or other security as it may determine. Before making a public sale of its obligations in the financial markets or currency of a State Party, the Enterprise shall obtain the approval of that State Party. The total amount of borrowings shall be approved by the Council upon the recommendation of the Governing Board.

(b) States Parties shall make every reasonable effort to support applications by the Enterprise for loans on capital markets and from international financial institutions.

3. (a) The Enterprise shall be provided with the funds necessary to explore and exploit one mine site, and to transport, process and market the minerals recovered therefrom and the nickel, copper, cobalt and manganese obtained, and to meet its initial administrative expenses. The amount of the said funds, and the criteria and factors for its adjustment, shall be included by the Preparatory Commission in the draft rules, regulations and procedures of the Authority.

(b) All States Parties shall make available to the Enterprise an amount equivalent to one half of the funds referred to in subparagraph (a) by way of long-term interest-free loans in accordance with the scale of assessments for the United Nations regular budget in force at the time when the assessments are made, adjusted to take into account the States which are not members of the United Nations. Debts incurred by the Enterprise in raising the other half of the funds shall be guaranteed by all States Parties in accordance with the same scale.

(c) If the sum of the financial contributions of States Parties is less than the funds to be provided to the Enterprise under subparagraph (a), the Assembly shall, at its first session, consider the extent of the shortfall and adopt by consensus measures for dealing with this shortfall, taking into account the obligation of States Parties under subparagraphs (a) and (b) and any recommendations of the Preparatory Commission.

(d) (i) Each State Party shall, within 60 days after the entry into force of this

Convention, or within 30 days after the deposit of its instrument of ratification or accession, whichever is later, deposit with the Enterprise irrevocable, non-negotiable, non-interest-bearing promissory notes in the amount of the share of such State Party of interest-free loans pursuant to subparagraph (b).

(ii) The Board shall prepare, at the earliest practicable date after this Convention enters into force, and thereafter at annual or other appropriate intervals, a schedule of the magnitude and timing of its requirements for the funding of its administrative expenses and for activities carried out by the Enterprise in accordance with article 170 and article 12 of this Annex.

(iii) The States Parties shall, thereupon, be notified by the Enterprise, through the Authority, of their respective shares of the funds in accordance with subparagraph (b), required for such expenses. The Enterprise shall encash such amounts of the promissory notes as may be required to meet the expenditure referred to in the schedule with respect to interest-free loans.

(iv) States Parties shall, upon receipt of the notification, make available their respective shares of debt guarantees for the Enterprise in accordance with subparagraph (b).

(e) (i) If the Enterprise so requests, State Parties may provide debt guarantees in addition to those provided in accordance with the scale referred to in subparagraph (b).

(ii) In lieu of debt guarantees, a State Party may make a voluntary contribution to the Enterprise in an amount equivalent to that portion of the debts which it would otherwise be liable to guarantee.

(f) Repayment of the interest-bearing loans shall have priority over the repayment of the interest-free loans. Repayment of interest-free loans shall be in accordance with a schedule adopted by the Assembly, upon the recommendation of the Council and the advice of the Board. In the exercise of this function the Board shall be guided by the relevant provisions of the rules, regulations and procedures of the Authority, which shall take into account the paramount importance of ensuring the effective functioning of the Enterprise and, in particular, ensuring its financial independence.

(g) Funds made available to the Enterprise shall be in freely usable currencies or currencies which are freely available and effectively usable in the major foreign exchange markets. These currencies shall be defined in the rules, regulations and procedures of the Authority in accordance with prevailing international monetary practice. Except as provided in paragraph 2, no State Party shall maintain or impose restrictions on the holding, use or exchange by the Enterprise of these funds.

(h) "Debt guarantee" means a promise of a State Party to creditors of the Enterprise to pay, pro rata in accordance with the appropriate scale, the financial obligations of the Enterprise covered by the guarantee following notice by the creditors to the State Party of a default by the Enterprise. Procedures for the payment of those obligations shall be in conformity with the rules, regulations and procedures of the Authority.

4. The funds, assets and expenses of the Enterprise shall be kept separate from those of the Authority. This article shall not prevent the Enterprise from making arrangements with the Authority regarding facilities, personnel and services and arrangements for reimbursement of administrative expenses paid by either on behalf of the other.

5. The records, books and accounts of the Enterprise, including its annual financial statements, shall be audited annually by an independent auditor appointed by the Council.

Article 12. Operations

1. The Enterprise shall propose to the Council projects for carrying out activities in accordance with article 170. Such proposals shall include a formal written plan of work for activities in the Area in accordance with article 153, paragraph 3, and all such other information and data as may be required from time to time for its appraisal by the Legal and Technical Commission and approval by the Council.

2. Upon approval by the Council, the Enterprise shall execute the project on the

basis of the formal written plan of work referred to in paragraph 1.

3. (a) If the Enterprise does not possess the goods and services required for its operations it may procure them. For that purpose, it shall issue invitations to tender and award contracts to bidders offering the best combination of quality, price and delivery time.

(b) If there is more than one bid offering such a combination, the contract shall be awarded in accordance with:

(i) the principle of non-discrimination on the basis of political or other considerations not relevant to the carrying out of operations with due diligence and efficiency; and

(ii) guidelines approved by the Council with regard to the preferences to be accorded to goods and services originating in developing States, including the land-locked and geographically disadvantaged among them.

(c) The Governing Board may adopt rules determining the special circumstances in which the requirement of invitations to bid may, in the best interests of the Enterprise, be dispensed with.

4. The Enterprise shall have title to all minerals and processed substances produced by it.

5. The Enterprise shall sell its products on a non-discriminatory basis. It shall not give non-commercial discounts.

6. Without prejudice to any general or special power conferred on the Enterprise under any other provision of this Convention, the Enterprise shall exercise such powers incidental to its business as shall be necessary.

7. The Enterprise shall not interfere in the political affairs of any State Party; nor shall it be influenced in its decisions by the political character of the State Party concerned. Only commercial considerations shall be relevant to its decisions, and these considerations shall be weighed impartially in order to carry out the purposes specified in article 1 of this Annex.

Article 13. Legal status, privileges and immunities

1. To enable the Enterprise to exercise its functions, the status, privileges and immunities set forth in this article shall be accorded to the Enterprise in the territories of States Parties. To give effect to this principle the Enterprise and States Parties may, where necessary, enter into special agreements.

2. The Enterprise shall have such legal capacity as is necessary for the exercise of its functions and the fulfilment of its purposes and, in particular, the capacity:

 (a) to enter into contracts, joint arrangements or other arrangements, including agreements with States and international organizations;

 (b) to acquire, lease, hold and dispose of immovable and movable property;

 (c) to be a party to legal proceedings.

3. (a) Actions may be brought against the Enterprise only in a court of competent jurisdiction in the territory of a State Party in which the Enterprise:

  (i) has an office or facility;

  (ii) has appointed an agent for the purpose of accepting service or notice of process;

  (iii) has entered into a contract for goods or services;

  (iv) has issued securities; or

  (v) is otherwise engaged in commercial activity.

 (b) The property and assets of the Enterprise, wherever located and by whomsoever held, shall be immune from all forms of seizure, attachment or execution before the delivery of final judgment against the Enterprise.

4. (a) The property and assets of the Enterprise, wherever located and by whomsoever held, shall be immune from requisition, confiscation, expropriation or any other form of seizure by executive or legislative action.

 (b) The property and assets of the Enterprise, wherever located and by whomsoever held, shall be free from discriminatory restrictions, regulations, controls and moratoria of any nature.

 (c) The Enterprise and its employees shall respect local laws and regulations in any State or territory in which the Enterprise or its employees may do business or otherwise act.

(d) States Parties shall ensure that the Enterprise enjoys all rights, privileges and immunities accorded by them to entities conducting commercial activities in their territories. These rights, privileges and immunities shall be accorded to the Enterprise on no less favourable a basis than that on which they are accorded to entities engaged in similar commercial activities. If special privileges are provided by States Parties for developing States or their commercial entities, the Enterprise shall enjoy those privileges on a similarly preferential basis.

(e) States Parties may provide special incentives, rights, privileges and immunities to the Enterprise without the obligation to provide such incentives, rights, privileges and immunities to other commercial entities.

5. The Enterprise shall negotiate with the host countries in which its offices and facilities are located for exemption from direct and indirect taxation.

6. Each State Party shall take such action as is necessary for giving effect in terms of its own law to the principles set forth in this Annex and shall inform the Enterprise of the specific action which it has taken.

7. The Enterprise may waive any of the privileges and immunities conferred under this article or in the special agreements referred to in paragraph 1 to such extent and upon such conditions as it may determine.

ANNEX V. CONCILIATION

SECTION 1. CONCILIATION PROCEDURE PURSUANT TO SECTION 1 OF PART XV

Article 1. Institution of proceedings

If the parties to a dispute have agreed, in accordance with article 284, to submit it to conciliation under this section, any such party may institute the proceedings by written notification addressed to the other party or parties to the dispute.

Article 2. List of conciliators

A list of conciliators shall be drawn up and maintained by the Secretary-General of the United Nations. Every State Party shall be entitled to nominate four conciliators, each of whom shall be a person enjoying the highest reputation for fairness, competence and integrity. The names of the persons so nominated shall constitute the list. If at any time the conciliators nominated by a State Party in the list so constituted shall be fewer than four, that State Party shall be entitled to make further nominations as necessary. The name of a conciliator shall remain on the list until withdrawn by the State Party which made the nomination, provided that such conciliator shall continue to serve on any conciliation commission to which that conciliator has been appointed until the completion of the proceedings before that commission.

Article 3. Constitution of conciliation commission

The conciliation commission shall, unless the parties otherwise agree, be constituted as follows:

(a) Subject to subparagraph (g), the conciliation commission shall consist of five members.

(b) The party instituting the proceedings shall appoint two conciliators to be chosen preferably from the list referred to in article 2 of this Annex, one of whom may be its national, unless the parties otherwise agree. Such appointments shall be included in the notification referred to in article 1 of this Annex.

(c) The other party to the dispute shall appoint two conciliators in the manner set forth in subparagraph (b) within 21 days of receipt of the notification referred to in article 1 of this Annex. If the appointments are not made within that period, the party instituting the proceedings may, within one week of the expiration of that period, either terminate the proceedings by notification addressed to the other party or request the Secretary-General of the United Nations to make the appointments in accordance with subparagraph (e).

(d) Within 30 days after all four conciliators have been appointed, they shall appoint a fifth conciliator chosen from the list referred to in article 2 of this Annex, who shall be chairman. If the appointment is not made within that period, either party may, within one week of the expiration of that period, request the Secretary-General of the United Nations to make the appointment in accordance with subparagraph (e).

(e) Within 30 days of the receipt of a request under subparagraph (c) or (d), the Secretary-General of the United Nations shall make the necessary appointments from the list referred to in article 2 of this Annex in consultation with the parties to the dispute.

(f) Any vacancy shall be filled in the manner prescribed for the initial appointment.

(g) Two or more parties which determine by agreement that they are in the same interest shall appoint two conciliators jointly. Where two or more parties have separate interests or there is a disagreement as to whether they are of the same interest, they shall appoint conciliators separately.

(h) In disputes involving more than two parties having separate interests, or where there is disagreement as to whether they are of the same interest, the parties shall apply subparagraphs (a) to (f) in so far as possible.

Article 4. Procedure

The conciliation commission shall, unless the parties otherwise agree, determine its own procedure. The commission may, with the consent of the parties to the dispute, invite any State Party to submit to it its views orally or in writing. Decisions of the commission regarding procedural matters, the report and recommendations shall be made by a majority vote of its members.

Article 5. Amicable settlement

The commission may draw the attention of the parties to any measures which might facilitate an amicable settlement of the dispute.

Article 6. Functions of the commission

The commission shall hear the parties, examine their claims and objections, and make proposals to the parties with a view to reaching an amicable settlement.

Article 7. Report

1. The commission shall report within 12 months of its constitution. Its report shall record any agreements reached and, failing agreement, its conclusions on all questions of fact or law relevant to the matter in dispute and such recommendations as the commission may deem appropriate for an amicable settlement. The report shall be deposited with the Secretary-General of the United Nations and shall immediately be transmitted by him to the parties to the dispute.
2. The report of the commission, including its conclusions or recommendations, shall not be binding upon the parties.

Article 8. Termination

The conciliation proceedings are terminated when a settlement has been reached, when the parties have accepted or one party has rejected the recommendations of the report by written notification addressed to the Secretary-General of the United Nations, or when a period of three months has expired from the date of transmission of the report to the parties.

Article 9. Fees and expenses

The fees and expenses of the commission shall be borne by the parties to the dispute.

Article 10. Right of parties to modify procedure

The parties to the dispute may by agreement applicable solely to that dispute modify any provision of this Annex.

SECTION 2. COMPULSORY SUBMISSION TO CONCILIATION PROCEDURE PURSUANT TO SECTION 3 OF PART XV

Article 11. Institution of proceedings

1. Any party to a dispute which, in accordance with Part XV, section 3, may be submitted to conciliation under this section, may institute the proceedings by written notification addressed to the other party or parties to the dispute.
2. Any party to the dispute, notified under paragraph 1, shall be obliged to submit to such proceedings.

Article 12. Failure to reply or to submit to conciliation

The failure of a party or parties to the dispute to reply to notification of institution of proceedings or to submit to such proceedings shall not constitute a bar to the proceedings.

Article 13. Competence

A disagreement as to whether a conciliation commission acting under this section has competence shall be decided by the commission.

Article 14. Application of section 1

Articles 2 to 10 of section 1 of this Annex apply subject to this section.

ANNEX VI. STATUTE OF THE INTERNATIONAL TRIBUNAL FOR THE LAW OF THE SEA

Article 1. General provisions

1. The International Tribunal for the Law of the Sea is constituted and shall function in accordance with the provisions of this Convention and this Statute.
2. The seat of the Tribunal shall be in the Free and Hanseatic City of Hamburg

in the Federal Republic of Germany.

3. The Tribunal may sit and exercise its functions elsewhere whenever it considers this desirable.
4. A reference of a dispute to the Tribunal shall be governed by the provisions of Parts XI and XV.

SECTION 1. ORGANIZATION OF THE TRIBUNAL

Article 2. Composition

1. The Tribunal shall be composed of a body of 21 independent members, elected from among persons enjoying the highest reputation for fairness and integrity and of recognized competence in the field of the law of the sea.
2. In the Tribunal as a whole the representation of the principal legal systems of the world and equitable geographical distribution shall be assured.

Article 3. Membership

1. No two members of the Tribunal may be nationals of the same State. A person who for the purposes of membership in the Tribunal could be regarded as a national of more than one State shall be deemed to be a national of the one in which he ordinarily exercises civil and political rights.
2. There shall be no fewer than three members from each geographical group as established by the General Assembly of the United Nations.

Article 4. Nominations and elections

1. Each State Party may nominate not more than two persons having the qualifications prescribed in article 2 of this Annex. The members of the Tribunal shall be elected from the list of persons thus nominated.
2. At least three months before the date of the election, the Secretary-General of the United Nations in the case of the first election and the Registrar of the Tribunal in the case of subsequent elections shall address a written invitation to

the States Parties to submit their nominations for members of the Tribunal within two months. He shall prepare a list in alphabetical order of all the persons thus nominated, with an indication of the States Parties which have nominated them, and shall submit it to the States Parties before the seventh day of the last month before the date of each election.

3. The first election shall be held within six months of the date of entry into force of this Convention.
4. The members of the Tribunal shall be elected by secret ballot. Elections shall be held at a meeting of the States Parties convened by the Secretary-General of the United Nations in the case of the first election and by a procedure agreed to by the States Parties in the case of subsequent elections. Two thirds of the States Parties shall constitute a quorum at that meeting. The persons elected to the Tribunal shall be those nominees who obtain the largest number of votes and a two-thirds majority of the States Parties present and voting, provided that such majority includes a majority of the States Parties.

Article 5. Term of office

1. The members of the Tribunal shall be elected for nine years and may be re-elected; provided, however, that of the members elected at the first election, the terms of seven members shall expire at the end of three years and the terms of seven more members shall expire at the end of six years.
2. The members of the Tribunal whose terms are to expire at the end of the above-mentioned initial periods of three and six years shall be chosen by lot to be drawn by the Secretary-General of the United Nations immediately after the first election.
3. The members of the Tribunal shall continue to discharge their duties until their places have been filled. Though replaced, they shall finish any proceedings which they may have begun before the date of their replacement.
4. In the case of the resignation of a member of the Tribunal, the letter of resignation shall be addressed to the President of the Tribunal. The place becomes vacant

on the receipt of that letter.

Article 6. Vacancies

1. Vacancies shall be filled by the same method as that laid down for the first election, subject to the following provision: the Registrar shall, within one month of the occurrence of the vacancy, proceed to issue the invitations provided for in article 4 of this Annex, and the date of the election shall be fixed by the President of the Tribunal after consultation with the States Parties.
2. A member of the Tribunal elected to replace a member whose term of office has not expired shall hold office for the remainder of his predecessor's term.

Article 7. Incompatible activities

1. No member of the Tribunal may exercise any political or administrative function, or associate actively with or be financially interested in any of the operations of any enterprise concerned with the exploration for or exploitation of the resources of the sea or the seabed or other commercial use of the sea or the seabed.
2. No member of the Tribunal may act as agent, counsel or advocate in any case.
3. Any doubt on these points shall be resolved by decision of the majority of the other members of the Tribunal present.

Article 8. Conditions relating to participation of members in a particular case

1. No member of the Tribunal may participate in the decision of any case in which he has previously taken part as agent, counsel or advocate for one of the parties, or as a member of a national or international court or tribunal, or in any other capacity.
2. If, for some special reason, a member of the Tribunal considers that he should not take part in the decision of a particular case, he shall so inform the President of the Tribunal.
3. If the President considers that for some special reason one of the members of the Tribunal should not sit in a particular case, he shall give him notice accordingly.

4. Any doubt on these points shall be resolved by decision of the majority of the other members of the Tribunal present.

Article 9. Consequence of ceasing to fulfil required conditions

If, in the unanimous opinion of the other members of the Tribunal, a member has ceased to fulfil the required conditions, the President of the Tribunal shall declare the seat vacant.

Article 10. Privileges and immunities

The members of the Tribunal, when engaged on the business of the Tribunal, shall enjoy diplomatic privileges and immunities.

Article 11. Solemn declaration by members

Every member of the Tribunal shall, before taking up his duties, make a solemn declaration in open session that he will exercise his powers impartially and conscientiously.

Article 12. President, Vice-President and Registrar

1. The Tribunal shall elect its President and Vice-President for three years; they may be re-elected.
2. The Tribunal shall appoint its Registrar and may provide for the appointment of such other officers as may be necessary.
3. The President and the Registrar shall reside at the seat of the Tribunal.

Article 13. Quorum

1. All available members of the Tribunal shall sit; a quorum of 11 elected members shall be required to constitute the Tribunal.
2. Subject to article 17 of this Annex, the Tribunal shall determine which members are available to constitute the Tribunal for the consideration of a particular dispute, having regard to the effective functioning of the chambers as provided for in

articles 14 and 15 of this Annex.

3. All disputes and applications submitted to the Tribunal shall be heard and determined by the Tribunal, unless article 14 of this Annex applies, or the parties request that it shall be dealt with in accordance with article 15 of this Annex.

Article 14. Seabed Disputes Chamber

A Seabed Disputes Chamber shall be established in accordance with the provisions of section 4 of this Annex. Its jurisdiction, powers and functions shall be as provided for in Part XI, section 5.

Article 15. Special chambers

1. The Tribunal may form such chambers, composed of three or more of its elected members, as it considers necessary for dealing with particular categories of disputes.
2. The Tribunal shall form a chamber for dealing with a particular dispute submitted to it if the parties so request. The composition of such a chamber shall be determined by the Tribunal with the approval of the parties.
3. With a view to the speedy dispatch of business, the Tribunal shall form annually a chamber composed of five of its elected members which may hear and determine disputes by summary procedure. Two alternative members shall be selected for the purpose of replacing members who are unable to participate in a particular proceeding.
4. Disputes shall be heard and determined by the chambers provided for in this article if the parties so request.
5. A judgment given by any of the chambers provided for in this article and in article 14 of this Annex shall be considered as rendered by the Tribunal.

Article 16. Rules of the Tribunal

The Tribunal shall frame rules for carrying out its functions. In particular it shall lay down rules of procedure.

Article 17. Nationality of members

1. Members of the Tribunal of the nationality of any of the parties to a dispute shall retain their right to participate as members of the Tribunal.
2. If the Tribunal, when hearing a dispute, includes upon the bench a member of the nationality of one of the parties, any other party may choose a person to participate as a member of the Tribunal.
3. If the Tribunal, when hearing a dispute, does not include upon the bench a member of the nationality of the parties, each of those parties may choose a person to participate as a member of the Tribunal.
4. This article applies to the chambers referred to in articles 14 and 15 of this Annex. In such cases, the President, in consultation with the parties, shall request specified members of the Tribunal forming the chamber, as many as necessary, to give place to the members of the Tribunal of the nationality of the parties concerned, and, failing such, or if they are unable to be present, to the members specially chosen by the parties.
5. Should there be several parties in the same interest, they shall, for the purpose of the preceding provisions, be considered as one party only. Any doubt on this point shall be settled by the decision of the Tribunal.
6. Members chosen in accordance with paragraphs 2, 3 and 4 shall fulfil the conditions required by articles 2, 8 and 11 of this Annex. They shall participate in the decision on terms of complete equality with their colleagues.

Article 18. Remuneration of members

1. Each elected member of the Tribunal shall receive an annual allowance and, for each day on which he exercises his functions, a special allowance, provided that in any year the total sum payable to any member as special allowance shall not exceed the amount of the annual allowance.
2. The President shall receive a special annual allowance.
3. The Vice-President shall receive a special allowance for each day on which he acts as President.

4. The members chosen under article 17 of this Annex, other than elected members of the Tribunal, shall receive compensation for each day on which they exercise their functions.
5. The salaries, allowances and compensation shall be determined from time to time at meetings of the States Parties, taking into account the workload of the Tribunal. They may not be decreased during the term of office.
6. The salary of the Registrar shall be determined at meetings of the States Parties, on the proposal of the Tribunal.
7. Regulations adopted at meetings of the States Parties shall determine the conditions under which retirement pensions may be given to members of the Tribunal and to the Registrar, and the conditions under which members of the Tribunal and Registrar shall have their travelling expenses refunded.
8. The salaries, allowances, and compensation shall be free of all taxation.

Article 19. Expenses of the Tribunal

1. The expenses of the Tribunal shall be borne by the States Parties and by the Authority on such terms and in such a manner as shall be decided at meetings of the States Parties.
2. When an entity other than a State Party or the Authority is a party to a case submitted to it, the Tribunal shall fix the amount which that party is to contribute towards the expenses of the Tribunal.

SECTION 2. COMPETENCE

Article 20. Access to the Tribunal

1. The Tribunal shall be open to States Parties.
2. The Tribunal shall be open to entities other than States Parties in any case expressly provided for in Part XI or in any case submitted pursuant to any other agreement conferring jurisdiction on the Tribunal which is accepted by all the parties to that case.

Article 21. Jurisdiction

The jurisdiction of the Tribunal comprises all disputes and all applications submitted to it in accordance with this Convention and all matters specifically provided for in any other agreement which confers jurisdiction on the Tribunal.

Article 22. Reference of disputes subject to other agreements

If all the parties to a treaty or convention already in force and concerning the subject-matter covered by this Convention so agree, any disputes concerning the interpretation or application of such treaty or convention may, in accordance with such agreement, be submitted to the Tribunal.

Article 23. Applicable law

The Tribunal shall decide all disputes and applications in accordance with article 293.

SECTION 3. PROCEDURE

Article 24. Institution of proceedings

1. Disputes are submitted to the Tribunal, as the case may be, either by notification of a special agreement or by written application, addressed to the Registrar. In either case, the subject of the dispute and the parties shall be indicated.
2. The Registrar shall forthwith notify the special agreement or the application to all concerned.
3. The Registrar shall also notify all States Parties.

Article 25. Provisional measures

1. In accordance with article 290, the Tribunal and its Seabed Disputes Chamber shall have the power to prescribe provisional measures.
2. If the Tribunal is not in session or a sufficient number of members is not available to constitute a quorum, the provisional measures shall be prescribed by the chamber of summary procedure formed under article 15, paragraph 3, of

this Annex. Notwithstanding article 15, paragraph 4, of this Annex, such provisional measures may be adopted at the request of any party to the dispute. They shall be subject to review and revision by the Tribunal.

Article 26. Hearing

1. The hearing shall be under the control of the President or, if he is unable to preside, of the Vice-President. If neither is able to preside, the senior judge present of the Tribunal shall preside.
2. The hearing shall be public, unless the Tribunal decides otherwise or unless the parties demand that the public be not admitted.

Article 27. Conduct of case

The Tribunal shall make orders for the conduct of the case, decide the form and time in which each party must conclude its arguments, and make all arrangements connected with the taking of evidence.

Article 28. Default

When one of the parties does not appear before the Tribunal or fails to defend its case, the other party may request the Tribunal to continue the proceedings and make its decision. Absence of a party or failure of a party to defend its case shall not constitute a bar to the proceedings. Before making its decision, the Tribunal must satisfy itself not only that it has jurisdiction over the dispute, but also that the claim is well founded in fact and law.

Article 29. Majority for decision

1. All questions shall be decided by a majority of the members of the Tribunal who are present.
2. In the event of an equality of votes, the President or the member of the Tribunal who acts in his place shall have a casting vote.

Article 30. Judgment

1. The judgment shall state the reasons on which it is based.
2. It shall contain the names of the members of the Tribunal who have taken part in the decision.
3. If the judgment does not represent in whole or in part the unanimous opinion of the members of the Tribunal, any member shall be entitled to deliver a separate opinion.
4. The judgment shall be signed by the President and by the Registrar. It shall be read in open court, due notice having been given to the parties to the dispute.

Article 31. Request to intervene

1. Should a State Party consider that it has an interest of a legal nature which may be affected by the decision in any dispute, it may submit a request to the Tribunal to be permitted to intervene.
2. It shall be for the Tribunal to decide upon this request.
3. If a request to intervene is granted, the decision of the Tribunal in respect of the dispute shall be binding upon the intervening State Party in so far as it relates to matters in respect of which that State Party intervened.

Article 32. Right to intervene in cases of interpretation or application

1. Whenever the interpretation or application of this Convention is in question, the Registrar shall notify all States Parties forthwith.
2. Whenever pursuant to article 21 or 22 of this Annex the interpretation or application of an international agreement is in question, the Registrar shall notify all the parties to the agreement.
3. Every party referred to in paragraphs 1 and 2 has the right to intervene in the proceedings; if it uses this right, the interpretation given by the judgment will be equally binding upon it.

Article 33. Finality and binding force of decisions

1. The decision of the Tribunal is final and shall be complied with by all the parties to the dispute.
2. The decision shall have no binding force except between the parties in respect of that particular dispute.
3. In the event of dispute as to the meaning or scope of the decision, the Tribunal shall construe it upon the request of any party.

Article 34. Costs

Unless otherwise decided by the Tribunal, each party shall bear its own costs.

SECTION 4. SEABED DISPUTES CHAMBER

Article 35. Composition

1. The Seabed Disputes Chamber referred to in article 14 of this Annex shall be composed of 11 members, selected by a majority of the elected members of the Tribunal from among them.
2. In the selection of the members of the Chamber, the representation of the principal legal systems of the world and equitable geographical distribution shall be assured. The Assembly of the Authority may adopt recommendations of a general nature relating to such representation and distribution.
3. The members of the Chamber shall be selected every three years and may be selected for a second term.
4. The Chamber shall elect its President from among its members, who shall serve for the term for which the Chamber has been selected.
5. If any proceedings are still pending at the end of any three-year period for which the Chamber has been selected, the Chamber shall complete the proceedings in its original composition.
6. If a vacancy occurs in the Chamber, the Tribunal shall select a successor from among its elected members, who shall hold office for the remainder of his

predecessor's term.

7. A quorum of seven of the members selected by the Tribunal shall be required to constitute the Chamber.

Article 36. Ad hoc chambers

1. The Seabed Disputes Chamber shall form an ad hoc chamber, composed of three of its members, for dealing with a particular dispute submitted to it in accordance with article 188, paragraph 1(b). The composition of such a chamber shall be determined by the Seabed Disputes Chamber with the approval of the parties.
2. If the parties do not agree on the composition of an ad hoc chamber, each party to the dispute shall appoint one member, and the third member shall be appointed by them in agreement. If they disagree, or if any party fails to make an appointment, the President of the Seabed Disputes Chamber shall promptly make the appointment or appointments from among its members, after consultation with the parties.
3. Members of the ad hoc chamber must not be in the service of, or nationals of, any of the parties to the dispute.

Article 37. Access

The Chamber shall be open to the States Parties, the Authority and the other entities referred to in Part XI, section 5.

Article 38. Applicable law

In addition to the provisions of article 293, the Chamber shall apply:

(a) the rules, regulations and procedures of the Authority adopted in accordance with this Convention; and

(b) the terms of contracts concerning activities in the Area in matters relating to those contracts.

Article 39. Enforcement of decisions of the Chamber

The decisions of the Chamber shall be enforceable in the territories of the States Parties in the same manner as judgments or orders of the highest court of the State Party in whose territory the enforcement is sought.

Article 40. Applicability of other sections of this Annex

1. The other sections of this Annex which are not incompatible with this section apply to the Chamber.
2. In the exercise of its functions relating to advisory opinions, the Chamber shall be guided by the provisions of this Annex relating to procedure before the Tribunal to the extent to which it recognizes them to be applicable.

SECTION 5. AMENDMENTS

Article 41. Amendments

1. Amendments to this Annex, other than amendments to section 4, may be adopted only in accordance with article 313 or by consensus at a conference convened in accordance with this Convention.
2. Amendments to section 4 may be adopted only in accordance with article 314.
3. The Tribunal may propose such amendments to this Statute as it may consider necessary, by written communications to the States Parties for their consideration in conformity with paragraphs 1 and 2.

ANNEX VII. ARBITRATION

Article 1. Institution of proceedings

Subject to the provisions of Part XV, any party to a dispute may submit the dispute to the arbitral procedure provided for in this Annex by written notification addressed to the other party or parties to the dispute. The notification shall be accompanied by a statement of the claim and the grounds on which it is based.

Article 2. List of arbitrators

1. A list of arbitrators shall be drawn up and maintained by the Secretary-General of the United Nations. Every State Party shall be entitled to nominate four arbitrators, each of whom shall be a person experienced in maritime affairs and enjoying the highest reputation for fairness, competence and integrity. The names of the persons so nominated shall constitute the list.
2. If at any time the arbitrators nominated by a State Party in the list so constituted shall be fewer than four, that State Party shall be entitled to make further nominations as necessary.
3. The name of an arbitrator shall remain on the list until withdrawn by the State Party which made the nomination, provided that such arbitrator shall continue to serve on any arbitral tribunal to which that arbitrator has been appointed until the completion of the proceedings before that arbitral tribunal.

Article 3. Constitution of arbitral tribunal

For the purpose of proceedings under this Annex, the arbitral tribunal shall, unless the parties otherwise agree, be constituted as follows:

(a) Subject to subparagraph (g), the arbitral tribunal shall consist of five members.

(b) The party instituting the proceedings shall appoint one member to be chosen preferably from the list referred to in article 2 of this Annex, who may be its national. The appointment shall be included in the notification referred to in article 1 of this Annex.

(c) The other party to the dispute shall, within 30 days of receipt of the notification referred to in article 1 of this Annex, appoint one member to be chosen preferably from the list, who may be its national. If the appointment is not made within that period, the party instituting the proceedings may, within two weeks of the expiration of that period, request that the appointment be made in accordance with subparagraph (e).

(d) The other three members shall be appointed by agreement between the parties. They shall be chosen preferably from the list and shall be nationals of third States unless the parties otherwise agree. The parties to the dispute shall appoint the President of the arbitral tribunal from among those three members. If, within 60 days of receipt of the notification referred to in article 1 of this Annex, the parties are unable to reach agreement on the appointment of one or more of the members of the tribunal to be appointed by agreement, or on the appointment of the President, the remaining appointment or appointments shall be made in accordance with subparagraph (e), at the request of a party to the dispute. Such request shall be made within two weeks of the expiration of the aforementioned 60-day period.

(e) Unless the parties agree that any appointment under subparagraphs (c) and (d) be made by a person or a third State chosen by the parties, the President of the International Tribunal for the Law of the Sea shall make the necessary appointments. If the President is unable to act under this subparagraph or is a national of one of the parties to the dispute, the appointment shall be made by the next senior member of the International Tribunal for the Law of the Sea who is available and is not a national of one of the parties. The appointments referred to in this subparagraph shall be made from the list referred to in article 2 of this Annex within a period of 30 days of the receipt of the request and in consultation with the parties. The members so appointed shall be of different nationalities and may not be in the service of, ordinarily resident in the territory of, or nationals of, any of the parties to the dispute.

(f) Any vacancy shall be filled in the manner prescribed for the initial appointment.

(g) Parties in the same interest shall appoint one member of the tribunal jointly by agreement. Where there are several parties having separate interests or where there is disagreement as to whether they are of the same interest, each of them shall appoint one member of the tribunal. The number of members of the tribunal appointed separately by the parties shall always be smaller by one than the number of members of the tribunal to be appointed jointly by the parties.

(h) In disputes involving more than two parties, the provisions of subparagraphs (a) to (f) shall apply to the maximum extent possible.

Article 4. Functions of arbitral tribunal

An arbitral tribunal constituted under article 3 of this Annex shall function in accordance with this Annex and the other provisions of this Convention.

Article 5. Procedure

Unless the parties to the dispute otherwise agree, the arbitral tribunal shall determine its own procedure, assuring to each party a full opportunity to be heard and to present its case.

Article 6. Duties of parties to a dispute

The parties to the dispute shall facilitate the work of the arbitral tribunal and, in particular, in accordance with their law and using all means at their disposal, shall:

(a) provide it with all relevant documents, facilities and information; and

(b) enable it when necessary to call witnesses or experts and receive their evidence and to visit the localities to which the case relates.

Article 7. Expenses

Unless the arbitral tribunal decides otherwise because of the particular circumstances of the case, the expenses of the tribunal, including the remuneration of its members, shall be borne by the parties to the dispute in equal shares.

Article 8. Required majority for decisions

Decisions of the arbitral tribunal shall be taken by a majority vote of its members. The absence or abstention of less than half of the members shall not constitute a bar to the tribunal reaching a decision. In the event of an equality of votes, the President shall have a casting vote.

Article 9. Default of appearance

If one of the parties to the dispute does not appear before the arbitral tribunal or fails to defend its case, the other party may request the tribunal to continue the proceedings and to make its award. Absence of a party or failure of a party to defend its case shall not constitute a bar to the proceedings. Before making its award, the arbitral tribunal must satisfy itself not only that it has jurisdiction over the dispute but also that the claim is well founded in fact and law.

Article 10. Award

The award of the arbitral tribunal shall be confined to the subject-matter of the dispute and state the reasons on which it is based. It shall contain the names of the members who have participated and the date of the award. Any member of the tribunal may attach a separate or dissenting opinion to the award.

Article 11. Finality of award

The award shall be final and without appeal, unless the parties to the dispute have agreed in advance to an appellate procedure. It shall be complied with by the parties to the dispute.

Article 12. Interpretation or implementation of award

1. Any controversy which may arise between the parties to the dispute as regards the interpretation or manner of implementation of the award may be submitted by either party for decision to the arbitral tribunal which made the award. For this purpose, any vacancy in the tribunal shall be filled in the manner provided for in the original appointments of the members of the tribunal.
2. Any such controversy may be submitted to another court or tribunal under article 287 by agreement of all the parties to the dispute.

Article 13. Application to entities other than States Parties

The provisions of this Annex shall apply mutatis mutandis to any dispute involving entities other than States Parties.

ANNEX VIII. SPECIAL ARBITRATION

Article 1. Institution of proceedings

Subject to Part XV, any party to a dispute concerning the interpretation or application of the articles of this Convention relating to (1) fisheries, (2) protection and preservation of the marine environment, (3) marine scientific research, or (4) navigation, including pollution from vessels and by dumping, may submit the dispute to the special arbitral procedure provided for in this Annex by written notification addressed to the other party or parties to the dispute. The notification shall be accompanied by a statement of the claim and the grounds on which it is based.

Article 2. Lists of experts

1. A list of experts shall be established and maintained in respect of each of the fields of (1) fisheries, (2) protection and preservation of the marine environment, (3) marine scientific research, and (4) navigation, including pollution from vessels and by dumping.
2. The lists of experts shall be drawn up and maintained, in the field of fisheries by the Food and Agriculture Organization of the United Nations, in the field of protection and preservation of the marine environment by the United Nations Environment Programme, in the field of marine scientific research by the Intergovernmental Oceanographic Commission, in the field of navigation, including pollution from vessels and by dumping, by the International Maritime Organization, or in each case by the appropriate subsidiary body concerned to which such organization, programme or commission has delegated this function.
3. Every State Party shall be entitled to nominate two experts in each field whose competence in the legal, scientific or technical aspects of such field is established and generally recognized and who enjoy the highest reputation for fairness and

integrity. The names of the persons so nominated in each field shall constitute the appropriate list.

4. If at any time the experts nominated by a State Party in the list so constituted shall be fewer than two, that State Party shall be entitled to make further nominations as necessary.
5. The name of an expert shall remain on the list until withdrawn by the State Party which made the nomination, provided that such expert shall continue to serve on any special arbitral tribunal to which that expert has been appointed until the completion of the proceedings before that special arbitral tribunal.

Article 3. Constitution of special arbitral tribunal

For the purpose of proceedings under this Annex, the special arbitral tribunal shall, unless the parties otherwise agree, be constituted as follows:

(a) Subject to subparagraph (g), the special arbitral tribunal shall consist of five members.

(b) The party instituting the proceedings shall appoint two members to be chosen preferably from the appropriate list or lists referred to in article 2 of this Annex relating to the matters in dispute, one of whom may be its national. The appointments shall be included in the notification referred to in article 1 of this Annex.

(c) The other party to the dispute shall, within 30 days of receipt of the notification referred to in article 1 of this Annex, appoint two members to be chosen preferably from the appropriate list or lists relating to the matters in dispute, one of whom may be its national. If the appointments are not made within that period, the party instituting the proceedings may, within two weeks of the expiration of that period, request that the appointments be made in accordance with subparagraph (e).

(d) The parties to the dispute shall by agreement appoint the President of the special arbitral tribunal, chosen preferably from the appropriate list, who shall be a national of a third State, unless the parties otherwise agree. If, within 30 days of receipt of the notification referred to in article 1 of this Annex, the parties are unable to reach agreement on the appointment of the President, the appointment shall be made in accordance with subparagraph (e), at the request of a party to the dispute. Such request shall be made within two weeks of the expiration of the aforementioned 30-day period.

(e) Unless the parties agree that the appointment be made by a person or a third State chosen by the parties, the Secretary-General of the United Nations shall make the necessary appointments within 30 days of receipt of a request under subparagraphs (c) and (d). The appointments referred to in this subparagraph shall be made from the appropriate list or lists of experts referred to in article 2 of this Annex and in consultation with the parties to the dispute and the appropriate international organization. The members so appointed shall be of different nationalities and may not be in the service of, ordinarily resident in the territory of, or nationals of, any of the parties to the dispute.

(f) Any vacancy shall be filled in the manner prescribed for the initial appointment.

(g) Parties in the same interest shall appoint two members of the tribunal jointly by agreement. Where there are several parties having separate interests or where there is disagreement as to whether they are of the same interest, each of them shall appoint one member of the tribunal.

(h) In disputes involving more than two parties, the provisions of subparagraphs (a) to (f) shall apply to the maximum extent possible.

Article 4. General provisions

Annex VII, articles 4 to 13, apply mutatis mutandis to the special arbitration proceedings in accordance with this Annex.

Article 5. Fact finding

1. The parties to a dispute concerning the interpretation or application of the provisions of this Convention relating to (1) fisheries, (2) protection and preservation of the marine environment, (3) marine scientific research, or (4) navigation,

including pollution from vessels and by dumping, may at any time agree to request a special arbitral tribunal constituted in accordance with article 3 of this Annex to carry out an inquiry and establish the facts giving rise to the dispute.

2. Unless the parties otherwise agree, the findings of fact of the special arbitral tribunal acting in accordance with paragraph 1, shall be considered as conclusive as between the parties.
3. If all the parties to the dispute so request, the special arbitral tribunal may formulate recommendations which, without having the force of a decision, shall only constitute the basis for a review by the parties of the questions giving rise to the dispute.
4. Subject to paragraph 2, the special arbitral tribunal shall act in accordance with the provisions of this Annex, unless the parties otherwise agree.

ANNEX IX. PARTICIPATION BY INTERNATIONAL ORGANIZATIONS

Article 1. Use of terms

For the purposes of article 305 and of this Annex, "international organization" means an intergovernmental organization constituted by States to which its member States have transferred competence over matters governed by this Convention, including the competence to enter into treaties in respect of those matters.

Article 2. Signature

An international organization may sign this Convention if a majority of its member States are signatories of this Convention. At the time of signature an international organization shall make a declaration specifying the matters governed by this Convention in respect of which competence has been transferred to that organization by its member States which are signatories, and the nature and extent of that competence.

Article 3. Formal confirmation and accession

1. An international organization may deposit its instrument of formal confirmation or of accession if a majority of its member States deposit or have deposited their instruments of ratification or accession.
2. The instruments deposited by the international organization shall contain the undertakings and declarations required by articles 4 and 5 of this Annex.

Article 4. Extent of participation and rights and obligations

1. The instrument of formal confirmation or of accession of an international organization shall contain an undertaking to accept the rights and obligations of States under this Convention in respect of matters relating to which competence has been transferred to it by its member States which are Parties to this Convention.
2. An international organization shall be a Party to this Convention to the extent that it has competence in accordance with the declarations, communications of information or notifications referred to in article 5 of this Annex.
3. Such an international organization shall exercise the rights and perform the obligations which its member States which are Parties would otherwise have under this Convention, on matters relating to which competence has been transferred to it by those member States. The member States of that international organization shall not exercise competence which they have transferred to it.
4. Participation of such an international organization shall in no case entail an increase of the representation to which its member States which are States Parties would otherwise be entitled, including rights in decision-making.
5. Participation of such an international organization shall in no case confer any rights under this Convention on member States of the organization which are not States Parties to this Convention.
6. In the event of a conflict between the obligations of an international organization under this Convention and its obligations under the agreement establishing the organization or any acts relating to it, the obligations under this Convention shall prevail.

Article 5. Declarations, notifications and communications

1. The instrument of formal confirmation or of accession of an international organization shall contain a declaration specifying the matters governed by this Convention in respect of which competence has been transferred to the organization by its member States which are Parties to this Convention.
2. A member State of an international organization shall, at the time it ratifies or accedes to this Convention or at the time when the organization deposits its instrument of formal confirmation or of accession, whichever is later, make a declaration specifying the matters governed by this Convention in respect of which it has transferred competence to the organization.
3. States Parties which are member States of an international organization which is a Party to this Convention shall be presumed to have competence over all matters governed by this Convention in respect of which transfers of competence to the organization have not been specifically declared, notified or communicated by those States under this article.
4. The international organization and its member States which are States Parties shall promptly notify the depositary of this Convention of any changes to the distribution of competence, including new transfers of competence, specified in the declarations under paragraphs 1 and 2.
5. Any State Party may request an international organization and its member States which are States Parties to provide information as to which, as between the organization and its member States, has competence in respect of any specific question which has arisen. The organization and the member States concerned shall provide this information within a reasonable time. The international organization and the member States may also, on their own initiative, provide this information.
6. Declarations, notifications and communications of information under this article shall specify the nature and extent of the competence transferred.

Article 6. Responsibility and liability

1. Parties which have competence under article 5 of this Annex shall have responsibility

for failure to comply with obligations or for any other violation of this Convention.

2. Any State Party may request an international organization or its member States which are States Parties for information as to who has responsibility in respect of any specific matter. The organization and the member States concerned shall provide this information. Failure to provide this information within a reasonable time or the provision of contradictory information shall result in joint and several liability.

Article 7. Settlement of disputes

1. At the time of deposit of its instrument of formal confirmation or of accession, or at any time thereafter, an international organization shall be free to choose, by means of a written declaration, one or more of the means for the settlement of disputes concerning the interpretation or application of this Convention, referred to in article 287, paragraph 1(a), (c) or (d).
2. Part XV applies mutatis mutandis to any dispute between Parties to this Convention, one or more of which are international organization.
3. When an international organization and one or more of its member States are joint parties to a dispute, or parties in the same interest, the organization shall be deemed to have accepted the same procedures for the settlement of disputes as the member States; when, however, a member State has chosen only the International Court of Justice under article 287, the organization and the member State concerned shall be deemed to have accepted arbitration in accordance with Annex VII, unless the parties to the dispute otherwise agree.

Article 8. Applicability of Part XVII

Part XVII applies mutatis mutandis to an international organization, except in respect of the following:

(a) the instrument of formal confirmation or of accession of an international organization shall not be taken into account in the application of article 308, paragraph 1;

(b) (i) an international organization shall have exclusive capacity with respect to the application of articles 312 to 315, to the extent that it has competence under article 5 of this Annex over the entire subject-matter of the amendment;

(ii) the instrument of formal confirmation or of accession of an international organization to an amendment, the entire subject-matter over which the international organization has competence under article 5 of this Annex, shall be considered to be the instrument of ratification or accession of each of the member States which are States Parties, for the purposes of applying article 316, paragraphs 1, 2 and 3;

(iii) the instrument of formal confirmation or of accession of the international organization shall not be taken into account in the application of article 316, paragraphs 1 and 2, with regard to all other amendments;

(c) (i) an international organization may not denounce this Convention in accordance with article 317 if any of its member States is a State Party and if it continues to fulfil the qualifications specified in article 1 of this Annex;

(ii) an international organization shall denounce this Convention when none of its member States is a State Party or if the international organization no longer fulfils the qualifications specified in article 1 of this Annex. Such denunciation shall take effect immediately.

Agreement relating to the Implementation of Part XI of the United Nations Convention on the Law of the Sea of 10 December 1982

The States Parties to this Agreement,

Recognizing the important contribution of the United Nations Convention on the Law of the Sea of 10 December 1982 (hereinafter referred to as "the Convention") to the maintenance of peace, justice and progress for all peoples of the world,

Reaffirming that the seabed and ocean floor and subsoil thereof, beyond the limits of national jurisdiction (hereinafter referred to as "the Area"), as well as the resources

of the Area, are the common heritage of mankind,
Mindful of the importance of the Convention for the protection and preservation of the marine environment and of the growing concern for the global environment,
Having considered the report of the Secretary-General of the United Nations on the results of the informal consultations among States held from 1990 to 1994 on outstanding issues relating to Part XI and related provisions of the Convention (hereinafter referred to as "Part XI"),
Noting the political and economic changes, including market-oriented approaches, affecting the implementation of Part XI,
Wishing to facilitate universal participation in the Convention,
Considering that an agreement relating to the implementation of Part XI would best meet that objective,
Have agreed as follows:

Article 1. Implementation of Part XI

1. The States Parties to this Agreement undertake to implement Part XI in accordance with this Agreement.
2. The Annex forms an integral part of this Agreement.

Article 2. Relationship between this Agreement and Part XI

1. The provisions of this Agreement and Part XI shall be interpreted and applied together as a single instrument. In the event of any inconsistency between this Agreement and Part XI, the provisions of this Agreement shall prevail.
2. Articles 309 to 319 of the Convention shall apply to this Agreement as they apply to the Convention.

Article 3. Signature

This Agreement shall remain open for signature at United Nations Headquarters by the States and entities referred to in article 305, paragraph 1(a), (c), (d), (e) and (f), of the Convention for 12 months from the date of its adoption.

Article 4. Consent to be bound

1. After the adoption of this Agreement, any instrument of ratification or formal confirmation of or accession to the Convention shall also represent consent to be bound by this Agreement.
2. No State or entity may establish its consent to be bound by this Agreement unless it has previously established or establishes at the same time its consent to be bound by the Convention.
3. A State or entity referred to in article 3 may express its consent to be bound by this Agreement by:
 (a) Signature not subject to ratification, formal confirmation or the procedure set out in article 5;
 (b) Signature subject to ratification or formal confirmation, followed by ratification or formal confirmation;
 (c) Signature subject to the procedure set out in article 5; or
 (d) Accession.
4. Formal confirmation by the entities referred to in article 305, paragraph 1(f), of the Convention shall be in accordance with Annex IX of the Convention.
5. The instruments of ratification, formal confirmation or accession shall be deposited with the Secretary-General of the United Nations.

Article 5. Simplified procedure

1. A State or entity which has deposited before the date of the adoption of this Agreement an instrument of ratification or formal confirmation of or accession to the Convention and which has signed this Agreement in accordance with article 4, paragraph 3(c), shall be considered to have established its consent to be bound by this Agreement 12 months after the date of its adoption, unless that State or entity notifies the depositary in writing before that date that it is not availing itself of the simplified procedure set out in this article.
2. In the event of such notification, consent to be bound by this Agreement shall be established in accordance with article 4, paragraph 3(b).

Article 6. Entry into force

1. This Agreement shall enter into force 30 days after the date on which 40 States have established their consent to be bound in accordance with articles 4 and 5, provided that such States include at least seven of the States referred to in paragraph l(a) of resolution II of the Third United Nations Conference on the Law of the Sea (hereinafter referred to as "resolution II") and that at least five of those States are developed States. If these conditions for entry into force are fulfilled before 16 November 1994, this Agreement shall enter into force on 16 November 1994.
2. For each State or entity establishing its consent to be bound by this Agreement after the requirements set out in paragraph 1 have been fulfilled, this Agreement shall enter into force on the thirtieth day following the date of establishment of its consent to be bound.

Article 7. Provisional application

1. If on 16 November 1994 this Agreement has not entered into force, it shall be applied provisionally pending its entry into force by:
 (a) States which have consented to its adoption in the General Assembly of the United Nations, except any such State which before 16 November 1994 notifies the depositary in writing either that it will not so apply this Agreement or that it will consent to such application only upon subsequent signature or notification in writing;
 (b) States and entities which sign this Agreement, except any such State or entity which notifies the depositary in writing at the time of signature that it will not so apply this Agreement;
 (c) States and entities which consent to its provisional application by so notifying the depositary in writing;
 (d) States which accede to this Agreement.
2. All such States and entities shall apply this Agreement provisionally in accordance with their national or internal laws and regulations, with effect from 16 November

1994 or the date of signature, notification of consent or accession, if later.

3. Provisional application shall terminate upon the date of entry into force of this Agreement. In any event, provisional application shall terminate on 16 November 1998 if at that date the requirement in article 6, paragraph 1, of consent to be bound by this Agreement by at least seven of the States (of which at least five must be developed States) referred to in paragraph 1(a) of resolution II has not been fulfilled.

Article 8. States Parties

1. For the purposes of this Agreement, "States Parties" means States which have consented to be bound by this Agreement and for which this Agreement is in force.
2. This Agreement applies mutatis mutandis to the entities referred to in article 305, paragraph 1(c), (d), (e) and (f), of the Convention which become Parties to this Agreement in accordance with the conditions relevant to each, and to that extent "States Parties" refers to those entities.

Article 9. Depositary

The Secretary-General of the United Nations shall be the depositary of this Agreement.

Article 10. Authentic texts

The original of this Agreement, of which the Arabic, Chinese, English, French, Russian and Spanish texts are equally authentic, shall be deposited with the Secretary-General of the United Nations.

IN WITNESS WHEREOF, the undersigned Plenipotentiaries, being duly authorized thereto, have signed this Agreement.

DONE AT NEW YORK, this twenty-eighth day of July, one thousand nine hundred and ninety-four.

해양법에 관한 국제연합 협약

전문

이 협약의 당사국은, 해양법과 관련된 모든 문제를 상호 이해와 협력의 정신으로 해결하고자 하는 희망에 따라, 또한 세계 모든 사람들을 위한 평화·정의 및 진보의 유지에 대한 중대한 공헌의 하나로서 이 협약이 가지는 역사적 의의를 인식하고, 1958년과 1960년에 제네바에서 개최된 국제 연합 해양법 회의 이래의 발전에 따라 새롭고도 일반적으로 수락될 수 있는 해양법 협약의 필요성이 강조되고 있음에 유의하고, 해양의 여러 문제가 서로 밀접하게 관련되어 있으며 전체로서 고려되어야 할 필요성이 있음을 인식하고, 이 협약을 통하여 모든 국가의 주권을 적절히 고려하면서, 국제 교통의 촉진, 해양의 평화적 이용, 해양 자원의 공평하고도 효율적인 활용, 해양 생물자원의 보존, 그리고 해양환경의 연구, 보호 및 보전을 촉진하기 위하여 해양에 대한 법질서를 확립하는 것이 바람직함을 인식하고, 이러한 목적의 달성이 인류 전체의 이익과 필요, 특히 연안국이거나 내륙국이거나 관계없이 개발도상국의 특별한 이익과 필요를 고려한 공정하고도 공평한 국제 경제 질서의 실현에 기여할 것이라는 점을 유념하고, 국제 연합 총회가 국가 관할권 한계 밖의 해저·해상 및 그 하층토 지역은 그 자원과 함께 인류 공동 유산이며, 이에 대한 탐사와 개발은 국가의 지리적 위치에 관계없이 인류전체의 이익을 위하여 수행되어야 한다고 특별히 엄숙하게 선언한 1970년 12월 17일자 결의 제2749(XXV)호에 구현된 여러 원칙을 이 협약에 의하여 발전시킬 것을 희망하고, 이 협약이 이룩한 해양법의 법전화와 점진적 발달이 정의와 평등권의 원칙에 따라 모든 국가간에 평화·안전·협력 및 우호관계의 강화에 기여하고 국제 연합 헌장에 규정된 국제 연합의 목적과 원칙에 따라 세계 모든 사람들의 경제적·사회적 진보를 증진할 것임을 믿으며, 이 협약에 의하여 규율되지 아니한 사항은 일반 국제법의 규칙과 원칙에 의하여 계속 규율될 것임을 확인하며, 다음과 같이 합의하였다.

총칙 (제1부)

제1조 용어의 사용과 적용범위

1. 이 협약에서,

(1) "심해저"라 함은 국가관할권 한계 밖의 해저 · 해상 및 그 하층토를 말한다.

(2) "해저기구"라 함은 국제해저기구를 말한다.

(3) "심해저활동"이라 함은 심해저자원을 탐사하고 개발하는 모든 활동을 말한다.

(4) "해양환경오염"이라 함은 생물자원과 해양생물에 대한 손상, 인간의 건강에 대한 위험, 어업과 그 밖의 적법한 해양이용을 포함한 해양활동에 대한 장애, 해수이용에 의한 수질악화 및 쾌적도 감소 등과 같은 해로운 결과를 가져오거나 가져올 가능성이 있는 물질이나 에너지를 인간이 직접적으로 또는 간접적으로 강어귀를 포함한 해양환경에 들여오는 것을 말한다.

(5) (a) "투기"라 함은 다음을 말한다.

(i) 선박 · 항공기 · 플랫폼 또는 그 밖의 인공해양구조물로부터 폐기물이나 그 밖의 물질을 고의로 버리는 행위

(ii) 선박 · 항공기 · 플랫폼 또는 그 밖의 인공해양구조물을 고의로 버리는 행위

(b) "투기"에는 다음이 포함되지 아니한다.

(i) 선박 · 항공기 · 플랫폼 또는 그 밖의 인공해양구조물 및 이들 장비의 통상적인 운용에 따라 발생되는 폐기물이나 그 밖의 물질의 폐기. 단, 폐기물이나 그 밖의 물질을 버릴 목적으로 운용되는 선박 · 항공기 · 플랫폼 또는 그 밖의 인공해양구조물에 의하여 운송되거나 이들에게 운송된 폐기물이나 그 밖의 물질, 이러한 선박 · 항공기 · 플랫폼 또는 그 밖의 인공해양구조물에서 이러한 폐기물 또는 그 밖의 물질을 처리함에 따라 발생되는 폐기물이나 그 밖의 물질은 제외

(ii) 이 협약의 목적에 어긋나지 아니하는 단순한 폐기를 목적으로 하지 아니하는 물질의 유치

2. (1) "당사국"이라 함은 이 협약에 기속받기로 동의하고 이 협약이 발효하고 있는 국가를 말한다.

(2) 이 협약은 제305조 제1항 (b), (c), (d), (e) 및 (f)에 해당하는 주체로서 각기

관련되는 조건에 따라 이 협약의 당사자가 된 주체에 대하여 준용되며, 그러한 경우 "당사국"이라 함은 이러한 주체를 포함한다.

영해와 접속수역 (제2부)

제1절 총칙

제2조 영해, 영해의 상공 · 해저 및 하층토의 법적 지위

1. 연안국의 주권은 영토와 내수 밖의 영해라고 하는 인접 해역, 군도 국가의 경우에는 군도수역 밖의 영해라고 하는 인접 해역에까지 미친다.
2. 이러한 주권은 영해의 상공 · 해저 및 하층토에까지 미친다.
3. 영해에 대한 주권은 이 협약과 그 밖의 국제법규칙에 따라 행사된다.

제2절 영해의 한계

제3조 영해의 폭

모든 국가는 이 협약에 따라 결정된 기선으로부터 12해리를 넘지 아니하는 범위에서 영해의 폭을 설정할 권리를 가진다.

제4조 영해의 바깥한계

영해의 바깥한계는 기선상의 가장 가까운 점으로부터 영해의 폭과 같은 거리에 있는 모든 점을 연결한 선으로 한다.

제5조 통상기선

영해의 폭을 측정하기 위한 통상기선은 이 협약에 달리 규정된 경우를 제외하고는 연안국이 공인한 대축척해도에 표시된 해안의 저조선으로 한다.

제6조 암초

환초상에 위치한 섬 또는 가장자리에 암초를 가진 섬의 경우, 영해의 폭을 측정하기 위한 기선(이하 "영해기선"이라 함)은 연안국이 공인한 해도상에 적절한 기호로 표시된 암초의 바다쪽 저조선으로 한다.

제7조 직선기선

1. 해안선이 깊게 굴곡이 지거나 잘려 들어간 지역, 또는 해안을 따라 아주 가까이 섬이 흩어져 있는 지역에서는 영해기선을 설정함에 있어서 적절한 지점을 연결하는 직선기선의 방법이 사용될 수 있다.
2. 삼각주가 있거나 그 밖의 자연조건으로 인하여 해안선이 매우 불안정한 곳에서는, 바다 쪽 가장 바깥 저조선을 따라 적절한 지점을 선택할 수 있으며, 그 후 저조선이 후퇴하더라도 직선기선은 이 협약에 따라 연안국에 의하여 수정될 때까지 유효하다.
3. 직선기선은 해안의 일반적 방향으로부터 현저히 벗어나게 설정할 수 없으며, 직선기선 안에 있는 해역은 내수제도에 의하여 규율될 수 있을 만큼 육지와 충분히 밀접하게 관련되어야 한다.
4. 직선기선은 간조노출지까지 또는 간조노출지로부터 설정할 수 없다. 다만, 영구적으로 해면위에 있는 등대나 이와 유사한 시설이 간조노출지에 세워진 경우 또는 간조노출지 사이의 기선설정이 일반적으로 국제적인 승인을 받은 경우에는 그러하지 아니하다.
5. 제1항의 직선기선의 방법을 적용하는 경우, 특정한 기선을 결정함에 있어서 그 지역에 특유한 경제적 이익이 있다는 사실과 그 중요성이 오랜 관행에 의하여 명백히 증명된 경우 그 경제적 이익을 고려할 수 있다.
6. 어떠한 국가도 다른 국가의 영해를 공해나 배타적 경제 수역으로부터 격리시키는 방식으로 직선 기선 제도를 적용할 수 없다.

제8조 내수

1. 제4부에 규정된 경우를 제외하고는 영해기선의 육지쪽 수역은 그 국가의 내수의 일부를 구성한다.
2. 제7조에 규정된 방법에 따라 직선기선을 설정함으로써 종전에 내수가 아니었던 수역이 내수에 포함되는 경우, 이 협약에 규정된 무해통항권이 그 수역에서 계속 인정된다.

제9조 하구

강이 직접 바다로 유입하는 경우, 기선은 양쪽 강둑의 저조선상의 지점을 하구를 가로 질러 연결한 직선으로 한다.

제10조 만

1. 이 조는 그 해안이 한 국가에 속하는 만에 한하여 적용한다.
2. 이 협약에서 만이라 함은 그 들어간 정도가 입구의 폭에 비하여 현저하여 육지로 둘러싸인 수역을 형성하고, 해안의 단순한 굴곡 이상인 뚜렷한 만입을 말한다. 그러나 만입 면적이 만입의 입구를 가로질러 연결한 선을 지름으로 하는 반원의 넓이에 미치지 못하는 경우, 그러한 만입은 만으로 보지 아니한다.
3. 측량의 목적상 만입면적이라 함은 만입해안의 저조선과 만입의 자연적 입구의 양쪽 저조지점을 연결하는 선 사이에 위치한 수역의 넓이를 말한다. 섬이 있어서 만이 둘 이상의 입구를 가지는 경우에는 각각의 입구를 가로질러 연결하는 선의 길이의 합계와 같은 길이인 선상에 반원을 그려야 한다. 만입의 안에 있는 섬은 만입수역의 일부로 본다.
4. 만의 자연적 입구 양쪽의 저조지점간의 거리가 24해리를 넘지 아니하는 경우, 폐쇄선을 두 저조지점 간에 그을 수 있으며, 이 안에 포함된 수역은 내수로 본다.
5. 만의 자연적 입구 양쪽의 저조지점간의 거리가 24해리를 넘는 경우, 24해리의 직선으로서 가능한 한 최대의 수역을 둘러싸는 방식으로 만안에 24해리 직선기선을 그어야 한다.
6. 전항의 규정들은 이른바 “역사적” 만에 대하여 또는 제7조에 규정된 직선기선제도가 적용되는 경우에는 적용하지 아니한다.

제11조 항구

영해의 경계를 획정함에 있어서, 항만체계의 불가분의 일부를 구성하는 가장 바깥의 영구적인 항만시설은 해안의 일부를 구성하는 것으로 본다. 근해시설과 인공섬은 영구적인 항만시설로 보지 아니한다.

제12조 정박지

선박이 화물을 싣고, 내리고, 닻을 내리기 위하여 통상적으로 사용되는 정박지는 전부 또는 일부가 영해의 바깥한계 밖에 있는 경우에도 영해에 포함된다.

제13조 간조노출지

1. 간조노출지는 썰물일 때에는 물로 둘러싸여 물위에 노출되나 밀물일 때에는 물에 잠기는 자연적으로 형성된 육지지역을 말한다. 간조노출지의 전부 또는 일부가 본토나 섬으로부터 영해의 폭을 넘지 아니하는 거리에 위치하는 경우, 그 간조노출지의 저조선을 영해기선으로 사용할 수 있다.
2. 간조노출지 전부가 본토나 섬으로부터 영해의 폭을 넘는 거리에 위치하는 경우, 그 간조노출지는 자체의 영해를 가지지 아니한다.

제14조 기선결정 방법의 혼합

연안국은 서로 다른 조건에 적합하도록 앞의 각 조에 규정된 방법을 교대로 사용하여 기선을 결정할 수 있다.

제15조 대향국간 또는 인접국간의 영해의 경계획정

두 국가의 해안이 서로 마주보고 있거나 인접하고 있는 경우, 양국간 달리 합의하지 않는 한 양국의 각각의 영해 기선상의 가장 가까운 점으로부터 같은 거리에 있는 모든 점을 연결한 중간선 밖으로 영해를 확장할 수 없다. 다만, 위의 규정은 역사적 권원이나 그 밖의 특별한 사정에 의하여 이와 다른 방법으로 양국의 영해의 경계를 획정할 필요가 있는 경우에는 적용하지 아니한다.

제16조 해도와 지리적 좌표목록

1. 제7조, 제9조 및 제10조에 따라 결정되는 영해기선 또는 그로부터 도출된 한계, 그리고 제12조 및 제15조에 따라 그어진 경계선은 그 위치를 확인하기에 적합한 축척의 해도에 표시되어야 한다. 또는 측지자료를 명기한 각 지점의 지리적 좌표목록으로 이를 대체할 수 있다.
2. 연안국은 이러한 해도나 지리적 좌표목록을 적절히 공표하고, 그 사본을 국제연합 사무총장에게 기탁한다.

제3절 영해에서의 무해통항

제1관 모든 선박에 적용되는 규칙

제17조 무해통항권

연안국이거나 내륙국이거나 관계없이 모든 국가의 선박은 이 협약에 따라, 영해에서 무해통항권을 향유한다.

제18조 통항의 의미

1. 통항이라 함은 다음의 목적을 위하여 영해를 지나서 항행함을 말한다.
 (a) 내수에 들어가지 아니하거나 내수 밖의 정박지나 항구시설에 기항하지 아니하고 영해를 횡단하는 것; 또는
 (b) 내수를 향하여 또는 내수로부터 항진하거나 또는 이러한 정박지나 항구시설에 기항하는 것
2. 통항은 계속적이고 신속하여야 한다. 다만, 정선이나 닻을 내리는 행위가 통상적인 항행에 부수되는 경우, 불가항력이나 조난으로 인하여 필요한 경우, 또는 위험하거나 조난상태에 있는 인명 · 선박 또는 항공기를 구조하기 위한 경우에는 통항에 포함된다.

제19조 무해통항의 의미

1. 통항은 연안국의 평화, 공공질서 또는 안전을 해치지 아니하는 한 무해하다. 이러한 통항은 이 협약과 그 밖의 국제법규칙에 따라 이루어진다.
2. 외국선박이 영해에서 다음의 어느 활동에 종사하는 경우, 외국선박의 통항은 연안국의 평화, 공공질서 또는 안전을 해치는 것으로 본다.
 (a) 연안국의 주권, 영토보전 또는 정치적 독립에 반하거나, 또는 국제연합헌장에 구현된 국제법의 원칙에 위반되는 그 밖의 방식에 의한 무력의 위협이나 무력의 행사
 (b) 무기를 사용하는 훈련이나 연습
 (c) 연안국의 국방이나 안전에 해가 되는 정보수집을 목적으로 하는 행위
 (d) 연안국의 국방이나 안전에 해로운 영향을 미칠 것을 목적으로 하는 선전행위

(e) 항공기의 선상 발진 · 착륙 또는 탑재
(f) 군사기기의 선상 발진 · 착륙 또는 탑재
(g) 연안국의 관세 · 재정 · 출입국관리 또는 위생에 관한 법령에 위반되는 물품이나 통화를 싣고 내리는 행위 또는 사람의 승선이나 하선
(h) 이 협약에 위배되는 고의적이고도 중대한 오염행위
(i) 어로활동
(j) 조사활동이나 측량활동의 수행
(k) 연안국의 통신체계 또는 그 밖의 설비 · 시설물에 대한 방해를 목적으로 하는 행위
(l) 통항과 직접 관련이 없는 그 밖의 활동

제20조 잠수함과 그 밖의 잠수항행기기
잠수함과 그 밖의 잠수항행기기는 영해에서 해면 위로 국기를 게양하고 항행한다.

제21조 무해통항에 관한 연안국의 법령
1. 연안국은 이 협약의 규정과 그 밖의 국제법규칙에 따라 다음 각호의 전부 또는 일부에 대하여 영해에서의 무해통항에 관한 법령을 제정할 수 있다.
(a) 항행의 안전과 해상교통의 규제
(b) 항행보조수단과 설비 및 그 밖의 설비나 시설의 보호
(c) 해저전선과 관선의 보호
(d) 해양생물자원의 보존
(e) 연안국의 어업법령 위반방지
(f) 연안국의 환경보전과 연안국 환경오염의 방지, 경감 및 통제
(g) 해양과학조사와 수로측량
(h) 연안국의 관세 · 재정 · 출입국관리 또는 위생에 관한 법령의 위반방지
2. 이러한 법령이 일반적으로 수락된 국제규칙이나 기준을 시행하는 것이 아닌 한 외국선박의 설계, 구조, 인원배치 또는 장비에 대하여 적용하지 아니한다.
3. 연안국은 이러한 모든 법령을 적절히 공표하여야 한다.
4. 외국선박이 영해에서 무해통항권을 행사하는 경우, 이러한 모든 법령과 해

상충돌방지에 관하여 일반적으로 수락된 모든 국제규칙을 준수하여야 한다.

제22조 영해내의 항로대와 통항분리방식

1. 연안국은 항행의 안전을 위하여 필요한 경우 자국의 영해에서 무해통항권을 행사하는 외국선박에 대하여 선박통항을 규제하기 위하여 지정된 항로대와 규정된 통항분리방식을 이용하도록 요구할 수 있다.
2. 특히 유조선, 핵추진선박 및 핵물질 또는 본래 위험하거나 유독한 그 밖의 물질이나 재료를 운반중인 선박에 대하여서는 이러한 항로대만을 통항하도록 요구할 수 있다.
3. 연안국은 이 조에 따라 항로대를 지정하고 통항분리방식을 규정함에 있어서 다음 사항을 고려한다.
 (a) 권한 있는 국제기구의 권고
 (b) 국제항행에 관습적으로 이용되고 있는 수로
 (c) 특정한 선박과 수로의 특성
 (d) 선박교통량
4. 연안국은 이러한 항로대와 통항분리방식을 해도에 명시하고 이를 적절히 공표한다.

제23조 외국의 핵추진선박과 핵물질 또는 본래 위험하거나 유독한 그 밖의 물질을 운반하는 선박

외국의 핵추진선박과 핵물질 또는 본래 위험하거나 유독한 그 밖의 물질을 운반중인 선박은 영해에서 무해통항권을 행사하는 경우, 이러한 선박에 대하여 국제협정이 정한 서류를 휴대하고 또한 국제협정에 의하여 확립된 특별예방조치를 준수한다.

제24조 연안국의 의무

1. 연안국은 이 협약에 의하지 아니하고는 영해에서 외국선박의 무해통항을 방해하지 아니한다. 특히, 연안국은 이 협약이나 이 협약에 따라 제정된 법령을 적용함에 있어 다음 사항을 행하지 아니한다.
 (a) 외국선박에 대하여 실질적으로 무해통항권을 부인하거나 침해하는 효과를

가져오는 요건의 부과
(b) 특정국의 선박, 또는 특정국으로 화물을 반입·반출하거나 특정국을 위하여 화물을 운반하는 선박에 대한 형식상 또는 실질상의 차별
2. 연안국은 자국이 인지하고 있는 자국 영해에서의 통항에 관한 위험을 적절히 공표한다.

제25조 연안국의 보호권
1. 연안국은 무해하지 아니한 통항을 방지하기 위하여 필요한 조치를 자국 영해에서 취할 수 있다.
2. 연안국은 선박이 내수를 향하여 항행하거나 내수 밖의 항구시설에 기항하고자 하는 경우, 그 선박이 내수로 들어가기 위하여 또는 그러한 항구시설에 기항하기 위하여 따라야 할 허가조건을 위반하는 것을 방지하기 위하여 필요한 조치를 취할 권리를 가진다.
3. 연안국은 무기를 사용하는 훈련을 포함하여 자국의 안전보호상 긴요한 경우에는 영해의 지정된 수역에서 외국선박을 형식상 또는 실질상 차별하지 아니하고 무해통항을 일시적으로 정지시킬 수 있다. 이러한 정지조치는 적절히 공표한 후에만 효력을 가진다.

제26조 외국선박에 부과할 수 있는 수수료
1. 외국선박에 대하여 영해의 통항만을 이유로 어떠한 수수료도 부과할 수 없다.
2. 수수료는 영해를 통항하는 외국선박에 제공된 특별한 용역에 대한 대가로서만 그 선박에 대하여 부 과할 수 있다. 이러한 수수료는 차별 없이 부과된다.

제2관 상선과 상업용 정부 선박에 적용되는 규칙

제27조 외국 선박 내에서의 형사관할권
1. 연안국의 형사관할권은 오직 다음의 각호의 경우를 제외하고는 영해를 통항하고 있는 외국 선박의 선박 내에서 통항 중에 발생한 어떠한 범죄와 관련하여 사람을 체포하거나 수사를 수행하기 위하여 그 선박 내에서 행사될 수 없다.

(a) 범죄의 결과가 연안국에 미치는 경우
(b) 범죄가 연안국의 평화나 영해의 공공질서를 교란하는 종류인 경우
(c) 그 선박의 선장이나 기국의 외교관 또는 영사가 현지 당국에 지원을 요청한 경우
(d) 마약이나 향정신성물질의 불법거래를 진압하기 위하여 필요한 경우

2. 위의 규정은 내수를 떠나 영해를 통항중인 외국 선박 내에서의 체포나 수사를 목적으로 자국법이 허용한 조치를 취할 수 있는 연안국의 권리에 영향을 미치지 아니한다.
3. 제1항 및 제2항에 규정된 경우, 연안국은 선장이 요청하면 어떠한 조치라도 이를 취하기 전에 선박기국의 외교관이나 영사에게 통고하고, 이들과 승무원간의 연락이 용이하도록 한다. 긴급한 경우 이러한 통고는 조치를 취하는 동안에 이루어질 수도 있다.
4. 현지당국은 체포여부나 체포방식을 고려함에 있어 통항의 이익을 적절히 고려한다.
5. 제12부에 규정된 경우나 제5부에 따라 제정된 법령위반의 경우를 제외하고는, 연안국은 외국선박이 외국의 항구로부터 내수에 들어오지 아니하고 단순히 영해를 통과하는 경우, 그 선박이 영해에 들어오기 전에 발생한 범죄와 관련하여 사람을 체포하거나 수사를 하기 위하여 영해를 통항중인 외국선박 내에서 어떠한 조치도 취할 수 없다.

제28조 외국선박과 관련한 민사관할권

1. 연안국은 영해를 통항중인 외국선박 내에 있는 사람에 대한 민사관할권을 행사하기 위하여 그 선박을 정지시키거나 항로를 변경시킬 수 없다.
2. 연안국은 외국선박이 연안국 수역을 항행하는 동안이나 그 수역을 항행하기 위하여 선박 스스로 부 담하거나 초래한 의무 또는 책임에 관한 경우를 제외하고는 민사소송절차를 위하여 그 선박에 대한 강제집행이나 나포를 할 수 없다.
3. 제2항의 규정은 영해에 정박하고 있거나 내수를 떠나 영해를 통항 중인 외국선박에 대하여 자국법에 따라 민사소송절차를 위하여 강제집행이나 나포를 할 수 있는 연안국의 권리를 침해하지 아니한다.

제3관 군함과 그 밖의 비상업용 정부 선박에 적용되는 규칙

제29조 군함의 정의
이 협약에서 "군함"이라 함은 어느 한 국가의 군대에 속한 선박으로서, 그 국가의 국적을 구별할 수 있는 외부표지가 있으며, 그 국가의 정부에 의하여 정식으로 임명되고 그 성명이 그 국가의 적절한 군적부나 이와 동등한 명부에 등재되어 있는 장교의 지휘 아래 있으며 정규군 군율에 따르는 승무원이 배치된 선박을 말한다.

제30조 군함의 연안국 법령위반
군함이 영해통항에 관한 연안국의 법령을 준수하지 아니하고 그 군함에 대한 연안국의 법령준수 요구를 무시하는 경우, 연안국은 그 군함에 대하여 영해에서 즉시 퇴거할 것을 요구할 수 있다.

제31조 군함이나 그 밖의 비상업용 정부선박에 의한 손해에 대한 기국의 책임
기국은 군함이나 그 밖의 비상업용 정부선박이 영해통항에 관한 연안국의 법령 또는 이 협약이나 그 밖의 국제법규칙을 준수하지 아니함으로써 연안국에게 입힌 어떠한 손실이나 손해에 대하여도 국제책임을 진다.

제32조 군함과 그 밖의 비상업용 정부선박의 면제
제1관, 제30조 및 제31조에 규정된 경우를 제외하고는 이 협약의 어떠한 규정도 군함과 그 밖의 비상업용 정부선박의 면제에 영향을 미치지 아니한다.

제4절 접속수역

제33조 접속수역
1. 연안국은 영해에 접속해 있는 수역으로서 접속수역이라고 불리는 수역에서 다음을 위하여 필요한 통제를 할 수 있다.
(a) 연안국의 영토나 영해에서의 관세 · 재정 · 출입국관리 또는 위생에 관한 법령의 위반방지

(b) 연안국의 영토나 영해에서 발생한 위의 법령 위반에 대한 처벌
2. 접속수역은 영해기선으로부터 24해리 밖으로 확장할 수 없다.

국제 항행에 이용되는 해협(제3부)[편집]

제1절[편집] 총칙

제34조 국제항행에 이용되는 해협을 형성하는 수역의 법적지위

1. 이 부에서 수립된 국제항행에 이용되는 해협의 통항제도는 이러한 해협을 형성하는 수역의 법적지위 또는 그 수역과 그 수역의 상공·해저 및 하층토에 대한 해협연안국의 주권이나 관할권의 행사에 영향을 미치지 아니한다.
2. 해협연안국의 주권이나 관할권은 이 부와 그 밖의 국제법규칙에 따라 행사된다.

제35조 이 부의 적용범위

이 부의 어떠한 규정도 다음에 영향을 미치지 아니한다.

(a) 제7조에 규정된 방법에 따라 직선기선을 설정함으로써 종전에는 내수가 아니었던 수역이 내수에 포함되는 곳을 제외한 해협안의 내수의 모든 수역
(b) 해협연안국의 영해 바깥수역이 배타적경제수역 또는 공해로서 가지는 법적 지위
(c) 특정해협에 관하여 장기간에 걸쳐 유효한 국제협약에 따라 통항이 전체적 또는 부분적으로 규제되고 있는 해협의 법제도

제36조 국제항행에 이용되는 해협을 통한 공해 통과항로 또는 배타적경제수역 통과항로

항행상 및 수로상 특성에서 유사한 편의가 있는 공해 통과항로나 배타적경제수역 통과항로가 국제항행에 이용되는 해협 안에 있는 경우, 이 부를 그 해협에 적용하지 아니한다. 이러한 항로에 있어서는 통항 및 상공비행의 자유에 관한 규정을 포함한 이 협약의 다른 관련 부를 적용한다.

제2절 통과통항

제37조 이 절의 적용범위

이 절은 공해나 배타적경제수역의 일부와 공해나 배타적경제수역의 다른 부분간의 국제항행에 이용되는 해협에 적용한다.

제38조 통과통항권

1. 제37조에 언급된 해협 내에서, 모든 선박과 항공기는 방해받지 아니하는 통과통항권을 향유한다. 다만, 해협이 해협연안국의 섬과 본토에 의하여 형성되어 있는 경우, 항행상 및 수로상 특성에서 유사한 편의가 있는 공해 통과항로나 배타적경제수역 통과항로가 그 섬의 바다쪽에 있으면 통과통항을 적용하지 아니한다.
2. 통과통항이라 함은 공해 또는 배타적경제수역의 일부와 공해 또는 배타적경제수역의 다른 부분간의 해협을 오직 계속적으로 신속히 통과할 목적으로 이 부에 따라 항행과 상공비행의 자유를 행사함을 말한다. 다만, 계속적이고 신속한 통과의 요건은 해협연안국의 입국조건에 따라서 그 국가에 들어가거나 그 국가로부터 나오거나 되돌아가는 것을 목적으로 하는 해협통항을 배제하지 아니한다.
3. 해협의 통과통항권의 행사가 아닌 활동은 이 협약의 다른 적용가능한 규정에 따른다.

제39조 통과통항중인 선박과 항공기의 의무

1. 선박과 항공기는 통과통항권을 행사함에 있어서 다음과 같이 하여야 한다.
   (a) 해협 또는 그 상공의 지체 없는 항진
   (b) 해협연안국의 주권, 영토보전 또는 정치적 독립에 반하거나, 또는 국제연합헌장에 구현된 국제법의 원칙에 위반되는 그 밖의 방식에 의한 무력의 위협이나 무력의 행사의 자제
   (c) 불가항력 또는 조난으로 인하여 필요한 경우를 제외하고는 계속적이고 신속한 통과의 통상적인 방식에 따르지 아니하는 활동의 자제
   (d) 이 부의 그 밖의 관련규정 준수

2. 통과통항중인 선박은 다음과 같이 하여야 한다.
 (a) 해상충돌방지를 위한 국제규칙을 포함하여 해상안전을 위하여 일반적으로 수락된 국제규칙, 절차 및 관행의 준수
 (b) 선박에 의한 오염의 방지, 경감 및 통제를 위하여 일반적으로 수락된 국제규칙, 절차 및 관행의 준수
3. 통과통항중인 항공기는 다음과 같이 하여야 한다.
 (a) 국제민간항공기구가 제정한 민간항공기에 적용되는 항공규칙 준수. 국가항공기도 통상적으로 이러한 안전조치를 준수하고 항상 비행의 안전을 적절히 고려하여 운항
 (b) 국제적으로 지정된 권한있는 항공교통통제기구가 배정한 무선주파수나 적절한 국제조난 무선주파수의 상시 청취

제40조 조사 및 측량활동
해양과학조사선과 수로측량선을 포함한 외국선박은 통과통항중 해협연안국의 사전허가 없이 어떠한 조 사활동이나 측량활동도 수행할 수 없다.

제41조 국제항행에 이용되는 해협의 항로대와 통항분리방식
1. 해협연안국은 선박의 안전통항을 촉진하기 위하여 필요한 경우, 이 부에 따라 해협 내 항행을 위하여 항로대를 지정하고 통항분리방식을 설정할 수 있다.
2. 해협연안국은 필요한 경우, 적절히 공표한 후, 이미 지정되거나 설정되어 있는 항로대나 통항분리방식을 다른 항로대나 통항분리방식으로 대체할 수 있다.
3. 이러한 항로대와 통항분리방식은 일반적으로 수락된 국제규칙에 따른다.
4. 해협연안국은 항로대를 지정 · 대체하거나 통항분리방식을 설정 · 대체하기에 앞서 권한 있는 국제기구가 이를 채택하도록 제안한다. 국제기구는 해협연안국과 합의된 항로대와 통항분리방식만을 채택할 수 있으며, 그 후 해협연안국은 이를 지정, 설정 또는 대체할 수 있다.
5. 2개국 이상의 해협연안국의 수역을 통과하는 항로대나 통항분리방식이 제안된 해협에 대하여는, 관계국은 권한있는 국제기구와의 협의하에 제안을 작성하기 위하여 협력한다.
6. 해협연안국은 자국이 지정하거나 설정한 모든 항로대와 통항분리방식을 해

도에 명시하고 이 해도를 적절히 공표한다.
7. 통과통항중인 선박은 이 조에 따라 설정되어 적용되는 항로대와 통항분리방식을 준수한다.

제42조 통과통항에 관한 해협연안국의 법령

1. 이 절의 규정에 따라 해협연안국은 다음의 전부 또는 일부에 관하여 해협의 통과통항에 관한 법령을 제정할 수 있다.
   (a) 제41조에 규정된 항행의 안전과 해상교통의 규제
   (b) 해협에서의 유류, 유류폐기물 및 그 밖의 유독성물질의 배출에 관하여 적용하는 국제규칙을 시행함으로써 오염의 방지·경감 및 통제
   (c) 어선에 관하여서는 어로의 금지(어구의 적재에 관한 규제 포함)
   (d) 해협연안국의 관세·재정·출입국관리 또는 위생에 관한 법령에 위반되는 상품이나 화폐를 싣고 내리는 행위 또는 사람의 승선과 하선
2. 이러한 법령은 외국선박을 형식상 또는 실질상으로 차별하지 아니하며, 그 적용에 있어서 이 절에 규정된 통과통항권을 부정, 방해 또는 침해하는 실질적인 효과를 가져오지 아니한다.
3. 해협연안국은 이러한 모든 법령을 적절히 공표한다.
4. 통과통항권을 행사하는 외국선박은 이러한 법령을 준수한다.
5. 주권면제를 향유하는 선박의 기국 또는 항공기의 등록국은 그 선박이나 항공기가 이러한 법령이나 이 부의 다른 규정에 위배되는 방식으로 행동한 경우 그로 인하여 해협연안국이 입은 손실 또는 손해에 대하여 국제책임을 진다.

제43조 항행 및 안전보조시설, 그 밖의 개선시설과오염의 방지·경감 및 통제

해협이용국과 해협연안국은 합의에 의하여 다음을 위하여 서로 협력한다.
(a) 항행 및 안전보조시설 또는 국제항행에 유용한 그 밖의 개선시설의 해협내 설치와 유지
(b) 선박에 의한 오염의 방지·경감 및 통제

제44조 해협연안국의 의무

해협연안국은 통과통항권을 방해할 수 없으며 자국이 인지하고 있는 해협내

또는 해협 상공에 있어서의 항행이나 비행에 관한 위험을 적절히 공표한다. 통과통항은 정지될 수 없다.

제3절 무해통항

제45조 무해통항

1. 제2부 제3절에 규정된 무해통항제도는 국제항행에 이용되는 다음 해협에 적용된다.
   (a) 제38조 제1항에 규정된 통과통항제도가 적용되지 아니하는 해협
   (b) 공해 또는 배타적경제수역의 일부와 외국의 영해와의 사이에 있는 해협
2. 이러한 해협을 통한 무해통항은 정지될 수 없다.

군도 국가 (제4부)

제46조 용어의 사용

이 협약에서,

(a) "군도국가"라 함은 전체적으로 하나 또는 둘 이상의 군도로 구성된 국가를 말하며, 그 밖의 섬을 포함할 수 있다.

(b) "군도"라 함은 섬의 무리(섬들의 일부를 포함), 연결된 수역 및 그 밖의 자연지형으로서, 이들이 서로 밀접하게 관련되어 있어 그러한 섬, 수역 및 그 밖의 자연지형이 고유한 지리적 · 경제적 또는 정치적 단일체를 이루고 있거나 또는 역사적으로 그러한 단일체로 인정되어 온 것을 말한다.

제47조 군도기선

1. 군도국가는 군도의 가장 바깥쪽 섬의 가장 바깥점과 드러난 암초의 가장 바깥점을 연결한 직선군도기선을 그을 수 있다. 다만, 이러한 기선안에는 주요한 섬을 포함하며 수역의 면적과 육지면적(환초 포함)의 비율이 1대 1에서 9대 1 사이어야 한다.
2. 이러한 기선의 길이는 100해리를 넘을 수 없다. 다만, 군도를 둘러싼 기선 총

수의 3퍼센트까지는 그 길이가 100해리를 넘어 최장 125해리까지 될 수 있다.
3. 이러한 기선은 군도의 일반적 윤곽으로부터 현저히 벗어날 수 없다.
4. 이러한 기선은 간조노출지와 연결하여 설정할 수 없다. 다만, 영구적으로 해면위에 있는 등대나 이와 유사한 시설이 간조노출지에 설치되어 있거나, 전체적 또는 부분적으로 간조노출지가 가장 가까운 섬으로부터 영해폭을 넘지 아니하는 거리에 있는 경우에는 그러하지 아니하다.
5. 군도국가는 다른 국가의 영해를 공해나 배타적경제수역으로부터 격리시키는 방식으로 이러한 기선제도를 적용할 수 없다.
6. 군도국가의 군도수역의 어느 일부가 바로 이웃한 국가의 두 부분 사이에 있는 경우, 이웃한 국가가 이러한 수역에서 전통적으로 행사하여 온 기존의 권리와 그 밖의 모든 합법적인 이익 및 관련국간의 합의에 의하여 규정된 모든 권리는 계속하여 존중된다.
7. 제1항에 규정된 수역과 육지의 비율을 산정함에 있어서 육지면적은 섬을 둘러싸고 있는 암초와 환초 안쪽에 있는 수역을 포함할 수 있으며, 또한 급경사가 있는 해양 고원에 있어서는 그 주변에 있는 일련의 석회암 섬과 드러난 암초에 의하여 둘러싸여 있거나 거의 둘러싸인 수역도 포함할 수 있다.
8. 이 조에 따라 그은 기선은 그 위치를 확인하기에 적절한 축척의 해도에 표시한다. 이는 측지자료를 명기한 각 지점의 지리적 좌표목록으로 대체할 수 있다.
9. 군도국가는 이러한 해도나 지리적 좌표목록을 적절히 공표하고, 그 사본을 국제연합 사무총장에게 기탁한다.

제48조 영해, 접속수역, 배타적경제수역과 대륙붕의 폭의 측정

영해, 접속수역, 배타적경제수역과 대륙붕의 폭은 제47조에 따라 그은 군도기선으로부터 측정한다.

제49조 군도수역과 그 상공·해저 및 하층토의 법적지위

1. 군도국가의 주권은 군도수역의 깊이나 해안으로부터의 거리에 관계없이 제47조에 따라 그은 군도기선에 의하여 둘러싸인 군도수역이라고 불리는 수역에 미친다.
2. 이러한 주권은 군도수역의 상공·해저와 하층토 및 이에 포함된 자원에까지

미친다.

3. 이러한 주권은 이 부에 따라 행사된다.
4. 이 부에 따라서 설정된 군도항로대 통항제도는 다른 면에 있어서 군도항로를 포함한 군도수역의 지위 또는 군도수역, 군도수역의 상공·해저 및 하층토와 이에 포함된 자원에 대한 군도국가의 주권행사에 영향을 미치지 아니한다.

제50조 내수의 경계획정

군도수역에서 군도국가는 제9조, 제10조 및 제11조에 따라 내수의 경계를 획정하기 위한 폐쇄선을 그을 수 있다.

제51조 현행협정, 전통적 어업권과 기존해저전선

1. 제49조를 침해하지 아니하고, 군도국가는 다른 국가와의 현행협정을 존중하고 군도수역의 일정한 수역에 있어서 바로 이웃한 국가의 전통적 어업권과 그 밖의 적법한 활동을 인정한다. 이러한 권리와 활동의 성질·범위와 적용지역 뿐만 아니라 그 행사의 조건은 관련국의 요청에 따라 그들 서로간의 양자협정으로 규율한다. 이러한 권리는 제3국이나 제3국의 국민에게 이전되거나 공유되지 아니한다.
2. 군도국가는 다른 국가가 부설한 기존 해저전선이 육지에 닿지 아니하고 자국수역을 통과하는 경우 이를 존중한다. 군도국가는 이러한 전선의 위치 및 이에 대한 수리 또는 교체 의사를 적절히 통지받은 경우, 그 전선의 유지와 교체를 허용한다.

제52조 무해통항권

1. 제53조에 따르고 제50조를 침해하지 아니할 것을 조건으로, 모든 국가의 선박은 제2부 제3절에 따라 군도수역에서 무해통항권을 향유한다.
2. 군도국가는 자국의 안전을 보장하기 위하여 불가피한 경우에는 외국선박간에 형식상 또는 실질상 차별하지 아니하고 군도수역의 특정수역에서 외국선박의 무해통항을 일시적으로 정지시킬 수 있다. 이러한 정지조치는 적절히 공표한 후에만 효력을 가진다.

第53조 군도항로대 통항권

1. 군도국가는 자국의 군도수역과 이와 인접한 영해나 그 상공을 통과하는 외국선박과 항공기의 계속적이고 신속한 통항에 적합한 항로대와 항공로를 지정할 수 있다.
2. 모든 선박과 항공기는 이러한 항로대와 항공로에서 군도항로대 통항권을 향유한다.
3. 군도항로대 통항이라 함은 공해나 배타적경제수역의 어느 한 부분과 공해나 배타적경제수역의 다른 부분과의 사이에서 오로지 계속적이고 신속하게 방해받지 아니하고 통과하기 위한 목적으로 통상적 방식의 항행권과 비행권을 이 협약에 따라 행사함을 말한다.
4. 이러한 항로대와 항공로는 군도수역 및 이와 인접한 영해를 횡단하는 것으로서 군도수역의 국제항행로 또는 그 상공비행로로 사용되는 모든 통상적인 통항로를 포함하며, 선박에 관하여서는 이러한 통항로 안의 모든 통상적인 항행수로를 포함한다. 다만, 동일한 입구지점과 출구지점 사이에 유사한 편의가 있는 통로를 중복하여 둘 필요는 없다.
5. 이러한 항로대와 항공로는 통항로의 입구지점으로부터 출구지점까지의 일련의 연속축선에 의하여 정한다. 군도항로대를 통항중인 선박과 항공기는 통항 중 이러한 축선의 어느 쪽으로나 25해리 이상을 벗어날 수 없다. 다만, 이러한 선박과 항공기는 항로대에 접하고 있는 섬과 섬 사이의 가장 가까운 지점을 연결한 거리의 10퍼센트 지점보다 해안에 접근하여 항행할 수 없다.
6. 이 조에 따라 항로대를 지정하는 군도국가는 그러한 항로대 안의 좁은 수로에서 선박의 안전통항을 위하여 통항분리방식을 설정할 수 있다.
7. 군도국가는 필요한 경우, 적절히 공표한 후 이미 지정되거나 설정된 항로대나 통항분리방식을 다른 항로대나 통항분리방식으로 대체할 수 있다.
8. 이러한 항로대와 통항분리방식은 일반적으로 수락된 국제규칙을 따른다.
9. 항로대를 지정 · 대체하거나 통항분리방식을 설정 · 대체함에 있어 군도국가는 권한 있는 국제기구에 제안을 회부하여 채택되도록 한다. 그 국제기구는 군도국가가 동의한 항로대와 통항분리방식만을 채택할 수 있으며, 그 후 군도국가는 이를 지정 · 설정 또는 대체할 수 있다.
10. 군도국가는 자국이 지정하거나 설정한 항로대와 통항분리방식의 축을 해

도에 명시하고 이를 적절히 공표한다.

11. 군도항로대를 통항중인 선박은 이 조에 따라 수립되고 적용되는 항로대와 통항분리방식을 존중한다.

12. 군도국가가 항로대나 항공로를 지정하지 아니한 경우, 군도항로대 통항권은 국제항행에 통상적으로 사용되는 통로를 통하여 행사될 수 있다.

제54조 통항 · 조사측량활동중인 선박과 항공기의 의무, 군도국가의 의무 및 군도항로대 통항에 관한 군도국가의 법령

제39조, 제40조, 제42조 및 제44조는 군도항로대 통항에 준용한다.

배타적 경제 수역 (제5부)

제55조 배타적 경제수역의 특별한 법제도

배타적 경제수역은 영해 밖에 인접한 수역으로서, 연안국의 권리와 관할권 및 다른 국가의 권리와 자유가 이 협약의 관련규정에 의하여 규율되도록 이 부에서 수립된 특별한 법제도에 따른다.

제56조 배타적 경제수역에서의 연안국의 권리, 관할권 및 의무

1. 배타적 경제수역에서 연안국은 다음의 권리와 의무를 갖는다.

(a) 해저의 상부수역, 해저 및 그 하층토의 생물이나 무생물등 천연자원의 탐사, 개발, 보존 및 관리를 목적으로 하는 주권적 권리와, 해수 · 해류 및 해풍을 이용한 에너지생산과 같은 이 수역의 경제적 개발과 탐사를 위한 그 밖의 활동에 관한 주권적 권리

(b) 이 협약의 관련규정에 규정된 다음 사항에 관한 관할권

(i) 인공섬, 시설 및 구조물의 설치와 사용

(ii) 해양과학조사

(iii) 해양환경의 보호와 보전

(c) 이 협약에 규정된 그 밖의 권리와 의무

2. 이 협약상 배타적 경제수역에서의 권리행사와 의무이행에 있어서, 연안국은

다른 국가의 권리와 의무를 적절히 고려하고, 이 협약의 규정에 따르는 방식으로 행동한다.

3. 해저와 하층토에 관하여 이 조에 규정된 권리는 제6부에 따라 행사된다.

제57조 배타적 경제수역의 폭

배타적 경제수역은 영해기선으로부터 200해리를 넘을 수 없다.

제58조 배타적 경제수역에서의 다른 국가의 권리와 의무

1. 연안국이거나 내륙국이거나 관계없이, 모든 국가는, 이 협약의 관련규정에 따를 것을 조건으로, 배타적 경제수역에서 제87조에 규정된 항행 · 상공비행의 자유, 해저전선 · 관선부설의 자유 및 선박 · 항공기 · 해저전선 · 관선의 운용 등과 같이 이러한 자유와 관련되는 것으로서 이 협약의 다른 규정과 양립하는 그 밖의 국제적으로 적법한 해양 이용의 자유를 향유한다.
2. 제88조부터 제115조까지의 규정과 그 밖의 국제법의 적절한 규칙은 이 부에 배치되지 아니하는 한 배타적 경제수역에 적용된다.
3. 이 협약상 배타적 경제수역에서 권리행사와 의무를 이행함에 있어서, 각국은 연안국의 권리와 의무를 적절하게 고려하고, 이 부의 규정과 배치되지 아니하는 한 이 협약의 규정과 그 밖의 국제법규칙에 따라 연안국이 채택한 법령을 준수한다.

제59조 배타적 경제수역에서의 권리와 관할권의 귀속에 관한마찰 해결의 기초

이 협약에 의하여 배타적 경제수역에서의 권리나 관할권이 연안국이나 다른 국가에 귀속되지 아니하고 또한 연안국과 다른 국가간 이해관계를 둘러싼 마찰이 발생한 경우, 그 마찰은 당사자의 이익과 국제사회 전체의 이익의 중요성을 각각 고려하면서 형평에 입각하여 모든 관련 상황에 비추어 해결한다.

제60조 배타적 경제수역에서의 인공섬, 시설 및 구조물

1. 배타적 경제수역에서 연안국은 다음을 건설하고, 이에 관한 건설 · 운용 및 사용을 허가하고 규제하는 배타적 권리를 가진다.

(a) 인공섬

(b) 제56조에 규정된 목적과 그 밖의 경제적 목적을 위한 시설과 구조물
(c) 배타적 경제수역에서 연안국의 권리행사를 방해할 수 있는 시설과 구조물

2. 연안국은 이러한 인공섬, 시설 및 구조물에 대하여 관세 · 재정 · 위생 · 안전 및 출입국관리 법령에 관한 관할권을 포함한 배타적 관할권을 가진다.
3. 이러한 인공섬 · 시설 또는 구조물의 건설은 적절히 공시하고, 이러한 것이 있다는 사실을 경고하기 위한 영구적 수단을 유지한다. 버려졌거나 사용되지 아니하는 시설이나 구조물은 항행의 안전을 보장하기 위하여 제거하며, 이 경우 이와 관련하여 권한있는 국제기구에 의하여 수립되어 일반적으로 수락된 국제기준을 고려한다.
   이러한 제거작업을 수행함에 있어서 어로 · 해양환경 보호 및 다른 국가의 권리와 의무를 적절히 고려한다. 완전히 제거되지 아니한 시설 또는 구조물의 깊이, 위치 및 규모는 적절히 공표한다.
4. 연안국은 필요한 경우 항행의 안전과 인공섬 · 시설 및 구조물의 안전을 보장하기 위하여 이러한 인공섬 · 시설 및 구조물의 주위에 적절한 조치를 취할 수 있는 합리적인 안전수역을 설치할 수 있다.
5. 연안국은 적용 가능한 국제기준을 고려하여 안전수역의 폭을 결정한다. 이러한 수역은 인공섬 · 시설 또는 구조물의 성격 및 기능과 합리적으로 연관되도록 설정되고, 일반적으로 수락된 국제기준에 의하여 허용되거나 권한있는 국제기구가 권고한 경우를 제외하고는 그 바깥쪽 끝의 각 점으로부터 측정하여 500미터를 넘을 수 없다. 안전수역의 범위는 적절히 공시한다.
6. 모든 선박은 이러한 안전수역을 존중하며 인공섬 · 시설 · 구조물 및 안전수역 주변에서 일반적으로 수락된 항행에 관한 국제기준을 준수한다.
7. 인공섬 · 시설 · 구조물 및 그 주위의 안전수역은 승인된 국제항행에 필수적인 항로대 이용을 방해할 수 있는 곳에 설치할 수 없다.
8. 인공섬 · 시설 및 구조물은 섬의 지위를 가지지 아니한다. 이들은 자체의 영해를 가지지 아니하며 이들의 존재가 영해, 배타적경제수역 또는 대륙붕의 경계획정에 영향을 미치지 아니한다.

제61조 생물자원의 보존

1. 연안국은 자국의 배타적 경제수역에서의 생물자원의 허용어획량을 결정한다.

2. 연안국은 자국이 이용 가능한 최선의 과학적 증거를 고려하여, 남획으로 인하여 배타적 경제수역에서 생물자원의 유지가 위태롭게 되지 아니하도록 적절한 보존·관리조치를 통하여 보장한다. 적절한 경우, 연안국과 권한 있는 소지역적·지역적 또는 지구적 국제기구는 이를 위하여 협력한다.
3. 이러한 조치는 최대지속생산량을 가져올 수 있는 수준으로 어획대상 어종의 자원량이 유지·회복되도록 계획한다. 이러한 조치를 취함에 있어서 연안어업지역의 경제적 필요와 개발도상국의 특별한 요구를 포함한 환경적·경제적 관련 요인에 의하여 입증되고 또한 어로방식·어족간의 상호의존성 및 소지역적·지역적 또는 지구적 기준 등 어느 기준에서 보나 일반적으로 권고된 국제적 최소기준을 고려한다.
4. 이러한 조치를 취함에 있어서 연안국은 어획되는 어종에 연관되거나 종속되는 어종의 자원량의 생산량이 중대하게 위태롭게 되지 아니할 수준 이상으로 유지·회복하기 위하여 연관어종이나 종속어종에 미치는 영향을 고려한다.
5. 이용가능한 과학적 정보, 어획량과 어업활동 통계 및 수산자원의 보존과 관련된 그 밖의 자료는 배타적 경제수역에서 그 국민의 입어가 허용된 국가를 포함한 모든 관련국의 참여아래 적절히 권한 있는 소지역적·지역적 또는 지구적 국제기구를 통하여 정기적으로 제공되고 교환된다.

제62조 생물자원의 이용

1. 연안국은 제61조의 규정을 침해하지 아니하고 배타적 경제수역에서 생물자원의 최적이용목표를 달성한다.
2. 연안국은 배타적 경제수역의 생물자원에 관한 자국의 어획능력을 결정한다. 연안국이 전체 허용어획량을 어획할 능력이 없는 경우, 협정이나 그 밖의 약정을 통하여 제4항에 언급된 조건과 법령에 따라 허용어획량의 잉여량에 관한 다른 국가의 입어를 허용한다. 이 경우 연안국은 제69조 및 제70조의 규정, 특히 이러한 규정이 언급한 개발도상국에 대해 특별히 고려한다.
3. 이 조에 따라 배타적 경제수역에서 다른 국가의 입어를 허용함에 있어서, 연안국은 모든 관련 요소를 고려한다. 특히 그 수역의 생물자원이 연안국의 경제와 그 밖의 국가이익에 미치는 중요성, 제69조 및 제70조의 규정, 잉여자원 어획에 관한 소지역내 또는 지역 내 개발도상국의 요구 및 소속 국민

이 그 수역에서 관습적으로 어로행위를 하여 왔거나 어족의 조사와 식별을 위하여 실질적인 노력을 기울여 온 국가의 경제적 혼란을 극소화할 필요성을 고려한다.

4. 배타적 경제수역에서 어로행위를 하는 다른 국가의 국민은 연안국의 법령에 의하여 수립된 보존조치와 그 밖의 조건을 준수한다. 이러한 법령은 이 협약에 부합하여야 하며 특히 다음 사항에 관련될 수 있다.

(a) 어부에 대한 조업허가, 어선과 조업장비의 허가(이러한 허가조치에는 수수료나 다른 형태의 보상금 지급이 포함되며, 개발도상연안국의 경우 수산업에 관한 금융·장비 및 기술 분야에 있어서 적절한 보상으로 이루어질 수 있다.)

(b) 어획 가능한 어종의 결정 및 어획할당량의 결정(특정한 어족, 어족의 무리, 또는 특정기간동안 어선당 어획량 또는 특정기간동안 어느 국가의 국민에 의한 어획량으로 산정되는 어획할당량)

(c) 어로기, 어로수역, 어구의 종류·크기 및 수량, 그리고 사용가능한 어선의 종류·크기 및 척수의 규제

(d) 어획 가능한 어류와 그 밖의 어종의 연령과 크기의 결정

(e) 어선에 대하여 요구되는 정보(어획량과 어업활동 통계 및 어선위치 보고 포함)

(f) 연안국의 허가와 통제에 따른 특정한 어업조사계획의 실시요구와 이러한 조사(어획물의 견본작성, 견본의 처리 및 관련 과학조사자료 보고를 포함) 실시의 규제

(g) 연안국에 의한 감시원이나 훈련원의 어선에의 승선배치

(h) 이러한 어선에 의한 어획물의 전부나 일부를 연안국의 항구에 내리는 행위

(i) 합작사업이나 그 밖의 협력약정에 관한 조건

(j) 연안국의 어로조사 수행능력 강화를 포함한 인원훈련과 어로기술의 이전 조건

(k) 시행절차

5. 연안국은 보존과 관리에 관한 법령을 적절히 공시한다.

제63조 2개국 이상 연안국의 배타적 경제수역에 걸쳐 출현하거나 배타적 경제수역과 그 바깥의 인접수역에 걸쳐 출현하는 어족

1. 동일어족이나 이와 연관된 어종의 어족이 2개국 이상 연안국의 배타적 경제수역에 걸쳐 출현하는 경우, 이러한 연안국들은, 이 부의 다른 규정을 침해하지 아니하고, 직접 또는 적절한 소지역기구나 지역기구를 통하여 이러한 어족의 보존과 개발을 조정하고 보장하는 데 필요한 조치에 합의하도록 노력한다.
2. 동일어족 또는 이와 연관된 어종의 어족이 배타적 경제수역과 그 바깥의 인접수역에 걸쳐 출현하는 경우, 연안국과 인접수역에서 이러한 어족을 어획하는 국가는 직접 또는 적절한 소지역기구나 지역기구를 통하여 인접수역에서 이러한 어족의 보존에 필요한 조치에 합의하도록 노력한다.

제64조 고도회유성어종

1. 연안국과 제1부속서에 열거된 고도회유성어종을 어획하는 국민이 있는 그 밖의 국가는 배타적 경제수역과 그 바깥의 인접수역에서 그러한 어종의 보존을 보장하고 최적이용목표를 달성하기 위하여 직접 또는 적절한 국제기구를 통하여 협력한다. 적절한 국제기구가 없는 지역에서는 연안국과 같은 수역에서 이러한 어종을 어획하는 국민이 있는 그 밖의 국가는 이러한 기구를 설립하고 그 사업에 참여하도록 노력한다.
2. 제1항의 규정은 이 부의 다른 규정과 함께 적용한다.

제65조 해양포유동물

이 부의 어떠한 규정도, 적절한 경우, 이 부에 규정된 것보다 더 엄격하게 해양포유동물의 포획을 금지 · 제한 또는 규제할 수 있는 연안국의 권리나 국제기구의 권한을 제한하지 아니한다. 각국은 해양포유동물의 보존을 위하여 노력하며, 특히 고래류의 경우 그 보존 · 관리 및 연구를 위하여 적절한 국제기구를 통하여 노력한다.

제66조 소하성어족

1. 소하성어족이 기원하는 하천의 국가는 이 어족에 대한 일차적 이익과 책임을 가진다.
2. 소하성어족의 기원국은 자국의 배타적 경제수역 바깥한계의 육지 쪽 모든 수역에서의 어로와 제3항 (b)에 규정된 어로에 관하여 적절한 규제조치를

수립함으로써 그 어족의 보존을 보장한다. 기원국은 이러한 어족을 어획하는 제3항과 제4항에 언급된 다른 국가와 협의한 후 자국 하천에서 기원하는 어족에 대한 총허용어획량을 결정할 수 있다.

3. (a) 이 규정으로 인하여 기원국 이외의 국가에 경제적 혼란이 초래되는 경우를 제외하고는, 소하성어족의 어획은 배타적 경제수역 바깥한계의 육지쪽 수역에서만 행하여진다. 배타적 경제수역 바깥한계 밖의 어획에 관하여 관련국은 그 어족에 관한 기원국의 보존요건 및 필요를 적절히 고려하여 어로조건에 관한 합의에 도달하기 위한 협의를 유지한다.
(b) 기원국은 소하성어족을 어획하는 다른 국가의 통상적인 어획량, 조업방법 및 모든 조업실시지역을 고려하여 이들 국가의 경제적 혼란을 최소화하도록 협력한다.
(c) (b)에 언급된 국가가 기원국과의 합의에 의하여, 특히 그 경비분담 등 소하성 어족을 재생산시키는 조치에 참여하는 경우, 이러한 국가에 대하여 기원국은 자국의 하천에서 기원한 그 어족의 어획에 있어서 특별한 고려를 한다.
(d) 배타적 경제수역 바깥의 소하성어족에 관한 규칙은 기원국과 다른 관련국과의 합의에 의하여 시행한다.

4. 소하성어족이 기원국이 아닌 국가의 배타적 경제수역 바깥한계의 육지 쪽 수역을 통하여 회유하는 경우 이러한 국가는 그 어족의 보존과 관리에 관하여 기원국과 협력한다.
5. 소하성어족의 기원국과 이를 어획하는 그 밖의 국가는 이 조의 규정을 이행하기 위하여 적절한 경우 지역기구를 통하여 약정을 체결한다.

第67조 강하성어종

1. 강하성어종이 그 생존기간의 대부분을 보내는 수역의 연안국은 그 어종의 관리에 대한 책임을 지며 회유어의 출입을 보장한다.
2. 강하성어종의 어획은 배타적경제수역 바깥한계의 육지쪽 수역에서만 행하여 진다. 배타적경제수역에서 어획이 행하여지는 경우 이 조의 규정 및 배타적경제수역내 어획에 관한 이 협약의 그 밖의 규정에 따른다.
3. 강하성어종이 치어로서 또는 성어로서 다른 국가의 배타적경제수역을 회유하는 경우, 어획을 포함한 그 어종에 대한 관리는 제1항에 언급된 국가와 그

밖의 관련국간의 합의에 따라 규제된다. 이러한 합의는 강하성어종의 합리적 관리를 보장하고 이의 유지를 위하여 제1항에 언급된 국가의 책임을 고려한다.

第68조 정착성어종

이 부는 第77조 제4항에서 정의한 정착성어종에는 적용하지 아니한다.

第69조 내륙국의 권리

1. 내륙국은 모든 관련국의 경제적 · 지리적 관련 상황을 고려하고 이 조 및 제61조, 제62조의 규정에 따라 형평에 입각하여 동일한 소지역이나 지역 내 연안국의 배타적 경제수역의 생물자원 잉여량중 적절한 양의 개발에 참여할 권리를 가진다.
2. 이러한 참여조건과 방식은 특히 아래 사항을 고려하여 양자협정, 소지역 또는 지역협정을 통하여 관련국에 의하여 수립된다.
   (a) 연안국의 지역어업사회 및 수산업에 해로운 영향을 회피할 필요
   (b) 이 조의 규정에 따라 내륙국이 기존의 양자협정, 소지역 또는 지역협정에 따라 다른 연안국의 배타적 경제수역의 생물자원 개발에 참여하고 있는 정도 또는 참여할 수 있는 자격의 정도
   (c) 다른 내륙국과 지리적불리국이 연안국의 배타적경제수역의 생물자원개발에 참여하고 있는 정도 및 그 결과로 단일 연안국이 특별한 부담 또는 그 일부를 지게 되는 것을 회피할 필요
   (d) 각국 주민의 영양상 필요
3. 연안국의 어획능력이 자국 배타적경제수역내에 있는 생물자원의 허용어획량 전체를 어획할 수 있는 수준에 도달한 경우, 연안국과 그 밖의 관련국은 양국 간, 소지역적 또는 지역적 기초에 입각하여 상황에 적절하고 모든 당사국이 만족하는 조건으로 동일한 소지역 또는 지역 내에 있는 개발도상내륙국이 그 소지역 또는 지역 내 연안국의 배타적 경제수역의 생물자원개발에 참여하는 것을 허용하는 공평한 약정을 체결하도록 협력한다.
   이 규정을 이행함에 있어서 제2항에 규정한 사항도 함께 고려한다.
4. 이 조의 규정에 따라 선진내륙국은 동일한 소지역 또는 지역 내 선진연안국

의 배타적 경제수역에 한하여 생물자원 개발에 참여할 수 있다. 이 때 그 선진내륙국은 그 선진 연안국이 자국의 배타적 경제수역의 생물자원에 대한 다른 국가의 접근을 허용함에 있어서, 관습적으로 그 수역에서 조업하여 온 국민이 있는 국가의 지역어업사회에 미칠 해로운 영향과 경제적 혼란을 최소화할 필요를 고려하여 온 정도를 참작한다.

5. 위의 규정은 연안국이 배타적 경제수역의 생물자원개발을 위한 평등한 권리나 우선적 권리를 동일한 소지역 또는 지역 내의 내륙국에 부여하는 소지역 또는 지역 내에서 합의된 약정을 적용하는 것을 침해하지 아니한다.

제70조 지리적불리국의 권리

1. 지리적불리국은 모든 관련국의 경제적 · 지리적 상황을 고려하고 이 조 및 제61조, 제62조의 규정에 따라 동일한 소지역 또는 지역 내에 있는 연안국의 배타적 경제수역의 생물자원 잉여량중 적절한 양의 개발에 공평하게 참여할 권리를 가진다.
2. 이 부에서 "지리적불리국"이라 함은 폐쇄해나 반폐쇄해에 접한 국가를 포함한 연안국으로서, 그 지리적 여건으로 인하여 자국주민 또는 그 일부의 영양상 목적을 위하여 충분한 어류공급을 소지역 또는 지역 내에 있는 다른 국가의 배타적 경제수역 내 생물자원의 개발에 의존하여야 하거나, 자국의 배타적 경제수역을 주장할 수 없는 연안국을 말한다.
3. 이러한 참여의 조건과 방식은 특히 아래 사항을 고려하여 양자협정, 소지역 또는 지역협정을 통하여 관련국에 의하여 확립된다.
 (a) 연안국의 지역어업사회 및 수산업에 해로운 영향을 회피할 필요
 (b) 이 조의 규정에 따라 지리적불리국이 기존의 양자협정, 소지역 또는 지역협정에 따라 다른 연안국의 배타적 경제수역의 생물자원개발에 참여하고 있는 정도 또는 참여할 수 있는 자격의 정도
 (c) 다른 지리적불리국과 내륙국이 연안국의 배타적 경제수역의 생물자원의 개발에 참여하고 있는 정도 및 그 결과로 단일 연안국이 특별한 부담 또는 그 일부를 지게 되는 것을 회피할 필요
 (d) 각국 주민의 영양상 필요
4. 연안국의 어획능력이 자국의 배타적 경제수역 생물자원의 허용어획량 전체

를 어획할 수 있는 수준에 도달한 경우, 연안국과 그 밖의 관련국은 양국 간, 소지역적 또는 지역적 기초에 입각하여 상황에 적절하고 모든 당사국이 만족하는 조건으로, 동일한 소지역이나 지역 내에 있는 연안국의 배타적 경제수역 생물자원 개발에 참여를 허용하는 공평한 약정을 체결하도록 협력한다. 이 규정을 이행함에 있어서 제3항에 규정한 사항도 함께 고려한다.

5. 이 조의 규정에 따라 선진지리적불리국은 동일한 소지역 또는 지역 내에 있는 선진연안국의 배타적 경제수역에 한하여 생물자원의 개발에 참여할 수 있다. 이 때 그 선진지리적불리국은 그 선진연안국이 자국의 배타적 경제수역의 생물자원에 대하여 다른 국가의 입어를 허용함에 있어서, 소속국민이 오랫동안 그 수역에서 조업하여 온 국가의 지역어업사회에 미칠 해로운 영향과 경제적 혼란을 최소화할 필요를 고려하여 온 정도를 참작한다.
6. 위의 규정은 연안국이 배타적 경제수역의 생물자원 개발을 위한 평등한 권리나 우선적 권리를 동일한 소지역 또는 지역 내의 지리적불리국에 부여하는 소지역 또는 지역 내에서 합의된 약정을 적용하는 것을 침해하지 아니한다.

제71조 제69조와 제70조 적용의 배제

제69조와 제70조의 규정은 연안국의 경제가 배타적 경제수역의 생물자원개발에 크게 의존하고 있는 경우에는 적용하지 아니한다.

제72조 권리이전의 제한

1. 제69조와 제70조에 규정한 생물자원개발 권리는 관계국이 달리 합의하지 아니하는 한, 임대차나 면허, 합작사업의 설립 또는 권리 이전의 효과를 가지는 그 밖의 방법에 의하여 제3국이나 그 국민에게 직접적으로 또는 간접적으로 이전될 수 없다.
2. 제1항의 규정은 동항에서 언급된 효과를 가지지 아니하는 한, 관련국이 제69조와 제70조의 규정에 따른 권리의 행사를 용이하게 하기 위하여 제3국이나 국제기구로부터 기술적 · 재정적 원조를 받는 것을 방해하지 아니한다.

제73조 연안국법령의 시행

1. 연안국은 배타적 경제수역의 생물자원을 탐사 · 개발 · 보존 및 관리하는 주

권적 권리를 행사함에 있어서, 이 협약에 부합되게 채택한 자국법령을 준수하도록 보장하기 위하여 승선, 검색, 나포 및 사법절차를 포함하여 필요한 조치를 취할 수 있다.

2. 나포된 선박과 승무원은 적절한 보석금이나 그 밖의 보증금을 예치한 뒤에는 즉시 석방된다.
3. 배타적 경제수역에서 어업법령 위반에 대한 연안국의 처벌에는, 관련국간 달리 합의하지 아니하는 한, 금고 또는 다른 형태의 체형이 포함되지 아니한다.
4. 외국선박을 나포하거나 억류한 경우, 그 연안국은 적절한 경로를 통하여 취하여진 조치와 그 후에 부과된 처벌에 관하여 기국에 신속히 통고한다.

제74조 대향국간 또는 인접국간의 배타적 경제수역의 경계획정

1. 서로 마주보고 있거나 인접한 연안을 가진 국가 간의 배타적 경제수역 경계획정은 공평한 해결에 이르기 위하여, 국제사법재판소규정 제38조에 언급된 국제법을 기초로 하는 합의에 의하여 이루어진다.
2. 상당한 기간 내에 합의에 이르지 못할 경우 관련국은 제15부에 규정된 절차에 회부한다.
3. 제1항에 규정된 합의에 이르는 동안, 관련국은 이해와 상호협력의 정신으로 실질적인 잠정약정을 체결할 수 있도록 모든 노력을 다하며, 과도적인 기간 동안 최종 합의에 이르는 것을 위태롭게 하거나 방해하지 아니한다. 이러한 약정은 최종적인 경계획정에 영향을 미치지 아니한다.
4. 관련국간에 발효 중인 협정이 있는 경우, 배타적 경제수역의 경계획정에 관련된 사항은 그 협정의 규정에 따라 결정된다.

제75조 해도와 지리적 좌표목록

1. 이 부에 따라 배타적 경제수역의 바깥한계선 및 제75조에 따라 그은 경계획정선은 그 위치를 확인하기에 적합한 축척의 해도에 표시된다. 적절한 경우 이러한 바깥한계선이나 경계획정선은 측지자료를 명기한 각 지점의 지리적 좌표목록으로 대체할 수 있다.
2. 연안국은 이러한 해도나 지리적 좌표목록을 적절히 공표하고 그 사본을 국제연합 사무총장에게 기탁한다.

대륙붕 (제6부)

제76조 대륙붕의 정의

1. 연안국의 대륙붕은 영해 밖으로 영토의 자연적 연장에 따라 대륙변계의 바깥 끝까지, 또는 대륙변계의 바깥 끝이 200해리에 미치지 아니하는 경우, 영해기선으로부터 200해리까지의 해저지역의 해저와 하층토로 이루어진다.
2. 연안국의 대륙붕은 제4항부터 제6항까지 규정한 한계 밖으로 확장될 수 없다.
3. 대륙변계는 연안국 육지의 해면 아래쪽 연장으로서, 대륙붕 · 대륙사면 · 대륙융기의 해저와 하층토로 이루어진다. 대륙변계는 해양산맥을 포함한 심해대양저나 그 하층토를 포함하지 아니한다.
4. (a) 이 협약의 목적상 연안국은 대륙변계가 영해기선으로부터 200해리 밖까지 확장되는 곳에서는 아래 선중 어느 하나로 대륙변계의 바깥끝을 정한다.
   (i) 퇴적암의 두께가 그 가장 바깥 고정점으로부터 대륙사면의 끝까지를 연결한 가장 가까운 거리의 최소한 1퍼센트인 가장 바깥 고정점을 제7항에 따라 연결한 선
   (ii) 대륙사면의 끝으로부터 60해리를 넘지 아니하는 고정점을 제7항에 따라 연결한 선
   (b) 반대의 증거가 없는 경우, 대륙사면의 끝은 그 기저에서 경사도의 최대변경점으로 결정된다.
5. 제4항 (a) (i)과 (ii)의 규정에 따라 그은 해저에 있는 대륙붕의 바깥한계선을 이루는 고정점은 영해기선으로부터 350해리를 넘거나 2500미터 수심을 연결하는 선인 2500미터 등심선으로부터 100해리를 넘을 수 없다.
6. 제5항의 규정에도 불구하고 해저산맥에서는 대륙붕의 바깥한계는 영해기선으로부터 350해리를 넘을 수 없다. 이 항은 해양고원 · 융기 · 캡 · 해퇴 및 해저돌출부와 같은 대륙변계의 자연적 구성요소인 해저고지에는 적용하지 아니한다.
7. 대륙붕이 영해기선으로부터 200해리 밖으로 확장되는 경우, 연안국은 경도와 위도 좌표로 표시된 고정점을 연결하여 그 길이가 60해리를 넘지 아니하는 직선으로 대륙붕의 바깥한계를 그어야 한다.
8. 연안국은 영해기선으로부터 200해리를 넘는 대륙붕의 한계에 관한 정보를

공평한 지리적 배분의 원칙에 입각하여 제2부속서에 따라 설립된 대륙붕한계위원회에 제출한다. 위원회는 대륙붕의 바깥한계 설정에 관련된 사항에 관하여 연안국에 권고를 행한다. 이러한 권고를 기초로 연안국이 확정한 대륙붕의 한계는 최종적이며 구속력을 가진다.

9. 연안국은 측지자료를 비롯하여 항구적으로 자국 대륙붕의 바깥한계를 표시하는 해도와 관련정보를 국제연합사무총장에게 기탁한다. 국제연합사무총장은 이를 적절히 공표한다.
10. 이 조의 규정은 서로 마주보고 있거나 이웃한 연안국의 대륙붕경계 획정문제에 영향을 미치지 아니한다.

제77조 대륙붕에 대한 연안국의 권리

1. 연안국은 대륙붕을 탐사하고 그 천연자원을 개발할 수 있는 대륙붕에 대한 주권적 권리를 행사한다.
2. 제1항에 언급된 권리는 연안국이 대륙붕을 탐사하지 아니하거나 그 천연자원을 개발하지 아니하더라도 다른 국가는 연안국의 명시적인 동의 없이는 이러한 활동을 할 수 없다는 의미에서 배타적 권리이다.
3. 대륙붕에 대한 연안국의 권리는 실효적이거나 관념적인 점유 또는 명시적 선언에 의존하지 아니한다.
4. 이 부에서 규정한 천연자원은 해저와 하층토의 광물, 그 밖의 무생물자원 및 정착성어종에 속하는 생물체, 즉 수확가능단계에서 해저표면 또는 그 아래에서 움직이지 아니하거나 또는 해저나 하층토에 항상 밀착하지 아니하고는 움직일 수 없는 생물체로 구성된다.

제78조 상부수역과 상공의 법적지위 및 다른 국가의 권리와 자유

1. 대륙붕에 대한 연안국의 권리는 그 상부수역이나 수역 상공의 법적지위에 영향을 미치지 아니한다.
2. 대륙붕에 대한 연안국의 권리행사는 다른 국가의 항행의 권리 및 이 협약에 규정한 다른 권리와 자유를 침해하거나 부당한 방해를 초래하지 아니한다.

제79조 대륙붕에서의 해저전선과 관선

1. 모든 국가는 이 조의 규정에 따라 대륙붕에서 해저전선과 관선을 부설할 자격을 가진다.
2. 연안국은 대륙붕의 탐사와 대륙붕의 천연자원 개발, 그리고 관선에 의한 오염의 방지, 경감 및 통제를 위한 합리적 조치를 취할 권리에 따라 이러한 전선이나 관선의 부설이나 유지를 방해할 수 없다.
3. 대륙붕에서 위의 관선 부설경로의 설정은 연안국의 동의를 받아야 한다.
4. 이 부의 어떠한 규정도 자국 영토나 영해를 거쳐 가는 전선이나 관선에 대한 조건을 설정하는 연안국의 권리, 대륙붕의 탐사나 그 자원의 개발 또는 자국 관할권 아래에 있는 인공섬 · 시설 및 구조물의 운용과 관련하여 부설하거나 사용하는 전선과 관선에 대한 연안국의 관할권에 영향을 미치지 아니한다.
5. 각국은 해저전선이나 관선을 부설함에 있어서 이미 설치된 전선이나 관선을 적절히 고려한다. 특히 기존전선이나 관선을 수리할 가능성을 방해하지 아니한다.

제80조 대륙붕상의 인공섬 · 시설 및 구조물

제60조의 규정은 대륙붕상의 인공섬 · 시설 및 구조물에 준용한다.

제81조 대륙붕시추

연안국은 대륙붕에서 모든 목적의 시추를 허가하고 규제할 배타적 권리를 가진다.

제82조 200해리 밖의 대륙붕개발에 따른 금전지급 및 현물공여

1. 연안국은 영해기선으로부터 200해리 밖에 있는 대륙붕의 무생물 자원 개발에 관하여 금전을 지급하거나 현물을 공여한다.
2. 금전지급과 현물공여는 생산개시 5년 후부터 그 광구에서 생산되는 모든 생산물에 대하여 매년 납부된다. 6년째의 금전지급이나 현물공여의 비율은 생산물의 가격이나 물량의 1퍼센트로 유지한다. 그 비율은 12년째까지 매년 1퍼센트씩 증가시키고 그 이후에는 7퍼센트로 한다. 생산물의 개발을 위하여 사용한 자원은 포함하지 아니한다.

3. 자국의 대륙붕에서 생산되는 광물자원의 순수입국인 개발도상국은 그 광물자원에 대한 금전지급이나 현물공여로부터 면제된다.
4. 금전지급과 현물공여는 해저기구를 통하여 이루어지며, 해저기구는 이를 개발도상국, 특히 개발도상국 중 최저개발국 및 내륙국의 이익과 필요를 고려하고 공평분배의 기준에 입각하여 이 협약의 당사국에게 분배한다.

第83조 대향국간 또는 인접국간의 대륙붕의 경계획정

1. 서로 마주보고 있거나 인접한 연안국간의 대륙붕 경계획정은 공평한 해결에 이르기 위하여, 국제사법재판소규정 제38조에 언급된 국제법을 기초로 하여 합의에 의하여 이루어진다.
2. 상당한 기간 내에 합의에 이르지 못할 경우, 관련국은 제15부에 규정된 절차에 회부한다.
3. 제1항에 규정된 합의에 이르는 동안 관련국은, 이해와 상호협력의 정신으로, 실질적인 잠정약정을 체결할 수 있도록 모든 노력을 다하며, 과도적인 기간 동안 최종 합의에 이르는 것을 위태롭게 하거나 방해하지 아니한다. 이러한 약정은 최종적 경계획정에 영향을 미치지 아니한다.
4. 관련국간에 발효 중인 협정이 있는 경우, 대륙붕의 경계획정에 관련된 문제는 그 협정의 규정에 따라 결정된다.

第84조 해도와 지리적 좌표목록

1. 이 부에 따라 대륙붕의 바깥한계선과 제83조에 따라 그은 경계획정선은 그 위치를 확인하기에 적합한 축척의 해도에 표시한다. 적절한 경우 이러한 바깥한계선이나 경계획정선은 측지자료를 명기한 각 지점의 지리적 좌표목록으로 대체할 수 있다.
2. 연안국은 이러한 해도나 지리적 좌표목록을 적절히 공표하고 그 사본을 국제연합 사무총장에게 기탁하며, 대륙붕의 바깥한계선을 표시하는 해도나 좌표목록의 경우에는 이를 해저기구 사무총장에게 기탁한다.

第85조 굴착

이 부의 규정은 하층토 상부의 수심에 관계없이 굴착에 의하여 하층토를 개발하는 연안국의 권리를 침해하지 아니한다.

공해 (제7부)

제1절 총칙

제86조 이 부 규정의 적용

이 부의 규정은 어느 한 국가의 배타적경제수역 · 영해 · 내수 또는 군도국가의 군도 수역에 속하지 아니하는 바다의 모든 부분에 적용된다. 이 조는 제58조에 따라 배타적경제수역에서 모든 국가가 향유하는 자유에 제약을 가져오지 아니한다.

제87조 공해의 자유

1. 공해는 연안국이거나 내륙국이거나 관계없이 모든 국가에 개방된다. 공해의 자유는 이 협약과 그 밖의 국제법규칙이 정하는 조건에 따라 행사된다. 연안국과 내륙국이 향유하는 공해의 자유는 특히 다음의 자유를 포함한다.
(a) 항행의 자유
(b) 상공비행의 자유
(c) 제6부에 따른 해저전선과 관선 부설의 자유
(d) 제6부에 따라 국제법상 허용되는 인공섬과 그 밖의 시설 건설의 자유
(e) 제2절에 정하여진 조건에 따른 어로의 자유
(f) 제6부와 제13부에 따른 과학조사의 자유
2. 모든 국가는 이러한 자유를 행사함에 있어서 공해의 자유의 행사에 관한 다른 국가의 이익 및 심해저활동과 관련된 이 협약상의 다른 국가의 권리를 적절히 고려한다.

제88조 평화적 목적을 위한 공해의 보존

공해는 평화적 목적을 위하여 보존된다.

제89조 공해에 대한 주권주장의 무효

어떠한 국가라도 유효하게 공해의 어느 부분을 자국의 주권 아래 둘 수 없다.

제90조 항행의 권리

연안국이거나 내륙국이거나 관계없이 모든 국가는 공해에서 자국기를 게양한 선박을 항행시킬 권리를 가진다.

제91조 선박의 국적

1. 모든 국가는 선박에 대한 자국국적의 부여, 자국영토에서의 선박의 등록 및 자국기를 게양할 권리에 관한 조건을 정한다. 어느 국기를 게양할 자격이 있는 선박은 그 국가의 국적을 가진다. 그 국가와 선박 간에는 진정한 관련이 있어야 한다.
2. 모든 국가는 그 국기를 게양할 권리를 부여한 선박에 대하여 그러한 취지의 서류를 발급한다.

제92조 선박의 지위

1. 국제조약이나 이 협약에 명시적으로 규정된 예외적인 경우를 제외하고는 선박은 어느 한 국가의 국기만을 게양하고 항행하며 공해에서 그 국가의 배타적인 관할권에 속한다. 선박은 진정한 소유권 이전 또는 등록변경의 경우를 제외하고는 항행중이나 기항 중에 그 국기를 바꿀 수 없다.
2. 2개국 이상의 국기를 편의에 따라 게양하고 항행하는 선박은 다른 국가에 대하여 그 어느 국적도 주장할 수 없으며 무국적선으로 취급될 수 있다.

제93조 국제연합, 국제연합전문기구와 국제원자력기구의 기를 게양한 선박

앞의 조항들은 국제연합, 국제연합 전문기구 또는 국제원자력기구의 기를 게양하고 그 기구의 공무에 사용되는 선박에 관련된 문제에는 영향을 미치지 아니한다.

제94조 기국의 의무

1. 모든 국가는 자국기를 게양한 선박에 대하여 행정적·기술적·사회적 사항

에 관하여 유효하게 자국의 관할권을 행사하고 통제한다.

2. 모든 국가는 특히,

(a) 일반적으로 수락된 국제규칙이 적용되지 아니하는 소형 선박을 제외하고는 자국기를 게양한 선명과 세부사항을 포함하는 선박등록대장을 유지한다.

(b) 선박에 관련된 행정적 · 기술적 · 사회적 사항과 관련하여 자국기를 게양한 선박, 그 선박의 선장, 사관과 선원에 대한 관할권을 자국의 국내법에 따라 행사한다.

3. 모든 국가는 자국기를 게양한 선박에 대하여 해상안전을 확보하기 위하여 필요한 조치로서 특히 다음 사항에 관한 조치를 취한다.

(a) 선박의 건조, 장비 및 감항성

(b) 적용 가능한 국제문서를 고려한 선박의 인원배치, 선원의 근로조건 및 훈련

(c) 신호의 사용, 통신의 유지 및 충돌의 방지

4. 이러한 조치는 다음을 보장하기 위하여 필요한 사항을 포함한다.

(a) 각 선박은 등록전과 등록 후 적당한 기간마다 자격 있는 선박검사원에 의한 검사를 받아야하며, 선박의 안전항행에 적합한 해도 · 항행간행물과 항행장비 및 항행도구를 선상에 보유한다.

(b) 각 선박은 적합한 자격, 특히 선박조종술 · 항행 · 통신 · 선박공학에 관한 적합한 자격을 가지고 있는 선장과 사관의 책임아래 있고, 선원은 그 자격과 인원수가 선박의 형태 · 크기 · 기관 및 장비에 비추어 적합하여야 한다.

(c) 선장 · 사관 및 적합한 범위의 선원은 해상에서의 인명안전, 충돌의 방지, 해양오염의 방지 · 경감 · 통제 및 무선통신의 유지와 관련하여 적용 가능한 국제규칙에 완전히 정통하고 또한 이를 준수한다.

5. 제3항과 제4항에서 요구되는 조치를 취함에 있어서, 각국은 일반적으로 수락된 국제적인 규제 조치, 절차 및 관행을 따르고, 이를 준수하기 위하여 필요한 조치를 취한다.

6. 선박에 관한 적절한 관할권이나 통제가 행하여지지 않았다고 믿을 만한 충분한 근거를 가지고 있는 국가는 기국에 그러한 사실을 통보할 수 있다. 기국은 이러한 통보를 접수한 즉시 그 사실을 조사하고, 적절한 경우, 상황을 개선하기 위하여 필요한 조치를 취한다.

7. 각국은 다른 국가의 국민에 대한 인명손실이나 중대한 상해, 다른 국가의 선

박이나 시설, 또는 해양환경에 대한 중대한 손해를 일으킨 공해상의 해난이나 항행사고에 관하여 자국기를 게양한 선박이 관계되는 모든 경우, 적절한 자격을 갖춘 사람에 의하여 또는 그 입회 아래 조사가 실시되도록 한다. 기국 및 다른 관련국은 이러한 해난이나 항행사고에 관한 그 다른 관련국의 조사실시에 서로 협력한다.

제95조 공해상 군함의 면제

공해에 있는 군함은 기국외의 어떠한 국가의 관할권으로부터도 완전히 면제된다.

제96조 정부의 비상업적 업무에만 사용되는 선박의 면제

국가가 소유하거나 운용하는 선박으로서 정부의 비상업적 업무에만 사용되는 선박은 공해에서 기국외의 어떠한 국가의 관할권으로부터도 완전히 면제된다.

제97조 충돌 또는 그 밖의 항행사고에 관한 형사관할권

1. 공해에서 발생한 선박의 충돌 또는 선박에 관련된 그 밖의 항행사고로 인하여 선장 또는 그 선박에서 근무하는 그 밖의 사람의 형사책임이나 징계책임이 발생하는 경우, 관련자에 대한 형사 또는 징계 절차는 그 선박의 기국이나 그 관련자의 국적국의 사법 또는 행정당국 외에서는 제기될 수 없다.
2. 징계문제와 관련, 선장증명서, 자격증 또는 면허증을 발급한 국가만이 적법절차를 거친 후, 이러한 증명서의 소지자가 자국국민이 아니더라도, 이러한 증명서를 무효화할 권한이 있다.
3. 선박의 나포나 억류는 비록 조사를 위한 조치이더라도 기국이 아닌 국가의 당국은 이를 명령할 수 없다.

제98조 지원제공의무

1. 모든 국가는 자국국기를 게양한 선박의 선장에 대하여 선박 · 선원 또는 승객에 대한 중대한 위험이 없는 한 다음 사항을 행하도록 요구한다.
 (a) 바다에서 발견된 실종위험이 있는 사람에 대한 지원제공
 (b) 지원할 필요가 있다고 통보받은 경우 선장이 그러한 행동을 하리라고 합리적으로 기대되는 한도 내에서 가능한 전속력 항진하여 조난자를 구조하는 것

(c) 충돌 후 상대선박 · 선원 · 승객에 대한 지원제공 및 가능한 경우 자기선박의 명칭 · 등록항 그리고 가장 가까운 기항예정지를 상대선박에 통보

2. 모든 연안국은 해상안전에 관한 적절하고도 실효적인 수색 · 구조기관의 설치 · 운영 및 유지를 촉진시키고, 필요한 경우 이를 위하여 지역약정의 형태로 인접국과 서로 협력한다.

제99조 노예수송금지

모든 국가는 자국기 게양이 허가된 선박에 의한 노예수송을 방지하고 처벌하며 자국기가 그러한 목적으로 불법사용되는 것을 방지하기 위하여 실효적인 조치를 취한다. 선박에 피난한 노예는 그 선박의 기국이 어느 나라이건 피난사실 자체로써 자유이다.

제100조 해적행위 진압을 위한 협력의무

모든 국가는 공해나 국가 관할권 밖의 어떠한 곳에서라도 해적행위를 진압하는데 최대한 협력한다.

제101조 해적행위의 정의

해적행위라 함은 다음 행위를 말한다.

(a) 민간선박 또는 민간항공기의 승무원이나 승객이 사적 목적으로 다음에 대하여 범하는 불법적 폭력행위, 억류 또는 약탈 행위

(i) 공해상의 다른 선박이나 항공기 또는 그 선박이나 항공기내의 사람이나 재산

(ii) 국가 관할권에 속하지 아니하는 곳에 있는 선박 · 항공기 · 사람이나 재산

(b) 어느 선박 또는 항공기가 해적선 또는 해적항공기가 되는 활동을 하고 있다는 사실을 알고서도 자발적으로 그러한 활동에 참여하는 모든 행위

(c) (a)와 (b)에 규정된 행위를 교사하거나 고의적으로 방조하는 모든 행위

제102조 승무원이 반란을 일으킨 군함 · 정부선박 · 정부항공기에 의한 해적행위

승무원이 반란을 일으켜 그 지배하에 있는 군함 · 정부선박 · 정부항공기가 제101조에 정의된 해적행위를 하는 경우, 그러한 행위는 민간선박 또는 민간항공

기에 의한 행위로 본다.

제103조 해적선 · 해적항공기의 정의

선박 또는 항공기를 실효적으로 통제하고 있는 자가 제101조에 언급된 어느 한 행위를 목적으로 그 선박이나 항공기를 사용하려는 경우, 그 선박 또는 항공기는 해적선이나 해적항공기로 본다. 선박이나 항공기가 이러한 행위를 위하여 사용된 경우로서 그 선박이나 항공기가 그러한 행위에 대해 책임 있는 자의 지배하에 있는 한 또한 같다.

제104조 해적선 · 해적항공기의 국적 보유 또는 상실

선박 또는 항공기가 해적선 또는 해적항공기가 된 경우에도 그 국적을 보유할 수 있다. 국적의 보유나 상실은 그 국적을 부여한 국가의 법률에 의하여 결정된다.

제105조 해적선 · 해적항공기의 나포

모든 국가는 공해 또는 국가 관할권 밖의 어떠한 곳에서라도, 해적선 · 해적항공기 또는 해적행위에 의하여 탈취되어 해적의 지배하에 있는 선박 · 항공기를 나포하고, 그 선박과 항공기내에 있는 사람을 체포하고, 재산을 압수할 수 있다. 나포를 행한 국가의 법원은 부과될 형벌을 결정하며, 선의의 제3자의 권리를 존중할 것을 조건으로 그 선박 · 항공기 또는 재산에 대하여 취할 조치를 결정할 수 있다.

제106조 충분한 근거 없는 나포에 따르는 책임

해적행위의 혐의가 있는 선박이나 항공기의 나포가 충분한 근거가 없이 행하여진 경우, 나포를 행한 국가는 그 선박이나 항공기의 국적국에 대하여 나포로 인하여 발생한 손실 또는 손해에 대한 책임을 진다.

제107조 해적행위를 이유로 나포할 권한이 있는 선박과 항공기

해적행위를 이유로 한 나포는 군함 · 군용항공기 또는 정부업무를 수행중인 것으로 명백히 표시되고 식별이 가능하며 그러한 권한이 부여된 그 밖의 선박이

나 항공기만이 행할 수 있다.

제108조 마약이나 향정신성물질의 불법거래

1. 모든 국가는 공해에서 선박에 의하여 국제협약을 위반하여 행하여지는 마약과 향정신성물질의 불법거래를 진압하기 위하여 협력한다.
2. 자국기를 게양한 선박이 마약이나 향정신성물질의 불법거래에 종사하고 있다고 믿을 만한 합리적인 근거를 가지고 있는 국가는 다른 국가에 대하여 이러한 거래의 진압을 위한 협력을 요청할 수 있다.

제109조 공해로부터의 무허가방송

1. 모든 국가는 공해로부터의 무허가방송을 진압하는데 협력한다.
2. 이 협약에서 "무허가방송"이라 함은 국제규정을 위배하여 일반대중의 수신을 목적으로 공해상의 선박이나 시설로부터 음성무선방송이나 텔레비젼방송을 송신함을 말한다. 다만, 조난신호의 송신은 제외한다.
3. 무허가방송에 종사하는 자는 다음 국가의 법원에 기소될 수 있다.

(a) 선박의 기국

(b) 시설의 등록국

(c) 종사자의 국적국

(d) 송신이 수신될 수 있는 국가

(e) 허가된 무선통신이 방해받는 국가

4. 제3항에 따라 관할권을 가지는 국가는 무허가방송에 종사하는 사람이나 선박을 제110조의 규정에 따라 공해에서 체포하거나 나포하고 방송기기를 압수할 수 있다.

제110조 임검권

1. 제95조와 제96조에 따라 완전한 면제를 가지는 선박을 제외한 외국선박을 공해에서 만난 군함은 다음과 같은 혐의를 가지고 있다는 합리적 근거가 없는 한 그 선박을 임검하는 것은 정당화되지 아니한다. 다만, 간섭행위가 조약에 따라 부여된 권한에 의한 경우는 제외한다.

(a) 그 선박의 해적행위에의 종사

(b) 그 선박의 노예거래에의 종사
(c) 그 선박의 무허가방송에의 종사 및 군함 기국이 제109조에 따른 관할권 보유
(d) 무국적선
(e) 선박이 외국기를 게양하고 있거나 국기제시를 거절하였음에도 불구하고 실질적으로 군함과 같은 국적 보유

2. 제1항에 규정된 경우에 있어서 군함은 그 선박이 그 국기를 게양할 권리를 가지는 가를 확인할 수 있다. 이러한 목적을 위하여 군함은 혐의선박에 대하여 장교의 지휘아래 보조선을 파견할 수 있다. 서류를 검열한 후에도 혐의가 남아있는 경우, 가능한 한 신중하게 그 선박 내에서 계속하여 검사를 진행할 수 있다.
3. 혐의가 근거 없는 것으로 밝혀지고 또한 임검을 받은 선박이 그 혐의를 입증할 어떠한 행위도 행하지 아니한 경우에는 그 선박이 입은 모든 손실이나 피해에 대하여 보상을 받는다.
4. 이러한 규정은 군용항공기에 준용한다.
5. 이러한 규정은 또한 정부 업무에 사용중인 것으로 명백히 표시되어 식별이 가능하며 정당하게 권한이 부여된 그 밖의 모든 선박이나 항공기에도 적용한다.

제111조 추적권

1. 외국선박에 대한 추적은 연안국의 권한 있는 당국이 그 선박이 자국의 법령을 위반한 것으로 믿을 만한 충분한 이유가 있을 때 행사할 수 있다. 이러한 추적은 외국선박이나 그 선박의 보조선이 추적국의 내수 · 군도수역 · 영해 또는 접속수역에 있을 때 시작되고 또한 추적이 중단되지 아니한 경우에 한하여 영해나 접속수역 밖으로 계속될 수 있다.
영해나 접속수역에 있는 외국선박이 정선명령을 받았을 때 정선명령을 한 선박은 반드시 영해나 접속수역에 있어야 할 필요는 없다. 외국선박이 제33조에 정의된 접속수역에 있을 경우 추적은 그 수역을 설정함으로써 보호하려는 권리가 침해되는 경우에 한하여 행할 수 있다.
2. 추적권은 배타적 경제수역이나 대륙붕(대륙붕시설 주변의 안전수역 포함)에서 이 협약에 따라 배타적 경제수역이나 대륙붕(이러한 안전수역 포함)에

적용될 수 있는 연안국의 법령을 위반한 경우에 준용한다.

3. 추적권은 추적당하는 선박이 그 국적국 또는 제3국의 영해에 들어감과 동시에 소멸한다.
4. 추적당하는 선박이나 그 선박의 보조선이 또는 추적당하는 선박을 모선으로 사용하면서 한 선단을 형성하여 활동하는 그 밖의 보조선이 영해의 한계 내에 있거나, 경우에 따라서는, 접속수역 · 배타적 경제수역 한계 내에 또는 대륙붕 상부에 있다는 사실을 추적선박이 이용가능한 실제적인 방법으로 확인하지 아니하는 한, 추적은 시작된 것으로 인정되지 아니한다. 추적은 시각이나 음향 정선신호가 외국선박이 보거나 들을 수 있는 거리에서 발신된 후 비로소 이를 시작할 수 있다.
5. 추적권은 군함 · 군용항공기 또는 정부업무에 사용 중인 것으로 명백히 표시되어 식별이 가능하며 그러한 권한이 부여된 그 밖의 선박이나 항공기에 의하여서만 행사될 수 있다.
6. 추적이 항공기에 의하여 행하여지는 경우
   (a) 제1항부터 제4항까지의 규정을 준용한다.
   (b) 정선명령을 한 항공기는 선박을 직접 나포할 수 있는 경우를 제외하고는 그 항공기가 요청한 연안국의 선박이나 다른 항공기가 도착하여 추적을 인수할 때까지 그 선박을 스스로 적극적으로 추적한다. 선박의 범법사실 또는 범법혐의가 항공기에 의하여 발견되었더라도, 그 항공기에 의하여 또는 중단 없이 계속하여 그 추적을 행한 다른 항공기나 선박에 의하여 정선명령을 받고 추적당하지 아니하는 한, 영해 밖에서의 나포를 정당화시킬 수 없다.
7. 어느 국가의 관할권 내에서 나포되어 권한 있는 당국의 심리를 받기 위하여 그 국가의 항구에 호송된 선박은 부득이한 사정에 의하여 그 항행도중에 배타적 경제수역의 어느 한 부분이나 공해의 어느 한 부분을 통하여 호송되었다는 이유만으로 그 석방을 주장할 수 없다.
8. 추적권의 행사가 정당화되지 아니하는 상황에서 선박이 영해 밖에서 정지되거나 나포된 경우, 그 선박은 이로 인하여 받은 모든 손실이나 피해를 보상받는다.

제112조 해저전선 · 관선의 부설권
1. 모든 국가는 대륙붕 밖의 공해 해저에서 해저전선과 관선을 부설할 수 있다.
2. 제79조 제5항은 이러한 전선과 관선에 적용된다.

제113조 해저전선 · 관선의 파괴 및 훼손
모든 국가는 자국기를 게양한 선박이나 자국의 관할권에 속하는 사람이 전신이나 전화통신을 차단하거나 방해할 우려가 있는 방법으로 공해 밑에 있는 해저전선을 고의나 과실로 파괴하거나 훼손하는 행위와 이와 유사한 방식으로 해저관선이나 고압전선을 파괴하거나 훼손하는 행위는 처벌 가능한 범죄를 구성한다는 사실을 규정하기 위하여 필요한 법령을 제정한다. 또한 이 조의 규정은 이러한 파괴 및 훼손을 기도하였거나 초래할 가능성이 있는 행위에도 적용한다.
다만, 이 조의 규정은 이러한 파괴 및 훼손을 피하기 위하여 필요한 모든 예방조치를 취한 후 자신의 생명이나 선박을 구하기 위하여 오직 적법한 목적으로 행동한 사람에 의하여 발생한 파괴 및 훼손에 대하여는 적용하지 아니한다.

제114조 해저전선 · 관선 소유자에 의한 다른 해저전선 · 관선의 파괴 및 훼손
모든 국가는 자국의 관할권에 속하는 사람으로서 공해 밑에 있는 해저전선이나 관선의 소유자가 전선이나 관선을 부설 · 수리 도중 다른 전선이나 관선을 파괴하거나 훼손한 경우, 수리비용을 부담하도록 규정하기 위하여 필요한 법령을 제정한다.

제115조 해저전선 · 관선 훼손을 피하는 데 따르는 손실의 보상
모든 국가는 선박의 소유자가 해저전선이나 관선의 훼손을 회피하기 위하여 닻, 어망 또는 그 밖의 어구를 멸실하였음을 입증할 수 있을 때에는 그 선박소유자가 사전에 모든 합리적인 예방조치를 취하였음을 조건으로 하여 그 전선이나 관선의 소유자로부터 보상을 받을 수 있도록 보장하기 위하여 필요한 법령을 제정한다.

제2절 공해 생물자원의 관리 및 보존

제116조 공해어업권

모든 국가는 다음의 규정을 지킬 것을 조건으로 자국민이 공해에서 어업에 종사하도록 할 권리를 가진다.

(a) 자국의 조약상의 의무

(b) 특히 제63조 제2항과 제64조부터 제67조까지의 규정된 연안국의 권리, 의무 및 이익

(c) 이 절의 규정

제117조 자국민을 대상으로 공해생물자원 보존조치를 취할 국가의 의무

모든 국가는 자국민을 대상으로 공해생물자원 보존에 필요한 조치를 취하거나, 그러한 조치를 취하기 위하여 다른 국가와 협력할 의무가 있다.

제118조 생물자원의 보존·관리를 위한 국가 간 협력

모든 국가는 공해수역에서 생물자원의 보존·관리를 위하여 서로 협력한다. 동일한 생물자원이나 동일수역에서의 다른 생물자원을 이용하는 국민이 있는 모든 국가는 관련생물자원의 보존에 필요한 조치를 취하기 위한 교섭을 시작한다. 이를 위하여 적절한 경우 그 국가는 소지역 또는 지역어업기구를 설립하는데 서로 협력한다.

제119조 공해생물자원 보존

1. 공해생물자원의 허용어획량을 결정하고 그 밖의 보존조치를 수립함에 있어서 국가는 다음 사항을 행한다.

(a) 개발도상국의 특별한 요구를 포함한 환경적·경제적 관련요소에 따라 제한되고 어업형태·어족 간 서로 의존하고 있는 정도 및 소지역적·지역적 또는 지구적이거나에 관계없이 일반적으로 권고된 국제최저기준을 고려하여 최대지속 생산량을 실현시킬 수 있는 수준으로, 어획하는 어종의 자원량을 유지·회복하도록 관계국이 이용 가능한 최선의 과학적 증거를 기초로 하여 계획된 조치를 취한다.

(b) 어획하는 어종과 관련되거나 이에 부수되는 어종의 자원량의 재생산이 뚜렷하게 위태롭게 되지 아니할 수준이상으로 유지 · 회복시키기 위하여 연관어종이나 종속어종에 미치는 영향을 고려한다.

2. 이용가능한 과학적 정보, 어획량 및 어업활동 통계와 수산자원보존에 관련된 그 밖의 자료는 적절 한 경우 모든 관련국이 참여한 가운데 권한 있는 소지역적 · 지역적 또는 지구적 국제기구를 통하여 정기적으로 제공되고 교환된다.
3. 관계국은 보존조치와 그 시행에 있어서 어떠한 국가의 어민에 대하여서도 형식상 또는 실질상의 차별이 없도록 보장한다.

제120조 해양포유동물

제65조는 공해의 해양포유동물의 보존과 관리에도 적용한다.

섬 (제8부)

제121조 섬 제도

1. 섬이라 함은 바닷물로 둘러싸여 있으며, 밀물일 때에도 수면위에 있는, 자연적으로 형성된 육지지역을 말한다.
2. 제3항에 규정된 경우를 제외하고는 섬의 영해, 접속수역, 배타적 경제수역 및 대륙붕은 다른 영토에 적용 가능한 이 협약의 규정에 따라 결정한다.
3. 인간이 거주할 수 없거나 독자적인 경제활동을 유지할 수 없는 암석은 배타적 경제수역이나 대륙붕을 가지지 아니한다.

폐쇄해 · 반폐쇄해 (제9부)

제122조 정의

이 협약에서 "폐쇄해 또는 반폐쇄해"라 함은 2개국 이상에 의하여 둘러싸이고 좁은 출구에 의하여 다른 바다나 대양에 연결되거나, 또는 전체나 그 대부분이 2개국 이상 연안국의 영해와 배타적 경제수역으로 이루어진 만, 내만 또는 바다를 말한다.

제123조 폐쇄해 · 반폐쇄해 연안국간 협력
폐쇄해 또는 반폐쇄해 연안국은 이 협약에 따른 권리행사와 의무이행에 있어서 서로 협력한다. 이러한 목적을 위하여 이들 국가는 직접적으로 또는 적절한 지역기구를 통하여 다음을 위하여 노력한다.
(a) 해양생물자원의 관리 · 보존 · 탐사 및 이용 조정
(b) 해양환경보호 · 보전에 관한 권리의무 이행의 조정
(c) 과학조사정책의 조정 및 적절한 경우 해역에서의 공동과학조사계획의 실시
(d) 이 조의 규정을 시행함에 있어서 적절한 경우 서로 협력하기 위한 다른 이해 관계국이나 국제기구의 초청

내륙국의 해양출입권과 통과의 자유 (제10부)

제124조 용어의 사용
1. 이 협약에서,
(a) "내륙국"이라 함은 해안이 없는 국가를 말한다.
(b) "통과국"이라 함은 해안이 있고 없음에 관계없이 내륙국과 바다 사이에 위치하여 그 영토를 통하여 통과교통이 이루어지는 국가를 말한다.
(c) "통과교통"이라 함은 물건을 옮겨 싣거나, 창고에 넣거나, 짐을 분할하거나, 또는 운송방식을 바꾸거나 관계없이, 내륙국의 영토에서 시작하거나 끝나는 전체 운송과정의 한 부분으로서 1개국 이상의 통과국의 영토를 지나는 사람, 화물, 상품 및 운송수단의 통과를 말한다.
(d) "운송수단"이라 함은 다음을 말한다.
(i) 철도차량, 해양용 · 호수용 · 하천용 선박 및 육로차량
(ii) 현지사정에 따라서는 운반인이나 운반용 동물
2. 내륙국과 통과국은 상호 합의에 의하여 운송수단으로 관선 · 가스관 및 제1항에 포함된 것 이외의 다른 운송수단을 포함시킬 수 있다.

제125조 해양출입권과 통과의 자유

1. 내륙국은 공해의 자유와 인류의 공동유산에 관한 권리를 비롯하여 이 협약에 규정된 권리를 행사하기 위한 해양출입권을 가진다. 이를 위하여 내륙국은 모든 수송수단에 의하여 통과국의 영토를 지나는 통과의 자유를 향유한다.
2. 통과의 자유를 행사하기 위한 조건과 방식은 내륙국과 관련 통과국 사이의 양자협정이나 소지역적 · 지역적 협정을 통하여 합의된다.
3. 통과국은 자국영토에 대한 완전한 주권을 행사함에 있어서 이 부에서 내륙국을 위하여 규정된 권리와 편의가 어떠한 방법으로든 통과국의 적법한 이익을 침해하지 아니하도록 보장하기 위하여 필요한 모든 조치를 취할 권리를 가진다.

제126조 최혜국대우조항의 적용제외

특수한 지리적 위치를 이유로 하여 내륙국의 권리와 편의를 설정하고 있는 이 협약의 규정과 해양출입권의 행사에 관한 특별협정은 최혜국대우조항의 적용으로부터 제외된다.

제127조 관세 · 조세와 그 밖의 부과금

1. 통과교통에 대하여는 이와 관련하여 제공된 특별한 용역에 대하여 징수되는 부과금을 제외하고는 어떠한 관세 · 조세 또는 그 밖의 부과금도 징수되지 아니한다.
2. 내륙국을 위하여 제공되고 또한 내륙국에 의하여 사용되는 통과운송수단과 그 밖의 시설에 대하여서는 통과국의 운송수단의 사용에 따라 징수되는 것보다 높은 조세나 부과금이 징수되지 아니한다.

제128조 자유지역과 그 밖의 세관시설

통과교통의 편의를 위하여 자유지역이나 그 밖의 세관시설을 통과국과 내륙국간 협정에 따라 그러한 통과국 내의 출입항에 설치할 수 있다.

제129조 운송수단의 건조 · 개선을 위한 협력

통과국에 통과의 자유를 실행할 수 있는 운송수단이 없거나 항구시설과 장비를 비롯한 기존 수단이 어느 면에서든 불충분한 경우, 통과국과 관련내륙국은 이를 건조하고 개선하는 데 서로 협력할 수 있다.

제130조 통과교통에 있어서 기술상의 지연 · 곤란을 회피 · 제거하기 위한 조치

1. 통과국은 통과교통에 있어서 지연 또는 그 밖의 기술상의 곤란을 피하기 위하여 적절한 모든 조치를 취한다.
2. 이러한 지연이나 곤란이 발생한 경우 관련통과국과 내륙국의 권한 있는 당국은 이를 신속히 제거하기 위하여 서로 협력한다.

제131조 해항에 있어서 동등대우

내륙국의 국기를 게양한 선박은 해항에서 다른 외국선박에 부여된 것과 동등한 대우를 받는다.

제132조 통과편의 확대허용

이 협약은 어떠한 경우에도 이 협약당사국간의 합의에 의하여 또는 어느 한 당사국에 의하여 부여된 통과편의로서 이 협약에 규정된 것 이상의 통과편의를 철회하는 결과를 초래하지 아니한다. 또한 이 협약은 장래에 더 많은 통과편의를 부여하는 것을 방해하지 아니한다.

심해저 (제11부)[편집]

제1절[편집] 총칙

제133조 용어의 사용

이 부에서,

(a) "자원"이라 함은 복합금속단괴를 비롯하여, 심해저의 해저나 해저 아래에 있는 자연 상태의 모든 고체성, 액체성 또는 기체성 광물자원을 말한다.
(b) 자원이 심해저로부터 채취된 경우 이를 "광물"이라 한다.

제134조 이 부의 적용범위
1. 이 부는 심해저에 적용된다.
2. 심해저활동은 이 부의 규정에 의하여 규율된다.
3. 제1조 제1항 (1)에 언급된 한계를 표시하는 해도나 지리적 좌표목록의 기탁과 공표에 관한 요건은 제6부에 규정한다.
4. 이 조의 규정은 제6부에 따른 대륙붕의 바깥한계 설정이나 해안을 마주하거나 해안이 인접한 국가 간의 경계획정에 관한 협정의 효력에 영향을 미치지 아니한다.

제135조 상부수역과 상공의 법적지위
이 부 또는 이 부에 따라 부여되거나 행사되는 어떠한 권리도 심해저 상부수역이나 상공의 법적지위에 영향을 미치지 아니한다.

제2절[편집] 심해저를 규율하는 원칙

제136조 인류의 공동유산
심해저와 그 자원은 인류의 공동유산이다.

제137조 심해저와 그 자원의 법적지위
1. 어떠한 국가도 심해저나 그 자원의 어떠한 부분에 대하여 주권이나 주권적 권리를 주장하거나 행사할 수 없으며, 어떠한 국가 · 자연인 · 법인도 이를 자신의 것으로 독점할 수 없다. 이와 같은 주권, 주권적 권리의 주장 · 행사 또는 독점은 인정되지 아니한다.
2. 심해저 자원에 대한 모든 권리는 인류 전체에게 부여된 것이며, 해저기구는 인류 전체를 위하여 활동한다. 이러한 자원은 양도의 대상이 될 수 없다. 다만, 심해저로부터 채취된 광물은 이 부와 해저기구의 규칙, 규정 및 절차에 의하여서만 양도할 수 있다.
3. 국가, 자연인 또는 법인은 이 부에 의하지 아니하고는 심해저로부터 채취된 광물에 대하여 권리를 주장, 취득 또는 행사할 수 없다. 이 부에 의하지 아니한 권리의 주장, 취득 및 행사는 인정되지 아니한다.

제138조 심해저에 관한 국가의 일반적 행위

심해저에 관한 국가의 일반적 행위는 이 부의 규정, 국제연합헌장에 구현된 원칙 및 그 밖의 국제법 규칙에 따라 평화와 안전의 유지 및 국제협력과 상호이해의 증진을 위하여 수행되어야 한다.

제139조 협약준수의무 및 손해배상책임

1. 당사국은 당사국이나 국영기업에 의하여 수행되거나, 당사국의 국적을 가지거나 당사국 또는 그 국민에 의하여 실효적으로 지배되는 자연인 또는 법인에 의하여 수행되는 심해저활동이 이 부에 따라 수행되도록 보장할 의무를 진다. 국제기구가 수행하는 심해저활동에 있어서는 그 국제기구가 동일한 의무를 진다.
2. 국제법의 규칙과 제3부속서 제22조를 침해하지 아니하고, 당사국이나 국제기구는 이 부에 따른 의무를 이행하지 아니함으로써 발생한 손해에 대한 책임을 지며, 이와 함께 활동하는 당사국이나 국제기구는 연대책임 및 개별책임을 진다.

   다만, 당사국이 제153조 제4항과 제3부속서 제4조 제4항의 규정에 따라 실효적인 준수를 보장하기 위하여 필요하고 적절한 모든 조치를 취한 경우에는, 그 당사국이 제153조 제2항 (b)의 규정에 따라 보증한 자가 이 부의 규정을 준수하지 아니하여 발생한 손해에 대하여는 책임을 지지 아니한다.
3. 국제기구의 회원국인 당사국은 그 국제기구와 관련하여 이 조의 이행을 보장하기 위한 적절한 조치를 취한다.

제140조 인류의 이익

1. 심해저활동은 이 부에 특별히 규정된 바와 같이 연안국이나 내륙국등 국가의 지리적 위치에 관계없이 인류전체의 이익을 위하여 수행하며, 개발도상국의 이익과 필요 및 국제연합총회 결의 제1514(XV)호와 그 밖의 국제연합총회의 관련결의에 따라 국제연합에 의하여 승인된 완전독립 또는 그 밖의 자치적 지위를 획득하지 못한 주민의 이익과 필요를 특별히 고려한다.
2. 해저기구는 심해저활동으로부터 나오는 재정적 이익과 그 밖의 경제적 이익이 제160조 제2항 (f), (i)의 규정에 따라 적절한 제도를 통하여 차별없이 공

평하게 배분되도록 한다.

제141조 심해저의 평화적 이용

심해저는 연안국이거나 내륙국이거나 관계없이 모든 국가가 차별없이, 이 부의 다른 규정을 침해하지 아니하고, 오로지 평화적 목적을 위하여 이용하도록 개방된다.

제142조 연안국의 권리와 적법한 이익

1. 국가관할권 한계에 걸쳐 존재하는 심해저 자원의 광상에 대한 심해저활동은 이러한 광상이 그 관할권에 걸쳐 존재하는 모든 연안국의 권리와 정당한 이익을 적절히 고려하여 수행된다.
2. 이러한 권리와 이익의 침해를 방지하기 위하여 관련국 사이에 사전통고제도를 포함한 협의를 유지한다. 심해저활동이 국가관할권 내에 있는 자원의 개발을 초래할 경우에는 관련 연안국의 사전동의를 필요로 한다.
3. 이 부 및 이 부에 따라 부여되거나 행사되는 어떠한 권리도 심해저활동으로부터 초래되거나 야기되는 오염이나 오염발생의 위험, 그 밖의 위험한 사태로부터 자국의 연안이나 관련 이익에 대한 중대하고도 급박한 위험을 방지, 경감 및 제거하기 위하여 제12부의 관련규정에 따라 필요한 조치를 취할 연안국의 권리에 영향을 미치지 아니한다.

제143조 해양과학조사

1. 심해저에서의 해양과학조사는 제13부에 따라 오로지 평화적 목적과 인류전체의 이익을 위하여 수행된다.
2. 해저기구는 심해저와 그 자원에 관한 해양과학조사를 수행할 수 있고 이 목적을 위한 계약을 체결할 수 있다. 해저기구는 심해저에서 해양과학조사의 수행을 증진하고 장려하며, 이용 가능한 경우 이러한 조사와 분석의 결과를 조정하고 보급한다.
3. 당사국은 심해저에서 해양과학조사를 수행할 수 있다. 당사국은 아래 방법에 따라 심해저에서의 해양과학조사를 위한 국제협력을 증진한다.

(a) 국제계획 참여 및 여러 국가와 해저기구 직원에 의하여 수행되는 해양과학

조사를 위한 협력의 장려
(b) 다음의 목적을 위하여 해저기구 또는 그 밖의 적절한 국제기구를 통하여 개발도상국과 기술후진국의 이익을 위한 계획이 개발되도록 보장
(i) 이러한 국가의 조사능력 강화
(ii) 조사기술과 응용분야에 있어서 이러한 국가와 해저기구 직원의 훈련
(iii) 심해저조사분야에 있어서 이러한 국가의 자격 있는 인원의 고용 촉진
(c) 해저기구나 그 밖의 국제경로를 통하여 적절한 시기에 이용 가능한 조사·분석결과를 효과적으로 보급

제144조 기술이전

1. 해저기구는 이 협약에 따라 다음을 위한 조치를 취한다.
(a) 심해저활동과 관련된 기술과 과학지식 획득
(b) 모든 당사국이 이익을 얻도록 개발도상국에 대한 그러한 기술과 과학지식의 이전의 증진 및 장려
2. 이러한 목적을 위하여 해저기구와 당사국은 심해저공사와 모든 당사국이 이익을 얻도록 심해저활동과 관련된 기술과 과학지식의 이전을 증진하기 위하여 상호 협력한다. 특히 다음 사항을 제안하고 증진한다.
(a) 심해저공사와 개발도상국에 대한 심해저활동 관련 기술이전계획(특히 심해저공사와 개발도상국이 공평하고 합리적인 조건 아래 관련 기술을 획득할 수 있도록 돕는 것을 포함)
(b) 심해저공사의 기술과 개발도상국의 국내기술 향상을 목적으로 한 조치(특히 심해저공사와 개발도상국의 인원에 대하여 해양과학기술에 관한 훈련과 심해저활동에 전면적으로 참여하는 기회 제공)

제145조 해양환경보호

심해저활동에 따라 초래될 수 있는 해로운 영향으로부터 해양환경을 효과적으로 보호하기 위하여 이 협약에 따라 심해저활동에 관하여 필요한 조치를 취한다. 이를 위하여 해저기구는 특히 다음의 목적을 위한 적절한 규칙, 규정 및 절차를 채택한다.
(a) 해안을 포함한 해양환경에 대한 오염과 그 밖의 위험 및 해양환경의 생태

학적 균형에 대한 영향의 방지 · 경감 및 통제(시추 · 준설 · 굴착 및 폐기물 투기, 이러한 활동에 관련된 시설, 관선과 그 밖의 장비의 건설 · 운용 · 유지와 같은 활동에 의한 해로운 영향으로부터 해양을 보호할 필요성에 특별히 유의함)

(b) 심해저 천연자원의 보호, 보존 및 해양환경의 동식물군에 대한 피해 방지

제146조 인명보호

심해저활동과 관련하여 인명을 효과적으로 보호하기 위하여 필요한 조치를 취한다. 이를 위하여 해저기구는 관련 조약에 구현된 기존 국제법을 보충할 적절한 규칙, 규정 및 절차를 채택한다.

제147조 심해저와 해양환경에서의 활동조정

1. 심해저활동은 해양환경에서의 다른 활동을 합리적으로 고려하여 수행된다.
2. 심해저활동에 사용되는 시설은 다음의 조건을 충족하여야 한다.

(a) 이러한 시설은 이 부의 규정과 해저기구의 규칙, 규정 및 절차에 따라서만 건조 · 설치 · 제거되며, 이러한 시설의 건조 · 설치 · 제거는 적절하게 통지되고, 또한 그 존재에 관한 항구적 경고수단이 유지되어야 한다.

(b) 이러한 시설은 국제항행에 필수적인 것으로 인정된 항로대의 사용을 방해할 수 있는 해역이나 어로활동이 집중되는 해역에는 설치할 수 없다.

(c) 이러한 시설 주위에는 항행과 설비의 안전을 보장하기 위하여 적절한 표지를 갖춘 안전수역을 설정한다. 이러한 안전수역의 형태와 위치는 특정 해역으로 향하는 합법적인 해운이나 국제항로대를 통한 항행을 방해하는 띠를 형성하는 방식으로 설정될 수 없다.

(d) 이러한 시설은 오로지 평화적 목적을 위하여 사용된다.

(e) 이러한 시설은 섬의 지위를 가지지 아니한다. 이러한 시설은 자체의 영해를 가지지 아니하며, 그 존재가 영해 · 배타적 경제수역 또는 대륙붕의 경계획정에 영향을 미치지 아니한다.

3. 해양환경에서의 다른 활동은 심해저활동을 합리적으로 고려하여 수행된다.

제148조 개발도상국의 심해저활동 참여
개발도상국의 특수한 이익과 필요, 특히 개발도상국 중 내륙국이나 지리적불리국이 심해저로부터의 원격성 또는 접근의 어려움등 불리한 위치로 인한 장애를 극복하여야 하는 특별한 필요를 적절히 고려하여, 이 부에서 특별히 정한 바에 따라 개발도상국이 심해저활동에 효과적으로 참여하도록 조장한다.

제149조 고고학적 · 역사적 유물
심해저에서 발견된 고고학적 · 역사적 성격을 가진 모든 물건은 인류전체의 이익을 위하여 보존하거나 처분하며, 특히, 기원국, 문화적 기원국 또는 역사적 · 고고학적 기원국의 우선적 권리를 특별히 고려한다.

제3절[편집] 심해저자원 개발

제150조 심해저활동 관련 정책
심해저활동은 이 부에 특별히 규정된 바에 따라 세계경제의 건전한 발전과 국제무역의 균형된 성장을 촉진하고, 모든 국가, 특히 개발도상국의 전반적인 발전을 위한 국제협력을 촉진하는 방식으로 다음이 보장되도록 수행된다.
(a) 심해저자원 개발
(b) 심해저자원의 질서 있고 안전하고 합리적인 관리(심해저활동의 능률적 수행, 건전한 보존원칙의 준수 및 불필요한 낭비의 방지 포함)
(c) 특히 제144조와 제148조의 규정에 부합되게 심해저활동 참여 기회 확대
(d) 이 협약에 규정된 해저기구의 수익 참여와 심해저공사와 개발도상국에 대한 기술이전
(e) 이러한 광물의 소비자에 대한 공급을 보장하기 위하여 다른 곳에서 생산된 광물과 관련하여 필요한 심해저 생산광물의 공급증대
(f) 심해저와 다른 곳으로부터 생산된 광물이 생산자에게 수익성이 있고 소비자에게 공정한 적정하고 안정된 가격을 유지하도록 조장하고 수요공급의 장기적 균형을 조장
(g) 사회적 · 경제적 체제나 지리적 위치에 관계없이 모든 당사국이 심해저자원의 개발에 참여할 수 있는 기회의 증대 및 심해저활동 독점의 방지

(h) 심해저 활동에 의하여 가격하락이나 수출량 감소로 인하여 개발도상국의 경제나 수출소득에 초래되는 부정적 영향으로부터 개발도상국을 보호(그러한 광물가격 하락이나 수출량감소가 제151조에 규정된 바에 따라 수행된 심해저활동에 의하여 초래된 범위 내에서)
(i) 인류전체의 이익을 위한 공동유산 개발
(j) 심해저자원으로부터 생산된 광물과 이러한 광물로부터 생산된 상품의 수입을 위한 시장접근조건은 다른 곳으로부터의 수입에 적용되는 최혜조건보다 더 유리하지 아니하여야 한다.

제151조 생산정책

1. 이행협정에 의하여 삭제 (a) 제150조에 규정된 목적을 침해하지 아니하고 제150조 (h)를 이행하기 위하여, 해저기구는 생산자와 소비자를 포함한 모든 이해당사자가 참여하는 기존회의를 통하여 또는 적절한 경우 새로운 약정이나 협정을 통하여 활동함으로써 심해저에서 나오는 광물로부터 생산된 상품시장의 성장 · 효율성 및 안정성이 생산자에게 수익성이 있고 소비자에게 공정한 가격에서 유지되도록 조장하기 위하여 필요한 조치를 취한다. 모든 당사국은 이러한 목적을 위하여 서로 협력한다.
(b) 해저기구는 이러한 상품을 다루고 생산자와 소비자를 비롯한 모든 이해당사자가 참여하는 모든 상품회의에 참여할 권리를 가진다. 해저기구는 이러한 회의로부터 도출되는 모든 약정이나 협정의 당사자가 될 권리를 가진다. 이러한 약정이나 협정에 따라 설립되는 모든 기관에 대한 해저기구의 참여는 심해저에서의 생산에 관한 것이어야 하며 그 기관의 관련규칙에 따른다.
(c) 해저기구는, 심해저에서의 모든 관련 광물의 생산에 관한 통일적이고 차별없는 시행을 보장하는 방식으로, 이 항에 언급된 약정이나 협정에 따른 의무를 이행한다. 이와 같이함에 있어서 해저기구는 심해저공사의 기존약정 및 승인된 사업계획의 조건과 합치되는 방식으로 행동한다.
2. 이행협정에 의하여 삭제 (a) 제3항에 명시된 잠정기간 동안 상업생산은 조업자가 신청하고 해저기구에 의하여 생산인가가 발급될 때까지, 승인된 사업계획에 따라 수행되지 아니한다. 이러한 생산인가는 개발사업의 성격과 시기를 고려하여 해저기구의 규칙, 규정 및 절차가 다른 기간을 규정하지 아니

하는 한, 사업계획에 따른 상업생산의 개시시점 보다 5년 이전에 신청되거나 발급될 수 없다.

(b) 생산인가의 신청에 있어서 조업자는 승인된 사업계획서상 연간 채취예상 니켈량을 명시한다. 신청서에는 조업자가 인가를 받은 후 지출할 경비계획서가 포함되어야 하며, 그 경비는 조업자가 계획된 날짜에 상업생산을 시작할 수 있도록 합리적으로 계산된다.

(c) (a)와 (b)의 목적을 위하여 해저기구는 제3부속서 제17조에 따른 적절한 이행요건을 설정한다.

(d) 해저기구는 잠정기간 중 생산이 계획되어 있는 각 연도에 있어서 신청된 생산수준과 이미 인가된 수준의 합계가 인가발급년도에 제4항에 따라 계산된 니켈 생산량 한도를 넘지 아니하는 한, 신청된 생산수준에 대한 생산인가를 발급한다.

(e) 생산인가가 발급된 경우, 생산인가와 승인된 신청은 승인된 사업계획의 일부가 된다.

(f) 조업자의 생산인가 신청이 (d)에 따라 거부된 경우, 조업자는 언제라도 해저기구에 다시 신청할 수 있다.

3. 이행협정에 의하여 삭제 잠정기간은 승인된 사업계획서상 최초의 상업생산이 시작될 것으로 계획된 연도 1월 1일의 5년 전에 개시된다. 최초의 상업생산이 원래 계획년도 이후로 연기되는 경우, 잠정기간의 시작과 원래 계산된 생산년도는 이에 따라 조정된다. 잠정기간은 25년이 되는 시점, 제155조에 언급된 재검토회의의 종료 시점, 또는 제1항에 언급된 새로운 약정이나 협정이 발효되는 시점 중에서 가장 빠른 시점까지 계속된다. 이러한 약정이나 협정이 소멸하거나 어떠한 이유로든 효력을 상실하는 경우, 해저기구는 잠정기간의 남은 기간 동안 이 조에 규정된 권한을 갖는다.

4. 이행협정에 의하여 삭제 (a) 잠정기간의 각 연도의 생산한도는 다음의 합계로 한다.

(i) (b)의 규정에 따라 계산된, 최초상업 생산년도의 직전년도와 잠정기간 개시 직전년도의 니켈소비량에 대한 추세치 차이

(ii) (b)의 규정에 따라 계산된, 생산인가가 신청된 연도와 최초 상업생산년도 직전년도의 니켈소비량에 대한 추세치의 차이의 60퍼센트

(b) (a)는 다음과 같이 적용한다.

(i) 니켈생산한도를 계산하는 데 사용되는 추세치는 생산인가 발급년도에 계산된 추세선상의 연간 니켈소비량으로 한다. 추세선은 시간을 독립변수로 하여 자료를 구할 수 있는 최근 15년간의 실제 니켈소비량에 관한 선형대수 회귀선으로부터 도출된다. 이 추세선을 원추세선이라고 한다.

(ii) 원추세선의 연 증가율이 3퍼센트 미만인 경우, (a)에 규정된 생산량의 결정에 사용된 추세선은 원추세선상의 최근 15년간의 최초년도값을 지나서 매년 3퍼센트씩 증가하는 추세선으로 대신한다. 다만, 잠정기간중 어떠한 연도에 대하여 설정된 생산년도는 어떠한 경우에도 그 해의 원추세치와 잠정기간 시작 직전년도의 원추세치의 차이를 넘지 아니한다.

5. 이행협정에 의하여 삭제 심해저공사의 최초생산을 위하여 해저기구는 제4항에 따라 계산된 이용가능한 생산한도 중에서 심해저공사에 38,000톤의 니켈을 유보한다.

6. 이행협정에 의하여 삭제 (a) 조업자는 생산총량이 생산인가에 명시된 양을 넘지 아니하는 경우에는 어느 해의 생산인가에 명시된 복합금속단괴로부터 광물의 연간생산수준의 8퍼센트까지 초과하여 생산할 수 있다. 어느 해에 8퍼센트 이상 20퍼센트 이하인 생산초과, 또는 생산초과가 2년 연속된 후 직후년도와 그 후 계속되는 연도의 생산초과는 해저기구와 협의되고, 해저기구는 조업자에게 추가생산에 관한 보충생산인가를 획득하도록 요구할 수 있다.

(b) 이러한 보충생산 인가신청은 아직 생산인가를 얻지 못한 조업자에 의한 모든 계류된 신청이 처리되고, 예상되는 다른 신청자에 대하여 적절히 고려한 후 해저기구에 의하여 심사된다. 해저기구는 잠정기간의 어떠한 연도의 생산한도에 따라 허용된 총생산량을 넘지 아니한다는 원칙에 따른다. 해저기구는 어떠한 사업계획 아래에서도 연간 46,500톤을 넘게 니켈생산을 인가할 수 없다.

7. 이행협정에 의하여 삭제 생산인가에 따라 채취된 복합금속단괴로부터 추출된 구리, 코발트 및 망간 등 그 밖의 광물 생산수준은 조업자가 이 조의 규정에 따라 그 단괴로부터 니켈을 최대한 생산할 경우에 생산될 수준보다 높지 아니하여야 한다. 해저기구는 이 항을 이행하기 위하여 제3부속서 제17조에 따라 규칙, 규정 및 절차를 제정한다.

8. 불공정한 경제적 관행에 관한 관련 다자무역협정상의 권리와 의무는 심해저 광물의 탐사와 개발에 적용된다. 이 규정에 관하여 발생하는 분쟁의 해결에 있어서 그러한 다자무역협정의 당사자인 당사국은 그러한 협정의 분쟁해결 절차에 따른다.
9. 이행협정에 의하여 삭제 해저기구는 제161조 제8항에 따른 규칙을 채택함으로써 적절한 조건 하에서 적절한 방법을 적용하여, 복합금속단괴로부터 생산되는 광물 이외에 심해저로부터 생산되는 광물의 생산수준을 제한할 권한을 가진다.
10. 경제기획위원회의 권고를 기초로 한 이사회의 권고에 따라 총회는 영향 받은 광물의 가격하락 또는 수출량감소로 인하여 수출소득이나 경제에 심각한 부정적 영향을 받은 개발도상국을 그러한 가격하락과 수출량감소가 심해저활동에 의하여 야기된 한도 내에서 원조하기 위하여 보상제도를 수립하거나 전문기구와 다른 국제기구와의 협력을 비롯한 경제조정 지원조치를 취한다. 해저기구는 요청이 있는 경우, 가장 중대한 영향을 받을 것으로 예상되는 국가들의 문제에 관하여 그 곤란을 최소화하고 그 국가의 경제조정을 지원하기 위한 연구를 추진한다.

제152조 해저기구의 권한행사와 임무수행

1. 해저기구는 심해저활동에 관한 기회의 제공을 비롯한 그 권한의 행사와 임무의 수행에 있어서 차별을 피한다.
2. 그러나, 이 부에 특별히 규정된 개발도상국에 대한 특별한 고려(개발도상국 중 내륙국과 지리적불리국에 대한 특별고려 포함)는 허용된다.

제153조 탐사 · 개발제도

1. 심해저활동은 이 조의 규정, 이 부의 그 밖의 관련규정, 관련 부속서와 해저기구의 규칙 · 규정 및 절차에 따라 해저기구에 의하여 인류전체를 위하여 조직 · 수행 · 통제된다.
2. 심해저활동은 제3항의 규정에 따라 다음의 주체에 의하여 수행된다.
(a) 심해저공사
(b) 해저기구와 제휴한 당사국 또는 당사국이 보증하는 경우 당사국의 국적을

가지거나 당사국이나 그 국민에 의하여 실효적으로 지배되는 국영기업·자연인·법인 또는 제3부속서와 이 부에 규정된 요건을 충족하는 앞의 주체의 모든 집합체

3. 이행협정부속서 제2절 4항 참조 심해저활동은 제3부속서에 따라 작성되고 법률·기술위원회에 의하여 검토된 후 이사회가 승인한 공식 서면사업계획에 따라 수행된다. 해저기구가 인가한 바에 따라 제2항 (b)의 규정에 명시된 주체에 의하여 수행되는 심해저활동의 경우, 사업계획은 제3부속서 제3조에 따른 계약의 형태를 취한다. 이러한 계약에는 제3부속서 제11조의 규정에 따라 공동약정이 포함될 수 있다.
4. 해저기구는 이 부의 관련규정, 관련 부속서 및 해저기구의 규칙, 규정 및 절차와 제3항에 따라 승인된 사업계획의 준수를 보장하는데 필요한 심해저활동에 대한 통제를 한다. 당사국은 제139조에 따른 준수를 보장하기 위하여 필요한 모든 조치를 취함으로써 해저기구를 지원한다.
5. 해저기구는 이 부의 규정의 준수를 보장하고 이 부 또는 계약에 따라 해저기구에 부여된 통제와 규제기능을 수행하기 위하여 언제라도 이 부에 규정된 모든 조치를 취할 권리를 가진다. 해저기구는 심해저활동과 관련하여 사용되는 모든 심해저 시설을 검사할 권리를 가진다.
6. 제3항에 따른 계약은 계약기간에 대한 보장을 규정한다. 이러한 계약은 제3부속서 제18조와 제19조에 의한 경우를 제외하고는 개정, 정지 또는 종료되지 아니한다.

제154조 정기적 재검토

총회는 이 협약이 발효한 후 5년마다 이 협약에 의하여 수립된 국제심해저제도의 실제 운영상황에 대하여 전반적이고 조직적인 재검토를 한다. 이러한 재검토에 비추어 총회는 이 부 및 이 부와 관련된 부속서의 규정과 절차에 따라서 제도운용의 개선을 가져올 조치를 취하거나 다른 기관이 그러한 조치를 취하도록 권고할 수 있다.

제155조 재검토회의

1. 이행협정에 의하여 삭제 승인된 사업계획에 따른 최초의 상업생산이 시작된

연도의 1월 1일로부터 15년 후에 총회는 심해저자원의 탐사·개발제도를 규율하는 이 부 및 관련 부속서의 규정을 재검토하기 위한 회의를 소집한다. 재검토회의는 그 기간 중 얻어진 경험에 비추어 다음을 상세히 검토한다.

(a) 심해저자원의 탐사·개발제도를 규율하는 이 부의 규정이 인류 전체에게 이익을 주었는지 여부를 비롯하여 모든 면에서 그 목적을 달성하였는지의 여부

(b) 15년 기간 동안 유보지역이 비유보지역과 비교하여 효과적이고 균형된 방식으로 개발되었는지의 여부

(c) 심해저와 심해저자원의 개발과 이용이 세계경제의 건전한 발전과 국제무역의 균형적인 성장을 촉진하는 방식으로 수행되었는지의 여부

(d) 심해저활동의 독점이 방지되었는지의 여부

(e) 제150조와 제151조에 규정된 정책이 수행되었는지의 여부

(f) 특히 개발도상국의 이익과 필요를 고려하여 그 제도가 심해저활동으로부터 나오는 이익의 공평한 분배를 가져왔는지의 여부

2. 재검토회의는 인류공동유산원칙, 모든 국가, 특히 개발도상국의 이익을 고려하여 심해저자원의 공평한 개발을 보장하기 위한 국제제도 및 심해저활동을 조직·수행 및 통제하는 해저기구를 유지할 수 있도록 보장한다. 재검토회의는 심해저의 어떠한 부분에 대한 주권의 주장·행사의 배제, 심해저와 관련한 국가의 권리와 일반적인 행위, 이 협약에 따른 국가의 심해저활동 참여, 심해저활동 독점 방지, 평화적 목적만을 위한 심해저이용, 심해저활동의 경제적 측면, 해양과학조사, 기술이전, 해양환경보호, 인명보호, 연안국의 권리, 심해저의 상부수역과 상공의 법적지위 및 심해저활동과 해양환경에서의 그 밖의 활동과의 조정 등에 관하여 이 부에 규정된 원칙이 유지되도록 보장한다.

3. 이행협정에 의하여 삭제 재검토회의에서 적용하는 의사결정절차는 제3차 국제연합해양법회의에서 적용된 절차와 같다. 회의는 어떠한 개정이라도 컨센서스에 의하여 합의에 이르도록 모든 노력을 기울여야 하며 컨센서스에 이르기 위한 모든 노력을 다할 때까지 이러한 사항에 관하여 표결하지 아니한다.

4. 이행협정에 의하여 삭제 재검토회의 시작으로부터 5년이 지난 후에도 심해저자원의 탐사·개발제도에 관하여 합의가 이루어지지 못하는 경우, 재검토회의는 그로부터 12개월 이내에 당사국 3/4의 다수에 의하여 그 회의가 필요

하고 적절하다고 결정하는, 기존의 제도를 변경하거나 수정하는 개정안을 채택하고 이를 비준·가입하도록 당사국에게 제시할 것을 결정할 수 있다. 이러한 개정안은 당사국의 3/4이 비준서나 가입서를 기탁한 12개월 후 모든 당사국에 대하여 발효한다.

5. 이 조의 규정에 따라 재검토회의가 채택한 개정안은 기존의 계약에 따라 획득한 권리에 영향을 미치지 아니한다.

제4절[편집] 해저 기구

제1관[편집] 총칙

제156조 해저 기구의 설립

1. 이 부에 따라 임무를 수행하는 국제 해저 기구를 설립한다.
2. 모든 당사국은 당연히 해저 기구의 회원국이 된다.
3. 최종 의정서에 서명하고 제305조 제1항 (c), (d), (e) 또는 (f)에 언급되지 아니한 제3차 국제 연합 해양법회의의 옵서버는 해저 기구의 규칙, 규정 및 절차에 따라 옵서버로 해저 기구에 참여할 권리를 가진다.
4. 해저 기구의 소재지는 자메이카에 둔다.
5. 해저 기구는 그 임무를 수행하는 데 필요하다고 인정되는 지역 사무소를 설치할 수 있다.

제157조 해저 기구의 성격과 기본원칙

1. 해저 기구는 당사국이 특히 심해저자원을 관리할 목적으로 이 부에 따라 이를 통하여, 심해저활동을 주관하고 통제하는 기구이다.
2. 해저 기구의 권한과 임무는 이 협약에 의하여 명시적으로 부여된다. 해저 기구는 심해저활동에 관한 그 권한의 행사와 임무의 수행에 내재하고 필요하며 이 협약에 부합하는 부수적 권한을 가진다.
3. 해저 기구는 모든 회원국의 주권평등원칙에 기초를 둔다.
4. 해저 기구의 모든 회원국은 회원 자격으로부터 발생하는 권리와 이익을 모든 회원국에게 보장하기 위하여 이 부에 따라 스스로 진 의무를 성실히 이

행한다.

제158조 해저 기구의 기관

1. 해저 기구의 주요 기관으로서 총회, 이사회 및 사무국을 둔다.
2. 해저 기구는 제170조 제1항에 규정된 임무를 수행하기 위한 기관으로서 심해저공사를 설치한다.
3. 필요하다고 인정하는 보조기관을 이 부의 규정에 따라 설치할 수 있다.
4. 해저 기구와 심해저공사의 주요기관은 그에 부여된 권한을 행사하고 임무를 수행할 책임을 진다. 이러한 권한을 행사하거나 임무를 수행함에 있어서 각 기관은 다른 기관에게 부여된 특정한 권한의 행사와 임무의 수행을 손상하거나 방해하는 행동을 취하지 아니한다.

제2관[편집] 총회

제159조 구성 · 절차 및 표결 (이행협정부속서 제3절 참조)

1. 총회는 해저 기구의 모든 회원국으로 구성된다. 각 회원국은 총회에 1인의 대표를 파견하며, 대표는 교체 대표와 고문을 대동할 수 있다.
2. 총회는 연례 정기회기 및 총회의 결정에 의하여 소집되거나 이사회의 요청, 또는 해저 기구의 회원국 과반수의 요청에 따라 사무총장에 의하여 소집되는 특별회기에 회합한다.
3. 회기는 총회에서 달리 결정되지 아니하는 한, 해저 기구의 소재지에서 개최된다.
4. 총회는 의사규칙을 채택한다. 총회는 각 정기회기 초에 의장과 그 밖의 필요한 임원을 선출한다. 이들은 다음 정기회의에서 새로운 의장과 그 밖의 임원이 선출될 때까지 재임한다.
5. 총회의 의사정족수는 회원국의 과반수로 한다.
6. 총회에서 각 회원국은 한 표의 표결권을 가진다.
7. 총회의 특별 회기를 소집하는 결정을 포함한 절차 문제에 관한 결정은 출석하여 투표한 회원국 과반수에 의하여 내려진다.
8. 실질 문제에 관한 결정은 출석하여 투표하는 회원국의 2/3 이상의 다수에 의

하여 내려지며 이러한 다수에는 그 회기에 참가한 회원국의 과반수가 포함되어야 한다. 어떠한 문제가 실질 문제인지의 여부가 문제된 경우, 총회에서 실질 문제의 표결에 요구되는 다수결에 의하여 달리 결정되지 아니하는 한 실질 문제로 취급된다.

9. 실질 문제가 처음 표결에 회부되는 경우, 의장은 5일을 넘지 아니하는 기간 동안 그 문제에 관한 표결을 연기할 수 있으며, 총회 회원국 중 최소한 1/5 이상의 요구가 있을 때에는 이를 연기한다. 이 규칙은 어느 문제에 관하여 1회만 적용하되, 회기종료일 이후까지 그 문제를 연기할 목적으로 적용할 수 없다.
10. 해저 기구의 회원국 중 1/4 이상이 어떠한 사항에 관하여 총회에 제출된 제안이 이 협약에 합치하는지에 관한 권고적 의견을 의장에게 서면으로 요청한 경우, 총회는 국제 해양법 재판소 해저분쟁재판부에 그에 대한 권고적 의견을 요청하고 재판부에 의한 권고적 의견을 접수할 때까지 그 제안에 대한 표결을 연기한다. 권고적 의견을 요청한 회기의 마지막 주까지 권고적 의견을 접수하지 못한 경우, 총회는 연기된 제안에 관하여 표결을 하기 위한 회합시기를 결정한다.

제160조 권한과 임무

1. 총회는 모든 회원국으로 구성되는 해저 기구의 유일한 기관으로서, 이 협약에 특별히 규정된 바에 따라 다른 주요 기관이 이에 대하여 책임을 지는 해저 기구의 최고 기관으로 본다. 총회는 해저 기구의 권한에 속하는 모든 문제나 사항에 관하여 이 협약의 관련 규정에 따라 일반적인 정책을 수립할 권한을 가진다.
2. 또한 총회의 권한과 임무는 다음 사항을 포함한다.
 (a) 제161조의 규정에 따라 이사회 회원국 선출
 (b) 이사회가 제청한 후보자 중에서 사무총장 선출
 (c) 이사회의 추천을 받아 심해저공사 관리위원회의 임원과 심해저공사의 사무국장 선출
 (d) 총회가 이 부의 규정에 따른 임무의 수행에 필요하다고 인정하는 보조기관의 설치. 이러한 보조기관의 구성에 있어서 공평한 지리적 배분원칙 및 그 보조기관이 취급하는 관련 기술사항에 있어서 자격과 능력을 갖춘 회원국

의 특수한 이익 및 필요를 적절하게 고려한다.

(e) 해저 기구가 다른 재원으로부터 행정경비에 충당하기에 충분한 수입을 얻을 때까지 국제연합의 정규예산 분담금 비율에 기초하여 합의된 분담금 비율에 따라 해저 기구의 행정예산을 위한 회원국의 분담금 배정

(f) (i) 개발도상국 및 완전한 독립이나 자치적 지위를 얻지 못한 주민의 이익과 필요를 특별히 고려하여, 이사회의 권고에 따라 심해저활동으로부터 나오는 재정적 이익과 그 밖의 경제적 이익, 제82조의 규정에 따라 행하여진 금전지급과 현물공여의 공평한 배분에 관한 규칙, 규정 및 절차의 심의와 승인. 총회가 이사회의 권고를 승인하지 아니하는 경우 총회는 총회가 표명한 의견에 비추어 재심의하도록 그 권고를 이사회에 회송한다.

(ii) 제162조 제2항 (o)-(ii)의 규정에 따라 이사회가 잠정적으로 채택한 해저 기구의 규칙, 규정 및 절차와 이에 관한 개정의 심의와 승인. 이러한 규칙, 규정 및 절차는 심해저의 개괄 탐사, 탐사 및 개발, 해저 기구의 재정관리와 내부행정, 그리고 심해저공사 관리위원회의 권고가 있는 경우 심해저공사로부터 해저기구로의 자금의 이전 등에 관련된 것이어야 한다.

(g) 심해저활동으로부터 나오는 재정적 이익과 그 밖의 경제적 이익을 이 협약과 해저 기구의 규칙, 규정 및 절차에 따라 공평하게 배분하기 위한 결정

(h) 이사회가 제출한 해저 기구 연례예산안의 심의와 승인

(i) 이사회와 심해저공사가 제출한 정기보고서, 이사회와 해저 기구의 다른 기관이 요구에 따라 제출한 특별보고서의 심사

(j) 심해저활동에 관한 국제적 협력을 증진하고 이에 관한 국제법의 점진적 발전과 법전화를 장려하기 위한 연구의 추진과 권고의 채택

(k) 심해저활동과 관련하여, 특히 개발도상국에 관한 일반적 성격의 문제 및 각국의 지리적 위치에 기인하는 심해저활동과 관련한 문제, 특히 내륙국과 지리적 불리국에 관한 문제 심의

(l) 경제기획위원회의 조언을 기초로 한 이사회의 권고에 따라서 제151조 제10항에 규정된 보상제도나 그 밖의 경제조정지원 조치의 수립

(m) 제185조에 따라 회원국으로서의 권리와 특권 행사를 정지시키는 조치

(n) 해저 기구의 권한에 속하는 모든 문제나 사항에 대한 토의 및 해저 기구의 특정한 기관에 명시적으로 위임되지 아니한 문제나 사항을 해저 기구 기

관 사이의 권한과 임무의 배분에 따라 해저 기구의 어느 기관이 다룰 것인가에 관한 결정

제3관[편집] 이사회

제161조 구성 · 절차 및 표결

1. 이행협정에 의하여 삭제 이사회는 다음 순서에 따라 총회에서 선출된 해저기구의 36개 회원국으로 구성된다.
 (a) 통계를 이용할 수 있는 최근 5년 간 심해저에서 채취되는 종류의 광물로부터 생산된 상품의 세계 총 소비량의 2퍼센트 이상을 소비하는 당사국이나 세계 총 수입량의 2퍼센트 이상을 순수입하는 당사국 중 4개국. 어떠한 경우에도 최대 소비국과 동구 지역의 1개국을 포함한다.
 (b) 직접 또는 그 국민을 통하여 심해저활동의 준비와 수행에 가장 많이 투자한 8개 당사국 중 4개국. 적어도 동구 국가 중 1개국을 포함한다.
 (c) 그 관할권 아래에 있는 지역에서의 생산을 기초로 하여 심해저로부터 채취되는 종류의 광물의 주요 순수출국인 당사국 중에서 4개국. 적어도 이러한 광물의 수출이 그 경제에 중대한 관계를 가지는 개발도상국 2개국을 포함한다.
 (d) 개발도상국인 당사국 중에서 특별이익을 대표하는 6개국. 대표되는 특별이익은 인구 다수국, 내륙국이나 지리적 불리국, 심해저로부터 채취되는 종류의 광물의 주요 수입국, 이러한 광물의 잠재적 생산국 및 최저개발국을 포함한다.
 (e) 이사회 전체의석의 공평한 지리적 배분 보장원칙에 따라 선출되는 18개국. 다만, 이 규정에 따라 선출된 이사국이 각 지역마다 최소 1개국은 있어야 한다. 이 규정을 적용함에 있어서 지리적 지역은 아프리카 · 아시아 · 동구 · 중남미 · 서구 및 기타 지역을 말한다.
2. 제1항의 규정에 따라 이사국을 선출함에 있어서 총회는 다음을 보장한다.
 (a) 내륙국과 지리적 불리국은 그들이 총회에서 대표되는 정도에 합리적으로 비례하여 대표된다.
 (b) 제1항 (a), (b), (c) 또는 (d)에 따른 자격을 갖추지 아니한 연안국, 특히 개

발도상국은 총회에서 그들이 대표되는 정도에 합리적으로 비례하여 대표된다.

(c) 이사회에서 대표되는 각 당사국 그룹은 그 그룹에 의하여 지명된 이사국이 있는 경우 지명된 이사국에 의하여 대표된다.

3. 선거는 총회 정기회기에서 행하여지고 이사회의 각 이사국은 4년 임기로 선출된다. 다만, 최초의 선거에 있어서는 제1항에 규정된 각 그룹에 속하는 이사국 반수의 임기는 2년으로 한다.
4. 이사국은 재선될 수 있으나 바람직한 의석 순환의 필요성을 적절히 고려한다.
5. 이사회는 해저 기구의 소재지에서 임무를 수행하고, 해저기구의 업무상 필요한 횟수만큼 회합하나 최소한 연 3회 이상 회합한다.
6. 이사회의 의사정족수는 이사국의 과반수로 한다.
7. 각 이사국은 한 표의 투표권을 가진다.
8. (a) 절차 문제에 관한 결정은 출석하여 투표하는 이사국 과반수에 의하여 내려진다.

(b) 이행협정에 의하여 삭제 다음 규정에 따라 일어나는 실질 문제에 관한 결정은 출석하여 투표하는 이사국 2/3 이상의 다수결로 내리며, 이에는 이사국의 과반수가 포함되어야 한다: 제162조 제2항 (f) · (g) · (h) · (i) · (n) · (p) · (v) 및 제191조

(c) 이행협정에 의하여 삭제 다음 규정에 따라 일어나는 실질 문제에 관한 결정은 출석하여 투표하는 이사국 3/4 이상의 다수결로 내리며, 이에는 이사국의 과반수가 포함되어야 한다: 제162조 제1항, 제162조 제2항 (a) · (b) · (c) · (d) · (e) · (l) · (q) · (r) · (s) · (t). 계약자나 보증인에 의한 불이행의 경우에는 (u), (w)-(d)에 따라 취하여진 결정에 의하여 추인되지 아니하는 한, 이에 따른 명령은 30일 이상의 구속력을 가지지 아니한다. 제162조 제2항 (x) · (y) · (z), 제163조 제2항, 제174조 제3항 및 제4부속서 제11조

(d) 다음 규정에 따라 발생하는 실질문제에 관한 결정은 컨센서스에 의한다: 제162조 제2항 (m) · (o) 및 제11부의 개정안의 채택

(e) (d) · (f) · (g)의 규정을 적용함에 있어서 '컨센서스'라 함은 공식적인 반대가 없는 것을 말한다. 제안이 이사회에 제출된 후 14일 이내에 이사회의 의장은 제안의 채택에 공식적인 반대가 있는지의 여부를 결정한다. 이사회의 의장

이 이러한 반대가 있다고 결정한 경우, 이사회의 의장은 이러한 결정 후 3일 이내에 이견을 조정하고 컨센서스에 의하여 채택될 수 있는 제안을 작성하기 위하여 9개국 이하의 이사국으로 구성되고 자신을 의장으로 하는 조정위원회를 설치하고 소집한다. 위원회는 신속히 작업하여 설치 후 14일 이내에 이사회에 보고한다. 위원회가 컨센서스로 채택될 수 있는 제안을 권고하지 못할 경우, 위원회는 보고서에 그 제안이 반대되는 이유를 밝힌다.

(f) 해저 기구의 규칙, 규정 및 절차에 의하거나 다른 방법에 의하여 이사회가 결정할 권한을 부여받았으나 위에 열거되지 아니한 문제에 대한 결정은, 규칙, 규정 및 절차에 명시된 이 항 각 호의 규정에 따라 내려지며, 그러한 규정이 명시되어 있지 아니한 경우에는 가능하면 사전에 이사회가 컨센서스로 결정한 어느 한 호의 규정에 따른다.

(g) 어떠한 문제가 (a) · (b) · (c) 또는 (d)의 규정에 해당되는지 여부에 관하여 문제가 제기된 때에는 경우에 따라 보다 많거나 또는 가장 많은 다수의 의결이나 컨센서스를 요하는 어느 한 호의 규정에 해당하는 것으로 취급한다. 다만, 이사회가 앞의 다수결이나 컨센서스로 달리 결정하는 경우에는 그러하지 아니하다.

9. 이사회는 이사국이 아닌 해저기구의 회원국이 요청하였을 경우나 특히 그 회원국에 영향을 미치는 문제가 심의중에 있을 경우에는 그 회원국이 이사회의 회의에 참석할 대표를 파견할 수 있도록 하는 절차를 수립한다. 그러한 대표는 심의에 참여할 수 있으나 투표할 수 없다.

제162조 권한과 임무

1. 이사회는 해저 기구의 집행기관이다. 이사회는 이 협약 및 총회가 수립한 일반적인 정책에 따라 해저 기구의 권한에 속하는 모든 문제나 사항에 관하여 해저 기구가 수행하여야 할 개별정책을 수립할 권한을 가진다.

2. 또한 이사회는 다음을 행한다.

(a) 해저 기구의 권한에 속하는 모든 문제와 사항에 관하여 이 부의 규정의 이행을 감독하고 조정하며, 불이행의 사례가 있을 경우 총회의 주의를 환기시킨다.

(b) 사무총장을 선출하기 위하여 후보자 명부를 총회에 제출한다.

(c) 심해저공사 관리위원회의 위원과 심해저공사의 사무국장을 선출하기 위하여 후보자를 총회에 추천한다.

(d) 적절한 경우 경제성과 효율성을 적정하게 고려하여 이 부에 따른 임무 수행에 필요한 보조기관을 설치한다. 보조기관의 구성에 있어서는 그 기관이 다루는 관련 기술사항에 있어서 자격과 능력을 갖춘 위원이 선정되어야 하는 필요성에 역점을 두되, 공평한 지리적 배분원칙과 특별이익과 원칙을 적절히 고려한다.

(e) 이사회의 의장 선출방식을 포함한 이사회 의사규칙을 채택한다.

(f) 총회의 승인을 받을 것을 조건으로 하여, 해저 기구를 대표하여 해저 기구의 권한 내에서 국제 연합이나 다른 국제 기구와 협정을 체결한다.

(g) 심해저공사의 보고서를 심의하고 권고와 함께 이를 총회에 송부한다.

(h) 연례보고서 및 총회가 요구하는 특별보고서를 총회에 제출한다.

(i) 제170조에 따라 심해저공사에 지시를 한다.

(j) 제3부속서 제6조에 따라 사업계획을 승인한다. 이사회는 이사회 회기중에 법률 · 기술위원회가 사업계획을 제출한 후 60일 안에 다음 절차에 따라 각 사업계획을 처리한다.

(i) 위원회가 사업계획을 승인하도록 권고한 경우, 어떠한 이사국도 14일 안에 의장에게 제3부 속서 제6조의 요건을 갖추고 있지 못하다고 주장하는 명시적인 반대를 서면으로 제출하지 아니하면 그 사업계획이 이사회에 의하여 승인된 것으로 본다. 반대가 있는 경우, 제161조 제8항 (e)에 규정된 조정 절차가 적용된다. 조정 절차가 끝난 후에도 반대가 있는 경우, 그 사업계획은 신청국이나 신청자 보증국을 제외한 이사국의 컨센서스로 이사회가 승인을 거부하지 아니하는 한 이사회에 의하여 승인된 것으로 본다.

(ii) 위원회가 사업계획을 승인하지 아니하도록 권고하거나 권고 자체를 하지 아니하는 경우, 이사회는 출석하여 투표하는 이사국의 3/4 이상의 다수에 의하여 그 사업계획을 승인할 수 있다. 다만, 이에는 회기에 출석한 이사국의 과반수가 포함되어야 한다.

(k) (j)에 규정된 절차를 준용하여 제4부속서 제12조에 따라 심해저공사가 제출한 사업계획서를 승인한다.

(l) 제153조 제4항과 해저 기구의 규칙, 규정과 절차에 따라 심해저활동을 통

제한다.

(m) 경제기획위원회의 권고에 따라서 제150조 (h)에 명시된 부정적인 경제적 영향으로부터의 보호를 위하여 그 규정에 따라 필요하고도 적절한 조치를 취한다.

(n) 경제기획위원회의 권고를 기초로 하여 제151조 제10항에 규정된 보상제도나 그 밖의 경제조정 지원 조치에 관하여 총회에 권고한다.

(o) (i) 개발도상국 및 완전한 독립이나 그 밖의 자치적 지위를 얻지 못한 주민의 이익과 필요를 특별히 고려하여, 심해저활동으로부터 나오는 재정적 이익과 그 밖의 경제적 이익, 제82조 에 따라 행하여진 금전지급과 부담 공여의 공평한 배분에 관한 규칙, 규정 및 절차를 총회에 권고한다.

(ii) 총회의 승인이 있을 때까지 법률 · 기술위원회나 그 밖의 하부 관련 기관의 권고를 고려하여 해저 기구의 규칙, 규정 및 절차 및 이에 대한 개정안을 잠정적으로 채택하고 적용한다. 이러한 규칙, 규정 및 절차는 심해저의 개괄 탐사, 탐사 및 개발과 해저 기구의 재정 관리와 내부 행정에 관련된 것이어야 한다. 복합금속단괴의 탐사와 개발에 대한 규칙, 규정 및 절차는 우선적으로 채택된다. 복합금속단괴 이외의 자원의 탐사와 개발을 위한 규칙, 규정 및 절차는 해저 기구의 회원국이 해저 기구에 이러한 자원에 대한 규칙, 규정 및 절차의 채택을 요청한 날로부터 3년안에 채택된다. 모든 규칙, 규정 및 절차는 총회가 승인할 때까지 또는, 총회가 표명한 견해에 비추어 이사회가 이를 개정할 때까지 잠정적으로 효력을 가진다.

(p) 이 부의 규정에 따른 조업과 관련하여 해저 기구가 행하거나 해저 기구에 대하여 행하여진 모든 지불액의 징수를 심사한다.

(q) 제3부속서 제7조에 따라 선정이 필요한 경우에는 생산 인가 신청자 중에서 선정한다.

(r) 해저 기구 연간 예산안을 총회에 제출하여 승인을 받는다.

(s) 해저 기구의 권한에 속하는 모든 문제나 사항에 대한 정책에 관하여 총회에 권고한다.

(t) 제185조에 따라 회원국으로서의 권리와 특권 행사의 정지에 관하여 총회에 권고한다.

(u) 협약 불이행이 있는 경우, 해저 기구를 대표하여 해저분쟁재판부에 소송을

제기한다.

(v) (u)에 따라 제기된 소송에 있어서 해저분쟁재판부의 결정을 총회에 통보하고 취하여야 할 조치에 관하여 적절하다고 판단하는 권고를 한다.

(w) 심해저활동으로부터 발생하는 해양 환경에 대한 중대한 피해를 방지하기 위하여 조업정지명령이나 조업조정명령을 포함한 비상명령을 내린다.

(x) 해양 환경에 대한 중대한 피해위험이 있다는 구체적인 증거가 있는 경우, 계약자나 심해저공사의 개발지역을 승인하지 아니한다.

(y) 아래와 관련된 재정에 관한 규칙, 규정 및 절차의 초안을 작성할 보조기관을 설치한다. (이행협정부속서 제9절 9항 참조)

(i) 제171조부터 제175조까지에 따른 재정 관리

(ii) 제3부속서 제13조와 제17조 제1항 (c)에 따른 재정 약정

(z) 이 부의 규정, 해저 기구의 규칙, 규정 및 절차와 해저 기구와의 계약조건이 준수되고 있는지의 여부를 결정하기 위하여 심해저활동을 검사할 검사관을 지시하고 감독하기 위한 적절한 제도를 수립한다.

제163조 이사회의 기관

1. 이사회에 다음 기관을 설치한다.

(a) 경제기획위원회

(b) 법률 · 기술위원회

2. 각 위원회는 당사국이 지명한 후보자중에서 이사회가 선출한 15인의 위원으로 구성한다. 다만, 필요한 경우에 이사회는 경제성과 효율성을 적정하게 고려하여 각 위원회의 규모를 확대할 것을 결정할 수 있다.

3. 위원회의 위원은 그 위원회의 권한에 속하는 분야에서 적절한 자격을 갖추어야 한다. 당사국은 위원회가 임무를 효과적으로 수행하도록 보장하기 위하여 관련 분야에서 자격이 있고 최고수준의 능력과 성실성을 갖춘 후보자를 지명한다.

4. 위원회의 위원을 선출함에 있어서 공평한 지리적배분과 특별이익이 대표되도록 적절히 고려한다.

5. 어느 당사국도 같은 위원회에서 2인 이상의 후보자를 지명할 수 없다. 누구도 2개 이상의 위원회에서 근무하도록 선출될 수 없다.

6. 위원회의 위원은 5년 임기로 재직한다. 위원은 1회에 한하여 재선될 수 있다.
7. 임기만료 전 위원회의 위원의 사망, 무자격 또는 해직의 경우, 이사회는 잔여 임기 동안 재직할 위원을 동일한 지리적 지역이나 이해분야로부터 선출한다.
8. 위원회의 위원은 심해저에서의 탐사와 개발과 관련된 모든 활동에 관하여 어떠한 재정상의 이해관계도 가질 수 없다. 위원은 자신이 근무하는 위원회에 대한 책임에 따를 것을 조건으로 직무종료 후에도 산업상의 비밀이나 제3부속서 제14조에 따라 해저기구에 이전된 재산권 자료 또는 해저 기구 임무 수행 중 알게 된 그 밖의 비밀 정보를 누설하지 아니한다.
9. 각 위원회는 이사회가 채택하는 지침과 지시에 따라 임무를 수행한다.
10. 각 위원회는 위원회의 임무를 효율적으로 수행하기 위하여 필요한 규칙과 규정을 작성하고 승인을 얻기 위하여 이를 이사회에 제출한다.
11. 위원회의 의사결정절차는 해저 기구의 규칙, 규정 및 절차에 따라 정한다. 필요한 경우 이사회에 대한 권고에 위원회 내의 서로 다른 의견을 요약하여 첨부한다.
12. 각 위원회는 통상적으로 해저기구의 소재지에서 활동하며 임무를 효율적으로 수행하기 위하여 필요한 횟수만큼 회합한다.
13. 각 위원회는 그 임무를 수행함에 있어서 적절한 경우, 다른 위원회, 국제연합과 그 전문 기구의 권한 있는 기관 또는 이러한 협의의 주제에 관하여 권한 있는 어떠한 국제기구와도 협의할 수 있다.

제164조 경제기획위원회

1. 경제기획위원회의 위원은 광업, 광물자원 활동의 관리, 국제무역이나 국제경제학 등과 관련된 적절 한 자격을 갖춘다. 이사회는 위원회를 구성함에 있어 모든 적절한 자격이 반영되도록 보장하기 위하여 노력한다. 위원회는 심해저에서 채취되는 종류의 광물의 수출이 자국 경제에 실질적인 관계가 있는 개발도상국 출신 위원을 적어도 2인 이상 포함한다.
2. 경제기획위원회는 다음 사항을 행한다.
(a) 이사회의 요청에 따라, 심해저활동과 관련하여 이 협약에 따라 내려진 결정을 이행하기 위한 조치를 제안한다.
(b) 수입국과 수출국 양쪽의 이익 특히 그중에서도 개발도상국의 이익에 유의

하여 심해저 광물의 공급, 수요, 가격 동향 및 이에 영향을 미치는 요인을 검토한다.

(c) 관계당사국이 주의를 환기시킨 제150조 (h)에 언급된 부정적인 영향을 초래할 수 있는 상황을 검토하여 이사회에 적절한 권고를 행한다.

(d) 제151조 제10항에 규정된 바와 같이 심해저활동으로 인하여 부정적인 영향을 받은 개발도상국을 위한 보상제도나 그 밖의 경제조정지원 조치를 총회에 제출하도록 이사회에 제안한다. 위원회는 총회가 채택한 이러한 보상제도나 그 밖의 조치를 구체적으로 적용하기 위하여 이사회에 필요한 권고를 한다.

제165조 법률 · 기술위원회

1. 법률 · 기술위원회의 위원은 광물자원의 탐사, 개발 및 가공, 해양학, 해양환경보호, 또는 해양광업 및 기타 관련 전문분야에 관한 경제적 · 법률적 사항 등에 관한 적절한 자격을 갖추어야 한다. 이사회는 위원회를 구성하는데 적합한 모든 자격이 반영되도록 보장하기 위하여 노력한다.
2. 법률 · 기술위원회는 다음을 행한다.

(a) 이사회의 요청에 따라 해저 기구의 임무 수행에 관한 권고를 한다.

(b) 제153조 제3항에 따라 심해저활동을 위한 공식 문서로 된 사업계획을 심사하고 이사회에 적절한 권고를 한다. 위원회는 오로지 제3부속서에 규정된 근거에 기초하여 이러한 권고를 하고 이에 관하여 이사회에 충분히 보고한다.

(c) 이사회의 요청에 의하여, 적절한 경우, 심해저활동을 수행하는 주체나 관계국과 협의, 협력하여 심해저활동을 감독하고 이사회에 보고한다.

(d) 심해저활동이 환경에 미치는 영향에 관한 평가서를 작성한다.

(e) 해양 환경 보호에 관한 분야에서 인정된 전문가의 견해를 고려하여 이사회에 해양 환경 보호에 관한 권고를 한다.

(f) 심해저활동이 환경에 미치는 영향 평가를 비롯한 모든 관련 요소를 고려하여 제162조 제2항 (o)에 규정된 규칙, 규정 및 절차를 작성하여 이사회에 제출한다.

(g) 이러한 규칙, 규정 및 절차를 항상 검토하여 필요하거나 바람직하다고 판단되는 개정안을 수시로 이사회에 제출한다.

(h) 인정된 과학적 방법에 의하여 심해저활동으로 인한 해양 환경오염의 위험

이나 효과를 정기적으로 관찰, 측정, 평가 및 분석하는 감시계획의 수립에 관하여 이사회에 권고하고, 기존의 규칙이 적절히 이행되도록 보장하고 또한 이사회가 승인한 감시계획의 시행을 조정한다.

(i) 이 부 및 관련 부속서에 따라, 특히 제187조를 고려하여 해저 기구를 대표하여 해저분쟁재판부 에 소송을 제기할 것을 이사회에 권고한다.

(j) (i)에 따라 제기된 소송에서 해저분쟁재판부가 내린 결정에 근거하여 취하여야 할 조치에 대하여 이사회에 권고한다.

(k) 심해저활동으로부터 발생하는 해양환경에 대한 중대한 피해를 방지하기 위하여 조업정지명령이나 조업조정명령을 포함한 비상명령을 내릴 것을 이사회에 권고한다. 이사회는 이러한 권고를 우선적으로 취급한다.

(l) 해양 환경에 대한 중대한 피해의 위험이 있다는 구체적인 증거가 있는 경우, 계약자 또는 심해저공사의 개발지역을 승인하지 아니할 것을 이사회에 권고한다.

(m) 이 부의 규정, 해저 기구의 규칙, 규정 및 절차와 해저 기구와의 계약조건이 준수되고 있는지 여부를 결정하기 위하여 심해저활동을 검사하는 검사관의 지휘와 감독에 관하여 이사회에 권고한다.

(n) 이사회가 제3부속서 제7조에 따라 생산인가 신청자 중에서 필요한 자를 선정한 후 제151조 제2항부터 제7항까지에 따라 해저 기구를 대표하여 생산한도를 계산하고 생산인가서를 발급한다.

3. 위원회의 위원은 감독과 검사 임무를 수행함에 있어서 당사국이나 다른 관련자의 요청이 있을 때에는 당사국이나 다른 관련자의 대표를 대동한다.

제4관 사무국

제166조 사무국

1. 해저 기구의 사무국은 사무총장 및 해저기구가 필요로 하는 직원으로 구성된다.
2. 사무총장은 이사회가 제안한 후보자중에서 총회에 의하여 4년 임기로 선출되며 재선될 수 있다.
3. 사무총장은 해저 기구의 수석 행정 직원이며, 그러한 자격으로 총회, 이사회

및 보조기관의 모든 회합에 참석하고 이들 기관에 의하여 위임된 다른 행정상의 임무를 수행한다.

4. 사무총장은 해저 기구의 활동에 관한 연례보고서를 총회에 제출한다.

제167조 해저 기구 직원

1. 해저 기구의 직원은 해저 기구의 행정상 임무를 수행하기 위하여 요구되는 과학적 · 기술적 자격과 그 밖의 자격을 갖춘 인원으로 구성된다.
2. 직원을 채용 · 고용하고 그 근무조건을 정함에 있어서 최고수준의 효율성, 능력 및 성실성을 확보할 필요성을 최우선적으로 고려한다. 이러한 고려를 할 것을 조건으로, 가능한 한 광범위한 지리적 기초 위에서 직원을 채용하는 것이 중요하다는 점을 적절히 고려한다.
3. 직원은 사무총장이 임명한다. 직원의 임명, 보수 및 해고조건은 해저 기구의 규칙, 규정 및 절차에 따른다.

제168조 사무국의 국제적 성격

1. 사무총장과 직원은 그 직무를 수행함에 있어서 어떠한 정부나 해저기구 밖의 어떠한 출처로부터도 지시를 구하거나 받지 아니한다. 이들은 오직 해저기구에 대하여서만 책임을 지는 국제공무원으로서의 지위에 영향을 미치는 어떠한 행위도 삼간다. 각 당사국은 사무총장과 직원의 책임이 전적으로 국제적인 성격을 가진다는 것을 존중하며, 그들의 책임 수행에 영향을 미치려고 하지 아니할 것을 약속한다. 직원에 의한 책임 불이행은 해저기구의 규칙, 규정 및 절차에 규정된 적절한 행정재판소에 회부된다.
2. 사무총장과 직원은 심해저 탐사, 개발과 관련된 모든 활동에 있어서 어떠한 재정적 이해도 가질 수 없다. 그들은 해저기구에 대한 책임에 따를 것을 조건으로 직무가 종료한 이후에도 산업비밀이나 제3부속서 제14조에 따라 해저기구에 이전된 재산권 자료나 해저기구에 근무함으로써 알게 된 그 밖의 비밀정보를 누설하지 아니한다.
3. 제2항에 규정한 해저기구 직원에 의한 의무위반은, 그러한 위반에 의하여 피해를 입은 당사국의 요청이 있거나, 또는 제153조 제2항 (b)에 규정에 의거하여 당사국이 보증하고 그러한 위반에 의하여 피해를 입은 자연인이나

법인의 요청이 있으면 해저기구는 관련 직원을 해저기구의 규칙, 규정 및 절차에 지정된 재판소에 회부한다. 피해를 입은 당사국은 그 소송에 참가할 권리를 가진다. 재판소가 권고하는 경우 사무총장은 관련 직원을 해고한다.

4. 해저기구의 규칙, 규정 및 절차는 이 조를 이행하는 데 필요한 규정을 포함한다.

제169조 국제기구 · 비정부간기구와의 협의 · 협력

1. 사무총장은 해저기구의 권한 내 사항에 관하여 국제연합 경제사회이사회가 인정한 국제기구, 비정부 간기구와의 협의 및 협력을 위하여 이사회의 승인을 받아 적절한 약정을 체결한다.
2. 제1항의 규정에 의하여 사무총장과 약정을 체결한 기구는 해저기구의 기관의 의사규칙에 따라 그러한 기관의 회합에 옵서버로 참석할 대표를 지정할 수 있다. 적절한 경우 그러한 기구의 의견을 얻기 위한 절차를 확립한다.
3. 사무총장은 제1항에 언급된 비정부간기구가 특별한 권한을 가지는 사항으로서 해저기구의 활동과 관련된 사항에 관하여 제출한 서면보고서를 당사국에 배포할 수 있다.

제5관 심해저공사

제170조 심해저공사

1. 심해저공사는 제153조 제2항 (a)에 따라 심해저활동을 직접 수행하며 심해저로부터 채취된 광물의 수송, 가공 및 판매를 수행하는 해저기구의 기관이다.
2. 심해저공사는 해저기구의 국제법인격의 테두리 안에서 제4부속서에 규정된 정관에 따른 법적 능력을 가진다. 심해저공사는 이 협약, 해저기구의 규칙, 규정 및 절차, 또한 총회가 확립한 일반정책에 따라 행동하여야 하며 이사회의 지시와 통제에 따른다.
3. 심해저공사는 해저기구의 소재지에 주사무소를 둔다.
4. 심해저공사는 제173조 제2항과 제4부속서 제11조에 따라 그 직무를 수행하기 위하여 필요한 자금을 제공받으며 제144조와 그 밖의 이 협약 관련규정에 따라 기술을 인수한다. 〈이행협정부속서 제2절 6항 참조〉

제6관[편집] 해저 기구의 재정

제171조 해저 기구의 자금
해저 기구의 자금은 다음을 포함한다.
(a) 제160조 제2항 (e)의 규정에 따라 해저 기구의 회원국이 납부한 분담금
(b) 제3부속서 제13조의 규정에 따라 심해저활동과 관련하여 해저 기구가 받은 자금
(c) 제4부속서 제10조의 규정에 따라 심해저공사로부터 이전된 자금
(d) 제174조의 규정에 따라 차입한 자금
(e) 회원국이나 다른 주체가 납부한 자발적 기부금
(f) 제151조 제10항에 따라 경제기획위원회가 권고하는 재원으로부터의 보상기금에 대한 납입금

제172조 해저 기구의 연간예산
사무총장은 해저 기구의 연간예산안을 작성하여 이사회에 제출한다. 이사회는 연간예산안을 심의하여 이에 대한 권고와 함께 총회에 제출한다. 총회는 제160조 제2항 (h)에 따라 연간예산안을 심의하고 승인한다.

제173조 해저 기구의 경비
1. 제171조 (a)에 언급된 분담금은 해저 기구가 다른 재원으로부터 해저기구의 행정경비를 충당하기에 충분한 자금을 가질 때까지 이러한 경비를 충당하기 위한 특별계정에 불입된다.
2. 해저 기구의 행정경비는 해저 기구의 자금에서 우선적으로 지급된다. 제171조 (a)에 규정된 분담금을 제외하고, 행정 경비 지급후 남은 자금은 특히 다음과 같이 배분하거나 사용한다.
(a) 제140조및 제160조 제2항 (g)에 따라 배분한다.
(b) 제170조 제4항에 따라 심해저공사에 자금을 제공하기 위하여 사용한다.
(c) 제151조 제10항 및 제160조 제2항 (l)에 따라 개발도상국에 보상하기 위하여 사용한다.

제174조 해저 기구의 차입 권한

1. 해저 기구는 자금을 차입할 권한을 가진다. (이행협정부속서 제1절 14항 참조)
2. 총회는 제160조 제2항 (f)에 따라 채택된 재정규칙내에 해저 기구의 차입 권한에 대한 제한을 규정한다.
3. 이사회는 해저 기구의 차입 권한을 행사한다.
4. 당사국은 해저 기구의 채무에 대하여 책임을 지지 아니한다.

제175조 연례감사

연차재무제표를 비롯한 해저 기구의 기록, 장부와 계산서류는 총회가 임명하는 독립된 감사관에 의하여 매년 감사를 받는다.

제7관 법적 지위, 특권 · 면제

제176조 법적 지위

해저 기구는 국제법인격 및 그 임무의 수행과 목적의 달성에 필요한 법적 능력을 가진다.

제177조 특권 · 면제

해저 기구가 그 임무를 수행할 수 있도록 하기 위하여 해저 기구는 각 당사국의 영토 안에서 이 관에서 규정된 특권 · 면제를 향유한다. 심해저공사에 관한 특권 · 면제는 제4부속서 제13조에 규정된 특권 · 면제와 같다.

제178조 법절차로부터의 면제

해저 기구가 특별한 사건에 대하여 명시적으로 면제를 포기한 경우 이외에는 해저 기구와 해저 기구의 재산과 자산은 법절차로부터 면제된다.

제179조 수색 · 압수로부터의 면제

해저 기구의 재산과 자산은 그 소재지와 점유자에 관계없이 행정 또는 입법조치에 의한 수색, 징발, 몰수, 수용 또는 그 밖의 형태의 압수로부터 면제된다.

제180조 제한 · 규제 · 통제 · 동결로부터의 면제
해저 기구의 재산과 자산은 어떠한 성격의 제한, 규제, 통제 및 동결 조치로부터도 면제된다.

제181조 해저 기구의 문서보관소와 공용 통신
1. 해저 기구의 문서보관소는 어디에 있든 불가침이다.
2. 재산권 자료 · 산업비밀 또는 이와 유사한 정보 및 인사기록은 공공에 개방되는 문서보관소에 비치될 수 없다.
3. 해저 기구는 공용통신에 관하여 각 당사국이 다른 국제 기구에 부여한 것보다 불리하지 아니한 대우를 각 당사국으로부터 부여받는다.

제182조 해저 기구 관련 인사의 특권 · 면제
총회나 이사회의 회합 또는 총회나 이사회 기관의 회합에 출석하는 회원국 대표, 해저 기구의 사무총장 및 직원은 각 당사국의 영토 안에서 다음 사항을 향유한다.
(a) 직무수행 중에 행한 행위에 관한 법절차로부터의 면제(단, 이들이 대표하는 국가 또는 적절한 경우 해저 기구가 특정한 사건에 대하여 명시적으로 면제를 포기한 경우를 제외)
(b) 이들이 그 당사국의 국민이 아닌 경우, 그 당사국이 이들과 동등한 지위에 있는 다른 당사국의 대표 및 공무원과 고용인에게 부여하는 것과 동일한 출입국제한, 외국인 등록요건 및 국민으로서의 의무로부터의 동등한 면제 및 외환제한에 관한 동일한 편의와 여행편의에 관한 동일한 대우

제183조 조세 · 관세의 면제
1. 해저 기구, 그 재산과 자산, 수입 그리고 이 협약에 의하여 인정된 해저 기구의 운영과 거래는 해저 기구의 공적활동 범위 안에서 모든 직접세로부터 면제되고, 또한 해저 기구 공용으로 수입되거나 수출되는 물품은 모든 관세로부터 면제된다. 해저기구는 제공된 용역에 대하여 부과되는 수수료로부터의 면제를 주장할 수 없다.
2. 해저 기구의 공적 활동에 필요한 실질적 가치가 있는 상품과 용역의 구입이

해저기구에 의하여 또는 해저 기구를 대리하여 이루어지고 또한 이러한 상품과 용역의 가격에 조세나 관세가 포함되어 있는 경우, 실행 가능한 범위 안에서 당사국은 이러한 조세나 관세로부터의 면제를 부여하거나 이를 환급하기 위한 적절한 조치를 취한다.

이 조의 규정에 따른 면제 하에 수입되거나 구입된 물품은, 면제를 부여한 당사국과 합의한 조건에 따르는 경우를 제외하고는, 그 당사국의 영토 안에서 매각되거나 또는 달리 처분되지 아니한다.

3. 해저 기구의 사무총장과 직원, 해저 기구를 위하여 임무를 수행하는 자로서 당사국의 국민이 아닌 전문가에게 해저 기구가 지급한 봉급, 수당이나 다른 형태의 지급에 대하여 그 당사국은 조세를 부과할 수 없다.

제8관 회원국의 권리 · 특권 행사의 정지

제184조 표결권 행사의 정지

해저 기구에 대한 재정분담금 납부를 지체하고 있는 당사국은 그 체납액이 과거 2년 동안 납부하여야 할 분담 금액과 동일하거나 이를 넘는 경우에는 표결권을 가지지 아니한다. 분담금을 납부하지 못한 것이 회원국이 통제할 수 없는 상황 때문이라는 점이 납득될 경우 총회는 이러한 회원국이 투표하도록 허가할 수 있다.

제185조 회원국의 권리 · 특권행사의 정지

1. 총회는 중대하고도 계속적으로 이 부의 규정을 위반한 당사국에 대하여는 이사회의 권고에 따라 회원국으로서의 권리와 특권의 행사를 정지시킬 수 있다.
2. 당사국이 중대하고도 계속적으로 이 부의 규정을 위반하였다는 것을 해저분쟁재판부가 결정할 때까지는 제1항에 따른 어떠한 조치도 취할 수 없다.

제5절[편집] 분쟁 해결과 권고적 의견

제186조 국제해양법재판소의 해저분쟁재판부 해저분쟁재판부의 설치와 그 관

할권 행사방식은 이 부, 제15부 및 제6부속서의 규정에 의하여 규율된다.

제187조 해저분쟁재판부의 관할권

해저분쟁재판부는 이 부 및 이 부와 관련된 부속서에 따라 다음 범주에 속하는 심해저 활동 관련 분쟁에 대한 관할권을 가진다.

(a) 이 부 및 이 부와 관련된 부속서의 해석 또는 적용에 관한 당사국 사이의 분쟁

(b) 다음 사항에 관한 당사국과 해저기구 사이의 분쟁

(i) 이 부 또는 이 부와 관련된 부속서 또는 이에 따라 채택된 해저기구의 규칙, 규정 및 절차를 위반한 것으로 주장되는 해저기구나 당사국의 작위나 부작위

(ii) 관할권의 일탈 또는 권한남용이라고 주장되는 해저기구의 행위

(c) 당사국, 해저기구 또는 심해저공사, 국영기업 및 제153조 제2항 (b)에 규정된 자연인이나 법인 등 계약당사자 사이의 다음 사항에 관한 분쟁

(i) 관련 계약이나 사업계획의 해석 또는 적용

(ii) 다른 계약당사자를 대상으로 하거나 또는 그의 적법한 이익에 직접적으로 영향을 미치는 심해저활동에 관한 계약당사자의 작위나 부작위

(d) 제153조 제2항 (b)의 규정에 따라 국가가 보증하고 제3부속서 제4조 제6항 및 제13조 제2항에 규정된 조건을 적절하게 이행한 계약예정자와 해저기구 사이의 분쟁으로서 계약의 거부 또는 계약의 협상 중에 발생하는 법적 문제에 관한 분쟁

(e) 해저기구가 제3부속서 제22조에 규정된 책임을 지게 되었다고 주장되는 경우, 해저기구와 당사국, 국영기업 또는 제153조 제2항 (b)의 규정에 따라 당사국이 보증한 자연인이나 법인 사이의 분쟁

(f) 해저분쟁재판부의 관할권에 속하는 것으로 이 협약에 특별히 규정된 그 밖의 분쟁

제188조 국제해양법재판소 특별재판부나 해저분쟁재판부 임시재판정 또는 구속력이 있는 상사중재에의 분쟁 회부

1. 제187조 (a)에 언급된 당사국 사이의 분쟁은 다음 재판부에 회부될 수 있다.

(a) 분쟁당사자의 요청이 있을 경우 제6부속서 제15조 및 제17조에 따라 구성되는 국제해양법재판소 특별재판부
(b) 어느 한 분쟁당사자의 요청이 있을 경우 제6부속서 제36조에 따라 구성되는 해저분쟁재판부 임시재판정

2. (a) 제187조 (c) (i)에 언급된 계약의 해석 · 적용에 관한 분쟁은 당사자가 달리 합의하지 아니하는 한, 어느 한 분쟁당사자의 요청이 있으면 구속력 있는 상사중재에 회부된다. 분쟁이 회부되는 상사중재재판소는 이 협약의 해석문제를 결정할 관할권을 가지지 아니한다. 분쟁이 심해저활동에 관하여 제11부 및 이와 관련된 부속서의 해석문제를 포함하는 경우, 이러한 문제는 해저분쟁 재판부에 회부하여 재정되도록 한다.
(b) 이러한 중재를 시작할 때 또는 도중에 중재재판소가 분쟁의 어느 한 당사자의 요청에 의하여 또는 재판소의 직권으로 재판소의 결정이 해저분쟁재판부의 재정에 의존한다고 판정한 경우, 중재재판소는 재정을 위하여 이 문제를 해저분쟁재판부에 회부한다. 중재재판소는 해저분쟁재판부의 재정에 합치되게 결정을 내린다.
(c) 분쟁에 적용할 중재절차에 관한 규정이 계약서에 없는 경우, 중재는 두 당사자가 달리 합의하지 아니하는 한, 국제연합상거래위원회의 중재규칙이나 해저기구의 규칙, 규정 및 절차에 규정된 중재규칙에 따라 이루어진다.

제189조 해저기구의 결정에 대한 재판관할권의 제한
해저분쟁재판부는 이 부에 따른 해저기구의 재량권행사에 관하여는 관할권을 가지지 아니한다. 어떠한 경우에도 해저분쟁재판부는 자신의 재량으로 해저기구의 재량을 대체할 수 없다. 해저분쟁재판부는 제191조를 침해하지 아니하고 제187조에 따라 관할권을 행사함에 있어 해저기구의 규칙, 규정 및 절차가 이 협약과 합치하는지 여부에 대한 문제에 관하여 판단하지 아니하여야 하며 이러한 규칙, 규정 및 절차가 무효임을 선언하지 아니한다.
다만, 해저분쟁재판부의 관할권은 개별사건에 있어서 해지기구의 규칙, 규성 및 절차를 적용하는 것이 분쟁 당사자의 계약상 의무나 이 협약상의 의무와 충돌된다는 주장, 관할권의 일탈 또는 권한남용에 관한 주장, 다른 당사자의 계약상 의무 또는 이 협약상의 의무 불이행에 대하여 관련 당사자에게 지불되어

야 할 손해배상 또는 그 밖의 구제의 주장을 결정하는데 국한된다.

제190조 보증당사국의 소송절차 참가와 출석

1. 자연인이나 법인이 제187조에 언급된 분쟁당사자인 경우 보증국은 이에 관하여 통지를 받고 서면진술 또는 구두진술을 통하여 소송절차에 참가할 권리를 가진다.
2. 제187조 (c)에 언급된 분쟁에 있어서 어느 한 당사국을 상대로 다른 당사국이 보증하는 자연인이나 법인이 소송을 제기할 경우, 피소국은 그 보증국에 대하여 자연인이나 법인을 대리하여 소송에 출석하도록 요청할 수 있다. 그러한 불출석의 경우, 피소국은 자국 국적의 법인을 대리로 내보낼 수 있다.

제191조 권고적 의견

해저분쟁재판부는 총회나 이사회의 활동범위 안에서 발생하는 법률문제에 관하여 총회나 이사회의 요청에 따라 권고적 의견을 제시한다. 그러한 권고적 의견은 긴급사항으로 제시된다.

해양 환경의 보호와 보전(제12부)[편집]

제1절[편집] 총칙

제192조 일반적 의무

각국은 해양환경을 보호하고 보전할 의무를 진다.

제193조 천연자원의 개발에 관한 국가의 주권적 권리

각국은 자국의 환경정책과 해양환경을 보호하고 보전할 의무에 따라 자국의 천연자원을 개발할 주권적 권리를 가진다.

제194조 해양환경 오염의 방지, 경감 및 통제를 위한 조치

1. 각국은 개별적으로 또는 적절한 경우 공동으로, 자국이 가지고 있는 실제적

인 최선의 수단을 사용하여 또한 자국의 능력에 따라 모든 오염원으로부터 해양환경 오염을 방지, 경감 및 통제하는 데 필요한 이 협약과 부합하는 모든 조치를 취하고, 또한 이와 관련한 자국의 정책을 조화시키도록 노력한다.

2. 각국은 자국의 관할권이나 통제하의 활동이 다른 국가와 자국의 환경에 대하여 오염으로 인한 손해를 주지 않게 수행되도록 보장하고, 또한 자국의 관할권이나 통제하의 사고나 활동으로부터 발생하는 오염이 이 협약에 따라 자국이 주권적 권리를 행사하는 지역 밖으로 확산되지 아니하도록 보장하는 데 필요한 모든 조치를 취한다.

3. 이 부에 따라 취하여진 조치는 해양환경의 모든 오염원을 다룬다. 이러한 조치는 특히 다음의 사항을 가능한 한 가장 극소화시키기 위한 조치를 포함한다.

(a) 육상오염원으로부터, 대기로부터, 대기를 통하여 또는 투기에 의하여 특히 지속성 있는 유독 · 유해하거나 해로운 물질의 배출

(b) 선박으로부터의 오염, 특히 사고방지, 긴급사태의 처리, 해상작업의 안전확보, 고의적 및 비고의적 배출의 방지, 선박의 설계 · 건조 · 장비 · 운용 및 인원배치의 규제를 위한 조치

(c) 해저와 하층토의 천연자원의 탐사나 개발에 사용되는 설비나 장치로부터의 오염, 특히 사고방지, 긴급사태의 처리, 해상작업의 안전 확보, 또한 이러한 설비나 장치의 설계 · 구조 · 장비 · 운용 및 인원배치의 규제를 위한 조치

(d) 해양환경에서 운용되는 그 밖의 설비나 장치로부터의 오염. 특히 사고방지, 긴급사태의 처리, 해상작업의 안전확보, 또한 이러한 설비나 장치의 설계 · 구조 · 장비 · 운용 및 인원배치를 규제하기 위한 조치

4. 각국은 해양환경 오염을 방지, 경감 및 통제하기 위한 조치를 취함에 있어서 다른 국가가 이 협약에 따른 권리 행사나 의무 이행상 수행하는 활동을 부당하게 방해하지 아니한다.

5. 이 부에 따라 취하여진 조치는 매우 희귀하거나 손상되기 쉬운 생태계, 고갈되거나 멸종의 위협을 받거나 위험에 처한 생물종 및 그 밖의 해양생물체 서식지의 보호와 보존에 필요한 조치를 포함한다.

제195조 피해나 위험을 전가시키거나 오염형태를 변형시키지 아니할 의무

각국은 해양환경 오염을 방지, 경감 및 통제하기 위한 조치를 취함에 있어서

직접 · 간접적으로 피해나 위험을 어느 한 지역에서 다른 지역에 전가시키거나 어떤 형태의 오염을 다른 형태의 오염으로 변형시키지 아니하도록 행동한다.

제196조 기술의 사용 또는 외래종이나 새로운 종의 도입

1. 각국은 해양환경에 중대하고도 해로운 변화를 초래할 우려가 있는 자국의 관할권이나 통제 하에 있는 기술의 사용으로부터 또는 해양환경의 특정한 부분에 대한 외래의 종이나 새로운 종의 고의적, 우발적인 도입으로부터 발생하는 해양환경 오염을 방지, 경감 및 통제하기 위하여 필요한 조치를 취한다.
2. 이 조는 해양환경 오염의 방지, 경감 및 통제에 관한 이 협약의 적용에 영향을 미치지 아니한다.

제2절 지구적 · 지역적 협력

제197조 지구적 · 지역적 차원의 협력

각국은 지구적 차원에서 그리고 적절한 경우 지역적 차원에서 특수한 지역특성을 고려하여 직접 또는 권한 있는 국제기구를 통하여 해양환경을 보호하고 보존하기 위하여 이 협약과 합치하는 국제규칙, 기준, 권고관행 및 절차의 수립 및 발전에 협력한다.

제198조 급박한 피해나 현실적 피해의 통고

어느 국가가 해양환경이 오염에 의하여 피해를 입을 급박한 위험에 처하거나 피해를 입은 것을 알게 된 경우, 그 국가는 그러한 피해에 의하여 영향을 받을 것으로 생각되는 다른 국가와 권한 있는 국제기구에 신속히 통고한다.

제199조 오염대비 비상계획

제198조에 언급된 경우, 피해지역에 있는 국가는 자국의 능력에 따라서 권한 있는 국제기구와 함께 가능한 한 오염의 영향을 제거하고 피해를 방지하거나 최소화하도록 협력한다. 이러한 목적을 위하여 각국은 공동으로 해양환경내의 오염사고에 대처하기 위한 비상계획을 개발하고 촉진시킨다.

제200조 연구 · 조사계획과 정보 · 자료교환

각국은 과학조사연구를 촉진시키고 과학조사계획을 실시하며 또한 해양환경오염에 관하여 획득된 정보와 자료의 교환을 장려하기 위하여 직접 또는 권한 있는 국제기구를 통하여 협력한다. 각국은 오염의 성격과 범위의 평가, 오염에의 노출, 그 경로, 위험 및 구제조치에 관한 지식을 얻기 위하여 지역적 · 세계적 계획에 적극적으로 참여하도록 노력한다.

제201조 규칙제정을 위한 과학적 기준

제200조에 따라 획득된 정보와 자료를 고려하여 각국은 직접적으로 또는 권한 있는 국제기구를 통하여 해양환경오염의 방지, 경감 및 통제에 관한 규칙, 기준, 권고관행 및 절차를 수립하고 발전시키기 위한 적절한 과학적 기준을 설정하도록 협력한다.

제3절 기술 지원

제202조 개발도상국에 대한 과학 · 기술지원

각국은 직접 또는 권한 있는 국제기구를 통하여 다음을 행한다.

(a) 해양환경의 보호 및 보존과 해양오염의 방지, 경감 및 통제를 위하여 개발도상국에 대한 과학적 · 교육적 · 기술적 지원 및 그 밖의 지원계획을 촉진시킨다. 이러한 지원에는 특히 다음 사항이 포함된다.
  (i) 개발도상국의 과학 · 기술요원의 훈련
  (ii) 관련 있는 국제계획에 개발도상국 요원의 참여 촉진
  (iii) 개발도상국에 대한 필요장비와 시설의 제공
  (iv) 개발도상국의 이러한 장비의 생산능력 제고
  (v) 연구 · 감시 · 교육 및 그 밖의 계획을 위한 시설의 개발과 조언

(b) 해양환경에 심각한 오염을 가져올 수 있는 심각한 사고의 영향을 최소화하기 위하여 특히 개발도상국에 적절한 지원을 제공한다.

(c) 환경평가 준비에 관하여 특히 개발도상국에 적절한 지원을 제공한다.

제203조 개발도상국에 대한 우선적 대우

개발도상국은 해양환경오염의 방지, 경감 및 통제 또는 그 영향의 최소화를 위하여 국제기구로부터 다음 사항에 관한 우선권을 부여받는다.

(a) 적절한 자금과 기술원조의 할당

(b) 국제기구의 전문적 용역의 이용

제4절 감시와 환경 평가

제204조 오염의 위험이나 영향의 감시

1. 각국은 다른 국가의 권리와 양립하는 범위 내에서 직접적 또는 권한 있는 국제기구를 통하여 해양환경 오염의 위험이나 영향을 인정된 과학적 방법에 의하여 관찰, 측정, 평가 및 분석하기 위하여 실행 가능한 한 노력한다.
2. 특히 각국은 자국이 허가하거나 참여하는 모든 활동이 해양환경을 오염시킬 가능성이 있는지의 여부를 결정하기 위하여 그 활동의 영향을 계속 감시한다.

제205조 보고서 발간

각국은 제204조에 따라 획득한 결과에 대한 보고서를 발간하거나 적절한 시간 간격을 두고 권한 있는 국제기구에 이러한 보고서를 제출하며, 그 국제기구는 이를 모든 국가가 이용할 수 있도록 한다.

제206조 활동의 잠재적 영향평가

각국은 자국의 관할권이나 통제 하에 계획된 활동이 해양환경에 실질적인 오염이나 중대하고 해로운 변화를 가져올 것이라고 믿을만한 합리적인 근거가 있는 경우, 해양환경에 대한 이러한 활동의 잠재적 영향을 실행가능한 한 평가하고 제205조가 규정한 방식에 따라 이러한 평가의 결과에 관한 보고서를 송부한다.

제5절 해양 환경 오염의 방지, 경감, 통제를 위한 국제 규칙과 국내 입법

제207조 육상오염원에 의한 오염

1. 각국은 국제적으로 합의된 규칙, 기준 및 권고관행과 절차를 고려하여 강, 하구, 관선 및 배출시설을 비롯한 육상오염원에 의한 해양환경오염을 방지, 경감 및 통제하기 위하여 법령을 제정한다.
2. 각국은 이러한 오염을 방지, 경감 및 통제하기 위하여 필요한 그 밖의 조치를 취한다.
3. 각국은 이와 관련하여 적절한 지역차원에서 각국의 정책을 조화시키도록 노력한다.
4. 각국은 개발도상국의 지역적 특성, 경제적 능력 및 경제개발의 필요성을 고려하여 권한 있는 국제기구나 외교회의를 통하여 육상오염원에 의한 해양환경 오염을 방지, 경감 및 통제하기 위한 세계적 · 지역적 규칙, 기준 및 권고관행과 절차를 확립하기 위하여 노력한다. 이러한 규칙, 기준 및 권고관행과 절차는 필요에 따라 수시로 재검토된다.
5. 제1항, 제2항 및 제4항에 언급된 법령, 조치, 규칙, 기준 및 권고관행과 절차는 특히 지속성이 있는 유독 · 유해한 물질의 해양환경으로의 배출을 가능한 한 최소화시키기 위한 것을 포함한다.

제208조 국가관할권하의 해저활동에 의한 오염

1. 연안국은 자국의 관할권 아래에 있는 해저활동으로부터 또는 이와 관련하여 발생하는 해양환경의 오염 및 제60조와 제80조에 자국 관할권내에 건설된 인공섬, 설비 및 구조물로부터 발생하는 해양환경의 오염을 방지, 경감 및 통제하기 위한 법령을 제정한다.
2. 각국은 이러한 오염을 방지, 경감 및 통제하기 위하여 필요한 그 밖의 조치를 취한다.
3. 이러한 법령과 조치는 적어도 국제규칙, 기준 및 권고관행과 절차와 동등한 효력을 갖도록 한다.
4. 각국은 이와 관련하여 적절한 지역적 차원에서 각국의 정책을 조화시키도록 노력한다.
5. 각국은 특히 권한 있는 국제기구나 외교회의를 통하여 제1항에 언급된 해양환경의 오염을 방지, 경감 및 통제하기 위한 세계적 · 지역적 규칙, 기준 및

권고관행과 절차를 확립한다. 이러한 규칙, 기준 및 권고관행과 절차는 필요에 따라 수시로 재검토된다.

제209조 심해저활동에 의한 오염

1. 심해저활동으로 인한 해양환경 오염을 방지, 경감 및 통제하기 위하여 제11부에 따라 국제규칙, 규정 및 절차를 수립한다. 이러한 규칙, 규정 및 절차는 필요에 따라 수시로 재검토한다.
2. 이 절의 관계규정에 따를 것을 조건으로, 각국은 자국기를 게양하거나 자국에 등록되었거나 또는 자국의 권한 아래 운영되는 선박, 설비, 구조물 및 그 밖의 장비에 의하여 수행되는 심해저활동으로 인한 해양환경의 오염을 방지, 경감 및 통제하기 위한 법령을 경우에 따라 제정한다. 이러한 법령의 요건은 적어도 제1항에 언급된 국제규칙, 규정 및 절차와 동등한 효력을 가져야 한다.

제210조 투기에 의한 오염

1. 각국은 투기에 의한 해양환경 오염을 방지, 경감 및 통제하기 위하여 법령을 제정한다.
2. 각국은 이러한 오염의 방지, 경감 및 통제에 필요한 그 밖의 조치를 취한다.
3. 이러한 법령과 조치는 권한 있는 당국의 허가 없이는 투기가 이루어지지 아니하도록 보장한다.
4. 각국은 특히 권한 있는 국제기구나 외교회의를 통하여 이러한 오염을 방지, 경감 및 통제하기 위한 세계적 · 지역적 규칙, 기준 및 권고관행과 절차를 수립하기 위하여 노력한다. 이러한 규칙, 기준 및 권고관행과 절차는 필요에 따라 수시로 재검토된다.
5. 영해와 배타적 경제수역에서의 투기 또는 대륙붕상의 투기는 연안국의 명시적인 사전승인 없이는 행할 수 없으며, 연안국은 지리적 여건으로 인하여 불리한 영향을 받을 다른 국가와 함께 그 문제를 적절 히 검토한 후 이러한 투기를 허용, 규제 및 통제할 권리를 가진다.
6. 국내법령과 조치는 이러한 오염을 방지, 경감 및 통제하는 데 있어서 적어도 세계적 규칙 및 기준과 동등한 효력을 가져야 한다.

제211조 선박에 의한 오염

1. 각국은 권한 있는 국제기구나 외교회의를 통하여 선박에 의한 해양환경 오염을 방지, 경감 및 통제하기 위한 국제적 규칙과 기준을 수립하여야 하며, 적절한 경우, 동일한 방식으로 연안을 포함한 해양환경을 오염시킬 수 있는 사고의 위협 및 연안국의 관련이익에 대한 오염피해를 최소화하기 위한 항로제도의 채택을 촉진한다. 이러한 원칙과 기준은, 동일한 방식으로, 필요에 따라 수시로 재검토된다.
2. 각국은 자국기를 게양하고 있거나 자국에 등록된 선박으로부터의 해양환경 오염을 방지, 경감 및 통제하기 위하여 법령을 제정한다. 이러한 법령은 권한 있는 국제기구나 일반외교회의를 통하여 수립되어 일반적으로 수락된 국제규칙 및 기준과 적어도 동등한 효력을 가져야 한다.
3. 해양환경 오염의 방지, 경감 및 통제를 위하여 외국선박의 자국 항구와 내수로의 진입이나 연안정박시설 방문에 대해 특별한 조건을 규정한 국가는 이러한 요건을 적절히 공표하고 권한있는 국제기구에 통보한다. 2개국 이상의 연안국이 정책을 조화시키기 위하여 이러한 요건을 동일하게 규정한 경우, 이러한 협력약정에 참가하는 국가를 명시하여 통보한다.

   모든 국가는 자국기를 게양하거나 자국에 등록된 선박이 이러한 협력약정에 참여하고 있는 국가의 영해를 항행할 경우, 그 국가의 요청이 있으면 그 선박이 이러한 협력약정에 참여하고 있는 동일 지역의 국가로 항진하고 있는지 여부에 관한 정보를 제공할 것과 또한 그러한 항진이 있을 경우 그 국가의 입항조건을 준수하고 있는지 여부를 밝히도록 선장에게 요구한다. 이 조는 선박의 계속적인 무해통항권 행사나 제25조 제2항의 적용에 영향을 미치지 아니한다.
4. 연안국은 자국 영해에서 주권을 행사함에 있어서 무해통항권을 행사하는 선박을 포함한 외국선박으로부터의 해양오염을 방지, 경감 및 통제하기 위하여 국내법령을 제정할 수 있다. 제2부 제3절에 따라 이러한 법령은 외국선박의 무해통항을 방해하지 아니한다.
5. 연안국은 제6절에 규정된 법령을 집행하기 위하여 자국의 배타적 경제수역에서 선박으로부터의 오염을 방지, 경감 및 통제하기 위하여 권한 있는 국제기구나 일반 외교회의를 통하여 확립된 일반적으로 수락된 국제규칙과 기준

에 합치하고 또한 이에 대하여 효력을 부여하는 법령을 제정할 수 있다.

6. (a) 제1항에 언급된 국제규칙과 기준이 특별한 상황에 대처하기 부적당하고, 연안국이 자국의 배타적경제수역중 명확히 지정된 특정수역이 그 수역의 이용, 그 자원의 보호 및 교통상의 특수성과 그 수역의 해양학적·생태학적 조건과 관련하여 인정된 기술적 이유에 비추어 선박으로부터의 오염을 방지하기 위한 특별강제조치를 채택할 필요가 있는 수역이라고 믿을 만한 합리적인 근거가 있는 경우, 연안국은 권한 있는 국제기구를 통하여 모든 관계국과 적절히 협의한 후, 그 국제기구에 수역을 통보하고 이를 뒷받침하는 과학기술적인 증거와 필요한 수용시설에 관한 정보를 제출할 수 있다. 국제기구는 이러한 통보를 접수한 후 12개월 이내에 통보된 수역이 위 요건에 부합하는지 여부를 결정한다.

   국제기구가 이러한 요건에 적합하다고 결정한 경우, 연안국은 그 수역에 있어서 선박으로부터의 오염의 방지, 경감 및 통제를 위한 법령을 제정하여, 국제기구가 특별수역에 적용되는 국제규칙과 기준, 또는 항행상의 관행을 시행할 수 있다. 이러한 법령은 권한 있는 국제기구에 통보한 후 15개월 동안 외국선박에 대하여 적용하지 아니한다.

   (b) 연안국은 명확히 획정된 이러한 특별수역의 한계를 공표한다.

   (c) 연안국이 선박으로부터의 오염의 방지, 경감 및 규제를 위하여 특정해역에 대한 법령을 추가로 채택하고자 하는 경우, 전술한 통보를 제출함과 동시에 이를 국제기구에 통고한다.

   이러한 추가법령은 배출 또는 항행상의 관행과 관련될 수 있으나, 외국선박에 대하여 일반적으로 수락된 국제규칙과 기준 이외에 설계·구조·인원배치 또는 장비에 관한 기준을 준수하도록 요구하지 아니한다. 이러한 법령은 통보를 제출한 후 12개월 내에 위의 국제기구가 동의할 것을 조건으로, 통보를 제출한 후 15개월 이후에 외국선박에 적용된다.

7. 이 조에 언급된 국제규칙과 기준은 특히 배출 또는 배출가능성이 있는 해난을 비롯한 사고에 의하여 연안이나 관련이익이 영향을 받을 수 있는 연안국에 대한 신속한 통보에 관한 규칙과 기준을 포함한다.

제212조 대기에 의한 또는 대기를 통한 오염

1. 각국은 대기로부터 또는 대기를 통한 해양환경 오염을 방지, 경감 및 통제하기 위하여 국제적으로 합의된 규칙, 기준, 권고관행과 절차 및 항공의 안전을 고려하여 자국의 주권아래 있는 영공과 자국기를 게양하고 있는 선박 또는 자국에 등록된 선박과 항공기에 적용되는 법령을 채택한다.
2. 각국은 이러한 오염의 방지, 경감 및 통제에 필요한 그 밖의 조치를 취한다.
3. 각국은 특히 권한 있는 국제기구나 외교회의를 통하여 이러한 오염을 방지, 경감 및 통제하기 위한 세계적 · 지역적 규칙과 기준 및 권고관행과 절차를 확립하도록 노력한다.

제6절 법령 집행

제213조 육상오염원에 의한 오염관련 법령집행

각국은 제207조에 따라 제정된 자국의 법령을 집행하고 육상오염에 의한 해양환경 오염을 방지, 경감 및 통제하기 위하여 권한 있는 국제기구나 외교회의를 통하여 수립된 적용 가능한 국제규칙과 기준을 시행하는 데 필요한 법령을 제정하고 그 밖의 조치를 취한다.

제214조 해저활동에 의한 오염관련 법령집행

각국은 제208조에 따라 제정된 자국의 법령을 집행하며 자국관할권하의 해저활동으로부터 또는 이와 관련하여 발생하는 해양환경 오염과 제60조 및 제80조에 따라 자국의 관할권 하에 설치한 인공섬, 설비 및 구조물로부터 발생하는 해양환경오염을 방지, 경감 및 통제하기 위하여 권한 있는 국제기구나 외교회의를 통하여 수립된 적용 가능한 국제규칙과 기준을 시행하는 데 필요한 법령을 제정하고 그 밖의 조치를 취한다.

제215조 심해저활동으로 인한 오염관련 법령집행

심해저활동으로 인한 해양환경 오염을 방지, 경감 및 통제하기 위하여 제11부에 의거하여 수립된 국제규칙, 규정 및 절차의 집행은 제11부에 따라 규율된다.

제216조 투기에 의한 오염관련 법령집행

1. 투기에 의한 해양환경의 오염을 방지, 경감 및 통제하기 위하여 이 협약에 따라 제정된 법령과 권한 있는 국제기구나 외교회의를 통하여 수립된 적용 가능한 국제규칙과 기준은 다음에 의하여 집행된다.
(a) 영해, 배타적 경제수역 내 또는 대륙붕상의 투기에 관하여는 연안국
(b) 자국기를 게양하고 있는 선박이나 자국에 등록된 선박, 항공기에 관하여는 기국
(c) 자국의 영토나 연안정박시설에서 폐기물이나 그 밖의 물질을 싣는 행위에 대하여서는 그 국가
2. 다른 국가가 이 조에 의거하여 이미 소송을 제기한 경우에는 어떠한 국가도 이 조의 규정에 따라 소송을 제기할 의무를 지지 아니한다.

제217조 기국에 의한 법령집행

1. 각국은 자국기를 게양하고 있거나 자국에 등록된 선박이 선박으로부터의 해양환경 오염을 방지, 경감 및 통제하기 위하여 권한 있는 국제기구나 일반외교회의를 통하여 수립된 적용 가능한 국제규칙과 기준 및 이 협약에 따라 제정된 자국의 법령을 준수하도록 보장하고, 그 시행에 필요한 법령을 제정하며 그 밖의 조치를 취한다. 기국은 위반행위의 발생장소에 관계없이 이러한 규칙, 기준 및 법령을 실효적으로 집행한다.
2. 각국은 특히 자국기를 게양하고 있거나 자국에 등록된 선박이 설계, 구조, 장비 및 인원배치에 관한 요건을 비롯하여 제1항에 규정된 국제규칙과 기준의 요건을 준수하며 항행할 수 있을 때까지 그 항행이 금지되도록 보장하기 위하여 적절한 조치를 취한다.
3. 각국은 자국기를 게양하고 있거나 자국에 등록된 선박이 제1항에 언급된 국제규칙과 기준에 따라 요구되며 이에 따라 발급된 증명서를 선상에 비치하도록 한다. 각국은 이러한 증명서가 선박의 실제상태와 부합하는지 여부를 확인하기 위하여 자국기를 게양한 선박이 정기적으로 검사되도록 보장한다. 다른 국가는 선박의 상태가 증명서의 기재사항과 실질적으로 부합되지 아니한다고 믿을 만한 명백한 근거가 있지 아니하는 한, 이러한 증명서를 선박의 상태에 관한 증거로 인정하고 그 증명서가 자국이 발급한 증명서와 동일한

효력을 갖는 것으로 본다.

4. 선박이 권한 있는 국제기구나 일반외교회의를 통하여 수립된 규칙과 기준을 위반한 경우, 제218조, 제220조 및 제228조의 적용을 침해함이 없이 기국은 위반 발생장소나 이러한 위반으로 인한 오염이 발생하거나 발견된 장소에 관계없이 주장된 위반에 관하여 신속히 조사하고 적절한 경우 소송을 제기한다.
5. 위반을 조사하는 기국은 사건의 상황을 명백히 밝히기 위하여 다른 국가와의 협력이 유용한 경우에는 어떠한 국가에라도 조력을 요청할 수 있다. 각국은 기국의 적절한 요청에 응하도록 노력한다.
6. 각국은 다른 국가의 서면요청이 있을 경우, 자국기를 게양한 선박이 범하였다고 주장되는 위반을 조사한다. 기국은 위반주장에 대하여 소송이 제기될 수 있는 충분한 증거가 있다고 판단되는 경우 지체 없이 자국의 법률에 따라 이러한 소송절차를 개시한다.
7. 기국은 취하여진 조치와 그 결과를 요청한 국가 및 권한 있는 국제기구에 신속히 통보한다. 이러한 정보는 모든 국가가 이용할 수 있도록 한다.
8. 자국기를 게양한 선박에 대하여 각국이 법령으로 규정한 형벌은 위반이 발생한 장소에 관계없이 그 위반을 억제하기에 충분할 만큼 엄격하여야 한다.

제218조 기항국에 의한 법령집행

1. 선박이 어느 국가의 항구나 연안정박시설에 자발적으로 들어온 경우 그 국가는 권한 있는 국제기구나 일반외교회의를 통하여 수립된 적용 가능한 국제규칙과 기준에 위반하여 자국의 내수, 영해 또는 배타적 경제수역 밖에서 행하여진 그 선박으로부터의 배출에 관하여 조사를 행하고 증거가 허용하는 경우에는 소송을 제기할 수 있다.
2. 제1항에 따른 소송은, 자국의 내수, 영해나 배타적 경제수역에서 배출 위반이 발생한 국가나 기국 또는 배출 위반으로 인하여 피해를 입었거나 위협을 받는 국가에 의하여 요청되거나 또는 위반이 소송을 제기하는 국가의 내수, 영해나 배타적 경제수역에서 오염을 초래하거나 오염을 초래할 위험이 있는 경우를 제외하고는, 다른 국가의 내수, 영해나 배타적 경제수역에서의 배출 위반에 관하여 제기될 수 없다.
3. 선박이 어느 국가의 항구나 연안정박시설에 자발적으로 들어온 경우 그 국

가는 어떤 국가가 자국의 내수, 영해나 배타적 경제수역에서 발생하였거나 이들 수역에 대하여 피해를 입히거나 피해의 위협을 주었다고 판단되는 제1항에 언급된 배출 위반에 관한 조사요청을 할 경우, 실행 가능한 한 이에 응한다. 그 국가는 위반이 발생한 장소에 관계없이 기국이 배출 위반에 관한 조사요청을 하는 경우에도 마찬가지로 실행가능한 한 응한다.

4. 이 조에 따라 기항국이 수행한 조사기록은 기국이나 연안국이 있으면 기국이나 연안국에 전달된다. 위반이 연안국의 내수, 영해나 배타적경제수역에서 발생한 경우 이러한 조사를 기초로 하여 기항국이 제기한 소송은 제7절에 따를 것을 조건으로, 연안국의 요청에 따라 중단될 수 있다. 이러한 경우 사건의 증거와 기록은 기항국의 당국에 제공된 보석금이나 그 밖의 재정적 담보와 함께 연안국에 이송된다. 이러한 이송이 행하여지는 경우 기항국에서의 소송은 계속되지 아니한다.

제219조 오염방지를 위한 선박감항성 관련조치

제7절에 따를 것을 조건으로, 각국은 요청에 의하거나 자발적으로 자국 항구나 연안정박시설에 있는 어떠한 선박이 선박의 감항성에 관하여 적용되는 국제규칙과 기준을 위반함으로써 해양환경에 대해 피해를 입힐 위험이 있다고 확인한 경우, 실행 가능한 한 그 선박의 항행을 금지시키기 위한 행정조치를 취한다. 각국은 그 선박이 가장 가까이 있는 적절한 수리장소까지만 운항하도록 허가할 수 있고 또한 위반원인이 제거되는 즉시 항행을 계속하도록 허가한다.

제220조 연안국에 의한 법령집행

1. 선박이 어느 국가의 항구나 연안정박시설에 자발적으로 들어온 경우, 그 국가는 위반이 자국의 영해나 배타적 경제수역에서 발생한 때에는 선박으로부터의 오염을 방지, 경감 및 통제하기 위하여 이 협약이나 적용 가능한 국제규칙 또는 기준에 따라 제정된 자국 법령위반에 관하여 제7절에 따를 것을 조건으로 소송을 제기할 수 있다.
2. 어느 국가의 영해를 항행하는 선박이 운항중에 선박으로부터의 오염을 방지, 경감 및 통제하기 위하여 이 협약 또는 적용가능한 국제규칙과 기준에 따라 제정된 국내법령을 위반하였다고 믿을만한 명백한 근거가 있는 경우,

그 국가는 제2부 제3절의 관련 규정의 적용을 침해함이 없이 위반 관련 선박의 물리적 조사를 행할 수 있고, 증거가 허락하는 경우 제7절에 따를 것을 조건으로 자국 법률에 따라 선박의 억류를 포함한 소송을 제기할 수 있다.

3. 어느 국가의 배타적 경제수역이나 영해를 항행중인 선박이 배타적 경제수역에서 선박으로부터의 오염의 방지, 경감 및 통제를 위하여 적용 가능한 국제규칙과 기준 또는 이에 합치하고 또한 이를 시행하기 위한 그 국가의 법령을 위반하였다고 믿을 만한 명백한 증거가 있는 경우, 그 국가는 그 선박에 대하여 선박식별, 등록항, 직전 및 다음 기항지에 관한 정보와 위반발생 여부를 확인하는 데 필요한 그 밖의 관련 정보를 요구할 수 있다.
4. 각국은 자국기를 게양한 선박이 제3항에 따른 정보제공 요구에 따르도록 법령을 제정하고 그 밖의 조치를 취한다.
5. 어느 국가의 배타적 경제수역이나 영해를 항행중인 선박이 그 국가의 배타적 경제수역에서 제3항에 언급된 위반을 하여 해양환경의 중대한 오염을 야기하거나 야기할 위험이 있는 실질적인 배출이 발생하였다고 믿을 만한 명백한 근거가 있는 경우, 그 국가는 그 선박이 정보제공을 거부하거나 또는 제공한 정보가 명백히 실제상황과 어긋나는 경우 및 사건의 상황이 이러한 조사를 정당화하는 경우에는 그 선박에 대한 물리적 조사를 행할 수 있다.
6. 어느 국가의 배타적 경제수역이나 영해를 항행하는 선박이 그 국가의 배타적 경제수역에서 제3항에 언급된 위반을 하여 연안국의 해안이나 관련이익, 또는 영해나 배타적 경제수역의 자원에 중대한 피해를 야기하거나 야기할 위험이 있는 배출을 행하였다는 명백하고 객관적인 증거가 있는 경우, 그 국가는 제7절에 따를 것을 조건으로 증거가 허락하는 경우, 자국 법률에 따라 선박의 억류를 포함한 소송을 제기할 수 있다.
7. 제6항에도 불구하고 권한 있는 국제기구를 통하여 또는 달리 합의된 바에 따라 보석금이나 그 밖의 적절한 금융 담보요건을 충족할 수 있는 적절한 절차가 수립되고, 연안국은 이러한 절차의 적용을 받는 경우, 연안국은 그 선박의 출항을 허용한다.
8. 제3항, 제4항, 제5항, 제6항 및 제7항은 제211조 제6항에 따라 제정된 국내법령에도 적용된다.

제221조 해난사고에 의한 오염을 방지하기 위한 조치

1. 이 부의 어떠한 규정도, 각국이 관습국제법이나 성문국제법에 따라, 중대한 해로운 결과를 초래할 것이 합리적으로 예측되는 해난사고나 이러한 사고에 관련된 행위로 인한 오염, 또는 오염의 위험으로부터 자국의 해안이나 어로를 포함한 관계이익을 보호하기 위하여, 실제상의 피해 또는 발생할 위험이 있는 피해에 상응하는 조치를 영해 밖까지 취하고 집행할 권리를 침해하지 아니한다.
2. 이 조를 적용함에 있어서 "해난사고"라 함은 선박의 충돌, 좌초, 그 밖의 항행상의 사고 또는 그 밖에 선상이나 선외에서 사건으로서 선박이나 화물에 실질적인 피해나 급박한 피해의 위협을 초래하는 그 밖의 사건을 말한다.

제222조 대기에 의한 또는 대기를 통한 오염관련 법령집행

각국은 자국의 관할권하의 영공에서, 또는 자국기를 게양하고 있거나 자국에 등록된 선박이나 항공기에 관하여, 제212조 제1항과 그 밖의 이 협약 규정에 따라 제정된 자국의 법령을 집행하며, 항공의 안전에 관한 모든 관련 국제규칙과 기준에 따라 대기에 의한 또는 대기를 통한 해양환경의 오염을 방지, 경감 및 통제하기 위하여 권한 있는 국제기구나 외교회의를 통하여 수립된 적용 가능한 국제규칙과 기준을 시행하는 데 필요한 국내법령을 제정하고 그 밖의 조치를 취한다.

제7절 보장 제도

제223조 소송을 용이하게 하기 위한 조치

각국은 이 부에 따라 제기된 소송에 있어 증인심문 및 다른 국가의 당국이나 권한 있는 국제기구가 제출한 증거의 채택을 용이하게 할 조치를 취하고, 권한 있는 국제기구, 기국 및 위반으로 발생한 오염에 의하여 영향을 받는 국가의 공식대표가 소송에 용이하게 출석할 수 있도록 한다. 이러한 소송절차에 출석하는 공식대표는 국내법령이나 국제법에 규정된 권리와 의무를 가진다.

제224조 법령집행권한 행사

이 부에 따른 외국선박에 대한 집행권한은 공무원이나 군함, 군용항공기나 정부업무에 사용되는 것이 명백하게 표시되고 식별 가능한 그 밖의 선박이나 항

공기에 의하여서만 행사될 수 있다.

제225조 법령집행권한 행사상의 부정적 영향 방지의무

각국은 이 협약에 따라 외국선박에 대한 집행권한을 행사함에 있어서 항행의 안전을 위태롭게 하거나 그 밖에 선박에 어떠한 위험을 초래하거나 또는 선박을 안전하지 못한 항구나 정박지로 이동시키거나 또는 해양환경을 불합리한 위험에 노출시키지 아니한다.

제226조 외국선박조사

1. (a) 각국은 제216조, 제218조 및 제220조에 규정된 조사의 목적을 위하여 긴요한 기간 이상 외국선박을 지체시키지 아니한다. 외국선박에 대한 어떠한 물리적 검사도 일반적으로 수락된 국제규칙과 기준에 따라 그 선박에 비치하도록 요구된 증명서, 기록 및 그 밖의 서류나 그 선박이 비치하고 있는 유사한 서류심사에 국한된다. 선박에 대한 추가적인 물리적 조사는 오직 그러한 심사가 수행된 후 다음의 경우에 한하여 실시할 수 있다.
   (i) 선박이나 장비의 상태가 서류의 기재내용과 실질적으로 부합되지 아니하다고 믿을만한 명백한 근거가 있는 경우
   (ii) 이러한 서류의 내용이 위반혐의를 확인하거나 입증하기에 충분하지 아니한 경우
   (iii) 선박이 유효한 증명서와 기록을 비치하지 아니한 경우
   (b) 조사에 의하여 해양환경의 보호, 보존을 위하여 적용되는 법령이나 국제규칙과 기준의 위반이 밝혀지는 경우 보석금이나 그 밖의 적절한 금융 보증과 같은 합리적 절차에 따를 것을 조건으로 신속히 석방된다.
   (c) 선박의 감항성에 관한 적용 가능한 국제규칙과 기준의 적용을 침해하지 아니하고 선박의 석방으로 해양환경에 불합리한 피해가 초래될 위험이 되는 경우 선박의 석방을 거부하거나 가장 가까이 있는 적절한 수리소로 항진할 것을 조건으로 석방할 수 있다. 석방이 거부되거나 조건부로 된 경우, 선박의 기국에 신속히 통보하고, 기국은 제15부에 따라 선박의 석방을 요구할 수 있다.
2. 각국은 해상에서 선박에 대한 불필요한 물리적 조사를 피하기 위한 절차를 발전시키도록 노력한다.

제227조 외국선박 차별금지
이 부의 규정에 따른 권리를 행사하고 의무를 이행함에 있어서 각국은 다른 국가의 선박을 형식상 또는 실질상으로 차별하지 아니한다.

제228조 소송의 정지 · 제한
1. 소송을 제기한 국가의 영해 밖에서 외국선박이 선박으로부터의 오염의 방지, 경감 및 통제에 관하여 적용되는 법령이나 국제규칙과 기준을 위반한 데 대하여 처벌하는 소송은, 그 소송이 연안국에 대하여 중대한 피해를 발생시킨 경우와 관련되었거나 문제된 기국이 자국선박이 행한 위반에 대하여 적용 가능한 국제규칙과 기준을 실효적으로 집행할 의무를 반복하여 무시하지 아니하는 한 소송이 시작된 날로부터 6개월 이내에 기국이 동일한 혐의에 대하여 처벌하는 소송을 시작한 경우 정지된다.
기국이 이 조에 따라 소송의 중지를 요청한 경우, 그 기국은 이전에 소송을 제기한 국가에게 적절한 시기에 따라 사건의 모든 서류와 소송기록을 제공한다. 기국이 제기한 소송이 종결되었을 때 정지된 소송은 종료된다. 이러한 소송에 관하여 발생한 비용이 지급된 경우 연안국은 정지된 절차와 관련하여 제공된 보석금과 그 밖의 금융보증을 반환한다.
2. 외국선박에 형벌을 부과하는 소송은 위반발생일로부터 3년이 지난 후에는 제기될 수 없으며, 제1항의 규정에 따를 것을 조건으로 어느 한 국가가 소송을 제기한 경우에는 어떠한 다른 국가도 소송을 제기할 수 없다.
3. 이 조는 다른 국가에 의한 이전의 소송제기에 관계없이 기국이 자국법률에 따라 처벌하기 위하여 소송을 포함한 조치를 취할 권리를 침해하지 아니한다.

제229조 민사소송 제기
이 협약의 어떠한 규정도 해양환경 오염으로 인한 손실이나 피해의 청구를 위한 민사소송의 제기에 영향을 미치지 아니한다.

제230조 벌금과 피고인의 인정된 권리의 존중
1. 외국선박이 영해 밖에서 해양환경오염의 방지, 경감 및 통제를 위한 국내법령이나 적용 가능한 국제규칙과 기준을 위반한 데 대하여는 벌금만 부과할

수 있다.

2. 영해에서 고의적으로 중대한 오염행위를 한 경우를 제외하고는 외국선박이 영해에서 해양환경 오염의 방지, 경감 및 통제를 위한 국내법령이나 적용 가능한 국제규칙과 기준을 위반한 데 대하여는 벌금만 부과할 수 있다.
3. 외국선박이 형벌의 부과를 초래할 수 있는 위반을 한 데 대한 소송의 진행에 있어서 형사피고인에게 인정된 권리는 존중된다.

제231조 기국과 관련국에 대한 통지

각국은 제6절에 따라 외국선박에 대하여 취한 조치를 기국과 그 밖의 모든 관련국에 신속히 통고하고, 이러한 조치에 관한 모든 공식보고서를 기국에 제출한다. 다만, 영해에서 행하여진 위반에 관하여는 연안국의 이러한 의무는 소송에서 취한 조치에만 적용된다. 기국의 외교관이나 영사관원 및 가능한 경우 해양당국은 제6절에 따라 외국선박에 대하여 취하여진 조치에 관하여 신속히 통보받는다.

제232조 집행조치로 인한 국가책임

각국은 제6절에 따라 취하여진 조치가 불법적이거나 또는 이용 가능한 정보에 비추어 합리적으로 요구되는 한도를 넘을 경우, 이러한 조치 때문에 자국에게 귀책되는 손해나 손실에 대하여 책임을 진다. 각국은 자국 법원에서 이러한 손해나 손실의 구제를 청구하는 절차를 규정한다.

제233조 국제항행에 이용되는 해협관련 보장제도

제5절, 제6절 및 제7절의 어떠한 규정도 국제항행에 사용되는 해협의 법제도에 영향을 미치지 아니한다. 다만, 제10절에 언급된 선박이외의 외국선박이 제42조 제1항 (a)와 (b)에 언급된 법령을 위반하여 해협의 해양환경에 중대한 피해를 초래하거나 초래할 위험을 야기한 경우, 해협연안국은 적절한 집행조치를 취할 수 있고, 이 경우 이 절의 규정이 준용된다.

제8절 결빙해역

제234조 결빙해역

연안국은 특별히 가혹한 기후조건과 연중 대부분 그 지역을 덮고 있는 얼음의 존재가 항해에 대한 장애나 특별한 위험이 되고 해양환경오염이 생태학적 균형에 중대한 피해를 초래하거나 돌이킬 수 없는 혼란을 가져올 수 있는 경우, 배타적 경제수역에 있는 결빙해역에서 선박으로부터의 해양오염을 방지, 경감 및 통제하기 위한 차별 없는 법령을 제정하고 집행할 권리를 가진다. 이러한 법령은 항행과 이용 가능한 최선의 과학적 증거에 근거하여 해양환경의 보호와 보존을 적절하게 고려한다.

제9절 책임

제235조 책임

1. 각국은 해양환경의 보호와 보전을 위한 국제적 의무를 이행할 의무를 진다. 각국은 국제법에 따라 책임을 진다.
2. 각국은 자국 관할권 하에 있는 자연인이나 법인에 의한 해양환경 오염으로 인한 손해에 관하여 자국의 법제도에 따라 신속하고 적절한 보상이나 그 밖의 구제를 위한 수단이 이용될 수 있도록 보장한다.
3. 각국은 해양환경의 오염으로 인한 모든 손해에 대한 신속하고 적절한 보상을 보장할 목적으로 손해평가와 손해보상 및 분쟁해결을 위한 책임에 관한 현행 국제법의 이행과 국제법의 점진적 발전을 위하여 협력하고, 또한 적절한 경우, 강제보험이나 보상기금 등 적절한 보상지급에 관한 기준과 절차의 발전을 위하여 협력한다.

제10절[편집] 주권 면제

제236조 주권면제

해양환경의 보호 · 보존에 관한 이 협약의 규정은 군함, 해군보조함 및 국가가 소유하거나 운영하며 당분간 정부의 비상업용 업무에만 사용되는 그 밖의 선박이나 항공기에는 적용되지 아니한다. 다만, 각국은 자국이 소유하거나 운영하고 있는 이러한 선박이나 항공기의 운항 또는 운항능력에 손상을 주지 아니하는 적절한 조치를 취함으로써 이러한 선박이나 항공기가 합리적이고 실행 가능한 범위 내에서 이 협약에 합치하는 방식으로 행동하도록 보장한다.

第11절 해양환경 보호·보전을 위한 다른 협약상의 의무

第237조 해양환경 보호·보전을 위한 다른 협약상의 의무

1. 이 부의 규정은 해양환경의 보호·보전과 관련하여 이미 체결된 특별 협약과 협정에 따라 국가가 지는 특정한 의무 및 이 협약에 규정된 일반원칙의 증진을 위한 협정의 체결에 영향을 미치지 아니한다.
2. 해양환경의 보호·보전에 관하여 특별 협약에 따라 국가가 지는 특정한 의무는 이 협약의 일반원칙과 목적에 합치하는 방식으로 이행된다.

해양 과학 조사 (第13부)

第1절 총칙

第238조 해양과학조사권

그 지리적 위치에 관계없이 모든 국가와 권한있는 국제기구는 이 협약에 규정된 다른 국가의 권리와 의무를 존중할 것을 조건으로 해양과학조사를 수행할 권리를 가진다.

第239조 해양과학조사 촉진

각국 및 권한 있는 국제기구는 이 협약에 따라 해양과학조사의 발전과 수행을 촉진하고 용이하게 한다.

第240조 해양과학조사의 일반원칙

해양과학조사 수행에 있어서 다음 원칙을 적용한다.

(a) 해양과학조사는 오로지 평화적 목적을 위하여 수행한다.

(b) 해양과학조사는 이 협약에 합치하는 적절한 과학적 수단과 방법에 따라 수

행한다.

(c) 해양과학조사는 이 협약에 합치하는 다른 적법한 해양의 이용을 부당하게 방해하지 아니하며, 이러한 이용과정에서 적절히 존중된다.

(d) 해양과학조사는 해양환경의 보호·보전을 위한 규칙을 비롯하여 이 협약에 따라 제정된 모든 관련 규칙을 준수하여 수행된다.

제241조 권리주장의 법적 근거로서의 해양과학조사활동 불인정

해양과학조사활동은 해양환경이나 그 자원의 어느 한 부분에 대한 어떠한 권리 주장의 법적 근거도 될 수 없다.

제2절 국제 협력

제242조 국제협력 증진

1. 각국 및 권한 있는 국제기구는 주권 및 관할권 존중 원칙에 따라, 상호 이익의 바탕위에 평화적 목적을 위한 해양과학조사에 있어서 국제협력을 증진한다.
2. 이와 관련하여, 각국은 이 부를 적용함에 있어서 이 협약상의 국가의 권리와 의무를 침해하지 아니하고, 적절한 경우, 인간의 건강과 안전 및 환경에 대한 손상을 방지하고 통제하는 데 필요한 정보를 자국으로부터, 또는 자국과 협력하여 얻을 수 있는 합리적인 기회를 다른 국가에 제공한다.

제243조 유리한 여건 조성

각국 및 권한 있는 국제기구는, 양자협정 또는 다자협정 체결을 통하여, 해양환경에서의 해양과학조사 수행을 위한 유리한 여건을 조성하고 해양환경에서 발생하는 현상과 과정의 본질 및 그 상호관계를 연구함에 있어서 과학자들의 노력을 결집하기 위하여 서로 협력한다.

제244조 정보·지식의 출판·보급

1. 국가와 권한 있는 국제기구는 이 협약에 따라 주요 제안사업과 그 사업의 목적에 관한 정보 및 해양과학조사로부터 얻은 지식을 이용할 수 있도록 적절한 경로를 통하여 공표, 보급한다.

2. 이를 위하여 각국은 개별적으로 그리고 다른 국가나 권한 있는 국제기구와 협력하여 과학자료 및 정보의 교류와 해양과학조사로부터 얻은 지식의 이전, 특히 개발도상국에 대한 이전을 적극적으로 증진하고, 특히 개발도상국의 기술·과학 분야의 직원에 대한 적절한 교육과 훈련을 제공하기 위한 계획을 통하여 개발도상국의 독자적인 해양과학조사능력의 강화를 적극적으로 증진한다.

제3절 해양 과학 조사의 수행과 촉진

제245조 영해에서의 해양과학조사
연안국은 그 주권을 행사함에 있어서 자국 영해에서의 해양과학조사를 규제, 허가 및 수행할 배타적 권리를 가진다. 영해에서의 해양과학조사는 연안국의 명시적 동의와 연안국이 정한 조건에 따라서만 수행된다.

제246조 배타적 경제수역과 대륙붕에서의 해양과학조사
1. 연안국은 그 관할권을 행사함에 있어서 이 협약의 관련 규정에 따라 자국의 배타적 경제수역과 대륙붕에서의 해양과학조사를 규제, 허가 및 수행할 권리를 가진다.
2. 배타적 경제수역과 대륙붕에서의 해양과학조사는 연안국의 동의를 얻어 수행한다.
3. 연안국은, 통상적 상황에서, 다른 국가 또는 권한 있는 국제기구가 오로지 평화적인 목적을 위하여, 또한 모든 인류에 유익한 해양환경에 대한 과학지식을 증진시키기 위하여 이 협약에 따라 자국의 배타적 경제수역과 대륙붕에서 수행하는 해양과학조사 사업에 동의한다. 이를 위하여 연안국은 이러한 동의가 부당하게 지연되거나 거부되지 아니하도록 보장하는 규칙이나 절차를 확립한다.
4. 제3항을 적용함에 있어서, 연안국과 조사국간에 외교관계가 없는 경우에도 통상적 상황은 있을 수 있다.
5. 그러나 연안국은 자국의 배타적 경제수역과 대륙붕에서 다른 국가 또는 권한 있는 국제기구에 의한 해양과학조사 실시사업이 다음과 같을 경우에는

동의를 거부할 수 있는 재량권을 가진다.

(a) 생물 또는 무생물 천연자원의 탐사와 개발에 직접적인 영향을 미치는 경우

(b) 대륙붕의 굴착, 폭발물의 사용 또는 해양환경에 해로운 물질의 반입을 수반하는 경우

(c) 제60조와 제80조에 언급된 인공섬, 시설 및 구조물의 건조, 운용 또는 사용을 수반하는 경우

(d) 제248조에 따라 조사사업의 성질과 목적에 관하여 전달된 정보가 부정확한 경우나 조사국이나 권한 있는 국제기구가 이전에 실시된 조사사업과 관련하여 연안국에 대한 의무를 이행하지 아니한 경우

6. 제5항의 규정에도 불구하고 영해기선으로부터 200해리 밖의 대륙붕 중 연안국이 개발이나 세부적인 탐사작업이 수행되고 있거나 또한 상당한 기간 내에 수행될 지역으로 언제라도 공적으로 지정할 수 있는 특정 지역을 제외한 곳에서 이 부의 규정에 따라 실시되는 해양과학조사사업에 대하여서는 제5항 (a)의 동의를 유보할 수 있는 재량권을 행사할 수 없다. 연안국은 이러한 지역의 지정 및 변경을 합리적으로 통지하여야 하나, 그러한 지역 안에서의 세부 활동내용을 통지할 의무는 없다.

7. 제6항의 규정은 제77조에서 수립된 대륙붕에 관한 연안국의 권리를 침해하지 아니한다.

8. 이 조에 언급된 해양과학조사활동은 이 협약에 규정된 연안국의 주권적 권리와 관할권의 행사로서 연안국이 실시하는 활동을 부당하게 방해하지 아니한다.

제247조 국제기구에 의하여 또는 국제기구의 후원 하에 실시되는 해양과학조사사업

국제기구의 회원국이거나 국제기구와 양자협정을 체결한 연안국의 배타적 경제수역이나 대륙붕에서 그 기구가 직접 또는 그 후원 하에 해양과학조사사업을 수행하는 경우, 그 국제기구가 사업의 실시를 결정할 때 연안국이 세부사업을 승인하거나, 사업에 참여할 의사를 가지거나, 그 국제기구가 연안국에 대하여 사업을 통보한 후 4개월 내에 연안국이 반대의사를 표명하지 아니한 경우에는 그 연안국이 합의된 내역에 따라 그러한 조사사업이 시행되도록 인가한 것으로 본다.

제248조 연안국에 대한 정보제공의무

연안국의 배타적 경제수역과 대륙붕에서 해양과학조사를 수행하려는 국가와 권한 있는 국제기구는 적어도 해양과학조사사업 개시예정일 6개월 이전에 관계연안국에게 다음 사항에 관한 완전한 내역을 제공한다.

(a) 사업의 성질과 목적

(b) 사용될 수단과 방법 및 과학장비의 설명서(선박의 명칭, 톤수, 형태 및 선급을 포함)

(c) 사업이 수행될 정확한 지리적 위치

(d) 조사선박의 최초 도착예정일과 최종 철수예정일, 또는 적절한 경우 장비의 설치 및 제거예정일

(e) 후원기관 명칭과 기관장, 사업책임자의 성명

(f) 연안국이 그 사업에 참여하거나 대표를 파견할 수 있다고 고려되는 범위

제249조 특정조건 준수의무

1. 각국과 권한 있는 국제기구는 연안국의 배타적 경제수역이나 대륙붕에서 해양과학조사를 수행함에 있어 다음 조건을 준수한다.

(a) 연안국이 희망할 경우, 해양과학조사사업에 참여하고 그 대표를 파견할 연안국의 권리, 특히 실행 가능한 경우 연안국 과학자에 대한 보수지급이나 조사사업 비용을 분담할 의무 없이 조사선박과 그 밖의 선박 또는 과학조사 시설에 탑승하여 사업에 참여하고 대표를 파견할 연안국의 권리를 보장한다.

(b) 연안국의 요청이 있는 경우 가능한 한 신속히 예비보고서 및 조사 완료 후 최종적인 결과와 결론을 연안국에 제공한다.

(c) 연안국의 요청이 있는 경우 해양과학조사사업으로부터 얻어진 모든 자료와 견본을 연안국이 이용할 수 있도록 하고, 또한 복사될 수 있는 자료와 과학적 가치의 손상 없이 분할될 수 있는 견본을 연안국에게 제공한다.

(d) 연안국의 요청이 있는 경우 이러한 자료, 견본 및 조사결과의 평가를 연안국에 제공하거나 연안국이 이를 평가 또는 해석하는 것을 지원한다.

(e) 제2항에 따를 것을 조건으로, 조사결과가 가능한 한 신속히 적절한 국내적 · 국제적 경로를 통하여 국제적으로 이용될 수 있도록 보장한다.

(f) 조사사업에 주요 변경이 있는 경우 즉시 연안국에 통보한다.

(g) 달리 합의되지 아니하는 한, 조사가 완료되면 과학조사를 위한 설비나 장비를 철거한다.

2. 이 조는 천연자원의 탐사와 개발에 직접적인 관련이 있는 사업의 조사결과를 국제적으로 이용가능하도록 하기 위한 사전합의 요구를 비롯하여, 제246조 제5항에 따라 동의를 부여하거나 거부할 수 있는 연안국의 재량권 행사를 위하여 연안국의 법령에 정한 조건을 침해하지 아니한다.

제250조 해양과학조사사업 관련 통보

달리 합의되지 아니하는 한, 해양과학조사사업에 관한 통보는 적절한 공식경로를 통하여 이루어진다.

제251조 일반적 기준과 지침

각국이 해양과학조사의 성질과 의미를 확인하는 것을 돕기 위한 일반적인 기준과 지침 수립을 촉진하기 위하여 각국은 권한 있는 국제기구를 통하여 노력한다.

제252조 묵시적 동의

각국과 권한 있는 국제기구는 연안국이 제248조에 따라 요청되는 정보가 연안국에 제공된 날로부터 6개월이 경과한 때에는 해양과학조사사업을 시작할 수 있다. 다만, 연안국이 그러한 정보를 포함한 통보를 수령한 후 4개월 내에 조사를 행하는 국가나 국제기구에 다음 중의 어느 하나를 통보하는 경우에는 그러하지 아니하다.

(a) 연안국이 제246조의 규정에 따라 동의를 거부하였다는 것

(b) 사업의 성질과 목적에 관하여 조사를 행하는 국가나 권한있는 국제기구가 제공한 정보가 명백히 사실과 합치하지 아니한다는 것

(c) 연안국이 제248조와 제249조에 언급된 조건과 정보에 관련된 보충적인 정보를 요구한다는 것

(d) 국가나 국제기구가 이전에 실시한 해양과학조사사업과 관련하여 제249조에 수립된 조건에 비추어 이행되지 아니한 의무가 있다는 것

제253조 해양과학조사의 정지나 중지

1. 연안국은 다음의 경우 자국의 배타적 경제수역이나 대륙붕에서 수행되고 있는 해양과학조사활동의 정지를 요구할 권리를 가진다.
   (a) 조사활동이 제248조의 규정에 따라 통보된 정보로서 연안국 동의의 기초가 되었던 정보에 따라 수행되고 있지 아니한 경우
   (b) 조사활동을 수행하고 있는 국가나 권한 있는 국제기구가 해양과학조사사업에 관한 연안국의 권리에 관한 제249조의 규정을 이행하지 아니한 경우
2. 제248조 규정이 이행되지 아니하고 또 이러한 불이행이 조사사업이나 조사활동의 중대한 변경에 해당하는 경우, 연안국은 해양과학조사활동의 중지를 요구할 권리를 가진다.
3. 연안국은 또한 제1항에 해당하는 상황이 합리적인 기간 내에 시정되지 아니하는 경우 해양과학조사활동의 중지를 요구할 수 있다.
4. 해양과학조사활동 수행을 허가받은 국가나 권한있는 국제기구는 연안국에 의한 정지나 중지결정 통보가 있으면 이러한 통고의 대상이 되는 조사활동을 종료한다.
5. 조사를 수행하는 국가나 권한있는 국제기구가 제248조와 제249조에 따른 요구 조건을 이행하는 경우, 연안국은 제1항에 의한 정지명령을 해제하고 해양과학조사활동이 계속되도록 허용한다.

제254조 인접내륙국과 지리적불리국의 권리

1. 제246조 제3항에 언급된 해양과학조사 사업계획을 연안국에 제출한 국가나 권한 있는 국제기구는 제안된 조사사업계획을 인접내륙국과 지리적불리국에 통보하고 또한 연안국에도 통보한다.
2. 제246조와 그 밖의 이 협약 관련 규정에 따라 관계 연안국이 제안된 해양과학조사사업에 동의한 후, 이러한 사업을 수행하는 국가와 권한있는 국제기구는 인접내륙국과 지리적불리국에 대하여 이들 국가의 요청에 따라, 또한 적절한 경우, 제248조와 제249조 제1항 (f)에 명시된 관련정보를 제공한다.
3. 앞에 언급된 인접내륙국과 지리적불리국은 이들이 임명하고 연안국이 반대하지 아니하는 자격 있는 전문가를 통하여 관계 연안국과 해양과학조사를 실시하는 국가 또는 권한 있는 국제기구 간에 이 협약의 규정에 부합되게

합의된 사업조건에 따라 제안된 해양과학조사사업에 실행 가능한 경우 참여할 수 있는 기회를 요청하여 부여받는다.

4. 제1항에 언급된 국가와 권한 있는 국제기구는 앞에 언급된 인접내륙국과 지리적 불리국이 요청하는 경우 제249조 제2항에 따를 것을 조건으로 제249조 제1항 (d)에 명시된 정보와 지원을 제공한다.

제255조 해양과학조사촉진 및 조사선지원을 위한 조치

각국은 자국의 영해 밖에서 이 협약에 따라 수행되는 해양과학조사를 촉진하고 용이하게 하기 위한 합리적 규칙, 규정 및 절차를 채택하기 위하여 노력하고, 적절한 경우, 자국의 법령에 따를 것을 조건으로, 이 부의 관련규정을 준수하는 해양과학조사선의 자국 항구 출입을 용이하게 하고 그에 대한 지원을 촉진한다.

제256조 심해저에서의 해양과학조사

지리적 위치에 관계없이 모든 국가와 권한 있는 국제기구는 제11부의 규정에 따라 심해저에서 해양과학조사를 수행할 권리를 가진다.

제257조 배타적 경제수역 바깥 수역에서의 해양과학조사

지리적 위치에 관계없이 모든 국가와 권한 있는 국제기구는 이 협약에 따라 배타적 경제수역 바깥 수역에서 해양과학조사를 수행할 권리를 가진다.

제4절 해양 환경 내의 과학 조사 시설이나 장비

제258조 설치와 사용

해양환경의 모든 수역에 있어서 모든 종류의 과학조사시설이나 장비의 설치 및 사용은 이러한 수역에서의 해양과학조사 수행에 관하여 이 협약에 규정된 것과 동일한 조건에 따른다.

제259조 법적지위

이 절에 언급된 시설이나 장비는 섬의 지위를 가지지 아니한다. 이들은 자체의 영해를 가지지 아니하며 또한 그 존재가 영해, 배타적 경제수역 또는 대륙붕의

경계설정에 영향을 미치지 아니한다.

제260조 안전수역

이 협약의 관련규정에 따라 과학조사를 위한 시설의 주위에 500미터를 넘지 아니하는 합리적인 폭의 안전수역을 설정할 수 있다. 모든 국가는 자국의 선박이 이러한 안전수역을 준수하도록 보장한다.

제261조 해운항로 불가침

어떠한 종류의 과학조사시설이나 장비의 설치와 사용도 확립된 국제해운항로에 대한 장애가 되지 아니하여야 한다.

제262조 식별표지와 경고신호

이 절에 언급된 시설과 장비는 등록국이나 소속 국제기구를 나타내는 식별표지를 부착하며, 권한 있는 국제기구에 의하여 설정된 규칙과 기준을 고려하여, 해상안전과 항공운항 안전을 보장하기 위하여 국제적으로 합의된 적절한 경고신호를 갖춘다.

제5절 책임

제263조 책임

1. 각국과 권한 있는 국제기구는 그들이 수행하거나 그들을 대리하여 수행되는 해양과학조사가 이 협약에 따라 실시되도록 보장할 책임을 진다.
2. 각국과 권한 있는 국제기구는 다른 국가나 그 국가의 자연인에 의하여 법인 또는 권한 있는 국제기구에 의하여 수행되는 해양과학조사와 관련하여 이 협약을 위반하여 취한 조치에 대한 책임을 지며 이러한 조치로 인하여 초래된 손해를 보상하여야 한다.
3. 각국과 권한 있는 국제기구는 그들이 수행하거나 그들을 대리하여 수행되는 해양과학조사로 해양환경오염으로 초래된 손해에 대하여 제235조에 따라 책임을 진다.

제6절 분쟁 해결과 잠정 조치

제264조 분쟁해결

해양과학조사에 관한 이 협약 규정의 해석이나 적용에 관한 분쟁은 제15부 제2절과 제3절에 따라 해결된다.

제265조 잠정조치

해양과학조사사업 수행을 승인받은 국가나 권한 있는 국제기구는 제15부 제2절과 제3절에 따라 분쟁이 해결될 때까지 관계연안국의 명시적 동의 없이는 조사활동을 개시하거나 계속할 수 없다.

해양 기술의 개발과 이전 (제14부)[편집]

제1절[편집] 총칙

제266조 해양기술의 개발과 이전의 촉진

1. 각국은 공평하고 합리적인 조건에 따라 해양과학 및 해양기술의 개발과 이전을 적극 증진하기 위하여 직접 또는 권한 있는 국제기구를 통하여 자국의 능력에 따라 협력한다.
2. 각국은 개발도상국의 사회적, 경제적 발전을 촉진하기 위하여 해양자원의 탐사·개발·보존 및 관 리, 해양환경의 보호와 보전, 해양 환경 내에서의 해양과학조사 및 이 협약과 양립하는 그 밖의 활동에 관하여 해양과학기술분야의 원조를 필요로 하고 이를 요청한 국가, 특히 내륙국과 지리적불리국을 비롯한 개발도상국의 해양과학기술분야의 능력개발을 촉진한다.
3. 각국은 모든 당사자의 공평한 이익을 위하여 해양기술 이전에 유리한 경제적, 법률적 여건 조성에 노력한다.

제267조 적법한 이익의 보호

각국은, 제266조에 따른 협력을 증진함에 있어서, 특히 해양기술의 보유자, 제공자 및 수혜자의 권리와 이익을 비롯한 모든 적법한 이익을 적절히 고려한다.

제268조 기본목표

각국은 직접 또는 권한 있는 국제기구를 통하여 다음을 증진한다.

(a) 해양기술 지식의 획득 · 평가 · 보급 및 이러한 정보와 자료의 이용

(b) 적절한 해양기술 개발

(c) 해양기술이전을 용이하게 하기 위하여 필요한 기술적 기반의 개발

(d) 개발도상국의 국민, 특히 최저개발국 국민의 훈련과 교육을 통한 인적자원 개발

(e) 모든 수준, 특히 지역적 · 소지역적 및 양자차원을 비롯한 모든 차원에서의 국제협력

제269조 기본목표 달성을 위한 조치

각국은 제268조에 언급된 목적을 달성하기 위하여 직접 또는 권한 있는 국제기구를 통하여 특히 다음을 위하여 노력한다.

(a) 해양기술 분야에서 기술원조를 필요로 하고 요청하는 국가, 특히 개발도상국과 지리적불리국에 대하여, 또한 해양과학과 해양자원의 탐사, 개발에 있어서 자국의 기술력을 확립, 발전시킬 수 없거나 그러한 기술의 기반을 발전시킬 수 없는 그 밖의 개발도상국에 대하여, 모든 종류의 해양기술을 효과적으로 이전하기 위한 기술협력계획의 수립

(b) 협정, 계약 및 그 밖의 유사한 약정이 공평하고 합리적인 조건하에 체결될 수 있는 유리한 여건의 조장

(c) 과학 · 기술관련 주제, 특히 해양기술 이전을 위한 정책과 방법에 관한 회의, 세미나 및 심포지움의 개최

(d) 과학자, 기술자 및 그 밖의 전문가 교류의 증진

(e) 사업수행 및 합작사업과 그 밖의 형태의 양자협력 및 다자협력의 증진

제2절 국제 협력

제270조 국제협력의 방법과 수단

해양기술의 개발과 이전을 위한 국제협력은, 적절하고 가능한 경우 해양과학조사, 특히 새로운 분야의 해양기술이전을 촉진하고 해양연구개발을 위한 적절한 국제기금 조성을 촉진하기 위하여, 기존의 양자적·지역적 또는 다자적 계획과 새로운 확대계획을 통하여 수행된다.

제271조 지침과 기준

각국은, 직접 또는 권한 있는 국제조직을 통하여 특히 개발도상국의 이익과 필요를 고려하여 양자차원에서 또는 국제기구와 그 밖의 국제회의에서 일반적으로 수락된 해양기술이전의 지침과 기준의 수립을 촉진한다.

제272조 국제적 활동계획의 조정

각국은 해양기술이전 분야에서 개발도상국, 특히 내륙국과 지리적불리국의 이익과 필요를 고려하여 권한 있는 각 국제기구가 지역적·세계적 계획을 비롯한 각 국제기구의 활동을 조정하도록 보장하기 위하여 노력한다.

제273조 국제기구·해저기구와의 협력

각국은 심해저활동 관련 기능과 해양기술을 개발도상국과 그 국민, 심해저공사에 이전하도록 장려하고 촉진하기 위하여 권한있는 국제기구 및 해저기구와 적극적으로 협력한다.

제274조 해저기구의 목표

해저기구는 특히 기술의 보유자, 제공자 및 수혜자의 권리와 의무를 비롯한 모든 적법한 이익을 존중할 것을 조건으로, 심해저활동에 관하여 다음을 보장한다.

(a) 공평한 지리적배분의 원칙에 입각하여, 연안국, 내륙국 또는 지리적불리국 여부에 관계없이 개발도상국의 국민을 훈련목적상 해저기구의 사업을 위하여 구성되는 관리직원, 연구직원 및 기술직원으로 채용한다.

(b) 관련장비, 기계, 장치 및 공정에 관한 기술서류는 모든 국가, 특히 이 분야의 기술원조를 필요로 하고 요청하는 개발도상국이 이용할 수 있도록 한다.

(c) 해저기구는 해양기술 분야의 기술원조를 필요로 하고 요청하는 국가, 특히

개발도상국에 의한 해양기술 분야의 기술지원 획득을 용이하게 하고 그 국민이 직업훈련을 포함한 필요한 기능과 지식 획득을 용이하게 할 수 있도록 적절한 규정을 마련한다.

(d) 이 분야에서 기술원조를 필요로 하고 요청하는 국가, 특히 개발도상국은 이 협약에 규정된 재정상의 약정을 통하여 필요한 장비, 공정, 공장설비 및 그 밖의 기술지식의 획득을 위한 지원을 받는다.

제3절 국내 · 지역 해양 과학 기술 연구소

제275조 국내연구소의 설립

1. 각국은, 직접 또는 권한 있는 국제기구와 해저기구를 통하여, 개발도상연안국의 해양과학조사 실시를 장려 · 발전시키기 위하여, 또한 개발도상 연안국이 자국의 경제적 이익을 위하여 자국의 해양자원을 이용 · 보전하는 능력을 높일 수 있도록 하기 위하여, 특히 개발도상국 국내에 해양과학연구소가 설립되고 기존 국내연구소가 강화되도록 장려한다.
2. 각국은, 권한 있는 국제기구와 해저기구를 통하여, 원조를 필요로 하고 요청하는 국가에게, 높은 수준의 훈련시설, 필요한 장비 · 기능과 기술지식 및 기술전문가를 제공하기 위하여 이러한 국내연구소의 설립 · 강화를 촉진하기 위한 적절한 지원을 한다.

제276조 지역연구소의 설립

1. 각국은 권한 있는 국제기구, 해저기구 및 국내해양과학기술 연구기관과의 조정을 거쳐 개발도상국에 의한 해양과학조사의 실시를 장려, 촉진시키고 해양기술이전을 조장하기 위하여 특히 개발도상국내에 지역 해양과학기술 연구소의 설립을 증진한다.
2. 역내 모든 국가는 지역연구소의 목적을 보다 효과적으로 달성하기 위하여 지역연구소와 협력한다.

제277조 지역연구소의 기능

이러한 지역연구소의 기능에는 특히 다음을 포함한다.

(a) 특히 생물자원의 보존과 관리를 포함한 해양생물학, 해양학, 수로학, 공학, 해저지질탐사, 채광 및 탈염기술 등 해양과학기술연구의 여러 분야의 모든 수준에서의 훈련 및 교육계획
(b) 경영연구
(c) 해양환경의 보호 · 보존 및 오염의 방지 · 경감 · 통제에 관한 연구계획
(d) 지역회의, 세미나 및 심포지움의 조직
(e) 해양과학기술에 관한 자료와 정보의 획득 · 분석
(f) 해양과학기술조사 결과를 쉽게 이용할 수 있는 출판물에 의하여 신속히 보급
(g) 해양기술이전에 관한 국가정책의 공표와 그러한 정책의 체계적 비교연구
(h) 기술판매, 계약 및 특허에 관한 그 밖의 약정에 대한 정보의 수집과 체계화
(i) 역내 다른 국가와의 기술협력

제4절 국제기구 간 협력

제278조 국제기구 간 협력
이 부 및 제13부에 언급된 권한 있는 국제기구는 직접적으로 또는 그 국제기구 서로간의 긴밀한 협력을 통하여 이 부에 따른 임무와 책임을 효과적으로 이행하기 위하여 모든 적절한 조치를 한다.

분쟁의 해결 (제15부)

제1절 총칙

제279조 평화적 수단에 의한 분쟁해결의무
당사국은 이 협약의 해석이나 적용에 관한 당사국간의 모든 분쟁을 국제연합 헌장 제2조 제3항의 규정에 따라 평화적 수단에 의하여 해결하여야 하고, 이를 위하여 헌장 제33조 제1항에 제시된 수단에 의한 해결을 추구한다.

제280조 당사자가 선택한 평화적 수단에 의한 분쟁해결

이 부의 어떠한 규정도 당사국이 언제라도 이 협약의 해석이나 적용에 관한 당사국간의 분쟁을 스스로 선택하는 평화적 수단에 의하여 해결하기로 합의할 수 있는 권리를 침해하지 아니한다.

제281조 당사자간 합의가 이루어지지 아니한 경우의 절차

1. 이 협약의 해석이나 적용에 관한 분쟁의 당사자인 당사국이 스스로 선택한 평화적 수단에 의한 분쟁해결을 추구하기로 합의한 경우, 이 부에 규정된 절차는 그 수단에 의하여 해결이 이루어지지 아니하고 당사자 간의 합의로 그 밖의 다른 절차를 배제하지 아니하는 경우에만 적용된다.
2. 당사자가 기한을 두기로 합의한 경우, 제1항은 그 기한이 만료한 때에 한하여 적용한다.

제282조 일반협정 · 지역협정 · 양자협정상의 의무

이 협약의 해석이나 적용에 관한 분쟁의 당사자인 당사국들이 일반협정 · 지역협정 · 양자협정을 통하여 또는 다른 방법으로 어느 한 분쟁당사자의 요청에 따라 구속력 있는 결정을 초래하는 절차에 그 분쟁을 회부하기로 합의한 경우, 그 분쟁당사자가 달리 합의하지 아니하는 한, 이 부에 규정된 절차 대신 그 절차가 적용된다.

제283조 의견교환의무

1. 이 협약의 해석이나 적용에 관하여 당사국간 분쟁이 일어나는 경우, 분쟁당사자는 교섭이나 그 밖의 평화적 수단에 의한 분쟁의 해결에 관한 의견을 신속히 교환한다.
2. 당사자는 이러한 분쟁의 해결절차에 의하여 해결에 도달하지 못하였거나 또는 해결에 도달하였으나 해결의 이행방식에 관한 협의를 필요로 하는 상황인 경우, 의견을 신속히 교환한다.

제284조 조정

1. 이 협약의 해석이나 적용에 관한 분쟁당사자인 당사국은 제5부속서 제1절에

규정된 절차나 그 밖의 조정절차에 따라 다른 당사자에게 그 분쟁을 조정에 회부하도록 요청할 수 있다.

2. 이러한 요청이 수락되고 당사자가 적용할 조정절차에 합의한 경우, 어느 당사자라도 그 분쟁을 조정절차에 회부할 수 있다.
3. 이러한 요청이 수락되지 아니하거나 당사자가 조정절차에 합의하지 아니하는 경우, 조정이 종료된 것으로 본다.
4. 당사자가 달리 합의하지 아니하는 한, 분쟁이 조정에 회부된 때에는 조정은 합의된 조정절차에 따라서만 종료될 수 있다.

제285조 제11부에 따라 회부된 분쟁에 대한 이 절의 적용

이 절은 제11부 제5절에 의거하여 이 부에 규정된 절차에 따라 해결하는 모든 분쟁에 적용한다. 국가가 아닌 주체가 이러한 분쟁의 당사자인 경우에도 이 절을 준용한다.

제2절[편집] 구속력 있는 결정을 수반하는 강제 절차

제286조 이 절에 따른 절차의 적용

이 협약의 해석이나 적용에 관한 분쟁이 제1절에 따른 방법으로 해결이 이루어지지 아니하는 경우, 제3절에 따를 것을 조건으로, 어느 한 분쟁당사자의 요청이 있으면 이 절에 의하여 관할권을 가지는 재판소에 회부된다.

제287조 절차의 선택

1. 어떠한 국가도 이 협약의 서명, 비준, 가입시 또는 그 이후 언제라도, 서면 선언에 의하여 이 협약의 해석이나 적용에 관한 분쟁의 해결을 위하여 다음 수단중의 어느 하나 또는 그 이상을 자유롭게 선택할 수 있다.

(a) 제6부속서에 따라 설립된 국제해양법재판소

(b) 국제사법재판소

(c) 제7부속서에 따라 구성된 중재재판소

(d) 제8부속서에 규정된 하나 또는 그 이상의 종류의 분쟁해결을 위하여 그 부속서에 따라 구성된 특별중재재판소

2. 제1항에 따라 행한 선언은 제11부 제5절에 규정된 범위와 방식에 따라 국제해양법재판소 해저분쟁재판부의 관할권을 수락하여야 하는 당사국의 의무에 영향을 미치지 아니하거나 또는 이로부터 영향을 받지 아니한다.
3. 유효한 선언에 포함되어 있지 아니한 분쟁의 당사자인 당사국은 제7부속서에 따른 중재를 수락한 것으로 본다.
4. 분쟁당사자가 그 분쟁에 관하여 동일한 분쟁해결절차를 수락한 경우, 당사자간 달리 합의하지 아니하는 한, 그 분쟁은 그 절차에만 회부될 수 있다.
5. 분쟁당사자가 그 분쟁에 관하여 동일한 분쟁해결절차를 수락하지 아니한 경우, 당사자간 달리 합의하지 아니하는 한, 그 분쟁은 제7부속서에 따른 중재에만 회부될 수 있다.
6. 제1항에 따라 행한 선언은 취소통고가 국제연합사무총장에게 기탁된 후 3개월까지 효력을 가진다.
7. 새로운 선언, 선언의 취소 또는 종료의 통고는 당사자간 달리 합의하지 아니하는 한, 이 조에 따른 관할권을 가지는 재판소에 계류 중인 소송에 어떠한 영향도 미치지 아니한다.
8. 이 조에 언급된 선언과 통고는 국제연합사무총장에게 기탁되어야 하며, 사무총장은 그 사본을 당사국에 전달한다.

제288조 관할권

1. 제287조에 언급된 재판소는 이 부에 따라 재판소에 회부되는 이 협약의 해석이나 적용에 관한 분쟁에 대하여 관할권을 가진다.
2. 제287조에 언급된 재판소는 이 협약의 목적과 관련된 국제협정의 해석이나 적용에 관한 분쟁으로서 그 국제협정에 따라 재판소에 회부된 분쟁에 대하여 관할권을 가진다.
3. 제6부속서에 따라 설립된 국제해양법재판소 해저분쟁재판부와 제11부 제5절에 언급된 그 밖의 모든 재판부나 중재재판소는 제11부 제5절에 따라 회부된 모든 문제에 대하여 관할권을 가진다.
4. 재판소가 관할권을 가지는지 여부에 관한 분쟁이 있는 경우, 그 문제는 그 재판소의 결정에 의하여 해결한다.

제289조 전문가

과학 · 기술적 문제를 수반하는 분쟁에 있어서 이 절에 따라 관할권을 행사하는 재판소는 어느 한 분쟁당사자의 요청이나 재판소의 직권에 의하여 당사자와의 협의를 거쳐 우선적으로 제8부속서 제2조에 따라 준비된 관련 명부로부터 투표권 없이 재판에 참여하는 2인 이상의 과학 · 기술전문가를 선임할 수 있다.

제290조 잠정조치

1. 어느 재판소에 정당하게 회부된 분쟁에 대하여 그 재판소가 일응 이 부나 제11부 제5절에 따라 관할권을 가지는 것으로 판단하는 경우, 그 재판소는 최종 판결이 날 때까지 각 분쟁당사자의 이익을 보전하기 위하여 또는 해양환경에 대한 중대한 손상을 방지하기 위하여 그 상황에서 적절하다고 판단하는 잠정 조치를 명령할 수 있다.
2. 잠정조치는 이를 정당화하는 상황이 변화하거나 소멸하는 즉시 변경하거나 철회할 수 있다.
3. 잠정조치는 어느 한 분쟁당사자의 요청이 있는 경우에만 모든 당사자에게 진술의 기회를 준 후 이 조에 따라 명령 · 변경 또는 철회할 수 있다.
4. 재판소는 분쟁당사자와 재판소가 적절하다고 인정하는 그 밖의 당사국에게 잠정 조치의 명령, 변경 또는 철회를 즉시 통지한다.
5. 이 절에 따라 분쟁이 회부되는 중재재판소가 구성되는 동안 잠정조치의 요청이 있는 경우 당사자가 합의하는 재판소가, 만일 잠정조치의 요청이 있은 후 2주일 이내에 이러한 합의가 이루어지지 아니하는 경우에는 국제해양법재판소(또는 심해저활동에 관하여서는 해저분쟁재판부)가, 이 조에 따라 잠정조치를 명령, 변경 또는 철회할 수 있다.
   다만, 이는 장차 구성될 중재재판소가 일응 관할권을 가지고 있고 상황이 긴급하여 필요하다고 인정된 경우에 한한다. 분쟁이 회부된 중재재판소는 구성 즉시 제1항부터 제4항까지에 따라 그 잠정조치를 변경, 철회 또는 확인할 수 있다.
6. 분쟁당사자는 이 조의 규정에 따라 명령된 잠정조치를 신속히 이행한다.

제291조 분쟁해결절차의 개방

1. 이 부에 규정된 모든 분쟁해결절차는 당사국에게 개방된다.
2. 이 부에 규정된 분쟁해결절차는 이 협약에 특별히 규정된 경우에만 당사국 이외의 주체에게 개방된다.

제292조 선박 · 선원의 신속한 석방

1. 어느 한 당사국의 당국이 다른 당사국의 국기를 게양한 선박을 억류하고 있고, 적정한 보석금이나 그 밖의 금융 보증이 예치되었음에도 불구하고 억류국이 선박이나 선원을 신속히 석방해야 할 이 협약상의 규정을 준수하지 아니하였다고 주장되는 경우, 당사국간 달리 합의되지 아니하는 한, 억류로부터의 석방문제는 당사국간 합의된 재판소에 회부될 수 있으며, 만일 그러한 합의가 억류일로부터 10일 이내에 이루어지지 아니하면 제287조에 따라 억류국이 수락한 재판소나 국제해양법재판소에 회부될 수 있다.
2. 석방신청은 선박의 기국에 의하여 또는 기국을 대리하여서만 할 수 있다.
3. 재판소는 지체 없이 석방신청을 처리하고, 선박과 그 소유자 또는 선원에 대한 적절한 국내법정에서의 사건의 심리에 영향을 미침이 없이 석방문제만을 처리한다. 억류국의 당국은 선박이나 승무원을 언제라도 석방할 수 있는 권한을 가진다.
4. 재판소가 결정한 보석금이나 그 밖의 금융 보증이 예치되는 즉시 억류국의 당국은 선박이나 선원들의 석방에 관한 재판소의 결정을 신속히 이행한다.

제293조 적용법규

1. 이 절에 따라 관할권을 가지는 재판소는 이 협약 및 이 협약과 상충되지 아니하는 그 밖의 국제법규칙을 적용한다.
2. 당사자가 합의한 경우, 제1항은 이 절에 따라 관할권을 가지는 재판소가 형평과 선에 기초하여 재판하는 권한을 침해하지 아니한다.

제294조 예비절차

1. 제287조에 규정된 재판소에 제297조에 언급된 분쟁에 관한 신청이 접수된 경우, 그 재판소는 어느 한 당사자의 요청에 따라 청구가 법적 절차의 남용

에 해당되는 지의 여부나 청구에 일응 정당한 근거가 있는 지의 여부를 결정하여야 하며, 재판소의 직권으로 이를 결정할 수도 있다. 재판소는 청구가 법적 절차의 남용에 해당하거나 또는 일응 근거가 없다고 결정한 경우, 그 사건에 관하여 더 이상의 조치를 취할 수 없다.

2. 재판소는 신청을 접수한 즉시 다른 당사자에게 그 신청을 신속히 통지하여야 하며 다른 당사자가 제1항에 따라 재판소의 결정을 요청할 수 있는 합리적인 기한을 정한다.
3. 이 조의 어떠한 규정도 적용 가능한 절차규칙에 따라 선결적 항변을 제기할 수 있는 분쟁당사자의 권리에 영향을 미치지 아니한다.

제295조 국내적 구제의 완료

이 협약의 해석이나 적용에 관한 당사국간의 분쟁은 국제법상 국내적 구제가 완료되어야 하는 경우에는 이러한 절차를 완료한 후에만 규정된 절차에 회부될 수 있다.

제296조 판결의 종국성과 구속력

1. 이 절에 따라 관할권을 가지는 재판소의 판결은 종국적이며 분쟁당사자에 의하여 준수되어야 한다.
2. 어떠한 판결도 그 특정 분쟁과 당사자 외에는 구속력을 가지지 아니한다.

제3절 제2절 적용의 제한과 예외

제297조 제2절 적용의 제한

1. 이 협약에 규정된 연안국의 주권적 권리 또는 관할권 행사와 관련된 이 협약의 해석이나 적용에 관 한 분쟁으로서 다음의 각 경우 제2절에 규정된 절차에 따른다.

(a) 연안국이 항해 · 상공비행의 자유와 권리, 해저전선 · 해저관선 부설의 자유와 권리 또는 제58조 에 명시된 그 밖의 국제적으로 적법한 해양이용권에 관한 이 협약의 규정에 위반되는 행위를 하였다고 주장되는 경우

(b) 어느 한 국가가 앞에 언급된 자유, 권리 또는 이용권을 행사함에 있어서 이

협약 또는 이 협약 및 이 협약과 상충하지 아니하는 그 밖의 국제법규칙에 부합하여 연안국이 채택한 법령에 위반되는 행위를 하였다고 주장되는 경우

(c) 연안국이 이 협약에 의하여 수립되었거나 또는 권한있는 국제기구나 외교회의를 통하여 이 협약에 부합되게 수립되어 연안국에 적용되는 해양환경의 보호와 보전을 위한 특정의 규칙과 기준에 위반되는 행위를 하였다고 주장된 경우

2. (a) 해양과학조사와 관련한 이 협약의 규정의 해석이나 적용에 관한 분쟁은 제2절에 따라 해결된다. 다만, 연안국은 다음의 경우로부터 발생하는 분쟁에 대하여는 제2절에 규정된 절차에 회부 할 것을 수락할 의무를 지지 아니한다.

(i) 제246조에 따르는 연안국의 권리나 재량권의 행사

(ii) 제253조에 따르는 조사계획의 정지나 중지를 명령하는 연안국의 결정

(b) 특정 조사계획에 관하여 연안국이 제246조와 제253조에 의한 권리를 이 협약과 양립하는 방식으로 행사하고 있지 않다고 조사국이 주장함으로써 발생하는 분쟁은 어느 한 당사국의 요청이 있는 경우, 제5부속서 제2절에 규정된 조정에 회부되어야 한다. 다만, 조정위원회는 제246조 제6항에 언급된 특정 지역을 지정할 수 있는 연안국의 재량권 행사나 제246조 제5항에 따라 동의를 거부할 수 있는 연안국의 재량권 행사를 문제삼지 아니하여야 한다.

3. (a) 어업과 관련된 이 협약 규정의 해석이나 적용에 관한 분쟁은 제2절에 따라 해결된다. 다만, 연안국은 배타적경제수역의 생물자원에 대한 자국의 주권적 권리 및 그 행사(허용어획량, 자국의 어획능력, 다른 국가에 대한 잉여량 할당 및 자국의 보존관리법에서 정하는 조건을 결정할 재량권 포함)에 관련된 분쟁을 그러한 해결절차에 회부할 것을 수락할 의무를 지지 아니한다.

(b) 이 부 제1절에 의하여 해결되지 아니하는 분쟁은 다음과 같은 주장이 있는 경우, 어느 한 분쟁당사자의 요청이 있으면 제5부속서 제2절에 따른 조정에 회부된다.

(i) 연안국이 적절한 보존 · 관리조치를 통하여 배타적경제수역의 생물자원의 유지가 심각하게 위협받지 아니하도록 보장할 의무를 명백히 이행하지 아니하였다는 주장

(ii) 연안국이 다른 국가의 어획에 관심을 가지고 있는 어종의 허용어획량과 자국의 생물자원 어획능력 결정을 그 다른 국가의 요청에도 불구하고 자

의적으로 거부하였다는 주장

(iii) 연안국이 존재한다고 선언한 잉여분의 전부나 일부를 제62조, 제69조 및 제70조에 따라, 또한 연안국이 이 협약에 부합되게 정한 조건에 따라 다른 국가에게 할당할 것을 자의적으로 거부하였다는 주장

(c) 어떠한 경우에도 조정위원회는 그 재량권으로써 연안국의 재량권을 대체할 수 없다.

(d) 조정위원회의 보고서는 적절한 국제기구에 송부된다.

(e) 당사국은, 제69조와 제70조에 따라 협정을 교섭함에 있어, 달리 합의하지 아니하는 한, 협정의 해석이나 적용에 관한 의견 불일치의 가능성을 최소화하기 위한 조치에 관한 조항과 그럼에도 불구하고 발생하는 경우에 대처하기 위한 절차에 관한 조항을 포함시켜야 한다.

제298조 제2절 적용의 선택적 예외

1. 국가는 제1절에 의하여 발생하는 의무에 영향을 미침이 없이 이 협약 서명, 비준, 가입시 또는 그 이후 어느 때라도 다음 분쟁의 범주중 어느 하나 또는 그 이상에 관하여 제2절에 규정된 절차 중 어느 하나 또는 그 이상을 수락하지 아니한다는 것을 서면선언할 수 있다.

(a) (i) 해양경계획정과 관련된 제15조, 제74조 및 제83조의 해석이나 적용에 관한 분쟁 또는 역사적 만 및 권원과 관련된 분쟁. 다만, 이러한 분쟁이 이 협약 발효 후 발생하고 합리적 기간 내에 당사자간의 교섭에 의하여 합의가 이루어지지 아니하는 경우, 어느 한 당사자의 요청이 있으면 이러한 선언을 행한 국가는 그 사건을 제5부속서 제2절에 따른 조정에 회부할 것을 수락하여야 하나, 육지영토 또는 도서영토에 대한 주권이나 그 밖의 권리에 관한 미해결분쟁이 반드시 함께 검토되어야 하는 분쟁은 이러한 회부로부터 제외된다.

(ii) 조정위원회가 보고서(그 근거가 되는 이유 명시)를 제출한 후, 당사자는 이러한 보고서를 기초로 합의에 이르기 위하여 교섭한다. 교섭이 합의에 이르지 못하는 경우, 당사자는, 달리 합의하지 아니하는 한, 상호 동의에 의해 제2절에 규정된 어느 한 절차에 그 문제를 회부한다.

(iii) 이 호는 당사자간의 약정에 따라 종국적으로 해결된 해양경계분쟁, 또는

당사자를 구속하는 양자협정이나 다자협정에 따라 해결되어야 하는 어떠한 해양경계분쟁에도 적용되지 아니한다.

(b) 군사활동(비상업용 업무를 수행중인 정부 선박과 항공기에 의한 군사활동 포함)에 관한 분쟁 및 주권적 권리나 관할권의 행사와 관련된 법집행활동에 관한 분쟁으로서 제297조 제2항 또는 제3항에 따라 재판소의 관할권으로부터 제외된 분쟁

(c) 국제연합안전보장이사회가 국제연합헌장에 따라 부여받은 권한을 수행하고 있는 분쟁. 다만, 안전보장이사회가 그 문제를 의제로부터 제외하기로 결정하는 경우 또는 당사국에게 이 협약에 규정된 수단에 따라 그 문제를 해결하도록 요청한 경우에는 그러하지 아니하다.

2. 제1항에 따른 선언을 행한 당사국은 언제라도 이를 철회할 수 있으며, 또한 그 선언에 따라 제외되는 분쟁을 이 협약에 규정된 절차에 회부하기로 합의할 수 있다.
3. 제1항에 따라 선언을 행한 당사국은 다른 당사국을 상대방으로 하는 분쟁으로서 제외된 분쟁의 범주에 속하는 분쟁을 그 다른 당사국의 동의 없이 이 협약의 절차에 회부할 수 없다.
4. 어느 한 당사국이 제1항 (a)에 따라 선언을 행한 경우, 다른 모든 당사국은 제외된 범주에 속하는 분쟁을 선언당사국을 상대방으로 하여 그 선언에 명시된 절차에 회부할 수 있다.
5. 새로운 선언이나 선언의 철회는, 당사자가 달리 합의하지 아니하는 한, 이 조에 따라 재판소에 계류 중인 소송절차에 어떠한 영향도 미치지 아니한다.
6. 이 조에 따라 행한 선언이나 그 철회의 통지는 국제연합사무총장에게 기탁하며, 국제연합사무총장은 당사국에게 그 사본을 전달한다.

제299조 분쟁해결절차에 관하여 합의할 수 있는 당사국의 권리

1. 제297조에 따라 배제되거나 제298조에 따른 선언으로 제2절에 규정된 분쟁해결절차로부터 제외된 분쟁은 분쟁당사자간의 합의에 의하여만 이러한 절차에 회부될 수 있다.
2. 이 절의 어떠한 규정도 이러한 분쟁의 해결을 위하여 다른 절차에 합의하거나 우호적 해결에 이를 수 있는 분쟁당사자의 권리를 침해하지 아니한다.

일반 규정 (제16부)[편집]

제300조 신의성실과 권리남용

당사국은 이 협약에 따른 의무를 성실하게 이행하여야 하며, 이 협약이 인정하고 있는 권리, 관할권 및 자유를 권리남용에 해당되지 아니하도록 행사한다.

제301조 해양의 평화적 이용

이 협약에 따른 권리행사와 의무이행에 있어서 당사국은 다른 국가의 영토보전 또는 정치적 독립에 해가 되거나 또는 국제연합헌장에 구현된 국제법의 원칙에 부합되지 아니하는 방식에 의한 무력의 위협이나 행사를 삼가야 한다.

제302조 정보의 공개

이 협약에 규정된 분쟁해결절차를 이용할 수 있는 당사국의 권리를 침해하지 아니하고 이 협약의 어떠한 규정도 당사국이 이 협약상의 의무를 이행함에 있어서, 공개될 경우 자국의 중대한 안보 이익에 반하는 정보를 제공하도록 요구하는 것으로 보지 아니한다.

제303조 해양에서 발견된 고고학적 · 역사적 유물

1. 각국은 해양에서 발견된 고고학적 · 역사적 유물을 보호할 의무를 지며, 이를 위하여 서로 협력한다.
2. 이러한 유물의 거래를 통제하기 위하여 연안국은 제33조를 적용함에 있어서, 연안국의 승인 없이 제33조에 규정된 수역의 해저로부터 유물을 반출하는 것을 제33조에 언급된 자국의 영토나 영해에서의 자국 법령 위반으로 추정할 수 있다.
3. 이 조의 어떠한 규정도 확인 가능한 소유주의 권리, 해난구조법 또는 그 밖의 해사규칙, 또는 문화교류에 관한 법률과 관행에 영향을 미치지 아니한다.
4. 이 조는 고고학적 · 역사적 유물의 보호에 관한 그 밖의 국제협정과 국제법 규칙을 침해하지 아니한다.

제304조 손해배상책임
손해배상책임에 관한 이 협약의 규정은 국제법상 책임에 관한 기존 규칙의 적용과 장래 이러한 규칙의 발전을 저해하지 아니한다.

최종 조항 (제17부)[편집]

제305조 서명
1. 이 협약은 다음에 의한 서명을 위하여 개방된다.
(a) 모든 국가
(b) 국제연합나미비아위원회에 의하여 대표되는 나미비아
(c) 국제연합총회 결의 제1514(XV)호에 따라 국제연합에 의하여 감독되고 승인되는 민족자결 행위로서 그 지위를 선택하고, 이 협약에 의하여 규율되는 사항에 관한 권한(그러한 사항에 관한 조약체결권 포함)을 가지는 모든 자치연합국
(d) 각각의 연합문서에 따라 이 협약에 의해 규율되는 사항에 관한 권한(조약체결권 포함)을 가지는 모든 자치연합국
(e) 완전한 국내자치를 누리고 있어 국제연합에 의하여 그러하게 승인되고 있으나, 국제연합총회 결의 제1514(XV)호에 따른 완전한 독립을 얻지 못하고, 이 협약에 의하여 규율되는 사항에 관한 권한(그러한 사항에 관한 조약체결권 포함)을 가지는 모든 영토
(f) 제9부속서에 따른 국제기구
2. 이 협약은 1984년 12월 9일까지는 자마이카 외무부에서, 1983년 7월 1일부터 1984년 12월 9일까지 뉴욕에 있는 국제연합본부에서 서명을 위하여 개방된다.

제306조 비준과 공식확인
이 협약은 국가 및 제305조 제1항 (b), (c), (d), (e)에 언급된 그 밖의 주체에 의하여 비준되고 제305조 제1항 (f)에 언급된 주체에 의하여 제9부속서에 따라 공식확인되어야 한다. 비준서와 공식확인서는 국제연합사무총장에게 기탁된다.

제307조 가입

협약은 국가 및 제305조에 언급된 그 밖의 주체에 의한 가입을 위하여 개방된다. 제305조 제1항 (f)에 규정된 주체에 의한 가입은 제9부속서에 따른다. 가입서는 국제연합사무총장에게 기탁된다.

제308조 발효

1. 이 협약은 60번째 비준서나 가입서가 기탁된 날로부터 12개월 후 발효한다.
2. 이 협약은 60번째 비준서나 가입서가 기탁된 후 비준 또는 가입하는 국가에 대하여, 제1항의 규정을 따를 것을 조건으로, 비준서 또는 가입서 기탁 후 30일째 발효한다.
3. 해저기구 총회는 이 협약의 발효일에 개최되며 해저기구 이사회의 이사국을 선출한다. 이사회 제1회기는 제161조의 규정을 엄격하게 적용할 수 없는 경우 제161조의 목적에 합치하는 방식으로 구성된다.
4. 준비위원회에 의하여 기초된 규칙, 규정 및 절차는 제11부에 따라 해저기구가 정식 채택할 때까지 잠정적으로 적용된다.
5. 해저기구와 그 기관은 선행투자와 관련한 제3차 국제연합해양법회의의 결의 Ⅱ와 그 결의에 따라 준비위원회가 내린 결정에 따라 행동한다.

제309조 유보와 예외

이 협약의 다른 조항에 의하여 명시적으로 허용되지 아니하는 한 이 협약에 대한 유보나 예외는 허용되지 아니한다.

제310조 선언과 성명

제309조는 어떠한 국가가 특히 자국의 국내법령을 이 협약의 규정과 조화시킬 목적으로 이 협약의 서명, 비준, 가입시 그 표현이나 명칭에 관계없이 선언이나 성명을 행하는 것을 배제하지 아니한다. 다만, 그러한 선언이나 성명은 그 당사국에 대하여 이 협약의 규정을 적용함에 있어서 협약규정의 법적효과를 배제하거나 변경시키려고 의도하지 아니하여야 한다.

제311조 다른 협약·국제협정과의 관계

1. 이 협약은 당사국간에 있어 1958년 4월 29일자 해양법에 관한 제네바협약에 우선한다.
2. 이 협약은 이 협약과 양립 가능한 다른 협정으로부터 발생하거나 또는 다른 당사국이 이 협약상의 권리를 행사하거나 의무를 이행함에 영향을 미치지 아니하는 당사국의 권리와 의무를 변경하지 아니한다.
3. 2개국 이상의 당사국은 오직 그들 상호관계에만 적용되는 협정으로서 이 협약의 규정의 적용을 변경하거나 정지시키는 협정을 체결할 수 있다. 다만, 이러한 협정은 이 협약의 목적과 대상의 효과적 이행과 양립하지 않는 조항 일탈에 관한 것이어서는 아니 되며, 이 협약에 구현된 기본원칙의 적용에 영향을 미치지 아니하며, 그 협정의 규정이 이 협약상 다른 당사국의 권리행사나 의무이행에 영향을 미치지 아니하여야 한다.
4. 제3항에 언급된 협정을 체결하고자 하는 당사국은 이 협약의 수탁자를 통하여 협정체결의사 및 그 협정이 규정하고 있는 이 협약에 대한 변경이나 정지를 다른 모든 당사국에 통고하여야 한다.
5. 이 조는 이 협약의 다른 규정에 의하여 명시적으로 허용되거나 보장되어 있는 국제협정에 영향을 미치지 아니한다.
6. 당사국은 제136조에 규정된 인류공동유산에 관한 기본원칙에 대한 어떠한 개정도 있을 수 없으며, 이 기본원칙을 일탈하는 어떠한 협정의 당사국도 되지 아니한다는 데 합의한다.

제312조 개정

1. 당사국은 이 협약 발효일로부터 10년이 지난 후 국제연합사무총장에 대한 서면통보를 통하여 심해저활동 관련규정을 제외한 이 협약의 규정에 대한 개정안을 제안하고 그 개정안을 다룰 회의의 소집을 요청할 수 있다. 사무총장은 이러한 통보를 모든 당사국에 회람한다. 통보 회람일로부터 12개월 이내에 당사국의 1/2 이상이 요청에 긍정적인 답변을 한 경우 사무총장은 회의를 소집한다.
2. 개정회의에 적용하는 의사결정절차는 그 회의에서 달리 결정하지 아니하는 한, 제3차 국제연합해양법회의에 적용된 의사결정절차와 동일하다. 개정회

의는 어떠한 개정안에 대하여서도 컨센서스에 의한 합의에 이르기 위한 모든 노력을 다하여야 하며, 컨센서스를 위한 모든 노력이 끝날 때까지 표결하지 아니한다.

제313조 약식절차에 의한 개정

1. 당사국은 국제연합사무총장에 대한 서면통보를 통하여 심해저활동 관련규정을 제외한 이 협약의 규정에 대한 개정안을 회의를 소집하지 아니하고 이 조에 규정하는 약식절차에 의하여 채택되도록 제안할 수 있다. 사무총장은 이러한 통보를 모든 당사국에 회람한다.
2. 이러한 통보가 회람된 후 12개월 이내에 어느 한 당사국이 개정안에 대하여 또는 약식절차를 통한 개정안 채택 제의에 대하여 반대하는 경우, 그 개정안은 기각된 것으로 본다. 사무총장은 모든 당사국에 즉시 이를 통고한다.
3. 이러한 통보가 회람된 후 12개월이 경과할 때까지 어떠한 당사국도 개정안에 대하여 또는 약식절차를 통한 개정안 채택 제안에 근거하여 반대하지 아니하는 경우, 그 개정안은 채택된 것으로 본다. 사무총장은 모든 당사국에게 개정안이 채택되었음을 통고한다.

제314조 심해저활동에만 관련된 규정의 개정

1. 당사국은 해저기구 사무총장에 대한 서면통보를 통하여 심해저활동에만 관련된 협약규정(제6부속서 제4절을 포함)에 대한 개정을 제안할 수 있다. 사무총장은 이러한 통보를 모든 당사국에 회람한다. 개정안은 이사회의 승인 후 총회의 승인을 받는다. 이러한 기관에서 당사국 대표는 제안된 개정안을 검토하고 승인할 전권을 가진다. 이사회와 총회에 의하여 승인된 개정안은 채택된 것으로 본다.
2. 제1항의 규정에 따라 개정안을 승인하기에 앞서 이사회와 총회는 그 개정안이 제155조에 따른 재검토회의 이전에는 심해저자원의 탐사 · 개발체제를 침해하지 아니하도록 보장한다. 〈이행협정부속서 제4절 참조〉

제315조 개정안의 서명 · 비준 · 가입과 정본

1. 이 협약에 따라 채택된 개정안은 개정안 자체에 달리 규정되지 아니하는 한,

당사국에 의한 서명을 위하여 채택일로부터 12개월동안 뉴욕에 있는 국제연합본부에서 개방된다.

2. 제306조, 제307조 및 제320조는 이 협약에 대한 모든 개정에 적용된다.

제316조 개정의 발효

1. 제5항에 언급된 개정을 제외한 이 협약에 대한 개정은 당사국의 3분의 2 또는 60개 당사국 중 더 많은 수의 비준서 또는 가입서가 기탁된 후 30일째 되는 날에 이를 비준하거나 가입한 국가에 대하여 발효한다.
2. 개정은 그 효력발생을 위하여 이 조가 요구하는 것보다 더 많은 수의 비준·가입을 필요로 함을 규정할 수 있다.
3. 필요한 수의 비준서나 가입서가 기탁된 후 제1항에 규정된 개정에 비준하거나 가입하는 당사국에 대하여는, 개정은 비준서 또는 가입서가 기탁된 후 30일째 발효한다.
4. 제1항에 따른 개정의 발효이후 이 협약의 당사국이 된 국가는 그 국가에 의한 다른 의사표시가 없는 한,

(a) 개정된 이 협약의 당사국으로 본다.

(b) 개정에 기속되지 아니한 협약당사국에 대하여는 개정되지 아니한 협약의 당사국으로 본다.

5. 심해저활동에만 관련된 개정과 제6부속서에 대한 개정은 당사국 4분의 3의 비준서나 가입서가 기탁된 후 1년이 되는 날부터 모든 당사국에게 발효한다.
6. 제5항에 따른 개정의 발효 후 이 협약의 당사국이 된 국가는 개정된 이 협약의 당사국으로 본다.

제317조 폐기

1. 당사국은 국제연합사무총장에 대한 서면통고를 통하여 이 협약을 폐기하고 그 이유를 명시할 수 있다. 폐기이유를 명시하지 아니하여도 폐기의 효력에 영향을 미치지 아니한다. 폐기는 통고서에 폐기일자를 더 늦게 지정하지 아니하는 한, 통고수령일 후 1년이 지난날부터 유효한다.
2. 어떠한 당사국도 폐기를 이유로 당사국이었던 중에 발생한 재정적 의무와 계약상 의무로부터 면제되지 아니하며, 폐기는 이 협약이 그 국가에 대하여

종료되기 전에 이 협약의 시행을 통하여 발생한 그 당사국의 권리, 의무 또는 법적 상황에 영향을 미치지 아니한다.

3. 폐기는 이 협약에 구현된 의무로서 이 협약과는 관계없이 국제법에 따라 부과된 의무를 이행해야 할 당사국의 의무에 어떠한 영향도 미치지 아니한다.

제318조 부속서의 지위

부속서는 이 협약과 불가분의 일체를 이루며, 명시적으로 달리 규정되지 아니하는 한, 협약이나 협약의 각부에 대한 언급은 이와 관련된 부속서에 대한 언급을 포함한다.

제319조 수탁자

1. 국제연합사무총장은 이 협약과 이에 대한 개정의 수탁자가 된다.
2. 사무총장은 수탁자로서의 기능 이외에 다음을 수행한다.
 (a) 이 협약과 관련하여 발생한 일반적 성격의 문제를 모든 당사국, 해저기구 및 권한 있는 국제기구에 보고
 (b) 이 협약에 대한 비준, 공식 확인, 가입, 개정 및 폐기에 관하여 해저기구에 통고
 (c) 제311조 제4항에 따른 협정을 당사국에 통고
 (d) 이 협약에 따라 채택된 개정의 비준이나 가입을 위하여 당사국에 회람
 (e) 이 협약에 따라 필요한 당사국회의의 소집
3. (a) 사무총장은 제156조에 언급된 옵서버에게 다음을 전달한다.
  (i) 제2항 (a)에 언급된 보고
  (ii) 제2항 (b)와 (c)에 언급된 통고
  (iii) 제2항 (d)에 언급된 개정문안(옵서버 참고용)
 (b) 사무총장은 이러한 옵서버를 제2항 (e)에 언급된 당사국회의에 옵서버로 참가하도록 초청한다.

제320조 정본

아랍어, 중국어, 영어, 불어, 노어 및 스페인어본을 동등하게 정본으로 하는 이 협약의 원본은 제305조 제2항에 따라 국제연합사무총장에게 기탁된다.

서명

이상의 증거로서 다음의 전권대표들은 정당히 권한을 위임받아 이 협약에 서명하였다.

1982년 12월 10일 몬테고 베이에서 작성되었다.

4. 영해 및 접속수역법(일부개정 19995.12.6 법률 제4986호)

제1조 (영해의 범위) 대한민국의 영해는 기선으로부터 측정하여 그 외측 12해리의 선까지에 이르는 수역으로 한다. 다만, 대통령령이 정하는 바에 따라 일정수역에 있어서는 12해리 이내에서 영해의 범위를 따로 정할 수 있다.

제2조 (기선) ① 영해의 폭을 측정하기 위한 통상의 기선은 대한민국이 공식적으로 인정한 대축척해도에 표시된 해안의 저조선으로 한다. ② 지리적 특수사정이 있는 수역에 있어서는 대통령령으로 정하는 기점을 연결하는 직선을 기선으로 할 수 있다.

제3조 (내수) 영해의 폭을 측정하기 위한 기선으로부터 육지 측에 있는 수역은 내수로 한다.

제3조의 2 (접속수역의 범위) 대한민국의 접속수역은 기선으로부터 측정하여 그 외측 24해리의 선까지에 이르는 수역에서 대한민국의 영해를 제외한 수역으로 한다. 다만, 대통령령이 정하는 바에 따라 일정수역에 있어서는 기선으로부터 24해리 이내에서 접속수역의 범위를 따로 정할 수 있다.

[본조 신설 1995.12.6]

제4조 (인접 또는 대향국과의 경계선) 대한민국과 인접하거나 대향하고 있는 국가와의 영해 및 접속수역의 경계선은 관계국과의 별도의 합의가 없는 한 양국이 각기 영해의 폭을 측정하는 기선상의 가장 가까운 지점으로부터 같은 거리에 있는 모든 점을 연결하는 중간선으로 한다. 〈개정 1995.12.6〉

제5조 (외국선박의 통항) ① 외국 선박은 대한민국의 평화·공공질서 또는 안전보장을 해치지 아니하는 한 대한민국의 영해를 무해 통항할 수 있다. 외국의 군함 또는 비상업용 정부선박이 영해를 통항하고자 할 때에는 대통령령이 정하는 바에 따라 관계당국에 사전 통고하여야 한다.

② 외국선박이 그 통항 시 다음 각 호의 행위를 하는 경우에는 대한민국의 평

화 · 공공질서 또는 안전보장을 해치는 것으로 본다. 다만, 제2호 내지 제5호 · 제11호 및 제13호의 행위로서 관계당국의 허가 · 승인 또는 동의를 얻은 경우에는 그러하지 아니하다.

1. 대한민국의 주권 · 영토보전 또는 독립에 대한 여하한 힘의 위협이나 행사 기타 국제연합헌장에 구현된 국제법 원칙을 위반한 방법으로 행하는 여하한 힘의 위협이나 행사
2. 무기를 사용하여 행하는 훈련 또는 연습
3. 항공기의 이함 · 착함 또는 탑재
4. 군사기기의 발진 · 착함 또는 탑재
5. 잠수항행
6. 대한민국의 안전보장에 유해한 정보를 수집
7. 대한민국의 안전보장에 유해한 선전 · 선동
8. 대한민국의 관세 · 재정 · 출입국관리 또는 보건 · 위생법규에 위반되는 물품이나 통화의 양 · 적하 또는 사람의 승 · 하선
9. 대통령령이 정하는 기준을 초과하는 오염물질의 배출
10. 어로
11. 조사 또는 측량
12. 대한민국 통신체제의 방해 또는 설비 및 시설물의 훼손
13. 통항과 직접 관련 없는 행위로서 대통령령이 정하는 것

③ 대한민국의 안전보장을 위하여 필요하다고 인정되는 경우에는 대통령령이 정하는 바에 따라 일정수역을 정하여 외국선박의 무해통항을 일시적으로 정지시킬 수 있다.

제6조 (정선 등) 외국선박(외국의 군함 및 비상업용 정부선박을 제외한다. 이하 같다)이 제5조의 규정을 위반한 혐의가 있다고 인정되는 때에는 관계당국은 정선 · 검색 · 나포 기타 필요한 명령이나 조치를 할 수 있다.

제6조의 2 (접속수역에서의 관계당국의 권한) 대한민국의 접속수역에서 관계당국은 다음 각 호의 목적에 필요한 범위 안에서 법령이 정하는 바에 따라 그 직무권한을 행사할 수 있다.

1. 대한민국의 영토 또는 영해에서 관세 · 재정 · 출입국관리 또는 보건 · 위생에 관한 대한민국의 법규를 위반하는 행위의 방지
2. 대한민국의 영토 또는 영해에서 관세 · 재정 · 출입국관리 또는 보건 · 위생에 관한 대한민국의 법규를 위반한 행위의 제재

[본조 신설 1995.12.6]

第7조 (벌칙) ① 제5조 제2항 또는 제3항의 규정을 위반한 외국선박의 승무원 기타 승선자는 5년 이하의 징역 또는 2억 원 이하의 벌금에 처하고 정상이 중한 때에는 당해 선박 · 기재 · 체포물 기타 위반물품을 몰수할 수 있다.〈개정 1995.12.6〉

② 제6조의 규정에 의한 명령이나 조치를 거부 · 방해 또는 기피한 외국선박의 승무원 기타 승선자는 2년 이하의 징역 또는 1,000만 원 이하의 벌금에 처한다.

5. 배타적 경제수역법(제정 1996.8.8 법률 제5151호)

제1조 (배타적 경제수역의 설정) 대한민국은 이 법에 의하여 해양법에 관한 국제연합협약(이하 "협약"이라 한다)에 규정된 배타적 경제수역을 설정한다.

제2조 (배타적 경제수역의 범위) ① 대한민국의 배타적 경제수역은 협약의 규정에 맞추어 영해 및 접속수역법 제2조에 규정된 기선으로부터 그 외측 200 해리의 선까지에 이르는 수역중 대한민국의 영해를 제외한 수역으로 한다.
② 대한민국과 대향하거나 인접하고 있는 국가(이하 "관계국"이라 한다)간의 배타적 경제수역의 경계는 제1항의 규정에 불구하고 국제법을 기초로 관계국과의 합의에 따라 확정된다.

제3조 (배타적 경제수역에 있어서의 권리) 대한민국은 배타적 경제수역에서 다음 각 호의 권리를 가진다.
1. 해저의 상부수역, 해저 및 그 하층토의 생물이나 무생물 등 천연자원의 탐사·개발·보존 및 관리를 목적으로 하는 주권적 권리와 해수·해류 및 해풍을 이용한 에너지생산 등 경제적 개발 및 탐사를 위한 그 밖의 활동에 관한 주권적 권리
2. 다음 각 목에 관하여 협약에 규정된 관할권
   가. 인공섬·시설 및 구조물의 설치·사용
   나. 해양과학조사
   다. 해양환경의 보호 및 보전
3. 협약에 규정된 그 밖의 권리

제4조 (외국 또는 외국인의 권리 및 의무) ① 외국 또는 외국인 협약의 관련 규정에 따를 것을 조건으로 대한민국의 배타적 경제수역에서 항행·상공비행의 자유, 해저전선·관선부설의 자유 및 그 자유와 관련되는 것으로서 국제적으로 적법한 그 밖의 해양이용의 자유를 향유한다.
② 외국 또는 외국인은 대한민국의 배타적 경제수역에서의 권리의 행사와 의무의 이행을 함에 있어서는 대한민국의 권리와 의무를 적절히 고려하고 대

한민국의 법령을 준수하여야 한다.

제5조 (대한민국의 권리행사 등) ① 외국과의 협정으로 달리 정하는 경우를 제외하고, 대한민국의 배타적 경제수역에서는 제3조의 규정에 의한 권리를 행사 또는 보호하기 위하여 대한민국의 법령을 적용한다. 동 조 제2호가 목의 인공섬 · 시설 및 구조물에서의 법률관계에 대하여도 또한 같다.

② 제3조의 규정에 의한 대한민국의 배타적 경제수역에 있어서의 권리는 대한민국과 한계국과 관계국간에 별도의 합의가 없는 경우 대한민국과 관계국의 중간선 외측의 수역에서는 이를 행사하지 아니한다. 이 경우 "중간선"이라 함은 그 선상의 각 점으로부터 대한민국의 기선상의 가장 가까운 점까지의 직선거리와 관계국의 기선상의 가장 가까운 점까지의 직선거리가 같게 되는 선을 말한다.

③ 대한민국의 배타적 경제수역에서 제3조의 규정에 의한 권리를 침해하거나 당해 배타적 경제수역에 적용되는 대한민국의 법령을 위반한 혐의가 있다고 인정되는 자에 대하여 관계기관은 협약 제111조의 규정에 의한 추천권의 행사, 정선 · 승선 · 검색 · 나포 및 동법절차를 포함하여 필요한 조치를 취할 수 있다.

부칙〈제5151호, 1996.88〉
이 법은 공포 후 1년 이내에 대통령령이 정하는 날부터 시행한다.

6. 한일어업협정

대한민국과 일본국 간의 어업에 관한 협정

대한민국과 일본국은,

해양생물자원의 합리적인 보존·관리 및 최적이용의 중요성을 인식하고, 1965년 6월 22일 도오꾜오에서 서명된 "대한민국과 일본국 간의 어업에 관한 협정"을 기초로 유지되어 왔던 양국 간 어업분야에 있어서의 협력관계의 전통을 상기하고, 양국이 1982년 12월 10일 작성된 "해양법에 관한 국제연합 협약"(이하 "국제연합해양법협약"이라고 한다)의 당사국임을 유념하고, 국제연합 해양법 협약에 기초하여, 양국 간 새로운 어업질서를 확립하고, 양국 간에 어업분야에서의 협력관계를 더욱 발전시킬 것을 희망하여, 다음과 같이 합의하였다.

제1조

이 협정은 대한민국의 배타적 경제수역과 일본국의 배타적 경제수역(이하 "협정수역"이라 한다)에 적용한다.

제2조

각 체약국은 호혜의 원칙에 입각하여 이 협정 및 자국의 관계법령에 따라 자국의 배타적 경제수역에서 타방체약국 국민 및 어선어획하는 것을 허가한다.

제3조

1. 각 체약국은 자국의 배타적 경제수역에서의 타방체약국 국민 및 어선의 어획이 인정되는 어종·어획할당량·조업구역 및 기타 조업에 관한 구체적인 조건을 매년 결정하고, 이 결정을 타방체약국에 서면으로 통보한다.
2. 각 체약국은 제1항의 결정을 함에 있어서, 제12조의 규정에 의하여 설치되는 한·일어업공동위원회의 협의결과를 존중하고, 자국의 배타적 경제수역에서의 해양생물자원의 상태, 자국의 어획능력, 상호입어의 상황 및 기타 관련 요소를 고려한다.

제4조

1. 각 체약국의 권한 있는 당국은 타방체약국으로부터 제3조에서 규정하는 결정에 관하여 서면에 의한 통보를 받은 후, 타방체약국의 배타적 경제수역에서 어획하는 것을 희망하는 자국의 국민 및 어선에 대한 허가증 발급을 타방체약국의 권한 있는 당국에 신청한다. 해당 타방체약국의 권한 있는 당국은 이 협정 및 어업에 관한 자국의 관계법령에 따라 이 허가증을 발급한다.
2. 허가를 받은 어선은 허가증을 조타실의 보이기 쉬운 장소에 게시하고 어선의 표지를 명확히 표시하여 조업한다.
3. 각 체약국의 권한 있는 당국은 허가증의 신청 및 발급, 어획실적에 관한 보고, 어선의 표지 및 조업일지의 기재에 관한 규칙을 포함한 절차규칙을 타방체약국의 권한 있는 당국에 서면으로 통보한다.
4. 각 체약국의 권한 있는 당국은 입어료 및 허가증 발급에 관한 타당한 요금을 징수할 수 있다.

제5조

1. 각 체약국의 구민 및 어선이 타방체약국의 배타적 경제수역에서 어획할 때에는 이 협정 및 어업에 관한 타방체약국의 관계법령을 준수한다.
2. 각 체약국은 자국의 국민 및 어선이 타방체약국의 배타적 경제수역에서 어획할 때에는 제3조의 규정에 따라 타방체약국이 결정하는 타방체약국의 배타적 경제수역에서의 조업에 관한 구체적인 조건과 이 협정의 규정을 준수하도록 필요한 조치를 취한다. 이 조치는 타방체약국의 배타적 경제수역에서의 자국의 국민 및 어선에 대한 임검·정선 및 기타의 단속을 포함하지 아니한다.

제6조

1. 각 체약국은 타방체약국의 국민 및 어선이 자국의 배타적 경제수역에서 어획할 때에는 제3조의 규정에 따라 자국이 결정하는 자국의 배타적 경제수역에서의 조업에 관한 구체적인 조건과 이 협정의 규정을 준수하도록 국제법에 따라 자국의 배타적 경제수역에서 필요한 조치를 취할 수 있다.
2. 각 체약국의 권한 있는 당국은 제1항의 조치로서 타방체약국의 어선 및 그 승무원을 나포 또는 억류한 경우에는 취하여진 조치 및 그 후 부과된 벌에

관하여 외교경로를 통하여 타방체약국에 신속히 통보한다.

3. 타포 또는 억류된 어선 및 그 승무원은 적절한 담보금 또는 그 제공을 보증하는 서류를 제출한 후에는 신속히 석방한다.
4. 각 체약국은 어업에 관한 자국의 관계법령에서 정하는 해양생물자원의 보존조치 및 기타 조건을 타방체약국에 지체 없이 통보한다.

제7조

1. 각 체약국은 다음 각목의 점을 순차적으로 직선으로 연결하는 선에 의한 자국 측의 협정수역에서 어업에 관한 주권적 권리를 행사하며, 제2조 내지 제6조의 규정의 적용상도 이 수역을 자국의 배타적 경제수역으로 간주한다.

가. 북위 32도 57.0분, 동경 127도 41.1분의 점
나. 북위 32도 57.5분, 동경 127도 41.9분의 점
다. 북위 33도 01.3분, 동경 127도 44.0분의 점
라. 북위 33도 08.7분, 동경 127도 48.3분의 점
마. 북위 33도 13.7분, 동경 127도 51.6분의 점
바. 북위 33도 16.2분, 동경 127도 52.3분의 점
사. 북위 33도 45.1분, 동경 128도 21.7분의 점
아. 북위 33도 47.4분, 동경 128도 25.5분의 점
자. 북위 33도 50.4분, 동경 128도 26.1분의 점
차. 북위 34도 08.2분, 동경 128도 41.3분의 점
카. 북위 34도 13.0분, 동경 128도 47.6분의 점
타. 북위 34도 18.0분, 동경 128도 52.8분의 점
파. 북위 34도 18.5분, 동경 128도 53.3분의 점
하. 북위 34도 24.5분, 동경 128도 57.3분의 점
거. 북위 34도 27.6분, 동경 128도 59.4분의 점
너. 북위 34도 29.2분, 동경 129도 00.2분의 점
더. 북위 34도 32.1분, 동경 129도 00.8분의 점
러. 북위 34도 32.6분, 동경 129도 00.8분의 점
머. 북위 34도 40.3분, 동경 129도 03.1분의 점
버. 북위 34도 49.7분, 동경 129도 12.1분의 점

서. 북위 34도 50.6분, 동경 129도 13.0분의 점
어. 북위 34도 52.4분, 동경 129도 15.8분의 점
저. 북위 34도 54.3분, 동경 129도 18.4분의 점
처. 북위 34도 57.0분, 동경 129도 21.7분의 점
커. 북위 34도 57.6분, 동경 129도 22.6분의 점
터. 북위 34도 58.6분, 동경 129도 25.3분의 점
퍼. 북위 35도 01.2분, 동경 129도 25.3분의 점
허. 북위 35도 04.1분, 동경 129도 40.7분의 점
고. 북위 35도 06.8분, 동경 130도 07.5분의 점
노. 북위 35도 07.0분, 동경 130도 16.4분의 점
도. 북위 35도 18.2분, 동경 130도 23.3분의 점
로. 북위 35도 33.7분, 동경 130도 34.1분의 점
모. 북위 35도 42.3분, 동경 130도 42.7분의 점
보. 북위 36도 03.8분, 동경 131도 08.3분의 점
소. 북위 36도 10.0분, 동경 131도 15.9분의 점

2. 각 체약국은 제1항의 선에 의한 타방체약국 측의 협정수역에서 어업에 관한 주권적 권리를 행사하지 아니하며, 제2조 내지 제6조의 규정에 적용상도 이 수역을 타방체약국의 배타적 경제수역으로 간주한다.

제8조

제2조 내지 제6조의 규정은 협정수역 중 다음 가목 및 나목의 수역에는 적용하지 아니한다.

가. 제9조 제1항에서 정하는 수역
나. 제9조 제2항에서 정하는 수역

제9조

1. 다음 각 목의 점을 순차적으로 직선으로 연결하는 선에 의하여 둘러싸이는 수역에 있어서는 부속서I의 제2항의 규정을 적용한다.

가. 북위 36도 10.1분, 동경 131도 15.9분의 점
나. 북위 35도 33.75분, 동경 131도 46.5분의 점

다. 북위 35도 59.5분, 동경 132도 13.7분의 점
라. 북위 36도 18.5분, 동경 132도 13.7분의 점
마. 북위 36도 56.2분, 동경 132도 55.8분의 점
바. 북위 36도 56.2분, 동경 135도 30.0분의 점
사. 북위 38도 37.0분, 동경 135도 30.0분의 점
아. 북위 39도 51.75분, 동경 134도 11.5분의 점
자. 북위 38도 37.0분, 동경 132도 59.8분의 점
차. 북위 38도 37.0분, 동경 131도 40.0분의 점
카. 북위 37도 25.5분, 동경 131도 40.0분의 점
타. 북위 37도 08.0분, 동경 131도 34.0분의 점
파. 북위 36도 52.0분, 동경 131도 10.0분의 점
하. 북위 36도 52.0분, 동경 130도 22.5분의 점
거. 북위 36도 10.0분, 동경 130도 22.5분의 점
너. 북위 36도 10.0분, 동경 131도 15.9분의 점

2. 다음 각 목의 선에 의하여 둘러싸이는 수역중 대한민국의 배타적 경제수역의 최남단의 위도선 이북의 수역에 있어서는 부속서I의 제3항의 규정을 적용한다.
   가. 북위 32도 57.0분, 동경 127도 41.1분의 점과 북위 32도 34.0분, 동경 127도 9.0분의 점을 연결하는 직선
   나. 북위 32도 34.0분, 동경 127도 9.0분의 점과 북위 31도 0.0분, 동경 125도 51.5분의 점을 연결하는 직선
   다. 북위 31도 0.0분, 동경 125도 51.50분의 점에서 시작하여 북위 30도 56.0분, 동경 125도 52.0분의 점을 통과하는 직선
   라. 북위 32도 57.0분, 동경 127도 41.1분의 점과 북위 31도 20.0분, 동경 127도 13.0분의 점을 연결하는 직선
   마. 북위 31도 20.0분, 동경 127도 13.0분의 점에서 시작하여 북위 31도 0.0분, 동경 127도 5.0분의 점을 통과하는 직선

제10조

양 체약국은 협정수역에서의 해양생물자원의 합리적인 보전·관리 및 최적 이

용에 관하여 상호 협력한다. 이 협력은 해당 해양생물자원의 통계학적 정보와 수산업 자료의 교환을 포함한다.

제11조

1. 양 체약국은 각각 자국의 국민과 어선에 대하여 항행에 관한 국제법규의 준수, 양 체약국 어선 간 조업의 안전과 질서의 유지 및 해상에서의 양 체약국 어선 간 사고의 원활하고 신속한 해결을 위하여 적절한 조치를 취한다.
2. 제1항에 열거한 목적을 위하여 양 체약국의 관계당국은 가능한 한 긴밀하게 상호 연락하고 협력한다.

제12조

1. 양 체약국은 이 협정의 목적을 효율적으로 달성하기 위하여 한 · 일 어업공동위원회(이하 "위원회"라 한다)를 설치한다.
2. 위원회는 양 체약국 정부가 각각 임명하는 1인의 대표 및 1인의 위원으로 구성되며, 필요한 경우 전문가로 구성되는 하부기구를 설치할 수 있다.
3. 위원회는 매년 1회 양국에서 교대로 개최하고 양 체약국이 합의할 경우에는 임시로 개최할 수 있다. 제2항의 하부기구가 설치되는 경우에는 해당 하부기구는 위원회의 양 체약국 정부대표의 합의에 의하여 언제라도 개최할 수 있다.
4. 위원회는 다음 사항에 관하여 협의하고, 협의결과를 양 체약국에 권고한다. 양 체약국은 위원회의 권고를 존중한다.
   가. 제3조에 규정하는 조업에 대한 구체적인 조건에 관한 사항
   나. 조업질서유지에 관한 사항
   다. 해양생물자원의 실태에 관한 사항
   라. 양국 간 어업분야에서의 협력에 관한 사항
   마. 제9조 제1항에서 정하는 수역에서의 해양생물자원의 보존 · 관리에 관한 사항
   바. 기타 이 협정의 실시와 관련되는 사항
5. 위원회는 제9조 제2항에서 정하는 수역에서의 해양생물자원의 보존 · 관리에 관한 사항에 관하여 협의하고 결정한다.

6. 위원회의 모든 권고 및 결정은 양 체약국 정부의 대표 간의 합의에 의하여 서면 이를 한다.

제13조

1. 이 협정의 해석이나 적용에 관한 양 체약국 간의 분쟁은 먼저 협의에 의하여 해결한다.
2. 제1항에서 언급하는 분쟁이 협의에 의하여 해결되지 아니하는 경우에는 그러한 분쟁은 양 체약국의 동의에 으하며 다음에 정하는 절차에 따라 해결한다.
   가. 어느 일방체약국의 정부가 타방체약국의 정부로부터 분쟁의 원인이 기재된 당해 분쟁의 중재를 요청하는 공문을 받은 경우에 있어서 그 요청에 응하는 통보를 타방체약국 정부에 대하여 행할 때에는 그 분쟁은 그 통보를 받은 날부터 30일의 기간 내에 각 체약국 정부가 임명하는 각 1인의 중재위원과 이와 같이 선정된 2인의 중재위원이 기 기간 후 30일 이내에 합의하는 제3의 중재위원 또는 그 기간 후 30일 이내에 그 2인의 중재위원이 합의하는 제3국의 정부가 지명하는 제3의 중재위원과의 3인의 중재위원으로 구성된 중재위원회에 결정을 위하여 회부된다. 다만, 제3의 중재위원은 어느 일방체약국의 국민이어서는 아니 된다.
   나. 어느 일방체약국의 정부가 가.에서 정하고 있는 기간 내에 중재위원을 임명하지 못한 경우, 또는 제3의 중재위원 또는 제3국에 대하여 가.에서 정하고 있는 기간 내에 합의되지 아니하는 경우, 중재위원회는 각 경우에 있어서의 가.에서 정하고 있는 기간 후 30일 이내에 각 체약국 정부가 선정하는 국가의 정부가 지명하는 각 1인의 중재위원과 이들 정부가 협의에 의하여 결정하는 제3국 정부가 지명하는 제3의 중재위원으로 구성된다.
   다. 각 체약국은 자국의 정부가 임명한 중재위원 또는 자국의 정부가 선정하는 국가의 정부가 지명하는 중재위원에 관한 비용 및 자국의 정부가 중재에 참가하는 비용을 각각 부담한다. 제3의 중재위원이 그 직무를 수행하기 위한 비용은 양 체약국이 절반씩 부담한다.
   라. 양 체약국의 정부는 이 조의 규정에 의한 중재위원회의 다수결에 의한 결정에 따른다.

제14조
이 협정의 부속서 I 및 부속서 II는 이 협정의 불가분의 일부를 이룬다.

제15조
이 협정의 어떠한 규정도 어업에 관한 사항 외에 국제법상 문제에 관한 각 체약국의 입장을 해하는 것으로 간주되어서는 아니 된다.

제16조
1. 이 협정은 비준되어야 한다. 비준서는 가능한 한 신속히 서울에서 교환한다. 이 협정은 비준서를 교환하는 날부터 효력을 발생한다.
2. 이 협정은 효력이 발생하는 날부터 3년간 효력을 가진다. 그 이후에는 어떤 일방체약국도 이 협정을 종료시킬 의사를 타방체약국에 서면으로 통고할 수 있으며, 이 협정은 그러한 통고가 있는 날로부터 6월 후에 종료하며, 그와 같이 종료하지 아니하는 한 계속 효력을 가진다.

제17조
1965년 6월 22일 도오꾜오에서 서명된 "대한민국과 일본국 간의 어업에 관한 협정"은 이 협정이 발효하는 날에 그 효력을 상실한다.

이상의 증거로 아래 대표는 각자의 정부로부터 정당한 위임을 받아 이 협정에 서명하였다.
1998년 11월 28일 가고시마에서 동등하게 정본인 한국어 및 일보어로 각 2부를 작성하였다.

대한민국을 위하여 일본국을 위하여

부속서 I
1. 양 체약국은 배타적 경제수역의 조속한 경계획정을 위하여 성의를 가지고 계속 교섭한다.
2. 양 체약국은 이 협정 제9조 제1항에서 정하는 수역에서 해양 생물자원의 유

지가 과도한 개발에 의하여 위협받지 아니하도록 하기 위하여 다음 각 목의 규정에 따라 협력한다.

가. 각 체약국은 이 수역에서 타방체약국 국민 및 어선에 대하여 어업에 관한 자국의 관계법령을 적용하지 아니한다.

나. 각 체약국은 이 협정 제12의 규정에 의하여 설치되는 한 · 일 어업공동위원회(이하 "위원회"라 한다)의 협의결과에 따른 권고를 존중하며, 이 수역에서의 해양생물자원의 보존 및 어업종류별 어선의 최고 조업척수를 포함하는 적절한 관리에 필요한 조치를 자국 국민 및 어선에 대하여 취한다.

다. 각 체약국은 이 수역에서 각각 자국 국민 및 어선에 대하여 실시하고 있는 조치를 타방체약국에 통보하고, 양 체약국은 위원회의 자국 정부대표를 나 목의 권고를 위한 협의에 참가시킴에 있어서 그 통보내역을 충분히 배려하도록 한다.

라. 각 체약국은 이 수역에서 어획하는 자국의 국민 및 어선에 의한 어업 종류별 및 어종별 어획량 기타 관련정보를 타방체약국에 제공한다.

마. 일방체약국은 타방체약국의 국민 및 어선이 이 수역에서 타방체약국이 나 목의 규정에 따라 실시하는 조치를 위반하고 있는 것을 발견한 경우, 그 사실 및 관련 상황을 타방체약국에 통보할 수 있다. 해당 타방체약국은 자국의 국민 및 어선을 단속함에 있어서 그 통보와 관련된 사실을 확인하고 필요한 조치를 취한 후 그 결과를 해당 일방체약국에 통보한다.

3. 양 체약국은 이 협정 제9조 제2항에서 정하는 수역에서 해양 생물자원의 유지가 과도한 개발에 의하여 위협받지 아니하도록 하기 위하여 다음 각 목의 규정에 따라 협력한다.

가. 각 체약국은 이 수역에서 타방체약국 국민 및 어선에 대하여 어업에 관한 자국의 관계법령을 적용하지 아니한다.

나. 각 체약국은 위원회의 결정에 따라, 이 수역에서의 해양생물자원의 보존 및 어업종류별 어선의 최고 조업척수를 포함하는 적절한 권리에 필요한 조치를 자국 국민 및 어선에 대하여 취한다.

다. 각 체약국은 이 수역에서 각각 자국 국민 및 어선에 대하여 실시하고 있는 조치를 타방체약국에 통보하고, 양 체약국은 위원회의 자국 정부대표를 나목의 결정을 위한 협의에 참가시킴에 있어서 그 통보내용을 충분히 배려하도록 한다.

라. 각 체약국은 이 수역에서 어획하는 자국의 국민 및 어선에 의한 어업 종류별 및 어종별 어획량 기타 관련정보를 타방체약국에 제공한다.

마. 일방체약국은 타방체약국의 국민 및 어선이 이 수역에서 타방체약국이 나 목의 규정에 따라 실시하는 조치를 위반하고 있는 것을 발견한 경우, 그 사실 및 관련 상황을 타방체약국에 통보할 수 있다. 해당 타방체약국은 자국의 국민 및 어선을 단속함에 있어서 그 통보와 관련된 사실을 확인하고 필요한 조치를 취한 후 그 결과를 해당 일방체약국에 통보한다.

부속서 II

1. 각 체약국은 이 협정 제9조 제1항 및 제2항에서 정하는 수역을 기준으로 자국 측의 협정수역에서 어업에 관한 주권적 권리를 행사하며, 이 협정 제2조 내지 제6조의 규정의 적용상도 이 수역을 자국의 배타적 경제수역으로 간주한다.
2. 각 체약국은 이 협정 제9조 제1항 및 제2항에서 정하는 수역을 기준으로 타방체약국 측의 협정수역에서 어업에 관한 주권적 권리를 행사하지 아니하며, 이 협정 제2조 내지 제6조의 규정의 적용상도 이 수역을 타방체약국의 배타적 경제수역으로 간주한다.
3. 제1항 및 제2항의 규정은 다음 각목 의 점을 순차적으로 직선으로 연결하는 선의 북서쪽 수역의 일부 협정수역에는 적용되지 아니한다. 또한 각 체약국은 이 수역에 있어서는 어업에 관한 자국의 관계법령을 타방체약국의 국민 및 어선에 대하여 적용하지 아니한다.

가. 북위 38도 37.0분, 동경 131도 40.0분의 점

나. 북위 38도 37.0분, 동경 132도 59.8분의 점

다. 북위 39도 51.75분, 동경 134도 11.5분의 점

합의의사록

대한민국 정부 대표 및 일본국 정부 대표는 금일 서명된 대한민국과 일본국 간의 어업에 관한 협정(이하 "협정"이라 한다)의 관계 조항과 관련하여 다음 사항을 기록하는 것을 합의하였다.

1. 양국 정부는 동중국해에 있어서 원활한 어업질서를 유지하가 위하여 긴밀히 협력한다.
2. 대한민국 정부는 협정 제9조 제2항에서 정하는 수역의 설정과 관련하여, 동중국해의 일부 수역에 있어서 일본국이 제3국과 구축한 어업관계가 손상되지 않도록 일본국 정부에 대하여 협력할 의향을 가진다. 다만 이는 일본국이 당해 제3국과 체결한 어업협정에 관한 대한민국의 입장을 해하는 것으로 간주되어서는 아니 된다.
3. 일본국 정부는 협정 제9조 제2항에서 정하는 수역의 설정과 관련하여, 대한민국의 국민 및 어선이 동중국해의 다른 일부 수역에 있어서 일본국이 제3국과 구축한 어업관계 하에서 일정 어업활동이 가능하도록 당해 제3국 정부에 대하여 협력을 구할 의향을 가진다.
4. 양국 정부는 협정 및 양국이 각각 제3국과 체결하였거나 또는 체결할 어업협정에 기초하여 동중국해에 있어서 원활한 어업질서를 유지하기 위한 구체적인 방안을 협정 제12조에 의거하여 설치되는 한·일 어업공동위원회 및 당해 제3국과의 어업협정에 의거하여 설치되는 유사한 공동위원회를 통하여 협의할 의향을 가진다.

가고시마, 1998년 11월 28일

대한민국 정부를 위하여 일본국 정부를 위하여

참고문헌

1. 국내 문헌

김명기, 『국제법원론』 상, 서울: 박영사, 1996.

_____, "독도와 대일강화조약 제2조", 김명기 편, 『독도연구』, 서울: 법률출판사, 1997.

_____, 『독도의 영유권과 국제법』, 서울: 투어웨이사, 1999.

김명기 · 이동원 저, 『일본외무성 다케시마 문제의 개요 비판』, 서울: 독도조사연구학회/책과 사람들, 2010.

김병렬, 『독도냐 다케시마냐』, 서울: 다다미디어, 1996.

김선표, "한일어업협정상 동해 중간수역의 법적성격과 운용방안", 2002년 1월 19일.

김영개, "독도와 제2차 대전의 종료", 김명기 편, 『독도연구』, 서울: 법률출판사, 1987.

김영구, "국제법에서 본 동해 중간수역과 독도", 독도연구보전협회, 독도영유권 대토론회, 프레스센터, 1999.10.22.

_____, 『한국과 바다의 국제법』, 서울: 21세기북스, 2004.

김정호, "독도와 대일강화조약 제2조의 체결 경위", 김명기 편, 『독도특수연구』, 서울: 법서출판사, 2001.

김학준, 『독도는 우리 땅』, 서울: 한줄기, 1996.

대한민국정부, 『대한민국과 일본국 간의 조약 및 협정 해설』, 서울: 대한민국정부, 1965.

__________, 『관보』, 1952년 1월 18일.

동북아역사재단, 『평화선과 오늘의 합의』, 2012.

박 실, 『한국외교비사』, 서울: 기린사, 1979.

박형규, "평화선", 『두산세계대백과사전』, 서울: 두산동아, 1997.

백봉흠, "현대 해양법의 방향에서 본 평화선의 법적 성격에 관한 고찰", 동국대학교 석사학위논문, 1965.

신각수, "한일어업협정의 종합평가와 독도영유권", 2002년 1월 28일, 한국해양수산개발주체 『한일어업협정과 독도에 관한 세미나』 발표논문, 2002.

신용하, 『독도의 민족영토사 연구』, 서울: 지식산업사, 1996.

오세연, "평화선과 한일협정", 『역사문제연구』 제14권, 2005.

외교안보연구원, 『한국의 어업자원보호법 공포에 관한 한 · 일 간의 분쟁』.

외교통상부, 『신 한일어업협정』, 1998.11.25.

__________, 『신 한일어업협정과 독도』, 1998.11.

외교통상부 조약국, 『한일어업협정 해설자료』, 1998.11.

외무부, 『독도관계자료집(1)』, 서울: 외무부, 1977.

______, 『보도자료』 제97-83호.

원용석, 『한일회담 14년』, 서울: 삼화출판사,1965.

윤세원, "평화선" 한국정신문화연구원, 『한국민족문화대백과사전』, 성남: 한국정신문화연구원, 1995.

이상면, "중간수역에 들어간 독도의 운명과 그 대책", 독도찾기운동본부, 『독도현장보고』, 서울: 독도찾기운동본부, 2001.

이석우, "평화선", 한국해양수산개발원, 『독도사전』, 서울: 한국해양수산개발원, 2011.

이한기, 『한국의 영토』, 서울: 서울대학교출판부, 1969.

이 훈, "조선 후기의 독도영속시비", 한일관계연구회 편, 『독도와 대마도』, 서울: 지성의 샘, 1996.

정인섭, "1952년 평화선 선언과 해양범위 발전", 『서울국제법연구』 제13권 제2호, 2006.

조윤수, "평화선은 어떻게 선포되었는가?" 동북아역사재단, 『평화선과 오늘의 함의』, 2012.

지철근, 『평화선』, 서울: 범우사, 1979.

최종화, "한일어업협정이 수산업에 미치는 영향", 2002년 1월 28일.

한국해양수산개발원 주최 『한일어업협정과 독도에 관한 세미나』 발표논문.

2. 국외 문헌

Academy of Sciences of the U.S.S.R, Institute of State and Law, *International Law*, Moscow: Foreign Language Publishing House, 1960.

Akehurst, M., *Modern Introduction to International Law*, 7th re. ed. by Peter Malanczuk, London: Routledg, 1997.

Anthony, Aust, *Handbook of International Law*, 2nd ed., Cambridge: Cambridge University Press, 2011.

Balkin, M. "Deconstructive Practice and Legal Treaty", *Yale Law Journal*, Vol.96, 1987.

Bernardez, Santiago Teres, "Territorial Sovereignty", *EPIL*, Vol.10, 1987.

________, "Terriotory, Acqusition", *EPIL*, Vol.10, 1987.

Bernhardt, R., "Interpretation of International Law", *EPIL*, Vol.7, 1984.

Beyerlin Ulrich, "*Pactum de Contrahendo*", *EPIL*, Vol.7, 1984.

Bowett, D. W., "Estoppel before International Tribunals and It's Relations to Acquiescence", *BYIL*, Vol.33, 1957.

____________, "Islands," *EPIL*, Vol.11, 1986.

Black, Henry C., *Black's Law Dictionary*, 5th ed. (St. Paul Minn: West Publishing, 1979.

Brittin, B. H. and L. B. Watson, *International Law for Sea-Going Officers*, 3rd ed., Annapolis: U. S. Naval Institute, 1977.

Brown, E. D., *The International Law of the Sea*, Vol.1, Brookfield: Dartmouth, 1994.

Brownlie, Ian., *Principles of Public International Law*, 5th ed., Oxford: Oxford University Press, 1998.

________, *The Rules of Law in International Affairs*, Hague: Martinus Nijhoff, 1998.

Caflish, L., "The Delimitation of Marine Spaces between States with Opposite or Adjacent Coast"; n R. Dupuy and Daniel Vines(eds.), *A Handbook of the New Law of the Sea*, Vol.1, Dordrecht; Morinus, 1991.

Charney, Jonathan I., "Progress in International Maritime Boundary Delimitation Law," *AJIL*, Vol.88, 1994.

_______, "Rooks That Cannot Sustain Human Habitaiton", *AJIL*, Vol. 93, 1999.

Churehill, R. R. and A. V. Lowe, *The Law of the Sea*, Manchester : Manchester University Press, 1983.

Claflisch, Lucius, Maritine Boundaries Delinitation, *EPIL*, Vol.11, 1986.

Daniel Vrgnes Leds., *A Handbook on the New Law of the Sea*, Vol.1, Dordrecht: Martinus, 1991.

Dixon, Martin *Textbook on International Law*, 6th ed., Oxford: Oxford University Press, 2007.

Dupuy, R. J. and Daniel Vignes(eds.), *A Handbook of the New Law of the Sea*, Vol.1, 2, Dordrecht: Martinus, 1991.

Dyke, I. M. Van, J. R. Morgan and J. Gurish, "The Exclusive Economic Zone of the Northwestern Hawaiian Islands", *San Diego Law Review*, 1988.

Elias.T.O. *The Modern Law of Treaties*, New York: Oceana Publications, 1974.

Epps, Valerie, *International Law*, 4th ed., Druham: Carolina, 2009.

Evans, M. D., "Delimitation and the Common Maritime Boundary," *BYIL*, Vol.64, 1993.

Fitzmaurice, Gerald, "Some Results of the General Conference in the Law of the Sea", *ICLQ*, Vol. 8, 1959.

________________, "The Law and Procedure of the International Court of Justice, 1951-4", *BYIL*, Vol.32, 1955-56.

________________, "The Law and Procedure of International Court of Justice", *BYIL*, Vol.33, 1957.

________________, "The Law and Practice of the International Court of Justice", *BYIL*, Vol.33, 1957.

Fleischer, C.A., "Fisheries and Biological Resources", in Rene-Tean Dupuy and Fleiser, Carl August, "Fisheries and Biological Resources", Rene-Jean Dupuy and Daniel Vignes(eds.), *A Handbook of the New Law of the Sea*, Vol.2, Dordrecht: Martinus, 1991.

Hodgson, R. D. and R. Smith, "The Informal Single Negotiating Text: A Geographical Perspectives", *ODIL*, Vol.3, No. 3, 1976.

Hollick, A.L., "The Origins of 200-Mile Offshore Zones", *AJIL*, Vol.71, 1977.

ICJ, *Reports,* 1950.

_______, *Reports*, 1952.

_______, *Reports*, 1953.

_______, *Reports*, 1960.

_______, *Reports*, 1962.

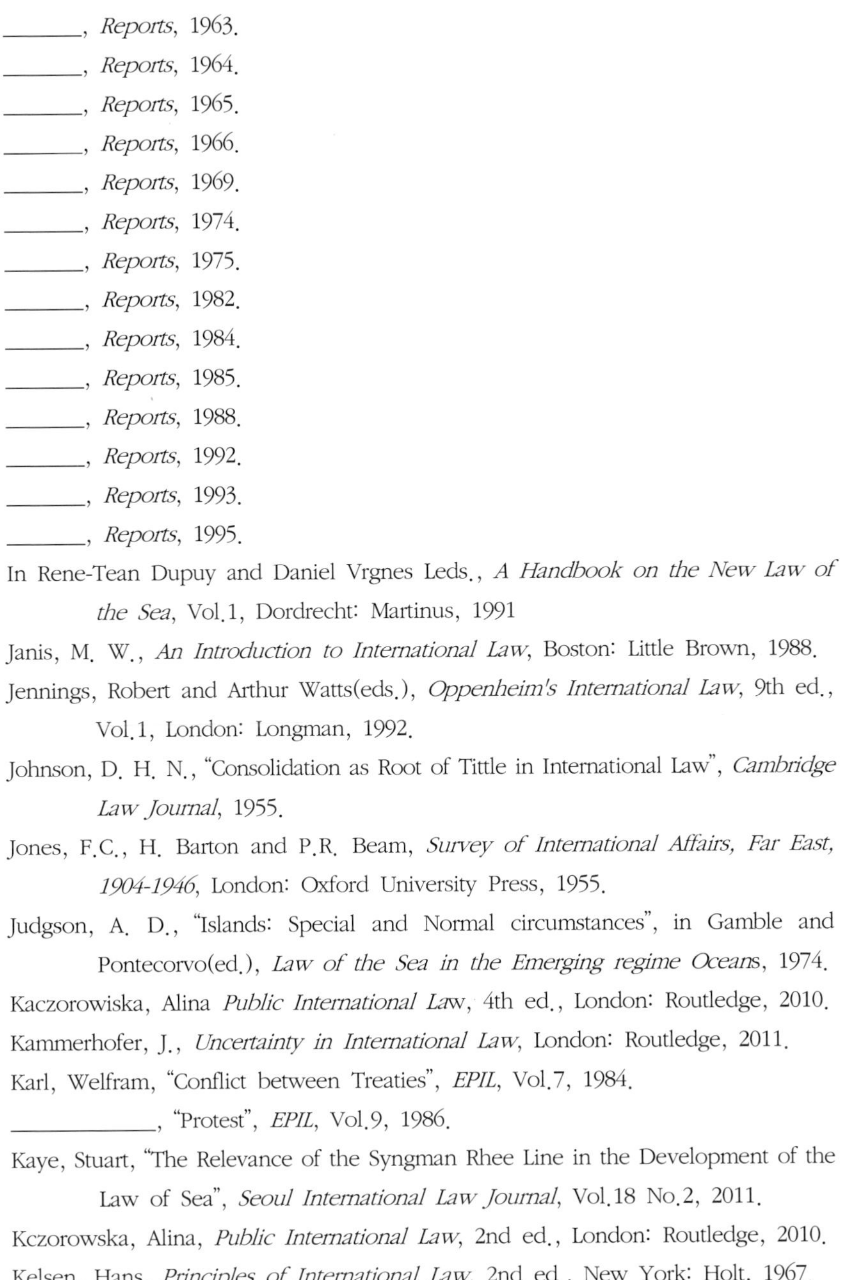

______, *Reports*, 1963.
______, *Reports*, 1964.
______, *Reports*, 1965.
______, *Reports*, 1966.
______, *Reports*, 1969.
______, *Reports*, 1974.
______, *Reports*, 1975.
______, *Reports*, 1982.
______, *Reports*, 1984.
______, *Reports*, 1985.
______, *Reports*, 1988.
______, *Reports*, 1992.
______, *Reports*, 1993.
______, *Reports*, 1995.

In Rene-Tean Dupuy and Daniel Vrgnes Leds., *A Handbook on the New Law of the Sea*, Vol.1, Dordrecht: Martinus, 1991

Janis, M. W., *An Introduction to International Law*, Boston: Little Brown, 1988.

Jennings, Robert and Arthur Watts(eds.), *Oppenheim's International Law*, 9th ed., Vol.1, London: Longman, 1992.

Johnson, D. H. N., "Consolidation as Root of Tittle in International Law", *Cambridge Law Journal*, 1955.

Jones, F.C., H. Barton and P.R. Beam, *Survey of International Affairs, Far East, 1904-1946*, London: Oxford University Press, 1955.

Judgson, A. D., "Islands: Special and Normal circumstances", in Gamble and Pontecorvo(ed.), *Law of the Sea in the Emerging regime Oceans*, 1974.

Kaczorowiska, Alina *Public International Law*, 4th ed., London: Routledge, 2010.

Kammerhofer, J., *Uncertainty in International Law*, London: Routledge, 2011.

Karl, Welfram, "Conflict between Treaties", *EPIL*, Vol.7, 1984.

__________, "Protest", *EPIL*, Vol.9, 1986.

Kaye, Stuart, "The Relevance of the Syngman Rhee Line in the Development of the Law of Sea", *Seoul International Law Journal*, Vol.18 No.2, 2011.

Kczorowska, Alina, *Public International Law*, 2nd ed., London: Routledge, 2010.

Kelsen, Hans, *Principles of International Law*, 2nd ed., New York: Holt, 1967.

__________, *The Law of the United Nations*, New York: Praeger, 1950.

Kim Myung-Ki, *The Territorial Sovereignty over Dokdo in international Law*, Claremont, CA: Paige Press, 2000.

KwiatKowska, B. and A. H. Soons, "Entitlement to Maritime Area of Rocks which cannot Sustain Human Habitation Economic Life of Their Own", *Netherlands Yearbook of International Law*, 1990.

Lauterpacht, H.(ed.), *Oppenheims' International Law*, Vol.1, 8th ed., London: Longmans, 1955.

Levi, Werner, *Contemporary International Law: A Concise Introduction*, Boulder: Westview, 1979.

MacGibbon, I. C., "The Scope of Acquiescence of International Law", *BYIL*, Vol.31, 1954.

Malanczuk, M. N. (ed.), *Akehurst's Modern Introduction to International Law*, 7th ed., London: Routledge, 1987.

Marston, Geoffrey, "United Kingdom Materials on International Law", *BYIL*, Vol.68, 1997.

McNair, Lord, *The Law of Treaties*, Oxford: Clarendon, 1961.

Montaz, Djamchid, "The High Seas", in Rene-Jean Dupuy and Daniel Vignes(eds.), *A Handbook of the New Law of the Sea*, Vol.1, Dordrecht: Martinus Nijhoff, 1991.

Muller, Jorg Paul and Thomas Cotter, "Estoppel", *EPIL*, Vol.7, 1984.

Munch, Fritz, "Non-Binding Agreement", *EPIL*, Vol.7, 1984.

MunKman, A. L. W., "Adjudication and Adjustment", *BYIL*, Vol.46, 1972-73.

__________, "Adjudication and adjustment", *BYIL*, Vol.47, 1972-1973.

Muty, B. S., "Settlement of Disputes", in Max SØrensen(ed.), *Manual of Public International Law*, New York: Macmillan, 1968.

O'Connell, D. P., *International Law*, Vol.1, London: Stevens, 1970.

__________, *International Law*, 2nd ed., Oxford: Clarendon, 1970.

__________, *International Law*, Vol.2, London: Stevens, 1965.

__________, *The International Law of the Sea*, Vol.1, Oxford: Clarendon, 1982.

__________, *The International Law of the Sea*, Vol.2, Oxford: Clarendon, 1984.

Osmanczyk, E. J., *Encyclopedia of the United Nations*, 2nd ed., London: Taylor, 1990.

Ott, David. H., *Public International Law in the Modern World*, London: Pitman, 1987.

Oxman, Bernhard, "Jurisdiction of State", *EPIL*, Vol.10, 1987.

Papadkis, *The International Legal Regime of Artificial Islands*, Leiden: Sijithoff, 1977.

Paryy, Clive, "The Law of Treaty", in Max Sorensen(ed.), *A Manual of International Law*, New York: Macmillan, 1968.

PCIJ, *Series A*, No.21(1924).

____, *Series B,* No.14(1927).

____, *Series A/B*, No.41(1931).

____, *Series A/B*, No.53(1933).

Prescott, Victor, "The Uncertainties of Middleton and Elizabeth Reefs", *Boundary and Security Bulletin*, Vol.6, No.3, 1998.

Rosenne, Shabtai, *The Law and Practice of the International Court of Justice*, 3rd ed., Vol.4, Hague: Martinus, 1997.

______________, *Development in the Law of Treaties*, Cambridge: Cambridge Univ. Press,1989.

Schachter, O., "The Twilight existence of Nonbinding Agreements", *AJIL*, Vol.71, 1977.

Schwarzenberger, G. and E. D. Brown, *A Manual of International Law*, 6th ed., Milton: Professional Books, 1976.

______________, "Title to Territory : Response to A Challenge", *AJIL*, Vol.51, 1957.

Sharma, Surya P., "Territorial Sea", *EPIL*, Vol.11, 1989.

Shearer, I.A. *Starke's International Law*, 11th ed., London: Butlerworths, 1994.

Shaw, M. N., *International Law*, 4th ed., Cambridge: Cambridge University Press, 1997.

__________, *International Law*, 5th ed., Cambridge: Cambridge University Press, 1977.

Sinclair, I., *The Vienna Convention on the Law of Treaties*, 2nd ed., Manchester: Manchester University Press, 1984.

Sohn, Louis B., and Kristen Gustatson, *The Law of the Sea*, St. Paul: West, 1984.

Starke, J.G., *Introduction to International Law*, 9th ed., London: Butterworth, 1984.

Simmons, C. R., "The Maritime Zone of Islands in International Law", Dordrecht:

Martinus, 1979.

Sisco, E. S., "Hot Pursuit from a Contiguous Zone", *San Diego Law Revies*, Vol.14, 1977.

Symmons, Clive Ralph, *The Maritime Zones of Islands in International Law*, Dordrecht: Martinus, 1979.

Tanaka, Yoshifumi, *The International Law of the Sea*, Cambridge; Cambridge University Press, 2012.

The Japanese Government's View(July 13).

The Japanese Ministry of Foreign Affairs, Note Verbale (No 158/A5) of September 25, 1954.

__________, Note Verbale of January 28, 1952.

The Korean Government, Note Verbale to the Japanese Government of February 12, 1952.

The Korean Government's Refutation of the Japanese Government's Views Concerning Dokdo(Takeshima) dated July 13, 1953 (September 9, 1953).

The Korean Mission in Japan, Note Verbale of October 29, 1954.

Thirlway, Magh, "The Law and Procedure of The International Court of Justice", *BYIL*, Vol.62, 1997.

Thomas, V. W. and A. J. Thomas, *Non-Intervention*, Dollas: S. M. University Press, 1956.

Trost, Haller, *The Contested Maritime and Territorial Boundavies of Malaysian-International Law Perspective*, 1998.

Triggs, G.D. *International Law*, New York: Butlerworths, 2006.

United Nations, *Reports of International Arbitration Awards*, Vol.2. 1948.

UN Office for Ocean Affairs and Law of the Sea, *The Law of the Sea : regime of Islands*, New York: NO for OA, 1988.

Whiteman, M.J., *Digest of International Law*, Vol.4, Washington, D.C.: USGPO, 1965.

__________, *Digest of International Law*, Vol.1, Washington, D.C.: USGPO, 1965.

Williams, G. L., "The Judicial Basis of Hot Pursuit", *BYIL*, Vol.20, 1939.

Wooldridge, F., "Hot Pursuit", *EPIL*, Vol.11, 1989.

저자의 독도연구 목록

I. 독도연구 저서목록

1. 『독도와 국제법』, 서울: 화학사, 1987.
2. 『독도연구』(편), 서울: 법률출판사, 1997.
3. 『독도의용수비대와 국제법』, 서울: 다물, 1998.
4. 『독도의 영유권과 국제법』, 안산: 투어웨이사, 1999.
5. Territorial Sovereignty over Dokdo, Claremont, California: Paige Press, 2000.
6. 『독도특수연구』(편), 서울: 법서출판사, 2001.
7. 『독도의 영유권과 신한일어업협정』, 서울: 우리영토, 2007.
8. 『독도의 영유권과 실효적 지배』, 서울: 우리영토, 2007.
9. 『독도의 영유권과 대일평화조약』, 서울: 우리영토, 2007.
10. 『독도강의』, 서울: 독도조사연구학회 / 책과사람들, 2009.
11. 『독도 100문 100답집』, 서울: 우리영토, 2008.
12. 『독도영유권의 역사적 · 국제법적근거』, 서울: 우리영토, 2009.
13. 『일본외무성 다케시마문제의 개요 비판』(공저), 서울: 독도조사연구학회 / 책과사람들, 2010.
14. 『안용복의 도일활동과 국제법』, 서울: 독도조사연구학회 / 책과사람들, 2011.
15. 『독도의 영유권과 국제재판』, 서울: 한국학술정보, 2012.
16. 『독도의 영유권과 권원의 변천』, 서울: 독도조사연구학회 / 책과사람들, 2012.
17. 『독도 객관식문제연습』, 서울: 한국학술정보, 2013.
18. 『간도의 영유권과 국제법』, 서울: 한국학술정보, 2013.
19. 『요절 · 도해 독도영유권의 근거해설』, 서울: 독도조사연구학회, 2013.
20. 『독도영유권 확립을 위한 연구』(공저)(영남대 독도연구소 독도연구총서 9), 서울: 서인, 2014.

Ⅱ. 독도연구 논문목록

1. “독도의 영유권 귀속”, 육군사관학교, 육사신보, 제185호, 1978.6.30.
2. “국제법상 독도의 영유권”, 국가고시학회,『고시계』上 제23권 제9호, 1978.9.
3. “The Minquiers and Ecrehos Case의 분석과 독도문제”, 지학사,『월간고시』 제6권 제3호, 1979.3.
4. “독도의 영유권문제에 관한 국제사법재판소의 관할권”(상), 국가고시학회,『고시계』 제6권 제3호, 1979.3.
5. “독도의 영유권문제에 관한 국제사법재판소의 관할권”(하), 국가고시학회,『고시계』 제24권 제11호 1979.11.
6. “독도 문제에 관한 국제사법재판소의 관할권에 관한 연구”, 대한국제법학회,『국제법학회논총』 제27권 제2호, 1982.12.
7. “독도에 대한 일본의 선점 주장과 통고 의무”, 국가고시학회,『고시계』 제28권 제8호, 1983.8.8- “국제법상도근현고시 제40호의 법적 성격”,『법지사/월간고시』 제10권 제11호, 1983. 11.
8. “독도의 영유권과 제2차 대전의 종료”, 대한국제법학회,『국제법학회논총』 제30권 제1호, 1985.6
9. “국제법상 일본으로부터 한국의 분리에 관한 연구”, 대한국제법학회,『국제법학회논총』 제33권 제1호, 1988.6.
10. “한일 간 영토분쟁(독도): 독도의 영유권에 관한 일본정부 주방에 대한 법적 비판”, 광복 50주년 기념사업회,『청산하지 못한 일제시기의 문제』, 서울: 광복 50주년기념사업회, 1995.6.30.
11. “한일 간 영토분쟁”, 광복50주년기념사업회 · 학술진흥재단,『일제식민정책 연구논문』, 서울: 학술진흥재단, 1995. 8.
12. “자존의 땅- 독도는 우리의 것”, 경인일보사,『메트로포리스탄』 제26호, 1996.2.
13. “한일 배타적 경제수역 설정과 독도 영유권”, 자유총연맹,『자유 공론』 제348호, 1996.3.
14. “국제법상독도영유권과 한일 경제수역”, 국제문제연구소,『국제문제』 제27권 제4호, 1996.4.
15. “독도의 영유권에 관한 한국과 일본의 주장 근거”, 독도학회,『독도의 영유권과 독도 정책』, 독도학회 창립기념 학술심포지움, 1996.4.
16. “독도에 대한 일본의 영유권 주장의 부당성”, 도서출판 소화,『지성의 현장』 제6권 제7호, 1996.7.

17. “독도에 대한 일본의 무력행사시 제기되는 국제법상 제문제”, 한국군사학회, 『군사논단』 제7호, 1996.7.
18. “한국의 독도 영유권 주장 이론”, 한국군사문제연구소, 『한국군사』 제3호, 1996.8.
19. “독도의 영유권 문제와 민족의식”, 한국독립운동사연구소 · 독도학회, 제10회 독립운동사 학술심포지움, 1996.8.8.
20. “국제법 측면에서 본 독도문제”, 국제교과서연구소, 국제역사교과서 학술회의, 프레스센타, 1996.10. 23-24.
21. “국제법으로 본 독도영유권”, 한국독립운동연구소, 『한국독립운동사연구』 제10집, 1996.
22. “독도의 영유권과 한일합방 조약의 무효”, 한국외교협회, 『외교』 제38호, 1996.
23. “독도와 대일 강화조약 제2조”, 김명기 편, 『독도연구』, 서울: 법률출판사, 1996.
24. “대일 강화조약 제2조에 관한 연구”, 대한국제법학회, 『국제법학회논총』 제41권 제2호, 1996.12.
25. “독도와 조어도의 비교 고찰”, 국제문제연구소, 『국제문제』 제28권 제1호, 1997.1.
26. “독도에 대한 일본의 영유권 주장에 대한 소고”, 명지대학교, 『명대신문』 제652호, 1997.11.7.
27. “A Study on Legal of Japa's Claim to Dokdo”, The Institute of Korean Studies, Korea Observer, Vol.28, No.3, 1997.
28. “독도의 영유권에 관한 연구: 독도에 대한 일본의 무력행사의 위법성”, 대한국제법학회, 『국제법학회논총』 上 제42권 제2호, 1997.6.
29. “독도에 대한 일본의 무력행사시 국제연합의 제재”, 아세아 사회과학연구원 연구논총 『한일 간의 국제법 현안문제』 제7권, 1998.4.
30. “The Island of Palmas Case(1928)의 판결요지의 독도문제에의 적용”, 판례월보사, 『판례월보』 제336호, 1998.9.
31. “독도문제 해결을 위한 새 제언”, 한국외교협회, 『외교』 제47호, 1998. 10.
32. “독도문제와 조어도 문제의 비교고찰”, 강원대학교 비교법학연구소, 『강원법학』 제10권 (김정후교수 회갑기념 논문집), 1998.10.
33. “The Clipperton Island Case(1931) 판결요지의 독도문제에의 적용”, 판례월보사, 『판례월보』 제346호, 1999.7.

34. "독도에 대한 일본정부의 주장과 국제사법재판소의 관할권에 관한 연구", 명지대학교 사회과학연구소, 『사회과학논총』 제15집, 1999.12.
35. "독도영유권과신 한일어업협정", 독도학회, 한일어업협정의 재개정준비와 독도 EEZ 기선문제 세미나, 2000.9.
36. "한일 간 독도영유권 시비의 문제점과 대책", 한국군사학회, 『한국의 해양안보와 당면 과제』(국방 · 군사세미나논문집), 2000.10.
37. "독도의 영유권과 신 한일어업협정 개정의 필요성", 독도학회, 『독도영유권 연구논집』, 서울: 독도연구보전협회, 2002.
38. A Study an Territioral Sovereignty over Dokdo in International Law-Refutation to the Japanese Gerenment's "Assertions of the Occupied Territory", 독도학회, 『독도영유권 연구논집 서울: 독도연구보전협회, 2002.
39. "헌법재판소의 신 한일어업협정의 위헌확인 청구에 대한 기각 이유 비판", 판례월보사, 『쥬리스트』, 2002.3.
40. "독도영유권에 관한 일본정부 주장에 대한 법적 비판", 독도학회, 『한국의 독도영유권 연구사』, 서울: 독도연구 본전 협회, 2003.
41. "독도개발 특별법에 관한 공청회를 위한 의견서", 국회농림해양수산위원회, 『독도개발특별법안에 관한공청회』 2004.2.12. 국회의원회관.
42. "한일어업협정 폐기의 법리", 한겨레신문, 2005.5.13.
43. "독도의 실효적 지배 강화와신 한일어업협정의 폐기", 국제문제연구소, 『국제문제』 제36권 제6호, 2005.6.
44. "한일어업협정과 독도영유권 수호정책", 한국영토학회 『독도 영유권수호의 정책방안』, 한국영토학회주최학술토론회, 국회헌정기념관별관 대회의실, 2005.11.
45. "독도문제와 국제재판/국제재판소의 기능과 영향력", 자유총연맹 『자유공론』 제464호, 2005.11.
46. "독도의 실효적 지배 강화와 역사적 응고 취득의 법리", 국제문제연구소, 『국제문제』 제36권 제11호, 2005.11.
47. "독도의 영유권문제에 대한국제사법재판소의 관할권", 국제문제연구소, 『국제문제』 제37권 제1호, 2006.1.
48. "독도와 연합군 최고사령부 훈령 제677호에 관한 연구", 한국외교협회, 『외교』 제76호, 2006.1.
49. "신 한일어업협정과 금반언의 효과", 독도조사연구학회, 『독도논총』 제1권 제1호, 2006.4.

50. "제2차 대전 이후 한국의 독도에 대한 실효적 지배의 증거", 독도조사 연구학회, 『독도논총』 제1권 제1호, 2006.4.
51. "맥아더 라인과 독도", 국제문제연구소, 『국제문제』 제37권 제5호, 2006.5.
52. "대일 평화조약 제2조 (a)항과 한국의 독도 영유권에 관한 연구", 한국외교협회, 『외교』 제78호, 2006.7.
53. "독도 영유권에 관한 대일 평화조약 제2조에 대한 일본정부의 해석 비판", 국제문제연구소, 『국제문제』 제37권 제7호, 2006.7.
54. "Sovereignty over Dokdo Island and Interpretation of Article 2 of the Peace Treaty with Japan", The Institute for East Asian Studies, East Asian Review, Vol.18, No.2, 2006.
55. "독도를 기점으로 하지 아니한 신 한일어업협정 비판", 독도조사연구학회, 『독도논총』 제1권 제2호, 2006.9.
56. "대일 평화조약 제2조의 해석과 Critical Date", 독도조사연구학회, 『독도논총』 제1권 제2호, 2006.9.
57. "독도의 실효적 지배 강화와 Critical Date", 법조협회, 『법조』 통권 제602호, 2006.11.
58. "국제연합에 의한 한국의 독도영유권승인", 한국외교협회, 『외교』 제81호, 2007.4.
59. "한일어업협정 제9조 제2항과 합의 의사록의 위법성, 유효성", 독도본부, 제15회 학술토론회(토론), 2007.1.16.
60. "한일공동관리수역의 추적권 배제는 독도영유권 침해행위", 독도본부, 제16회 학술토론회, 2007.2.24.
61. "한일어업협정 폐기해도 금반언의 원칙에 의한 일본의 권리는 그대로 남는다", 독도본부, 제17회 학술토론회, 2007.3.31.
62. "한일어업협정은 어업협정인가?", 독도본부, 제18회 학술토론회, 2007. 4.18.
63. "대일평화조약상 독도의 영유권과 uti possidetis 원칙", 한국외교협회, 『외교』 제81호, 2007.5.
64. "국제법학자 41인의 '독도영유권과 신한일어업협정에 대한 우리의 견해'(2005.4.5)에 대한 의견", 독도본부, 제19회 학술토론회, 2007. 5.23.
65. "한일어업협정 폐기 후 이에 국제법상 대책방안 모색", 독도본부, 제20회 학술토론회, 2007.6.20.
66. "한일어업협정 폐기 후 대안 협정 초안 주석", 독도본부, 제21회 학술토론회, 2007.7.18.

67. "한일어업협정 폐기 후 대안 협정 초안 주석(I)", 독도본부, 제22회 학술토론회, 2007.8.21.
68. "국제연합과 독도영유권", 국제문제연구원, 『국제문제』 제38권 제10호, 2007.10.
69. "독도연구의 회고와 전망", 동북아역사재단주최, 주제강연(2007.11.7, 아카데미 하우스)
70. "국제연합에 의한 한국독도영유권의 승인에 관한 연구", 외교협회, 『외교』 제85호, 2005.4.
71. "대한민국국가지도집중 영토와 해양의 동측 경계의 오류", 독도조사연구학회, 2008년도 정기학술세미나(2008.6.28, 독도본부 강당).
72. "The Territorial Sovereignty over Dokdo in The Peace Treaty with Japan and the Principle of uti possidetis", *Korean Observation of Foreign Relations*, Vol.10, No.1, August 2008.
73. 『독도 100문 100답집』, 서울: 우리영토, 2008.8
74. "독도연구의 회고와 전망", 동북아역사재단, 『독도시민사회백서 2006-2007』, 2008.4.
75. "국제법상 일본의 독도영유권 주장에 대한 대일항의에 관한 연구", 영남대학교 독도연구소, 『독도연구』 제5호, 2008.12.
76. "일본의 기망행위에 의해 대일평화조약 제2조에서 누락된 독도의 영유권", 외교통상부 『국제법 동향과 실무』 제7권 제3, 4호, 2008.12.
77. "패드라 브랑카 사건(2008) 판결과 독도영유권", 법률신문사, 법률신문, 제3714호, 2009.1.15.
78. "페드라 브랑카 사건과 중간수역 내의 독도"(상), 한국국제문화연구원, 『국제문제』 제40권 제3호, 2009.3.
79. "독도영유권문제와 국제법상 묵인의 법적 효과", 한국외교협회, 『외교』 제89호, 2009.4.
80. "페드라 브랑카 사건과 중간수역 내의 독도"(하), 한국 국제문화연구원, 『국제문제』 제40권 제4호, 2009.4.
81. 『독도영유권의 역사적 · 국제법적 근거』, 서울: 우리영토, 2009.6.
82. "독도의 실효적 지배강화 입법정책 검토", 동북아역사재단발표, 2009.6.5.
83. "독도의 실효적 지배강화 입법정책의 국제법상 검토", 법률신문사, 법률신문, 제3757호, 2009.6.25.
84. "페드라 브랑카 사건(2008)의 판결취지와 독도영유권문제에 주는 시사점", 영남대학교 독도연구소, 『독도연구』 제6호, 2009.6.
85. "한일 해양수색 및 구조훈련과 독도영유권", 법률신문사, 법률신문, 제3778

號, 2009.9.17.
86. “정부의 독도시책과 학자의 독도연구 성찰”, 동북아역사재단 독도연구소 콜로키음, 제천, 2009.10.15.
87. “다케시마 10포인트 대일평화조약 관련조항 제3항 비판”, 한국해양수산개발원, 『독도연구저널』 제17권, 2009. 가을.
88. “국제법상지도의 증명력”, 독도보전협회, 서울역사박물관, 토론발표, 2009.10.11.
89. “간도영유권회복, 대책 시급”, 자유총연맹, 『자유공론』 제7호, 2008.8.
90. “조중국경조약과 간도”, 북한연구소, 『북한』 제441호, 2008.9.
91. “간도영유권 100년 시효실의 긍정적 수용제의”(상) 천지일보사, 천지일보 제11호, 2009.11.18.
92. “안용복의 도일활동의 국제법상 효과에 관한 연구” 동북아역사재단 위촉연구, 2009.12.20.
93. “안용복의 도일활동과 국제법”, 『독도저널』, (08-09) 2009.9.
94. “국제법상대한제국칙령 제41호에 의한 역사적 권원의 대체”, 한국해양수산개발원, 『독도연구저널』 제9권, 2010.3.
95. “독도영유권과 porum progatum”, 외교협회, 『외교』 제94호, 2010.7.
96. “독도를 일본영토가 아닌 것으로 규정한 일본법령 연구”, 동북아역사재단 독도연구소, 『제6회 독도연구 골로키움』, 2010.7.6-8.
97. “한국의 대응전략은 어떻게 세울 것인가?”, 한국독도연구원, 『한국독도 어떻게 지킬 것인가?』, 2010.6.17. 전쟁기념관.
98. “한일합방조약의 부존재와 독도영유권”, 독도조사연구학회, 2010년 정기학술토론회의, 『독도영유권의 새로운 논리개발』, 2010.10.28., 서울역사박물관.
99. “한일기본조약 제2조의 해석”, 법률신문, 제3863호, 2010.8.12.
100. “일본총리부령 제24호와 대장성령 제4호에 의한 한국의 독도영토주권의 승인”, 영남대 독도연구소, 『독도연구』 제9호, 2010.12.
101. “국제법상 한국의 독도영유권의 근거”, 독도문화 심기운동본부, 『한민족의 구심점』(서울: 독도문화심기운동본부, 2010.12.)
102. “국제법상 신라이사부의 우산국 정복의 합법성에 관한 연구”, 이사부학회, 『이사부와 동해』 제2호, 2010.12.
103. “국제법상독도영유권의 법적 근거”, 법률신문, 제3899호, 2010.12.28.
104. “한일합방조약 체결 100년, 성찰의 해”, 천지 일보, 제99호, 2010.12.29.
105. “국제법상 신라 이사부의 우산국 정복의 합법성에 관한 연구”, 강원일보 · 강원도 · 삼척시, 『이사부총서』(Ⅲ), 2010.12.

106. "대한제국칙령 제41호에 의한 역사적 권원의 대체에 관한 연구", 독도조사연구학회, 『독도논총』 제5권 제1-2 통합호, 2010.12.
107. "한일합방조약의 부존재에 관한 연구", 법조협회, 『법조』, 통권 제655호, 2011.4.
108. "대일민족소송 기각결정의 국제법상효과에 관한 연구", 대한변호사협회, 『인권과 정의』 제417호, 2011.5.
109. "국제법상 쇄환정책에 의한 독도영토주권의 포기여부 검토", 영남대학교 독도연구소, 『독도연구』 제10호, 2011.6.
110. "이사부의 우산국 부속에 의한 독도의 고유영토론 검토", 한국이사부학회, 『2011년 전국해양문화 학자대회』 주제발표, 2011.8.4.
111. "페드라 브랑카 사건판결과 중간수역 내에 위치한 독도의 법적 지위", 동북아역사재단 독도연구소, 『제17회 정기 독도연구 콜로키움』 2011.8.4.
112. "통일 이후 한국의 국경문제와 조중국경조약의 처리문제", 법제처, 『2011년 남북법제연구 보고서』, 2011.8.
113. "독도영유권 강화사업의 필요성 검토", 법률신문사, 법률신문, 제3639호, 2011.8.29.
114. "일본 자위대의 독도 상륙의 국제법상 문제점과 법적 대처방안", 한국독도연구원, 국회 독도 지킴이 『한국 독도 어떻게 지킬 것인가』, 국회 도서관 회의실, 2011.10.4.
115. "독도의 역사적 연구의 기본방향", 세계국제법협회 한국본부 독도 조사연구학회, 『독도의 영유권과 해양주권에 관한 심포지엄』, 코리아나 호텔, 2001.12.13.
116. "일본 자위대 독도 상륙시 국제법상 문제점과 법적 대처 방안", 해병대 전략연구소, 『전략논단』 제14호, 2011. 가을.
117. "국제법상 독도의용수비대의 법적 지위에 관한 연구", 대한적십자사인도법연구소, 『인도법논총』 제31호, 2011.
118. "국제법상 지리적 접근성의 원칙과 독도" 영남대 독도연구소, 『독도연구』 제11호, 2011.12.
119. "대마도 영유권 주장의 국제법적 근거는 무엇인가?", 독도연구원, 『대마도를 어떻게 찾을 것인가?』, 2012.9.18., 국회의원회관.
120. "국제법상 이어도의 법적 지위에 관한 기초적 연구", 해양문화연구원 『제3회 전국 해양문화학과 대회』, 2012.8.2.~4, 여수세계박물관회의장.
121. "독도영유권의 중단권원의 회복에 관한 연구", 독도조사연구학회, 『독도논

총』 제6권 제1호, 2012.
122. “사법적 판결의 사실상 법원성과 독도영유권의 역사적 권원의 대체”, 영남대 독도연구소, 『독도연구』 제12호, 2012.6.
123. “독도의 배타적 경제수역”, 해양문화연구원, 『제4회 전국해양문화학자대회』, 2013.8.22~24, 여수 리져트.
124. “대일평화조약 제2조의 해석과 Critical Date”, 이사부학회, 『이사부와 동해』 제6호, 2013.
125. “독도영유권 문제/분쟁에 대한 국제사법재판소의 강제적 관할권”, 독도시민연대, 『국제사법재판소의 강제적 관할권 어떻게 대항할 것인가?』, 독도시민연대, 2013.10. 국회의원회관.
126. “시마네현 고시 제40호의 무효확인소송의 국제법상 효과에 관한 연구”, 독도연, 『소위 시마네현고시 제40호에 의한 독도편입의 허구성 검토 학술대회』, 독도연, 2013.12.01, 서울역사박물관.
127. “국제법상 독도의 영유권 강화사업의 법적 타당성 검토”, 독도조사연구학회, 『독도논총』 제7권 제1호, 2013.11.
128. “맥아더라인의 독도영토주권에 미치는 법적 효과”, 영남대 독도연구소, 『독도연구』 제15호, 2013.12.
129. “국제법에서 본 한국의 독도영유권”, 이사부학회, 『동해와 이사부』 제7호, 2014.
130. “한국의 독도영유권을 훼손한 한일어업협정에 관한 연구”, 영남대학교 독도연구소, 『독도연구』 제16호, 2014.6.
131. “일본정부의 역사적 권원 주장의 변화추이에 관한 연구”, 대한국제법학회, 『국제법학회논총』 제59권 제3호, 2014.9.

찾아보기

[ㅂ]

[ㅅ]

[ㅈ]

[Etc]

저자 | 김 명 기

배재고등학교 졸업
서울대학교 법과대학 졸업
육군보병학교 졸업(갑종간부 제149기)
단국대학교 대학원 졸업(법학박사)
영국 옥스퍼드대학교 연구교수
미국 캘리포니아대학교 객원교수
중국 길림대학교 객원교수
대한국제법학회 회장
세계국제법협회 한국본부 회장
화랑교수회 회장
행정고시 · 외무고시 · 사법시험 위원
외무부 · 국방부 · 통일원 정책자문위원
주월한국군사령부 대외정책관
명지대학교 법정대학장 · 대학원장
육군사관학교 교수(육군대령)
강원대학교 교수
천안대학교 석좌교수
대한적십자사 인도법 자문위원장
현) 독도조사연구학회 명예회장
명지대학교 명예교수
상사중재위원
영남대학교 독도연구소 공동연구원